NATHAN HARRIS

Die Süße von Wasser

Liebe Leser:innen, in diesem Roman werden an einigen Stellen rassistische Szenen, Bilder oder rassistische Sprache reproduziert, die sich gegen Schwarze Menschen richten. Dies spiegelt in keiner Weise die persönliche Meinung des Autors oder die Haltung des Verlages wieder und dient lediglich dem Zweck der historisch korrekten Darstellung.

Titel auch als Hörbuch erhältlich

NATHAN HARRIS

Die Süße von Wasser

ROMAN

Übersetzung aus dem Englischen von
Tobias Schnettler

eichborn

Dieser Titel ist auch als Hörbuch und E-Book erschienen

Die Bastei Lübbe AG verfolgt eine nachhaltige Buchproduktion. Wir verwenden Papiere aus nachhaltiger Forstwirtschaft und verzichten darauf, Bücher einzeln in Folie zu verpacken. Wir stellen unsere Bücher in Deutschland und Europa (EU) her und arbeiten mit den Druckereien kontinuierlich an einer positiven Ökobilanz.

FSC www.fsc.org
MIX
Papier | Fördert gute Waldnutzung
FSC® C014496

Eichborn Verlag

Titel der amerikanischen Originalausgabe:
»The Sweetness of Water«

Textredaktion: Simone Jakob, Mülheim an der Ruhr
Umschlaggestaltung: Manuela Städele-Monverde unter Verwendung eines Designs von Lucy Kim, © 2021 Hachette Book Group, Inc.
Umschlagmotiv: © Jacket design by Lucy Kim; Jacket artwork: © Shutterstock; CSA Images/Getty Images;
Author photograph by Laurel Sager; Jacket
© 2021 Hachette Book Group, Inc. Printed in the U.S.A.;
© Golubovy/shutterstock.com; © fizkes/shutterstock.com;
© CSA Images/getty-images
Satz: hanseatenSatz-bremen, Bremen
Gesetzt aus der Adobe Caslon Pro
Druck und Einband: GGP Media GmbH, Pößneck

Printed in Germany
ISBN 978-3-8479-0121-1

5 4 3 2 1

Sie finden uns im Internet unter eichborn.de

KAPITEL 1

Ein ganzer Tag war vergangen, seit George Walker mit seiner Frau gesprochen hatte. Am Morgen war er in den Wald aufgebrochen, um einem Tier nachzuspüren, das ihm seit seiner Kindheit immer wieder entwischte, und nun brach die Nacht herein. Er hatte das Tier vor seinem geistigen Auge gesehen, als er morgens erwacht war, und die Suche nach ihm versetzte ihn in solch eine beglückende Abenteuerstimmung, dass er den ganzen Tag lang nicht ans Heimkehren denken wollte. Dies war seit Frühlingsbeginn die erste seiner Exkursionen, und als er über zerbrochene Kiefernnadeln und vom Morgenregen aufgequollene Pilze wanderte, stieß er auf ein Stück Land, das er noch nicht vollständig erkundet hatte. Das Tier, da war er sich sicher, war immer nur einen Schritt davon entfernt, in sein Sichtfeld zu geraten.

Das Land, das sein Vater ihm vererbt hatte, maß über achtzig Hektar. Die großen Roteichen und Walnussbäume rings um sein Zuhause dämpften die Sonne zu einem weichen Flimmern am Himmel, das zwischen ihren Ästen hindurchfiel. Viele von ihnen vertraut wie Wegweiser, seit der Kindheit jahrelang oft betrachtet.

Das Gestrüpp, das George durchquerte, reichte ihm bis zum Bauch und war voller Kletten, die an seiner Hose hängen blieben. Seit einigen Jahren machte ihm seine Hüfte zu schaffen, was er darauf schob, dass er sich einmal beim Verlassen seiner Blockhütte auf dem Waldboden vertreten hatte; doch er wusste, dass er sich etwas vorlog: Die Schmerzen waren beharrlich und stetig wie das Alter selbst gekommen – etwas Natürliches, wie die Falten in seinem Gesicht, das Weiß in seinem Haar. Sie machten ihn langsam, und als er sich eine Atempause gönnte und die Umgebung in sich aufnahm, bemerkte er, dass sich Stille über den Wald gesenkt hatte. Die Sonne, noch vor wenigen Augenblicken hoch über seinem Kopf, hing nun als blasser Ball kaum sichtbar über dem anderen Ende des Tals.

»Na, so was.«

Er hatte keine Ahnung, wo er war. Seine Hüfte schmerzte, als wäre etwas darin gefangen, das zu entkommen versuchte. Sein Gaumen war so trocken, dass seine Zunge daran kleben blieb, und bald übermannte ihn das Verlangen nach Wasser. Er setzte sich auf einen kleinen Holzstamm und beschloss zu warten, bis es vollkommen dunkel war. Wenn die Wolken sich verzogen, würden die Sterne hervorkommen, und das war alles, was er brauchte, um nach Hause zu finden. Selbst die größte Fehlkalkulation würde ihn immer noch nach Old Ox bringen, und auch wenn ihm die Vorstellung zuwider war, diesen hoffnungslos jämmerlichen Gestalten in der Stadt zu begegnen, würde ihm zumindest irgendjemand ein Pferd borgen, mit dem er nach Hause zurückkehren konnte.

Einen Moment lang dachte er an seine Frau. Normalerweise kehrte er um diese Zeit nach Hause zurück, die letzten paar Schritte von der Kerze geleitet, die Isabelle auf die Fensterbank gestellt hatte. Oft verzieh sie ihm sein langes Fernbleiben erst nach einer langen wortlosen Umarmung, auch wenn die verschmierten Handabdrücke von schwarzem Baumsaft, die er auf ihrem Kleid hinterließ, sie erneut verärgerten.

Der Holzstamm unter George brach ächzend entzwei, und er fiel mit dem Hinterteil auf den nassen Waldboden dahinter. Erst als er sich aufrichtete, um seine Hose abzuklopfen, sah er sie vor sich sitzen. Zwei Schwarze, auf die gleiche Weise gekleidet: weiße, aufgeknöpfte Baumwollhemden, Hosen so zerlumpt, als steckten ihre Beine in zusammengenähten Jutesäcken. Sie standen reglos da, und hätte sich die Decke, die sie vor sich aufgehängt hatten, nicht im Wind bewegt wie eine Fahne, die ihre Anwesenheit verkündete, wären sie vielleicht ganz mit dem Hintergrund verschmolzen.

Der Näherstehende sprach ihn an.

»Wir haben uns verirrt, Sir. Kümmern Sie sich nicht um uns. Wir ziehen weiter.«

George konnte sie jetzt deutlicher erkennen, und es waren weniger die Worte des jungen Mannes, die ihm nahegingen, als die Tatsache, dass er im selben Alter war wie sein Caleb. Dass er und sein Begleiter sich auf seinem Grund und Boden befanden, war George vollkommen gleichgültig. Das nervöse Beben in der Stimme des Mannes, der umherhuschende Blick, wie bei einem Tier, das sich vor einem Raubtier versteckt, weckten Georges Mitgefühl – den vielleicht einzigen kleinen Rest, der in seinem gebrochenen Herzen übrig war.

»Wo kommt ihr denn her?«

»Wir gehören Mr Morton. Also, gehörten.«

Ted Morton war ein Dummkopf, ein Mann, der eine Geige eher auf seinem Kopf zerschmettern würde, um sie zum Klingen zu bringen, als den Bogen über die Saiten zu streichen. Sein Grundstück grenzte an Georges, und wenn irgendein Problem auftrat – meist in Form eines Ausreißers –, veranstaltete er ein so unangenehmes Spektakel mit bewaffneten Aufsehern, großschnäuzigen Hunden und Laternen, deren heller Schein den gesamten Haushalt wach hielt, dass George den Umgang mit dieser Familie meist Isabelle überließ und sich selbst die Tortur ersparte. Doch der Umstand, Mortons ehemalige Besitztümer auf seinem Land vorzufinden, barg eine erfreuliche Ironie: Wegen der Emanzipationsproklamation musste der Blödmann hilflos mit ansehen, wie sie fortzogen, und trotz all seiner zur Schau gestellten Macht stand es diesen beiden Männern nun frei, sich genauso zu verirren, wie George es gerade getan hatte.

»Entschuldigen Sie«, sagte der Mann jetzt.

Sie fingen an, ihre Decke einzurollen und ein kleines Messer, ein paar Streifen Rindfleisch und etwas Brot zusammenzupacken, hielten jedoch inne, als George auf sie zutrat. Sein Blick wanderte über den Boden vor sich, als würde er etwas suchen.

»Ich bin einem ziemlich großen Tier gefolgt«, sagte er. »Schwarz, soll angeblich auf zwei Beinen stehen können, aber ist meist auf allen vieren zu finden. Es ist Jahre her, dass ich es mit eigenen Augen gesehen habe, aber es erscheint mir oft, wenn ich aufwache – als wollte es mir zu verstehen geben, dass es ganz in der Nähe ist. Manchmal nicke ich auf meiner Veranda ein und die Erinnerung an das Tier ist so stark, so klar, dass sie wie ein Echo in meinem Kopf und in meinen Träumen nachhallt. Was meine Suche nach ihm angeht, so muss ich leider sagen, dass es bisher die Oberhand hat.«

Die beiden sahen einander an, dann wieder George.

»Das … Also, das ist verdammt merkwürdig«, sagte der näher stehende Mann.

Im letzten Rest des Tageslichts konnte George den anderen, größeren Mann erkennen, dessen sanfte Augen so wenig Emotionen verrieten, dass er George ein wenig einfältig erschien. Sein Unterkiefer klaffte weit offen, sodass die obere Zahnreihe zu sehen war. Das Reden übernahm weiterhin der andere, kleinere Mann.

George fragte sie nach ihren Namen.

»Das hier ist mein Bruder Landry. Ich bin Prentiss.«

»*Prentiss*. War das Teds Idee?«

Prentiss sah Landry an, als könne der mehr dazu sagen.

»Ich weiß es nicht, Sir. Ich wurde mit diesem Namen geboren. Entweder er war's oder die Missus.«

»Ich denke mal, es war Ted. Ich bin George Walker. Ihr habt nicht zufällig ein bisschen Wasser dabei?«

Prentiss reichte ihm eine Feldflasche, und George war sich bewusst, dass von ihm erwartet wurde, sie zu befragen, herauszufinden, warum sie hier auf seinem Land waren, doch derlei Dinge nahmen so wenig Raum in seinen Gedanken ein, dass es ihm vorkam wie Verschwendung der wenigen Energie, die ihm noch blieb. Was andere Männer taten, interessierte ihn kaum, und diese Gleichgültigkeit war der Hauptgrund dafür, dass er fernab von jeglicher Gesellschaft lebte. Wie so oft war er mit den Gedanken woanders.

»Sieht aus, als wärt ihr schon länger hier. Ihr habt nicht – ihr habt nicht zufällig das Tier gesehen, von dem ich sprach?«

Prentiss sah George einen Moment lang an, doch dann wurde George klar, dass der Blick des jungen Mannes auf irgendetwas hinter ihm gerichtet war.

»Leider nicht. Mr Morton hat mich manchmal auf Jagdausflüge mitgenommen, da hab ich alles Mögliche gesehen, aber nie das, was Sie da beschreiben. Meist war's nur Geflügel. Die Hunde sind mit den Vögeln im Maul zurückgekommen, die noch gezittert haben, und ich musste sie mit den anderen zusammenbinden und sie auf dem Rücken nach Hause schleppen. Das waren so viele, dass man mich vor lauter Federn nicht mehr gesehen hat. Die anderen Jungs waren neidisch, weil ich einen Tag lang rauskonnte, aber die hatten keine Ahnung. Wär lieber auf dem Feld geblieben, als diese Last auf dem Buckel zu schleppen.«

»Das ist nicht ohne«, sagte George, der sich das Bild vorstellte. »Wirklich nicht ohne.«

Landry riss ein Stück Fleisch ab und reichte es Prentiss, bevor er sich selbst eines nahm.

»Jetzt sei nicht unhöflich«, sagte Prentiss zu ihm.

Landry sah George an und deutete auf das Fleisch, doch George lehnte mit einem Kopfschütteln ab.

Sie saßen schweigend da, und George empfand ihre Wortkargheit als wohltuend. Abgesehen von seiner Frau waren dies die einzigen Menschen seit Langem, die einen Augenblick so stehen lassen konnten, wie er war, statt ihn mit überflüssigen Worten zu übertünchen.

»Das ist also Ihr Land«, sagte Prentiss schließlich.

»Früher gehörte es meinem Vater, heute gehört es mir, und eines Tages hätte es meinem Sohn gehören sollen …« Die Worte verhallten im Dunkel, und er begann noch mal von vorn. »Jedenfalls habe ich mich wohl verlaufen und kenne mich nicht mehr aus, und dann diese verdammten Wolken am Himmel.«

Er hatte das Gefühl, dass der Wald selbst ihn verhöhnte, und erhob sich wie aus Protest – mit dem Ergebnis, dass der Knoten des Schmerzes in seiner Hüfte sich noch enger zusammenzog. Mit einem Aufschrei sackte er zurück auf den Holzstamm.

Prentiss stand auf und trat mit besorgtem Blick auf ihn zu.

»Was ist denn nur los mit Ihnen? Das ganze Schreien und Schimpfen …«

»Wenn du einen so höllischen Tag hinter dir hättest wie ich, würdest du vielleicht auch schreien.«

Prentiss stand jetzt ganz nah vor ihm, so nah, dass George den Schweißgeruch seines Hemdes wahrnahm. Wieso war er plötzlich so still? So bedrohlich?

»Tun Sie mir den Gefallen, und seien Sie jetzt ganz leise, Mr Walker«, sagte er. »Bitte.«

George fiel das Messer ein, das neben dem Einfaltspinsel gelegen hatte, und die Erinnerung war so lebhaft, dass er es fast im Dunkeln zu sehen glaubte. Er begriff, dass er hier draußen, verirrt im Wald, nur ein Mann war, der sich zwei anderen gegenübersah, und dass er ein Narr gewesen war, sich in Sicherheit zu wiegen.

»Was soll das? Meine Frau wird jeden Moment Hilfe holen, das ist dir klar, oder?«

Doch wieder blickten die beiden Männer nicht ihn an, sondern an ihm vorbei. Ein peitschenähnliches Geräusch ertönte irgendwo ganz in der Nähe, und als er herumfuhr, entdeckte er ein Seil mit einem großen Stein als Gegengewicht: eine raffinierte

Schlingfalle, in der das Bein eines zappelnden Kaninchens steckte. Landry erhob sich schneller, als George es für möglich gehalten hätte, und kümmerte sich um das Kaninchen. Prentiss trat einen Schritt zurück und winkte ab.

»Wollte Ihnen keine Angst machen«, sagte er. »Es ist nur so. Uns war noch nichts in die Falle gegangen … Wir haben schon lange nichts Ordentliches mehr gegessen. Das ist alles.«

»Verstehe«, sagte George und sammelte sich. »Dann seid ihr wohl schon länger hier draußen, als ich dachte.«

Prentiss erklärte ihm, dass sie vor einer Woche bei Mr Morton aufgebrochen waren, das wenige mitgenommen hatten, was sie auf dem Rücken tragen konnten – eine Sichel, die im Feld vergessen worden war, etwas zu essen, das Bettzeug von ihren Pritschen –, und nicht weiter als bis zu der Stelle gekommen waren, an der sie jetzt standen.

»Er hat uns erlaubt, ein paar Sachen aus den Hütten mitzunehmen«, berichtete Prentiss von Mortons vorübergehendem Anfall von Großzügigkeit. »Wir haben nichts gestohlen.«

»Niemand hat hier von Stehlen geredet. Nicht dass es mich kümmern würde. Er besitzt mehr, als ein Trottel wie er je brauchen könnte. Ich frage mich nur, wieso ihr hierbleibt. Ihr könntet überall hingehen.«

»Das haben wir vor. Aber es ist einfach schön.«

»Was denn?«

Prentiss sah George an, als wäre die Antwort darauf glasklar.

»Eine Weile seine Ruhe zu haben.«

Landry beachtete sie nicht, sondern zerhackte einen abgebrochenen Eichenast zu Brennholz.

»Sind Sie nicht selbst aus diesem Grund hier draußen, Mr Walker?«

George zitterte jetzt. Er setzte an, um von dem Tier zu erzählen, davon, wie es ihn hierhergeführt hatte, doch das Geräusch von splitterndem Holz unterbrach seinen Gedankengang, und er ertappte sich dabei, dass er – wie schon den ganzen Tag – an seinen Sohn dachte. Als der Junge noch klein war, waren sie gemeinsam durch genau diesen Wald gelaufen, hatten Holz gehackt und so getan, als hätten sie kein Zuhause mit einem wärmenden Feuer, das stets brannte. Die Erinnerung beschwor weitere herauf, all die kleinen Momente, die die beiden verbanden: wie er ihn ins Bett brachte; mit ihm am Tisch betete – leere Gesten, begleitet von heimlichem Augenzwinkern wie geflüsterte Geheimnisse –; wie er ihn an die Front verabschiedete, mit einem Handschlag, der so viel mehr hätte sein müssen; bis die Erinnerungen verschwammen und zum Gesicht des besten Freundes des Jungen wurden, August, der ihn an ebenjenem Morgen aufgesucht hatte, um ihm die Nachricht von Calebs Tod zu überbringen.

Sie hatten sich in Georges kleines Arbeitszimmer zurückgezogen. August sah seinem Vater sehr ähnlich, dasselbe blonde Haar, das jungenhafte Gesicht und dieser leicht majestätische Habitus, der auf nicht viel mehr als Familienfolklore fußte. August und Caleb hatten Old Ox in ihren sauberen nussbraungrauen Uniformen und polierten Stiefeln verlassen, und George hatte damit gerechnet, dass sein Sohn als schlammverkrusteter, zerlumpter Wildling zurückkehren würde; hatte schon vor sich gesehen, wie er und Isabelle, ganz die pflichtbewussten Eltern, ihn zurück zur Normalität pflegen würden. In Anbetracht dessen hatte Augusts Abendbekleidung etwas Ungebührendes; das gute Hemd, die gebügelte Weste, aus der die goldene Uhr baumelte. Es schien, als habe er seine Zeit im Krieg bereits hinter sich gelassen, was bedeutete, dass auch Caleb ein Teil der Vergangenheit geworden war, lange bevor George überhaupt wusste, dass sein Sohn ihn für immer verlassen hatte.

Während August vor dem Schreibtisch saß, hielt George es nur am Fenster stehend aus. August berichtete, dass er selbst sich verletzt habe, ein übler Sturz bei einem Patrouillengang, der zu seiner Entlassung vor nur einer Woche geführt habe, am ersten

Tag des März. In Georges Augen wirkte der Junge vollkommen gesund, und er nahm an, dass dessen Vater für seine Sicherheit gezahlt hatte, als der Krieg in seinen letzten Zügen gefährlicher wurde. Doch seine Verdächtigungen zählten nichts verglichen mit dem, was sie beide zu diesem Moment geführt hatte. In diesen Raum. Als August zu erzählen begann, erkannte George schon beim ersten Satz die Hohlheit seiner Worte, die Theatralik seines Vortrags: Er konnte sich genau vorstellen, wie August in seinem leichten Einspänner saß und auf der Fahrt zu George jeden Satz, jede Silbe probte, um den größtmöglichen Effekt zu erzielen.

Er erklärte George, Caleb habe ehrenhaft gedieht, habe dem Tod mutig und mit Würde ins Auge geblickt; Gott habe ihm ein friedliches Ableben gewährt. Caleb war schon mit dem Jungen auf Ausflüge gegangen, als die beiden George kaum bis zur Taille gereicht hatten. Er erinnerte sich, wie sie einmal zum Spielen in den Wald gelaufen waren und Caleb bei der Rückkehr so gedemütigt gewirkt hatte, August so voller Schadenfreude, dass George den Verdacht hatte, es müsse irgendeine Art von Wettkampf stattgefunden haben, was eine gute Gelegenheit für eine moralische Lektion war. *Ertrage die Niederlage wie ein Mann*, hatte George gesagt. Doch später, als sich Caleb nicht zum Abendessen setzen wollte und schon beim Gedanken daran zusammenzuckte, zog George die Hose des Jungen herunter. Sein Hintern war mit Striemen überzogen, manche noch tiefrot, die anderen dunkellila verfärbt. Er erzählte George von dem Spiel, das August ausgeheckt hatte, *Master und Sklave*, und dass sie an diesem Nachmittag bloß ihre Rollen richtig gespielt hatten. Die Striemen würden ihn weniger quälen, fuhr er fort, als die Angst davor, dass er sie nicht verbergen und George Augusts Vater davon erzählen könne. George musste dem Jungen schwören, dass es ihr Geheimnis bleiben würde.

Als er nun am Fenster seines Arbeitszimmers stand, seufzte George und machte August klar, dass er seine Lügen durchschaute. Sein Sohn habe über viele Eigenschaften verfügt, doch

Tapferkeit habe nicht dazu gezählt. Mehr brauchte es nicht, um Augusts Fassade bröckeln zu lassen; er geriet ins Stocken, überkreuzte die Beine, sah auf seine Uhr, suchte verzweifelt nach einem Ausweg, den George ihm jedoch nicht gewährte.

Nein, nein. Sein Sohn sei tot. Und es stehe ihm zu, die Wahrheit darüber zu erfahren, was geschehen war.

George hatte nicht bemerkt, wie Landry das Feuer entfachte, doch jetzt erhellte der Widerschein der Flammen die Umgebung und ließ den größeren Mann im Relief erscheinen; er nahm das gehäutete Kaninchen und spießte die blutige Masse auf einen angespitzten Ast, um sie zu rösten. Die Wolkendecke riss auf und enthüllte einen Himmel voller Sterne, die so klar, so prachtvoll leuchteten, als hätte man sie nur für die drei Männer dort aufgehängt.

»Ich sollte nach Hause gehen«, sagte George. »Meine Frau macht sich bestimmt schon Sorgen. Wenn ihr mir helfen könntet … Es soll euer Schaden nicht sein.«

Prentiss war bereits aufgestanden, um ihm hochzuhelfen.

»Ich meine, ihr beide könntet hierbleiben, wenn ihr wollt. Eine Zeit lang.«

»Darüber müssen wir nicht jetzt reden«, sagte Prentiss.

»Oder vielleicht gibt es ja sonst noch etwas, womit ich euch helfen kann.«

Prentiss ignorierte George, schob eine Hand unter seinen Arm und hob ihn in einem Zug hoch, bevor der Schmerz einsetzen konnte.

»Gut so«, sagte Prentiss. »Und jetzt schön langsam.«

Sie gingen im Gleichschritt zwischen den Bäumen hindurch, Landry im Schlepptau. Obwohl George zur Orientierung die Sterne brauchte, konnte er den Blick, um nicht zu stürzen, sich nicht dem Schmerz zu ergeben, nur starr geradeaus richten. Er legte seinen Kopf in die Kuhle zwischen Prentiss' Brust und Schulter und ließ sich von dem Mann stützen.

Nach einer Weile fragte er, ob Prentiss wisse, wo sie sich befänden.

»Wenn das hier Ihr Land ist, so wie Sie sagen, dann hab ich Ihr Zuhause gesehen«, sagte Prentiss. »Ist ein hübsches Häuschen, stimmt's? Ist nicht mehr weit. Gar nicht mehr weit.«

Als sie die Lichtung erreichten, wurde George bewusst, wie restlos erschöpft er war. Die Zeit, die den ganzen Abend lang stillgestanden zu haben schien, lief weiter, und das wirkliche Leben, in Form seiner vor ihm liegenden Blockhütte, holte ihn wieder ein. Durchs Vorderfenster war ein schwarzer Umriss zu sehen, der nur die in Schatten gemeißelte Isabelle sein konnte.

»Schaffen Sie's?«, fragte Prentiss. »Wär wohl besser, Sie gehen von hier aus allein weiter.«

»Können wir noch kurz warten?«, fragte George.

»Sie müssen sich ausruhen, Mr Walker«, versuchte Prentiss ihn zu überreden. »Das hier draußen ist nichts für Sie.«

»Das stimmt. Es ist nur …« Das sah ihm gar nicht ähnlich. Es lag sicher nur am Flüssigkeitsmangel. Ja – er war etwas desorientiert, ein wenig verwirrt, und die Tränen waren eben ein Symptom seiner misslichen Lage. Es waren auch nur sehr wenige. »Ich bin nicht ganz bei mir. Entschuldige.«

Prentiss stützte ihn. Ließ ihn nicht los.

»Es ist nur so, ich habe – ich habe es ihr nicht gesagt«, sagte George. »Ich konnte mich nicht dazu überwinden.«

»Ihr was nicht gesagt?«

Und George dachte an das Bild, das er seit Augusts Besuch an diesem Morgen nicht mehr aus dem Kopf bekam. Sein Junge, wie er aus dem Schützengraben kletterte, den er selbst mit ausgehoben hatte – so außer sich vor Angst, dass er sich eingenässt hatte –, und geduckt auf die Reihen der Nordstaaten-Soldaten zulief; gerade so, als würden seine Entsetzensschreie ihr Mitleid erregen, als könnten sie ihn inmitten der dichten Rauchschwaden erkennen und seine Kapitulation annehmen, anstatt ihn zusammen mit all den anderen über den Haufen zu schießen. Ihm kam der Gedanke, dass Caleb diese Charakterschwäche vielleicht von seinem Vater geerbt haben könnte – denn wer war hier der größere Feigling: der Junge, der dem Tod nicht mit Tapferkeit ins Auge sah, oder George, der der Mutter des Jungen selbst nicht sagen konnte, dass sie ihren Sohn nie wiedersehen würde?

»Ach, nichts«, sagte George. »Ich bin nur oft so lange allein, dass ich manchmal mit mir selber spreche.«

Prentiss nickte, als würde seine Erklärung irgendeinen Sinn ergeben.

»Dieses Tier, von dem Sie erzählt haben. Mr Morton hat mir im Lauf der Jahre ein paar Tricks beigebracht. Vielleicht kann ich Ihnen morgen helfen, es zu finden.«

Mitleid klang aus seinen Worten, und George war bewusst, welche Ironie darin lag, dass ein Mann mit einem so harten Los ihm seine Unterstützung anbot. Er richtete sich auf und nahm das letzte bisschen Kraft zusammen, das ihm noch geblieben war, um seine Fassung wiederzuerlangen.

»Das wird nicht nötig sein.«

Er musterte Prentiss noch einmal eingehend, in dem Wissen, dass sie sich womöglich zum letzten Mal sahen.

»Ich weiß deine Hilfe zu schätzen, Prentiss. Du bist ein guter Mann. Jetzt aber gute Nacht.«

»Nacht, Mr Walker.«

George humpelte auf die Eingangstreppe zu, und die Kälte wich bereits aus seinen Gliedern, bevor er die Haustür überhaupt geöffnet hatte und ihn die Wärme des Feuers umfing. Vor dem Eintreten hielt er kurz inne und blickte in den Wald zurück, der still und bar jeglichen Lebens im Dunkel lag. Als wäre dort rein gar nichts.

KAPITEL 2

Georges Liebe zum Kochen war nur eine seiner Verschrobenheiten. Zu Beginn ihrer Ehe hatte Isabelle versucht, die Rolle der Köchin zu übernehmen, doch mit den Ansichten ihres Mannes zur Zubereitung von Eisbein verhielt es sich ganz genauso wie mit denen zum Sammeln von Pilzen oder zum Bau einer Schaukel: Sie waren genau durchdacht, sehr speziell und wurden wieder und wieder präzise ausgeführt. Wenn sie am Frühstückstisch saß, betrachtete sie seine Arbeitsabläufe mit einer Mischung aus Faszination und Vergnügen. Es waren Handgriffe, die er in seiner Zeit als Junggeselle perfektioniert hatte – ein Ei aufzuschlagen gelang mit einer Hand, eine elegante Bewegung des Daumens, eine leicht weiblich anmutende Bewegung, und die Schale brach entzwei; zum Fetten einer heißen Pfanne kam eine Scheibe Butter zum Einsatz, die genau einen halben Zentimeter dick war und halbkreisförmig auf der Fläche verrieben wurde, bis sie zischend verschwunden war.

Das Kochen bereitete ihm mehr Freude als das Essen selbst. Letzteres schien bloß eine lästige Pflicht zu sein, die es zu erledigen galt. Sie sprachen am Tisch nur wenig. Doch an diesem Morgen war es anders. Er hatte es irgendwie geschafft, vor ihr aufzustehen, was an und für sich schon eine Leistung war, wenn man bedachte, wie spät er heimgekehrt war. Und als sie nach unten kam, saß er am Tisch und starrte die Wand an, als könnte sich das splittrige Holz plötzlich erheben und seiner Wege gehen.

»Was hältst du von Frühstück?«, fragte sie.

Sein Blick war ausdruckslos. Er war nie gut aussehend gewesen, denn die Natur hatte ihn nicht mit der Harmonie ausgestattet, die Schönheit ausmachte. Seine Nase war groß, seine Augen klein, und sein Haar lag kreisförmig um seinen Kopf wie ein geschickt platzierter Lorbeerkranz; sein Bauch war so prall und rund wie der einer Schwangeren und steckte immerzu, sicher verstaut, zwischen seinen Hosenträgern.

»Ich könnte Pfannkuchen machen«, sagte sie.

Endlich nahm er Notiz von ihr.

»Wenn es keine Mühe macht.«

Als sie vor dem Herd stand und den Teig zubereiten wollte, merkte sie, dass sie vergessen hatte, wie das ging. Sie machte ihn schließlich aus der Erinnerung heraus – natürlich nicht aus der an ihre eigenen Kochversuche, sondern aus der an ihren Mann, den sie fast ein Vierteljahrhundert lang dabei beobachtet hatte. Sie lebten in einer bescheidenen Blockhütte – zwei Etagen, die durch eine Treppe in der Mitte des Hauses miteinander verbunden waren. Von der Küche aus konnte sie George im Esszimmer sitzen sehen, doch wann immer sie sich etwas bewegte, verschwand er hinter der Treppe, nur um gleich darauf wieder zum Vorschein zu kommen.

»Vielleicht ein paar mehr als sonst?«, rief sie ihm zu. »Du musst doch nach gestern großen Hunger haben.«

Dies würde ihr einziger Versuch bleiben, ihm eine Erklärung zu entlocken. Es war nicht so, dass er keine Fragen duldete (die waren ihm eher egal), sondern dass tieferes Nachbohren bei ihm nur selten zu tieferen Erkenntnissen führte. Sie hatte gelernt, sich ihre Worte aufzusparen.

»Hast du es gefunden?«, fragte sie noch. »Das Tier. Ich nehme an, du warst wieder hinter ihm her.«

»Es ist entkommen«, sagte er. »Sehr bedauerlich.«

Die Pfannkuchen brutzelten – Bläschen ploppten auf und schlossen sich wieder, als würden Fische an der Wasseroberfläche nach Luft schnappen. George hätte sie jetzt gewendet. Als eine Art Experiment tat sie es nicht.

Sie brachte zwei Teller an den Tisch, ging wieder in die Küche und kehrte kurz darauf mit zwei Bechern Kaffee zurück. Ihr Essen folgte einem Rhythmus. Der eine nahm einen Bissen, dann der andere, und in diesen kleinen Akten der Verbundenheit – ganz so, wie sie im Wechsel tief durchatmeten, bevor sie abends einschliefen – fügten sich Tag für Tag, Nacht für Nacht die Pinselstriche zum Porträt ihrer Ehe zusammen, das sehenswert, aber frustrierend schwer zu interpretieren war.

Als George am Vorabend nach Hause gekommen war, war sein Gesicht gerötet gewesen und er hatte heftig gezittert, sodass sie nicht genau wusste, ob sie ihn mit einem Lappen waschen oder ins warme Bett stecken sollte. Die Schmerzen in seiner Hüfte ließen ihn bei jedem Schritt wanken, als er sich die Treppe heraufkämpfte, aber jede Hilfe ablehnte. Er brachte kaum einen Satz heraus, von einer Erklärung für seine lange Abwesenheit ganz zu schweigen, und er schlief so schnell ein, dass sie sich fragte, ob er sich schon im Traumzustand befunden, ob sein Körper allein dorthin zurückgefunden hatte, wo er längst hingehört hätte. Sie erkannte, dass der Mann – abgesehen von der Erwähnung seiner Jagd nach jenem mysteriösen Tier, das sie noch nie mit eigenen Augen gesehen hatte, dem er jedoch schon vor Jahren mit seinem Vater nachgestellt hatte, ein gemeinschaftliches Abenteuer der beiden – die Geheimnisse seiner Nächte für sich zu behalten gedachte. Was sie stärker verärgert hätte, wenn sie nicht selbst ein Geheimnis hüten würde.

Nicht dass sie es so wollte. Sie konnte sich kaum erinnern, je etwas vor George geheim gehalten zu haben, und die Bürde ihres Schweigens lastete so schwer auf ihr, dass sie manchmal kaum Luft bekam.

»Wie war euer Kränzchen?«, fragte George, ohne von seinem Teller aufzusehen.

»So ermüdend wie zuletzt immer. Katrina ist nach dem Tee aufgebrochen, und ich habe mich ihr angeschlossen. Sie reden nur davon, wer heimgekehrt ist, oder über Gerüchte darüber, wer heimkehren könnte, und ich ertrage es einfach nicht mehr. Sie behandeln die Entlassung ihrer Jungs mit derselben Selbstgefälligkeit wie einen Sieg beim Hearts. Deshalb habe ich ganz aufgehört, das Spiel mitzuspielen. Dass sie gewinnen, ist schön und gut, aber die Möglichkeit, dass ich verliere …«

»Man muss mit Würde verlieren, Isabelle«, sagte George zwischen zwei Bissen.

»Nicht in diesem Fall.«

Er zog die Augenbrauen hoch. »Für mich ist Hearts nicht anders als jeder andere Wettkampf.«

»Vielleicht rede ich gar nicht von Hearts.«

Daraufhin zuckte er nur mit den Achseln, als hätte er kein Wort von dem verstanden, was sie gesagt hatte. Als sie merkte, dass er wieder ganz in seine Gedanken vertieft war, wandte sie sich zum Fenster und betrachtete den Pfad, der in Richtung Hauptstraße führte. Sie hatte keinen grünen Daumen, doch das hatte sie nicht davon abgehalten, die gedrungenen, unscheinbaren Sträucher zu pflanzen, die den Weg säumten. Seitlich des Pfads stand die alte Scheune, in der sich noch immer die landwirtschaftlichen Geräte befanden, die Georges Vater dort gelagert hatte und für die George selbst sich nur wenig interessierte. Dahinter war, verborgen vor fremden Blicken, die – momentan leere – Wäscheleine aufgespannt wie eine schlichte weiße Linie im Morgentau. Dies war der Ort, an dem ihr Geheimnis geboren worden war, und schon beim Gedanken daran schoss ihr das Blut in die Wangen.

Sie ließ die Gabel auf den Teller fallen.

»Mir gefällt das alles nicht, George«, sagte sie. »Ganz und gar nicht. Wie soll ich es sagen … Ich glaube, wir sind nicht ehrlich zueinander. Du verschwindest zu allen möglichen und unmöglichen Zeiten. Lässt mich die Pfannkuchen verbrennen und sagst kein Wort dazu.«

Er blickte von seinem Essen auf und legte die Gabel ebenfalls auf den Teller.

»Na ja. Es war ja offensichtlich, dass du sie zu spät gewendet hast.«

Sie schüttelte trotzig den Kopf.

»Das ist eine Geschmackssache, was *überhaupt* nichts zur Sache tut. Egal ob du mir sagst, warum du so spät noch unterwegs warst oder nicht – *ich* kann die Gedanken, die mir durch den Kopf gehen, nicht länger für mich behalten.«

Er wollte etwas erwidern, doch sie räusperte sich und setzte leise, fast flüsternd, zu einer Erklärung an.

»Am Morgen nach dem Regen habe ich unsere Kleider zum Trocknen auf die Leine gehängt, und am selben Abend versuchte ein Mann, deine Socken zu stehlen.«

»Hast du *meine Socken* gesagt?«

»Hab ich. Die grauen, die ich für dich gestrickt habe.«

Endlich hatte sie die volle Aufmerksamkeit ihres Mannes. »Wer würde so etwas tun?«

Sie erzählte weiter. Wie sie vor Sonnenuntergang hinausgegangen war, um die Kleider zu holen; das Gefühl hatte, dass da noch jemand war; zunächst dachte, es sei George, weil sie seinen Duft wahrnehmen konnte, doch dass es nur der Geruch seiner Kleider war.

»Ich hätte fast aufgeschrien, aber als ich sah, dass er weit mehr Angst hatte als ich, empfand ich noch etwas anderes. Mitgefühl, denke ich.«

»Und das war gestern?«

»Es gab noch einen anderen Vorfall«, sagte sie, und diesmal war sie es, die auf ihren Teller starrte, ihm nicht in die Augen sehen konnte. »Ich hätte es dir sofort sagen sollen. Der Mann hatte sich hinter der Scheune versteckt. Als er hervorkam und fliehen wollte, sind sich unsere Blicke begegnet. Er war groß. Ein Schwarzer …«

Als sie aufsah, verriet sein Gesichtsausdruck nichts als milde Neugier. Trotz seines gelassenen Äußeren war er immer für ein wenig Klatsch zu haben – für den skandalösen ebenso wie für den bizarren –, und dass ihre Geschichte ihn nicht mehr fesselte, erschütterte sie fast.

»Und er wirkte vollkommen verloren. Nicht nur im buchstäblichen Sinne. Es lässt sich kaum beschreiben. Ich konnte sehen, dass er meiner Gegenwart weit lieber entkommen wäre, als ich mir gewünscht hätte, und so schnell, wie er gekommen war, verschwand er auch wieder.«

Einen Teil ihrer Gefühle behielt sie für sich. Vor allem, welch pures Hochgefühl die erste Begegnung mit dem Mann in ihr ausgelöst hatte. Sie konnte die wenigen Momente, in denen etwas halbwegs Aufregendes in ihrem Erwachsenenleben passiert war, an einer Hand abzählen, und dieser Moment gehörte ganz sicher zu den eindringlichsten. In jenem Augenblick hatte sie nichts als Angst verspürt, doch empfand sie diese nicht etwa als Bedrohung, sondern als unerwartetes Geschenk. An dem Abend der ersten Begegnung dachte sie im Bett neben George liegend daran, und auch am nächsten Morgen ging sie ihr nicht aus dem Kopf. Das Bild dieses Mannes: der herabhängende Unterkiefer, der an die offen stehende unterste Schublade einer Kommode erinnerte, die linkisch hochgezogenen breiten Schultern.

Sie redete sich ein, er könnte gefährlich sein; dass ihre Gedanken völlig zu Recht immerzu um seine mögliche Rückkehr kreisten, wenn man bedachte, was er in Zukunft anstellen könnte. Und so war nichts Seltsames daran, wie oft sie zur Wäscheleine hinüberschaute, wenn George auf der Terrasse ein Nickerchen machte oder durch den Wald streifte. Doch blieb der Schatten des Eindringlings am Abend aus, verspürte sie nicht etwa Erleichterung, sondern Enttäuschung. Was nur dazu führte, dass sie das Grundstück noch genauer im Auge behielt und auf seine Rückkehr wartete, so als könnte das Geheimnis, das ihn umgab, auch einen verborgenen Teil von ihr offenbaren. Wenn er doch bloß wiederkäme, um es zu enthüllen.

Als er zwei Tage später zurückkehrte, als hätte ihr Wunsch ihn heraufbeschworen, war dies ein Schock, etwas, von dem sie angenommen hatte, es würde nur in ihrer Vorstellung geschehen. Sie sah ihn, bevor er sie sah, weil er in seinem eigenen Schatten verschwunden war, seine Bewegungen so bedächtig wie die eines Kleinkinds, das seine ersten Schritte wagte. Sie beobachtete ihn aus der sicheren Umgebung des Hauses, in dem Wissen, dass sie jederzeit George herbeirufen konnte, der aus seinem Arbeitszimmer herunterkommen würde, um sich der Sache anzunehmen. Doch ehe sie sich's versah, ging sie zur Hintertür, drehte den Türknauf und stand auf der Terrasse, von wo aus sie zusah, wie der Mann wieder die Kleider auf der Wäscheleine inspizierte.

Es gab nur wenig, das ihr Angst machte. Einmal, als Kind, hatte ihr Bruder Silas versucht, sie mit Gruselgeschichten zu erschrecken, als sich das Mondlicht in ihr gemeinsames Zimmer stahl und seine bleichen Tentakel die Dunkelheit durchdrangen. Es waren Geschichten, die Silas ihr auf Geheiß ihres Vaters nicht erzählen durfte, die nur für die Männer der Familie bestimmt waren und später einmal an Silas' eigene Jungs weitergegeben werden sollten. Auf dem Höhepunkt seiner Geschichte voller Gewalt und Tod hatte sie so abgeklärt, mit so scharfsinniger Skepsis reagiert, die sich in ihrem Schweigen manifestierte, dass Silas ins Stottern geriet und verstummte. Es war nicht das letzte Mal gewesen, dass ein Junge ihren Mut auf die Probe gestellt hatte, und sie würde sich auch von diesem Mann an der Scheune nicht einschüchtern lassen, der es irgendwie geschafft hatte, sie schon einmal zu verunsichern.

Sie raffte ihr Kleid hoch und lief durch den Wiesenhafer so schnell auf ihn zu, dass er kaum Zeit hatte zu reagieren. Das

Erste, was sie wahrnahm, als sie neben ihm stand, waren die dreckverkrusteten schwarzen Fingernägel. Er griff nach der Wäscheleine und nahm eine von Georges Socken, dann die andere und drehte sich schließlich zu ihr um. Isabelle wusste nicht, was sie sagen sollte. Er lief nicht davon. Regte sich nicht einmal. In seinen Augen war kaum etwas zu lesen, und er umklammerte die Socken, als wären sie sein einziger Besitz; etwas, das er gerade erobert hatte und für immer behalten würde.

»Darf ich fragen, was Sie da machen?«

Er sagte nichts.

»Wo kommen Sie her?«

Es lag etwas Frustrierendes in der Beschaffenheit seines Mundes, immerzu geöffnet, aber bar jeden Wortes.

»Sagen Sie doch was«, flehte sie. »Sie müssen.«

Doch während der Anlass seines ersten Auftauchens nicht klar war, hatte sein jetziger Besuch einen so offensichtlichen Beweggrund, dass er keiner Erklärung bedurfte. Seine Kleidung war noch immer feucht vom Regenguss in der Nacht zuvor, seine Lederschuhe dunkel vor Nässe und so ramponiert, dass sie aussahen, als hätte man sie in einen Brennofen gelegt und die verkohlten Überreste zu diesen Dingern neu zusammengesetzt. Sicherlich gab es für einen Mann in diesem Zustand nichts Verlockenderes als ein trockenes Paar Socken.

Sie ließ den Saum ihres Kleides auf die Haferhalme hinabfallen.

»Ich verstehe. Sie müssen in das Gewitter geraten sein.«

Die Erklärung war so naheliegend, dass Isabelle eine Welle der Scham überkam, und jetzt fragte sie sich, wie sie in eine so würdelose Lage hatte geraten können, mit diesem Mann allein zu sein. Sie erinnerte sich an eine Zeit, in der ihr Leben den Nähten eines gut geschnürten Korsetts geglichen hatte – ihr Ehemann und ihr Sohn die miteinander verflochtenen Bänder, die ihr aktives gesellschaftliches Leben zusammenhielten, jene

Beziehungen, die sie seit ihrer Heirat und dem Umzug nach Old Ox gepflegt hatte. Doch im Verlauf des letzten Jahres, seit Caleb in den Krieg gezogen war, hatte sich das Korsett gelöst, und sie fühlte sich nackt vor diesem Fremden; desillusioniert nicht etwa von seinem Schweigen, sondern von ihren eigenen idiotischen Erwartungen an ihn.

»Bitte«, sagte sie. »Gehen Sie ruhig. Sie dürfen sie behalten. Ich habe nichts dagegen.«

Er blinzelte einmal, blickte auf die Socken und machte sich daran, sie zurück auf die Leine zu hängen – als würden sie bei genauerer Betrachtung seinen Ansprüchen nicht genügen.

»Haben Sie mich nicht gehört?«, fragte sie. »Ich sagte, Sie sollen sie mitnehmen.«

Er stand still, betrachtete sein Werk mit einer gewissen Zufriedenheit und machte gelassen kehrt, um zum Wald zurückzuspazieren, ohne auch nur einmal in ihre Richtung zu sehen.

»Wo wollen Sie denn hin?«, rief sie ihm nach. »Es könnte wieder regnen. Kommen Sie doch zurück. Sie fangen sich noch was ein. Warum hören Sie nicht?«

Er trottete weiter, und seine Schultern bewegten sich bei jedem Schritt hin und her, bis er wieder in der Dunkelheit verschwand und sich zwischen den Bäumen verlor. Ungehört und ungesehen blieb Isabelle noch einige Minuten dort stehen, reglos bis auf ihr Kleid, das vom Wind angehoben wurde. Neben ihr wippte die Wäscheleine. Sie kämpfte noch immer gegen die Scham an, als sie ins Haus zurückkehrte.

Jetzt, beim Frühstück mit George, erwähnte sie von all dem nur, was der Mann getan hatte, sein Schweigen und seinen abrupten Aufbruch. »Ich hab ihn verscheucht«, sagte sie schließlich, während sie die Teller vom Tisch räumte. »Er war wie der Blitz verschwunden. Es ist nicht ausgeschlossen, dass er wiederkommt. Ich wollte nicht, dass du dir Sorgen machst, aber ich dachte, es ist besser, wenn du Bescheid weißt.« Sie eilte in die

Küche und wünschte sich, dass er etwas sagte, irgendetwas, das ihr erlauben würde, die Erinnerung hinter sich zu lassen.

»Ich glaube, ich habe den Mann schon getroffen«, sagte George und wischte sich mit der Serviette den Mund ab. »Du sagst, er hat nicht gesprochen.«

»Nicht ein Wort.«

»Dann ja. Und soweit ich es beurteilen kann, ist er vollkommen harmlos. Du brauchst keine Angst vor ihm zu haben.«

»Gut. Dann habe ich auch keine.«

Es gab Fragen. Es gab immer Fragen. Doch ihr war egal, ob George dem Mann tatsächlich begegnet war und unter welchen Umständen, denn seine Nonchalance wirkte sofort wie ein Balsam. Wie mühelos er die Vergangenheit hinter sich ließ, wie er die Sorgen abmilderte, die sie plagten. Auch wenn es ihm oft an Wärme mangelte, so wurde dies durch seine Fähigkeit, sie zuverlässig in den sicheren Hafen zu geleiten, wenn sie in unruhige Gewässer geraten war, um ein Vielfaches wettgemacht. Niemand war verlässlicher als er, und wenn das nicht der Gipfel des Mitgefühls war, dann wusste sie nicht, was sonst.

»Ich bin froh, dass ich es erzählt habe«, sagte sie, »einfach, damit ich es jetzt dabei bewenden lassen kann.«

Ihr Mann jedoch sah unverändert aus, so als hätte er ihre Schuldgefühle auf sich genommen. Es zeigte sich in seiner Hohlwangigkeit, den gebeugten Schultern. Erst jetzt, in dieser Sekunde, erkannte sie den Schmerz, den er mit sich herumschleppte. Als er sich ihr zuwandte, lag in seinem Blick solch eine Qual, solch eine Erschöpfung, dass sie einen schwächeren Mann wohl überwältigt hätte.

»Da ist auch noch etwas, das ich mit dir besprechen muss. Und es tut mir leid, dass ich gestern nichts gesagt habe, aber da wusste ich nicht, wie ich es sagen soll. Ich weiß es noch immer nicht. Isabelle …« Dann geriet er ins Stocken.

Dieser Tonfall. Sie war nicht ganz sicher, wann sie ihn zuletzt gehört hatte. Vielleicht, als er mit einer fast schon tragischen Schüchternheit bei ihrem Vater um ihre Hand angehalten hatte, ohne zu ahnen, dass sie in der Kutsche direkt vor ihnen saß; oder Jahre später, als er den Kopf zur Schlafzimmertür hineinsteckte und die Hebamme fragte, ob Caleb endlich geboren sei, so als wären dessen Schreie nicht Hinweis genug. Sie begriff, dass es nicht Distanziertheit war, die sie an diesem Morgen an ihm wahrgenommen hatte, sondern Nervosität. Und noch bevor er ein weiteres Wort sagte, wusste sie, dass sie ihm nicht verzeihen würde, was er ihr verheimlicht hatte – was auch immer es war. Sie verspürte den Drang wegzurennen, doch ihre Füße bewegten sich nicht vom Fleck. Als er schließlich den Mund wieder schloss, war der Teller in ihrer Hand in der Morgenluft getrocknet – es gelang ihr, ihn abzustellen, als wäre es besser, dass ihre Tränen auf den Boden fielen, statt etwas zu beflecken, das sie gerade gereinigt hatte.

KAPITEL 3

Prentiss nahm die Füße seines Bruders auf den Schoß und knetete jeden einzelnen von Landrys Zehen. Dann die Fußsohle, dann die Ferse. Er grub seine Daumen so tief in den linken Fuß hinein, dass der ganz weiß wurde, bis mit dem Blut die Farbe zurückkehrte. Landry lag, den Kopf auf einen Baumstamm gebettet, auf dem weichen Waldboden. Er starrte in den Himmel.

»Immer versuchst du, mich auszutricksen, was?«, sagte Prentiss.

Landry ächzte, aber es klang mehr nach Freude als allem anderen.

»Hast den Rest vom Kaninchen gegessen, als wär's sonst abgehauen. Als wär ich zu blöd, das zu merken.« Er erreichte die Furche des Fußes, und Landry senkte den Blick, als wolle er die Technik seines Bruders ergründen, bevor er sich wieder der aufgehenden Sonne zuwandte. »Nur, wir haben sonst nichts mehr zu essen. Du hast dir vielleicht die paar Reste geschnappt, aber wir werden es nicht bis zum Abend schaffen, wenn wir nichts fangen.«

Landry blieb stumm, eine Sache, die für diesen Mann nichts mit Sprechen zu tun hatte, sondern eher mit den Sinnen, mit der Art, wie er existierte. Auf Fußmassagen reagierte er immer so. Prentiss spürte dann, wie sich der Körper seines Bruders so sehr verlangsamte, dass er beinahe einschlief, wie seine Atmung aussetzte, seine Schultern erschlafften – und das war ein Vorbild dafür, wie man etwas genoss, wie man ganz im Fühlen aufging.

Die Tradition stammte noch aus der Zeit ihrer Kindheit in

den Hütten der Plantage, damals, als Landry noch gewesen war. Damals saßen sie einander auf ihren Pritschen gegenüber, und noch lange nachdem ihre Mutter die Talgkerze gelöscht hatte, bearbeitete der eine die Füße des anderen und bereitete sie für den Tag auf dem Feld vor. Prentiss erinnerte sich, wie Mr Morton einmal dem besten Arbeiter ein Paar Handschuhe in Aussicht gestellt hatte. Allen war klar, dass es sich um ein leeres Versprechen handelte, aber es zeigte, wie wenig er über sie wusste – die Hände waren durch das mühevolle Pflücken schnell abgehärtet, während Füße, egal, wie gut man sie schützte, immer einen Weg fanden zu schmerzen, von all den Stunden, die sie einen kaputten Körper tragen mussten.

Sie hatten gemeinsam auf Mr Mortons Land gearbeitet; sie hatten das einzige Leben hinter sich gelassen, das sie je gekannt hatten; und sie dachten oft im Einklang, wie ein einziger Kopf. Und so überraschte es Prentiss nicht, dass sein Bruder, als er selbst aufstand, bereits auf den Beinen war, obwohl keiner von ihnen ein Wort gesagt hatte.

Landry griff nach dem Seil, mit dem sie das Kaninchen gefangen hatten, doch Prentiss legte ihm eine Hand auf die Schulter.

»Schluss damit. Wird Zeit, dass wir uns ins Lager aufmachen, zu unseren Leuten.«

Sein Bruder betrachtete den Schlafplatz, den sie sich eingerichtet hatten.

»Nicht für immer«, versicherte Prentiss ihm. »Wir besorgen uns was zu essen und sind vor Sonnenuntergang zurück.«

Es gab Orte und Klänge, die Landry beruhigten, aber allem, was außerhalb des ihm Vertrauten lag, begegnete er mit Widerwillen. Noch eine Woche zuvor hatte das auch für diesen Wald gegolten. Als sie davorstanden, hinter sich die Hütten, die immer ihr Zuhause gewesen waren, vor sich das Unbekannte, ihre wenigen Besitztümer auf den Rücken gebunden, sahen sich die Brüder mit einem stillen, brütenden Mysterium konfrontiert. Ein einzelner Schritt nach vorne wurde für Landry zu etwas Unmöglichem. Seine Füße waren wie festgewachsen, und er schüttelte den Kopf, bis er schließlich, nachdem Prentiss ihn bestimmt eine Stunde lang angefleht hatte, aus eigenen Stücken voranschritt, als habe dieser Gang einer ganz bestimmten Menge an Mut bedurft, die er in genau diesem Augenblick angesammelt hatte.

Prentiss befürchtete, beim Gang ins Lager könnte es genauso sein. Er achtete darauf, dass sie Majesty's Palace weit hinter sich gelassen hatten, bevor sie auf die Straße traten. Er wollte seinen ehemaligen Herrn und diejenigen nicht sehen, die sich entschieden hatten, bei ihm zu bleiben.

War das wirklich erst eine Woche her? Wie seltsam jener Morgen gewesen war. Sie hatten gehört, dass Soldaten der Union vorrückten, Gerüchte, wie sie seit Jahren von Hütte zu Hütte geflüstert wurden, schon seit der Krieg begonnen hatte. Die Idee wahrer Emanzipation war ihnen immer so fantastisch erschienen, dass Prentiss, sollte es dazu kommen, mit Trompetenstößen und im Gleichschritt marschierenden Truppen gerechnet hatte, die in Majesty's Palace einfallen würden wie Engel, gekommen, um den Willen Gottes persönlich umzusetzen. Tatsächlich waren nur ein paar junge Männer aufgetaucht, in blauen Uniformen so dürftig wie die Kleider, die Prentiss und Landry selbst trugen. Sie kamen den Weg entlang und riefen sie aus ihren Hütten, dicht gefolgt von Master Morton, der in seinem Schlafanzug auf eine Weise bloßgestellt war, wie Prentiss es noch nie gesehen hatte. Morton flehte die Soldaten um Verständnis an und behauptete, seine Sklaven wollten in seiner Obhut bleiben, doch die jungen Männer ignorierten ihn und verkündeten, dass jeder Mann, jede Frau und jedes Kind in Knechtschaft nunmehr frei sei und gehen dürfe, wohin er oder sie wolle.

Master Morton sagte, sie seien hoffnungslose Kreaturen, und

beschwor die Soldaten erneut, das doch zu erkennen, obwohl allen klar war, dass er selbst der hoffnungslose Fall war und sich schlimmer aufführte als ein Kind, das man von seiner Mutter getrennt hatte. Trotzdem bewegte sich zunächst niemand vom Fleck. Prentiss war es, der von der Schwelle seiner Hütte trat und auf einen der Soldaten zuging, einen weißen Mann mit jungenhaftem Gesicht, der vielleicht sogar noch jünger war als er selbst und dem diese Farm offensichtlich genauso wenig bedeutete wie die nächste, wo er, wie Prentiss vermutete, schon bald genauso monoton dieselbe Botschaft verkünden würde.

»Wann dürfen wir gehen?«, fragte er den Mann so leise, dass Morton es nicht hören konnte, denn was, wenn das Ganze eine Falle war und wenn denjenigen eine Bestrafung erwartete, der es auch nur wagte, danach zu fragen?

Kostbarere Worte, als sie der Junge nun sagte, hatte er noch nie gehört.

»Wann immer Sie wollen, denke ich.«

Ohne auch nur eine Sekunde nachzudenken, fuhr Prentiss herum und blickte Landry an, denn jetzt konnte ihr Leben beginnen, und es wurde Zeit, es auf die Weise anzugehen, die sie für richtig hielten. Landrys zitterndes Kinn und sein Nicken verrieten ihm, dass sein Bruder es ganz genauso sah.

In den Wald hineinzugehen war eine Expedition für sich gewesen, und nun ließen sie mit ihm auch seine Geräusche zurück, bis sie in der Stille verschwanden; vereinzelt tauchten Kutschen vor ihnen auf, die sie rasch passierten. Sie gingen ohne Eile, Schritt für Schritt, und Erde füllte die ungeflickten Löcher in ihren Schuhsohlen. Jedes Haus, an dem sie vorbeikamen, war ein bisschen mehr oder ein bisschen weniger beeindruckend als Majesty's Palace, doch alle waren sie bemerkenswert, alle waren weiß.

»Meinst du, das könnte dir gefallen?«, fragte Prentiss, doch Landry hielt den Blick auf die Straße gerichtet. Die Veranda des

Hauses vor ihnen war geräumig genug, um darauf eine größere Feier zu veranstalten. Kleine, blaue Büsche hatten vor jeder der Säulen ausreichend Platz.

»Mir auch nicht, genausowenig wie die anderen«, sagte Prentiss. »Was soll man mit so viel Platz? Wie soll man jemandem erklären, dass man sich in seinem eigenen Haus verlaufen hat? Das sag mir mal.«

Die Frage hatte er sich schon zuvor gestellt, doch weil er nie zuvor andere Häuser als Majesty's Palace und die der Nachbarn gesehen hatte, hatte er nicht gewusst, dass der krankhafte Überfluss, unter dem sein ehemaliger Besitzer litt, offensichtlich die gesamte Stadt befallen hatte.

Sie hatten nichts bei sich. Ihnen begegneten mehr Ochsen als Menschen, und doch fühlten sie sich bei jedem Schritt beobachtet, wie so viele ihrer Bewegungen in der Vergangenheit beobachtet worden waren. Je weiter sie kamen, desto wirklicher fühlte es sich an – jeder Schritt eine Bestätigung ihrer Freiheit.

»Guck uns an«, sagte Prentiss. »Weltenbummler. Reisende. Ist das nicht was?«

Er stupste seinen Bruder in die Rippen, doch als sie an das Schild kamen, auf dem der Name *Old Ox* geschrieben stand, halfen seine schönen Worte nicht mehr. Landry blieb so abrupt stehen, als wäre er gegen eine Mauer geprallt. Mit einem Mal umgab sie ein Wirrwarr aus Geräuschen und Anblicken – die maulenden Rinder in unsichtbaren Ställen, das Geschrei jammernder Kinder, ein Mann, der seinen Kautabak einfach so von der Veranda spuckte. Prentiss nahm all das auf einmal wahr, ganz so, wie es sein Bruder tun mochte, und wusste, was für ein Kampf ihnen bevorstand.

»Es ist nur ein Schritt wie jeder andere«, sagte er.

Landry sah ihn mit ernster Miene an, als stünde seine Entscheidung fest.

»Gut«, sagte Prentiss. »Na dann.«

Er würde seinen Bruder nicht zwingen, in die Stadt zu gehen, genauso wenig, wie er ihn gezwungen hatte, in den Wald zu gehen. Ein so großer Teil ihres Lebens war ihnen von anderen Männern aufgezwungen worden, dass es sich richtig anfühlte, jede Entscheidung wertzuschätzen – als die ganz eigene.

»Ich frag dich eins. Warum durch die Stadt gehen, wenn man auch drum herumgehen kann? Würdest du dir die Frage nicht auch stellen?«

Landry blickte ihn erneut an. Er schaukelte leicht, machte sich bereit. Die Spitzen seiner Schuhe hoben sich vom Boden, um sich auf einen erträglichen Kompromiss vorzubereiten, und das war alles, was Prentiss brauchte, um weiterzugehen, um zu wissen, dass sein Bruder an seiner Seite sein würde.

Die Stadt schmiegte sich an den Wald, was es einfach machte, sie zu umgehen, ohne Aufmerksamkeit zu erregen – nicht dass jemand ihnen überhaupt Beachtung schenken wollte. Sie hielten sich an die Rückseiten der Gebäude. Hinter einem Zaun erspähten sie einen so großen dampfenden, blubbernden Kessel voller Schweineteile, dass darin problemlos ein Mann ein Bad hätte nehmen können, hätte er das gewollt. Aus dem Haus drangen Stimmen von, wie Prentiss vermutete, hungrigen Männern. In einem anderen Garten stand eine Frau und säuberte mit einer Bürste die Armlehnen eines Gartenstuhls. Sie fuhr so sorgfältig darüber, als würde sie dem Stuhl einen frischen Anstrich verpassen. Danach sah Prentiss nicht mehr hin. Seine Kleider waren feucht vom Schweiß, und ihm fiel auf, wie schnell er ging, als könnte etwas, das sie verfolgte, ihre Fährte aufnehmen. Nie zuvor hatte er solche Menschen ohne Erlaubnis angesehen, hatte er ganz normale Leute beobachtet, die im Privaten ihren Beschäftigungen nachgingen, und es erschien ihm gleich wie eine gefährliche Situation.

»Nicht mehr lang«, sagte er, auch wenn er gar nicht wusste, ob das stimmte, denn die Gerüchte, dass sich das Lager auf der anderen Seite von Old Ox befand, waren für ihn tatsächlich nur Gerüchte. Seine Worte waren nicht so sehr an Landry gerichtet, sondern eher an ihn selbst, ein Fitzelchen Zuversicht, eine Angewohnheit aus einem Leben, in dem sein einziger Begleiter keine Worte, keine Sicherheit mit ihm zu teilen vermochte.

Prentiss hielt dem Bruder seine Schwächen nicht vor – in diesen Eigenarten gründete seine Stärke. Denn sein Bruder blieb zwar oft an Ort und Stelle stehen, doch er wanderte nie einfach davon. Landry ging dorthin, wo man ihn erwartete, und es war ein Zeichen von Tapferkeit, wenn jemand bereit war, entweder immer weiterzugehen oder sich seiner Angst zu stellen, ohne mit der Wimper zu zucken, auch wenn ihn das manchmal erstarren ließ. Dieses Prinzip war Landry von Geburt an eingeschrieben, genauso wie seine Liebe zum Essen, was den Tag der Abrechnung nur noch schwieriger gemacht hatte.

Das war damals, zu einer Zeit, als sie noch nicht erwachsen, aber auch keine Kinder mehr waren, noch mit schmaler Brust, aber langen Gliedern; jung genug, um von ihrer Mutter genauso getriezt zu werden wie vom Aufseher, aber alt genug, dass man von ihnen erwartete, die volle Tagesmenge zu pflücken. Eines Morgens stellten sie sich vor ihren Hütten auf, was für sich betrachtet nichts Ungewöhnliches war, denn sie stellten sich jeden Morgen zum Durchzählen da auf, wo sich die Abdrücke ihrer Füße in den Boden eingegraben hatten. Doch es dauerte nur einen Augenblick, bis klar war, dass vor der gegenüberliegenden Hütte etwas fehlte. Wo Little James und Esther hätten stehen sollen, war nichts. Mit dieser Abweichung von der Routine ging ein stummer Schmerz einher, den Prentiss nie zuvor verspürt hatte. Sein Herz fühlte sich in seiner Brust riesengroß an. Er sollte starr nach vorne blicken, doch sein Instinkt veranlasste ihn, überall sonst hinzusehen, in der Hoffnung, sie könnten hinter einer Wäscheleine auftauchen oder von einer Weide herbeispringen, bevor Mr Cooley kam und ihr Fehlen bemerkte.

Mit einem Mal aber war Mr Cooley schon da. Er ließ sein Pferd vor ihrer Hütte anhalten, stieg jedoch nicht ab. Er nahm bloß seinen Hut vom Kopf, musterte jeden Einzelnen vor sich, und fragte geradeheraus, wohin die beiden gegangen seien. Niemand antwortete.

»Ihr bleibt, wo ihr seid«, sagte er, wendete sein Pferd und ritt im Galopp zu Majesty's Palace zurück.

»Kein Wort von euch beiden«, hatte ihre Mutter geflüstert, während sie beiden eine Hand auf die Schulter legte und wie ein Schild zwischen ihnen stand.

Niemand wagte es, sich zu bewegen, als Mr Cooley zurückkam, mit Mr Morton an seiner Seite. Sie bauten sich vor der Gruppe auf, und Mr Morton strich sich schnaufend das Haar aus den Augen.

»Nicht mehr lang«, sagte er, »bis die Hitze mich packt. Und Mr Cooley kann euch erzählen, dass die Hitze mir noch nie gutgetan hat.«

»Das stimmt«, sagte Mr Cooley.

»Warum, glaubt ihr, bin ich nicht hier unten im Feld? Meint ihr, ich würde ein bisschen Gesellschaft nicht genießen? Nein, passt auf, ich bin einfach von Natur aus ein heißblütiger Mann, und ich will verdammt noch mal nicht noch heißer werden, als ich's eh schon wär. Wenn mich die Sonne erwischt, wird mir schwindlig. Das macht mein Magen nicht mit.«

»Kann man wohl sagen.«

»Mr Cooley.« Mr Morton brachte ihn mit ausgestrecktem Arm zum Schweigen. »Also sagt mir, bevor ich die Hitze im Nacken spüre, wo die beiden hin sind, sonst könnte ich ein bisschen schlechte Laune kriegen, und wenn man mir so früh den Tag versaut, denke ich mir, weil ihr ja so mitfühlende Wesen seid, würdet ihr meine Not mit mir teilen.«

Als keine Antwort kam, fuhr Mr Morton mit seiner Ansprache fort. Ohne Little James und Esther, sagte er, würde er

Produktionseinbußen erleiden, die noch zu den Ausfällen hinzukamen, die der Verlust der zwei Sklaven selbst darstellte. Und warum sollte er, ein Mann, der nichts Unrechtes getan habe, ein frommer, rechtschaffener Mann, für den rücksichtslosen Ungehorsam dieser zwei Individuen bestraft werden, die er doch immer so gewissenhaft mit Essen und Kleidung versorgt hatte? Und somit würde er, falls ihm niemand zu verraten bereit sei, wo Little James und Esther zu finden seien, einen Sklaven auswählen – und dieser Sklave würde am Ende jeden Monats die Peitschenhiebe für sie alle abbekommen. Jedes Vergehen würde bestraft werden, und er würde sämtliche Hiebe auf sich nehmen müssen, und falls jemand bereit sei, zum Märtyrer zu werden und diese Verantwortung zu übernehmen, brauche er sich bloß zu melden.

»Kommt schon«, sagte er, von einem zum anderen blickend. »Einer reicht.«

Landry trat nicht vor. Er fasste sich bloß an den Arm, um sich zu kratzen. Prentiss war sich später nie ganz sicher, ob Landry bewusst war, was er getan hatte. Er erinnerte sich bloß, dass der Blick seines Bruders auf einen Schwarm Fliegen vor ihrer Hütte fixiert war, seine Gedanken sonst wo, wie so oft.

»Das ist mein Mann!«, sagte Mr Morton, was sogar Mr Cooley überraschte, der zwar ein ebenso dummer, aber nur halb so grausamer Zuchtmeister war.

Prentiss wagte es nicht, seine um Gnade flehende Mutter anzusehen, oder Landry, und er würde für alle Zeiten mit der Schuld leben müssen, nicht selbst vorgetreten zu sein, um den einzigen Menschen zu retten, den zu beschützen er auf der Welt war.

Jeden Monat überwachte Mr Morton die Peitschenhiebe, als handele es sich um ein Fest – Landry bekam sie, wenn Mrs Etty verschlafen hatte oder wenn Lawson zu langsam arbeitete. Nach der Tracht Prügel, bei der Landrys Kiefer brach, dauerte es nur eine Saison, bis der Junge auch die wenigen Worte, die er hatte, nicht mehr benutzte. Ihre Mutter sagte, Landry sei einmal ganz gewesen, und dann halbiert, bis er unweigerlich aus so vielen Teilen bestand, dass sie den Jungen nicht mehr zusammensetzen konnte, den sie einmal ihren Sohn genannt hatte.

Die einzige Gnade, die Mr Morton Landry gewährte, bestand darin, es ihm nicht übel zu nehmen, wenn er auf sein Rufen hin nicht antwortete. »Ich verstehe das nicht als Zeichen von mangelndem Respekt«, sagte Mr Morton dann, laut genug, dass die anderen es hörten. »Manchmal wünschte ich, die anderen hätten eine ähnliche Vorliebe fürs Schweigen wie du, Landry. Wirklich. Das tu ich.«

Das letzte Vergnügen, das ihnen blieb, bestand in der verlassenen Hütte. Sie verhöhnte Mr Morton, wann immer er sie besuchte, weil sie die Demütigung seines Verlustes für alle sichtbar machte. Bei jedem Peitschenhieb schien er zu glauben, Little James und Esther könnten zurückkehren, und es verschaffte Prentiss eine leise Befriedigung, sich vorzustellen, sie wären so weit weg, so voll und ganz verschwunden, dass sie Landrys Schreie niemals hören würden; dass sie niemals zurückkehren würden, um Mr Morton den Seelenfrieden zu bescheren, den er so verbissen anstrebte.

Nachdem sie Old Ox hinter sich gelassen hatten, war das Lager leicht zu finden, man brauchte bloß den regungslosen Körpern zu folgen. Es wurden immer mehr, je weiter sie der Straße folgten, einige zugedeckt mit den breiten Blättern des Holzapfelbaums, die überall herumlagen, andere mit Abfall aus der Stadt – eine Ansammlung von Männern und Frauen, die sich nach lebenslanger Schufterei ausschliefen. Irgendwann zweigte eine provisorische Straße ab, ein sumpfiger Pfad, von vielen Füßen platt getreten. Für ein paar Meter wuchs dichter Schachtelhalm um sie herum. Doch dann, an dem Bach, der durch die Stadt floss, weitete sich der Pfad zu einer Fläche voller Zelte, und aus dem Nichts tauchten Menschen auf. Eine Stadt ohne Gebäude, ohne Schilder und ohne Namen.

»Das muss es sein«, sagte Prentiss.

Anfangs wurden sie kaum beachtet. Reihen von Zelten, meist nicht mehr als zusammengebundene Laken, standen nebeneinander. Kinder ohne Schuhe spielten zwischen den Bäumen, während ihre Eltern schliefen oder einander besuchten.

Als die Brüder weitergingen, fiel der Blick gramerfüllter Augen auf sie, doch nur kurz. Hier war keine Feindseligkeit zu spüren, eher eine kollektive Demut, die Prentiss von sich selbst kannte. Dies war ihr neues Leben. Die Arbeit ersetzt durch zielloses Herumsitzen oder das Betteln um Nahrung, wie ein Tier. Keines der Gesichter kam ihm bekannt vor. Prentiss überlegte, ob er ein paar Namen rufen sollte, doch er wollte keine Aufmerksamkeit erregen.

»Was habt ihr dabei?«, fragte eine Stimme aus einem Zelt neben ihnen.

Prentiss drehte sich zu einer Gruppe von Männern und Frauen um, die um eine Bratpfanne herum hockten. In der Pfanne lagen noch verkohlte Reste, kross und verbrannt. Jeder von ihnen hielt ein Blatt Zeitungspapier mit Stückchen von Kartoffelschale darauf, und sofort bemerkte Prentiss, wie hungrig er war. Sein Blick folgte der Tinte, die vom vor Fett triefenden Papier lief. Er sah, dass auch Landry sich langsam dem Zelt näherte, ebenso begierig auf einen Bissen. Der Anführer im Zelt rief noch einmal nach ihnen.

»Entweder ihr wollt was tauschen oder ihr sucht bloß Ärger. Was von beiden?«

Prentiss erklärte dem Mann, er suche nach seinen Leuten von Majesty's Palace.

Der Mann leckte sich die Finger ab. »Junge«, sagte er. »Wir sind aus Campton.«

»Von dem Haus hab ich noch nie gehört«, sagte Prentiss.

»Habt ihr gehört? Er denkt, das ist ein Haus.«

Als Prentiss nicht antwortete, schlug sich der Mann auf die Schenkel und fragte die anderen noch einmal, ob sie gehört hätten, was der Junge gesagt hatte.

»Campton, Georgia, Junge. Das ist eine *Stadt*. Nicht mehr als zehn Meilen die Straße rauf.«

Der Mann hatte Mitleid mit ihnen. Erklärte ihnen, dass das Lager an der Kreuzung zwischen verschiedenen Städten lag. Viele befreite Sklaven waren bereits in den Norden aufgebrochen, mit nicht viel mehr als einer Tagesration. Manche folgten einfach der Straße, an der es ein Sägewerk gab, das Helfer suchte. Andere gingen weiter. Er erwähnte Baltimore, Wilmington und so viele andere Orte, dass Prentiss ihm bald nicht mehr folgen konnte.

»In Baltimore hab ich nichts zu tun«, sagte Prentiss.

»Keiner von uns hat irgendwo was zu tun. Aber das hält hier keinen auf.«

»Ihr geht einfach los?«

Der Mann nickte.

»Jetzt kommt's mir so vor, als ob ich deine Frage beantwortet hätte, aber du nicht meine. Was habt ihr dabei?«

Er wollte ihre Feldflasche. Prentiss sah sie sich an. Er hatte sie nie als etwas von Wert betrachtet. Vielleicht entging ihm etwas, das ins Blech geritzt worden war, irgendein Zeichen auf dem abgestoßenen Rand des Korkens. Im Gegenzug erhielt er drei Kartoffeln. Der Mann gab Landry sogar die Reste in der Pfanne, die er mit einer solchen Geschwindigkeit aufaß, wie er sie den ganzen Tag noch nicht gezeigt hatte.

»Die Straße runter findet ihr bestimmt einen Platz«, sagte der Mann.

Die Sonne stand jetzt höher. Vor dem Zelt war es so hell, darin so dunkel, dass Prentiss den Mann kaum erkennen konnte. Er wandte sich seinem Bruder zu.

»Gib dem Mann die Pfanne zurück.«

Landry reichte ihm die Bratpfanne, und sie traten auf die Straße zurück. Der Kartoffelgeruch hing ihnen noch lange in der Nase. Landry wurde ruhiger, jetzt, da er ein wenig gegessen hatte. Mit schwankendem Gang schritt er voran, zurück in Richtung Wald.

»Bleib auf dem Weg«, sagte Prentiss.

Er überlegte bereits, wann sie wieder aufbrechen würden, wie er seinem Bruder mitteilen sollte, dass es so weit war. Und neben dieser Entscheidung beschlich ihn ein Gefühl von Verlust, dem ein verstörender Gedanke zugrunde lag: dass sie, nach all der Last, die sie auf dem Rücken getragen hatten, nach all dem Schweiß, den sie vergossen hatten, nicht einen Zentimeter dieses Landes besaßen. Solange sie am Rande der Stadt blieben, zwischen den Bäumen versteckt wie ihre Brüder und Schwestern, waren sie nicht besser als die anderen. Und ihm wurde klar, dass sie den Weg zu einem lebenswerten Leben nur anderswo finden konnten, wo sie vielleicht nicht mehr, aber unmöglich weniger haben würden.

Er nahm eine rasche Bewegung vor sich war.

»Landry!«, rief er.

Sein Bruder schlug sich in die Büsche, die den Pfad säumten, und bevor Prentiss ihn zu fassen bekam, stakste er auch schon durchs Unterholz, der knöcheltiefe Schlamm saugte an seinen Schuhen, um ihn herum summten Schwärme von Mücken so laut, dass ihm der Kopf brummte. Der Schachtelhalm stand hier höher. Nesseln drangen durch seine Hose und stachen ihm ins Bein. Er konnte seinen Bruder nicht sehen, und einen Augenblick lang wusste er nicht, wohin er sich wenden sollte, wo vorne und hinten war. Er schloss die Augen und marschierte auf die Wand aus Gras zu, die sich vor ihm erhob, und dann war er plötzlich frei, und frische Luft umgab ihn. Er wäre ins Wasser gefallen, wäre er nicht gegen Landry, der vor ihm im Gras hockte, gestolpert.

»Was ist in dich gefahren? Verrat mir mal –«

Dann sah er ihn – einen Teich, nicht breiter als ein paar Körperlängen. Die Oberfläche war mit Seerosen bedeckt, und Triebe von Rohrkolben reckten sich wie Finger zur Sonne. In der Mitte des Teiches befand sich eine kleine Insel aus Riedgras. Sein Bruder tauchte wieder und wieder die Hand ein und ließ sie durchs Wasser gleiten. Prentiss sah zu, wie die Hand seines Bruders das Wasser berührte, wie sie ein- und wieder auftauchte und sich funkelnde Wellen ausbreiteten, um in der Hitze wieder abzuebben. Der Anblick war für Landry, so schien es, jedes Mal neu.

Seine Begeisterung ließ Prentiss an die Baumwollfelder denken, wo Tröge voll Wasser am Ende der Reihen aufgestellt waren. Die Aufseher ließen ihre Pferde im Laufe des Tages immer wieder daraus trinken, und wenn eine Reihe in kurzer Zeit leer gepflückt war, hatten sie manchmal auch die Arbeiter davor knien und trinken lassen. Doch die Felder waren wie ein Hufeisen geformt, und vom Ende seiner Reihe, nicht weit entfernt von der äußersten Biegung, ging Landry selten ans Wasser. Stattdessen fixierte er mit den Augen den Springbrunnen vor Majesty's Palace. Prentiss forderte ihn auf zu trinken, doch sein Bruder schien den Brunnen für die bessere Quelle zu halten, so, als wolle er sich den Durst für das aufsparen, was vor ihm lag, Wasser, das nie seines sein würde. Hier schien er, auf eine Art, etwas gefunden zu haben, das dem Brunnen gleichkam.

»Fühlt sich gut an, oder?«, sagte Prentiss, nun entspannter.

Er ließ sich neben Landry nieder und bewunderte nicht die Schönheit, die vor ihm lag, sondern die Anmut seines Bruders, die schwirrende Neugier, die sich hinter seinem abwesenden

Blick verbarg, die Teile von ihm, die andere nicht bemerkten. Seine Finger waren besonders zart und feingliedrig, und ihre Mutter hatte oft gesagt, sie seien wie dafür gemacht, ein Instrument zu spielen, eines mit Klasse, vorzugsweise eine Orgel. Unter vier Augen hatte sie Prentiss verraten, dass sie ihren Blick dorthin richtete, wenn sie Landry festbanden, um ihn auszupeitschen. Es gab Körperteile, auf die sie Zugriff hatten, sagte sie, und andere, die sie nicht erreichen konnten, und seine Hände, selbst wenn sie an einen Pfosten gefesselt waren, würden niemals ihre Schönheit verlieren, auch wenn sie den Rest von Landry zerstörten. Wenn sie doch nur hätte sehen können, wie stark er war, nach so vielen Tagen und Jahren, lange nachdem sie verkauft worden war, sogar nachdem das monatliche Auspeitschen aufgehört hatte, aber die Drohung der Peitsche jederzeit präsent war.

Erst vor wenigen Wochen war Mr Morton auf die Sklaven zugekommen, die noch einen vollen Tag harter Arbeit leisten konnten, trotz der Kriegsrationen und des verdoppelten Solls. Er weckte diejenigen, die sich früh hingelegt hatten, und erklärte einer ausgewählten Gruppe der stärkeren Männer, dass er ihnen ein großzügiges Angebot machen wolle, aus Patriotismus und auf Veranlassung von Präsident Davis: Er würde ihnen die Freiheit schenken, wenn sie sich freiwillig meldeten, um für die Sache zu kämpfen.

»Prentiss«, sagte er, als er die Reihe abschritt. »Du warst immer ein zuverlässiger Arbeiter. Sie brauchen Männer wie dich. Was sagst du?«

Prentiss hatte Mr Morton so ernst angesehen, wie er nur konnte.

»Na ja, ich und Landry hier machen alles gemeinsam.« Dann wandte er sich seinem Bruder zu. »Landry, was hältst du davon, für die Sache zu kämpfen?«

Mr Morton rutschte im Sattel nach vorne, begierig, die Antwort zu hören, doch Landry schwieg, sein Kopf zeigte weder ein Nicken noch ein Kopfschütteln.

»Klingt für mich nicht wie ein Ja, Master«, sagte Prentiss. »Aber er sagt ja nie viel. Ich würde das nicht als Zeichen von mangelndem Respekt verstehen.«

Da hoben sich Landrys Mundwinkel fast unmerklich zur Andeutung eines Lächelns, zu schwach, als dass Mr Morton es bemerkt hätte, doch für Prentiss so eindeutig, dass er selbst sich ein Grinsen kaum verkneifen konnte.

Seit diesem Moment hatte sich ihr Leben so drastisch verändert, dass es ihm so vorkam, als sei das ewig her. Er wünschte sich, er würde die gleiche Freude wie damals empfinden, doch sie war ihm nicht mehr zugänglich. Inzwischen waren die einzigen Erinnerungen, die sein Blut in Wallung brachten, die, die er am liebsten vergessen wollte. Seine vielleicht größte Angst war, dass es immer so bleiben würde – dass er immer, wenn die Stute des Anführers ihn erreichte und die Rohrkolben hinter ihm lange Schatten warfen, schlucken musste; dass das Beben auf der Wasseroberfläche für immer wie das Zucken des Rückens seines Bruders aussehen würde, wenn die Peitsche ihres Herrn ihn traf.

Er legte seinem Bruder die Hand auf die Schulter, behutsam, um ihn nicht zu erschrecken.

»Das reicht für heute, meinst du nicht?«

Und als er aufstand, um zu gehen, tat Landry es ihm gleich.

KAPITEL 4

Old Ox war in den vergangenen fünfzig Jahren zweimal niedergebrannt, und beide Male hatte die Stadt ihre Wunden geleckt und war unter großem Getöse zu neuem Leben erwacht, als zehre sie von den Flammen, die sie zu Asche verbrannt hatten. Der Ort hatte wenig Erstrebenswertes zu bieten – man bekam dort bei Mr Rainey's Meats einen besseren Haarschnitt als beim Friseur, und bei dem Chickasaw, der einmal in der Woche mit dem Planwagen vorbeikam, besseres Fleisch als bei Metzger Rainey –, doch seine Widerstandskraft konnte niemand bezweifeln, denn jede Wiederauferstehung verlieh dem Ort mehr Energie, als er in seinen vorherigen Leben gehabt hatte.

Er war zu einem losen Netz zusammenhängender Gebäude und Häuser angewachsen, aus dem George nicht schlau wurde, und er stand den neueren Geschäften misstrauisch gegenüber, da die Wahrscheinlichkeit groß war, dass sie bei seinem nächsten Besuch nicht mehr da sein könnten – wenn nicht wegen eines Feuers, dann wegen unbezahlter Schulden, und wenn nicht wegen unbezahlter Schulden, dann weil sich ganz in der Nähe, in Selby, Chambersville oder Campton, eine noch günstigere Gelegenheit aufgetan hatte. Deshalb schenkte er nur den Geschäften Beachtung, die er selbst aufsuchte, wenn er samstagvormittags – falls nötig – in die Stadt kam, um Einkäufe oder Geschäftliches zu erledigen.

Von zu Hause aus aus brauchte er eine halbe Stunde auf dem Rücken seines Esels, und er band Ridley immer an der krummen Stange vor Ray Bittles Haus am Stadtrand fest. Ray schlief auf seiner Veranda mit einer Freude am Träumen, um die George ihn beneidete, und doch schaffte der alte Mann es oft, sich zum Gruß an den Hut zu fassen, wann immer Passanten vor seinem Haus stehen blieben. Das war die einzige Form von Kontakt, die George seit Jahren mit ihm pflegte.

»Dauert nicht lang«, sagte George, mehr zu seinem Esel als zu Bittle, dann nahm er seine Satteltaschen und machte sich auf den Weg zur Hauptstraße.

Die Gehsteige bestanden aus Holzplanken, von denen die meisten so dünn und uneben waren wie Sargdeckel. Schon der kleinste Anflug von Regen überschwemmte sie, sodass Wasser aus den Ritzen quoll wie Saft aus einem Braten. Von der Hauptstraße gingen Gassen ab, die zu den neueren Gebäuden und schließlich zum ältesten Teil der Stadt führten, der ursprünglichen Reihe von Häusern, die überlebt hatten, während andere aufgaben. An sich war genügend Platz vorhanden, doch der Zustrom von Menschen nahm die Luft zum Atmen, und ihre Überzahl spülte das letzte bisschen Anstand fort, den es dort einmal gegeben hatte. Die Wände von Vessey Mercantile waren so mit Ausscheidungen – menschlichen und anderen – bespritzt, dass sie an die Schmiererei eines Kinders erinnerten, das alle Farben seiner Palette zu einem einzigen Schlammton vermischt hat. Zwischen Blossom's Café und dem Gemischtwarenladen gab es Ecken und Winkel, nicht breiter als ein Hundekäfig, und in fast allen standen die Zelte der Obdachlosen – einige davon Weiße, die aus dem Krieg zurückgekehrt waren und noch ihre zerrissenen Uniformen trugen, andere Freigelassene, ein Kontrast, wie gemacht für den Stift eines Karikaturisten mit grobem Sinn für Humor.

Mit einer gewissen Erleichterung löste er sich aus der Menge, betrat Ezra Whitleys Geschäftsräume und atmete die Luft ein, die aus einer anderen Zeit zu stammen schien, als wäre sie unberührt von der Welt dort draußen.

»Ezra?«, rief George, während er seine Satteltaschen neben der Eingangstür ablegte und sich umsah.

Die langen Tische – an denen Ezras Söhne ihre Lektionen im Familienbetrieb gelernt hatten, bevor sie eigene Geschäfte eröffneten – standen leer da. Ein Bücherregal, das an der gegenüberliegenden Wand begann und fast den gesamten Raum umgab.

Gerade wollte er noch einmal rufen, als er Schritte auf der Treppe hörte. Ezra stieg, ein Sandwich in der Hand, gebeugt und vorsichtig die Stufen hinunter und begrüßte George, während er hineinbiss.

»Komm rauf, komm rauf«, sagte er.

»Na, dann bleib doch oben, wenn ich hochgehen soll«, sagte George.

Inzwischen war Ezra unten angekommen und winkte ab. »Die Bewegung tut meinen Beinen gut. Der Arzt sagt, in meinen Knien bilden sich Schwellungen. Wenn ich zu viel ruhe, sehen die aus wie reife Melonen.«

»Mein Gott. Was kann man da machen?«

»Der Arzt sagt, nur abwarten, also läuft es auf den Tod hinaus. Aber Treppensteigen macht es ein wenig besser.«

Er legte George eine Hand auf die Schulter.

»Jetzt komm mit rauf.«

Und so folgte George Ezra, wie er es schon fast sein ganzes Leben lang tat. Niemand hatte Georges Vater Benjamin nähergestanden. Ezra kümmerte sich um die Finanzen der Familie, seit Georges Eltern auf der Suche nach dem billigen Land, mit dem sie ihr Vermögen machen sollten, aus Nantucket nach Georgia gekommen waren. Obwohl Benjamin nur Ackerland kaufen wollte, schlug Ezra vor, er solle auch in Old Ox selbst investieren, mit dem Ergebnis, dass Benjamin eine Zeit lang der größte Vermieter der gesamten Stadt gewesen war. Seitdem hielt Ezra sie stets über Gelegenheiten auf dem Laufenden, prüfte ihre Bücher und trug ihnen Gerüchte vom Markt zu, von denen die meisten Menschen nie erfuhren. George, der auf der Farm zur Welt gekommen war, reichte Ezra kaum bis zum Oberschenkel, als der begann, zu ihnen nach Hause zu kommen, und George erinnerte sich gern an seine Besuche zurück, denn Ezra hatte ihm immer Salzkaramell mitgebracht, damit der Junge abgelenkt war, während die Männer das Geschäftliche besprachen.

Mit der Vorsicht der Gebrechlichen stiegen sie die Treppe hinauf und erreichten schließlich Ezras Büro. Inzwischen hatte der alte Mann sein Sandwich aufgegessen. Er forderte George auf, ihm gegenüber Platz zu nehmen. An der Wand hinter dem Schreibtisch hing ein Bisonfell, aus dem Ezra sich eigentlich nichts machte, doch andere Männer mochten solche Dinge, wie er George einmal erklärte, und für sein Geschäft sei es unerlässlich, dass sie sich wohlfühlten.

»Ich hoffe, du hattest einen friedlichen Ritt in die Stadt?«, fragte Ezra.

»Ja, schon. Auch wenn so viel davon die Rede ist, dass die Hölle über uns hereinbricht, fühlt es sich für mich nicht anders an als vor der Besatzung.«

»Das würdest du anders sehen, wenn du wie ich jeden Tag hier wärst. Ständig patroullieren die Soldaten der Union, die sich nach uns erkundigen, als wollten wir jeden Augenblick eine Revolte anzetteln. Ganz zu schweigen von den Sklaven, die sie befreit haben.«

»Ist das so?«

»Abscheulich ist das. Egal wohin man geht, überall ist einer, der Almosen will. Am Sonntag haben sie sich auf dem Marktplatz zum Gebet versammelt, und so wie sie geheult und sich aufgeführt haben, war ich mir nicht sicher, ob sie ihre Freiheit feiern oder die Not beweinen wollten, die mit dieser Freiheit einhergeht.«

»Ihnen wurden erst vor wenigen Tagen die Ketten abgenommen. Man kann ihnen kaum verübeln, dass sie noch die wunden Stellen spüren.«

»Ah, wie fromm von dir«, sagte Ezra. »Stellst mich hier als grausam hin und ziehst dich selbst in dein Haus auf dem Land zurück. Während ich am Abend über die Straße gehe und mit offenen Augen schlafen muss.«

George gähnte.

»Warum reden wir darüber? Muss das sein?«

Ezra zuckte mit den Schultern, die dauerhaft hochgezogen waren, und sah ihn resigniert an.

»Wir sind Freunde. Freunde reden über Dinge, die sie beide angehen. Das nennt man eine höfliche Unterhaltung.«

»Es langweilt mich.«

»Darf ich dann fragen, warum du hier bist?«

George fummelte an einem Knopf seines Hemdes herum, und schließlich erzählte er Ezra, warum er gekommen war: Er wolle seinen Besitz behalten.

»So. Das heißt, du willst nichts mehr verkaufen?«

Seitdem sein Vater gestorben war, hatte George sich gegen das Arbeiten entschieden und einfach Stück für Stück sein Land veräußert, um über die Runden zu kommen. Die Freiheit, die ihm das verschaffte, war ihm mehr wert als die Mühen, die es gekostet hätte, sich um das Ackerland zu kümmern, das zu bewirtschaften er keine Lust hatte. Ezra war ein bereitwilliger Abnehmer gewesen, ein Mann, der ebenso sehr an einem guten Geschäft interessiert war wie George am Müßiggang. Während viele Spekulanten während des Krieges aufgehört hatten zu kaufen, war Ezra weiterhin entschlossen gewesen, jenes Land zu erstehen, das zu erwerben er Benjamin vor so vielen Jahren geholfen hatte.

Ezra schüttelte den Kopf.

»Das klingt nicht nach dir. So plötzlich.«

»Menschen ändern sich.«

»Eher glaube ich, dass ein Stinktier nach Rosen riecht, als dass du dich änderst, George. Ich weiß, du bist nicht auf viele Dinge stolz, aber dich selbst verlierst du für niemanden aus den Augen.«

»Denk, was du willst.«

»Sicher muss es irgendeinen Grund geben –«

»Mein Sohn ist tot«, sagte er so nüchtern, als würde er den letzten Artikel auf der Rückseite einer Zeitung vorlesen.

Ezra versteifte sich. Er stand auf und ging um den Schreibtisch herum. George glaubte schon, er wolle zu ihm kommen, um ihn zu trösten, was ihr erster körperlicher Kontakt seit dem Tod seines Vaters gewesen wäre, als er noch ein Junge war. Doch Ezra verzog nur das Gesicht, und seine Augen zuckten, als spräche daraus ein Kummer, der wahrhaftiger war, als Worte ausdrücken konnten.

»Das tut mir sehr leid«, sagte er. »Sehr, sehr leid.«

George erzählte ihm von Augusts Besuch und wie seine Frau von dem Augenblick an geschwiegen hatte, als er ihr die Nachricht überbrachte, bis zu seinem Aufbruch in die Stadt an diesem Vormittag.

»Isabelle wird schon damit fertig«, sagte Ezra. »Gib ihr Zeit. Das ist das Einzige, was hilft.«

George stand auf und klopfte sich das Hemd ab, als würden ihn die Flecken darauf erst jetzt, nach all den Jahren, zum ersten Mal stören.

»Wie sie solche Dinge aufnimmt, liegt nicht in meiner Hand. Was ich mit meinem Besitz mache, dagegen schon. Dieses Land … ich denke, ich will einfach festhalten, was mir noch geblieben ist. Etwas damit anfangen. Etwas Sinnvolles.«

Ezra erwiderte nichts.

»Ich sollte gehen«, sagte George.

Ezra nutzte diese Wendung, um sich wieder zu fangen.

»Ja, absolut! Das ist nicht der richtige Zeitpunkt, um über

Geschäftliches zu reden. Geh zu deiner Frau. Auch wenn sie dich abweist. Auch wenn sie dir vor die Füße spuckt.«

»Hoffen wir, dass es dazu nicht kommt.«

George sah die Altersfältchen, die an Ezras Augenwinkeln zusammenliefen; sein einen Tag alter Backenbart war flaumig wie der eines Halbwüchsigen.

»Melde dich jederzeit, wenn du irgendetwas brauchst«, sagte Ezra.

»Danke«, sagte George. »Bis dann.«

Erst als er zur Tür hinausgegangen war und mit den Satteltaschen in der Hand aus dem Schatten des Geschäfts in die tief stehende Sonne hinaustrat, durchschaute er die List seines alten Freundes – wie er Georges Entscheidung, sein Land zu behalten, abgetan hatte, als sei sein Urteil durch seine Emotionen getrübt, als könnten sie ein andermal ins Geschäft kommen. Ein Teil von ihm amüsierte sich über Ezras Hinterlist, weil er darin eine Spur des Respekts erkannte, auf dem ihre gesamte Freundschaft basierte. Der alte Mann würde sich nicht ändern, nur weil sein Mandant trauerte, und George hätte das auch nie gewollt.

Der Markplatz war eigentlich ein Rondell mit blühenden Blumen in der Mitte, um die sich die Gartengesellschaft kümmerte. Dort stand, das Gewehr neben sich, ein Unionssoldat und drehte sich eine Zigarette, leckte das Papier wie ein Hund seine Wunde. George senkte den Blick, beschleunigte sein Tempo, überquerte die Straße und marschierte auf den Gemischtwarenladen zu, dessen Tür offen stand.

Rawlings, der Besitzer, schenkte George zur Begrüßung kaum einen Blick und fragte, was ihn hergeführt habe.

»Nur das Übliche«, sagte George.

Rawlings stand von der Holzkiste auf, auf der er sich ausruhte, und begann, die wenigen Grundnahrungsmittel zusammenzusuchen, die George jede Woche einkaufte: Zucker, Kaffee, Brot. Hinten, bei den Werkzeugen, saß Little Rawlings und polierte mit einem Lappen eine Sense, die so scharf war, dass sie ihm die Hand hätte durchtrennen können. Eine Fertigkeit, die zu erlernen wenig Raum für Fehler ließ.

»Gibt's noch was, was Sie interessiert?«, fragte Rawlings. »Wir kriegen ständig neue Ware rein. Gut möglich, dass Sie erst wissen, dass Sie's brauchen, wenn Sie's sehen.«

George schüttelte reflexhaft den Kopf, doch dann überlegte er es sich anders.

»Da wäre tatsächlich noch etwas …«, sagte er.

Als George nach dem Bezahlen durch die Tür trat, musste er an Ridley denken. Der Esel fehlte ihm schon nach kurzer Zeit – weniger das Tier selbst als der Frieden, den er auf seinem Rücken verspürte. Als er Bittles Haus erreichte, bemühte sich Ridley gerade, an ein paar Grashalme zu gelangen. George strich ihm über die Mähne und nickte Ray zu, der in seiner stoischen, geraden Tiefschlafhaltung lebendiger wirkte als sonst, wenn er zusammengesackt dasaß.

»Machen wir uns auf den Weg«, sagte er zu Ridley. Ein lautes Schnauben kam aus Bittles Richtung, und auch wenn es sich nicht mit Gewissheit sagen ließ, verstand George die Art, wie der Hut auf seinem Kopf nach vorne rutschte, als Abschiedsgruß.

Der Sommer war noch fern, doch schon jetzt erreichten seine ersten Vorboten Old Ox, und es gab keinen besseren Schutz vor der beginnenden Nachmittagshitze als die Steineichen, die über der Stage Road in den Himmel ragten; es schien, als habe die Sonne, trotz aller Entschlossenheit, nie den Boden gesehen, den diese Bäume schützten. Ridley war so flink auf den Beinen wie ein Esel, der nur halb so alt war wie er, und George bremste ihn immer wieder und beschwor ihn, sich die Kraft für einen anderen Tag aufzusparen, an dem sie es eiliger hatten.

Tatsächlich hätte George nichts dagegen gehabt, wenn die Reise nie geendet hätte, weil seine Ankunft zu Hause eine Aussprache mit Isabelle bedeuten würde. Natürlich wollte er sich um sie kümmern. Natürlich wollte er ihr helfen, mit der Ungerechtigkeit zurechtzukommen, die sie beide getroffen hatte. Doch das, was sie einander anvertrauten, hatte seine Grenzen. Es war eine gemeinsame Leidenschaft für Unabhängigkeit, die sie überhaupt erst zusammengeführt hatte, die Fähigkeit, große Teile des Tages schweigend zu verbringen, mit nur einem Blick, einer Hand am Rücken, um sich ihrer Gefühle zu versichern. Dadurch war ihr Bund mit der Zeit gestärkt worden, und auch wenn er nicht Gefahr lief zu brechen, bestand der Schwachpunkt in der unausgesprochenen Scham darüber, dass es ihn überhaupt gab – dass zwei Individuen, die den Gedanken entschieden ablehnten, jemand anderen zu brauchen, inzwischen ohne einander hilflos waren.

»Was kann ein Mann da schon tun?«, sagte er zum Esel.

Während er diesen finsteren Gedanken nachhing, kam George an Ted Mortons Haus vorbei. Anders als die anderen Häuser hier draußen auf dem Land hatte Ted seines fast direkt an der Straße erbaut, als würde sein weitläufiger Besitz dahinter nicht genug Platz dafür bieten. Das führte zu Problemen, als Mortons Frau, deren Gesicht hart und durchscheinend war wie Kristall, ihm auftrug, einen Springbrunnen vor dem Haus zu errichten. Das fertige Gebilde aus Putten und Feen stand so dicht an der Stage Road, dass das Wasser über die Grundstücksgrenze hinweg und denjenigen vor die Füße lief, die dort vorbeikamen. George fand das dekadent, ein Eindringen auf öffentliches Land, und in Augenblicken wie diesen – als Ridley das Rinnsal durchqueren musste und sich Dreck unter seinen Hufen festsetzte – empfand er wieder die gleiche Verachtung, die er zumeist für diesen Mann verspürte.

Diese emotionale Reaktion hätte er leicht für sich behalten können, hätte Morton nicht vor dem Brunnen gestanden, den er unter seinem Sonnenhut wie gebannt anstarrte. Seine weizengelben Locken reichten ihm bis in den Nacken, und wenn er verwirrt war, blinzelte er wie jemand, der immerzu etwas im Auge hat.

Er drehte sich um, als Ridley sich näherte, und bedachte George mit einem halbherzigen Lächeln.

»George, alter Pferdedieb, wie geht's denn so?«

»Sehr gut«, log der. »Und selbst?«

»Wir halten uns wacker.«

Ted wandte sich wieder dem Springbrunnen zu, und an der Art, wie er ihn genauestens in Augenschein nahm, erkannte George, dass ihm eine Unterhaltung bevorstand.

»Hab die Ausbildung von einem von meinen Jungs bei einem Steinmetz bezahlt. Er hat das Ding am Laufen gehalten, und jetzt haut er einfach Gott weiß wohin ab. Ich hab Geld in den Jungen gesteckt, und jetzt tut er so, als hätte ich nie was für seinen mickrigen Arsch getan.«

»Eine Schande«, sagte George.

Ted spuckte etwas Braunes auf den Boden.

»Das kann man wohl sagen.«

Normalerweise waren viele Leute auf dem Gelände unterwegs, doch jetzt war der Ort gespenstisch leer. Er hatte seinem Haus einen Namen gegeben – in Georges Augen ein weiteres Vergehen, einem Ding, das nicht atmete, einen Titel zu verleihen: »Majesty's Palace«. Es war so groß, dass es dauernd instand gehalten werden musste, die vergoldeten Ornamente so fragil, dass die ständige Erneuerung ihr Hauptzweck zu sein schien. Und hinter dem Haus befanden sich, wie George wusste, Reihen von Hütten, in denen genügend Arbeiter lebten, um das alte Rom wiederaufzubauen, mehr als genug, um den reibungslosen Betrieb des Hauses und der Farm zu gewährleisten.

»Aber könnte schlimmer sein«, fuhr Ted fort. »Hab immer noch gut fünfzehn Kräfte, die gerne weiterarbeiten. Ich hab gehört, Al Hooks hat seine alle verloren, sechzig gesunde Leute, die er aufgezogen und durchgefüttert hat. Kannst du dir das vorstellen?«

»Nein, eher nicht«, sagte George.

Ted warf ihm den üblichen verächtlichen Blick zu, mit dem er ihn immer bedachte, wenn Georges Herkunft aus dem Norden ins Spiel kam. Männer wie Ted trauten ihm oft nicht über den Weg, als wäre das Vergehen, sein Zuhause zu verlassen, nicht auf eine bestimmte Hautfarbe beschränkt. Ob Nantucket oder die Plantage, das war dabei gleichgültig.

»Sie sagen, dass dieser General, der jetzt das Sagen hat … Wie heißt er noch gleich …«

George erinnerte sich an das Rundschreiben, das er auf seiner Veranda gefunden hatte; darin wurde verkündet, die Stadt Old Ox gehe auf eine Verfügung von Präsident Lincoln hin, die von einem Brigadegeneral namens Arnold Glass ausgeführt werde, in den Besitz des Nordens über. Soweit er gehört hatte, hatten sie es besonders auf Roths Sägewerk abgesehen. Er nannte Ted den Namen des Generals.

»Ja, Glass«, sagte Ted. »Sie sagen, er will sich raushalten, will die Leute machen lassen. Aber wie wir ohne Hilfe auskommen sollen, hat er nicht gesagt. Oder wie wir mit nichts weitermachen sollen. Krieg nicht mal einen verdammten Brunnen repariert.«

Erbärmlich, dachte George, während Ted weiter hilflos den Riss an dem undichten Brunnen anstarrte, den zu flicken er nicht imstande war.

»Ich kann dir nur viel Glück für die Reparatur wünschen, Ted. Und für alles andere auch.«

»Ja. Nimm dich vor der Hitze in Acht«, sagte Ted.

George wollte Ridley gerade antreiben, als Ted plötzlich den Finger hob.

»Bevor du gehst. Hast du was dagegen, wenn ich dich noch was frage?«

Bevor George antworten konnte, fuhr Ted bereits fort.

»Mein Junge, William, na ja, der schießt gerne. Ist mit seiner Schrotflinte neulich im Wald gewesen. Jetzt ist er ja noch jung genug, dass er manchmal glaubt, er hat Gespenster gesehen oder so, aber er schwört hoch und heilig, dass er dich gesehen hat, wie du weit draußen in der Nähe unserer Grenze unterwegs warst, ganz allein. Ich sag zu ihm, du redest da von einem Mann, der so viel Zeit auf seiner Veranda verbringt, dass er das County wahrscheinlich seit Jahrzehnten nicht verlassen hat. Jetzt sag du mir doch, dass der Junge sich verguckt hat.«

George zögerte. Er würde erneut lügen müssen und hatte leichte Gewissensbisse, weil es auf Kosten des kleinen Morton-Jungen geschehen würde, der noch nicht das Wesen seines Vaters angenommen hatte.

»Es ist normal für Jungs in dem Alter, Dinge zu sehen«, sagte er schließlich, »ob das nun Gespenster oder die Schatten von nichts sind. William hat eben noch eine blühende Fantasie, sonst nichts.«

Ted schüttelte mit einer gewissen Genugtuung den Kopf, als würde die Beständigkeit von Georges Gewohnheiten bestätigen, dass die Welt wieder in Ordnung war.

»Pass auf dich auf, George.«

George tippte sich an den Hut und entspannte sich erst, als Ridley ihn im leichten Galopp davontrug. Der Nachmittag neigte sich dem Ende zu; Sonnenlichtflecken tanzten zur leisen Melodie der Blätter in den Bäumen. Die Straße verengte sich, als sie in Richtung seines Hauses abzweigte.

Er brachte Ridley in seinen Stall neben der Scheune und nahm sich eine Minute Zeit, um sich zu sammeln. Hinter ihm lag der Wald, vor ihm das Haus. Im Schlafzimmerfenster hingen die dünnen Vorhänge, die Isabelle gewebt hatte. Einen Moment lang glaubte er, ihre Gestalt dort zu sehen, die ihn dabei beobachtete, wie er sie beobachtete, doch der Schatten bewegte sich nicht, und so verwarf er den Gedanken.

Die Tür erwartete ihn, dahinter die vertrauten Stufen der Treppe, der knarzende Flurboden, der zum Schlafzimmer führte, zum Fußende des Bettes, wo er sich hinknien, den Kopf auf ihren Schoß legen und sie für Vergehen um Vergebung bitten konnte, die er nicht begangen hatte. Doch er fand nicht die richtigen Worte, sosehr er es sich auch wünschte. Und es blieb noch eine Pflicht, die es zu erledigen galt.

Er legte die Satteltaschen vor der Hintertür ab, öffnete den Verschluss und holte etwas heraus: ein Paar Socken. Er sah noch einmal zu der Gestalt am Fenster auf, dem Schatten, der nicht seine Frau war, und drehte sich wieder um, verschwand zwischen den Bäumen, um eine Schuld zu begleichen.

KAPITEL 5

Prentiss und Landry erreichten ihr Lager so spät, dass sie im Schatten der Bäume Gänsehaut bekamen. Prentiss hatte keine Lust zu essen, trotz der Kartoffeln in seinem Beutel, die er von dem Mann im Zelt bekommen hatte. Ihm war mehr nach Schlafen zumute.

»Ich koch dir was«, sagte er zu seinem Bruder. »Aber ich spar mir meine Hälfte für morgen auf. Und das heißt nicht, dass du vorher was davon abkriegst, verstanden? Nur weil es gekocht ist, ist es nicht für jeden zu haben. Ich weiß, dass du das denkst, aber da liegst du falsch …«

Er verstummte, als er George Walker vor den Resten eines ihrer alten Feuer stehen sah.

»Hallo«, sagte George und winkte ihnen zu.

»Sir«, sagte Prentiss. »Mr Walker.«

»Nur George. Ich hab was für deinen Bruder. Meine Frau sagt, er hat sich vor ein paar Tagen sehr für unsere Wäscheleine interessiert, als er vom Regen durchnässt war.«

Er überreichte Landry das Paar Socken.

»Landry?«, fragte Prentiss. »Ich glaube, da hat sie den Falschen in Verdacht.«

»Ihre Beschreibung war recht eindeutig. Sein Aussehen ist sehr … einzigartig.«

Der alte Mann gähnte und kratzte sich am Rücken. Eine solche Mattigkeit hatte Prentiss noch bei niemandem erlebt, ob weiß oder schwarz. Er wirkte wie jemand, der ohne Hose durch die Straßen laufen und nichts Merkwürdiges daran finden würde, schon gar keinen Grund, nach Hause zurückzukehren, bevor er seine Aufgaben erledigt hatte. Doch da sein Bruder erst vor wenigen Stunden zu einem Teich marschiert war, der beiden zuvor völlig unbekannt gewesen war, sah sich Prentiss nicht in einer Position, die Behauptung weiter infrage zu stellen. Vielleicht hatte sich Landry wirklich zur Wäscheleine der Walkers verirrt.

»Das ist für eure Hilfe gestern Abend«, sagte George. »Jetzt sind wir quitt.«

»Ich bin mir sicher, dass er sehr dankbar ist«, sagte Prentiss.

Landry sah George an, setzte sich vor die Feuerstelle und begutachtete die Socken.

»Sie freuen sich bestimmt, dass wir uns bald auf den Weg machen«, sagte Prentiss. »Ich denke, wir gehen zum Lager die Straße rauf. Sie sind sehr großzügig gewesen.«

»So bald schon?«, sagte George. »Es eilt überhaupt nicht. Außerdem hast du gesagt, du würdest mir bei der Jagd nach dem Tier helfen. Wenn ich dich daran erinnern darf.«

Prentiss legte die Kartoffeln hin. Er hatte ganz vergessen, was er George in der Nacht zuvor versprochen hatte. Das Leid des alten Mannes hatte ihn so berührt, dass er ihm sogar erzählt hätte, sie beide hätten dieselbe Mutter, wenn er geglaubt hätte, dass es ihm ein kleines bisschen Frieden bringt.

»Hab's nicht vergessen«, sagte er.

George verschränkte die Hände hinter dem Rücken.

»Was haltet ihr von einer kleinen Expedition? Auf meinem Heimweg?«

Prentiss taten vom Gehen die Füße weh, und er wäre in der Kühle des Waldes fast im Stehen eingeschlafen. Landry untersuchte unterdessen die gestrickten Socken, froh, sich allein zu beschäftigen, und die Faszination seines Bruders für das Geschenk ließ Prentiss George in neuem Licht betrachten. Wenn der Mann einen Waldspaziergang wollte, dann würde er einen Waldspaziergang mit ihm machen.

»Ich wüsste nicht, was dagegenspricht«, sagte er.

George lächelte aufmunternd.

Prentiss warf noch einen Blick auf Landry, der zufrieden vor einer der alten Feuerstellen saß, dann brach er mit George auf. Er überlegte, ihn nach dem Tier zu fragen – von dem Prentiss, zumindest Georges Beschreibung nach, noch nie etwas gehört oder gesehen hatte.

Doch George sprach als Erster. Seine Augen wurden schmal, und er sah sich um, als könnten seine nächsten Worte belauscht werden.

»Kennst du dich mit Erdnüssen aus, Prentiss?«

»Erdnüssen?«

»Dem Anbau von Erdnüssen. Die Pflanze ist dir doch sicher bekannt.«

»Worauf wollen Sie hinaus?«

Der Rand von Georges Mund zuckte enttäuscht, doch er ließ sich nicht entmutigen.

»Ich will dieses Land nutzen. Das muss ich tun, wenn ich genug Geld verdienen will, um es zu behalten. Aber dabei benötige ich Hilfe. Ich habe schon mehr darüber nachgedacht, als du dir vorstellen kannst.«

Prentiss wusste, dass weiße Männer gerne die Antworten hörten, die ihnen am besten passten, doch das Problem bei George war, dass seine Fragen nie eindeutig genug waren, um einen Hinweis auf die gewünschte Antwort zu liefern. Und der Hunger und die Anstrengungen des Tages machten Prentiss so zu schaffen, dass es ihm unmöglich war zu erraten, wie er es George recht machen könnte.

»Du, Landry und ich«, sagte George. »Wir könnten das Geschäft gemeinsam erlernen. Könntet ihr euch das vorstellen? Zu bleiben?«

Was war bloß los mit dem Mann? Das einzige Leiden, das Prentiss bei ihm diagnostizieren konnte, war die akute Einsamkeit, die ihm schon am Abend zuvor zugesetzt hatte.

»Verzeihen Sie, Mr Walker. George. Aber ich bin gerade erst einen Besitzer losgeworden. Ich brauche keinen neuen. Also, heute war ein langer Tag, und wir müssen weiter. Ich wünsche Ihnen alles Gute«, sagte er und machte kehrt, um zu gehen.

»Sei nicht albern. Wir können euch eine Unterkunft besorgen. Und ich bezahle euch wie jeden anderen Mann auch. Ihr könnt euch Essen kaufen, richtige Kleider.«

»Ich kann Ihnen nicht helfen«, sagte Prentiss. »Aber passen Sie auf sich auf.« Wieder drehte er sich um, diesmal noch entschlossener.

»Ich bringe euch heute Abend trotzdem was zu essen, bei uns steht ein Eintopf auf dem Herd. Ich glaube –«

»Warum können Sie ein Nein nicht akzeptieren, Mister?«, sagte Prentiss. Er fuhr herum und sah George an. »Wir sind nicht Ihre Helfer. Und jetzt nehmen Sie's mir nicht übel, aber ich muss zurück zu meinem Bruder.«

Der Schmerz, der George fast zerriss, zeigte sich nur flüchtig in seinem Gesicht, und es gelang ihm, ihn mit einem Grinsen zu überspielen.

»Natürlich«, sagte er. »Pass du auch auf dich auf, Prentiss.«

Prentiss wollte sich entschuldigen, als er sah, wie verletzt George war, doch der alte Mann hatte sich schon umgedreht und war losgegangen.

»Finden Sie den Weg?«, rief Prentiss ihm nach.

Der alte Mann gab keine Antwort, und nun, da er fort war, lag der Wald schweigend da. Dann drehte Prentiss sich um und sah, dass sein Bruder hinter ihm stand und ihn neugierig anschaute.

»Ich wollte es nicht so sagen, wie es rauskam«, sagte Prentiss und ging auf ihn zu. »Ich hab versucht, höflich zu bleiben, aber die stellen dich auf die Probe. Ständig stellen die dich auf die Probe.«

KAPITEL 6

Seine Liebe war nie von Mitgefühl geprägt gewesen, und er sah sich außerstande zu erkennen, was Isabelle sich von ihm wünschte – was sie in ihrer Trauer brauchte. Er konnte sich nur an wenige Gelegenheiten erinnern, bei denen er sich als erwachsener Mann eingschüchtert gefühlt hatte, doch die Tür zu Calebs Zimmer, hinter der sie sich verschanzt hatte, erschien ihm so überwältigend, dass er sich an die Flurwand lehnen musste, um sich zu beruhigen. Er trat vor, ermutigt von dem schwachen Streifen Lampenlicht, der unter der Tür hindurch auf seine Füße fiel – das einzige Zeichen, dass sie sich darin befand.

»Isabelle.« Seine Stimme klang brüchig, obwohl er nur dieses eine Wort sagte. Er trat einen Schritt zurück und stemmte die Hände in die Hüften. Dann trat er wieder vor, um es erneut zu versuchen. »Isabelle«, sagte er. »Ich habe Eintopf gemacht.«

Die ganze Sache wurde schon allein dadurch untergraben, dass er im Grunde gar nicht dazu imstande war, sie zu trösten, und beide wussten es. Er war der Mann, der die Beerdigung ihres Vaters nicht an ihrer Seite, in der Kapelle, verbracht, sondern stattdessen vom Baum gefallene Äpfel an die Pferde verfüttert hatte, die die Kutsche mit dem Sarg gezogen hatten; der Mann, der in der Anfangszeit ihrer Ehe ihren Zorn erregte, indem er in einer Winternacht erst seinen warmen Körper an sie schmiegte, dann aber entschied, dass es doch zu kalt war, ein Feuer anzündete, es sich allein davor gemütlich machte und selig einschlummerte. Seine Worte, welche auch immer er wählte, würden aufrichtig sein, doch seine Frau würde sie ablehnen, weil sie zu wenig zu dem Mann passten, den sie kannte, als dass sie sie ernst nehmen könnte.

»Willst du nichts essen?«, fragte er. »Soll ich dir eine Schüssel voll bringen?«

Er wartete eine Zeit lang, und erst als er das Schweigen nicht mehr ertrug, ging er nach unten, um allein zu essen. Er fragte sich, wie lange sie es in Calebs Zimmer aushalten würde. Vielleicht würde eine Entschuldigung helfen. Doch es war nicht ganz klar, ob sein verzögertes Weitergeben der Nachricht überhaupt der Grund dafür war, dass sie sich eingeschlossen hatte. Vielleicht brauchte sie einfach noch Zeit, eine Nacht für sich allein, doch der Drang, etwas für sie zu tun, das seine Schuldgefühle linderte, war so übermächtig, dass er kaum still sitzen konnte. Er legte Feuerholz nach. Er ging unablässig hin und her, und die Dielen knarzten, wo sie vor Abnutzung glänzten, und ganz egal, wie unerträglich es für ihn war, so im Kummer seiner Frau zu schwelgen, so wusste er doch, dass es besser war, als sich seiner eigenen Trauer zu stellen, jenem Ort der Dunkelheit, den er verdrängte, seit August ihm die schreckliche Nachricht überbracht hatte. Die Abendstille bedrückte ihn. Über die hintere Wand huschten die Schatten von Ästen wie Finger über die Tasten einer Orgel. Er zog sich in seinen Sessel vor dem Feuer zurück.

Erst am darauffolgenden Morgen führte sein Grübeln zu einer Art Ergebnis, und inzwischen hatte er sich damit abgefunden, was ihn erwartete, und er fand sein Verhalten vom Vortag nur noch lächerlich. Seine Schritte auf der Treppe, sein Klopfen an Calebs Tür, das Angebot, etwas mit ihm zu essen: All das konnte sie nur enttäuschen; der Junge, den sie sehen wollte, der ihren Schmerz heilen konnte, würde nie wieder zurückkommen. Wie hatte er unter diesen Umständen nur glauben können, sie würde die Tür öffnen?

Drei Tage dauerte es, bis die ersten Blumen auf der Veranda auftauchten. Manche Besucher kamen zu Fuß, andere mit der Kutsche, und schon beim leisesten Hufklappern zog er sich hinter das Haus zurück. Er saß diese Besuche aus, wie er als Junge die schlechte Stimmung seiner zankenden Eltern ausgesessen hatte, versteckt im kühlen Schatten des Hühnerstalls, wo er jedes Geräusch ignorierte, das ihm nicht gefiel. Es waren allesamt Isabelles Freundinnen, geschwätzige Frauen mit Hüten hoch wie Blumentöpfe.

Auch Isabelle weigerte sich, sie zu empfangen, und er glaubte schon, sie hätten den Wunsch gemeinsam, sie und ihre Geschenke zu ignorieren. Doch nachdem er in die Scheune gegangen war, um Ridley Wasser zu bringen, erkannte er, dass dem nicht ganz so war, denn als er zurückkehrte, stand ein Topf mit Nelken, der auf der Veranda abgestellt worden war, plötzlich auf dem Esstisch. Am nächsten Tag gelangte ein Strauß Lilien auf den Kaminsims. Das kleine Regal oberhalb des Herdes wurde als Nächstes dekoriert, und bald standen dort so viele Blumentöpfe, dass der Raum eher nach Garten roch – nach Erde und Blütenduft – als nach Küche.

Gleichzeitig fühlte es sich an, als lebe er mit einem Gespenst zusammen. Isabelle kam gelegentlich nach unten, aber nur wie eine geisterhafte Erscheinung, während er schlief, sodass sie ebenso gut ein Teil seines Traums hätte sein können. Beide Male, als er in seinem Sessel erwachte, stießen seine Versuche, mit ihr ins Gespräch zu kommen, auf Ablehnung, und er fürchtete sich fast davor, ihr in die Augen zu sehen, als könnten die Tage des Schmerzes und der Isolation tatsächlich eine schaurige Verwandlung bei ihr ausgelöst haben.

Eines Morgens bereitete er gerade einen Teller Rührei für sich zu, als es an der Tür klopfte. Die Eier waren noch nicht fertig gebraten, und er fühlte sich zwischen diesen beiden Dingen so sehr hin- und hergerissen – dem Kochen und dem aggressiven, nicht enden wollenden Klopfen –, dass er schließlich die Pfanne nahm, damit zur Tür marschierte und anfing, dem Besucher die Meinung zu geigen, der ihn bei seiner Mahlzeit störte, noch bevor er wusste, wer es war. Als er Mildred Foster vor sich sah, wusste er, dass es mit dem morgendlichen Frieden vorbei war.

»George«, sagte Mildred. Sie trug auf Hochglanz polierte lederne Reitstiefel, und ihr Pferd war am Eingang zur Veranda angebunden, wo es nun graste.

»Mrs Foster, ich habe wirklich keine Zeit. Wir sind in Trauer.«

»Ich weiß, wie sehr Sie beide den Jungen geliebt haben«, sagte sie. »Und Ihr Verlust tut mir unendlich leid. Ich weiß, welches Glück ich habe, dass meine Söhne schon zurückgekehrt sind. Wären sie es nicht, hätte ich den Schmerz nicht ertragen, also kann ich Ihre Situation sehr gut nachvollziehen.«

Hätte er es nicht besser gewusst, hätte er ihr vielleicht sogar gedankt. Aber bei Mildred folgte auf jede Bemerkung, die einen aufbaute, eine, die einen sehr wohl niederstrecken konnte.

»Aber wenn ich glauben soll, dass sich Isabelle aus freien Stücken irgendwo in diesem Haus eingesperrt hat, dann will ich das mit eigenen Augen sehen, statt einfach zu glauben, was in der Stadt so erzählt wird, Mr Walker. Jetzt rufen Sie sie bitte, und falls sie möchte, dass ich gehe, will ich es von ihr selbst hören.«

Ihr Blick war wie immer stechend und feindselig. Sie war älter als Isabelle und hatte nach dem Tod von John Foster die Vaterrolle für die vier Söhne übernommen, wodurch sie als Witwe mehr ihren Mann stand, als es John selbst – der von Geburt an kränklich war – je vermocht hatte. Sie zog die langen schwarzen Reithandschuhe aus Seide aus und baute sich vor George auf, als könnte nicht einmal eine Lawine sie von ihrer Absicht abhalten.

»Lassen Sie mich wenigstens die Pfanne abstellen«, sagte er.

Die Eier waren ohnehin nicht mehr zu retten. Er stellte die

Pfanne auf den Herd, wischte sich die Hände am Hemd ab und rief mit gedämpfter Stimme die Treppe hinauf.

»Isabelle, Mrs Foster ist hier, um dich zu sehen.«

Mildred, die von seinen Bemühungen wenig beeindruckt war, betrat das Haus, und auch wenn ein anderer Mann vielleicht dagegen protestiert hätte, fehlte ihm die Kraft dazu.

»Isabelle!«, brüllte sie. »Isabelle, ich bin's. Ich will mich nur vergewissern, dass es dir gut geht.«

Dann fragte sie George in geschäftsmäßigem Ton, wie Isabelle esse.

»Wenig.«

»Wie steht's mit Baden?«

»Dazu kann ich nichts sagen.«

»Verstehe. Isabelle!«

Mildred Foster war eine von Isabelles ältesten Freundinnen, und es war von Beginn an deutlich gewesen, dass sie ihn für keine angemessene Partie für Isabelle hielt. Nicht dass das irgendjemand gewesen wäre. Er konnte sich nicht erinnern, dass Mildred einmal freundlich über irgendeinen Mann geredet hatte, nicht einmal ihren eigenen Ehemann, von dem sie oft sagte, er habe kein Rückgrat oder sei »verweichlicht«, was George amüsant fand. John war zwar schüchtern gewesen, aber zugleich einer der wenigen Menschen, die er bei einem Abendessen tolerieren konnte. Er hatte seine Worte sparsam eingesetzt, aber stets die richtigen gefunden. Mildred jedoch hatte ihn immer schlechtgemacht, und sie erkannte dieselben Fehler bei George. Sie versuchte immer zu beweisen, dass sie Isabelle viel näherstand als er. Kein Wunder, dass das Schweigen von oben ihm nun ein gewisse Genugtuung bereitete. Fast war er froh, dass Mildred gekommen war, nur um zurückgewiesen zu werden.

»Wie es scheint«, sagte er, »hätte meine Frau lieber ihre Ruhe. Wenn Sie jetzt so nett wären« – er deutete mit dem Kopf auf die Tür – »ich würde gerne frühstücken.«

Ihr Blick huschte von der Treppe zur Haustür. Er ließ den Moment so stehen, genoss ihre Verunsicherung.

»Helfen Sie ihr da durch«, sagte sie. »Das sind Sie ihr schuldig, George.«

Er trat vor, um die Tür hinter ihr zu schließen.

»Ich werde ihr sagen, dass Sie da waren. Danke für Ihren Besuch.«

Als er hinter sich Schritte auf der Treppe hörte, drehte er sich ungläubig um. Isabelle hielt ihr Kleid hoch, als sie die Stufen herunterkam. Sie schwebte an George vorbei durch die Tür, als wäre er unsichtbar.

Mildred drehte sich auf dem Hof um, nahm Isabelle lange in den Arm, tätschelte ihr Haar wie die Mähne eines Pferdes und flüsterte ihr leise etwas ins Ohr.

»Ist ja schon gut. Ach, Isabelle.«

George holte das Rührei und aß es kalt aus der Pfanne, während er das Wiedersehen der beiden Frauen beobachtete, die sich immer noch in den Armen lagen. Eine unbeschreibliche Verbitterung übermannte ihn, und seine Eifersucht war so groß, dass er die Pfanne am liebsten in den Hof geschleudert und ein Riesenspektakel veranstaltet hätte. Sie sprachen zu leise, um sie zu verstehen, und nach einer Weile gab er es auf zu lauschen. Seine Neugier galt jetzt dem Erscheinungsbild seiner Frau, das mit seinen Befürchtungen, die Trauer habe sie auf schreckliche Art verwelken lassen, nichts gemein zu haben schien. Ihr Haar, grau, aber mit braunen Stellen, die im Sonnenlicht wie Zimt schimmerten, war zu einem Pferdeschwanz gebunden. Ihr Gesicht war weich und voll, so lebendig wie an dem Tag, als er ihr zum ersten Mal begegnet war.

Für einen kurzen Augenblick, wie ein Aufblitzen, das einem ins Auge fällt, sah er wieder die junge Frau vor sich, die er eines Tages heiraten würde. Er war damals bereits über dreißig, uralt für einen Junggesellen, und doch hatte es ihn ganz und gar nicht gestört, dass sein Haushalt nur ihm allein gehörte. Seine Tage verbrachte er nur mit dem, was er tun wollte, und keine Frau konnte ihm helfen, Zufriedenheit zu finden, denn die hatte er bereits im Überfluss. Vielleicht wäre es für immer so geblieben, wäre nicht ein durchreisendes Blasorchester nach Old Ox gekommen und hätte Ezra nicht darauf bestanden, dass George ebenfalls zu der Veranstaltung an der Freiluftbühne ging, und sei es nur, um einen Nachmittag in Gesellschaft anderer Menschen zu verbringen. Die erste Begegnung verlief ganz und gar undramatisch. Sie war mit ihrem Vater da, und beide sprachen mit einem jungen Mann, und als der ging, hatte sie ihm finster hinterhergeblickt, als wäre ihr schon die Tatsache zuwider, dass er mit ihnen gesprochen hatte, was ihren Vater zum Kichern brachte. Und in diesem kleinen Schauspiel, in der Bereitschaft, die guten Sitten beiseitezuschieben, erkannte George, dass er sein Gegenstück gefunden hatte. Ezra informierte ihn gleich, wer die junge Dame war und, noch wichtiger, dass sie noch nicht verheiratet war. Doch bevor Ezra fragen konnte, ob er ihr vorgestellt werden wollte, war George bereits gegangen, so sehr fürchtete er die Aussicht auf eine Unterhaltung.

Isabelle. Er bekam ihren Namen, die Erinnerung an sie nicht mehr aus dem Kopf, egal, wie viele Tage vergingen, und schon bald dachte er so unablässig an sie, dass etwas unternommen werden musste. Also schnitzte er eine Figur mit den fließenden Formen einer schönen Frau (so fein gearbeitet, wie es das Holz zuließ) und ließ sie ihr per Post zukommen. Als eine Woche vergangen war, schickte er ihr einen Korb voll Blumen, allesamt auf seiner Farm gepflückt, diesmal per Kurier, damit sie sie erreichten, bevor sie verwelkten. Als er auch darauf keine Antwort erhielt, fasste er sich schließlich ein Herz und reiste selbst nach Chambersville. Er fragte nach Isabelles Haus und stand bald vor einem Backsteingebäude im Kolonialstil mit einer großen Grünfläche davor. Um diese kümmerte sich eine bescheidene

Anzahl von Schwarzen Bediensteten, die in eine so lebhafte Unterhaltung vertieft waren, dass er sich nicht traute, sie zu stören. Als sie ihn von oben bis unten musterten, hatte er das Gefühl, unter ihrem Blick zu schrumpfen, dahinzuwelken, so wie er es nur wenige Tage zuvor von seinen Blumen befürchtet hatte. Sie fragten, wen er besuchen wolle.

»Ich glaube, ihr Name ist Isabelle«, sagte er.

Die sei drinnen, erklärten sie.

Als der Butler sie über seine Ankunft informierte und sie zur Tür kam, war er derart überwältigt davon, eine so schöne Frau ein weiteres Mal zu Gesicht zu bekommen, dass er kaum ein Wort herausbrachte.

»Sie sind der, der die Geschenke schickt, richtig?«, sagte sie, noch bevor sie die unterste Stufe der Treppe erreicht hatte.

Ein Stottern. Irgendetwas Gestammeltes. Er konnte sich weder an die Einzelheiten erinnern noch daran, ob es ihm gelungen war, Worte zu Sätzen aneinanderzureihen.

»Wirklich, ein einfacher Brief hätte genügt. Darauf lässt es sich leichter antworten als auf eine Schnitzerei. Die Blumen waren hübsch, aber sie persönlich zu übergeben, wäre noch viel besser gewesen. Ich dachte mir, ich warte, bis Sie selbst herkommen, um Ihnen meinen Dank auszusprechen.«

Die scharfe Zunge, dieser Witz (ganz zu schweigen von der Furcht einflößenden Präsenz ihres Vaters auf der anderen Seite des Raumes, der sie nicht aus den Augen ließ). Bald würde er all die Gründe kennenlernen, warum so viele andere Verehrer von Isabelle überfordert waren und nicht einmal den Versuch wagten, um ihre Hand zu bitten. Doch er war nicht wie sie. Und sie war nicht wie die anderen Frauen.

Und so fing es an jenem Nachmittag an; ein glückliches Leben voller Einigkeit, das Georges frühere Unabhängigkeit übertraf. Zwei Leben, zu einem verschmolzen. Isabelles Schönheit wurde noch von ihrer Charakterstärke übertroffen, der Standhaftigkeit, mit der sie ihre Überzeugungen wahrte, ihre Art zu leben, dieselbe Sturheit, die auch ihn auszeichnete. Mit den Jahren wurde sie etwas abgemildert, weil sie versuchte, sich an die Frauen von Old Ox anzupassen. Denen war ihr Ehemann suspekt, jener merkwürdige Landbesitzer, der kaum enge Freundschaften pflegte. Sie wurde herzlicher, dann ein wenig gesetzter, als Caleb geboren wurde. Doch sie blieb die unerschütterliche Frau, die sie immer gewesen war, und so hätte es ihn vielleicht nicht überraschen sollen, dass sie die erschütternde Nachricht so gut verkraftete.

Seine Bewunderung führte dazu, dass er sich mehr als je zuvor danach sehnte, mit ihr zu sprechen, an der Unterhaltung teilzuhaben, um die Mildred Foster ihn gerade brachte. Nach wenigen Minuten kehrte Isabelle ins Haus zurück und ging mit nicht mehr als einem flüchtigen Blick an George vorbei, der immer noch auf der Veranda saß.

Mildred zog ihre Handschuhe an und rief ihr zwei Mal nach: »Ruh dich aus, Liebes.«

Er hielt die Pfanne vor sich, innerlich um den kleinsten Brocken Information bettelnd, wie ein Landstreicher mit einer Blechdose in der Hand, der stumm um Almosen fleht.

Mildred spannte die in Handschuhen steckenden Hände an. Ihre porzellanartige Haut glänzte in der Morgensonne.

»Haben Sie Geduld mit ihr«, sagte sie mit ruhiger Stimme. »Sie weiß noch nicht, wie sehr Sie beide sich noch brauchen werden.«

Von dieser Bemerkung aufgeschreckt suchte er in ihrem Gesicht nach einer Spur von Sarkasmus, einer versteckten Spitze, die ihn durchbohren sollte, und als er schließlich begriff, dass sie es ernst meinte, war es zu spät. Sie war schon auf halbem Weg den Pfad hinunter. Er legte die Gabel in die Pfanne, ging hinein und stellte sie auf den Herd. Wie schon seit Tagen fühlte er sich in der Hütte gefangen, nicht vom Gebäude selbst, sondern von den Erinnerungen, die es auslöste, die in jedem Winkel lauerten. Ein ausgedehnter Spaziergang konnte sie vielleicht aus seinem Kopf vertreiben.

Er nahm seine Jacke von der Rückenlehne des Küchenstuhls, warf einen letzten Blick die Treppe hinauf und schlenderte durch die Haustür in die Morgenluft hinaus. Er hatte keinen bestimmten Weg im Sinn, doch er achtete darauf, den Pfad zu meiden, auf dem er Prentiss und Landry getroffen hatte. Nach seiner letzten Begegnung mit ihnen war ihm auf dem Rückweg klar geworden, wie unangemessen seine Bitte gewesen war. Der, der das Sprechen übernahm, Prentiss, hatte jedes Recht der Welt, ihm die Meinung zu sagen. Doch wenn er sein Land behalten wollte, wenn er überhaupt etwas anpflanzen wollte, würde er Hilfe benötigen, und es gab in ganz Old Ox keinen Arbeiter, dem er zutraute, auch nur einen Finger für ihn krummmachen zu wollen. Außer seinem zurückgezogenen Leben blieb ihm nur wenig auf dieser Welt, jetzt mehr als je zuvor, und er wollte es um jeden Preis bewahren.

Blätter raschelten um ihn herum, als trampelte jemand darauf herum, doch ohne Wind standen die Bäume still da, und es gab nichts zu sehen, als er sich umblickte. Das war das Schöne an der Natur – sie war immer einen Schritt voraus, in einen Witz eingeweiht, den er nicht kannte, ein Rätsel ohne Lösung. Er setzte sich, lehnte sich gegen eine dicke Eiche und fixierte einen Punkt vor sich, um den sich Strudel aus kupferfarbener Rinde und grünen Blättern wanden und der in unendlich weiter Ferne zu liegen schien, und alles vermischte sich immer mehr und wurde eins, je weiter es ging.

Er war auf einen Teil seines Landes gestoßen, der ihm vertraut war, einen bevorzugten Rückzugsort seines Vaters. Vielleicht hatte dieser hier zum ersten Mal die Idee des Tieres in Georges Fantasie eingepflanzt, die Vorstellung, dass etwas Monströses, etwas Unheimliches gar, auf ihrem Grund und Boden umherstreifte. Sein Vater hielt Georges Hand beim Gehen so fest, dass der sein Blut im Takt seines Herzschlags pulsieren spürte. Benjamin sprach so leise, dass es für George ebenso anstrengend war, seinem Vater zuzuhören, wie mit ihm Schritt zu halten, doch die heilige Bedeutsamkeit der Geschichte ließ ihn jedes Mal durchhalten.

Woher das Tier kam, war unklar, doch sein Vater hatte es einmal gesehen, als er allein unterwegs war, und er konnte es verblüffend genau beschreiben: Es hatte schwarzes Fell, das sich kaum von den Schatten abhob, bewegte sich geschmeidig, als wäre es ein Teil der Dunkelheit, ging aufrecht, bis es überrascht wurde und sich auf alle viere begab, und verschwand so schnell wieder, wie es gekommen war; seine Augen, die milchweißen Murmeln glichen, erinnerten an die eines Blinden und wirkten so gespenstisch, dass sogar Benjamin vor Angst davongerannt war (eine Entscheidung, die er schon bald bereute).

Und so versuchten sie bei ihren nachmittäglichen Wanderungen das Tier aufzuspüren, gleichgültig, ob es nun real war oder nicht, und George erkannte schon als Kind, dass diese gemeinsame Zeit vor allem eine Gelegenheit war, um mit seinem Vater zusammen zu sein und das Land kennenzulernen, das eines Tages ihm gehören sollte. Das heißt, bis er das Tier eines Abends durch das Fenster seines Zimmers mit eigenen Augen sah, und danach in vielen weiteren Nächten …

Ein Geräusch riss ihn aus seinen Erinnerungen. Es klang, als habe Isabelle seinen Namen gerufen, obwohl er sich nicht sicher sein konnte. Er eilte den Weg zurück, den er gekommen war, auch wenn er keinerlei Veranlassung hatte zu glauben, dass es etwas anderes gewesen war, als dass seine Sinne ihm einen Streich spielten, doch als er die Lichtung erreichte, stand sie auf der Veranda, die Hände an den Mund gelegt, und starrte in die Ferne. Er war so schnell gegangen, dass seine Hüfte protestierte und ein stechender Schmerz strahlte in seine Seite aus.

»Ich bin da«, sagte er, als er die Veranda erreichte. »Ich bin ja da.« Er stand aufmerksam da und wischte sich den Dreck von der Hose. »War nur spazieren.« Er spähte an ihr vorbei, fragte sich, ob sie wieder Besuch hatte, doch es schien niemand im Haus zu sein.

»Natürlich«, sagte sie. »Ich hatte gehofft, dass du in die Stadt gehen und ein Telegramm für mich abschicken könntest. An Silas. Er sollte erfahren, was mit seinem Neffen geschehen ist.«

»Wenn es das ist, was du willst. Ich möchte dich nur daran erinnern, dass aus seiner letzten Nachricht klar hervorging, dass er sich erst vor einer Woche auf den Heimweg gemacht hat. In dem Fall würde es eine Weile dauern, bis es ihn erreicht.«

»Schick es zu ihm nach Hause. Lillian wird es in Empfang nehmen. Sie sollte es ebenfalls wissen.«

»Gleich morgen früh.«

»Danke. Ich möchte keine … keine Zeremonie, bis Silas zurückgekehrt ist. Er würde dabei sein wollen.«

George hatte keine Einwände und sagte, das sei so oder so ihr überlassen. Dann standen sie da. Der Augenblick war gekommen. George kam es so vor, als stünde eine große Entscheidung bevor. Entweder würde Isabelle unten in der Stube bleiben oder sich wieder oben verkriechen, von ihm zurückziehen. Er verspürte den übermächtigen Drang zu handeln, damit sie bei ihm blieb, all das wiedergutzumachen, das zwischen ihnen schiefgelaufen war.

»Vielleicht könnten wir gemeinsam etwas lesen«, schlug er vor.

Sie wirkte weder besonders mitgenommen noch schien sie sich bemüßigt zu fühlen, ihm sofort zu antworten. Als sie sprach, waren ihre Worte kalt, als sollten sie seine eigenen auslöschen. »Ich denke, du kannst ohne meine Hilfe lesen, George. Ich bin oben, wenn du etwas brauchst.«

Er ging in die Küche und sah, dass sie in seiner Abwesenheit die mit Ei verkrustete Pfanne gespült und an ihren Platz über dem Herd zurückgehängt hatte. Es blieb nicht viel zu tun außer die Küche weiter aufzuräumen, also tat er das, während er noch einmal über ihr Verhalten nachdachte, überlegte, ob es auf ihren Kummer oder ihren Trotz zurückzuführen war – Letzterer richtete sich gegen ihn, Ersterer war ihrem Verlust geschuldet –, und er weinte, gegen die Spüle gelehnt, an derselben Stelle wie sie, als er es ihr beigebracht hatte, mit lang gezogenen Seufzern und peinlichen Schluchzern. Als es Zeit wurde, bereitete er ein Abendessen aus Eiern zu, denn die Hühner waren in den letzten Wochen fleißig gewesen, und er war im Moment der Einzige, der die Eier essen würde. Außerdem wollte er das Unrecht wiedergutmachen, das seinem Frühstück widerfahren war.

Die einzige Unterhaltung beim Abendessen, während draußen die Dunkelheit hereinbrach, war ein Roman von Dickens, in dem er seit einigen Wochen immer wieder einmal las. Diesmal wollte er ein gutes Stück weiterkommen, doch auf ein Rascheln im Wald hin legte er das Buch beiseite. In einiger Entfernung war eine flehende Stimme zu hören, die zunehmend lauter wurde. Draußen war nichts zu sehen, nicht einmal der Mond. Äste knackten, und zwei Schatten lösten sich aus den Bäumen, die, einer nach dem anderen, auf das Haus zuglitten. Der große Schatten – Landry, wie George jetzt erkannte – trat vor Prentiss, der aufgebracht auf Landry einredete und ihn aufzuhalten versuchte.

»Du denkst nicht nach, du hast noch nie nachgedacht, ich sollte dir den Hintern versohlen, wie der Papa, den du nie hattest, und zusehen, wie du kleinlaut in den Wald zurückschleichst.«

Die beiden Männer hatten jetzt das Haus erreicht, und George erhob sich vorsichtig und öffnete behutsam die Haustür, um kein Geräusch zu verursachen. Die Luft draußen war kühl, die Härchen auf seiner Haut stellten sich auf und sein Körper versteifte sich, als er den Brüdern auf dem Pfad entgegentrat.

»Worum geht's?«, fragte er.

»Mr Walker«, sagte Prentiss. »George.«

»Leise, Isabelle ruht sich aus. Ich dachte, ihr wärt schon gegangen.«

»Ich hab's ja versucht«, zischte Prentiss mit einem Blick auf seinen Bruder.

Landry schaute eindringlich zurück. Beide schwitzten. Besonders Prentiss, dessen Haar in der Dunkelheit glitzerte, als wäre es mit Frost überzogen.

»Fang am Anfang an«, sagte George.

»Gibt keinen *Anfang*. Dieser Trottel« – er zeigte auf seinen Bruder – »der will nicht gehen. Sie haben ihm vor so vielen Tagen diese Flausen mit dem Eintopf in den Kopf gesetzt, und er hört nicht auf, davon zu reden.«

»Davon zu *reden*?«, fragte George.

»Ja, von Ihrem Eintopf.«

»Ja, das mit dem Eintopf ist mir klar«, sagte George ungeduldig. »Nur das Reden versteh ich nicht.«

Prentiss verlor seinerseits die Geduld. »Ich mein, ich hab sein Gesicht gesehen, als Sie sagten, dass Sie Eintopf gemacht haben. Seitdem schleicht er sich jede Nacht her, und er will den Wald nicht verlassen, nicht für mich oder für sonst wen. Der einzige Grund, der mir einfällt – außer dass er sturer ist als ein Holzbein –, ist, dass Sie ihm diese Flausen in den Kopf gesetzt haben, und jetzt wird er sie nicht mehr los.«

»Nun, ich kann dir versichern«, sagte George an Landry gewandt, »dass ich den Eintopf schon vor einiger Zeit aufgegessen habe. Und wäre noch etwas übrig, würde ich es dir nicht geben. Nicht, weil ich mein Wort nicht halten will, sondern weil er inzwischen verdorben wäre.«

»Das hab ich ihm ja zu erklären versucht«, sagte Prentiss. »Aber er macht vor lauter Hunger verrückte Sachen.«

Die drei beruhigten sich, und George nahm die Rufe der

Ochsenfrösche wahr, die jetzt das angestrengte Atmen der Brüder übertönten. Die beiden Männer sahen nicht gut aus. Landry, der schlaksiger wirkte als an dem Tag, an dem George ihn zuletzt gesehen hatte, war deutlich unterernährt, und das galt wahrscheinlich auch für Prentiss, der zu stolz war, um es zuzugeben.

»Ich habe einen Vorrat an Eiern«, sagte er. »Das ist zwar kein Eintopf, aber es sind mehr, als ich oder Isabelle allein schaffen können.«

Vielleicht hatte er nur das Beste für seinen Bruder im Sinn, jedenfalls lehnte Prentiss nicht ab.

»Wenn ihr hier wartet, könnte ich sie für euch zubereiten«, sagte George.

»Was ist mit der Missus?«, fragte Prentiss.

»Sie hat sich für die Nacht zurückgezogen. Oder für die absehbare Zukunft.«

Landry trat an seinem Bruder vorbei und blieb mit dem Rücken zum Haus auf der Veranda stehen.

»Na ja, wenn die Eier sonst sowieso nur schlecht werden«, sagte Prentiss.

George ging zurück ins Haus. Er kochte mit Eifer, wie er es für Gäste immer tat. Er war immer der Meinung gewesen, dass das, was ihm an Persönlichkeit oder Charme abging, in seinen Gerichten Ausdruck fand, selbst in einem so simplen wie diesem: In der perfekten Akzentuierung durch Pfeffer und Salz und dem Hauch von Käse, der auf dem Rührei zu einer so hauchdünnen Schicht zerschmolz, dass man sich fragte, wie sie intakt bleiben konnte. Es war die Art von Gefälligkeit, die ihm am meisten lag. Die Brüder wirkten überrascht, als er mit ihren Tellern zurückkehrte, dann mit Scheiben Brot und schließlich mit Bechern voll Wasser.

»Wir sind Ihnen sehr dankbar«, sagte Prentiss und sein Bruder nickte. »Hätt ich nur einen Dollar in der Tasche.«

George ignorierte ihn. Sie ließen sich Zeit mit dem Essen,

kosteten jeden Bissen aus. Als Landry mit seiner Portion fertig war, gab Prentiss ihm den Rest von seiner. Er reichte ihm den Teller ohne zu zögern. George stand unterdessen schweigend hinter ihnen auf der Veranda.

Prentiss sprach als Erster. »Das Land, das Sie roden wollen. Seh ich das grad vor mir?«

George trat vor und zeigte auf den Wald jenseits der Scheune, rechts von der Blockhütte. Dieses Gelände überlege er zu roden, sagte er, ein Stück entfernt vom Haus und den Hang hinab, noch in Sichtweite, aber jenseits der ersten Reihe Bäume.

Prentiss trank einen Schluck Wasser.

»Sie werden so viel Sonnenlicht brauchen, wie Sie nur kriegen können, und die Bäume da machen es nicht einfacher.«

»Ich habe keine Ahnung von so etwas«, räumte George ein.

»Wir wollen immer noch nach Norden«, sagte Prentiss. »Aber wir brauchen Geld, wenn wir es dahin schaffen wollen. Wir können Ihnen nicht umsonst helfen, will ich damit sagen.«

Diese neue Perspektive rüttelte George wach. Sein Geld sei in dem Land gebunden, sagte er, doch das würde er regeln. Es würde kein Problem sein, sie zu bezahlen.

»Aber ist die Bezahlung auch gerecht? Sagen Sie's lieber gleich, weil wenn nicht, würd ich dem Jungen hier lieber die Beine abhacken und ihn von Ihrem Land tragen, als auch nur einen Tag für so wenig zu arbeiten, dass wir es nie von hier weg schaffen.«

»In einem vernünftigen Rahmen. Das, was ich jedem anderen Mann auch für diese Arbeit zahlen würde.«

»Einem weißen Mann?«

»Ich habe noch keinen Mann betrogen«, erwiderte George gereizt, »egal welcher Hautfarbe.«

Es gab weder einen Handschlag noch sonst eine Besiegelung ihrer Unterhaltung. Prentiss nahm die beiden Teller, stand auf und reichte sie George.

»Die Kosten für die Eier ziehe ich euch von eurem ersten Lohn ab«, sagte George. »Das ist nur gerecht, denke ich.« Als Prentiss den Kopf neigte, als hätte George eine Fremdsprache gesprochen, versicherte der ihm, es sei nur ein kleiner Scherz zum Abschluss ihrer Vereinbarung gewesen.

Prentiss sagte nichts, und seine Miene wurde nicht freundlicher.

»War nicht so gemeint«, versuchte es George erneut.

»Dann gute Nacht«, sagte Prentiss schließlich.

»Jungs«, sagte er.

Er blickte ihnen nach und sah, wie Landry Prentiss überragte, als sie in der Dunkelheit verschwanden.

»Jetzt folgst du mir, nach all dem Quatsch«, hörte er Prentiss sagen. »Watschelst daher wie ein gemästetes Huhn.«

Es war schon spät für George. Die obere Etage war unbeleuchtet, die Vorhänge geschlossen, das Haus still. Er beschloss, wieder in seinem Sessel zu schlafen, weil er wusste, dass das am Abend und in den letzten Tagen Erlebte ihn wach halten würde und dass er früh aufstehen würde, um all das umzusetzen, was ihm jetzt durch den Kopf ging. Es schien ihm das Beste, Isabelle nicht zu stören und ihr die Freiheit zu geben, sich in ihrem Teil des Hauses so zu bewegen, wie sie es für richtig hielt.

KAPITEL 7

George war nicht der Erste, der am nächsten Morgen aufwachte – es war Isabelles Stimme, die ihn weckte. Das Feuer war erloschen, der Raum von Sonnenlicht durchflutet.

»George. Du hast Besuch.«

Er folgte Isabelle auf die Veranda hinaus. Prentiss und Landry standen vor dem Haus, jeder mit einem Bündel Habseligkeiten in der Hand. Bisher hatte er sie immer nur im Schatten des Waldes oder in der Dunkelheit der Nacht gesehen. Im frühen Tageslicht trat das, was sie durchgemacht hatten, umso deutlicher in Erscheinung – die hohlen Wangen, die rissigen Lippen, die Hemden, die so dünn waren, dass der Stoff einem unter den Fingern zu zerbröseln drohte wie verbranntes Brot, wenn man ihn zu fest rieb.

»Das ist er«, sagte Isabelle zu George, als könnten sie sie nicht hören. »Der, von dem ich erzählt habe, an der Wäscheleine.«

»Ich entschuldige mich für meinen Bruder«, sagte Prentiss. »Er ist eigentlich kein großer Rumtreiber, aber er scheint sich für Ihr Grundstück zu interessieren. Er wollte Ihnen bestimmt keine Angst machen oder was stehlen, er war nur neugierig.«

Isabelle wandte sich George zu. Noch immer umgab sie der Glanz ihrer morgendlichen Rituale, ihr gebürstetes Haar schimmerte, ihre Wangen waren voll und rosig von einem heißen Tuch. Doch George erkannte ihre Irritation an den streng geschürzten Lippen, vielleicht ein Anzeichen dafür, dass sie nach der zurückgehaltenen Nachricht von Calebs Tod ein weiteres Geheimnis witterte, das er ihr erst jetzt enthüllte.

»Ich kann das erklären«, sagte er. »Es ist nichts Schlimmes. Ich habe ein Projekt im Sinn.«

»George«, sagte sie bloß.

Sie ging hinein, und George gab den Brüdern zu verstehen, einen Augenblick zu warten, dann ging er ihr nach.

Der Kaffee war bereits gebrüht. Er schüttete sich eine Tasse ein und setzte sich zu ihr an den Esstisch.

»Ich brauche etwas, das *mir* gehört, Isabelle. Ich fühle mich so hilflos, so ratlos. Ich will nicht auch noch dieses Land verlieren. Was wir durchgemacht haben, hat mich verändert. Nicht alles, aber einen Teil von mir. So wie es dich verändert hat. Und diese Jungs, ja, die kommen direkt von Mr Mortons Ländereien, und auch sie sehnen sich nach einer Veränderung. Danach, einen anständigen Lohn für das zu bekommen, was sie können, so wie jeder andere Mann auch.«

Sie nippte an ihrem Kaffee und schaute gedankenverloren aus dem Fenster.

»Ich will dieses Land für das nutzen, wofür es gedacht ist«, sagte er. »Ich will pflanzen und hart arbeiten. Etwas Greifbares schaffen, etwas … Echtes. Ich will, dass dieses Land mein Vermächtnis ist, so wie es das meines Vaters war. Sag mir, dass das in Ordnung ist. Wenn du nur diese paar Worte sagst, würde mir das die Welt bedeuten.«

Erst jetzt ließ sie sich dazu herab, in seine Richtung zu blicken.

»Was wäre daran anders als zuvor? Du tust das, was du willst, und ich das, was ich will, und wir nehmen hin, was auch immer dabei herauskommt.«

Gerade hatte er gespürt, wie er über sich hinauswuchs, als er ihr seine Gefühle mitteilte, doch unter dem Gewicht ihrer Kälte fiel er sofort wieder in sich zusammen, und er verfiel augenblicklich wieder in seine übliche Haltung – geknickten Rückzug.

»Findest du trotzdem noch Zeit, das Telegramm abzuschicken?«, fragte sie.

»Oh. Ja.«

»Du sagtest, gleich heute Morgen.«

»Dann sollte ich jetzt los.«

Er stand auf, holte zwei Tassen aus dem Schrank und goss ein wenig Kaffee ein, von dem er glaubte, dass die Brüder ihn gerne trinken würden. Bevor er nach draußen trat, hielt er inne.

»Isabelle. Geht es dir heute besser?«

Sie atmete tief durch die Nase ein, nippte an ihrem Kaffee und bedachte George schließlich mit einem nicht unfreundlichen Schulterzucken.

»Ist ein schöner Morgen.«

George zeigte ihnen den Lagerschuppen, bevor er sich in die Stadt aufmachte. Als er zurückkehrte, hielten sie zwei Äxte in den Händen, die sie aus einem verborgenen Winkel des Schuppens voller Mäusedreck gefischt hatten. Einen Wetzstein zu finden hatte länger gedauert, doch auch das war ihnen gelungen, und nun waren beide Äxte so scharf, dass George den Anblick beinahe als Furcht einflößend empfand.

Prentiss, der das Land, das sie roden wollten, bereits in Augenschein genommen hatte, erklärte George, welche Fläche sie zu dritt ungefähr bewältigen konnten. Zu seiner Schätzung kam er, indem er die Arbeit von drei Männern pro Tag auf Mortons Plantage hochrechnete.

»Na, wir haben ja Zeit«, sagte George. »Effizienz ist wichtig, aber wir wollen uns nicht überanstrengen.«

Prentiss starrte ihn ausdruckslos an – etwas, das er bald regelmäßig tun würde –, entschlossen, seinen Plan trotzdem in die Tat umzusetzen.

Georges Ausflug in die Stadt wurde mit keinem Wort erwähnt. Er hatte das Telegramm an Silas' Adresse geschickt. Der Mann selbst war auf dem Rückweg von einem weiteren Unternehmen, Waren zu hohen Aufpreisen an Orten zu verkaufen, an denen andere nur ungern länger verweilten, vor einem verlassenen Fort der Konföderierten in den Everglades. George malte sich aus, wie er dort inmitten von Sümpfen träge an einem Whiskey nippte, so wie er auf seiner Farm in Chambersville träge an seinem Whiskey nippte.

Er hatte das Telegramm kurz und prägnant gehalten: *Caleb im Einsatz gefallen. Kaum Einzelheiten. Deine Schwester trauert.* Einen Moment lang dachte er über die Formulierung nach und ob seine eigene Trauer darin deutlich wurde (*Wir trauern* oder *Wir betrauern seinen Tod*), doch Georges Gefühle gingen Silas nichts an, und er ließ es so stehen.

Dann ging er über die Straße und verbrachte zehn Minuten bei Ezra, den er bei einem Termin störte, um ihn um ein kleines Darlehen zu bitten, das Ezra ihm gewährte, ohne nachzufragen oder auf unterzeichneten Unterlagen zu bestehen. Nur Georges Wunsch, die Summe halb in Münzen, halb in kleinen Geldscheinen ausgezahlt zu bekommen, verwirrte Ezra – er murmelte, er sei keine Bank, doch er erfüllte ihm den Wunsch. Als George nach Hause kam, lag noch fast der ganze Tag vor ihm, und doch wollte er nicht mit der Arbeit beginnen, obwohl Prentiss und Landry – soweit Landry es erkennen ließ, der stoisch gegen die Scheune gelehnt dastand – mehr als gewillt waren, sofort anzufangen.

Prentiss sah ihn abschätzend an.

»Hab gesehen, wie Sie mit dem Bein zu kämpfen haben. War schwer genug, von dem Esel runterzukommen.«

Das jedoch war ein Punkt, an dem George nicht mit sich reden ließ. Wenn andere die Arbeit für ihn erledigten, würde das gesamte Unterfangen nicht den Zweck erfüllen, ihn abzulenken.

Er mochte nicht zugeben, dass er möglichst wenig Zeit im Haus verbringen wollte und wie wenig anderes es auf der Welt gab, das ihn interessierte. Er bestand einfach darauf, es sei wichtig, dass er dabei sei, an ihrer Seite, sodass er, wenn sie gingen, allein weitermachen könne.

»Sie sagen, Sie können's kaum erwarten anzufangen, Mr Walker, aber nach allem, was ich gesehen habe, behaupte ich mal, Sie haben in Ihrem Leben noch keinen Tag gearbeitet.«

»Wie gesagt, *George* reicht. Ich bin nicht mein Vater. Und bisher hat einen erfolgreichen Tag für mich immer ausgemacht, dass ich nicht arbeiten musste. Ich kann also nicht behaupten, dass du mit deiner Einschätzung weit daneben liegst.«

Prentiss stand stramm. »Na, Sie werden die versäumte Zeit noch aufholen. Dafür sorge ich schon.«

»Wer hat hier noch gleich das Sagen?«, erwiderte George.

Jetzt lächelte Prentiss, vielleicht, weil er, anders als George, wusste, was sie erwartete.

Dieser Tag war der erste von vielen, die sie gemeinsam verbrachten. Die drei Männer wechselten sich mit den Äxten ab. George hackte kraftlos auf das Holz ein, solange er konnte, und wenn es nicht mehr ging, gab er die Axt weiter und wischte sich den Schweiß von der Stirn. Jeder umstürzende Baum war aufregend, die letzten genauso wie die ersten. Die Arbeit hatte etwas Bedeutungsvolles, das ihn antrieb, die Rinde, die unter den Hieben zersplitterte, das Ächzen des Baumes, sein Fall und die Wucht des Aufpralls, die durch den Wald rauschte wie ein Windstoß, unvermittelt, Unheil verkündend und zutiefst faszinierend.

George war weit davon entfernt, die gleiche Leistung zu erbringen wie die Brüder. Als er nach einem langen Tag einmal zu viel ausholte – seine Hüfte brannte, seine Arme schmerzten – beugte sich Landry vor und legte eine Hand auf seine Schulter, als wolle er sagen, er habe genug getan, und nahm ihm die Axt aus den Händen. George hielt dagegen, er fange doch gerade erst an, doch Landry ignorierte ihn, trat an seine Stelle und drosch mit so dröhnenden Schlägen auf den Baum ein, dass George verstummte.

Er versäumte nie, sie zu bezahlen – ein Dollar am Tag für jeden –, so viel, dass sie mit der Zeit genügend ansparen konnten, um sich nicht nur die Eisenbahnfahrkarten, sondern auch Kleider, eine Unterkunft und Mahlzeiten leisten zu können, bis sie auf eigenen Beinen standen. Zum Mittagessen holte George meist ein wenig Pökelfleisch aus der Speisekammer, ein wenig hartes Brot, das vom Vortag übrig war, und zauberte daraus zwei Mahlzeiten für jeden, damit sie es durch den Tag schafften.

Gelegentlich ließen sie nachmittags die Arbeit liegen, gingen spazieren oder ruhten sich aus, auch wenn George bemerkte, dass es Prentiss nervös zu machen schien. Trotzdem lauschte er aufmerksam, wenn George Geschichten aus dem Leben eines alten Mannes erzählte. George war sich bewusst, dass Prentiss ihm nur aus Höflichkeit zuhörte, so wie er selbst lustlos beim Fällen der Bäume mithalf. Dennoch genoss er es.

Eines Tages, als sie früh fertig waren und auf einem gefällten Baum saßen, der bald zu kleineren Stücken zerhackt werden sollte, die sie auf den Schlitten legen und von Ridley fortbringen lassen würden, erzählte George ihnen wieder von dem Tier. Prentiss hielt die Vorstellung offenbar durchaus für möglich; er schien anzuerkennen, dass solche Geschöpfe in der Dunkelheit geboren wurden, sich manifestierten – Wesen, die an der Grenze zwischen Realität und Legende existierten.

George erzählte ihnen auch von einem Gedankenspiel, das sich sein Vater ausgedacht hatte: Ein Mann solle sich an jedem Tag des Jahres einen Baum vorstellen. Tat man etwas Gutes in der Welt, wuchs der Baum und wurde stark und groß, doch mit jeder schlechten Entscheidung verrottete er mehr und mehr – knotige Wurzeln und schlaffe Äste, die bei der leichtesten Berührung brachen. Am Ende jedes Zeitraums – nach einem Monat oder einem Jahr – sei es klug, das Wachstum des eigenen Baumes zu prüfen und die Entscheidungen, die man getroffen und die zu diesem Baum geführt hatten. Es lag an einem selbst, ob er gedieh oder einging.

»Gefällt mir«, sagte Prentiss.

»Dann gehörst du zu den wenigen, die daran glauben«, sagte George. »Ich beherzige es kaum. Mein Vater hat sich selbst nicht daran gehalten, dabei hat er sich die Geschichte doch ausgedacht. Verdammt, mein eigener Sohn hat sich darüber lustig gemacht, als er halb so alt war wie du. Aber es klingt schön, oder?«

Prentiss sah ihn an, und George brauchte einen Augenblick, bis ihm bewusst wurde, dass er von Caleb sprach – den zu erwähnen er in Anwesenheit der Brüder bisher geflissentlich vermieden hatte –, vielleicht zum ersten Mal seit dem Abend, an dem er sie getroffen hatte. Prentiss fragte ihn direkt, aber rücksichtsvoll, was aus seinem Sohn geworden sei.

George überlegte, ausweichend zu antworten, doch dann erzählte er es ihnen.

»Das ist eine Schande«, sagte Prentiss. Er schien noch mehr sagen zu wollen, überlegte es sich jedoch anders.

»Unbeschreiblich ist das«, sagte George. »Das würde ich nicht einmal meinem Erzfeind wünschen. Ich hoffe, ihr werdet so etwas nie erleben.«

Landry, der bisher regungslos neben ihnen gesessen hatte und eine Axt unterhalb der Klinge hielt, als sei sie ein Kinderspielzeug, hob einen losen Ast auf und begann, ihn damit anzuspitzen.

»Mein ältester Cousin wurde verkauft, als ich dreizehn war«, sagte Prentiss. »Das war, nachdem die Ernte verbrannt ist. Zwei Jahre später hat Mr Morton unsere Mama verkauft. Er hat sie zum Weben ins Haus geholt, als sie ihren Anteil nicht mehr pflücken konnte, aber ihre Hände haben gezittert, und da hat er sie einfach verschachert. Mein Vater ist gestorben, als meine Mama mit Landry schwanger war. Da war ich noch zu klein, um mich an ihn zu erinnern.«

George kniff in der unbarmherzig grellen Sonne die Augen zusammen. Eine ganze Zeit lang wusste er nicht, was er sagen sollte, und er wünschte sich, er hätte seinem Instinkt vertraut und darauf verzichtet, über Caleb zu reden.

»Anscheinend hat niemand das Leid für sich gepachtet«, sagte er schließlich.

»Scheint so.«

Sie kehrten zum Haus zurück, als es abkühlte. Er hatte Prentiss und Landry erlaubt, in die Scheune einzuziehen, damit sie nicht im Wald schlafen mussten. Isabelle saß immer noch auf der Veranda, wie schon am frühen Morgen, als er aufgebrochen war, und die Männer verstummten, als sie sie sahen. Ein- oder zweimal hatte sie Besuch empfangen, seit Mildred Foster im Haus gewesen war, doch mit George sprach sie immer noch kaum ein Wort. An diesem Tag hatte Mildred sie erneut besuchen wollen, doch George war – zu seiner großen Erleichterung – lang genug im Wald geblieben, um sie zu verpassen. Er vermutete, dass er und die Brüder wie eine Gruppe Schuljungen wirkten, die schwitzend und grölend daherkamen und in ihrer Anwesenheit plötzlich still wurden. Landry, der unbeholfen an seinem Hemd herumfummelte, trat hinter seinen Bruder, auch wenn der Versuch, sich zu verstecken, aufgrund seiner Größe zum Scheitern verurteilt war.

George fragte sie, wie ihr Tag gewesen sei.

»Gut. Mildred lässt grüßen.«

»Ach, soso, das ist nett von ihr.«

»Sie ist eine starke Frau. Hilfreich in Zeiten wie diesen.«

Er hatte gehofft, dass Mildred die Stimmung seiner Frau heben könne, doch ihre schlechte Laune war greifbar. Sie stand auf und verschwand im Haus, dann kam sie mit einem Krug Limonade und mehreren Tassen zurück, deren Henkel sie mit dem Zeigefinger hielt, sodass sie in ihrer Hand einen Kreis bildeten. Sie kam die Stufen herab, reichte jedem von ihnen eine Tasse und goss ihnen etwas ein. Ihr Blick war fest auf den Boden gerichtet, als hätte man ihr befohlen, etwas zu tun, was ihr widerstrebte. Prentiss dankte ihr mehrfach, und George brachte trotz seiner Verwirrung schließlich ein Danke hervor, während sie auf die Veranda zurückkehrte und sich selbst eine Tasse einschenkte. Bis zu diesem Augenblick hatte sie die Brüder ignoriert, und somit schien ihr Tun eine Art Waffenstillstand zu bedeuten, nicht mit den beiden, sondern mit George und den Gründen dafür, dass er sie eingestellt hatte.

»Wir sollten sie in Ruhe lassen«, sagte er leise.

»Ihr geht's da drüben doch gut«, sagte Prentiss und nippte an seiner Limonade. »Ich glaub nicht, dass wir sie stören.«

Dennoch gingen sie zusammen schweigend zur Scheune, das Gras unter ihren Füßen knirschte.

»Sie glauben, sie will nichts mehr von Ihnen wissen«, sagte Prentiss.

»Das hab ich nicht gesagt«, sagte George.

»Sie verhalten sich so.«

Es war wie eine eine Aufforderung, eine Einladung zum Gespräch, doch George erinnerte sich an ihre Unterhaltung über Caleb, im Wald, und entschied, sie nicht wahrzunehmen.

»Schauen wir mal, was wir essen wollen, und dann bringe ich euch, was ich kann«, sagte er.

Landry ging in die Scheune und zog sein Hemd aus. Dort stand eine Schüssel, nicht größer als ein Waschbecken, das sie mit Wasser füllen konnten, um sich zu waschen. George ließ sie allein.

Auch er wollte sich waschen, doch dafür brauchte er einen

Satz frischer Kleider aus dem Schlafzimmer. Der Abend brach herein, und im Haus war es still; dies war der Teil eines jeden Tages, den er am wenigsten mochte. Wenn man die Treppe hinaufkam, war sein Arbeitszimmer der erste Raum, ihr Schlafzimmer der letzte, und Calebs Zimmer befand sich dazwischen, dort, wo der Flur besonders eng schien. Die Tür zu Calebs Zimmer stand einen Spaltbreit offen und lockte George, rief nach ihm, doch er konnte es nicht ertragen, der Versuchung nachzugeben. Schon der kleinste Blick konnte einen endlosen Strom von Erinnerungen auslösen: der Anblick des Jungen, der sich in sein Arbeitszimmer schlich, als würde George ihn nicht sehen, oder, noch schlimmer, das Bild des jungen Caleb, der auf der Bettkante sitzend las und sich zu seinem Vater umwandte, als der vorbeiging, mit einem so breiten Lächeln, dass es das gesamte Gesicht des Jungen auszufüllen schien.

Wenn er die Tür nicht öffnete, fühlte es sich an, als wäre Caleb noch dort und würde bis in alle Ewigkeit weiterlesen, und die Erkenntnis, dass er der Wahrheit nicht ins Gesicht sehen konnte und sich lieber dem kindischen Wunsch nach Verdrängung hingab, schmerzte ihn fast so sehr wie der Tod des Jungen. Er mochte kein sehr starker, entschlossener Mann sein, doch er hatte immer geglaubt, einen so ehrlichen Blick auf sich selbst zu haben, wie es nur wenige andere von sich behaupten konnten. Aber hier nicht. Nicht vor der Tür seines Sohnes.

Er holte ein Hemd aus dem Schlafzimmer und eilte zurück nach unten.

*

An diesem Abend aß Isabelle mit ihm gemeinsam, zum ersten Mal, seit er die verhängnisvolle Nachricht überbracht hatte. Und in den folgenden Tagen nahm sie wieder ein aktiveres Leben auf, wenn auch als diese neue Version ihrer selbst – als hätte sie sich in einen kalten, festen Bestandteil der Veranda verwandelt, der zwar bereit war, sich um das Haus zu kümmern, zu kochen und zu gärtnern oder nachmittags Besuch zu empfangen, aber ohne die Fröhlichkeit, die sie früher ausgezeichnet hatte.

Noch immer schliefen sie getrennt. Jeden Morgen, wenn George in seinem Sessel erwachte, bezweifelte er, dass die Brüder noch da waren. Er war der festen Überzeugung, dass sie das wenige Geld, das er ihnen bis dahin bezahlt hatte, nehmen und damit verschwinden würden. Doch jeden Morgen kamen sie aus der Scheune zur Treppe des Hauses, und George, der auf der Veranda saß, kratzte sich am Rücken und erhob sich dankbar, um sie zu begrüßen. Dann lehnten sie gegen die Scheune, tranken Kaffee, besprachen, was an diesem Tag anstand, dann setzten sie es in die Tat um und hörten erst im gedämpften Licht des heraufdämmernden Abends auf zu arbeiten, in dem Bemühen, die Bäume rechtzeitig zu fällen, um den Boden beackern und schließlich mit der Aussaat beginnen zu können.

Obwohl er ihnen gegenüber offen sprach, behielt er seine eine Lüge für sich: dass die Allegorie seines Vaters keine Bedeutung für ihn habe. In Wirklichkeit stellte er sich sein Leben als dahinsiechende Eiche vor, von den Elementen erdrosselt, die Äste so verformt, dass sie in unmöglichen Winkeln ausschlugen, die Rinde von einem gelblichen Pilz befallen, die Blätter sonnenverbrannt. Im Laufe der Jahre schritt der Niedergang immer weiter voran, doch George hatte das Gefühl, der Baum sei schon von Beginn an verrottet gewesen, als wisse er, dass er auf schlechtem Boden stand, mit einem unsteten und wechselhaften Moralempfinden, sodass keine Besserung in Aussicht war.

An einem Morgen, der schrecklich windig und für einen Frühlingstag ungewöhnlich kalt war, stießen sie auf einen sterbenden Baum, der dem in seiner Vorstellung verblüffend ähnlich war. George bestand darauf, ihn allein zu fällen, und obwohl er beinahe eine Stunde dafür brauchte, bereitete ihm die

Arbeit tiefe Genugtuung. Es war, als könne er, indem er diesen Baum – so kümmerlich, verglichen mit den anderen – von seinem Grundstück entfernte, irgendwie auch seine enttäuschende Vergangenheit tilgen. Und so schwang er hingebungsvoll die Axt, in dem kindlichen Glauben, die Jahre der Untätigkeit, die Jahre des vergeudeten Landes und der vergeudeten Beziehungen dadurch ungeschehen zu machen. Er fühlte sich befreit, als habe sich in ihm ein Raum aufgetan, in dem etwas Neues sprießen konnte – etwas Gutes, etwas, für das es sich zu leben lohnte.

Der kümmerliche Baum machte kaum ein Geräusch, als er fiel, was bedeutete, dass der Lärm, der an seine Ohren drang, woanders herkommen musste. Ein lang gezogenes Geheul erreichte ihn, wie das eines Kindes, und gemeinsam mit Prentiss und Landry folgte George dem Geräusch, zunächst langsam, dann, mit bangem Herzen, im Laufschritt auf sein Haus zu. Als sie die Lichtung erreichten, bewahrheiteten sich zunächst seine schlimmsten Befürchtungen, bevor sie sich unvermittelt zerstreuten.

Es war tatsächlich Isabelle, die, überwältigt von der Situation, hemmungslos schluchzte. Er konnte kaum glauben, was er dann sah: das lange blonde Haar, das wie eine Flagge im Wind vor dem Gesicht seines Sohnes flatterte. Caleb versuchte sich umzudrehen, doch seine Mutter drückte ihn so fest an sich, dass sein Gesicht verborgen blieb. Als George nah genug war, dass sie sich in die Augen blicken konnten, waren sie einander fremd. Isabelle ließ Caleb einen Moment lang los, doch Vater und Sohn standen weiter steif, distanziert da, als müssten sie einander vorgestellt werden.

»Na, so was«, war alles, was George über die Lippen kam. »So was.«

Er stockte, und es fiel ihm schwer, die Flut der Gefühle zu bändigen, die er so lang zurückgehalten hatte. Er konnte nicht zu ihm laufen, seine Beine rührten sich nicht vom Fleck, doch jetzt war ja genug Zeit. Schließlich trat er vor, vorsichtig, und erkannte endlich seine Gesichtszüge, dieselben, die er vor seinem inneren Auge sah, wenn er sich, Nacht für Nacht, den Jungen vorstellte, wie er auf der Bettkante sitzend las, ihn hereinbat. Wie immer in Momenten unkontrollierter Emotionen wusste er nicht, wie er sich verhalten, was er sagen sollte, und konnte nur daran denken, was man von ihm erwartete und wie sich ein anderer, besserer Mann in seiner Lage verhalten würde.

Er legte Caleb eine Hand auf die Wange, um sich zu vergewissern, dass sie wirklich da war.

»Ich habe deine Mutter gehört, aber das hätte ich nie erwartet.« Dann steckte er beide Hände in die Taschen. »Warum gehen wir nicht hinein?«

KAPITEL 8

Caleb hatte es nicht ganz geschafft, seinen Vater umzubringen, doch er war auf jeden Fall gealtert. Der alte Mann sah gequält aus, wenn er ging, und die Falten in seinem Gesicht erinnerten an Risse in einer Glasscheibe, die sich im Laufe der Zeit weiter ausbreiten. Seine Mutter bot einen tröstlicheren Anblick. Er hatte sie vermisst, so wie die anderen Soldaten ihre Mütter vermissten, in dem Wissen, dass sein Zuhause weniger die Blockhütte war als der Ort, an dem sie war und auf seine Rückkehr wartete, darauf, ihn in den Arm zu nehmen. Als sie sich dann umarmten und er sie an sich drückte, fühlte er sich wieder wie ein kleiner Junge, und er wünschte sich, er könne dieses Gefühl für den Rest seines Lebens nach Belieben in sich wachrufen.

Jetzt, am Abendbrottisch, streichelte sie sein Gesicht und fuhr mit der Hand über die Narbe auf seiner Wange, die neue Form seiner Nase und verlangte zu wissen, ob er gesund sei.

»Sollen wir einen Arzt rufen?«, fragte sie. »Ich finde schon. Also ist es entschieden.«

»Alles ist verheilt«, sagte er. »Es ist vorbei. Das war's.«

Nach so langer Abwesenheit erschien ihm das Haus wie eine Traumlandschaft, und er verspürte den Drang, jedes Zimmer zu inspizieren, sich seiner Besonderheiten im Verhältnis zum Ganzen zu vergewissern. Und er hatte einfachere Bedürfnisse: Er wollte Ridley wiedersehen, der ihm wider Erwarten gefehlt hatte. Er wollte baden. In seinem eigenen Bett schlafen.

Seine Mutter brachte ihm einen Teller mit Käse und Brot und versprach ihm einen Apfelkuchen – ihre einzige wirkliche

Spezialität –, sobald sie die notwendigen Zutaten besorgt hatte. Sie sprach ausführlich über den Kuchen, war so überwältigt von der Freude über seine Rückkehr, dass ihr Verstand nur noch von diesem einen Gedanken beherrscht wurde – wie sie das Obst entkernen und die Gehäuse mit Apfelwein aufkochen und den Teig für die Kruste vorbereiten würde und so weiter.

»Wenn du so weitermachst«, sagte sein Vater, »will ich gar nicht daran denken, was uns erwartet, wenn du vom Abendessen anfängst.«

Er saß im großen Zimmer, in seinem alten abgewetzten Sessel. Caleb konnte sich ein Lachen nicht verkneifen.

»Bring sie nicht auf Ideen«, sagte er.

»Dafür ist es eindeutig zu spät«, sagte sein Vater.

Seine Mutter ignorierte das Geplänkel, holte tief Luft, packte Calebs Unterarm und strich so energisch darüber, als wolle sie ein Feuer entzünden.

»Eine Mutter hat das Recht, sich zu freuen. Mein Kind ist wieder da! Jetzt sag uns, wie es dir ergangen ist. August war hier. Er hat uns die schlimmste Nachricht überbracht. Dass du, na ja …«

»Dass du getötet worden seist«, sagte sein Vater.

Nicht ganz, erklärte Caleb. Er sei gefangen genommen, dann gegen andere Gefangene ausgetauscht und schließlich entlassen worden. Wie so viele andere auch. Man hatte ihm ein Papier mitgegeben, auf dem stand, dass er sich dem Gesetz der Union unterwerfen und nach Hause zurückkehren müsse. Diese Verkürzung der Ereignisse fühlte sich an wie ein erster Schritt, damit sie irgendwann der Vergangenheit angehörten. Unwahrscheinlich, aber er musste es versuchen.

»Also ist August zu Hause«, sagte er, ohne eine Regung zu zeigen.

»Er wurde ebenfalls verletzt«, sagte sein Vater, »auch wenn davon nichts zu sehen war. Ein schwerer Sturz, offenbar.«

Caleb bewegte sich, und getrockneter Schlamm rieselte von seiner Hose und landete unter dem Stuhl. Aller Freude zum Trotz konnte seine Mutter es sich nicht verkneifen, auf den Teppich zu blicken, als hätte dort ein Tier hingemacht.

Sein Vater fragte, wie weit er gekommen sei.

»Bis in die Carolinas.«

»So weit bist du gelaufen?«

Ein paar Verletztentransporte hatten Platz für ihn gehabt, und manchmal hatte ein Bauer mit Wagen sich seiner erbarmt, doch bevor er das erzählen konnte, ergriff seine Mutter das Wort.

»Was haben sie mit deinem Gesicht angestellt? Wie schlimm war es? Du musst uns alles erzählen und darfst nichts auslassen.«

»Ich fürchte, das ist keine große Geschichte. Ist passiert, bevor ich in Gefangenschaft kam. Die Jungs haben Unsinn gemacht. Es war spät, und wir hatten ein paar zu viel getrunken. Nichts Spannendes.«

Er biss in das Brot und vertilgte kurz darauf den Rest vom Käse. Seine Eltern schienen darauf zu warten, dass er weitersprach, und die Erwartungshaltung, dass er das von ihnen begonnene Verhör allein weiterführen würde, war noch schlimmer als ihr Nachbohren.

»War hier alles in Ordnung?«, fragte er.

Wieder blickte seine Mutter auf den Boden unter seinem Stuhl.

»Abgesehen von meinem frühzeitigen Ableben«, sagte er, bemüht, die Stimmung aufzulockern.

»Dies sind für alle schwierige Zeiten«, sagte sein Vater. »Ich denke, deine Mutter würde da zustimmen.«

Erst jetzt bemerkte er, wie groß der Abstand zwischen seinen Eltern war: dass sie einander noch nicht in die Augen gesehen, sich einander angenähert oder auch nur ein Wort miteinander gewechselt hatten. Er war so weit gegangen, um zu dem wenigen zurückzukehren, das er kannte, und mit einem Mal kam es ihm vor, als wäre es gar nicht mehr da. Während seine Eltern endlos darauf gewartet hatten, dass er den Weg zurück nach Hause fand, hatten sie sich verändert, und jetzt waren alle drei andere Menschen und doch wieder am selben Ort vereint, an dem sie so viele Jahre zusammengelebt hatten.

Es fiel ihm schwer, still zu sitzen, sein Knie wippte, und sein Fuß klopfte nervös auf den Holzboden.

»Vielleicht können wir später darüber reden«, sagte er. »Wenn ich mich ein wenig ausruhen könnte, würde das, glaube ich, Wunder bewirken.«

Seine Mutter stand auf.

»Natürlich. Dein Bett ist gemacht. Alles ist aufgeräumt. Auf deiner Kommode liegen frische Handtücher.«

Sie drückte ihn so fest an sich, dass ihm die Luft wegblieb. Dann glitt ihre Hand an seiner Flanke hinunter und kam auf seinem Lederhalfter zu ruhen. Sie hatten ihre Waffen an die Union abgeben müssen, doch seine Handfeuerwaffe hatte er verstecken können, da er wusste, was ihm auf der Heimreise passieren konnte, welche Gefahren den Männern drohten, die allein auf offener Straße unterwegs waren. Seine Mutter wich zurück und starrte die Waffe an.

Auch sein Vater stand auf und beäugte die Pistole.

»Die brauchst du nicht mehr«, sagte er. »Ich leg sie zu den Gewehren deines Großvaters in den Keller.«

Es war das Beste, ihrem Wunsch zu entsprechen, das wusste Caleb – sich so weit wie möglich wieder der Version seiner selbst anzunähern, die sie kannten: ein Junge, der niemals Hand an etwas so Vulgäres gelegt hätte. Er nahm die Pistole aus dem Halfter und übergab sie seinem Vater.

Sein Zimmer im oberen Stockwerk, so sauber, wie seine Mutter es beschrieben hatte, hatte etwas Makabres an sich – die winzigen Spazierstöcke seiner Kindheit, die an der Wand lehnten, waren abgestaubt und poliert worden; seine Mützen waren zu einem Turm aufgestapelt worden und fleckenlos, nicht ein Staubkorn lag darauf. Wie lange hätte sie so weitergemacht? Über Monate? Jahre? Sein Tod – etwas, das man am besten auf dem Waschbrett auswusch, mit dem Besen aufkehrte.

Er zog die Stiefel aus, dann die Hose und sackte auf seinem Bett zusammen. Er schlief friedlich, doch beim Aufwachen war er völlig desorientiert, wusste nicht, wo er war und wie er dorthin gekommen war, wie schon an so vielen Tagen zuvor. Der Unterschied war, dass er, als er diesmal neben das Bett langte, seine Hose nicht fand. Ein verschlafener Blick aus dem Fenster zeigte ihm, dass seine Mutter die Hose in den mit heißem Wasser gefüllten Kupferwaschkessel tauchte. Sie schlug mit dem Waschholz so fest darauf ein, als wollte sie den Schmutz eines ganzen Lebens aus dem Stoff klopfen. Er dachte, er müsse nun ohne Hose im Haus umherlaufen, bis er sich an die Kommode voller Kleider auf der anderen Seite seines Zimmers erinnerte, ein echter Schatz für einen Mann, der sich so lange so verzweifelt an so wenig festgehalten hatte.

Sein Vater hatte am Abend zuvor ein Huhn geschlachtet, doch Caleb war nicht aufgewacht, um es zu essen. Am Morgen machte er sich darüber her, und seine Mutter, die mit ihm am Tisch saß, sah ihm zu, als handelte es sich um eine Raubtierfütterung. Als er fertig war, teilte er ihr mit, dass er in die Stadt wolle, und ihre Enttäuschung hätte ihn fast dazu gebracht, seine Meinung zu ändern.

»Du tust so, als wäre ich auch *hier* ein Gefangener«, sagte er.

»Sag das nicht, sag das *niemals*. Ich möchte einfach nur Zeit mit dir verbringen.«

»Wir haben noch alle Zeit der Welt. Es gibt nichts zu tun, außer zusammen hier rumzusitzen. Kein Grund zur Eile.« Er beugte sich vor, gab ihr einen Kuss auf die Stirn und schob seinen Stuhl zurück. »Wo ist der alte Herr?«

Seine Mutter nickte in Richtung der Scheune, aus der sein Vater gerade zurückkam. Caleb trat auf die Veranda hinaus, und sein Vater näherte sich ihm vorsichtig und fragte, wie er sich fühle.

»Bestens«, sagte Caleb.

Dampf stieg von der Kaffeetasse seines Vaters auf, was Erinnerungen an den letzten Marsch unter der Flagge des Feindes auslöste, wo sie im Tiefland von einer erbarmungslosen Kaltfront erwischt worden waren. Die Jungs, die die Aufsicht über ihn hatten, waren so alt wie er selbst, ungehobelt und jederzeit bereit, Farmer und Stadtbewohner zu bestehlen, wenn sie damit durchkamen. Sie hatten Mäntel entwendet, um sich gegen das Wetter zu schützen, doch als eines Tages die Sonne wieder hervorkam, entschieden sie, sie abzulegen. Sie sahen jedoch keine Veranlassung, sie im Wald zurückzulassen, wo sie ihnen nichts nützen würden. Ein spindeldürrer Lieutenant erwähnte, wie oft Caleb sich beklagt habe, zu weit vom Feuer entfernt gewesen zu sein. Also beschlossen die anderen, er solle die unbenutzten Mäntel erben, die sie ihm gleich auf die Schultern luden, bis er unter dem Gewicht weiche Knie bekam. An diesem Tag wurde es so heiß, dass der Schweiß sich in den Bündchen seiner Ärmel und Hosenbeine sammelte.

Schon beim Gedanken daran brach ihm der Schweiß aus, und er war froh, als die Erinnerung vorbeiging. Da sah er die beiden Männer, die aus der Scheune traten. Einer war breit gebaut, mit deutlich gewölbten Muskeln an den Schultern, und so groß, dass jeder andere Mann neben ihm zwergenhaft wirkte.

»Willst du mir das nicht erklären?«, fragte er seinen Vater.

Die beiden seien Brüder, sagte der, und unterstützten ihn dabei, ein Erdnussfeld unten am Hang anzulegen. »Wenn du willst, zeige ich dir, wie weit wir schon gekommen sind.«

»Eine Erdnussfarm. Du?«

»Ist das so schwer zu glauben?«

»Dich konnte man doch kaum dazu bringen, Mutter bei den Rosen zu helfen, die sie gepflanzt hat. Hast gesagt, sie hat sie nur, weil Mrs Foster welche hatte, und man könne nicht stolz darauf sein, sich mit anderen zu messen, die ihre Zeit mit geistlosen Hobbys vertun. Wenn ich mich richtig erinnere.«

»Schon«, sagte sein Vater und nahm einen Schluck von seinem Kaffee. »Aber das hier ist was anderes.«

»Es ist immer was anderes, wenn du es tust, stimmt's?«, sagte Caleb und dachte daran, wie der kurzlebige Vorstoß seines Vaters in die Moonshine-Herstellung nicht mit denen anderer Whiskeyliebhaber zu vergleichen gewesen sei, weil sein Blick für Qualität unerreicht sei; und an seinen spontanen Wunsch, einen Schrank zu bauen. Ein Vorhaben, das er nur für erstrebenswert hielt, bis er merkte, dass er über keine der dazu notwendigen Fertigkeiten verfügte. Plötzlich war das gesamte Handwerk der Tischlerei trivial geworden, seiner Zeit so unwürdig, dass er noch Jahre später den Kopf schüttelte, wann immer er in der Stadt an den Holzwerkstätten vorbeikam.

Caleb spuckte über das Geländer aus und erwähnte, er erinnere sich jetzt, dass die Männer am Tag zuvor, als er gekommen sei, mit seinem Vater zusammen gewesen seien.

Ja, sagte sein Vater, ihre Namen seien Prentiss und Landry, und er erklärte, wie es sie in den Wald geführt hatte und dass sie fürs Erste in der Scheune wohnen würden.

»Also bist du der neue Besitzer von Mr Mortons Schwarzen.«

»Das finde ich eine ungerechte Interpretation. Sie haben sich entschieden hierzubleiben.«

»Ja, gut, ich vermute, Schwarze zu besitzen ist auch was anderes, wenn du es tust.«

Sein Vater trank geräuschvoll einen Schluck Kaffee.

»Ich habe das Gefühl, dass du dich ohne jeden Grund stur stellst. Und das ist mir so früh morgens ein bisschen zu viel.«

Es war nicht das erste Mal, dass sein Vater ihn als stur bezeichnete, und der Vorwurf hatte mit der Zeit seine Macht verloren. In diesem Fall, da er wegen seiner Rückkehr guter Laune war, entschied er, ihn zu ignorieren. Der Vogelgesang bildete die vertrauten Melodien, die er seit seiner Kindheit kannte.

»Ich habe ihnen gesagt, sie können heute tun, was sie wollen, weil ich vorhabe, ein wenig Zeit mit dir zu verbringen«, sagte sein Vater.

»Eigentlich wollte ich dich fragen, ob ich mir Ridley ausleihen darf. Ich überlege, in die Stadt zu reiten.«

»Also langweilst du dich schon mit uns.«

»Jetzt klingst du wie Mutter. Es gibt einfach noch andere Leute, die ich sehen will. Ich bin vor Einbruch der Dunkelheit zurück. Dann können wir das Huhn gemeinsam aufessen.«

»Du bist jetzt erwachsen«, sagte George. »Du kannst tun und lassen, was du willst.«

Caleb stand vor ihm, regungslos.

»Du brauchst nicht meine Erlaubnis, um auf Ridley zu reiten. Wenn du den Sattel brauchst, der sollte neben dem Futterbeutel hängen.«

Caleb ließ seinen Vater auf der Veranda zurück und ging zu Ridley in den Stall. Der Esel hatte sich so wenig verändert – die zuckenden Hasenohren, die Mähne stachelig wie eine zerklüftete Bergkette, die sich in seine Hand schmiegte, aber bei der Berührung erzitterte –, dass ihr Wiedersehen sich durch die Vertrautheit des Tieres weniger bedeutsam anfühlte. Für den Esel, so schien es, war Caleb niemals weg gewesen. Das Bürsten und Halftern verlief unfeierlich, anschließend führte er Ridley aus dem Stall und am Haus vorbei, winkte seiner Mutter zum Abschied zu und sah seinen Vater auf der Veranda seinen Kaffee austrinken.

»Schönen Gruß an August«, rief sein Vater. »Und wenn du zurück bist, würde ich gerne hören, was wirklich mit deinem Gesicht passiert ist. Das mit dem Herumgealber.«

Caleb sagte nichts und ging mit Ridley weiter den Weg entlang, das leise Rauschen der Brise mischte sich unter den Gesang der Vögel, und die nackte Frühlingssonne schien hell genug, um den Pfad in ein goldenes Licht zu tauchen, wie eine Vorahnung himmlischen Zuspruchs, eine Andeutung, dass der Tag, der vor ihm lag, nach seiner Vorstellung verlaufen könnte.

Sie hatten ihm das Gesicht mit einem Gewehrkolben eingeschlagen. Er hielt es sich mit beiden Händen. Das konnte jedoch nicht verhindern, dass ihm das Blut durch die Finger rann und den Boden benetzte. An diesem Abend weinte er, nicht vor Schmerz, sondern aus Angst, entstellt zu sein, zu einem jener verstümmelten Kriegsrelikte zu werden, einem Kuriosum für die Kinder, reif für den Zirkus. Später sagten sie, als könne ihn das aufheitern, es sei eher eine Lektion für seine Fahnenflucht als für sonst etwas gewesen – auch wenn es nicht von ihrer Seite gewesen war, verdiene die Handlung selbst eine Strafe, unabhängig von den Farben der Uniform.

Er war einfach nur erleichtert, dass sie ihn nicht sofort erschossen hatten, als er den Kopf aus dem Schützengraben reckte, in dem er und die anderen Schutz gesucht hatten. Der Einfluss von Augusts Vater hatte sie von der Front – und von Gefahren im Allgemeinen – ferngehalten. Bis sie auf eine Reihe von Mündungen stießen, aus denen ein so heißer Feuerstoß entwich, dass der Rauch an einen Waldbrand erinnerte, hatte er noch keine Kugel fliegen gesehen. Er war sich sicher, dass sie es mit einem ausgewachsenen Großangriff zu tun hatten, der nach ihrer Rückkehr zur Legende werden würde. Etwas, von dem man seinen Enkelkindern erzählte. Doch später ohrfeigten ihn die Blauen im Spaß, polierten lachend ihre Gewehre mit der Asche des Feuers und stopften sich Tabak in den Mund. »So was«, erklärten sie ihm, »nennen wir ein Scharmützel.«

Er schämte sich nicht für seine Desertion – für ihn war es eine rein pragmatische Entscheidung, mit dem Ziel zu überleben –, doch er wusste, wie es in den Augen der anderen aussehen würde. Er bedauerte nur, August zurückgelassen zu haben. Es tröstete ihn jedoch, dass August der einzige andere Soldat von zu Hause war, der Zeuge seiner Feigheit geworden war. Sie waren, auch das dank Mr Webler, einer gänzlich anderen Kompanie zugeteilt worden als die übrigen Jungen aus Old Ox. Während so viele andere Leib und Leben verloren, durften er und August in sicherer Distanz die Gleise bewachen, schliefen nachts ohne große Sorgen, gaben sich kindischen Streichen hin oder spielten Dame, sodass sich das Ganze eher wie eine Reise anfühlte.

Zumindest bis die Kompanie sich in einem Wald verirrte. Das war der tragische Fehler, wie er seinen Bewachern im Laufe der Tage wieder und wieder versicherte. Das Ganze sei ein schrecklicher Irrtum, sagte er, er solle gar nicht bei ihnen sein. Doch falls er geglaubt hatte, dass sie ihn daraufhin freilassen würden, war das nicht mehr als Wunschdenken. Er hatte nur Glück, dass sie ihm, wenn sie sein Gejammer satt hatten, zwischen die Beine schlugen, sodass sein Gesicht verheilen konnte.

Er ritt jetzt auf Ridley in die Stadt, und das Erste, was er in Old Ox sah, war eine ältere Hure, die sich auf dem Gehsteig einer Gruppe Berittener präsentierte. Sie rutschte auf einer matschigen Stelle aus, fing sich wieder und kehrte lachend in das Bordell zurück, aus dem sie gekommen war. Die Stadt war während seiner Abwesenheit angewachsen, und er sah nur wenige Gesichter, die bestätigten, dass es derselbe Ort war wie im Jahr zuvor. Ein oder zwei Leute nahmen Notiz von ihm, doch sie wandten schnell den Blick von ihm ab und schauten zu Boden;

schwer zu sagen, ob es seine ramponierten Züge waren, die ihre Aufmerksamkeit erregten, oder der Umstand, dass er aus dem Grab zurückgekehrt war.

Die Unionsarmee hatte eine Reihe von Geschäften besetzt, und die Soldaten auf ihren Posten davor beäugten ihn misstrauisch, jedoch eher müde als verächtlich. Das Schulgebäude in der Nähe des Rondells war offenbar ihr Hauptquartier. Eine Frau schien kurz davor, sich mit einem Soldaten um Rationen zu prügeln, die er gar nicht hatte, und Caleb kam nicht umhin, sich zu fragen, wen die schlimmere Strafe ereilt hatte: ihn, weil er sich als Feigling erwiesen hatte und gefangen genommen worden war; oder diese armen Seelen, die so weit weg von zu Hause stationiert waren, umgeben von so vielen, die sie verachteten.

Er bog mit Ridley dort ab, wo der Verkehr nachließ und die einfachen Schuppen richtigen, soliden Häusern Platz machten, die auch einen kräftigen Regen überstehen würden, ordentlichen Behausungen mit Schrägdächern, Gärten und Schaukeln in den Bäumen. Die schräg stehende Sonne erwies zwei Mädchen ihre Gunst, die vor ihrem Zuhause Federball spielten, eine Hand an den Schlägern, die andere auf ihre Hauben gelegt. In ihrer Nähe saß ein kleinerer Junge auf dem Schoß seiner Mutter und versuchte sich loszureißen, um mitzuspielen. Die anderen Häuser waren leer, ihre Türen geschlossen, während die Familien ihren Beschäftigungen nachgingen, als wäre dies ein Tag wie jeder andere, was er für sie, wie Caleb wusste, tatsächlich war.

Dort, wo die Stadt zu Ende zu sein schien, gewann das Land die Oberhand, weitete sich, und große Wiesen mit frischem Gras machten noch größeren Anwesen Platz, hinter denen schließlich der Wald begann. Zusammengenommen waren es nicht mehr als zehn, und die Leute aus der Stadt nannten diese Gruppe von Häusern Mayor's Row.

Das Haus der Weblers war das letzte – ein schräg abfallendes Mansardendach, drei Etagen Wohnraum und zu einer akkuraten

Hecke getrimmte Stauden, hoch genug, um Privatsphäre zu gewährleisten, aber nicht so hoch, dass willkommene Besucher abgeschreckt wurden. Von der Straße aus blickte Caleb zu Augusts Zimmer hinauf und fragte sich, wie schon bei vielen Besuchen zuvor, ob der Junge dort auf ihn warten mochte. Damals hätte August ihn entdeckt, ihm zugewunken und wäre dann verschwunden, um kurze Zeit später auf der Veranda wieder aufzutauchen und ihn ins Haus zu führen. Doch das Zimmer war dunkel. Er drehte sich um, als könne das, was hinter ihm lag, ihm verraten, was er als Nächstes tun sollte, doch er sah nur Büsche. Caleb hatte über diesen Augenblick nachgedacht, seit die Unionssoldaten ihn freigelassen hatten und er nach Hause aufgebrochen war. Trotzdem saß er jetzt wie erstarrt auf einem Esel, schweißgebadet, ebenso verängstigt wie am Tag seiner Desertion.

Die Stimme, die von der Haustür aus seinen Namen rief, kam so überraschend, dass sie sogar Ridleys Aufmerksamkeit erregte. Beide blickten auf, auch wenn der Esel sich gleich wieder dem Gras zuwandte, während Caleb sich überlegen musste, was er darauf antwortete. Nicht, dass dies etwas Neues gewesen wäre. Er hatte sich schon immer schwergetan, in Anwesenheit von Wade Webler den Mund aufzumachen.

»Wie geht's!«, war alles, was er, zu seinem großen Schrecken, herausbrachte.

»Caleb Walker, so wahr ich hier stehe. August hat mir erzählt – zur Hölle, er sagte, du hättest dich töten lassen. Aber das scheint mir nicht der Fall zu sein. Komm her. Siehst aus, als wärst du schon halb geschmolzen, dabei bereitet uns die Sonne doch einen wunderbar freundlichen Start in den Nachmittag. Ich schwöre, du hast viel zu viel von deinem Vater. Du hast so rein gar nichts von einem Südstaatler an dir.«

Caleb band Ridley an und ging zur Veranda. Mr Webler trug formelle Kleidung – eine gut geschnittene Hose, eine Jacke mit Schößen – doch sein Seidenhemd offenbarte den Blick auf seine

Hühnerbrust, und dicke Haarbüschel quollen hervor. Caleb hatte den Mann noch nie so entblößt gesehen, und er war sich nicht sicher, ob er ihm die Hand schütteln oder ihn ins Haus zurückkehren lassen sollte, damit er sich zurechtmachen konnte.

»Was für ein Anblick«, sagte Mr Webler. »*Was. Für. Ein. Anblick.*«

Sie reichten einander die Hand, und schon jetzt war er so angespannt, dass ein Teil von ihm sich wünschte, mit Ridley tauschen und den Tag allein vor sich hin grasend verbringen zu können.

»Geht es dir gut? Warst du schon bei deinen Eltern? Sie sind bestimmt außer sich vor Freude.«

»Sie sind ziemlich froh, Sir.«

»Na, schade, dass du erst heute zurückkehrst. Du hast meine Gala gestern Abend verpasst, ein rauschendes Fest, wenn ich das selbst so sagen darf.«

Mr Webler winkte ihn hinein, und Caleb folgte ihm ins Haus. Dort sah er Schwarze, die auf Knien den Boden schrubbten, und kleine Jungs und Mädchen, die auf dem Hintern sitzend mit Lappen hinter Schränken und Sofas sauber machten, wo ihre Eltern nicht hinkamen. Noch immer wurden Gläser auf Tabletts eingesammelt, und obwohl er nur einen flüchtigen Blick ins Wohnzimmer werfen konnte, bevor die Tür geschlossen wurde, sah er eine mit Weinflecken übersäte Tischdecke. Im Salon sah sich Caleb gezwungen, neben einer Standuhr Platz zu nehmen, die in unvorhersehbaren Abständen ihr Klagelied ertönen ließ. Mr Webler erzählte in einem fort, als wäre Caleb seinetwegen gekommen, und Caleb sah keine Möglichkeit, sich der Unterhaltung zu entziehen, ohne unhöflich zu erscheinen.

»Ich hielt es für angebracht, eine Art Spendengala für die Sache zu veranstalten. Wir haben eine Summe eingenommen, auf die ich recht stolz bin und die dafür eingesetzt werden wird, gute Dinge für dieses County zu erreichen. Die Menschen hier sind selbst in Krisenzeiten noch so christlich, wie es nur geht, und man könnte Grants ganze Armee in dieser Stadt stationieren, und wir würden trotzdem unsere Werte bewahren, unsere Traditionen …«

Sie nannten ihn den Güterzug, denn wenn seine Worte einmal Fahrt aufgenommen hatten, hielt er die Maschine mit so viel Alkohol und Tabak auf Touren, dass er seine Gäste bis spät in die Nacht ohne Pause unterhalten konnte. Er hatte nie für ein Amt kandidiert, doch er sprach oft wie ein Politiker und herrschte über die Stadt, als wäre er ihr Bürgermeister. Er erzählte von einem Eintopf aus Meeresfrüchten, von Frauen, die tanzten, während ihre Männer einschliefen. Das Ganze habe an Zeiten erinnert, in denen die Welt noch in Ordnung war, und viele hätten sich die Frage gestellt, ob Old Ox sich nicht doch irgendwann dem Griff der Union würde entwinden können.

»Das klingt nach einer schönen Feier, Sir.«

»Keine *Feier*, Caleb. Eine Gala.«

»Ich bin nicht sicher, ob ich den Unterschied kenne.«

Mr Webler schnaubte, und Caleb fiel erst jetzt auf, dass er noch immer betrunken war. Er hielt inne, um sich zusammenzunehmen und echtes Interesse an Caleb vorzutäuschen.

»Genug davon«, sagte er. »Ich würde lieber etwas über deine Zeit als Soldat hören. Ich weiß nur, dass du von August getrennt wurdest. Darüber hinaus ist alles ein wenig … unklar.«

Dies war genau die Art Bemerkung, auf die Caleb hätte vorbereitet sein müssen. Auf dem Weg nach Hause, nachdem die Union ihn hatte gehen lassen, hatte er, wenn ihn Fremde nach seinem Militärdienst fragten – den Schlachten, an denen er teilgenommen, den Mühen, die er durchgemacht hatte –, oft auf einen äußerst vagen Satz zurückgegriffen, der den Fragenden in der Regel verstummen ließ: *Ich will nicht damit prahlen, wie oft ich abgedrückt habe und wo.* (Wobei er die Tatsache verschwieg, dass er nirgendwo abgedrückt hatte.) Doch Mr Webler würde diese Nummer so leicht durchschauen, dass er es für klüger hielt, darauf zu verzichten.

»Ich denke, August hat Ihnen bereits alles erzählt, was es zu berichten gab.«

Mr Webler betrachtete ihn mit einem stechenden Blick, aus dem entweder Verachtung oder Bedauern sprach. Sein Schnurrbart sträubte sich wie eine Raupe, die man gekitzelt hatte. Er drehte sich zu der Hausbar um, die hinter ihm stand, und nahm ein Trinkglas und eine geöffnete, halb leere Karaffe heraus.

»Ich will dir was erzählen, mein Junge.«

Er schenkte sich so behutsam ein Glas Whiskey ein, dass der Strom der Flüssigkeit mit der Geschichte Schritt hielt; der überwältigende Alkoholdunst und seine scharfen Worte bildeten eine explosive Mischung.

»Ich hab unten in Mexiko gekämpft«, sagte er, »als August noch kaum geboren war. Es gab da einen Feldzug nach Puebla, bevor es zum ersten Schusswechsel kam. Als wir in die Stadt kamen, hissten sie schon unsere Flagge, also habe ich mich am Abend mit den Jungs amüsiert, alles ganz normal. Aber dann kam einer der Mexikaner in unser Lager gestolpert und suchte Streit, vermutlich genauso betrunken wie ich, und ich sehe die Bedrohung, und ich weiß, dass ich mir irgendwie meine Sporen verdienen muss. Also fordere ich ihn heraus, bringe ihn dazu, sich mir zu stellen, und hab ihn am Boden, schneller als du deinen Namen sagen kannst. Die Jungs grölen, und der Fusel gibt mir das Gefühl, unbesiegbar zu sein, und ich lass nicht von ihm ab.«

Mr Webler lehnte sich zurück und seufzte, als habe er gerade eine neue Interpretation der Geschichte entdeckt, die ihm bisher entgangen war, und Caleb lauschte seinem Vortrag wie ein Zuschauer auf der Suche nach der passenden Reaktion – Applaus, Gelächter oder Tränen –, der nicht genau wusste, worauf der Mann hinauswollte, aber geduldig auf das Ende wartete.

»Ich kriege ihn zu packen, schiebe meine Finger in seine Augen und drücke zu, was das Zeug hält, und die Dinger quellen leicht und weich wie zwei Nacktschnecken unter meinen Daumen hervor. Und als ich aufstehe, lächele ich und merke in dem Augenblick gar nicht, dass ich mir in die Hose gepisst habe. Natürlich behaupte ich, es wär vor Anstrengung gewesen, geb's offen zu, damit die Sache vom Tisch ist. Aber du wirst es nicht glauben, am Abend, vor dem Einschlafen, habe ich mich im Zelt auf die Seite gedreht, ein bisschen geheult und *mich noch einmal vollgepisst*. Aber davon hat keiner erfahren. Das hab ich für mich behalten.«

Die Frauen und Kinder putzten noch immer wortlos um die beiden Männer herum. Das Haus fühlte sich an wie ein Gefängnis, in dem Caleb und die Insassen die Rede eines Aufsehers über sich ergehen lassen mussten, der seine Macht demonstrieren wollte. Caleb hatte Mitleid mit diesen Leuten, die Mr Webler schon so lang ertragen hatten und die nun, nach Jahren der Knechtschaft, bestimmt für einen Hungerlohn arbeiteten, und er fragte sich, ob in dem Fall, dass es in diesem Haus zu einem Aufstand kam, irgendjemand außer seiner Frau und seinem Sohn es bedauern würden, wenn jemand dem Mann den Schädel einschlug.

»Ich denke, ich bereue diesen Tag«, fuhr er fort. »Nicht das Einpinkeln. Ich war nicht der erste Junge in Uniform, der sich eingepinkelt hat. Nein, nur dass dieser Mexikaner nichts getan hat, um meine Gewalt zu verdienen. Es ist nicht so, als habe er Fahnenflucht begangen. Er war ja noch in Puebla. Hat immer noch den Kampf gesucht. Das ist ehrenvoll.«

Caleb brachte eine ganze Weile lang kein Wort hervor. Erneut sang die Uhr ihr Lied.

»Klingt ja nach einer ziemlichen Schweinerei, Sir«, sagte er schließlich.

Mr Webler kippte den Whiskey in einem Zug in sich hinein und sah Caleb mit einem kaum wahrnehmbaren Grinsen an.

»Du kannst es dir ja denken.«

In diesem Augenblick wurde das oberhalb der Treppe einfallende Sonnenlicht durch eine sich öffnende Tür verdeckt. Im Salon wurde es dunkel, dann, als die Tür sich wieder schloss, wieder so hell, dass sogar Mr Webler ins Stocken geriet, auch wenn das Schrubben der Dielen unaufhörlich weiterging.

Caleb konnte nicht anders, als sich zu erheben.

»Ah. Da ist er ja«, sagte Mr Webler.

Als Schritte auf der Treppe ertönten, stand Mr. Webler auf und entschuldigte sich.

»Ich denke, ich lasse euch beide jetzt allein.«

❧

August schlug Caleb vor, mit ihm zu ihrem Lieblingsversteck zu reiten, dem Ort, an dem sie große Teile ihrer Kindheit verbracht hatten. Auf dem Weg dorthin entschuldigte sich August für das Verhalten seines Vaters. (Dieser war, wie Caleb vermutet hatte, seit der Feier am Vorabend nicht im Bett gewesen, und nun, da Old Ox von der Union besetzt war, suchte er offenbar beinahe jeden Abend Trost im Alkohol.) Doch keiner der Freunde schien über irgendetwas anderes als Belanglosigkeiten reden zu wollen.

Caleb fragte August nach seiner restlichen Zeit im Militärdienst.

»Größtenteils langweilig. Bin ein paar versprengten Blauen begegnet, durfte meinen Colt auf sie richten.«

»Das hat dir sicher gefallen.«

»Eine Zeit lang.«

Schritte im Gras. Das vertraute Knirschen.

»Darf ich fragen, wieso du schon zu Hause bist?«, fragte Caleb.

August schwieg, und seine Mundwinkel kräuselten sich zum Anflug eines Lächelns. Gegen Ende, sagte er, hätten sie Befehl erhalten, Richtung Fort Myers unten in Florida zu marschieren. Endlich ein richtiger Kampf. Unglücklicherweise sei er auf der Reise dorthin bei einem Patrouillengang einen Hügel hinuntergestürzt und habe sich beinahe das Bein gebrochen. Er habe eine Woche im Lazarett verbracht und sei dann nach Hause geschickt worden.

Ähnlich wie sein Vater konnte Caleb nicht erkennen, dass mit dem Bein seines Freundes etwas nicht stimmte. Er sah nicht anders aus als an dem Tag, an dem sie Old Ox gemeinsam verlassen hatten – wenn überhaupt, wirkte er agiler als damals. Caleb wusste natürlich, dass August niemals ein Schlachtfeld aus der Nähe gesehen hatte. Sein Vater hätte es nicht zugelassen. Aber er würde diese Tatsache nie ansprechen.

»Nicht mal ein Hinken«, bemerkte er.

»Nein. Da hab ich Glück gehabt.«

Anstatt seinerseits Fragen zu stellen, erklärte August Caleb, er habe in den Wochen seit seiner Rückkehr bei seinem Vater gearbeitet und viel über Holz und Bauen und die Grundstücke gelernt, die sie erwerben oder verkaufen könnten. Er hatte immer das Gefühl gehabt, dass die Arbeit seines Vaters nicht aufregend genug für ihn war, doch jetzt klang es so, als hätte er genug Abenteuer erlebt, egal wie kurz und behütet sie gewesen sein mochten, und sei nun bereit, die ruhigen Gewässer des Alltags zu erkunden.

Als sie die Stadt hinter sich gelassen hatten, hielten sie an und banden Ridley und Augusts Pferd an einem kahlen Baum an. Sie suchten nach einem großen Stein, den sie als Kinder mit einem Strich aus weißer Farbe markiert hatten, so fieberhaft, als wäre es nur eine weitere Gelegenheit, sich von dem anderen fernzuhalten und nicht einmal einen Blick auszutauschen, der den Abstand zwischen ihnen verringern könnte. Der Stein kam ihnen kleiner vor als damals, als sie Kinder waren, doch Caleb entdeckte die verblasste Markierung, und sie marschierten daran vorbei, bahnten sich einen Pfad durch die Bäume in das hochgewachsene Gebüsch. Das Brechen und Knacken des Unterholzes und des Unkrauts unter ihren Füßen war das einzige Geräusch. Dann endlich tauchte der Teich vor ihnen auf, der Rand des kristallklaren Wassers wurde von Seerosen und Vogelmiere gesäumt.

»Unverändert«, sagte August.

Die Zeit hatte diesen Ort vergessen. Nie hatten sie hier eine andere Menschenseele gesehen. Einmal hatten sie eine einzelne Ente entdeckt, die sich auf dem Wasser treiben ließ, doch sie war nie zurückgekehrt, das Bild verschwamm in ihrer Erinnerung, gefangen zwischen Wirklichkeit und Fantasie. Caleb setzte sich ans Wasser, August tat es ihm nach, und es dauerte nur einen Moment, bis sie sich einander ernst zuwandten.

Das, dachte Caleb. Das war es, worauf er gewartet hatte. Augusts blaue Augen waren so jungenhaft, so voller Unschuld und Charme, dass er dem strengen Blick der unbarmherzigsten Vorgesetzten standgehalten hatte; seine rosigen Lippen, kaum sichtbar, deuteten eine falsche Schüchternheit an, die nichts damit zu tun hatte, was er tatsächlich empfand. Ihn anzusehen war eine Erleichterung für Caleb, und als er seinen Hunger gestillt hatte, war es zu spät, an seine eigene Erscheinung zu denken. Er wandte den Blick ab, verschämt wie ein Mädchen.

»Was haben sie dir angetan?«, fragte August kühl.

»So schlimm?«

»Das meinte ich nicht.«

Caleb erklärte, dass man ihn misshandelt hatte.

August kratzte sich am Hals und sah ihn scharf an, dann wandte er sich erneut von ihm ab.

»Haben sie versucht, dich zu brechen?«

»Schon. Aber die Schuld, dich zurückgelassen zu haben, war schlimmer. Oder genauso schlimm.«

August erwiderte nichts, und das Schweigen seines Freundes

ließ Calebs Herz schneller schlagen. Er hatte sich immer wohler gefühlt, wenn man ihm Anweisungen gab, und von dem Tag an, an dem er und August sich als Jungen kennengelernt hatten, hatte Caleb in August jemanden gesehen, dem er folgen konnte, jemanden, dessen Zeitvertreibe er übernehmen, dessen Gedanken er sich zu eigen machen konnte. Das war der einfachste Weg zum Vergnügen. Doch auch wenn dieses Arrangement ihm eine vorgefertigte Struktur und ein Ziel lieferte, lag darin zugleich eine Schwäche, die in diesem Fall – indem ihm die Vorschriften, was er zu tun oder zu denken hatte, vorenthalten wurden – gegen ihn verwendet wurde. August zog ihre Unterhaltung derart in die Länge, dass Caleb es als quälend empfand, und es machte ihm Angst, denn falls August ihm nicht die Gelegenheit gab, sich seinen Taten zu stellen, würden sie sich vielleicht niemals versöhnen, und wenn sie sich nicht versöhnten …

»Es tut mir leid«, sagte Caleb. »Aus tiefstem Herzen. Ich habe jeden Tag darüber nachgedacht, was ich getan habe, und werde es an jedem weiteren Tag tun, der noch kommt. Ich bin mitgegangen, um an deiner Seite zu sein, und nicht einmal das habe ich durchgehalten. Es würde mich keine Sekunde Schlaf kosten, wenn ein anderer Mann mich Verräter nennen würde, aber ich würde es nicht ertragen, wenn du so etwas denkst. Vergib mir. Bitte. Das ist alles, worum ich dich bitte.«

Er konnte nicht weinen. Jetzt, nachdem alles gesagt war. Doch er spürte die lauernden Tränen.

August hatte die Beine an die Brust gezogen, und seine Haltung erinnerte Caleb an den alten August, an August als Kind; er erinnerte sich an die Abende, an denen sie hierhergekommen waren, auf dem Rücken gelegen und die Sterne mit den Fingern verbunden hatten, darauf vertrauend, dass ihre Blicke sie zu denselben geführt hatten. Momente, die sich ebenso zeitlos anfühlten wie dieser Ort selbst.

Doch das war Vergangenheit.

Er spürte eine Berührung auf dem Gesicht, und plötzlich packte eine Hand seinen Kiefer. August zog Caleb so dicht an sich heran, dass sich ihre Nasen beinahe berührten; sie schauten sich in die Augen, und bald betrachtete jeder das Gesicht des anderen so genau, dass Caleb spürte, wie er sich seinem Freund ergab, als erwarte er einen Befehl. Und dann schlug August ihn so fest mit der offenen Hand, dass Caleb nur noch grelle Funken sah. Er blinzelte, und die Welt war wieder da, Augusts Gesicht mit den geschürzten Lippen, den zornesroten Wangen.

»Nach allem, was war«, sagte er. »Mich so im Stich zu lassen.«

»Das brauchst du mir nicht zu sagen! Das weiß ich selbst. Wenn ich es ungeschehen machen könnte …« Caleb seufzte frustriert. Er vermochte anderen keine Vergebung abzuschmeicheln; er war kein Charmeur. »Ist das so schwer? Die paar Worte zu sagen? Es auf sich beruhen zu lassen?«

»*Es auf sich beruhen zu lassen?*«

August zog die Hand zurück, doch bevor er sie wieder ausstrecken konnte, stürzte sich Caleb auf ihn. Es war kein Akt der Selbstverteidung, sondern der Ausbruch von allem, was er an diesen langen Tagen seiner Rückkehr nach Hause mit sich herumgeschleppt hatte, die angestauten Grübeleien und die quälende Reue, die ihn heimsuchten. Als er sich auf ihn setzte und ihn zu Boden presste, wehrte sich sein Freund vergebens. Caleb wiederholte immer wieder dieselben Worte, *vergib mir, vergib mir,* und klang dabei so erbärmlich, dass August schließlich seinen Widerstand aufgab und erschlaffte; seine Wut von etwas verdrängt, das nur Mitleid sein konnte. Doch als Caleb von ihm abließ, wand August sich unter ihm hervor, ließ sich seinerseits auf ihm nieder und drückte ihn mit ausdrucklosem Blick ins Gras, schwer, endgültig.

Er legte die Hand an Calebs Kehle.

»Bist du jetzt fertig?«, fragte er.

Er drückte zu, und Caleb hielt es nur einen Augenblick

aus, bevor er nickte. August ließ ihn los und fiel neben seinem Freund ins Gras, beide zu erschöpft, um etwas anderes zu tun, als zu atmen, ihre Brustkörbe hoben und senkten sich, und die Mücken schwebten über der Stelle, wo sie gerungen hatten. Auf dieselbe Weise hatten sie solche Dinge als Kinder geregelt, und es fühlte sich richtig an, ihre Differenzen beizulegen, indem sie auf die früheren Versionen ihrer selbst zurückgriffen, auf Fäuste und Schläge und Grunzen – eine primitive Bestrafung, das älteste aller Heilmittel.

»Du hast es deinem Vater erzählt, stimmt's?«, sagte Caleb, noch immer schwer atmend. »Was ich getan habe.«

»Ich dachte, du bist tot.«

»Ich wünschte, du hättest es nicht getan.« Caleb stützte sich auf die Ellbogen. »Und meinem Vater?«

»Nur, dass du gefallen bist. Ehrenhaft.«

August lag auf dem Rücken und starrte in den Himmel; seine blonden Locken waren gerade lang genug, um seine Augen zu verdecken.

Erleichtert ging Caleb den Katalog an Gedanken durch, über die er sprechen wollte, doch das Wirrwarr in seinem Kopf war zu groß, um es zu ordnen. Das war nichts Neues. Schon in der Schule, vor Jahren, hatte es kaum einmal eine Nacht gegeben, in der er nicht eine endlose Liste von Themen zusammengestellt hätte, über die er mit August reden wollte, und die langen Stunden machten ihn rastlos, nicht nur wegen der Distanz, die zwischen ihnen lag, sondern auch weil er befürchtete, er könne etwas davon vergessen. Wenn sie sich dann am nächsten Morgen im Unterricht trafen, musste Caleb sich ruhig verhalten, den unwiderstehlichen Strom von Gesprächsstoff für sich behalten, der auf die Anerkennung und Ablehnung, die Begeisterung oder das Desinteresse seines Freundes wartete. Doch das größte Vergnügen bereitete es ihm, wenn August ihm zuvorkam. *Mir ist gestern etwas durch den Kopf gegangen*, sagte er dann, mit einem solchen Selbstbewusstsein, dass Caleb, wenn er an die Qualen dachte, die er durchgestanden hatte, um dieselben Worte zu sagen, neidisch auf ihn wurde – ein Gefühl, das jedoch neben seiner Freude darüber verblasste, dass sie aneinander gedacht hatten und dass jeder von ihnen für den anderen der Erste war, dem er seine Gedanken mitteilte. Dort am Teich hielt Caleb es für das Beste, heute wie damals nicht übereifrig zu erscheinen; er würde über die einfachen Dinge reden und sich dann langsam, wie nebenbei vorarbeiten.

Doch August brach das Schweigen als Erster.

»Mein Vater hat es vermutlich in seiner Tirade nicht erwähnt.«

In der Pause, die jetzt folgte, spürte Caleb etwas auf sich zukommen, das er nicht hören wollte.

»Ich meine, wieso er die Gala veranstaltet hat. Warum er so gut gelaunt war.«

»Er hat Geld gesammelt«, sagte Caleb. »Das scheint ihm in der Regel gute Laune zu bereiten.«

»Ja, sicher, aber nur zum Teil«, sagte August. Es stimme, dass sein Vater den Auftrag für die Wiederaufbaumaßnahmen erhalten hatte, und das gespendete Geld würde für diesen Zweck verwendet werden, doch das sei nicht der Grund, warum er in Feierlaune gewesen sei.

»Erzähl«, sagte Caleb.

»Es ging um die Bekanntgabe der Verlobung. Er wollte, dass die gesamte Stadt davon erfährt, damit ich mich nicht mehr herauswinden kann. Ein ziemlich gemeiner Trick, wenn man so will.«

»August.«

»Sie haben diese Natasha für mich ausgesucht. Die Tochter der Beddenfelds.«

August schmunzelte amüsiert, als wäre das Ganze nur ein harmloser Streich.

»Und jetzt?«, fragte Caleb ungläubig. »Hast du …?«

»Sie ist in Ordnung. Ein bisschen langweilig, aber das macht mir das Leben leichter. Irgendwer musste es wohl sein, denke ich. Ich hab mich damit abgefunden.«

Calebs Rücken wölbte sich, als sein Körper sich unwillkürlich anspannte. Natürlich stand es ihm nicht zu, es als Verrat zu betrachten; zu glauben, dass sein Freund sich für seine Verfehlung an ihm rächen wollte. Er hob die Hand, als hielte er darin ein Champagnerglas, und setzte ein gespieltes Lächeln auf.

»Auf dich und die zukünftige Mrs Webler.«

August schmunzelte noch immer. »Du bist wütend.«

»Bitte. Ich habe euch gerade meinen Segen gegeben.«

»Du brauchst nicht so zu tun.«

Doch genau das hatte er ihre gesamte Beziehung hindurch getan, immer wenn es von ihm verlangt wurde. Jedes Mal, wenn August ihm eine liebevolle Geste zuteilwerden ließ, diente sie nur als Vorbote der Distanziertheit, der Kälte, die unweigerlich darauf folgten, und Caleb musste so tun, als hätte es den Kuss, die Berührung nie gegeben. Jeder Rückzug hinterließ eine Wunde, und jeder schmerzte ihn gleichermaßen. Aus diesem Grund hatte Caleb, nachdem sie ihren Gefühlen schließlich an genau diesem Teich Ausdruck verliehen hatten – nur wenige Wochen, bevor August sich für den Militärdienst verpflichtet hatte –, beschlossen, seinen Freund zu begleiten. Der törichte Teil seines Gehirns, der ihn überhaupt dazu gebracht hatte, August zu lieben, hatte gedacht, dass es sie einander näherbringen würde. Was noch wichtiger – und törichter – war, er hatte Angst gehabt, was geschehen würde, wenn August ohne ihn mit anderen Soldaten zusammen war. Sich vorzustellen, wie er Bindungen einging, die ihre eigene schmälern könnten, war ihm unerträglich. Nein, er musste seiner Liebe folgen. Wenig überraschend schmeichelte sich August bei den anderen Jungs ein, schloss Freundschaften und ignorierte Caleb, als sei er bloß ein kleiner Bruder, den man am besten im Zelt zurückließ, während die anderen rauchen gingen oder sich über die Mädchen zu Hause unterhielten. Auch jetzt war er nicht überrascht zu hören, dass August Natasha Beddenfeld heiraten würde. Ihm blieb nichts anderes übrig, als gute Miene zum bösen Spiel zu machen. So zu tun, als würde seine Welt nicht aus den Fugen geraten, wie immer angesichts von Augusts Grausamkeit. Als wäre sein Herz nicht gebrochen.

Caleb setzte sich auf. Die Bäume, die gerade noch golden in der Sonne geschimmert hatten, standen jetzt düster da, ihr Glanz ausgelöscht von der hereinbrechenden Nacht.

»Vielleicht sollten wir gehen«, sagte er. »Ich habe meinem Vater versprochen, mit ihm zu Abend zu essen.«

Gemeinsam standen sie auf. Die Landschaft lag still da, der Teich tintenschwarz. Sie klopften sich das Gras und die Erde von den Kleidern.

»Keine Sorge«, sagte August. »Das ändert gar nichts.«

Wieder umfasste er Calebs Unterkiefer, den Daumen auf seine Unterlippe gelegt, doch diesmal drückte er nicht zu. Es war eine zärtliche Geste. Dann, ohne ein weiteres Wort, ließ er los und machte sich auf den Heimweg.

KAPITEL 9

Sie war auf sich allein gestellt. Das war es. Die Erkenntnis, zu der Isabelle nach und nach gelangte, beschlich sie in Form von Ängsten, von einer Idee, die ihr nach Calebs vermeintlichem Tod nachhing wie ein feiner Schleier. Nach der Rückkehr ihres Sohnes hatte sie zunächst gedacht, es wäre mit ihrem Hang zur Grübelei vorbei. Stattdessen war er mit der Zeit stärker geworden, und jetzt war sie zu einer Sicht auf das Leben gelangt, die sie früher einmal überwältigt hätte: Sie führte ein Dasein in uneingeschränkter Freiheit.

Die Einsicht stahl sich wie ein Erwachen, ein spirituelles Überfließen in ihr Bewusstsein, dann nahm sie in den Teilen ihrer selbst, die sie ablegte, eine greifbare Gestalt an. Die schwarzen Trauerkleider waren das Erste, was sie – noch bevor sie erfuhr, dass Caleb überlebt hatte –, entsorgte, indem sie sie ohne zu zögern ganz hinten in ihren Schrank verbannte. Darauf folgten ihre Projekte, jene bedeutungslosen Verpflichtungen: Eine lilafarbene Merinomütze, an der sie strickte, kam ihr mit einem Mal wie eine Verschwendung von Garn und Zeit vor, ihr Nähkästchen verschwand unter dem Bett und ward nicht mehr gesehen. Sie hörte auf, ihre Rosen zu pflegen, als diese in voller Blüte standen, vergaß über Wochen sogar, sie zu wässern, bis die Blütenblätter welk und schlaff herunterhingen, Leichen, offen sichtbar für jeden, der des Weges kam.

Anfangs wurde diese Untätigkeit von Wogen der Scham begleitet. Sie spürte, wie ihr altes Ich, das pflichtbewusste, produktive, an ihr Gewissen appellierte, flehte, wieder in ihr Leben aufgenommen zu werden. Doch das Gefühl schwand, und an seine

Stelle trat eine Art von Glück. Mit Mildred auf der Veranda zu sitzen war nun keine Pause mehr zwischen weiteren Aufgaben, sondern eine angenehme Weise, den Tag zu verbringen. Die Küche zu putzen konnte bis morgen warten; in Georges Arbeitszimmer Staub zu wischen ein Leben lang. Manchmal badete sie tagelang nicht. Ein Leben frei von Veränderungen, von Erwartungen – das war das Geheimnis, das sie vor der Außenwelt bewahrte, denn niemand sonst verstand die große Freude, die darin bestand loszulassen, aufzugeben und auf einem unbeschriebenen Blatt von Neuem anzufangen, das vielleicht nie gefüllt werden würde.

Um der Wahrheit die Ehre zu geben, hatte sie das George zu verdanken. Er hatte sich als Erster vorgewagt, hatte die Ordnung in ihrem Heim auf den Kopf gestellt und sich in seiner Trauer auf die beiden Jungs gestützt, die jetzt in ihrer Scheune wohnten, auf das Land, das sie gemeinsam bearbeiteten. Jetzt musste sie dem Leben allein entgegentreten, sich ihm jeden Morgen nach dem Aufwachen von Neuem stellen und weitermachen, ohne zu wissen, wohin die Reise sie führen würde, falls sie überhaupt ein Ziel hatte.

Es gab noch immer Momente des Zweifelns. Als Silas in einer Wolke aus Staub angaloppiert kam, wurde seine verstörte Miene beim Anblick ihrer ungepflegten Erscheinung und der Verwahrlosung rings um das Haus nur noch von seiner Verwirrung übertroffen, als er kurz darauf Caleb entdeckte.

»Ich nehme an, du hast das Telegramm erhalten«, sagte sie. »Glücklicherweise ist Caleb gesund und munter.«

»So viel steht fest.« Er schnaubte. »Ein zweites Telegramm mit ebendieser Botschaft wäre mir sehr willkommen gewesen.«

Abgesehen von der Farbe seiner Haut, die von der Sonne Floridas in einen schlammigen Bronzeton verwandelt worden war, sah er immer noch fast genauso aus wie der Bruder, den Isabelle seit ihrer Kindheit kannte – der Junge mit dem strohblonden Haar und den weiten Hosen, der ihr an den langen Tagen ihrer Jugend Gesellschaft geleistet hatte. Er hatte das Land ihres Vaters nach dessen Tod behalten, es bewirtschaftet und sich in den letzten Jahren neuen Projekten zugewandt, sodass ihm zu wenig Zeit blieb, um ihr groß Beachtung zu schenken.

Er stieg ab und trat zu ihr auf die Veranda, lehnte den angebotenen Tee ab und musterte Caleb streng, der verlegen vor der Tür stand, die Hände in den Taschen vergraben.

»Also bist du wohlauf?«

»Den Umständen entsprechend«, sagte Caleb.

»Deine Nase?«

»Bloß ein Kratzer.«

»Soweit ich gesehen habe, gibt es davon reichlich.«

Caleb ließ sie bei der ersten Gelegenheit mit Silas allein. Es gab so viel zu besprechen, dass es schwerfiel, einen Anfang zu finden. Nun, da Calebs Tod als Gesprächsthema ausfiel, schien keine Nebensächlichkeit mehr geeignet als eine andere, um ein Gespräch anzuregen. Das Schweigen wurde zu etwas fast Greifbarem, bis sie ihn nach seiner Frau Lillian fragte.

»Ah. Der geht es wunderbar.«

»Den Jungs?«

»Ganz gut. Ich glaube, sie werden eines Tages etwas aus sich machen. Gehen beide gern zur Schule. Quincy mag Dampfschiffe. Könnte mir gut vorstellen, dass er mal Ingenieur wird.«

Silas hatte George nie gemocht, eine Kluft, die mit den Jahren nur noch tiefer geworden war, doch ihr gegenüber war er immer fröhlich gewesen, und sie hatten lebhafte Gespräche geführt. Doch es war mehr als ein Jahr her, dass sie ihn zuletzt gesehen hatte, und er schien sich in dieser Zeit so sehr verändert zu haben, dass ihr Bruder, ihr engster Verwandter, ihr nun wie ein völlig Fremder vorkam.

Sie fragte ihn, ob er zum Abendessen bleiben wolle, doch er schlug das Angebot aus und stand auf. Wenn alles in Ordnung sei, werde er sich wieder auf den Weg machen. Er drehte die Krempe seines Hutes in der Hand, warf ihn in die Luft und fing ihn wieder auf, genau wie sein Vater es getan hatte, wenn er nervös war. Die Geste brachte sie ins Grübeln: Hier war ein Mann, der den gesamten Charakter eines anderen Mannes geerbt hatte – während sie sich neu zu erfinden versuchte, ohne Wegweiser und ohne jede Hilfe. Wie einfach Silas es hatte. Und doch war sie stolz auf ihren Bruder, fand seine Selbstgewissheit sogar tröstlich.

Sie trat auf ihn zu, bevor er ging, und legte ihm die Hand auf die Schulter.

»Silas. Es kann sein, dass ich eines Tages zu dir komme.«

Besorgt verzog er das Gesicht.

Es war nicht ihre Absicht gewesen, ihn zu beunruhigen. Sie räumte ein, nicht genau zu wissen, was sie damit meinte.

»Es ist nur – na ja, heutzutage weiß man ja nie.«

»Ich bin nur einen Tagesritt entfernt«, sagte er. »Wenn du etwas brauchst, komm zu mir.«

Zufrieden ließ sie seine Schulter los, sah ihm nach, dachte erneut darüber nach, wie weit sich zwei Geschwister voneinander entfernen konnten, ohne je das Band zu zerreißen, das sie vereinte. Sie überlegte, ihm nachzurufen und ihm für sein Kommen zu danken, doch dann fiel ihr auf, dass eine solche Dankesbekundung bei einem Bruder wie ihrem unnötig wäre. Er würde einfach weitergehen und ihre Worte gänzlich ignorieren.

Die folgenden Tage waren ruhig. Wie versprochen hielt sich Caleb viel im Haus auf, aß mit ihr oder setzte sich zu ihr. Doch genau wie sein Onkel schien er einen Teil von sich abgelegt zu haben und blieb distanziert, unnahbar, wozu ihrer Erfahrung nach die meisten Männer neigten. Sein entstelltes Gesicht schmerzte sie, wenn sie ihn zu lang ansah. Seine Haut war von Geburt an dünn und blass – seine Nase, die Augen und der Mund allesamt zu fein für einen Mann –, und als er im Jahr zuvor aufgebrochen war, war sie sicher, dass sein Körper, zu weich und zu zerbrechlich für das Klima des Krieges, ihn für Verletzungen anfälliger machen würde als die anderen Jungen. Seine Narbe verlief in einer Linie zwischen seiner Wange und seiner Nase, trennte sie, als wären es zwei separate Teile, und die Nasenspitze zeigte nach rechts, als spüre sie einem unerreichbaren Geruch hinterher.

Erinnerungen. Diese ständigen Erinnerungen. An die verlorene Zeit, an zerbrochene Beziehungen. Sie hatte sich mit alledem abgefunden, doch sie würde nicht zulassen, dass ihr Sohn sich in seinem Schmerz suhlte. In den Momenten, in denen er sich von ihr entfernte, trieb sie ihn an, im festen Glauben, dass etwas, irgendetwas zu tun besser war, als nichts zu tun.

»Dein Vater kann jede Hilfe gebrauchen, die er bekommen kann«, schlug sie vor.

»Er hat doch Hilfe.«

»Ich meinte, er würde sich sicher über noch mehr Hilfe freuen.«

Caleb holte die Eier aus den Nistkästen im Hühnerstall, oder er wusch Ridley und blickte dabei versonnen in Richtung des Feldes. George konnte sich ebensowenig in seinen Sohn einfühlen wie in andere Menschen. Sein Leben fand nun ohne seine Familie statt, was, soweit es sie betraf, in Ordnung war, doch auf Caleb durfte sich eine solche Behandlung nicht erstrecken. Dafür würde sie sorgen.

»Er könnte dich bezahlen«, sagte sie. »Du könntest selbst entscheiden, wie viel du arbeitest.«

Sie saßen am Esszimmertisch und redeten. Wenn sie die Lust zur Unterhaltung verließ, lasen sie. Es war Anfang April, mildes Wetter, schwüle Phasen wurden von wohltuenden Brisen gelindert, und doch kamen ihr die Tage lang und anstrengend vor, vielleicht weil sie ihrem Leben nun mit einer solchen Lethargie begegnete.

»Und du schlägst vor, dass ich ihn frage«, sagte Caleb.

»Wäre das so schrecklich?«

»Ich würde darüber nachdenken, wenn die Bitte von ihm käme. Aber erst dann. Ich will nicht weiter darüber reden.«

Er fächerte sich mit der Zeitung theatralisch Luft zu und verschwand nach oben.

Als George sich an diesem Abend bettfertig machte, forderte Isabelle ihn auf, Caleb zu bitten, ihm auf dem Feld zu helfen.

»Ich dachte, er muss sich noch erholen«, sagte George, der seine Stiefel auszog.

Sie erwiderte, das sei nicht der Fall und eine gewisse Struktur werde ihm guttun.

George fragte ihn gleich am nächsten Morgen.

Caleb sah seinen Vater an, dann mit wissendem Blick seine Mutter, und nickte schulterzuckend.

»Wenn du die Hilfe brauchst.«

»Na ja, wir kommen gut zurecht, aber –«

Isabelles strenger Blick ließ ihn verstummen.

»Ja«, sagte er. »Ich glaube schon.«

Isabelle hatte sich das Land, das für die Farm gerodet worden war, nicht ein Mal angeschaut, hauptsächlich aus Desinteresse, doch jetzt, da Caleb jeden Morgen dort hinging, war ihre Neugier geweckt. Nach einer weiteren Woche ohne Besuch – ohne auch nur einen Brief von Mildred – zog sie ihre Stiefel an und trat durch die Hintertür ins Freie. Der Sonne ausgesetzt, marschierte sie zügig los, als wolle sie ihr entkommen. Die Fläche, nackte Erde, wo zuvor Wald gewesen war, war gut sichtbar, doch die Sonne legte einen fließenden Umhang aus Gold über das

Feld, und zunächst konnte sie keine Menschenseele entdecken. Sie beschattete ihre Augen mit einer Hand, damit sie Zeit hatten, sich an das Licht zu gewöhnen, und plötzlich tauchte das Ackerland in der Ferne auf, Ehrfurcht gebietend wie ein Wunder. Es war nicht die Größe des Feldes – in Old Ox gab es viele, die doppelt, wenn nicht gar dreifach so groß waren –, sondern der Umstand, dass es aus dem Nichts geschaffen worden war. Schon dass es existierte, war, als hätte sich eins der Weltwunder in ihrem Garten manifestiert.

Furchen erstreckten sich wie sorgfältig mit einem Füller gezogene Linien über die gesamte Länge des Ackerlandes bis hin zum Waldrand. Der Boden war kaffeebraun, üppig und sah – im Gegensatz zu dem Staub zu ihren Füßen – fruchtbar aus. Dann entdeckte sie die vier Männer. Jeder von ihnen hielt eine Hacke in den Händen und zog seine eigene Furche. Niemand sprach, die Arbeit ging vor. Sie befanden sich nicht unterhalb von Isabelle, doch irgendwie kam es ihr so vor, als liege das Land in einem Tal zwischen zwei gegenüberliegenden Hügeln, in sicherem Abstand von der restlichen Welt.

Sie erkannte George, sah die weit ausholenden Bewegungen, die Behutsamkeit, mit der er die Hacke in die Erde schlug, wieder anhob und dabei immer darauf achtete, jeden Klumpen Erde umzudrehen, jeder Schwung grazil, aber präzise. Als ein Windstoß sie erfasste, erzitterte sie wie eine gezupfte Harfensaite, ihre Füße verkrampften sich ob der plötzlichen Kühle in ihren Stiefeln. Sie wurde das Gefühl nicht los, dass sie Zeugin von etwas Intimem wurde. Dies war, begriff sie, kein Ort für Zuschauer; kein Ort für sie. Sie machte sich auf den Rückweg zum Haus und entschied, dass sie nicht noch einmal zum Feld gehen würde.

Dieses Versprechen hielt sie nur einen Tag lang, auch wenn Isabelle selbst keine Schuld daran trug, dass es gebrochen wurde. Am folgenden Nachmittag, als sie gerade vor dem Haus auf einer

Decke lag und die milde Sonne genoss, erschienen in der Ferne Besucher auf Pferden. Es waren Ted Morton und sein Gehilfe, Gail Cooley; sie verlangsamten ihr Tempo, als sie näher kamen. Als die Schatten ihrer Pferde Isabelle erreichten, stiegen sie ab, und die Sonne verschwand hinter ihnen.

»Mrs Walker«, sagte Ted.

Sie setzte sich auf und begrüßte die Männer.

»Ich suche Ihren Mann«, sagte Ted. »Es ist dringend.«

Da sie George und seine Meinung über Ted Morton kannte, fiel es ihr schwer, sich vorzustellen, dass die beiden Männer ein gemeinsames Anliegen haben könnten, von einem dringlichen ganz zu schweigen. Doch sie war sich der Verstrickung bewusst, die die beiden verband, und ahnte, was ihren Nachbarn hergeführt hatte.

»Er ist heute sehr beschäftigt«, sagte sie. »Ich werde ihm ausrichten, dass Sie hier waren.«

»Oh, ich weiß, dass er beschäftigt ist. Ich finde den Weg schon allein.«

»Ted.«

Ted trieb sein Pferd zu einem langsamen Trab an, und Gail ritt hinter ihm her an der Blockhütte vorbei. Isabelle folgte ihnen, versuchte erfolglos, sie zum Umkehren zu bewegen. Als sie das Feld erreichten, standen die vier Männer ohne Hemd da, selbst George, der auf die unschuldige Art eines Kindes rundlich war und dessen Bauch mit jedem Schlag seiner Hacke wackelte. Er schien ebenso verwirrt, Isabelle zu sehen wie Ted und Gail. Als sie abstiegen, unterbrach er die Arbeit und Caleb und die Brüder taten es ihm nach.

»George!«, rief Ted. »Ich glaube, du bist mir eine Erklärung schuldig.«

Er blickte zu Prentiss und Landry hinüber, dann wieder zu George zurück.

»Was hat das hier zu bedeuten?«, fragte George.

»Du hast dir das Recht nicht verdient, dich dumm zu stellen, George.«

Wieder war Schweigen die einzige Antwort, und dies war die letzte Demütigung, die sich Ted bieten lassen würde.

»Schluss jetzt. Wir wissen beide, dass diese Jungs mein Eigentum sind.«

Sein Ausbruch war so laut, dass er ein Rascheln am Rand des Feldes auslöste.

»Du betrügst mich direkt vor meiner Nase. Nur wenige Meilen von meinem Haus entfernt, wo ich diese Jungs von der Wiege an großgezogen habe. Wir verstehen uns vielleicht nicht gut, aber ich hätte dich für anständiger gehalten. Großer Gott, weißt du nicht, dass die beiden mich bestohlen haben? Nicht nur sie, sondern alle. Kessel und Leinen und mit was ich sie sonst noch versorgt habe. Ganze Lagerräume waren leer, von heute auf morgen.«

Die Brüder wandten den Blick ab, und George trat vor.

»Beruhige dich, Ted.«

»Auf keinen Fall!«

Er war rot vor Zorn und atmete schwer, als wäre er geschlagen worden und den Tränen nah.

»Deine Barmherzigkeit ist nicht größer als meine. Hab sie so gut behandelt, wie ich's nur konnte. Du redest vielleicht geschwollen daher, aber das macht dich nicht besser als den Rest von uns. Das bisschen, das ich hab, hab ich mir selbst verdient, und du kommst hier an und schnappst dir, was mir gehört, so wie dein Papa damals ankam und sich in der ganzen verdammten Stadt genommen hat, was immer er wollte. Wir reden hier über meinen Lebensunterhalt. Ich entspreche vielleicht nicht deinen Anforderungen, aber ich bin ein anständiger Mann. Genau wie Gail.«

George, den Bauch gegen den Stiel seiner Hacke gelehnt, sah erschöpft aus unter dem Blick der Sonne, aber noch immer ruhig.

»Das sind Männer, keine Jungs. Und sie gehören nur sich selbst. Würdest du sie fragen, ob sie zurückkommen wollen, würde ich sie nicht davon abhalten.«

Ted wischte sich den Speichel vom Mund. Es schien ihm Schmerzen zu bereiten, Prentiss und Landry ins Gesicht zu schauen, und erst konnte er nur mit dem Finger in ihre Richtung zeigen. Dann schließlich drehte er sich um und sah ihnen in die Augen.

»Ich hab dafür gesorgt, dass ihr ein Dach über dem Kopf habt. Euch was zu essen und anzuziehen gegeben. Eine Schande ist das, was ihr da gemacht habt.«

Landry, dessen Schultern die der anderen überragten, gähnte ungerührt.

Stille hing über dem Feld.

»Knochen«, sagte Prentiss. »Sie haben uns Knochen gegeben. Und durchs Dach hat's jedes Mal reingeregnet. Wir hätten genauso gut draußen schlafen können. Und kein Mensch hat auf Ihrem Land in einer Wiege gelegen, außer Ihrer Sippe. Meine Mama hat mich in ihren Händen großgezogen. Landry genauso.«

Ted sah George an, dann Caleb, als erwartete er von ihnen, dass sie Prentiss für diesen Ausbruch, diese Unverschämtheit bestraften. Er hatte etwas Entfesseltes an sich, dachte Isabelle, die Wut eines Zurückgewiesenen.

»Warum klären wir das nicht irgendwann anders?«, sagte Gail. »Die gehen ja nirgendwo hin.«

»Ja, hören Sie auf Mr Cooley«, sagte Isabelle behutsam, beschwichtigend, in der Hoffnung, dass vielleicht die Sanftheit einer Frau, so falsch sie auch sein mochte, seine Wut dämpfen könnte. »Das ist doch nichts, was nicht auch später noch geregelt werden könnte. Heute muss niemand verletzt werden. Sie würden doch nicht wollen, dass ich so etwas mit ansehen muss, hab ich recht?«

Teds Nasenflügel blähten sich auf wie die eines erschöpften Tieres. Er fuhr herum und stieg auf sein Pferd. Gail tat es ihm nach.

»Da wir gerade offen sprechen«, sagte Ted zu George, »du solltest wissen, dass ihr alles falsch macht. Bin kein Erdnussfarmer, aber sogar ich weiß, dass man die in einem Beet pflanzt, das mindestens doppelt so hoch ist wie das hier, nicht unten in der Furche. Wenn ich raten müsste, würde ich sagen, das wird nichts.«

George stocherte mit dem Fuß in der Erde.

»Na, das weiß ich zu schätzen. Und Ted, versteh mich nicht falsch, aber ich wüsste es noch mehr zu schätzen, wenn du nicht noch einmal so unangekündigt herkommen würdest. Das ist nicht nachbarschaftlich.«

Ted war wie vom Donner gerührt, und Isabelle war überrascht, dass er nicht vor ihren Augen in Stücke brach. Es gelang ihm, die Fassung zurückzugewinnen.

»Alles Gute«, sagte er.

Sie galoppierten davon und hinterließen große Klumpen umgedrehter Erde. Eine Staubwolke stieg auf und legte sich dann langsam wieder.

Als sie verschwunden waren, wandte sich George leichthin an Prentiss.

»Stimmt das? Darauf wäre ich nie gekommen. Die Beete zu erhöhen.«

Prentiss sah den Männern noch immer nach. Er brachte keinen Ton hervor.

»Die kommen wieder«, sagte Caleb.

»Um Ted können wir uns nicht kümmern«, sagte George abschätzig. »Ich habe schon lange vermutet, dass er an einer Gehirnstörung leidet, und das ist nur ein weiterer Beweis. Wedelt hier mit den Armen herum, als würde er ein Orchester dirigieren. Es steht ihm wirklich nicht gut zu Gesicht, sich so aufzuspielen.«

»Der kommt wieder«, sagte Caleb. »Passt nur auf.«

George ignorierte seinen Sohn und wandte sich Isabelle zu. »Ich hoffe, sie haben nicht auch dich zu sehr beunruhigt.«

»Nein. Mich nicht.«

»Gut, gut. Was hältst du von dem Feld?«

»Ich weiß nicht, George«, sagte sie. »Beeindruckend.«

Zufrieden dankte er ihr, hob seine Hacke und arbeitete weiter.

»Wenn ihr mich fragt, ich glaube, dass Ted sich irrt. Wenn man diesen Pflanzen genug Liebe gibt, sie richtig versorgt, werden sie sehr gut gedeihen.«

Er schien nicht zu bemerken, dass er der Einzige war, der weitermachte. Die anderen standen schweigend da, als hätte sie das Geschehene erstarren lassen.

War es Tapferkeit, die George an den Tag gelegt hatte? Oder bloß seine typische Naivität? Isabelle hatte darauf keine Antwort, was einen weiteren Hinweis auf eine der großen Fragen ihres Lebens darstellte: Wusste sie überhaupt, was in ihrem Mann vor sich ging? Ob bewusst oder unbewusst, hatte er sich diesen Männern vor den Augen seiner Familie entgegengestellt, ohne den geringsten Anflug von Angst oder Zögern, mit fester Stimme, als würde er ihr ein Rezept erklären oder einen seiner Lieblingswitze erzählen. Er hatte seinen Standpunkt nicht leidenschaftlich verteidigt, aber in dieser Situation war er dem Konzept so nahe gekommen, wie sie es nie zuvor erlebt hatte, und das faszinierte sie.

Sie spielte an einem vergoldeten Knopf ihres Kleides herum. Sie trug ihr Sonntagskleid, obwohl es Mittwoch war, und hatte Caleb gebeten, sie mit der Kutsche zum Haus der Beddenfelds zu fahren. Mildred hatte ihr eine Einladung zu einer Abendveranstaltung überbracht, einer Feier zu Ehren von Sarahs Tochter Natasha, die in Kürze August Webler heiraten würde. Dies würde ihre erste gesellschaftliche Veranstaltung sein, seit sie und George Caleb für tot gehalten hatten, das erste Mal, dass sie sich in der Stadt zeigte, wo sie sich fröhlich und freundlich geben musste.

Die Einladung kam nicht von ungefähr. Auf dem Höhepunkt des Krieges hatten die Beddenfelds einen General der Konföderierten beherbergt, einen Verwandten von Sarah, und seine Anwesenheit an ihrem Tisch verlangte die Zurschaustellung eines gewissen Luxus'. Wie sich herausstellte, hatten die Beddenfelds jedoch ihr bestes Tafelsilber veräußert, was der Preis dafür war, ansonsten den äußeren Schein waren zu können. Und von wem hätte man sich besser ein Service leihen können als von Isabelle – einer Frau, die draußen im Wald lebte, weit weg von der besseren Gesellschaft, über die wenig getratscht wurde und die noch weniger Interesse daran hatte, Tratsch zu verbreiten? Sie hatte den Beddenfelds den Gefallen getan, und seitdem wollte Sarah, wie um einen fairen Handel bemüht, Isabelle bei jeder Veranstaltung, die sie ausrichtete, dabeihaben, und diese war keine Ausnahme.

»Du wirkst nervös«, sagte Caleb.

Er hielt die Zügel, hatte den Blick nicht auf sie, sondern auf die Straße gerichtet. Sie hatten weniger Zeit miteinander verbracht, seit er seinem Vater auf dem Feld half, und sie wusste ihre gemeinsamen Momente umso mehr zu schätzen. Sie erinnerte sich noch oft an die Briefe, die er ihr während seiner Zeit im Krieg geschrieben hatte. Im Grunde waren es nicht mehr als kurze Nachrichten gewesen. *Mir geht es gut – Caleb.* Oder, *Alles beim Alten – Dein Sohn.* Das sah ihm ähnlich, seinen Verpflichtungen als ihr Sohn nachzukommen, aber mit minimalem Aufwand. Dennoch hatte sie sich über die Briefe gefreut, hatte sie in ihrer Kommode aufbewahrt und gelesen, wann immer der Schmerz seiner Abwesenheit sie überkam. Jetzt, da er zurück war, fühlte sich jede ihrer Unterhaltungen wie eine dieser Postkarten an, als müsse sie sie in Ehren halten und in ihrem Inneren aufbewahren. Noch der trivialste Austausch machte sie glücklich.

»Wohl kaum«, erklärte sie. »Das ist inzwischen alles ein alter Hut.«

»Die gackernden Hühner«, sagte er. Das war ihr Ausdruck für die wohlgeborenen Frauen der Stadt, und er hatte ihn schon in jungen Jahren übernommen.

»Ja, sie veranstalten ein großes Gezeter im Hühnerhaus und hacken aufeinander ein.«

Er lächelte und sah weiter nach vorn, nicht auf sie.

»Vater spricht oft von dir. Wenn wir auf dem Feld sind.«

»Ich komme gut zurecht, wie du gesehen hast.«

»Es ist genau wie bei den Büchern, die er liest – er denkt zu viel über jedes einzelne Wort zwischen euch nach, sieht Symbole, wo keine sind.«

»So ist er eben.«

»Ganz genau. Er dachte, die Sache mit Ted hätte dich beunruhigt.«

»Ted nimmt es deinem Vater noch immer übel, dass er nicht sein Freund sein will. Der Mann würde sich ihm zu Füßen werfen, wenn er ihm auch nur den geringsten Respekt erweisen würde. Er sollte sich eher um Prentiss Sorgen machen. Der sah aus, als wollte er die Flucht ergreifen.«

»Ich fürchte, dazu hatte er allen Grund. Eine solche Wut habe ich bei Ted noch nie erlebt.«

»Er hatte etwas Verzweifeltes«, stimmte Isabelle ihm zu.

Sie näherten sich Old Ox. Sie erstarrte, wappnete sich für das, was sie auf der Feier erwartete. Lee hatte erst eine Woche zuvor kapituliert, und der Zeitpunkt für eine Feierlichkeit hätte nicht unpassender sein können; doch wenn die Hühner eines beherrschten, dann, die Augen vor der Realität zu verschließen. Sie lebten in einem kollektiven Tagtraum, in dem Hochzeiten und Romanzen das Einzige waren, über das sich zu reden lohnte. Virginia war weit weg, und warum sollte General Lees Entschluss Natashas großem Tag im Wege stehen?

Caleb lehnte sich zurück.

»Um ehrlich zu sein, weiß ich nicht genau, warum Vater solchen Widerstand leistet. Warum er so loyal zu den beiden ist. Sie sind sehr fleißige Arbeiter, aber ich weiß nicht, ob es den Ärger wert ist. Kein anderer Mann im County ist bereit, so viel Lohn zu zahlen wie er, manche zahlen gar nicht. In der Stadt zerreißen sich schon alle das Maul. Hinter seinem Rücken sagen die Leute hässliche Dinge über ihn.«

Ihr Kleid fühlte sich zu eng an, die Naht am Rücken rau. Sie waren erst eine halbe Stunde unterwegs, und schon jetzt vermisste sie ihren Schaukelstuhl auf der Veranda und die Einsamkeit der Blockhütte, die Abgeschiedenheit von der übrigen Welt, diesen Raum, der nur ihr gehörte. Darin, wie in so vielem anderen, waren sie und George sich ähnlich, auch wenn sie nicht immer bereit waren, es im anderen zu erkennen.

»Es kommt selten vor, dass dein Vater Gleichgesinnte findet. Diese beiden Jungs sind Außenseiter. Sie verstehen ihn. Und er sie.«

»Ich bin mir nicht sicher, ob Verständnis viel bedeutet«, sagte Caleb.

»Wie meinst du das?«

»*Du* verstehst Vater wie vielleicht niemand sonst. Und doch sprecht ihr weniger miteinander als zerstrittene Schulkinder. Das finde ich irritierend.«

»Ja. Nun …«

Sie schloss die Augen, ignorierte das Quieken eines eingesperrten Schweins, das Dröhnen von Hammer auf Amboss. Klänge des Übermaßes, Laster nicht der religiösen Art, sondern der menschlichen, der Lärm einer Gesellschaft, die ihre Verzweiflung durch Routine abzuwehren versuchte.

»Du musst bedenken, dass es nicht so einfach ist, wie du es dir vorstellst. Dein Vater und ich – wir haben Opfer gebracht, nicht füreinander, sondern für die Art Leben, die wir angestrebt haben. Haben uns der Alternative widersetzt. Allem, was um uns herum ist.«

Die gesprenkelten Schatten der Stadt huschten dunkel über ihre Augenlider, bis der Lärm verebbte und sie all das hinter sich gelassen hatten. Die Zeit verstrich im Gleichschritt mit Ridleys trappelnden Hufen, und keiner von ihnen brach den Bann des Schweigens. Als sie schließlich das Haus der Beddenfelds erreichten, stieg sie allein mit nicht mehr als einem kurzen Abschiedsgruß aus der Kutsche.

Die Blumen um das Haus herum schienen wahllos platziert worden zu sein; nicht guter Geschmack war der Grund für ihr Vorhandensein, sondern eine allgemeine Vorliebe für Extravaganz. Durch die Eingangshalle schlängelte sich ein grellbunter Teppich mit einem Muster, das an eine unleserliche Handschrift erinnerte. Die Frauen, sechs an der Zahl, allesamt Mütter, saßen im Salon. Zum Glück war auch Mildred da. Sie erhoben sich, als sie eintrat, zogen ihre langen Kleider hinter sich her, als sie zur Begrüßung auf sie zukamen, und alle bis auf Mildred umschmeichelten sie, als wäre sie ein Hundewelpe, den man aus der Kälte ins Warme gebracht hatte.

»Ach, ich dachte schon, du würdest nicht mehr kommen!«, sagte Sarah Beddenfeld.

»Du siehst einfach fantastisch aus«, sagte Margaret Webler und strich über Isabelles Kleid, ein Modell, das sie selbst höchstwahrscheinlich schon vor Jahren ausgemustert hatte. Die Haut ihrer Wangen war von den Jahren des Lächelns dünn geworden, und ihre Augenbrauen, die ebenso feuerrot waren wie ihr Haar, wirkten so frisch aufgemalt, dass sie vermutlich bei der kleinsten Berührung verschmieren würden.

»Entschuldigt die Verspätung«, sagte Isabelle. »Die Fahrt dauerte länger als gedacht.«

Das war eine Lüge, die erste von vielen, die noch folgen würden. Sie setzten sich an den Esstisch aus poliertem Holz, auf dem ein Läufer aus Spitze lag, der an beiden Enden überhing; in der Mitte stand eine überquellende Obstschale, als wäre der Tisch für ein römisches Gelage oder für ein Stillleben gedeckt worden. Isabelle log über die Schönheit der Dekoration und dann über den Salat, dessen schlaffe Blätter in zu viel Essig ertränkt worden waren.

»Die ganze Stadt beneidet dich«, sagte Martha Bloom zu Sarah, die am Kopfende des Tisches saß. »Wer würde sich für seine Tochter nicht eine solche Verlobung wünschen? August Webler ist zu Großem bestimmt, genau wie sein Vater. Da bin ich mir sicher. Ganz sicher.«

»Ist euch aufgefallen«, sagte Katrina leise, »wie manchmal sogar die Gentlemen der Stadt verstummen, wenn er dazukommt?«

Natashas Schwester Anne, die ihren Teller noch nicht angerührt hatte, nickte die ganze Zeit heftig. Das war, wie Isabelle vermutete, darauf zurückzuführen, dass sie die Jüngste im Raum war, ein Anzeichen für ihr Bedürfnis, von den Älteren anerkannt zu werden, doch inzwischen nickte sie so unablässig, dass sich Schweißperlen in ihrer Halskuhle sammelten, und es war schwer zu sagen, ob sie den Abend überstehen würde, ohne vor Überanstrengung mit dem Gesicht im Teller zu landen.

»Das arme Mädchen muss sich entspannen, sonst wird sie noch ohnmächtig.«

Es war Mildred, die Isabelle das ins Ohr geflüstert hatte. Gott sei Dank hatte man ihre Freundin direkt neben sie gesetzt.

»Ja!«, sagte Isabelle leise, dankbar, dass jemand ihre finstereren Beobachtungen teilte. »Sie müssen den Wein früher bringen, um ihre Nerven zu beruhigen.«

»Ach, hast du vorher nichts getrunken? Es gehört zur Etikette, sich mit einem Gläschen – oder zweien – zu stärken, bevor man sich in solche Gesellschaft begibt.«

Isabelle lachte herzlich, und die anderen Frauen am Tisch blickten sie erwartungsvoll an. Ein bedauerlicher Ausbruch. Sie tupfte sich den Mund mit der Serviette ab und griff den dargebotenen Gesprächsfaden auf.

»Nun. Natasha kann sich gewiss glücklich schätzen, Augusts Hand zu erhalten«, sagte sie, »aber vergessen wir nicht Natashas Qualitäten. Caleb wäre glücklich, eine so entzückende junge Dame zu finden.«

»Du Schmeichlerin!«, sagte Sarah. »Sie kann charmant sein, aber wir wissen, welches Glück sie hat, und wir freuen uns sehr für sie. Caleb und August sind Freunde, nicht?«

»Beste Freunde, würde ich sagen«, fügte Mildred hinzu.

Isabelle sagte, das sei wahr, und Augusts Mutter bestätigte sogleich die Stärke ihres freundschaftlichen Bandes.

»Na, dann würde es mich nicht überraschen, wenn er die Rolle des Trauzeugen übernähme«, sagte Sarah. »Das wäre doch wunderbar.«

»Ich bin mir sicher, es wäre ihm eine Ehre«, sagte Isabelle.

»Ich kann dir versprechen, du brauchst die Zeremonie nicht aus der Ferne zu verfolgen«, sagte Sarah. »Damit du deinen Sohn aus der Nähe sehen kannst, wenn er neben August steht.«

»Ich werde ganz sicher zufrieden sein, egal, wohin du mich setzt.«

Aus dem Augenwinkel erkannte Isabelle ein leises Funkeln in Mildreds Augen, als habe ihre Freundin sie durchschaut, die falschen Töne erkannt, die alle außer ihr für ehrlich gemeint hielten. Doch jene verbliebenen Teile ihres alten Ichs wieder hervorzuholen, die sie noch nicht abgelegt hatte, war für Isabelle zermürbender als früher. Vielleicht empfanden diese Frauen das Gleiche wie sie und waren nur stärker, eher in der Lage, die nutzlosen Gedanken beiseitezuschieben und weiterzumachen, als gäbe es sie nicht. Vielleicht waren sie aber auch einfach so oberflächlich, wie sie wirkten.

Eine Zwiebelsuppe wurde serviert, auf deren Oberfläche ein blubbernder Fettfilm schwamm. Sie erkannte ihr Porzellan sofort: das fließende Weidenmuster, die blauen Strudel, die auf dem Rand der Schalen und Unterteller ihre Fortsetzung fanden.

»Und ich hoffe, auch George wird dabei sein«, sagte Sarah. »Das wäre ein Vergnügen … der ganz eigenen Art.«

Isabelle entging keiner der Blicke, die jetzt am Tisch gewechselt wurden.

»Bei einem solchen Anlass kann er es bestimmt einrichten«, sagte sie.

»Du musst uns erzählen, ob es wahr ist, was die Leute sagen«, sagte Sarah beiläufig. »Hat George dort draußen wirklich eine Art Plantage aufgebaut? Eine Möglichkeit, das Halten von Sklaven zu umgehen? Er ist ja schon immer gegen den Strom geschwommen, das würde ihm ähnlich sehen.«

»Ich habe etwas ganz anderes gehört«, sagte Margaret. »Obwohl das, was ich gehört habe, nicht wiederholt werden sollte.«

Martha, die mit perplexem Gesicht an einer Ecke des Tisches saß, verstand die Welt nicht mehr.

»Das ist mir neu. *Sklaven?* Ich bin ganz sicher keine Autorität, was Wirtschaftsgüter betrifft, aber eine solche Ware in diesem Klima … na ja, das scheint mir schon eine schlechte Investition zu sein.«

Zu Marthas Verblüffung verstanden die anderen ihre Bemerkung als Scherz, und rings um den Tisch herum wurde gekichert.

Isabelle öffnete den Mund, doch die Worte blieben ihr im Hals stecken. Sie wandte sich Hilfe suchend an Mildred, doch ihre Freundin blickte nur aus dem Fenster, um Neutralität zu demonstrieren. Katrina würde keine Hilfe sein. Sie waren zwar freundlich zueinander, aber keine Freundinnen.

»Er hat einfach nur angefangen, Landwirtschaft zu betreiben«, sagte Isabelle schließlich.

»Das ist alles?«, fragte Sarah. »Dann weiß ich nicht, wie es zu diesen Gerüchten kommen konnte. Es sind so viele Geschichten im Umlauf, dass in dieser Stadt die wildesten Spekulationen verbreitet werden. Die meisten davon falsch. Lasst uns nicht weiter darüber reden.«

Isabelle wurde leicht schwindlig, dann setzte sie sich aufrechter hin. Das war es also. Eine unerwartete Abrechnung. Die leichtfertig dahingesagten Worte enthielten einen Angriff – und sei er noch so unterschwellig – gegen Georges guten Namen, gegen ihre Familie. Ganz gleich, was sie von George oder seinen Entscheidungen hielt, sie würde nicht den Kopf einziehen, während diese Frauen über den Charakter ihres Mannes Gericht hielten.

»Er hat Jungs, die ihm zur Hand gehen«, sagte sie. »Das lasst mich klarstellen. Oder besser gesagt, *Männer*. Freigelassene. Jawohl.«

Es war so still, dass man das Küchenpersonal arbeiten hören konnte.

Dann strich Margaret ihr Kleid glatt und legte ihren Löffel beiseite.

»Also ist es wahr, was sie sagen. Ihr lebt mit ihnen zusammen? Behandelt sie wie einen Teil der Familie? Grundgütiger.«

Sie zog eine Augenbraue hoch. Dann nahm sie einen Löffel voll Suppe, der jedoch vor ihren Lippen verharrte, als Isabelle plötzlich aufstand.

»Ich denke, ich muss jetzt gehen«, sagte Isabelle. »Bitte entschuldige, Sarah.«

»Stimmt etwas nicht?«

»Nein. Alles in Ordnung.«

Sarah erhob sich ihrerseits, und die Beine ihres Stuhls bauschten den Teppich hinter ihr auf.

»Ach, ich hätte nichts sagen dürfen. Ich wollte dich doch nur ins Gespräch einbinden, Isabelle. Aber es wurde nicht so verstanden. Das sehe ich jetzt ein. Verzeih mir, was ich gesagt habe. Und auch Margaret.«

»Ich verzeihe niemandem«, sagte Isabelle.

Unruhe breitete sich im Raum aus wie eine Welle. So viele Augenpaare starrten gebannt auf den Tisch, dass es aussah, als wäre jede der Frauen ins Gebet vertieft.

»Ich habe keinerlei Achtung vor jemandem«, fuhr Isabelle fort, »der bösen Gerüchten und blanken Lügen Glauben schenkt. Oder der hinter ihrem Rücken über andere redet. Jetzt hört mir gut zu. Mein Mann ist ein gütiger Mann. Ein anständiger Mann. Und seit dem Tag, an dem er in mein Leben getreten ist, hat er nichts anderes getan, als seinen Leidenschaften zu folgen, ganz gleich, wie abwegig, ganz gleich, wie merkwürdig, und oft all jenen zum Trotz, die ihn für anders hielten. Aber nie hat er etwas in böser Absicht getan. Solche Belanglosigkeiten sind unter seiner Würde. Könnt ihr von euch dasselbe behaupten? Ich ganz sicher nicht. Aber ich bewundere die, die es können. Wenn ihr mich jetzt entschuldigen würdet.«

Von all den Frauen, die dort versammelt waren, hielt ausgerechnet Anne es für angebracht, sich mit bebenden Lippen zu Wort zu melden.

»Sie können nicht meinen, was Sie da sagen, Mrs Walker.«

»Anne, du bist noch ein Kind. Nichts, was ich gesagt habe, betrifft dich. Aber ich stehe hinter jedem meiner Worte.«

Sie strich ihr Kleid glatt und schob ihren Stuhl zurück, um zu gehen, dann hielt sie inne. Sie zog den Teller unter ihrer Suppenschale hervor und wandte sich noch einmal an Sarah, mit dem Teller gestikulierend wie ein Priester mit der Bibel.

»Und das ist *mein* Porzellan. Ich möchte es zurückhaben, das gesamte Service, sobald es dir möglich ist.«

Sie hielt sich den Unterteller wie eine Rüstung vor die Brust und marschierte damit zur Haustür, wo sie die Hilfe eines Butlers ausschlug und ihren Mantel selbst aus dem Garderobenschrank holte.

»Ich finde allein hinaus«, sagte sie.

Die Sonne ging unter, und die länger werdenden Schatten der Bäume krochen Unheil verkündend über den Boden. Der Rausch, den sie bei ihrem Aufbruch verspürt hatte, verflog immer mehr, je kühler ihr wurde und je einsamer sie sich fühlte. Sie hatte die Mayor's Row erst wenige Schritte hinter sich gelassen, als sie plötzlich das gleichmäßige Hufklappern eines Pferdes, das Quietschen von Kutschrädern hinter sich hörte. Sie sah nicht auf, aus Angst, ein Fremder könnte sich im Dunkeln verbergen, doch die Stimme brachte sie dazu, den Blick zu heben.

»Steig ein. Wir müssen dich nach Hause schaffen, bevor du heute Nacht noch mehr Schaden anrichtest.«

Mildred Foster hatte die Zügel in der Hand.

»Du hast die Feier für mich verlassen.«

»Ich hielt es für das Beste, dich einzusammeln.«

Isabelle dankte ihr, brachte danach jedoch kaum noch etwas heraus. Obwohl sie noch immer zu jedem Wort stand, das sie auf der Party abgefeuert hatte, war sie sich bewusst, dass der Vorfall im Haus die Flammen der Gerüchteküche von Old Ox noch auf Jahre anheizen würde. Fürs Erste schien Schweigen die beste Option zu sein. Es auf sich beruhen zu lassen.

Sie hatten gerade die Hälfte des Weges zur Blockhütte zurückgelegt, als Mildred ein kaum hörbares Geräusch von sich gab, dann fing sie an zu lachen. Isabelle schüttelte den Kopf und stimmte kichernd ein. Bald konnten sie sich nicht mehr halten, schnappten nach Luft, lachten so sehr, dass das Pferd zu scheuen drohte.

»Mein Gott, wie die geguckt haben!«, sagte Mildred.

»Was hab ich getan?«, sagte Isabelle und wischte sich die Tränen aus den Augen.

»Darling, du hast eine wunderbare Show hingelegt. Auch wenn ich mir nicht vorstellen kann, dass du diese Hochzeitseinladung jetzt noch bekommst.«

»Das war es wert. Jede Sekunde.«

»Da sind wir uns einig.«

Es dauerte beinahe die gesamte Fahrt nach Hause, bis sie ihre Fassung wiederlangt hatten. Inzwischen war es stockdunkel. Rauch stieg aus dem Schornstein, und der Anblick der Blockhütte und allem, was dazugehörte, brachte Isabelle erneut an den Rand der Tränen.

»Danke dir, Mildred. Es versteht sich von selbst, aber ich habe mit meiner Tirade nicht dich gemeint. Ich schätze unsere Freundschaft sehr. Mehr als jede andere.«

»Natürlich tust du das. Jetzt geh. Ruh dich aus, Liebes«, sagte Mildred.

Sie nahm Isabelles Hand und half ihr von der Kutsche.

»Ein guter Rat von jemandem, der sich auskennt«, sagte sie. »Bring sie nicht alle zugleich dazu, dich zu hassen. Geh es langsam an. Wenn deine Vorurteile dann ans Licht kommen, haben sie sich so an deine Abneigung gewöhnt, dass sie es leid sind, etwas zu sagen.«

»Vielleicht ist es für mich schon zu spät«, sagte Isabelle, »aber wie all deine guten Ratschläge werde ich auch diesen im Hinterkopf behalten. Gute Nacht, Mildred.«

Sie war noch nie so glücklich gewesen, zu Hause zu sein. Als sie in die Blockhütte trat, wirkte der kräftige Geruch frischer Scheite im Kamin so beruhigend auf sie, dass sie gleich hätte einschlafen können. Doch an Schlaf war nicht mehr zu denken, als sie die Blicke sah, die auf sie gerichtet waren. George, in einer Schürze und mit der Bratpfanne in der Hand, füllte gerade Calebs Teller. Neben Caleb saßen Prentiss und Landry, die bereits etwas vor sich stehen hatten.

»Isabelle«, sagte George. »Ich dachte, du würdest länger fortbleiben.«

»Tja, der Abend war früher zu Ende.«

»Hallo, Mutter«, sagte Caleb, der jetzt seinen Teller anstarrte.

»Draußen wurde es ein bisschen kalt«, sagte George. »Ich dachte, ich lade Prentiss und Landry zum Abendessen ein.«

»Ist nicht schlimm, wenn Sie wollen, dass wir gehen«, bot Prentiss an.

Isabelle ging zum Tisch, ohne etwas zu sagen. Caleb hatte bereits zu essen begonnen. Es hatte einmal eine Zeit gegeben, in der sie alle gemeinsam gebetet hatten. Eine Zeit, in der Förmlichkeiten eine Rolle gespielt hatten. Nun dämmerte ihr, dass diese Zeit für die Walkers vorbei war. Nun saß um den Esstisch herum nur noch eine Ansammlung versehrter Körper, die zusammengekommen waren, um Nahrung zu sich zu nehmen. Und es störte sie nicht. Schon das allein hätte ihr früher Sorgen bereitet, aber heute nicht mehr.

»Ist noch ein Stuhl da?«, fragte sie.

Prentiss stand auf und zeigte auf seinen eigenen.

»Setz dich«, sagte Isabelle. »Wirklich, vielen Dank, aber ich habe gerade keine Lust auf gute Manieren. Heute nicht. Behandelt mich einfach so, wie ihr George und Caleb behandelt. Als wäre ich genau wie sie. Caleb, hol doch bitte den Stuhl aus dem Arbeitszimmer deines Vaters.«

Caleb legte seine Gabel zur Seite und tat, worum er gebeten wurde, während Prentiss seinen Stuhl zurücknahm.

»Ich habe Caleb auf dem Rückweg beim Metzger vorbeifahren lassen«, sagte George. »Es gibt gebratenes Kalbfleisch, dazu eine schöne Portion Röstzwiebeln. Die magst du nicht so gern, ich weiß. Ich hätte etwas anderes gemacht, wenn ich gewusst hätte, dass du früher zurückkommst.«

»Es sieht hervorragend aus«, sagte sie. »Etwas Besseres könnte ich mir nicht wünschen.«

Nachdem George ihren und seinen Teller gefüllt hatte, nahm er selbst Platz. Alle aßen mit Heißhunger, es wurden nur wenige Worte gewechselt.

Ihr Ehemann schien tatsächlich so sehr um sein gutes Ansehen bei ihr besorgt, wie Caleb es angedeutet hatte; Caleb selbst bedrückte das Schweigen seiner Eltern; und die Brüder, nun, sie hatte die beiden so selten sprechen gehört, dass sie kein Wort von ihnen erwartete. So kam es überraschend, als Prentiss plötzlich das Wort ergriff.

»George hat uns von der Feier erzählt«, sagte er. »Ich hoffe, Sie hatten eine schöne Zeit.«

Isabelle blickte auf. Sie hatte sich so eilig hingesetzt, dass sie vergessen hatte, ihren Mantel auszuziehen; sie löste den Gürtel und ließ den Mantel auf die Armlehne ihres Stuhls gleiten. Nach einer kurzen Atempause wurde ihr bewusst, dass sie satt war. Angenehm satt.

»Es war nicht der Rede wert«, sagte sie. »Doch ich kann sagen, dass die Gesellschaft hier netter ist. Viel netter.«

KAPITEL 10

Mit einem Spinnennetz aus Blitzen und einem heftigen Donnerknall setzte ein mächtiger Regen ein, der mit Unterbrechungen mehrere Tage anhielt. Dann kehrte die Sonne zurück und trocknete die nassen Felder. Schon bald waren die leeren Straßen wieder voller Männer in Mänteln, die ihre Pferde um Pfützen herumlenkten und von Zeit zu Zeit anhielten, um ihr Fuhrwerk aus dem zähen Schlamm zu befreien. George kümmerte sich nicht um das Wetter. Er machte sich – nur mit seiner weichen Filzmütze und seiner Latzhose bekleidet, den Bund in die Stiefel gesteckt, um die Hose sauber zu halten – auf den Weg nach Old Ox, bereit, allem zu trotzen, was ihn erwarten mochte.

Er hatte vor, sich mit Ezra zu treffen, dessen Einladung er höchstwahrscheinlich ausgeschlagen hätte, wäre er nicht so viele Tage lang zu Hause eingepfercht gewesen, gelangweilt von der Vertrautheit seines Heims, ohne die Möglichkeit zu haben, durch den Wald zu spazieren. Er hatte versucht, Zeit mit seinem Sohn zu verbringen, doch Caleb fühlte sich ihm nicht mehr verpflichtet, und wenn sie nicht auf dem Feld waren, verbrachte der Junge seine Zeit lieber mit seiner Mutter oder verschanzte sich in seinem Zimmer. Während der Regentage konnte er sich stundenlang dort oben einschließen, wer wusste, was er dort trieb, in seiner fast klösterlichen Zurückgezogenheit.

Als der Regenguss unangenehm wurde, ging George zur Scheune, um nach Prentiss und Landry zu sehen. Doch das Dach war geflickt und so solide wie an dem Tag, als sein Vater es gebaut hatte. Sie hatten jetzt auch eigenes Essen, das sie aus der Stadt oder dem Wald hatten. Als er sie ein zweites und drittes Mal aufsuchte, beäugten sie ihn wie einen Eindringling. Sie verstummten, während sie von den Pritschen aufblickten, auf denen sie Karten spielten, oder von der Laterne, an der sie sich über ihre Geheimnisse austauschten. Dies war nicht mehr seine Scheune, sondern ihre, und er spürte, dass er dort unerwünscht war.

Dasselbe Gefühl hatte er oft in seinem eigenen Haus, wenn er Isabelle gegenüberstand: dass auch der gemeinschaftlich genutzte Raum durch unsichtbare Linien abgegrenzt war, die markierten, wer wohin gehörte. Sie sprachen zwar wieder mehr miteinander seit dem Abend, an dem sie sich zu ihm, Caleb und den Brüdern an den Tisch gesetzt hatte. Doch die Kaltfront, die sie voneinander trennte, brauchte Zeit, um sich zu zerstreuen, und bis dahin schlich er um sie herum wie ein Kind, das auf Zehenspitzen ging, um seine Mutter nicht zu wecken.

Diese Gedanken lasteten auf ihm, als er sich an diesem Abend widerwillig auf den Weg machte, um sich in Old Ox mit Ezra zu treffen. Die Straßen waren noch immer eine einzige Suhle, und er stapfte durch den weichen Matsch, als wäre es Treibsand, der ihn nach unten zog – doch das Blattwerk war so leuchtend grün, dass es als Kunst hätte durchgehen können, und die Bäume verströmten den angenehmen Geruch nach feuchten Blättern, sodass sich die gesamte Wanderung so erfrischend anfühlte, dass er bei seiner Ankunft fast meinte, genug getan zu haben, um umzudrehen und nach Hause zurückzukehren, wären seine Verpflichtungen nicht gewesen.

Die wenigen sichtbaren Obdachlosen sahen erbärmlich aus; sie waren so durchnässt, als hätte der Regen nie aufgehört, und da er keines der Zelte sah, die bei seinen vorherigen Besuchen so allgegenwärtig gewesen waren, ging George davon aus, dass die anderen irgendwo ein trockenes Plätzchen gefunden hatten oder auf die Farmen zurückgekehrt waren, von denen sie kamen, um sich mit dem bisschen Arbeit zu begnügen, das es gab. Die Gerberei gegenüber der Palace Tavern hatte vor Wochen ein Schild aufgestellt, auf dem stand, KEINE HAUSBESETZER, VAGABUNDEN ODER BETTLER VOR DEM GESCHÄFT. Es war seit Georges letztem Besuch in der Stadt um einen Zettel ergänzt worden: ... ODER HINTER DEM GESCHÄFT ODER DANEBEN. Doch unter dem Dachvorsprung auf der Rückseite des Gebäudes regten sich die Schatten von Körpern und gaben klagende Laute von sich, die gut die letzten Äußerungen von Sterbenden sein mochten.

Er verschloss die Augen nicht vor dem Elend, das nur wenige Schritte von dem öffentlichen Platz entfernt lag, halb versteckt hinter Gebäuden, die die Bürger der Stadt Tag für Tag aufsuchten, doch da er sich dieser Realität ungefähr im gleichen Maße stellen wollte wie seine Mitbürger, nämlich überhaupt nicht, trat er beschämt durch die Tür der Palace Tavern – und empfand es als Erleichterung, sich vom Anblick der vielen lärmenden, jungen Männer, dem beißenden Alkoholdunst und dem Schweißgeruch und dem scheppernden Klang des Klaviers ablenken zu lassen.

Dass so viele der Jungs zu Hause waren (viele trugen noch immer ihre grauen Uniformen und waren offensichtlich bereit, trotz der Niederlage ihre Freiheit zu feiern), überraschte ihn, doch die Gruppe von Unions-Soldaten, die sich in der Nähe des Eingangs versammelt hatten, die kein einziges Getränk in den Händen hatten und von den anderen komplett ignoriert wurden, war noch erschütternder. George hatte den Anblick kaum verarbeitet, als sich plötzlich eine Hand auf seine Schulter legte. Er drehte sich zu einem untersetzten Mann um, der ihn mit einem so schlaffen Händedruck begrüßte, dass George beinahe aus der Hand gerutscht wäre.

»Brigadegeneral Arnold Glass«, sagte der Mann. »Und Sie sind George Walker. Freut mich.«

Sein spärliches, fettiges Haar war in der Mitte gescheitelt, und sein drahtiger, struppiger Schnurrbart ragte weit über sein

Gesicht hinaus, als wolle er im nächsten Moment einen Passanten anfallen. Er schien so alt wie George zu sein und genauso gezeichnet vom Alter, wirkte jedoch agiler.

»Unser geschätzter Anführer«, sagte George. »Ist mir eine Ehre, Sie kennenzulernen.«

»Sie haben wirklich den trockenen Humor, den man mir versprochen hat«, sagte Glass mit einem Lächeln.

»Ich würde sagen, Sie müssen selbst einen besonderen Humor haben, um in diese Bar zu kommen, wo Sie unter Männern sind, die … nicht gerade gut auf Sie zu sprechen sind.«

Glass' Lächeln verrutschte nicht, und George erkannte es als das eines Staatsmannes, das in seiner Unbeirrbarkeit etwas Nervtötendes an sich hatte und Berechnung verbarg.

»Ich kann nicht behaupten, dass ich Ihre Sorge teile«, sagte der General. »Ich habe ihren Müttern etwas zu essen und ihren jüngeren Geschwistern Kleider gegeben, und heute Abend möchte ich ihnen meine guten Absichten beweisen, indem ich ihnen eine Runde spendiere.«

Er hob eine Augenbraue, wie ein schlitzohriger kleiner Junge, der nicht alles sagt, was er weiß.

»Natürlich schadet es nicht, dass ich dabei Gelegenheit habe zu vermerken, wer sich bei der Wiedereingliederung in die Gesellschaft als *renitent* herausstellen könnte. Falls es später einmal Schwierigkeiten geben sollte.«

»Sehr schlau«, sagte George. »Ich kann nur hoffen, dass Sie Ihre Gewehre zur Hand haben, wenn die Getränke ihre Wirkung entfalten.«

»Ich wollte eigentlich gerade gehen«, sagte Glass, der Georges Schlagfertigkeit sichtlich genoss. »Aber da wir uns einmal begegnet sind, würde ich Sie gerne persönlich um einen Gefallen bitten. Das würde mir ein Telegramm ersparen.«

»Ich habe noch etwas vor, aber wenn Sie es kurz machen.«

Glass straffte den Rücken, und George kam nicht umhin,

nach unten zu blicken und nachzusehen, ob der Mann sich größer machte, indem er sich auf die Zehenspitzen stellte (was nicht der Fall war). Der General informierte George, er plane, eine Art Stadtrat zu gründen, und habe bereits mehrfach mit Wade Webler über dieses Anliegen gesprochen.

»Erlauben Sie mir, Sie zu unterbrechen«, sagte George. »Mit diesem Mann will ich nichts zu tun haben. Macht sich mit seinen Kumpanen hübsch für einen Ball, während andere sich nicht einmal einen Sack Mehl leisten können. Was für eine abscheuliche Vorstellung.«

»Ich glaube, es war eine Gala, um der Wahrheit die Ehre zu geben.«

»Wo ist da der Unterschied?«

»Ich – nun ja – er hat mir versichert, dass es einen gibt. Auch wenn er keine Rolle spielt. Nach allem, was man hört, hat sich der Mann um Old Ox verdient gemacht und Geld für diese Stadt gesammelt. Wichtiger noch, er glaubt fest an den Wiederaufbau.«

»Jetzt bin ich verwirrt, General. Wissen Sie nicht, auf wessen Seite er steht?«

Glass sagte, seine Aufgabe sei es, den Frieden zu wahren. Wenn nötig, müssten politische Ansichten für dieses Ziel zurückstehen. Seiner Ansicht nach würde ein Stadtrat, in dem die angesehensten Bürger von Old Ox vereint waren, den Beschluss eines eindeutigen Stadtrechts erleichtern, wodurch die Eintracht des Ortes gewahrt werden und er zu seiner alten Größe zurückfinden könne.

Während der General sprach, schlängelte ein Rinnsal Bier unter Georges Fuß hindurch wie ein Bach durch den Wald.

»Größe?«, sagte er. »Das Land ist übersät mit Freigelassenen, die betteln, borgen oder stehlen müssen, während Sie denen Essen geben, die auf jeden Einzelnen von ihnen spucken würden, wenn sie Gelegenheit dazu bekämen.«

Nein, in dieser Stadt gebe es keine Größe, sagte er, keine Einigkeit im Hinblick auf Ziele. Zumindest nicht mit der Union. Hier herrsche noch dieselbe Zwietracht, die den Ort, genauso wie den Rest der Südstaaten, in den Ruin getrieben habe.

»Mr Walker, diese Männer, von denen Sie sprechen, sind durch meine Hand befreit worden. Und der Preis dafür ist die Entschädigung für diejenigen in dieser Gesellschaft, die ihre gesamte Art zu leben eingebüßt haben. Das ist nicht ungerecht. Bei genauerer Betrachtung ist es nur billig.«

»Auf Grundlage derselben Informationen, General, sind Sie und ich zu entgegengesetzten Schlüssen gelangt.«

Leicht verzweifelt schlug Glass eine andere Tonart an und begann zu flüstern – als könne es überzeugendere Wirkung haben, vertraulich zu reden.

»Ich dachte, Ihrem Vater habe einmal die halbe Stadt gehört. Sicher möchten Sie doch seinem Erbe gerecht werden, oder nicht? Lassen Sie uns zusammenarbeiten. Helfen wir denen, die es weniger gut haben als wir.«

George wäre einen Schritt zurückgewichen, hätte er nicht bereits direkt vor dem Tresen gestanden.

»Was auch immer mein Vater erreicht hat, es erfordert nicht, dass ich mit Leuten wie Wade Webler zusammenarbeite«, sagte er. »Er hat Sie zum Narren gehalten, wenn Sie glauben, er verfolge irgendein anderes Ziel, als aus dem Niedergang dieser Stadt Kapital zu schlagen.«

»Verstehe. Nun, falls Sie es sich noch einmal überlegen –«

»Lassen Sie mich eins klarstellen. Ich würde mich lieber in einen Trog legen und mich von Schweinen fressen lassen, als bei Ihrem Stadtrat mitzumachen. Außerdem habe ich auf meiner Farm genug zu tun. Und jetzt muss ich los.«

Doch es war Glass, der aufbrach. Irgendwie hatte er es geschafft weiterzulächeln und streckte noch einmal die Hand aus.

»Dann haben wir nichts mehr zu besprechen«, sagte er mit gleichbleibender Herzlichkeit. »Ihnen noch einen schönen Abend, Mr Walker.«

»Ihnen auch«, sagte George.

Die Unionssoldaten folgten ihrem Anführer nach draußen, und George bestellte einen Whiskey, um seine Nerven zu beruhigen. Erst als er diesen hinuntergekippt hatte und einen zweiten in der Hand hielt, machte er sich auf die Suche nach Ezra, der an seinem üblichen Tisch im ersten Stock saß, dem einzigen mit einem gewissen Charme. Die massive Eichenplatte hatte durch die jahrelange Benutzung und verschüttete Getränke einen schlüpfrigen Glanz bekommen. Niemand behelligte ihn dort, wenn er nicht dazu aufgefordert wurde, und er schien in seine eigene Welt versunken zu sein, bis George auf ihn zutrat. Ezra trug seine Geschäftskleider, die Melone noch auf dem Kopf. Er hatte ein Festmahl vor sich: eine Hammelkeule, aus der der Saft tropfte, ein gedünsteter Pfirsich und dürre Spargelspitzen, die wie die Finger eines abgemagerten Kindes aussahen.

George fragte, ob er sich amüsiere.

»Hier wird für jeden leidenschaftlichen Beobachter der Menschheit exzellente Unterhaltung geboten.«

»Deine Lieblingsbeschäftigung«, sagte George und nahm Platz.

»Wenn nicht sogar meine einzige Beschäftigung. Wie ich sehe, hast du Arnold Glass kennengelernt.«

»Leider. Er will, dass ich mich irgendeinem lächerlichen Kommittee anschließe.«

»Davon habe ich gehört.«

»Tja, ich habe abgelehnt, und das recht endgültig.«

»Genau wie ich, wenn auch vielleicht aus anderen Gründen. Um ehrlich zu sein, bin ich inzwischen abgestumpft, wenn mich jemand um einen Gefallen bittet.«

Ezra nahm die Hammelkeule und betrachtete sie wie einen Diamanten, der geschätzt werden musste.

»Es gibt in dieser Stadt nicht eine Menschenseele – General Glass eingeschlossen –, der mich noch nie um dieses oder jenes gebeten hat. Guck dir diese traurigen Gestalten doch nur an. Gerade von der Front zurückgekehrt und schon flehen sie um ein Darlehen, stehen bettelnd an der Straßenecke, nur um das bisschen, was sie haben, jeden Abend hier zu vergeuden, indem sie sich mit Fusel vergiften. Erzählen jedem, der es hören will, ihre faden Kriegsgeschichten und beklagen sich über die Schwarzen, die ihnen angeblich die Arbeit geklaut haben. Als ob sie für den Lohn eines Schwarzen arbeiten würden. Als ob sie überhaupt arbeiten würden. Eine ganze Stadt, die sich in Trübsal suhlt. Jämmerlich.«

Seine fleischigen Wangen zuckten, als er schluckte, die Lippen glänzten vor Fett.

»Weißt du, wenn ich morgens in den Spiegel schaue, dann sieht mich ein trauriger alter Bastard an«, sagte George. »Aber dein Anblick ist mir ein großer Trost, denn ich erkenne, dass noch ein weiter Weg vor mir liegt.«

Ezra prustete und hätte fast den letzten Bissen seines Essen ausgespuckt; dann fing er sich und wurde wieder ernst.

»Du denkst, ich genieße es, dir meine düsteren Gedanken über die Menschheit mitzuteilen.« Er leckte sich die Finger ab und trocknete sie an der Serviette. »Aber für jemanden, der den Verlust gewöhnt ist, jemanden, der seine Unabwendbarkeit akzeptiert, besteht der einzige Ausweg darin, die Freude in den dunkelsten Gängen des Lebens zu suchen, auch wenn das Unglück andere befällt. Es gibt ein Wort für die Freude am Leid anderer. Schadenfreude.«

»Ich weiß nicht, ob ich das hören will«, sagte George und nippte an seinem Whiskey.

»Umso besser. Ich habe dich nicht hergebeten, um mich über Belanglosigkeiten zu unterhalten.«

»Hast du nicht? Ich dachte, wir sind hier, um uns zu amüsieren. Fröhlich zu sein.«

»Vielleicht gibt es noch andere Themen, über die es sich zu reden lohnt.«

»Lass mich raten«, sagte George. »Du willst, dass ich dir noch mehr von meinem Land verkaufe oder dass ich meine Schulden zurückzahle. Ich würde sogar so weit gehen zu behaupten, dass beides miteinander verknüpft ist.«

»Gott, nein. Aber können wir nicht einmal Zeit miteinander verbringen, ohne ständig über trivialen Unsinn zu plaudern? Mir vorzuwerfen, ich würde bei jeder Gelegenheit nach deinem Land trachten – das finde ich wirklich beleidigend.«

Ezra trank die Hälfte seines Biers.

»Das war nur ein Scherz«, murmelte George.

»Meine einzige Absicht, falls du es unbedingt wissen willst, ist, einen Anfall von Einsamkeit zu bekämpfen.«

Jetzt musste Ezra scherzen, dachte George, doch sein Freund redete in leisem, ernstem Tonfall weiter.

»Meine Frau ist mir so vertraut, dass sie oft nicht mehr vom Mobiliar unseres Hauses zu unterscheiden ist. Ich schenke ihr den ganzen Tag nicht mehr Aufmerksamkeit als einer Lampe. Und die Jungs sind nicht mehr da.«

»Aber du bist hoch angesehen, Ezra. Du empfängst den ganzen Tag Besucher. Ich sehe sie in deinem Büro, wann immer ich in der Stadt bin.«

»Das ist geschäftlich. Bevor du kamst, war ich allein. Und wenn du gehst, werde ich wieder allein sein. Und schlage die Zeit tot, bis ich mich für die Nacht zurückziehe.«

George war nicht bewusst gewesen, wie sehr der alte Freund seines Vaters sich verändert hatte, denn er wirkte nicht anders als früher in seiner Kindheit. Doch wenn Ezra trank, bekam er etwas Kraftloses, Schwächliches. George brauchte einen Moment, bis er begriff, dass diese Schwäche auch einfach das Alter sein könnte. Er konnte vorhersehen, was aus dem alten Mann werden würde, wie seine Hängebacken immer mehr erschlafften, bis sie sich nicht mehr von denen eines Hundes unterschieden, obwohl sein Übergewicht langsam dahinschmolz. Bald würde er im hintersten Winkel seines Hauses das Bett hüten müssen, und er würde denselben Weg gehen wie Benjamin, Georges Vater. Und nur wenige Jahre später, so stand zu befürchten, würde George selbst Ezras Platz auf der anderen Seite des Tisches einnehmen und mit der Gier eines Mannes essen, der weiß, dass jede Mahlzeit seine letzte sein könnte.

»Du kannst nicht davor weglaufen«, sagte Ezra, als hätte er Georges Gedanken gelesen. »So laufen die Dinge eben. Wir werden älter. Und wir müssen dieser Tatsache ehrlich ins Auge sehen.«

»Falls du damit sagen willst, dass ich den Tod mehr fürchte als ein anderer, behaupte ich, du liegst falsch.« George ließ sich auf seinem Stuhl zurücksinken.

»Ich bin mir nicht sicher, ob ich das sagen will.«

Während Ezra weiteraß, sagte keiner von ihnen ein Wort. Der Aufruhr an der Theke hatte sich gelegt, und in der relativen Ruhe klangen die Karten, die an den Tischen unten gemischt wurden, wie das aufgeregte Flattern von Vögeln beim Abflug.

Schließlich war der Schafsknochen abgenagt, und Ezra entspannte sich.

»Die Schwarzen«, sagte er. »Lass sie gehen.«

Das war es also. Die Einladung hatte doch einen Zweck. George verspürte das Bedürfnis nach einem weiteren Whiskey.

»Nicht du auch noch«, sagte er.

»Der George, den ich kannte, hat sich um keinen Menschen auf der Welt geschert, schon gar nicht um befreite Sklaven. Ich kann daraus nur schließen, dass das Alter dich in einen Philanthropen verwandelt hat. Um irgendein Unrecht wiedergutzumachen, das du in deinem Herzen trägst. Aber du bietest der Öffentlichkeit ein sehr unschönes Schauspiel.«

»Ich dachte, du wolltest nicht *über trivialen Unsinn plaudern.*«

Ezra beugte sich vor.

»Begeh nicht den Fehler, die Anwesenheit dieser Soldaten für ein Zeichen von Sicherheit zu halten. Diese Stadt ist nicht so ruhig, wie es scheint. Die Männer sind im Krieg gedemütigt worden, und jetzt sind sie rastlos. Und deine Unbesonnenheit macht es noch schlimmer.«

»Ich werde auch rastlos, wenn ich hier bei dir sitze.«

»George, es gibt Männer, die diesen Lohn gebrauchen können. Die sind aus dem Krieg zurück und haben kaum mehr als ein paar Verletzungen vorzuweisen. Männer wie Caleb.«

»Halt meinen Sohn da raus. Ich habe durch meine Entscheidungen keine Meinung geäußert. Die Brüder arbeiten hart, sie machen keine Schwierigkeiten. Es sind gute Kerle und gute Arbeiter.«

Ezras Miene verhärtete sich.

»Du kannst diese beiden Jungs nicht in die Stadt kommen und um neue Kleider feilschen lassen, die Taschen voller Scheine, wo sie an weißen Männern vorbeikommen, die um ein paar Münzen betteln. Kürze ihnen zumindest den Lohn. Die anderen Landbesitzer haben sehr vernünftige Leitlinien dazu entwickelt, wie mit solchen Situationen umzugehen ist.«

»Das reicht. Ich werde mich nicht bei ehrlichen Leuten verschulden und sie ihren Lohn zurückverdienen lassen, als wären sie wieder Sklaven. Ich sage nicht, dass sie jeden Tag ein Schwein am Spieß zum Abendessen verdienen, aber ein wenig Anstand schon, Ezra.«

Ezra schwieg, als müsse er sich sammeln.

»Ganz offensichtlich muss ich mich direkter ausdrücken, weil du genauso stur bist wie dein Vater. Siehst du nicht, dass ein paar Stimmen in Old Ox zwar unterdrückt werden, aber dass sie nicht voll und ganz besiegt sind? Es gibt Menschen, die weniger zu freundlichen Gesprächen neigen als du und ich und die deutlich gemacht haben – im hinteren Teil ihres Geschäfts, nachts in den Gassen, sogar in dieser Bar –, dass sie nicht dulden werden, was du da tust. Frustrierte Männer. Die oft zu vorschnell handelnden Männern werden. Ich kann dir gar nicht sagen, wie gefährlich das werden könnte, nicht nur für deine Farm, sondern für dein Wohlbefinden. Das Wohlbefinden deiner Familie.«

Er deutete mit nach oben gewendeter Handfläche auf die Szene unter ihnen. Plötzlich wusste George nicht, wie ihm die offensichtlich angespannte Stimmung hatte entgehen können. Die flüchtigen Augenkontakte. Die finsteren Blicke von Männern, die er nicht kannte, die kurz auf ihn fielen, bevor sie sich wieder ihren leeren Gläsern zuwandten.

»Du hast mich also doch nicht herbestellt, nur um dir Gesellschaft zu leisten«, sagte George. »Du hast mich kommen lassen, um mich zu warnen.«

Erst vor wenigen Minuten hatte Ezra vom Alter gezeichnet, von der Zeit zermürbt gewirkt. Doch er war ganz und gar nicht schwach, wie George jetzt sah. Das Gegenteil war der Fall: Nun war es George, der sich schwach fühlte, so wie er es zuvor insgeheim Ezra unterstellt hatte.

»Ich habe dich aus Freundlichkeit herbestellt«, sagte Ezra. »Um dir zu sagen, dass deine eigene mit dir durchgegangen ist.«

»Genug«, sagte George. »Ich gehe jetzt.«

Er schob seinen Stuhl zurück und stand auf. Dann stützte er sich, vom Schwindel gepackt, mit den Fingerspitzen auf dem Tisch ab; nach längerer Abstinenz spürte er jetzt die Wirkung des Alkohols.

»Stimmt das, was du über deine Einsamkeit gesagt hast? Oder war das Teil einer List?«

Ezra saß eine Zeit lang schweigend vor seinem leeren Teller.

»Ich kenne keinen glücklichen Mann, der allein hierherkommt«, sagte er.

Das war alles. Mehr brauchte er nicht zu hören.

»Bitte pass auf dich auf, Ezra. Sei dir gewiss, dass ich dasselbe für mich und die meinen tue. In ein paar Tagen komme ich zu dir ins Büro. Nicht aus Mitleid oder um zu sehen, ob es dir gut geht, sondern ganz einfach, weil ich dich mag. Bis dann.«

George wandte sich mit dem Gefühl von seinem Freund ab, einer Falle entgangen zu sein. Die Bar war noch immer so voll, dass er sich seitlich an den Leuten vorbeischieben musste. Er zwängte sich wortlos durch die Menge, achtete darauf, wo er hintrat, tauchte in den Gesprächslärm ein, verlor sich in der Hitze der dicht gepackten Körper. Er konnte nicht sagen, ob Blicke auf ihn gerichtet waren, doch ihm brach der Schweiß aus und er sehnte sich danach, die Tür zu erreichen, um diesem Ort zu entkommen und nicht zurückzukehren.

Es sollte nicht sein.

»Du bist George Walker, stimmt's?«

Er wäre vermutlich einfach weitergegangen, wäre die Stimme nicht so nah gewesen, dass es schien, die Worte selbst hätten nach ihm gegriffen, um ihn zurückzuhalten. Er drehte sich zu einem jungen Mann um, der von anderen Landsleuten seines Alters umringt war.

»Das bin ich.«

»Wie nett. Calebs Daddy.«

Den Namen seines Sohnes zu hören traf ihn unvorbereitet.

»Kennen Sie ihn?«

»Kann man so sagen. Richte dem Burschen was von uns aus, ja?«

Der Junge sah seine Freunde an und schlug mit der geballten Faust nach George.

»Sag ihm, das hier erwartet Verräter bei uns. Und sag deinen

Niggern, dass für sie auch noch was da ist. Ihr seid doch so nette, großzügige Leute da oben auf eurer Farm, stimmt's?«

Der Junge hob die Faust erneut, und George wich zurück, die Hände kapitulierend vors Gesicht haltend.

»Nicht!«, schrie er.

»Guckt euch an, wie feige der ist!«, sagte der Junge. »Liegt wohl in der Familie, hä?«

Sie lachten. George war nicht mehr als ein verängstigtes Kind. Sein Impuls war es, sich zu Ezra umzudrehen, auch wenn seine Erniedrigung kaum größer sein konnte, wenn der alte Mann seine Herabwürdigung mit angesehen hatte.

Der Junge packte ihn am Kragen und zog ihn zu sich.

»Jetzt steck die Schläge ein wie ein Mann«, sagte und ließ die Faust vorschnellen.

Doch sie wurde noch in der Luft von einer anderen Hand aufgehalten. Sie gehörte zu einem Mann, der doppelt so breit war wie der Junge; er wirbelte den Möchtegern-Angreifer herum und packte sein Handgelenk, als handele es sich um eine Stange Sellerie, die man spielend entzweibrechen könnte. Es war einer von Mildred Fosters Söhnen, auch wenn George nicht sagen konnte, welcher, denn sie sahen alle gleich aus.

»Meine Mama versteht sich gut mit Mrs Walker«, sagte er. »Ich glaube, es würde ihr nicht gefallen, wenn sie hört, dass du Hand an den Mann ihrer Freundin gelegt hast.«

Er ließ das Handgelenk des Jungen los, und der taumelte, leise fluchend, nach hinten.

»War nicht so gemeint, Charlie«, sagte er.

Charlie nickte George ohne die Spur eines Lächelns zu und trat zur Seite.

»Charlie«, sagte George. »Euch übrigen Gentlemen. Einen schönen Abend noch.« Und dann trat er durch die Tür und floh in die Nacht.

Sogar sein Vater aus Nantucket hatte eine Hilfe gehabt. Ein

Kind, Taffy, die er für einen Preis gekauft hatte, den George schon lange in Erfahrung hatten bringen wollen, den er jedoch in dem Stapel von Geschäftsbüchern, die im Keller Staub ansetzten, nicht finden konnte. Sie war ein Jahr älter gewesen als der damals elfjährige George und war bei ihrer Ankunft aschfahl gewesen und mochte niemandem in die Augen sehen.

Als sie ins Haus kam, schnüffelte seine Mutter an ihrer Kopfhaut und sagte mit unbewegter Stimme, dass ein Bad nicht gerechtfertigt sei.

»Ein Bad ist Luxus«, sagte sie. »Ein feuchtes Handtuch reicht aus. Das Trocknen übernimmt die Luft. Das ist genau wie beim Geschirrspülen, was ich dir zeigen werde, sobald wir dich sauber haben.«

Dies war Taffys erste Lektion. Es würden noch viele weitere folgen. Das Bettenmachen war ein komplexer Prozess – die Falte im Kissen, das richtige Wenden der Matratzen –, und Taffy verbrachte große Teile des Nachmittags damit, bis sie alle Schritte korrekt ausgeführt hatte. Doch nicht alles war körperliche Arbeit, und Taffy tat sich auch bei den mentalen häuslichen Aufgaben hervor und lernte die Bezeichnungen der Behälter (Küchenbedarf: Blechgeschirr, Körbe, ein Kästchen für Stopfnadeln, Garn und Zwirn etc.) mit derselben Gründlichkeit auswendig, mit der sie in der Pflanzzeit den Boden für die Blumensamen auflockerte. George fragte nie, warum Taffy kommen musste, obwohl seine Mutter doch sehr gern zu putzen und das Haus in Ordnung zu halten schien. Und erst als Taffy einige Monate nach dem Tod seines Vaters verschwand, kam ihm der Gedanke, dass seine Mutter vor allem jemanden haben wollte, an den sie ihre Pflichten weitergeben konnte, weil sie die Verschrobenheiten ihres Sohnes nur zu gut kannte: seinen unverrückbaren Wunsch, in Ruhe gelassen zu werden, sein Desinteresse gegenüber anderen, der Unwille, auch nur sein eigenes Zimmer in Ordnung zu halten. Vielleicht dachte sie, dass er nie eine Frau finden würde, und Taffy wurde darauf vorbereitet, diese Rolle zu übernehmen.

Er gewann vieles durch Taffy. Wenn er allein draußen war – an seinem üblichen Ort in der Welt –, gesellte sie sich zu ihm, wenn sie ihre Arbeit erledigt hatte, ein Stück Obst in der Hand, das sie ihm auf Wunsch seiner Mutter brachte, und fragte, ob er sie mitnehmen würde. Er sagte immer Ja. Dann schnitzten sie gemeinsam mit seiner Axt Speere, warfen sie in den Wald und taten so, als hätten sie das dunkle Tier erlegt, von dem sein Vater so oft sprach. Sie konnte weiter werfen und höher klettern als er, doch sie stellte ihr eigenes Vergnügen nie über seines. Er wusste, dass dies die Aufgabe war, die man ihr aufgetragen hatte, doch er ließ sich von diesem Wissen nie von seiner unverrückbaren Überzeugung abbringen, dass er ihr viel bedeutete und sie ihn auf eine Weise verstand, wie niemand sonst es tat. Einmal sagte er ihr, dass er sie liebe, auch wenn er nicht wusste, was das bedeutete, über die Zuneigung hinaus, die er seinen Eltern gegenüber empfand. Als seine Mutter nach dem Tod des Vaters den Verstand verlor und Taffy verkaufte, tröstete George sich mit dem Gedanken, dass es keine Liebe gewesen sei, sondern etwas Distanzierteres. Das erlaubte es ihm, ihre Gesichtszüge zu vergessen, sein freudig klopfendes Herz, wenn ihr Schatten auf der Veranda auf ihn fiel, den Luftzug, der seine Schulter streifte, wenn sie ihn beim Wettrennen überholte, und den Anblick ihres Rückens, wenn sie ihn hinter sich ließ, all das wurde ausgelöscht, bis er sie nun, im mittleren Alter, bloß noch als etwas in Erinnerung hatte, was er vergessen hatte.

George ging an der Taverne vorbei. Pfützen aus Schlamm reflektierten den grellen Mondschein, und diese Lichtscherben verrieten ihm, wohin er nicht treten durfte. Er hatte nach Hause gehen wollen, doch jetzt schien ihm eine weitere Einkehr geboten, obwohl er sich bei seinem Aufbruch an diesem Abend vorgenommen hatte, nicht dorthin zu gehen. Er nahm die Seitenstraße, die vor ihm lag und die zum alten Teil der Stadt führte. Es war still, und der Pfad wurde schmaler, je weiter er ging, sodass bald nicht einmal mehr der Mond dorthin fiel. Mehr als einmal blickte er über seine Schulter, doch niemand folgte ihm.

Als er das Bordell erreichte, waren seine Fenster die einzigen in der Häuserzeile, die erleuchtet waren. Lärm drang aus dem Inneren, doch er war seit Jahren nicht mehr durch die Eingangstür getreten und interessierte sich wenig für das, was drinnen vorging. Vielmehr ging er um das Haus herum und die Wendeltreppe zum ersten Stock hinauf. Er wusste nicht, ob sie ihm öffnen würde, doch beim zweiten Klopfen schwang die Tür auf. Er tauschte nur einen kurzen Blick mit Clementine aus, in deren Gesicht er immer Taffy wiederzuerkennen glaubte, bevor er ihr ins Haus folgte und sich auf das Fußende ihres Bettes setzte. War es ein schlechter Zeitpunkt?, fragte er sie. Er hatte gehofft, sie noch zu erwischen, bevor ihre Nacht begann.

»Für dich hab ich immer ein offenes Ohr, George. Erzähl mir, wie es dir geht.«

Das war alles, was er von Clementine erwartete: ihm zuzuhören. Was nicht hieß, dass er in der Zeit, die er bei ihr verbrachte, nichts über sie erfahren hatte. Er wusste, dass sie ein Kind hatte – hatte sie eines Morgens, noch bevor sie sich kennenlernten, mit dem Mädchen spazieren gesehen. Damals hatte er sich vorgenommen, sie ausfindig zu machen, außerstande, Clementines Ähnlichkeit mit Taffy zu vergessen. Ihre Familie, so fand er heraus, waren Mulatten aus Louisiana. Ihr Mann hatte sie gegen ihren Willen nach Georgia verschleppt, wo sie als sein Eigentum leben sollte. Sie war mit dem Kind seiner Knechtschaft entflohen, um sich allein durchzuschlagen, und verdiente genug, um über die Runden zu kommen. Auch wenn nur wenige Männer sich von dem weißen Wachs und der Farbe täuschen ließen, mit denen sie sich schminkte, waren sie gerne bereit, sich in einer einsamen Nacht von ihr verwöhnen zu lassen – ungeachtet ihres gelbbraunen Teints, der Gerüchte über ihre Vergangenheit, ihre Vorfahren –, begierig, die Offenbarung ihrer Gesellschaft zu erleben. Betrachtete man, wie wenige schlecht von ihr sprachen, bereuten sie ganz offensichtlich ihre Zeit mit ihr nicht. Die Gesellschaft war bereit, Ausnahmen zu machen, wenn große Schönheit im Spiel war.

Er hatte Clementine zuletzt im Winter gesehen, als Caleb sich mitten in seinem Militärdienst befand, und jetzt erzählte er ihr alles, so wie er es immer tat: Er sprach zunächst von Calebs angeblichem Tod und dann von seiner schockierenden Rückkehr, von Isabelle und von den Brüdern, von denen sie bereits gehört hatte, denn sie wusste von so gut wie allem, was in Old Ox geschah. Sie sah George nicht an, während er sie mit den Einzelheiten seines Lebens unterhielt. Stattdessen nutzte sie die Zeit, um ihren Schminktisch aufzuräumen, ihr Kleid für den Abend vorzubereiten und sich zu frisieren. Doch jedes Mal, wenn sie durch ein Klopfen an der Tür unterbrochen wurden, was oft geschah, gab sie dem Hausdiener zu verstehen, dass sie beschäftigt sei, und ermunterte ihn weiterzureden.

»Du sagst, du tust dich schwer.«

Er konnte die Geräusche der anderen Männer in den Nebenzimmern hören – ein Wummern gegen die Wand – und auch das anspornende Stöhnen der Frauen, die sich nicht zurückhielten. Der Geruch des verschütteten Alkohols, der das Holz des Fußbodens stellenweise verfärbt hatte, überdeckte sogar den Duft des Parfüms.

»In gewisser Weise«, sagte er.

»Du hast mehr Worte in deinem Kopf, als ich in meinem ganzen Leben gehört habe, George. Erzähl mehr davon, damit ich weiß, was du meinst.«

Sie sagte, er solle sich entspannen und sich Zeit nehmen, obwohl er wusste, dass sie selbst keine hatte. Vor seinem inneren Auge sah er die Stammgäste im Salon sitzen, die den Blick fest auf die Treppe gerichtet hatten und ungeduldig auf ihr Erscheinen warteten. Sie würden weiter warten müssen, denn nun war er an der Reihe, ihr Zimmer für sich zu haben, ihr Bett zu belegen.

Er benutzte sie. Das entging ihm nicht. Wie er sie entblößte, sie Stück für Stück öffnete, sie mit seinen alten Erinnerungen füllte, den großen Sorgen, die ihn plagten (die Kälte seiner Frau, die Schande seines Sohnes); wie er sie fragte – als könne sie das überhaupt wissen, als wäre sie mehr als nur ein vernarbtes Gefäß, gezwungen, neben ihm zu sitzen und dem Wind seiner Worte zu trotzen –, von wem die Schreie ausgingen, die er nachts hörte. Denn es waren nicht seine, doch vielleicht kamen sie aus der Scheune, von den Brüdern, oder von seiner Frau, ja, von Isabelle, die ihn verloren hatte und die er verloren hatte, oder vielleicht von dem Tier im Wald, das darauf wartete, dass er es fand, so wie sein Vater, oder kamen die Schreie vielleicht sogar aus der Stadt, von den Männern und Frauen und Kindern am Bach, in ihren schlammbespritzten Zelten, die zu Hause nach neuem Land suchten und sahen, dass es keines gab, dass dies alles war, dass so viele in ihrem Leben nicht über Old Ox hinauskamen?

Clementine stand jetzt neben ihm, der Raum war dunkel, eine Talgkerze flackerte neben ihnen wie die Flügel eines Vogels. Sie hob ihre weiche Hand, die auf seiner Schulter gelegen hatte, und strich über seine Wange, erfüllte sie mit ihrer Wärme. Dies war die einzige Berührung, die er sich von ihr wünschte – die einer Pflegerin, einer Mutter, die sich um ihr krankes Kind kümmerte.

»Sag mir, was ich noch tun kann«, sagte sie.

»Das hier ist alles. Sonst nichts.«

Die übliche Scham überkam ihn, weil er sich enthüllt hatte, eine solche Finsternis zum Ausdruck gebracht hatte, und es gab noch mehr. Ein letztes Geständnis, das er nicht auslassen konnte. In Wahrheit sei es Selbstsucht, erklärte er ihr. Denn während seine Frau und sein Sohn an ihn gebunden seien und ihn ertragen müssten, galt das nicht für Prentiss und Landry. Wofür hatte er sie benutzt, wenn nicht zu seiner Unterhaltung? Wofür hatte er sie bezahlt, wenn nicht dafür, ihm Gesellschaft zu leisten? Dafür, eine Facette seiner selbst lebendig zu erhalten? Man bräuchte ihn sich nur anzusehen – ein Mann, der sich so vor dem Unbekannten fürchtete, dass er das County noch nie verlassen hatte. Sein eigenes Land war der einzige Ort, an den er fliehen konnte, der einzige Ort, wo ein Mann mit einem so beengten Leben das Gefühl von Abenteuer erleben konnte. Also behielt er die Brüder bei sich, damit dieser Teil von ihm lebendig blieb. Doch auf wessen Seite würde er stehen, wenn die Männer der Stadt eines Nachts mit Fackeln zu seinem Grundstück kämen und ihre deformierte Vorstellung von Gerechtigkeit umsetzen wollten? Er würde dafür nicht mit seinem Leben bezahlen. Von Prentiss und Landry konnte er das nicht behaupten.

»Ich fürchte, ich würde ebenso wenig Hand in Hand mit dir die Straße hinuntergehen«, erkärt er, »wie ich mich Seite an Seite mit diesen beiden den Rachegelüsten dieser Stadt entgegenstellen würde. Und das ist die Wahrheit, die mir das Herz bricht, vielleicht noch mehr als jede andere.«

Ihn beschlich der Verdacht, ohne dass er einen Beweis dafür gehabt hätte, dass die Flecken auf dem Boden kein verschütteter Alkohol sein könnten, sondern der Schweiß der anderen, der nicht aufgewischt worden war. Er hörte, wie in einem Nachbarzimmer Wasser auf den Boden schwappte, das Stöhnen eines Mannes, und er wusste, dass dieser nicht in irgendeinen Akt versunken war, sondern sich gerade in eine Wanne sinken ließ. Merkwürdig, dachte George, wie anders es klang als das derjenigen, die am Ende des Flures zusammenkamen – weniger verdorben, irgendwie unschuldig.

»Ich sollte gehen«, sagte er. »Den anderen ihre Zeit geben.«

»Es gibt keine anderen. Ich sagte doch, wir haben so viel Zeit, wie du willst.«

»Das ist es, was du immer sagst? Glauben die Männer das?«

Er legte ihr den Rest des Geldes, das er in die Stadt mitgenommen hatte, auf den Schminktisch. Sie saß noch immer auf dem Bett, die Beine überkreuzt, aufmerksam. Er hatte zugesehen, wie sie ihr Haar zu einem Knoten aufgesteckt und eine Feder hineingesteckt hatte, um ihn zu fixieren, so wie ein Pfeil ein Herz durchbohren würde.

»Männer glauben, was sie wollen«, sagte sie. »Der Nächste, der hier heraufkommt, glaubt vielleicht, er ist mein einziger Kunde, so wie du glaubst, dass du der Einzige bist, der nachts diese Schreie hört. Als würden andere Leute nicht leiden. Ich kann nicht sagen, wer eher recht hat.«

Er dankte ihr und verabschiedete sich. Die Wohltat ihres Mitgefühls war ihm weit mehr wert als drei Dollar – es fühlte sich in seinem Herzen so wahrhaftig an, als er mit leichten Schritten die Bordelltreppe hinunterging, dass es ihn nicht kümmerte, ob es eine natürliche Empfindung war, die Clementines Brust entsprang, oder ob es nur vom Anblick des Geldes herrührte, das auf ihrem Tisch lag.

Clementine hatte ihm nicht nur neuen Schwung verliehen, sie hatte auch den Weg erleuchtet, den er gehen musste, die Entscheidungen gezeigt, die nun folgen mussten. Er wusste jetzt, was Ezra in der Bar gemeint hatte, doch der Aufschrei der Stadt war keine Bürde, die er auf sich nehmen musste. Nein, er selbst, George, war hier die Bürde: eine Bürde für seine Familie, eine Bürde für Prentiss und Landry.

Noch einmal kam ihm Taffy in den Sinn, die Art und Weise, wie sie aus seinem Leben verschwunden war, als hätte sie ihm einen Dienst erwiesen, nur um von seiner Mutter entsorgt zu werden, als dieser erledigt war. Es spielte keine Rolle, dass sie für ihn so wichtig war wie eine Schwester und dass er sie mit einer Güte behandelte, die er nur sehr wenigen Menschen in seinem Leben entgegenbrachte. Was bedeutete seine Dankbarkeit schon, wenn seine Mutter sie doch mit nicht mehr als einer Unterschrift fortgeschickt hatte, einer wedelnden Handbewegung, als wolle sie sagen, *Fort mit dir*? Auch an diesen Moment erinnerte er sich nun, sosehr es ihn auch schmerzte. Er hatte neben seiner Mutter an ihrem Schreibtisch gestanden, Taffy an der Tür, und der Mann – natürlich war es ein Mann, massig, groß, mit versteinertem Gesicht – hatte die Hand auf die Schulter des Mädchens gelegt, als gehörte sie bereits ihm. George sagte nichts. Keine Umarmung, kein Auf Wiedersehen. Er war betäubt von dem, was geschah, doch er war erst vierzehn, nach dem Tod seines Vaters noch immer haltlos und in Trauer. In seinem Schockzustand war es ihm unmöglich, die Gefühle des anderen Kindes zu erkennen. Die Hand des Fremden auf ihrer Schulter. Ihre quälende Angst vor dem, was folgen würde. George konnte den Blick abwenden – und tat es auch. Doch sie würde für alle Zeiten mit dieser Angst leben, dem Wissen, dass sie jedem Befehl aus dem Mund dieses Mannes gehorchen musste. So wie sie es bei seinen Eltern getan hatte …

Doch auch wenn es zu spät war, um Taffy zu retten, so konnte er zumindest die Brüder aus ihrer Notlage befreien. Wenn er nur einen Funken Mut besaß, konnte er diesen beiden helfen. Auf welchem Wege auch immer, er würde dafür sorgen, dass sie Old Ox sicher und für immer entkamen.

KAPITEL 11

Landry durchstreifte die Landschaft, ganz wie es ihm gefiel. Der Wunsch danach, die Faszination dafür hatten sich aus einer Angst entwickelt: Wann immer er mit Prentiss im flirrenden Sonnenlicht vor dem Wald gestanden hatte, hatte sich die Dunkelheit in seinen hintersten Winkeln wie ein lauerndes Ungeheuer angefühlt, das sich vor langer Zeit seinen Namen eingeprägt hatte und darauf aus war, ihn zu holen. Das war die Angst, für die Prentiss blind war und die Landry nicht beschreiben konnte: dass dies zwei unterschiedliche Welten waren. Dass diese neue sie beide ebenso verzehren könnte wie ihre Mutter, Little James und Esther, und was dann?

Doch es stellte sich heraus, dass nicht jeder neue Schritt Gefahren barg. Das Unbekannte führte nur zu weiteren Lichtungen, zu noch mehr Sonnenlicht auf der anderen Seite, und ihm dämmerte, dass es weniger zu fürchten gab, als er sich vorgestellt hatte. Das war eine Wahrheit, die er vielleicht schon immer hatte glauben wollen – dass alle Gefahren eine Spur von Trost in sich trugen, alles Falsche einen Hauch des womöglich Richtigen. Wie sonst ließ sich eine Welt der Grausamkeit erklären, die zugleich die große Freude enthielt, seine Mutter an einem Sonntagnachmittag nach Little James' Geige tanzen zu sehen, das Wunder einer frisch gestopften Matratze, die Süße von Wasser nach einem Tag des Pflückens auf dem Feld?

Er suchte Vergnügen immer in der Stille, üblicherweise allein. An einem freien Sonntag, dem einen Tag der Woche, an dem er und Prentiss nicht mit George arbeiteten, wachte Landry für gewöhnlich in der Scheune auf, bevor der Rest der Welt sich regte, und kochte sich einen Topf Maisbrei. Er aß allein und ließ die Hälfte übrig. Sein Bruder, noch im Bett, drehte sich dann von ihm weg. Prentiss war wach, das wusste Landry, doch sonntagsmorgens sprachen sie nicht miteinander. Ohne etwas mitzunehmen brach er auf in den Wald, auf der Suche nach Leben, irgendeinem Leben, solange es nur anders war als seines.

Es gab Tage, da begegnete ihm nicht mehr als ein Reh mit seinem Kitz oder eine Eule, die von einem Ast herab rief, und wenn das alles war, was ihm seine Anstrengungen einbrachten, so ging er doch zufrieden nach Hause. Einmal kam er auch an den Bach und fand dort Frauen vor. Sie hatten ihre Kinder dabei, Säuglinge, die sie im Wasser wuschen und deren Weinen sie mit einem Chor leiser, gesummter Lieder beruhigten. Landry stand stundenlang da und sah den Müttern dabei zu, wie sie die Kinder trocken rieben, während sie selbst von der Sonne getrocknet wurden.

Eines Tages wagte er sich so weit fort, dass er auf eine andere Plantage stieß, von der er noch nie gehört hatte. Da, ein Feld voller Frauen: die Köpfe mit Tüchern umwickelt, um sie vor der Sonne zu schützen, in Männerhosen, die zu Beinlingen geschnitten worden waren, und zu großen Hemden, den Boden endlos umgrabend. Er zählte die Reihen, sah, wie wenige sauber abgepflückt waren, und wusste, dass das Ergebnis die Bosse nicht zufriedenstellen würde. Tatsächlich war, als er eine Woche später wiederkam, ein Trupp hartgesottener, verbitterter Männer in Ketten dazugekommen, Sträflinge, die Seite an Seite mit den Frauen arbeiteten. Er ging nie wieder dorthin.

Eines Abends ging er so weit, dass er sich tief im Wald verirrte, sodass er sich auf seine Intuition verlassen musste, um den Weg nach Hause zu finden. Es war so dunkel, dass der Wald mit dem schwarzen Himmel verschmolz und die Welt weder Anfang noch Ende zu haben schien, als könne er auf dem Waldboden einschlafen und beim Aufwachen aus den Sternen nach unten blicken. Doch dann flackerte in der Ferne zwischen den Bäumen ein Lichtschein auf. Er ging darauf zu, und gerade, als das Licht verschwand, folgte ihm ein zweites.

Es waren zwei Männer, wie er sah, als er sich der Flamme näherte. Auch der zweite Mann löschte seine Fackel und die beiden begannen, schweigend einen Baum hinaufzuklettern. Dann, wenige Augenblicke später, entzündete einer von ihnen seine Fackel erneut und die schlaftrunkenen Vögel auf dem Ast saßen erschrocken im grellen Feuerschein, zu verblüfft, um davonzufliegen. Der andere Mann erschlug sie erbarmungslos, und sie fielen auf den Waldboden. Die Flamme erstarb, und Landry hörte, wie die Männer wieder herunterkletterten, das Rascheln von Blättern auf dem Boden, dann wieder Stille.

Er spürte ihre Blicke, doch er konnte die Augen in der vollkommenen Finsternis nicht ausmachen. Er vermutete, sie waren auf eine Art ein Teil des Waldes, wie er es nicht war – hatten gelernt, sich in der Dunkelheit so gut zurechtzufinden, in den entlegensten Ecken der Wildnis so lang zu überleben, dass sie in den Schatten der Nacht verschwinden und doch alles um sich herum wahrnehmen konnten. Plötzlich war seine Hand nass. Etwas war hineingedrückt worden: eine Taube, die Federn glitschig vor Blut, der Körper schlaff. Wieder knirschten die Blätter leise, und die Schritte entfernten sich, auch wenn ihm der Klang auf dem gesamten Rückweg in den Ohren nachhallte.

Er hatte den Vogel noch in der Hand, als er die Scheune erreichte, und legte ihn auf den kleinen Tisch zwischen den Pritschen. Prentiss schlief noch nicht, sondern stand im hinteren Teil der Scheune, den Kopf von einem Schwarm Motten umschwirrt. Der Maisbrei, den Landry an diesem Morgen für ihn übrig gelassen hatte, stand unangetastet da.

Prentiss trat auf Landry zu, sah ihn prüfend an und musterte dann die Taube.

»Wie hast du das denn angestellt?«

Landry antwortete ihm mit keiner Geste, und Prentiss setzte sich auf seine Pritsche.

»George war hier«, sagte er. »Sagt, er hat viel nachgedacht und mit anderen Leuten gesprochen. Hält es für das Beste, wenn wir uns jetzt auf den Weg machen.«

Landry sah Prentiss an, und sein Bruder stand rastlos wieder auf und fing an, in der Scheune auf und ab zu gehen.

»Weißt du, was ich ihm gesagt hab? Ich sag: ›George, wie wollen Sie mir sagen, was richtig für mich ist, ohne zu wissen, wie ich die Sache seh? Sie rackern den ganzen Tag neben mir, quatschen mir die Ohren voll, und dann wagen Sie es, mir zu erzählen, dass Sie mit aller Welt über mich geredet haben, nur nicht mit *mir*? Ihr wisst immer alle genau, was das Beste ist, und was weiß ich schon? Ich hab von gar nichts Ahnung, außer wenn's um Erdnüsse geht? Wollen Sie das damit sagen?‹«

Prentiss unterbrach sich für einen Moment.

»Ich hab *uns* gesagt, ja? Ich hab ihm gesagt, er kann nicht für *uns* sprechen.«

Dann lief er weiter hin und her.

»Ich hab ihm gezeigt, was wir gespart haben, hab den Lappen rausgeholt, die Dollar ausgebreitet und ihn nach der Eisenbahn gefragt. Hab ihm gesagt, dass man sich in den Lagern von einer Bahn erzählt, die einen auf den Gleisen fährt, wohin man will. Er muss es nur sagen. Aber unser Ziel ist, genug zu verdienen, damit es auch da oben noch reicht, dass wir bis Herbst hier sein wollen, bis zum Ende der Erdnusssaison, und wenn er ein Problem damit hat, kann er uns wegschicken, aber freiwillig gehen wir nicht, egal, mit wie vielen Leuten er redet. Und dann sagt er, er wird niemanden davon abhalten zu tun, was er will, dass wir hier willkommen sind. Aber er guckt mich immer noch so an. So besorgt hab ich George noch nie gesehen.«

Landry hörte nicht mehr zu. Prentiss hatte nichts mehr von einem Kind an sich. Er war jetzt nicht anders als ihre Mutter –

verwendete all seine Energie dazu sicherzustellen, dass sie bei jeder Mahlzeit einen vollen Teller vor sich hatten, genügend Kleider für die Reise in den Norden, genügend Ersparnisse, damit es eine Weile reichte, wenn sie dort ankamen. Die unermüdliche Konzentration auf das Überleben, zu lasten von allem anderen. Doch das lag auch daran, dass Prentiss ihrer Mutter so ähnlich sah. Diese Brauen, die sich so fein über den sanften Augen wölbten, waren ihre. Die sorgenvoll geschürzten Lippen. Die Sorge einer Mutter. Er sah sie vor sich, an der hinteren Wand der Scheune lehnend, die Schultern hochgezogen, der Saum ihres Schlafrocks den Boden streifend.

Die Erinnerung an seine Mutter, mit der sein Verstand das Bild von Prentiss ersetzte, hätte er oft nur zu gern vergessen. Er war damals noch ein Junge gewesen, unverletzt bis auf die Blasen des Feldes und das brennende Band des Schmerzes durch das nie endende Pflücken. Es war kurz, nachdem er zum ersten Mal von seiner Reihe den in der Sommerhitze funkelnden Springbrunnen von Majesty's Palace gesehen hatte; die Wasserstrahlen, die in die Höhe stiegen und wieder fielen und die mit einer solchen Schönheit sprudelten, dass Landry glaubte, es müsse sich um ganz besonderes Wasser handeln. Er bat darum, die Reihe zu pflücken, die dem Brunnen am nächsten lag, nur damit er ihn ansehen konnte. Einmal nahm Master Mortons Frau sogar ihren kleinen Sohn mit dorthin. Sie tauchte ihn ins Wasser, und ihr Lachen sprudelte durch die Ackerfurchen wie ein Bach, doch ob es echt war oder ob er es sich nur einbildete, konnte er nicht sagen.

Als die Nacht hereinbrach, ließ der Mond Majesty's Palace in seinem Licht erstrahlen; es wurde von den Fenstern gespiegelt und erleuchtete den Boden und die Umgebung, sodass das ganze Haus lebendig wirkte. Landry beobachtete es durch das scheibenlose Fenster ihrer Hütte, und als er sich umdrehte und sah, dass seine Mutter und Prentiss schliefen, ging er zur Tür und öffnete sie.

Noch hatte er keine Angst vor dem Umherstreifen, und seine Füße bewegten sich wie von selbst. Er trug keine Hose, nur ein Hemd, und die Nacht fühlte sich kühl auf seiner Haut an. Es war genau so, wie er es sich vorstellte, als er die Straße erreichte: Der Brunnen sprudelte unablässig, als wäre er nicht durch Menschenwerk angetrieben, sondern von einer höheren Macht. Das Wasser war im Mondschein so weiß, dass es schien, als spritzten Eisfontänen in die Höhe. Er behielt seine Kleider an. Kein auf Zehen Gehen, kein langsames Sich-Annähern. Er sprang ins Wasser, wie nur ein Kind es tut, ein Kind, das sein Leben lang auf diesen Moment gewartet hat, tauchte bäuchlings ein und berührte den Grund des Brunnenbeckens, während das Wasser über ihn hinweg-, durch ihn hindurchglitt, und er keuchte vor Kälte, doch dann lachte er, denn ein solches Vergnügen hatte er noch nie erlebt, hätte so etwas nie für möglich gehalten.

Er planschte wild. Watete darin herum, tat so, als verfolgte Prentiss ihn, und tauchte wieder unter. Er hielt die Luft an, stellte sich vor, das Wasser unter ihm reiche bis in unendliche Tiefen: Schließlich musste es ja irgendwo hinfließen, und es gab keinen Grund, warum er ihm nicht eine Weile folgen sollte, um anschließend zu seiner Mutter und seinem Bruder zurückzukehren und sie mitzunehmen.

Triefnass stand er auf. Das nächste Geräusch kam nicht von ihm. Er blickte auf und konnte nicht erkennen, wer die Gestalt in der Ferne war. Die Eingangstür von Majesty's Palace stand offen, und sie verharrte im Türrahmen, reglos, beobachtend. Landry stolperte über den Beckenrand, fing sich ab und sprintete los, und die Erde blieb an seinen Füßen hängen.

Für einen Moment, als er atemlos vor den Hütten anhielt, hielt er es für das Beste weiterzulaufen: vorbei an Majesty's Palace, vorbei an Old Ox, um einen noch unbekannten Ort zu finden, an dem die Unterjochten freigelassen werden könnten, wo man das Unrecht vergessen mochte. Doch auch wenn er noch ein Kind war, dumm war er nicht – zumindest nicht dumm genug, um zu glauben, dass ein solcher Ort existierte.

In ihrer Hütte zeichnete sich die Silhouette ihrer Mutter vor der hinteren Wand ab, die unruhig in ihrem Nachthemd auf und ab ging. Sie schlief meist tief und fest, und da ein Arbeitstag vor ihnen lag, hatte er keinen Anlass gehabt zu glauben, dass sie aus ihren Träumen aufschrecken und seine Abwesenheit bemerken würde. Jetzt stürmte sie auf ihn zu, als wolle sie ihm den Hintern versohlen. »Junge«, sagte sie und umfasste sein Gesicht, bevor sie einen Lappen holte. Als sie ihm das nasse Hemd auszog und ihn wusch, begann er lautlos zu weinen.

»Die werden kommen, oder?«, sagte er.

»Wer, Kind?« Sie sprach leise, um Prentiss nicht zu wecken. »Wo um Himmels willen bist du gewesen? Du bist ja patschnass.«

Doch alles, was er sagen konnte, war: *Die werden kommen.*

Sie hakte nicht nach. Sie legte ihn einfach ins Bett, setzte sich neben ihn und trocknete weiter seine Tränen.

»Du hast die ganze Nacht geschlafen, Kind. Du bist hier im Bett gewesen. Keine Menschenseele weiß was anderes.«

Er wimmerte noch kurz, doch dann umfing ihn tiefe Dunkelheit, und als er wieder aufwachte, war seine Mutter fürs Feld angezogen und sagte ihm, er solle sich beeilen – als wäre alles tatsächlich nur ein Traum gewesen.

Er wusste nicht, wie viel Zeit vergangen war, als die Schläge folgten und ihm der Kiefer gebrochen wurde, doch es waren einige Jahre, lange genug, dass er sich vorstellen konnte, jeder Hieb mit der Lederpeitsche, jeder Schlag auf seinem Körper entspräche einem Tag, der seit seinem herrlichen Bad im Brunnen verstrichen war, doch kurz genug, dass er glaubte, er sei kein zufälliges Opfer, das für die Geflohenen leiden musste, sondern dass er eines Verbrechens schuldig war, dem eines Kindes, das in einer Welt spielen wollte, die nicht ihm gehörte. Wenn es so war, dann würde jeder Tropfen des Vergnügens, den er in dieser Nacht aus dem Brunnen gewonnen hatte, ihm in Form von Blut wieder abgepresst werden.

Nach jedem Auspeitschen setzte seine Mutter ihn wie einen umgestürzten Grabstein auf den Boden ihrer Hütte und behandelte seine Wunden mit Salzwasser. Es war nicht so, dass er damals die Fähigkeit zu denken verloren hätte, sondern eher, dass ihm die Worte, wann immer er zu sprechen versuchte, in der Kehle stecken blieben. Er brachte vielleicht das *M* von *Mama* heraus, doch dann verkrampfte er mitten im Wort und schaffte es nicht bis zum Ende. Wenn sie ihn fragten, was er meine, versuchte er es vielleicht erneut, doch dann stauten sich die Worte nur noch mehr in ihm an. Selbst später, als seine Wunden verheilt waren, als sein Kiefer es ihm wieder erlaubte, als die Bäche auf seinem Rücken versiegten und nicht mehr mit jedem Herzschlag pulsierten, konnte er die Worte nicht im Ganzen hervorbringen, und er begann sich zu fragen, warum er das überhaupt tun sollte, wenn man bedachte, wie wenig ihm das Sprechen je eingebracht hatte. In den folgenden Monaten würde seine Mutter in Majesty's Palace einziehen müssen. Einige Monate darauf würde sie verkauft werden. Sein Bruder weinte Nacht für Nacht bis zum Wechsel der Jahreszeiten, doch Landrys Tränen waren bereits verbraucht. Außerdem, so fand er, barg Schweigen größere Freiheit.

❧

Anfang Juni, und die Erdnüsse blühten. Trotz ihrer winzigen vereinzelten Blüten waren sie nicht so hübsch wie Baumwolle, diese langen Reihen Reinheit, aus denen Mr Morton Poesie erschuf, doch über diesen Feldern lag ein Hauch des Unperfekten, der immer üppiger werdende Bewuchs schoss ungleichmäßig in die Höhe. Die Zufälligkeit des Ganzen wirkte zügellos, passte in eine Welt, die sich ohne Sinn und Verstand weiterdrehte.

Es gab nur noch wenig zu tun. Bis zur Ernte brauchte es Zeit. Trotzdem teilte George sie ein, und jeder der vier schritt das Feld von einer Ecke her ab, um die Gesundheit der Pflanzen zu prüfen. Landry inspizierte ein paar, die allesamt robust aussahen, dann ließ er sich im Schatten eines Walnussbaums nieder. Er setzte seinen Hut auf und schickte sich an zu dösen. Er stahl oft solche kurzen Momente, genoss das flüchtige Vergnügen zu schlafen, wenn mehr Einsatz von ihm gefordert wurde. Doch dann störte ihn eine Stimme, die ihn mit einem Hallo begrüßte.

Er nahm den Hut vom Kopf und blickte zu Isabelle auf, die in der Sonne stand, jenseits des Halbschattens, die Hände auf Hüfthöhe gefaltet.

»Ich hatte gehofft, wir könnten uns unterhalten«, sagte sie.

Er erinnerte sich noch an ihre erste Begegnung an der Wäscheleine, den Moment, in dem sie plötzlich dastand und sich zu erkennen gab; die Socken, die sie ihm schenken wollte, ihre Verwirrung, den flüchtigen Blick auf ihren Schmerz, den er erhaschte. Sie war ein unsicherer Mensch, aber eine Beobachterin, und er wusste, dass sie das miteinander verband. Sie war die Situation danach wahrscheinlich noch viele Male durchgegangen. Deshalb war es nicht überraschend, dass sie noch einmal mit ihm sprechen wollte, wie ungelegen es in diesem Fall auch sein mochte.

»Bei jemandem, der auf meinem Grundstück wohnt, der oft zu Besuch gekommen ist – nun, ich habe das Gefühl, dass ich mich mehr darum hätte bemühen sollen, Ihre Bekanntschaft zu machen.«

Händeringend setzte sie von Neuem an.

»Das klang nicht richtig. Als würde man mir etwas schulden. Oder als wollte ich Ihnen die Verantwortung dafür geben, weil Sie in der Scheune schlafen. Das meinte ich ganz und gar nicht. Bloß, dass wir nur dieses eine Mal gesprochen haben und dann nicht mehr, und ich möchte unbedingt den Eindruck vermeiden, dass ich Sie abgelehnt habe oder Sie noch immer ablehnen könnte.«

Er nickte ihr zu und lächelte, was er wegen seines Kiefers nur äußerst selten tat, und hoffte, das sei genug, um sie zufriedenzustellen. Doch sie blieb.

»Ich weiß«, stotterte sie, »ich weiß, dass Sie nicht reden. Ich habe Ihren Bruder danach gefragt, aber er hat nur gesagt, dass Ihr Kiefer Sie nicht daran hindert. Auch sind Sie nicht sozial eingeschränkt, wie ich selbst festgestellt habe. Und doch entscheiden Sie sich zu schweigen. Manchmal geht es mir genauso. Wie oft habe ich schon das Falsche gesagt oder mir gewünscht, meine Worte zurücknehmen zu können.«

Er fragte sich, mit wem sie da sprach. Nicht mit ihm. Die Isabelles dieser Welt schauten ihn vielleicht an, doch sie *sahen* ihn nicht. Seine Stimme hören wollten sie ganz sicher nicht. Auch wenn er zugeben musste, dass er gelegentlich – in letzter Zeit häufiger – den Drang verspürte, Gehör zu finden. Doch dies war nicht der Ort dafür. Isabelle interessierte sich mehr für sich selbst. Für ihre eigenen Bedürfnisse.

»Sie haben George sehr geholfen«, fuhr sie fort. »Und Caleb auch. Ich glaube, manchmal leidet er immer noch. Er weiß nicht, wo sein Platz in der Welt ist. Andererseits weiß ich das auch nicht, und vielleicht nicht einmal George. Ist es möglich, sich umso mehr zu verirren, je älter man wird? Vor dem Krieg hätte ich nicht so gedacht. Und doch ist es so gekommen. Für uns alle. Das heißt, nun, Sie und Prentiss sind ein beruhigender Einfluss …«

Landry stand auf. Falls seine Stärke einmal ein Fels gewesen war, dessen Kanten zu scharf waren, um sie zu berühren, dann hatten Geständnisse wie dieses und die Bürde, die sie ihm auferlegten, ihn zu einem stumpfen Stein geschliffen. Isabelle blickte zu ihm auf. Ihre Bluse hatte die Farbe von Blumen, die er in der Natur gesehen hatte und die so prächtig waren, dass die Namen, die George ihnen gab, so korrekt sie auch sein mochten, ihre Schönheit nur minderten.

»Oh«, sagte Isabelle. »Sie wollen sich wohl wieder an die Arbeit machen.«

Das hatte er nicht vor. Jedenfalls noch nicht. Er ließ sie einfach nur mit ihren Gedanken allein und nahm seine eigenen dorthin mit, wo er ungestört über sie nachsinnen konnte. So war es ihm lieber.

Unausgesprochen blieb die Bürde der Freiheit. Nicht, dass Landry seinen Besitzer Mr Morton vermisste – ganz und gar nicht. Nein, es war nur so, dass er und sein Bruder damals miteinander verbunden gewesen waren. Die Ketten, die sie an den Boden fesselten, banden sie zugleich aneinander. In ihrem neuen Leben ging Prentiss eigene Wege: die Bereitwilligkeit, mit der er mit George Besorgungen in der Stadt erledigte; das fröhliche Geplänkel mit Caleb, mit dem Prentiss sich gut zu verstehen schien, seit er mit ihnen arbeitete. Schlichtes Geplauder und neue Freundschaften sprachen seinen Bruder auf eine Weise an, die Landry abging. Und sein eigenes Schweigen, das einmal im Schatten ihrer Knechtschaft verborgen gelegen und einen beruhigenden Frieden gehabt hatte, der Prentiss Zeit gab, für sie beide zu denken, enthüllte nun eine Kluft, die sich zwischen ihnen auftat. Jeder von ihnen war zu einem eigenen Ich geworden.

Dennoch wusste Landry, dass sie sich nie voneinander trennen würden. Dass Prentiss immer da sein würde, egal was kam, dass er in der Scheune warten oder über seine Schulter hinweg auf ihn aufpassen würde, wenn sie auf dem Feld arbeiteten. Und Landry kehrte seinerseits immer zur Scheune zurück, um zu zeigen, dass er nicht endgültig verschwunden war, erwiderte die Blicke seines Bruders, um ihm zu versichern, dass auch er auf ihn aufpasste.

Am nächsten Sonntag wachte er früh auf, entschlossen, gleich in den Wald aufzubrechen, doch dann sah er, dass Prentiss bereits auf seinem Bett saß. Reste vom Vorabend köchelten im Topf vor sich hin, Kohlstrünke und Rüben, Baumwollsamen und ein wenig Schinken, den George ihnen gegeben hatte. Sein Bruder sah beunruhigt aus, spielte an einer Locke seines Haars herum und sog Luft durch die Zähne ein.

»Morgen«, sagte Prentiss.

Landry rieb sich den Schlaf aus den Augen. Der Schweiß des Vortags klebte auf seiner Haut. Er würde baden gehen, sobald die Sonne aufging, überlegte er. Er würde mit den Fischen schwimmen, sich unter der Oberfläche verstecken und ungesehen bleiben.

»Ich hab mich gefragt«, sagte Prentiss, als hätte er seine Gedanken gelesen, »ob ich vielleicht mitkommen könnte. Ich weiß, du bist gern allein, aber wenn du weg bist, macht mich das so neugierig, dass ich manchmal gar nichts anderes angucken kann außer deiner Liege, und dann frag ich mich, wo du steckst. Dachte, ich könnte mal mitkommen. Sehen, was du so siehst.«

Landry war nie auf den Gedanken gekommen, dass sein Bruder auch nur das leiseste Interesse daran haben könnte, ihn zu begleiten.

»Du kannst es mir sagen«, fuhr Prentiss fort. »Wenn du es versuchen willst. Ich warte, bis die Worte kommen.«

Er war durchaus bereit, vor Prentiss zu stammeln. Er hatte es schon getan, wenn auch selten, denn sogar Prentiss machte das quälende Entfalten jedes Wortes ungeduldig, bis er versuchte zu erraten, wie der Satz endete, den Landry sich so mühevoll abrang. Doch selbst wenn Landry Prentiss seine Gefühle hätte beschreiben wollen, hatte die Zeit, die er woanders verbrachte, etwas Unbeschreibliches an sich. Er teilte mit seinem Bruder sein Leben, die Scheune, in der sie wohnten, alle weltlichen Güter, die sie besaßen, doch diese Vormittage gehörten nur ihm. Das in

Worte zu fassen würde seinen Bruder nicht ungeduldig machen. Doch er fürchtete, dass sie ihm wehtun könnten.

Landry trat auf seinen Bruder zu, der ihn misstrauisch ansah, als könne Landry sich gleich auf ihn stürzen und in eine Rauferei verwickeln, wie er es getan hatte, als sie Kinder waren. Doch er legte nur eine Hand auf Prentiss' Kopf und drückte ihn sanft an seine Brust.

»Was heißt das?«, fragte Prentiss.

Landry hoffte, seine Berührung sei Antwort genug. Vielleicht würde sein Bruder sie sogar mehr zu schätzen wissen als einen Sonntagsspaziergang. Dann drehte Landry sich um und ging zur Tür.

»Das war's?«, fragte Prentiss. »Du haust einfach ab? Ich steh früh auf, mach was zu essen, und du isst nicht mal was? Manchmal bist du wirklich nicht ganz richtig, weißt du das? Wahrscheinlich sitzt du irgendwo im Baum, spionierst die Leute aus und machst dich zum Narren. Ich *will* gar nicht mit, und jetzt?«

Doch Landry war schon durch die Tür der Scheune getreten, und falls Prentiss noch etwas sagte, bekam er es nicht mehr mit. Trotz der Hitze der letzten Tage war dieser Morgen kühl. Während er weiterging, hallten die neckenden Worte seines Bruders, seine laute Stimme in Landrys Kopf nach, was ihm gefiel. Natürlich war Prentiss nicht wirklich wütend. Er kannte Landry zu genau – respektierte seine freien Sonntagvormittage, hatte Verständnis dafür, so wie er für alles an seinem Bruder Verständnis hatte. Sie waren immer nur wenige Schritte voneinander entfernt. Prentiss hatte sich vermutlich wieder auf seine Pritsche gelegt, um den Morgen zu verschlafen, und Landry leistete ihm sogar jetzt in seinen Träumen Gesellschaft.

In der ersten Stunde wanderte er nicht weit. George hatte ihm einmal eine Stelle gezeigt, an der kupferfarbenes Glanzgras einen Teil des Waldbodens bedeckte; sie hatten nach einer bestimmten Pflanze gesucht, die George zufolge eine außergewöhnlich wichtige Zutat für einen speziellen Eintopf war. Doch später stieß Landry noch einmal allein auf diesen kleinen Vorposten der Abgeschiedenheit, und er wurde zu einem seiner Lieblingsorte.

Dort lagen, versteckt unter dem Grün, seine Sachen; er fuhr suchend mit der Hand über den Boden, bis er die kalten Stricknadeln und das weiche, nachgiebige Garn ertastete. Er hatte sie einer älteren Frau im Lager abgekauft; sie war von einer Bande Kinder umringt, die um ihre Aufmerksamkeit buhlten. Mit dem Geld konnte sie sie für einen Tag oder zwei ernähren. Im Gegenzug entdeckte er einen fast vergessenen Zeitvertreib von Neuem.

Es stimmte zwar, dass ihre Mutter ins Herrenhaus geholt worden war, wo sie am Webstuhl arbeiten und mit Mr Mortons Frau Entwürfe besprechen musste, doch sie war nicht zufällig ausgewählt worden, wie Prentiss glaubte. Sein Bruder hatte offenbar vergessen, wie geschickt sie mit ihren Händen war. Nach dem Auspeitschen, wenn Landry in der Hütte blieb, um sich zu erholen, es nicht wagte, nach draußen zu gehen und eine weitere Bestrafung zu riskieren, blieb seine Mutter bei ihm, und er schaute ihr bei der Arbeit zu, sah, wie ihre Finger die Stricknadeln führten, als spiele sie eine gut gestimmte Geige, die Fingerknöchel spitz und straff, und die entstehenden Garnknoten, die bedächtig zu einem Gewebe zusammengefügt wurden.

»Komm, Kind«, sagte sie einmal, und als er sich neben sie setzte, lag dort ein zweiter Satz Nadeln, mit dem er arbeiten konnte. Er hatte nicht gewusst, dass seine Hände so grazil sein durften wie ihre – hatte nicht gewusst, dass sie imstande waren, solche Dinge zu erschaffen.

Es war mit dem Stricken vorbei, als das Pflücken ihren Händen den Zauber nahm, und als man sie ins Herrenhaus holte, wurde sie ihrem Ruf nicht mehr gerecht. Sie verschwand so schnell, dass sie sie nicht wiedersahen. Von da an war ihre Hütte still, und sie verbrachten viele schlaflose Nächte damit, bis zur Morgendämmerung ihr leeres Bett anzustarren und zu hoffen, dass sie zurückkam.

In all den Jahren, seit sie weg war, hatte er nicht mehr gestrickt, bis er die Freiheit erlangte. Das Erste, was er anfertigte, war ein Schal von schlechter Qualität, und er versteckte ihn in der Scheune, damit ihn niemand fand. Das Zweite, ein Paar Handschuhe, das für jemanden mit drei Fingern gedacht zu sein schien, ereilte dasselbe Schicksal. Doch dort im Glanzgras machte er die Misserfolge mit seinem dritten Versuch wieder wett, einem Paar Socken, an dem er unermüdlich strickte; er ignorierte den Speichel, der ihm aus dem Mund lief, die Taubheit, die ihm die Beine hochkroch, während er im Schneidersitz im Gras hockte und sich abmühte. Bis zu diesem Tag war er mit dem Ergebnis noch nie zufrieden gewesen. Jetzt versteckte er sein Werkzeug wieder unter dem wolkigen Bett aus Vogelmierenblüten und kehrte kurz nach Hause zurück.

Er machte einen Bogen um die Scheune. Prentiss schlief noch, oder er war mit George unterwegs und hörte ihm zu. Die Blockhütte schien leer zu sein, doch er beobachtete sie eine Weile, um ganz sicher zu sein. Als er keine Bewegung in der Küche sah, keine Schatten im Obergeschoss, schlich er hinters Haus. Bei seiner ersten Begegnung mit Isabelle war er nur gekommen, um sich die Socken an der Wäscheleine anzusehen – um zu sehen, wie gute Arbeit aussah, um ein Modell zur Orientierung zu haben – und er hatte noch dazu eine Frau gefunden, die darum bettelte, gehört zu werden, eine Frau, die selbst nicht gesehen worden war. Er kannte diesen Schmerz. Er gehörte nicht zu denen, die das ignorieren konnten. Eine Geste – die Socken – würden vielleicht schon reichen. Auf der Leine, die schlaff in der Sommerhitze hing, befand sich keine Wäsche. Die Socken waren ein wenig größer als ein Kinderfuß, was, so hoffte er, für eine Frau genau passend war. Er betrachtete sie, bewunderte seine Kunstfertigkeit. Nahm eine Wäscheklammer und hängte sie stolz auf.

Erneut brach ihm der Schweiß aus. Er stahl sich in den Wald, folgte der Straße in Richtung Stadt, wich auf Wiesen aus, wann immer es ihm passte. Er ging leichten Schrittes und kam schnell voran. Der Teich war noch genau so, wie er ihn zurückgelassen hatte – die Seerosen bildeten einen gleichförmigen Teppich, der an eine sorgsam angefertigte Illustration erinnerte; sein Spiegelbild im Wasser war schön, wenn auch nur aufgrund der Schönheit seiner Umgebung. Er liebte die Stille, die so umfassend war, dass seine Gedanken dahinflossen, als würde er sprechen, in vollständigen, lebendigen Sätzen, wie sie ein Prediger seinem Publikum mit dröhnender Stimme entgegenschleudern mochte, das ihm mit Jubel und lautem *Amen* antwortete. Hier war alles anders. Für die kurze Zeit, die ihm vergönnt war, gehörte der Teich ihm.

Er zog sich aus und watete langsam ins Wasser. Bei jedem Schritt durchfuhr ihn die Kälte wie ein eisiger Schock, und er ließ zu, dass sie sich in ihm ausbreitete, bis er spürte, wie er sich auflöste, wie sein ganzer Körper taub wurde. Als seine Sinne zurückkehrten, war es, als hätte er sich selbst, Stück für Stück, neu zusammengesetzt. Der Teich brachte ihn jedes Mal auf seltsame Gedanken. Er wusste nicht, wem er gehörte, doch vielleicht, so stellte er sich vor, ließ sich ein Haus daneben errichten. Warum nicht? Vielleicht würde George ein neues Projekt gefallen. Vielleicht würde Prentiss seine Entschlossenheit aufgeben, Old Ox zu verlassen, wenn er nur einen Zeh in das Wasser tauchte, in dem Landry sich gerade treiben ließ, wenn er nur den tröstlichen Gedanken, den Glauben akzeptieren könnte, dass dies der Ort war, wo sie hingehörten. Dass dieser Ort ihnen gehören könnte. Landry hatte es neulich sogar schon angesprochen. Würde es sicher bald erneut tun.

Doch er wusste, dass die Wahrscheinlichkeit, über die Erdnusssaison hinaus zu bleiben, nicht besonders groß war. Prentiss sprach davon aufzubrechen, sobald sie genug gespart hatten. Landry selbst war hier zufrieden, mit einer Pritsche für sich und so viel weitem Land vor der Tür, dass es ihm vorkam, als könne ein Mann in seinem Leben nicht mehr Freiheit brauchen. Doch Prentiss hielt sie nachts mit seinen Geschichten von fernen Orten wach. Vielleicht würden sie von Städtchen zu Städtchen ziehen, von Kleinstadt zu Kleinstadt, von Großstadt zu Großstadt ziehen, bis sie die eine fanden, die zu ihnen passte, einen Ort mit mehr Arbeit, als man sich erträumen konnte, wo die Leute, ohne groß darüber nachzudenken, Dollars wie Pennys ausgaben. Oder sie würden mit der Eisenbahn fahren, ohne zu fragen, wohin sie fuhr, und aussteigen, wo immer die Landschaft sie ansprach, sich ein Stück Land suchen, wo das Wetter kühl war und niemand ihre Namen kannte, wo sie Limonade auf der eigenen Veranda schlürfen konnten und niemand sie störte.

Doch auch wenn in diesen Fantasien nur sie beide vorkamen, behielten sie ihre Mutter immer im Hinterkopf. Manchmal fragte Prentiss ihn, auf welchem Weg sie sie finden sollten, wenn es so weit war. Dann wurde Landry bang ums Herz, und er versuchte, sich aus der Scheune wegzuträumen, wie er sich früher von der Plantage weggeträumt hatte, oder aus seinem eigenen Körper, wenn die Peitsche auf seinen Rücken traf. Sein Bruder sprach davon, in ganz Georgia von Tür zu Tür zu gehen und nach ihrer Mutter zu fragen. Er überlegte sogar, sich bei Mr Morton zu erkundigen, obwohl er genau wusste, dass der es ihm nie sagen würde, denn sie hatten es schon einmal versucht. Er hatte sie nur höhnisch ausgelacht, ihnen gesagt, sie sei es nicht einmal wert, in seinem Handelsbuch vermerkt zu werden. Das war natürlich gelogen, aber das Verletzendste, was man je zu ihnen gesagt hatte. Also war es das Beste für Landry, sich von solchen Gedanken zu verabschieden, sich gänzlich aus diesen Unterhaltungen herauszuhalten und es seinem Bruder zu überlassen, sie gedanklich hin und her zu wenden.

Der Schlamm am Grund des Teiches streifte seine Zehen, wenn er es zuließ. Kleine Fische flitzten an ihm vorbei, huschten hin und her wie spielende Kinder. Er holte tief Luft und tauchte unter. Stille verschlang ihn. Eingehüllt in Schweigen, in ein endloses Schweben, Schwerelosigkeit. Wie ließ sich dieses Gefühl nur festhalten? Wie schaffte man es, dass es ewig anhielt?

Er hörte sie erst, als er auftauchte, um Luft zu holen. Sein Körper war im Wasser verborgen, und durch den sumpfigen Berg von Pflanzen in der Mitte des Teichs, der ihn verdeckte, war er von der anderen Seite aus nicht zu sehen. Doch er konnte *sie* sehen. Caleb lag unter dem anderen, dem Größeren. Beide blickten in die andere Richtung. Landry hatte noch nie einen nackten weißen Mann gesehen, so blass im Licht der Sonne. Auf dem Feld war Caleb ein ganzer Mann oder stand zumindest an der Schwelle, einer zu werden, doch jetzt wirkte er wie ein Junge und stöhnte wie ein Kind, während der andere ihn würgte, sein Haar packte und ihm heftige Schläge aufs Hinterteil gab.

Zunächst kam Landry nicht auf die Idee, das Wasser zu verlassen, um sich zu verstecken. Er betrachtete den Teich als seinen rechtmäßigen Besitz. Er konnte seine Fantasie hier so weit und frei schweifen lassen, dass er glaubte, er könne die Szene irgendwie heraufbeschworen haben, aus welchen Gründen auch immer. Doch diese Möglichkeit löste sich in Luft auf, als das Stöhnen des Jungen lauter wurde. Ja, das war ganz sicher Caleb, Georges Sohn. Isabelles Augapfel, und ganz gleich, wie oft Landry hier gewesen war, egal, wie er darüber dachte, die Anwesenheit der beiden bedeutete, dass dieser Ort ganz und gar ihnen gehörte – er war hier der Eindringling. Vielleicht konnte er untertauchen, sich in die Stille zurückziehen, warten, bis sie gingen, und sich dann einen neuen Zufluchtsort suchen. Er und Prentiss konnten die Eisenbahn nehmen und verschwinden. Sie konnten sich einen anderen Ort wie diesen suchen.

Ihre Körper waren verdreht, Caleb lag auf dem Bauch, der andere kniete hinter ihm. Landry ließ sich rückwärts treiben, Wasser tropfte von seiner Brust und seinem Haar, als er, trotz der Wärme zitternd, aus dem Teich stieg. Sie drehten sich nicht um, als er seine Hose, sein Hemd und seine Stiefel aufhob. Sie überstreifte. Er konnte verschwinden. Doch er wusste, dass es das letzte Mal sein würde, dass er den Teich sah, das letzte Mal, dass er dieses Bild so klar vor Augen haben würde. Er nahm es in sich auf und ließ es dann los.

In dem Moment fuhr der andere Junge herum. Landry erstarrte, aber nicht aus Angst. Eher, weil das Ganze so merkwürdig war: dass er, nach all den Jahren, in denen niemand ihn gesehen hatte, von einem solchen Jungen bemerkt wurde, und das aus so großer Entfernung. Er machte sich auf den Weg zur Scheune. Erst ging er. Dann lief er, als er die näher kommenden Schritte hörte.

KAPITEL 12

Die Welt war ihrem Geheimnis auf der Spur. Das spürte Caleb, stärker als die Wärme von Augusts Atem in seinem Nacken oder jeden einzelnen scharfen Grashalm an seinem nackten, zu Boden gepressten Körper. Doch Besonnenheit bedeutete ihm nichts mehr. Seine Sorgen verflogen mit jedem Schweißtropfen, mit jedem Krümmen seiner Zehen, jedem Zusammenbeißen der Zähne, während ihn Wellen der Seligkeit durchströmten. Es war, als hätte eine Glocke in seinem Brustkorb stillgelegen, seit dem letzten Mal, als sein Freund ihn genommen hatte, ein Jahr zuvor an diesem Teich, und jetzt drang August so tief, so gewaltsam in ihn ein, dass das Läuten der Glocke sein gesamtes Wesen erschütterte, und Wellen der Lust durchbebten ihn, wieder und wieder. Sie waren so überwältigend, dass er sich eine kurze Atempause wünschte, auch wenn er fürchtete, dass die Glückseligkeit dieses Nachmittags damit zu einem Ende kommen, nie wieder zu ihm zurückkehren könnte, falls sich sein Wunsch erfüllte.

Tatsächlich hörte August plötzlich auf. Er löste sich von Caleb, triefend vor Schweiß, und drehte sich um, zum Kampf bereit.

»Da ist jemand«, sagte er.

Doch Caleb brachte kein Wort heraus. Er war erschöpft, und obwohl er wusste, dass Augusts Worte Angst und ein Gefühl von Bedrohung in ihm auslösen sollten, konnte er die Kraft nicht aufbringen, sich darum zu scheren.

»Steh auf«, sagte August.

Calebs Körper war rot von den exquisiten Qualen des Nachmittags, jeder Muskel war verkrampft, die Wundheit schmerzte, als er zu sich kam. Er hatte noch nie einen Menschen verführt – August hatte beide Male die Initiative ergriffen –, und beide Male war er erschrocken, wie sehr er sich in seinen Gefühlen, dem brutalen Wirbelsturm seiner Unterwerfung, verlor: Gerade noch war man ganz mit Alltäglichem beschäftigt, und im nächsten Augenblick wurde man in eine gänzlich neue Welt versetzt, mit der Hose um die Knöchel und Dreck an den feuchten Schenkeln.

Abgesehen von ihrem vorherigen Stelldichein an diesem Ort vor dem Krieg hatten sie sich mehr zurückgehalten. (Caleb war schon mit der bloßen Reibung von Augusts Körper an seinem zufrieden oder einem Kuss, der ihm für den Rest des Tages den Kopf verdrehte.) Doch er bereute nichts. Und es beunruhigte ihn auch nicht, dass sie gesehen worden waren. Sollte doch die Wahrheit über ihre Beziehung in Old Ox, in der gesamten Welt bekannt werden. Doch er wusste, dass dieser Zwischenfall für August, den Auserwählten, eine Bedrohung darstellte und ihn nur darin bestärken würde, dass Caleb ein Problem war, das auf Distanz gehalten werden musste, wenn nicht gar voll und ganz vergessen. Vielleicht war es diese Erkenntnis, die ihn schließlich ernüchterte. Er zog seine Hose hoch und hörte seinem Freund zu.

»Nimm deine Sachen, bevor er entkommt«, sagte August, schon auf dem Weg in den Wald.

Ihm blieb nichts anderes übrig, als zu gehorchen, und während sie, schneller und immer schneller, in einer wilden Hatz zwischen den Bäumen hindurchrannten, versuchte er im Kopf die Einzelheiten dieses schönen Nachmittags einzuschließen: die einzelnen Stöße, die wie ein Glockenschlag in ihm nachhallten; die Stelle am Ufer des Teiches, wo sein Körper einen Abdruck im Gras hinterlassen hatte; zwei dazu passende Kuhlen im Matsch, wo August sich mit den Knien abgestützt hatte. Selbst wenn die Welt ihr Geheimnis erfahren, und selbst wenn die Bestrafung hart sein würde, konnte er doch für alle Zeiten auf diese Erinnerungen zurückgreifen. Es waren ganz allein seine – die er auch in finstersten Zeiten bewahren und vor der Welt dort draußen schützen wollte.

In den Wochen vor seinem Treffen mit August hatte er seine Tage auf dem Feld verbracht und auf die Blüte der Erdnusspflanzen gewartet. Er interessierte sich nicht für das neue Steckenpferd seines Vaters, noch überhaupt für Landwirtschaft. Er fand die Arbeit langweilig, in Ermangelung eines höheren Ziels ließ er sich jedoch jeden Morgen wieder darauf ein, auch um seiner Mutter den Wunsch zu erfüllen, Zeit mit seinem Vater zu verbringen. Und sie *standen* sich nah. Er trieb die gleichen Scherze wie als Kind, drohte damit, Ridley auf den Hintern zu hauen, sodass der losgaloppierte, wenn sein Vater gerade auf dem Esel saß, der lautstark protestierte: »Wage es nicht! Wage es ja nicht!« Und als sein Vater die Hacke so schwungvoll in den Boden schlug, dass er mit dem Gesicht voran in den Dreck fiel und Caleb mit den Brüdern zu ihm rennen musste, um ihm mit Lachtränen im Gesicht aufzuhelfen, diente der Vorfall tagelang als Gesprächsthema beim Abendessen. Sein Vater und er sprachen auch ernstere Themen an: den Plan, für den nächsten Pflanzzyklus eine andere Fläche zu nehmen, vielleicht sogar schon im Herbst etwas Neues anzupflanzen. Gurken wuchsen in der Hitze schnell genug, um noch vor dem ersten Frost reif zu werden, und auch wenn sie für Reis schon ein wenig spät dran waren, ließ sich vielleicht selbst das noch bewerkstelligen, wenn sie sich beeilten, auch wenn die für die Bewässerung notwendigen Vorarbeiten es für dieses Jahr schwierig machten.

Oft waren sie auf dem Feld, wenn das Gespräch aufs Geschäftliche kam, und dann redeten sie so, wie Männer eben reden. Standen da, spuckten aus und füllten die Gesprächspausen mit Grunzlauten. Caleb fragte sich, ob es nur diese beiden Verhaltensweisen für sie gab: Entweder redeten sie über praktische Dinge, oder sie erinnerten sich an ihre gemeinsame Vergangenheit, sodass die Gegenwart von ihrer Nostalgie für längst vergangene Zeiten überlagert wurde. Es störte ihn nicht besonders – es machte ihm nur bewusst, dass sein Vater Grenzen hatte und dass es Korridore des Denkens, des Fühlens gab, die für immer hinter verschlossenen Türen bleiben würden.

Das Band zwischen ihnen war nicht mit dem zwischen Caleb und August vergleichbar. Doch es bereitete ihm großen Kummer, dass sein Freund sich seit jenem Tag am Teich nicht bei ihm gemeldet hatte, der inzwischen viele Wochen zurücklag. Die beiden Male, dass Caleb ihn zu Hause besuchen wollte, hatte Augusts Mutter ihm – in eisigem Ton und mit abgewandtem Blick – mitgeteilt, ihr Sohn sei bei der Arbeit. Es gehörte nicht viel dazu, den Grund für diese Abfuhr zu erraten. Während sein Vater mit seinem Farmprojekt den Zorn der Männer auf sich und seine Familie gezogen hatte, hatte seine Mutter mit ihrem Gefühlsausbruch dasselbe bei den Frauen erreicht. Auf Anweisung ihres Ehemanns, erklärte Mrs Webler ihm, dürften weder er noch August gestört werden. Als Caleb bei seinem zweiten Besuch fragte, wann August Zeit habe, sagte sie, sie sei viel zu beschäftigt mit den Hochzeitsvorbereitungen ihres Sohnes, um ihm weiterhelfen zu können.

Der Abstecher nach Old Ox selbst war ein genauso unterkühltes Unterfangen. Wade Webler oder jemand, der mit ihm zu tun hatte, hatte herumerzählt, wie feige Caleb gewesen war, und die Stadtbewohner empfingen ihn noch frostiger als Mrs Webler. Der Barmann im Saloon wandte jedes Mal den Blick ab, wenn er die Hand hob, um ein Bier zu bestellen. Als er die Dienste von Jan und Albert Stoutly in Anspruch nehmen wollte, die begonnen hatten, Gurtzeug und Karren zu verkaufen (die Art, die Ridley das Lastentragen erleichtern würden), sagten sie ihm, neue Aufträge würden erst wieder im folgenden Jahr angenommen. Der Mann vor ihrem Geschäft dagegen war hocherfreut, wie schnell sie seinen erfüllt hatten, und sie hatten ihm anscheinend versprochen, auch den Rest seines Stalles damit auszurüsten. Sogar etwas so Einfaches wie Futter zu kaufen wurde durch die vielen feindseligen Blicke zu etwas Unangenehmem. Auch ein Haarschnitt war ein Ding der Unmöglichkeit; er saß so lange beim Friseur, dass er mit anhörte, wie dieselbe Geschichte drei verschiedenen Kunden erzählt wurde, die alle nach ihm gekommen waren.

Und so vertrieb er sich die Zeit zu Hause. Die Tage vergingen quälend langsam, und der ständige Gedanke an August in der Stadt verfolgte ihn wie die Schatten, die mit der Sonnenbahn über die Felder krochen. Oft suchte er sich ein Stück Boden und grub stumpfsinnig die Erde um, mit Hass auf die Mühe, die sein Verlangen ihm bereitete, auf sein erbärmliches Leben. Sein Vater, der mit seinen eigenen unbekannten Dämonen zu kämpfen hatte, beachtete seine Zurückhaltung nicht, doch Caleb war überrascht, als George ihm eines Abends erzählte, dass Prentiss und Landry glaubten, sie hätten ihn verärgert, sodass sie ihm nun aus dem Weg gingen.

»Hast du etwas gegen sie?«, fragte sein Vater. »Irgendwelche Flausen aus dem Krieg?«

»Vater, bitte. Es ist nichts dergleichen.«

»Na, dann versuch, höflich zu sein. Es ist ja nicht so, als hättest du sonst jemanden, der dir Gesellschaft leistet.«

Caleb gab sich Mühe. Eines Sonntagabends vor dem Essen spazierte er zur Scheune, um Hallo zu sagen, und fand Prentiss allein vor, der seine Hose in einer Schüssel mit heißem Wasser wusch. Erst wenige Wochen zuvor hatte er Caleb und seinen Vater informiert, dass er neue Hosen für sich und Landry gekauft habe. Die Brüder waren mit neu entdecktem Stolz aufs Feld stolziert, wie die Jungs, die vor dem Krieg in ihren frisch gestärkten grauen Uniformen durch die Stadt gezogen waren.

Jetzt war die Hose großflächig mit Farbe verschmiert, und das Wasser löste den Schmutz nicht.

»Was ist damit passiert?«, fragte Caleb anstelle einer Begrüßung.

Prentiss schien überrascht, ihn zu sehen. Er klopfte sich die Hände an seinem Hemd ab und blickte nachdenklich auf die Schüssel.

»Nur ein bisschen Farbe.«

»Verstehe. Ist dein Bruder da?«

»Der ist weg.«

»Wohin?«

»Das ist seine Sache«, sagte Prentiss.

Er nahm die Hose aus der Schüssel, legte sie auf den Boden und fing an, den Stoff mit einer Bürste zu schrubben, was eine Weile dauerte.

Caleb stellte sich vor, dass sein Vater ihn vom Haus aus beobachtete. Er musste eine gewisse Zeit vergehen lassen – aber wie lange? –, bevor es angemessen war zurückzugehen. Er überlegte, einfach schweigend abzuwarten, denn es war unmöglich, Prentiss je die Wahrheit zu sagen, dass er ihn um das beneidete, was ihn und seinen Bruder verband; dass er sich immer unbedingt selbst einen gewünscht hatte; dass er sich, wenn er als Kind im Bett die verknüllte Decke neben sich spürte, wünschte, da wäre noch jemand, und dass er jeden Morgen beim Aufwachen so tat, als würde er sich gemeinsam mit diesem nicht existierenden Jungen anziehen, ihm dabei helfen, die Schuhe zuzubinden, sich das Haar zu kämmen. Es machte ihn unbeschreiblich traurig, wenn seine Mutter morgens an seine Tür kam und der Junge verschwand. Dann verstummte er, sah seine Mutter an, als wünschte er ihr den Tod, als hätte ihre bloße Anwesenheit den Jungen verschwinden lassen. Oder, noch schlimmer, als hätte sie ihm diesen Bruder im realen Leben vorenthalten.

»Was hast du vor?«, fragte Prentiss.

»Ich hab mich einfach nur im Haus rumgetrieben. Manchmal macht es mich rastlos, wenn nur meine Eltern da sind.«

»Tja, hier bist du immer willkommen. Verdammt, ist ja deine Scheune, oder nicht?«

Caleb glaubte eigentlich, Prentiss gut zu kennen, aber manchmal wurde ihm bewusst, dass er gar nichts über ihn wusste.

Er erinnerte sich, wie sein Vater und er einmal darüber gesprochen hatten, welche Pflanzen auf den Feldern am besten gedeihen würden, und Caleb erwähnte, wie gut Baumwolle wuchs. Prentiss, der bis dahin geschwiegen hatte, sagte: »Da bin ich am besten längst weg, wenn Sie das vorhaben. Die Pflanze fass ich nicht mehr an. Ich geh nicht mal so nah ran, dass ich das Weiß in den Kapseln sehen kann.« Sein Vater sagte nichts dazu, und damit war das Thema erledigt.

Oder der Abend, an dem Caleb ihm beim Spülen der Pfanne helfen wollte, aber Prentiss sie wegzog, wie ein Kind, das ein Spielzeug für sich behalten will, und ihm zu verstehen gab, dass das Spülen eine spezielle Technik erfordere, dass man mit der Handfläche und -kante die angebrannten Reste aus den Ecken und vom Pfannenboden holen musste, die sich sonst nicht lösten. Diese konnten zu einer weiteren Mahlzeit aufgekocht werden. Er bringe es ihm gerne bei, sagte Prentiss, so wie es seine Mutter ihm beigebracht habe, doch er würde nicht mit ansehen, wie die Arbeit schlecht ausgeführt wurde.

Diese versteckte Wut. Der Stolz, manchmal verkümmert und verletzt, aber immer da. Er hatte so vieles, was Caleb fehlte. Wären sie Brüder gewesen, hätte Prentiss ihn gelehrt, wie man sich die Schuhe zubindet, Prentiss hätte ihm gezeigt, wie die Welt funktioniert. Und vielleicht war das der Grund, warum Caleb in seiner Gegenwart kaum mehr als eine Begrüßung herausbrachte. Denn sonst hätte er einem anderen Mann seine Verletzlichkeit offenbaren müssen, und er wusste nicht, wie er so viel von sich preisgeben sollte. Es war eine Form von Konfrontation, und schon beim Gedanken daran schreckte er zurück. Er würde niemals einem Mann die Pfanne entreißen, wenn dieser danach griff. So etwas hatte er nie gelernt.

»Was habt ihr gestrichen?«, fragte Caleb, nicht wissend, was er sonst sagen sollte.

Prentiss bearbeitete die Hose immer noch mit der Bürste.

»Gar nichts hab ich gestrichen, verdammt. Hab im Lager 'nen Typen gesehen, der Kalender verkauft hat, und da wollte ich hin, um mir einen zu holen, damit ich die Tage bis zur Ernte abzählen kann. Ich kümmer mich so um meine Angelegenheiten und komm an der Kapelle in der Stadt vorbei, und da sind ein paar Idioten und verpassen ihr gerade 'nen neuen Anstrich. Ob du's glaubst oder nicht, einer von ihnen kippt einen Eimer Farbe über mich. Seine Jungs lachen, und er sagt, ›Ups‹, als wär's keine Absicht gewesen. Da hab ich rotgesehen. Was ich am liebsten mit denen angestellt hätte …«

Er schwieg kurz, schüttelte dann den Kopf und korrigierte sich.

»Nicht, dass ich's je tun würde. Ich mein bloß, er hat mich ein bisschen zornig gemacht. Nichts, was die Zeit nicht heilen würde.«

Prentiss vertraute ihm nicht, ging es Caleb durch den Kopf. Wenn er doch nur wüsste, dass dieselben Jungs den Eimer Farbe höchstwahrscheinlich auch über Calebs Kopf auskippen würden, wenn sie Gelegenheit dazu hätten. Er ließ die Geschichte unkommentiert stehen und fragte stattdessen, ob Prentiss seinen Kalender bekommen habe.

»Sie sagen, der Mann mit den Kalendern ist in den Norden«, sagte Prentiss. »Hab ihn um einen Tag verpasst.«

Caleb nieste, und ihm wurde klar, dass sich etwas in der Scheune ansammelte, eine Art Staub. Zum ersten Mal kam es ihm merkwürdig vor, dass jemand hier wohnte, inmitten von herumstehenden Farmgerätschaften, von umherhuschenden Mäusen und von Eulen, deren Schrei die ganze Nacht hindurch zu hören war und deren Kot auf den Boden fiel, sodass man später hineintrat. *Wieso war ihm das zuvor nicht aufgefallen?*, fragte er sich. Natürlich gab es einen Mann mit Kalendern. Jeder, der unter solchen Bedingungen lebte, würde voller Vorfreude die Tage zählen, bis zu jenem Augenblick in der Zukunft, an dem er weiterziehen konnte. Für den Mann mit den Kalendern war dieser Tag bereits gekommen.

☙ ❧

An einem späten Nachmittag unter der Woche wagte er sich in die Stadt, fest entschlossen, sich diesmal nicht abweisen zu lassen. Es würde noch Stunden dauern, bis es dunkel wurde, doch viele hatten sich bereits für den Abend in die Häuser zurückgezogen. Er band Ridley vor Ray Bittles Haus an. Der Hut des alten Mannes saß so tief in seiner Stirn, dass das Gesicht verborgen war, sein Körper war so in seinem Schaukelstuhl versunken, dass er mit dem Holz verschmolzen zu sein schien. Es war ein verstörendes Bild. Vielleicht konnte man seinen Schlaf deuten, so wie manche aus der Hand lasen, und seine unglaublich eingesunkene Haltung und das gezielte Verhüllen seiner Züge enthielten eine Botschaft, eine verborgene Wahrheit, der er sich im Wachzustand nicht stellen konnte. Caleb faszinierte der Anblick, doch nicht genug, um zu verweilen. Es dauerte nicht mehr lange, bis August nach Hause gehen würde, und er wollte ihn bei der Arbeit abpassen, so weit entfernt von Mrs Webler wie nur möglich.

August und sein Vater arbeiteten in einem erstaunlich bescheidenen Gebäude, einem kleinen Backsteinbau mit zwei Etagen. Nur wenige Passanten nahmen Notiz davon; sie ahnten nicht, dass jedes Gebäude, zu dem sie unterwegs waren oder von dem sie gerade kamen, wahrscheinlich von den Männern in diesem Haus gepachtet worden war. Links davon stand ein Hotel, rechts ein Möbelgeschäft. Beide zogen weit mehr Besucher an. Caleb stand unschlüssig auf dem Gehsteig herum, dann holte er tief Luft und trat zur Eingangstür, verbannte jedes weitere Zögern aus seinem Kopf.

Er fand einen jungen Angestellten vor, der hinter einer Theke saß und in Unterlagen vertieft war. Caleb hatte sich vorgestellt, dass der Eingangsbereich leer sein würde; dass er nach oben rennen und in eine Besprechung hineinplatzen würde oder dass er die Bibliothek im hinteren Teil des Gebäudes stürmen würde, wo die Klienten empfangen wurden, doch all das wurde durch die Anwesenheit des Jungen zunichte gemacht, der ihn fragend anstarrte.

»Kann ich Ihnen helfen?«, fragte er. Er war die reinste Bohnenstange, ein Körper wie ein Bindfaden, eine Feder, die beim geringsten Windstoß davonflog.

»Ich bin auf der Suche nach August Webler.«

»Mr Webler ist in einer Besprechung.«

Mr Webler. Das also war August jetzt? So sei es: Caleb würde nicht mehr warten, auch nicht auf einen *Mr Webler.*

»Es dauert nur einen Moment«, sagte er.

»Sir –«

Caleb trat zur Treppe, ohne sich von dem Jungen beirren zu lassen, der ihm hinterherrief. Es hatte unleugbar etwas Berauschendes, in den ersten Stock hinaufzurennen. Er wusste nicht, was er dort vorfinden würde, aber dass August, falls er noch etwas für ihn übrig hatte, diese Störung begrüßen würde. Wie könnte er anders darauf reagieren, dass jemand bereit war, für eine Freundschaft zu kämpfen und dabei sämtliche gesellschaftlichen Grenzen zu überschreiten, und das nur, um ihm Hallo zu sagen?

Der Hauptraum im Obergeschoss war leer. Zwei Büros gingen davon ab, die beide mit dem Namensschild *Mr Webler* versehen waren. Das Letzte, was Caleb wollte, war, in Wade Weblers Büro hineinzuplatzen, doch da er sich schon so weit vorgekämpft hatte, erschien ihm ein vorsichtiges Klopfen nicht zur Natur seines Unterfangens zu passen.

Panik überkam ihn. Die Hitze des Tages, die sich im Obergeschoss gestaut hatte, senkte sich wie eine schwere Decke über ihn. Schließlich hörte er gedämpfte Stimmen hinter der Tür zu seiner Rechten. Er folgte dem Geräusch und klopfte seinem vor wenigen Augenblicken gefassten Entschluss zum Trotz an die Tür. Schroff forderte Wade Webler ihn auf einzutreten, ohne sich zu erkundigen, wer dort war. Erst als er zunächst den Türknauf nicht zu fassen bekam, wurde Caleb bewusst, wie sehr er schwitzte. Mit etwas Mühe gelang es ihm, den Knauf zu drehen und sich einzulassen.

»Was soll das?« Wade Webler saß mit irritierter Miene zurückgelehnt auf dem Stuhl hinter seinem massigen Eichenholzschreibtisch.

Neben ihm saß August mit Stift und Papier in der Hand. Caleb kannte den Mann auf der gegenüberliegenden Seite des Tisches von den in der Stadt aufgehängten Flugblättern. Brigadegeneral Glass stand so kerzengerade da, als hielte er gerade einen Vortrag.

»Caleb?«, sagte August.

Mr Webler ließ ihm keine Zeit zum Antworten.

»Wie bist du hier raufgekommen?« Er beugte sich über den Schreibtisch. »Jeffrey!«, brüllte er, was einen kleinen Hustenanfall auslöste, sodass er einen Fingerbreit Whiskey aus dem Trinkglas neben sich trank, um weiterbrüllen zu können.

Dumpfe Geräusche ertönten von der Treppe, wie ein Klopfen an einer Tür, und kurz darauf stand der Junge, ebenfalls stark schwitzend, im Büro.

»Es tut mir so leid, Sir«, sagte er, »aber er ist einfach an mir vorbei, obwohl ich es ihm verboten habe.«

Erschrocken über die Erschöpfung im Gesicht des Jungen blickte Caleb nach unten und bemerkte sein Holzbein.

»Herrgott noch mal, Caleb«, sagte Mr Webler. »Ich weiß, es ist dir schwergefallen, als Untergebener Befehle zu befolgen, aber ist es zu viel verlangt, dich an die eindeutigen Anweisungen meines Sekretärs zu halten?«

Eine Sekunde lang dachte Caleb ganz nüchtern über diese Frage nach, und er fragte sich, nach gründlichem Abwägen, ob es dem Moment nicht dienlicher wäre, dass er sich entschuldigte und aus dem Fenster sprang.

»Was um Himmels willen kann so wichtig sein, dass du einem einbeinigen Mann davonläufst und dich die Treppe hinaufstiehlst?«

»Ich wusste nicht, dass er lahm ist«, murmelte Caleb.

»Ich sollte mich zurückziehen«, sagte General Glass.

»Überhaupt nicht«, sagte Mr Webler. »Sie haben einen Termin, um heute hier vorzusprechen. Männer, die einen *Termin* haben, die sich der Etikette verpflichtet fühlen, müssen sich nicht solchen beugen, die so selbstsüchtig sind, dass sie alle Formen der Höflichkeit missachten. Ein angesehener Soldat wie Sie weiß das.«

»Ich gehe«, sagte Caleb, mit der kleinlauten Stimme eines gescholtenen Schuljungen, den man am besten mit dem Gesicht zur Wand in die Ecke stellte.

»Aber offenbar erst, nachdem du die Bitten eines jungen Mannes ignoriert hast, der nur arbeitet, um sich irgendwann eine Beinprothese leisten zu können. Von einem Soldaten mit einem so verstümmelten Gesicht würde man erwarten, dass er die Notlage eines anderen Krüppels besser versteht.«

Caleb legte reflexhaft die Hand auf die Narben in seinem Gesicht.

»Und dann kommst du und unterbrichst den ehrenwerten General Glass«, sagte Mr Webler. »Dieser Mann, ein Mann der Armee, der in unsere Gemeinde gekommen ist, um auch denen zu dienen, gegen die er gekämpft hat, möchte ein Darlehen für seine kranke Mutter aufnehmen, die einer Notoperation bedarf. Stell dir nur vor, wie sehr er sich erniedrigen musste, um heute hierherzukommen. Und dann tauchst du unangemeldet hier auf und störst uns, gerade als er seine Bitte vorbringt.«

Das einzige Geräusch kam jetzt von dem Jungen, Jeffrey, der immer noch vor Anstrengung keuchte, und Caleb sah General Glass in seiner ganz eigenen Demütigung zu Boden starren, sah Mr Weblers Schadenfreude und August. Caleb versuchte verzweifelt, eine Spur von Mitgefühl in seinen Augen zu entdecken – so wie in den Blicken, die er ihm schenkte, wenn sie nebeneinanderlagen. Aber wenigstens, allerwenigstens hoffte er, dass August den Blick abwandte, sodass er wusste, dass es ihm genauso unangenehm war wie seinem Freund.

Doch Mr Webler, der Herrscher über diesen Raum, ließ sie nicht einmal einen Blick miteinander wechseln. Er wandte sich seinem Sohn zu und zog seine ganze Aufmerksamkeit auf sich.

»Würdest du deinem Freund erklären, er möge seinen eigenen Vorschlag befolgen und uns in Frieden lassen?«

August legte den Stift auf den Tisch. Er setzte an, tief einzuatmen, als quälte ihn all das, und das war Caleb genug. Ein Zeichen dafür, dass auch er litt. Vielleicht allerdings war Caleb so am Ende, dass er in den Atemzug seines Freundes alles Mögliche hineingelesen hätte.

»Wir haben noch viel Arbeit vor uns«, sagte August in geschäftsmäßigem Ton. »Es ist das Beste, wenn du jetzt gehst.«

Das musste man Caleb nicht zweimal sagen.

Er hatte einen wiederkehrenden Traum, der in Mr Weblers Ställen spielte. Er wusste, warum dort: Mr Webler hatte ein Fest veranstaltet, als Caleb noch ein Kind war, und er und eine Gruppe von Jungs waren in die Ställe gegangen, um im Heu zu spielen.

Er erinnerte sich noch genau an die Hitze an diesem Ort, der von der Schar der herumeilenden Körper erwärmt wurde, und an die vielen Pferde, die die Köpfe über das Gatter legten, als wollten sie die herumtobenden Jungen überwachen. Doch in seinem Traum ist Caleb erwachsen, die anderen Jungen ebenfalls, und sie beobachten ihn aus den einzelnen Boxen, sind an die Stelle der Pferde getreten.

Er liegt bäuchlings auf einem Sattel, den Körper eng an das Leder geschmiegt, sein Rücken wölbt sich über der Vertiefung. Die Steigbügel sind an zwei Pfosten hinter ihm befestigt, seine Beine wiederum an die Steigbügel gebunden. Er kann sich nicht befreien. Neben ihm wird es zunehmend heißer, ein Knistern, das an Schritte im Laub erinnert: ein Korb voller Kohlen auf Höhe seines Ohrs. Alle Augen sind auf ihn, nur ihn gerichtet.

Dann tritt August hinter ihn. Wenn Caleb den Kopf dreht, kann er sein wallendes blondes Haar erkennen, seinen federnden Gang. Sein Freund zieht das Brenneisen aus den Kohlen, hält es hoch, damit die anderen es sehen, dann hält er es drohend vor Calebs Gesicht.

»Ein V, für Verräter«, sagt August und die anderen Jungen johlen.

Das Eisen glüht so heiß, dass er es am gesamten Körper spürt. Nicht als sengenden Schmerz, sondern wie einen Tropfen Wachs, der von einem einzelnen Finger langsam verteilt wird, bis sein ganzer Körper damit bedeckt ist. Caleb spürt, wie August sein Hemd hochzieht, spürt, wie Augusts Hände seinen Rücken streifen, und kann nur die Zähne zusammenbeißen, als das Eisen sich seiner Haut nähert. Und in genau dem Moment wachte er immer auf, so verstört, auf so perverse Art erregt, dass ihm nichts anderes übrig blieb, als sich auf die abstoßendste Art von der überschüssigen Energie in seinem Inneren zu befreien und die Überreste seines Traums aus sich herausfließen zu lassen. Danach musste er aufstehen und sich einen Lappen von unten holen, um sich von der Scham zu säubern. Genau so fühlte er sich jetzt, als er zu Ray Bittles Haus zurücklief: angeekelt von den eigenen Taten, davon, es je für eine gute Idee gehalten zu haben, August aufzusuchen, oder, was das anging, überhaupt aus dem Krieg zurückgekehrt zu sein. Vielleicht hatten Prentiss und Landry recht damit. Nach Norden zu gehen. Um Old Ox für alle Zeiten zu entkommen. Ridley war schon in Sicht, und er hatte große Lust, auf ihm davonzureiten und die Stadt für immer zu verlassen.

Eine vertraute Stimme rief seinen Namen. Er ging weiter auf Ridley zu, als hätte er nur das Krächzen der Krähen auf Ray Bittles Haus gehört. Doch die Hand, die an seiner Schulter zerrte, die Fingernägel, die sich in sein Hemd gruben, ließen sich nicht ignorieren.

Caleb wich vor der Berührung zurück. Er fuhr herum und erwischte August auf dem falschen Fuß.

»Nein«, sagte Caleb. »Lass das.«

Er hatte den Esel erreicht und fing an, die Zügel loszubinden, doch August wich ihm nicht von der Seite.

»Er provoziert dich nur, weil er genau diese Reaktion sehen will«, sagte August.

»Na, dann kann er das ja als Erfolg verbuchen. Das kannst du dir auf deinem kleinen Block notieren und es ihm berichten.«

August beugte sich vor und nahm Caleb die Zügel aus der Hand.

»Glaubst du, mir macht das Spaß?«, sagte August. »Dich so leiden zu sehen?«

»In Anbetracht der Tatsache, dass ich seit Wochen kein Wort von dir gehört habe, gehe ich davon aus, dass es dir egal ist, was ich empfinde.«

»Sei doch nicht so überempfindlich. Das hat mit dir nichts zu tun. Es ist nur so, dass die Hochzeit nächsten Dienstag stattfindet, und die Vorbereitungen dafür gehen von der Sekunde, da ich mit der Arbeit fertig bin, bis zum Sonnenuntergang.«

»Bitte. Als hättest du dich schon einmal von irgendetwas abhalten lassen. Wir wissen beide, dass dein Vater dahintersteckt. So wie er zweifellos hinter der Entscheidung steckt, mich und meine Familie von der Hochzeit auszuladen.«

Und sah es den Weblers nicht ähnlich, eine Hochzeit für einen Dienstag zu planen, um der Stadt einen vollen Arbeitstag zu rauben und sie zu zwingen, vorbeizuschauen und dem Prinzen und seiner frisch Anvermählten Respekt zu erweisen?

Sie standen mit dem Rücken zur Stadt; Ridley schirmte sie vor der Hauptstraße ab, und vor ihnen saß Ray Bittle auf seiner Veranda, noch immer tief und fest schlafend. Sie waren allein. Es war schwierig, Augusts Blick standzuhalten, denn das Blau seiner Augen war so durchdringend und verblüffend wie das Zentrum einer Streichholzflamme, die unvermittelt vor einem entzündet wird.

»Du hast ja keine Ahnung«, sagte August. »Ich muss mit ihm zusammenleben, Caleb. Ihn ertragen. Zumindest, bis ich ein eigenes Haus habe, worauf ich mich nicht freue. Oh Gott, die Aussicht, mit Natasha zusammenzuwohnen. Sie langweilt mich so sehr wie die Berichte auf meinem Schreibtisch, die ich lesen muss. Das ist alles so mühsam, Heiraten und Frauen und Arbeit; im Krieg war alles viel klarer für mich als hier. Ich meine es ernst. Ich würde viel lieber im härtesten Boden Gräber ausheben, als Natasha zu heiraten, für meinen Vater zu arbeiten und mir anzuhören, wie ein General der Union sich für ein paar Dollar erniedrigt.«

»Meinst du, mir ergeht es anders? Ich arbeite den ganzen Tag auf dem Feld, buddle in der Erde herum, und abends lässt mein Vater mich Bücher über Landwirtschaft lesen. Als würde es mich im Geringsten interessieren, ob Grasschnitt oder Stroh besser fürs Feld sind. Die einzige Atempause wäre die Zeit, die wir gemeinsam verbringen, die du uns aus keinem mir ersichtlichen Grund vorenthalten hast.«

»Muss ich wirklich noch deutlicher werden?«, sagte August, der sich bemühte, die Stimme gesenkt zu halten. »Denn das werde ich. Wenn es das ist, was du brauchst.«

Caleb zuckte gespielt gleichgültig mit den Schultern, doch sein Herz schlug so schnell, dass er das Pulsieren bis in die Füße spürte, als würde der Boden beben.

»Er weiß es«, sagte August. »Er hat es immer gewusst. Was wir füreinander empfinden. Sein Ziel ist es, dich lächerlich zu machen. Er nennt dich das kleine Mädchen, und jedes Mal, wenn ich dich erwähne, verhöhnt er dich als Feigling. Sogar bei gesellschaftlichen Anlässen nennt er dich als Beispiel für alles, was in den Südstaaten falschläuft, den Mangel an Kampfgeist, der uns so viele Niederlagen eingebracht hat.«

Caleb versuchte, seinem Freund die Zügel wieder aus den Händen zu nehmen, doch August ließ es nicht zu – hörte nicht auf zu reden.

»Und von deinen Eltern wollen wir gar nicht erst anfangen. Das unverschämte Verhalten deiner Mutter bei den Beddenfelds, führt sich auf wie eine Verrückte –«

»Sie wurde beleidigt; sie hat bloß ihre Familie verteidigt.«

»– oder dein Vater mit seinen Schwarzen. Die Frechheit, sie in seinem Haus wohnen zu lassen –«

»Sie wohnen nicht in unserem Haus. Das ist ein albernes Gerücht, das immer weiter verbreitet wird.« Caleb schwieg kurz. »Und was, wenn sie es täten?«

»Caleb«, sagte August. »Du weißt, es gibt niemanden, mit dem ich lieber Zeit verbringen würde als mit dir, aber so etwas geht nicht.«

»Und doch hast du gesagt, es würde sich nichts ändern. Genau das waren deine Worte.«

»*Du* hast dich verändert. Ihr Walkers habt euch alle verändert.«

»Wir haben *verloren*, August. Die *Welt* hat sich verändert.

Siehst du das nicht? Oder bist du so schwer von Begriff wie dein Vater?«

»Nicht so laut«, zischte August. Er blickte sich um, doch die Straße war leer, und auch Ray Bittle hatte sich nicht geregt.

Caleb schüttelte den Kopf und riss schließlich so fest an den Zügeln, dass sie August aus der Hand rutschten. Er bestieg Ridley und wandte sich noch einmal an seinen Freund:

»Kürzlich habe ich gehört, wie Prentiss, einer der Schwarzen, die dein Vater so innig hasst, meinem Vater erzählt hat, dass er einen Typen, den er als Kind kannte, einen anderen Sklaven, in den Lagern vor der Stadt hat betteln sehen. Prentiss hat ihm keinen Cent gegeben. *War das ein Verbrechen?*, wollte er wissen. So kalt gegen jemanden zu sein, mit dem man aufgewachsen ist? Was, wenn er seinem Bruder gegenüber irgendwann ebenso distanziert ist? Er schien irgendwo eine Furcht in sich zu haben, dass sie sich voneinander entfernen könnten. Mein Vater sagte ihm, er solle nicht albern sein. Dass zwei Menschen, die sich so nahestehen, so etwas niemals zulassen würden. Was sie verband, sei zu stark. Ich dachte, mein Vater hätte ihm einen klugen Rat erteilt. Jetzt frage ich mich, ob er falschlag.«

August presste vor Wut die Zähne aufeinander. Es gab keine Lösung für dieses Problem, und Caleb wusste, wie ihn das erschüttern musste – was es bedeutete, die Kontrolle über diese Beziehung zu verlieren, die August so eindeutig gelenkt hatte, dass Calebs Gehorsam niemals infrage gestellt wurde. Aber jetzt, so schien es, waren diese Zeiten vorbei.

»Pass auf dich auf, August. Bestell Natasha einen herzlichen Gruß. Außerdem kannst du deinem Vater sagen, dass ich ihn für einen unausstehlichen Dreckskerl halte.«

Er ritt im Schritttempo los, und als er die Blockhütte erreichte, war er zu dem Entschluss gekommen, Old Ox ein für alle Mal den Rücken zu kehren. Die Frage war nur noch, wohin er gehen sollte. Vielleicht irgendwohin, wo das Klima gemäßigter war – auf jeden Fall an einen Ort, wo ihn niemand kannte, ein Städtchen, vielleicht auch eine Stadt, in der ein Mann mit einem merkwürdigen Gesicht und ruhigem Wesen in der Masse unbemerkt bleiben könnte.

Diese Gedanken beschäftigten ihn, als er sich in einer Pause an der Wasserpumpe bei den Feldern wusch und seine Mutter mit einem Zettel in der Hand zu ihm kam.

»Eine Nachricht aus der Stadt.«

»Von wem?«, fragte er, seine Hände an der Hose abtrocknend.

»Das wollte er nicht sagen.«

Nur zwei mit Bleistift geschriebene Worte standen darauf: *Teich. Sonntag.*

Er erkannte am schwerfälligen Gang, den riesenhaften Schultern, der schieren Masse des Mannes, dass es kein anderer als Landry sein konnte, der da vor ihnen durch den Wald floh, weil es in ganz Old Ox sonst niemanden wie ihn gab. Anfangs – vielleicht weil Landry einer Welt angehörte und August einer anderen – hatte es den Anschein, als würde eine Macht, irgendein höheres Gleichgewicht der Dinge, sie voneinander getrennt halten. An diesen Glauben klammerte sich Caleb, als August einen kräftigen abgebrochenen Ast aufhob und ihn sich wie ein Karabinergewehr über die Schulter legte, und selbst dann noch, als sie das Ende des Waldes und die Ausläufer der Farm seines Vaters erreichten, die Blockhütte in der Ferne sichtbar wurde und sie Landry fanden, der im Dreck lag und sich den Knöchel hielt.

August blieb vor ihm stehen, und Caleb, der nun endlich den Ernst der Lage begriff, schrie ihn an, er möge aufhören. Er hatte Landry nie zuvor einen Ton von sich geben gehört, doch jetzt stieß Prentiss' Bruder so schreckliche, mitleiderregende Klagelaute aus, dass es an ein verletztes Kind erinnerte.

Doch August schien nichts anderes mehr wahrzunehmen als jenen Quell der Finsternis in seinem Inneren, der ihm im Krieg so viel Vergnügen bereitet hatte. Er fragte, warum Caleb protestiere, das sei doch bloß ein *Nigger*, einer, der nicht wisse, wo sein Platz sei. Caleb erklärte ihm ihre Beziehung, und August grinste. Er sagte Caleb, er tue ihm einen Gefallen. Dass es gut für seine Familie sei.

Landry versuchte aufzustehen, doch August stellte ihm den in einem Stiefel steckenden Fuß auf die Brust, was ausreichte, um ihn still zu halten. Wo war Landrys Kraft geblieben?, fragte sich Caleb. Er hatte nie einen Mann gesehen, der so brutal mit der Axt hantierte, doch jetzt wimmerte Landry unter der Sohle eines Stiefels. Seine Augen huschten ängstlich suchend umher, und sein Kiefer, dieses lose Anhängsel, erzitterte unter der Last seiner Schreie.

Caleb fand sich auf dem Boden wieder. Er konnte nicht sagen, wie er dort gelandet war; er saß in Schlamm und feuchtem Laub und hielt sich die Augen zu. Wenn er nur aufstehen könnte, dann könnte er August aufhalten. Könnte die Dinge geraderücken. Doch er hatte so viel Angst, dass er den Anblick nicht ertrug, dass an ein Eingreifen gar nicht zu denken war. Er sah durch seine Finger hindurch, wie August ungerührt mit beiden Händen den Ast von seiner Schulter nahm. Dann, im scheinbar letzten Moment, rief Caleb August zu, dass Landry nicht sprechen könne. Der Mann habe gar keine Worte in sich. Er werde nie einer Menschenseele verraten, was er gesehen hatte.

Caleb ließ die Hände sinken, und für einen Moment geriet August ins Schwanken. Landry sah so eindringlich zu seinem Angreifer auf, dass Caleb glaubte, er habe einen Kraftquell in sich gefunden. Das hatte er auch. Allerdings auf eine Art, die Caleb nicht vorhergesehen hatte.

»Ich k-k-k«, stammelte Landry immer wieder, unwillens, den Satz aufzugeben, den er gerade bildete, als bestehe er darauf, dass seine Stimme gehört wurde. Er geriet ins Schwitzen, während er sich mit jeder Faser seines Seins bemühte, die Worte hervorzubringen. »Ich k-k-k-kann sprechen. Genau wie ihr.«

August wandte sich Caleb mit einem wissenden Lächeln zu, und diesem war klar, dass er seinen Freund verloren hatte.

Der erste Schlag traf Landrys Kopf. Die Stimme des Mannes verstummte augenblicklich, und mit einem Mal war es im Wald so still, dass der zweite Schlag ein übelkeiterregendes Echo hatte, wie ein vom Blitz gespaltener Baum. Blut rann aus der klaffenden Wunde an seinem Kopf. Sein Kopf sank nach vorn und nach hinten, dann sackte er mit der Trägheit eines aus der Luft geschossenen Vogels zu Boden.

Caleb presste die Augen zusammen und hielt sich die Ohren zu, um die brutalen Schläge nicht mehr hören zu müssen. Er konnte sich nicht rühren. Seine Kehle war so ausgedörrt, dass er keinen Laut mehr hervorbrachte. Er saß da, die Arme um seinen Oberkörper geschlungen, und wartete verzweifelt auf das Ende der Barbarei.

Vielleicht hätte er bis zum Einbruch der Nacht dort gelegen, hätte er nicht eine Hand auf seinem Kopf gespürt, vertraute Finger, die ihm über das Haar streichelten, um ihn zu trösten. August sagte, er finde es abstoßend, wenn er so überempfindlich tue. Caleb konnte nicht anders, als Landry anzusehen, das verstümmelte Gesicht, die mit Blut gefüllten Augenhöhlen. Er fragte sich, ob sein Freund ihm dasselbe antun würde. Der Ast lag noch immer in Augusts Hand, wie ein Kinderspielzeug, und alles schien möglich. In diesem Augenblick tauchten zwei Gestalten im Dunst der flirrenden Hitze jenseits des Feldes auf.

»Denk dir eine Ausrede aus«, sagte August. »Ich war nie hier.«

Der lange Schatten, der über ihm gelegen hatte, verzog sich. August war verschwunden.

KAPITEL 13

George war früh aufgestanden und hatte sich einen Becher starken Kaffee gebrüht. Schon der erste Schluck war so befriedigend, dass er sich wie ein Hund fühlte, den man aus dem Zwinger gelassen hatte und der sich dem Geruch einer frisch gemähten Wiese hingab, so berauscht fühlte er sich. Er gab sich dem Gefühl ganz hin und dachte eine Zeit lang an nichts anderes. Dann trat er allein auf die Veranda hinaus, wo er sich in den Schaukelstuhl seiner Frau setzte, ohne ein höheres Ziel zu haben, als den beginnenden Sonnenaufgang zu betrachten, der den unteren Teil des Tals erhellte. Der Sonntag war der einzige Ruhetag, den er, Caleb und die Brüder sich genehmigten. Letzte Nacht war er wieder zum Reden bei Clementine gewesen, um sich nach ihrer Tochter zu erkundigen und sie wissen zu lassen, was er seit seinem letzten Besuch erlebt hatte. Der Weg nach Hause hatte seinen Knochen nicht gutgetan, und obwohl Isabelle seine Abwesenheit nicht ansprach, merkte sie gleich an, dass er in den letzten Tagen sehr schlecht auf den Beinen gewesen sei. Seine einzige Antwort bestand darin, sie gut gelaunt zu bitten, sie möge nicht immer die Aufmerksamkeit auf seine Gebrechlichkeit lenken. Schon viele Denker hatten sich mit den Fragen des Alterns und des Sterbens befasst, und doch starben die Denker genauso häufig wie die Idioten, und deshalb hatte George sich mit dem Gedanken abgefunden, den Alterungsprozess ganz und gar zu ignorieren. Und doch, nach den letzten Monaten auf der Farm – erst das Fällen der Bäume, dann die Arbeit auf den Erdnussfeldern – litt er an jedem Nachmittag unter Schmerzen, und seine Gelenke waren morgens steif, als müssten sie erst auftauen. Der Becher Kaffee, dessen Hitze sich in ihm ausbreitete, war das einzige Mittel, das er dagegen gefunden hatte.

Das einzig Besondere an diesem Vormittag war, dass Isabelle zur Kirche fuhr, mit der Kutsche. Das war ungewöhnlich, da sie beide schon seit Längerem nicht gegangen waren, doch er fragte sie nicht nach ihren Gründen. Landry verschwand im Wald, wie er es für gewöhnlich tat. Prentiss kam nicht aus der Scheune heraus. Und Caleb schlief. Das war es, was George zu schaffen machte, als er später über diesen Tag nachsann: dass es keinerlei Bruch des üblichen Ablaufs gegeben hatte, nichts, was auf das Grauen hindeutete, das sie erwartete. Er hatte Landry sogar am späteren Morgen noch gesehen; er saß mit dem Rücken zu ihm auf einer Lichtung im Wald, ganz und gar entspannt. Umso schockierender war es, Stunden später seine übel zugerichtete Leiche zu entdecken – die Beine als Reaktion auf die Schläge in unnatürlichem Winkel gekrümmt; sein Gesicht bis zur Unkenntlichkeit verstümmelt. Keinen Funken Leben mehr im Körper.

George unterhielt sich gerade mit Prentiss über das Wesen von Nutztieren, die Produktivität einer geschlachteten Kuh und ihres Fleischertrags im Vergleich zu einem Stall voller Hühner, die unendlich viele Eier legten, als die Schreie aus dem Wald hallten.

Beim ersten Blick auf den Leichnam war dieser noch so weit entfernt, dass er nicht erkannte, worum es sich handelte. Anfangs glaubte er, es sei das Tier aus dem Wald, gefangen und erlegt, und die Vorstellung (auch wenn sie vor der Wahrheit schützte) widersprach seinem Wunsch, es lebendig zu bewundern, das Majestätische seiner Wanderung durch die Wälder. Doch Prentiss eilte so schnell zu dem Körper, dass sich Georges Gedanken neu ausrichteten, und da wusste er Bescheid. Er verspürte den Drang, sich zu übergeben. Er stand leer da, die Hand vor dem Mund, bis er das verängstigte Häufchen Elend sah, das am Waldrand im Schlamm kauerte. Er eilte zu seinem Sohn.

Calebs Gesicht war so rot, dass es wie verbrannt aussah, und als er zu sprechen versuchte, tropften Speichelfäden aus seinen Mundwinkeln. Er brachte kein Wort heraus.

»Du musst uns erzählen, was passiert ist«, sagte George.

Prentiss hatte sich über die blut- und dreckverschmierte Brust seines Bruders gebeugt und flehte den leblosen Körper wie wahnsinnig an.

»Wir haben doch Pläne, Landry. Gute Pläne, solide Pläne, also steh endlich auf. Du bist doch nicht der Faulpelz von uns, ich bin der Faulpelz, steh auf.«

Ächzend griff er nach Landrys Brust wie ein Säugling nach der Brust seiner Mutter.

»Guck dir deine neue Hose an«, sagte er. »Wieso machst du dir die Hose dreckig, und mich schimpfst du aus wegen meiner? Was soll das?«, fragte er wieder und wieder. »Was soll das?«

Bald trommelte er, vom Zorn übermannt, auf die Brust seines Bruders ein, verlangte eine Antwort; sein Schmerz war so gewaltig, dass er den ganzen Wald, die ganze Welt auszufüllen schien.

Unterdessen antwortete Caleb George nicht, starrte nur vor sich in, als habe das Geschehene ihn stumm gemacht. George schüttelte ihn immer wieder und sagte, er wisse, dass er zu so etwas nicht fähig wäre, flehte ihn an zu sagen, dass er nichts damit zu tun zu habe, bis Caleb schließlich den Kopf hin und her bewegte, um zu bestätigen, dass er es nicht gewesen war.

»Wer dann?«, verlangte George zu wissen, am Boden zerstört. »Wer würde so etwas tun?«

Caleb sagte noch immer nichts. Er blickte durch den Wald auf etwas jenseits der Bäume, und es gab nur einen Ort, der dort lag. George wusste nicht, was sein Sohn im Wald gemacht hatte – um diesen Teil würde er sich später kümmern –, doch er wusste, wohin der Blick seines Sohnes ihn führte: direkt zum einzigen Mann, der ein Motiv für eine so abscheuliche Tat haben könnte, weil er schon zuvor so viel Leid in Landrys Leben gebracht hatte.

Er ließ Caleb und Prentiss bei Landrys Leiche zurück und machte sich auf den Weg zu Ted Mortons Grundstück, mit einer Geschwindigkeit, die er bisher selten an den Tag gelegt hatte. Er ging nicht um Mortons Lattenzaun herum, sondern kletterte mühsam hinauf und ließ sich auf der anderen Seite heruntergleiten, dann gönnte er sich eine kurze Verschnaufpause, um sich von der Anstrengung zu erholen. Als er die Baumwollfelder durchquert hatte, war er erschöpft, doch der Zorn ließ sein Blut immer noch schnell durch seine Adern strömen, wo auch immer es ihn hinführen würde. Wenn es notwendig war, wenn es gerecht war, würde er dafür sorgen, dass Ted Morton dasselbe Ende fand wie Landry.

Die Pflanzen um ihn herum standen gut dreißig Zentimeter hoch, und eine versprengte Gruppe von Menschen harkte den Boden, vielleicht zum letzten Mal vor der Blüte. Sie sahen mit einer gewissen Verwunderung zu ihm auf und machten sich dann wieder an die Arbeit. Einige nickten ihm zu – lächelten gar –, was er nicht erwiderte, in Anbetracht des Anlasses seines Besuchs. Er hatte die ehemaligen Sklavenhütten erreicht, als plötzlich Gail Cooley vor ihm stand, der mit Schlammspritzern im Gesicht, bis zu den Schenkeln hochgekrempelten Hosenbeinen und dem breitkrempigen Hut, der seine Augen überschattete, kaum zu erkennen war.

Es war merkwürdig, ihn nicht mit Ted Morton durch die Gegend reiten zu sehen, der ihn hierhin und dorthin beorderte, und es schien Gail sehr schwerzufallen, die Unterhaltung ganz allein eröffnen zu müssen.

»Mr Walker«, sagte er. »Hab Sie durch die Felder spazieren sehen.«

»Wo ist Ted?«

»Selbst auf dem Feld.«

»An einem Sonntag?«

»Wir haben nicht genug Leute, um uns viele Tage freizunehmen. Er sagt, nächsten Sonntag vielleicht, wenn wir die ganze Baumwolle runterkriegen.«

»Bring mich zu ihm.«

Gail verzog das Gesicht und überlegte offenbar, ob er von George Anweisungen entgegennehmen sollte. Doch dann fügte er sich und sagte George, er solle ihm folgen. Sie fanden Ted in einer der Furchen, wo er gemeinsam mit seinem Sohn William den Boden von Unkraut befreite. Ted sah ähnlich mitgenommen aus wie Gail. Die Arbeit schien ihn geschrumpft zu haben, doch er erteilte noch immer schnaufend Befehle, als wären die Arbeiter vor ihm sein Eigentum. Als er George entdeckte, hielt er einen Moment lang inne, und die anderen um ihn herum taten es ihm nach. Er und George taxierten sich.

»Ich gebe dir eine einzige Chance zu gestehen, was du getan hast«, sagte George. »Du behauptest, ein ehrlicher Mann zu sein. Ein guter Mann. Dann wirst du dein Verbrechen zugeben.«

Ted löste die oberen Knöpfe seines Hemdes und fächelte sich mit seinem Hut Luft zu.

»George, ich hab nicht die leiseste Ahnung, wovon du redest. Aber ich hätte beinahe Lust, dir diese Hacke in den Arsch zu schieben.«

»Immer eine Drohung auf der Zunge.«

»Für dich setz ich das gern in die Tat um. Ich leg dich übers Knie und schieb dir den Stiel der Hacke so tief in den Hintern, dass du euern Boden umgraben kannst, wenn du in die Hocke gehst und ein bisschen damit rumwackelst.«

Es war ein Zorn, der sich im Laufe eines Lebens angestaut hatte, und trotzdem kam Georges plötzlicher Wutanfall für alle überraschend. Er ging mit wildem Geheul auf Ted los. Ted riss die Augen weit auf. Er packte George an der Schulter und trat zur Seite, sodass der alte Mann durch seinen eigenen Schwung zu Boden ging.

»Hast du den Verstand verloren?«, brüllte Ted.

Die Plantage stand still. William, der Junge, lachte wie ein kläffender Hund, und Gail stellte sich neben Ted, um seine Solidarität zu bekunden.

George stand langsam auf, wobei er seine Hüfte schonte, und klopfte sich den Dreck von den Kleidern.

»Gib zu, was du getan hast«, sagte er.

»Was denn zugeben? Verdammt, George, ich mach mir hier Tag für Tag für ein paar Pennys den Rücken krumm, schufte wie ein Sklave, um was zu verdienen. Was immer du glaubst, das ich getan hab, solange keine Hacke und kein Pflug im Spiel waren, ist es einfach nicht passiert.«

»Du hast ihn umgebracht. Du hast Landry umgebracht. Und du wirst es gestehen. Vor mir. Vor deinem Gott. Und vor dem Gesetz.«

Ted sah ihn verdutzt an. Dann, plötzlich, schien er zu begreifen.

»Du redest von diesem Nigger, den du mir gestohlen hast? Der ist tot?«

George wollte wieder auf Ted losgehen.

»Warte«, sagte Ted. »Ich hab's dir gesagt, ich hab *keinen Schimmer*, was du da faselst. Es ist, wie ich sage, ich war hier bei der Arbeit, und abends heult mir meine Frau was vor, weil ich nicht mal die Zeit hab, ihr Hallo zu sagen. Und du denkst, ich lauf in meiner Freizeit rum und töte Nigger? Auch noch meine eigenen Nigger?« Das brachte ihn zum Lachen.

»Er hat dir nicht gehört«, sagte George. »Und genau deshalb hast du ihn umgebracht.«

»Wann ist das passiert, wenn ich fragen darf?«

George kochte immer noch, war jedoch zum ersten Mal gezwungen, die Umstände in ihrer Gesamtheit zu betrachten, und während er antwortete, durchdachte er die Frage selbst.

»Ich hab ihn vorher noch gesehen. Also muss es irgendwann am Nachmittag gewesen sein.«

»Und ich hab hier ein gutes Dutzend Männer, die bestätigen können, dass ich mir seit Sonnenaufgang den Rücken krummgearbeitet habe.«

George spürte, wie seine Wut sich legte. Er hatte noch immer den Geruch der feuchten Erde von dem Sturz in der Nase, feuchter Lehm mit einer Spur Mist.

»Herr im Himmel«, sagte Ted, »ich hab den Jungen nicht angerührt. Jedenfalls seit Jahren nicht mehr. Ich mein, ich hab ihn fast bei lebendigem Leibe gehäutet, aber das ist schon länger her. Sogar damals war ich nicht so dumm, ihn umzubringen. Und außerdem mochte ich seinen Bruder, den, der sprechen kann. Der konnte vielleicht pflücken.«

Gail nickte zustimmend. »Kann man wohl sagen.«

Ted fuhr fort. »Also, wenn du es für nötig hältst, die Gesetzeshüter herzuholen, und du meinst, das ist ein Fall fürs Gericht, na, dann bin ich gerne bereit, noch mal eine Pause einzulegen und dich vorzuführen. Aber wenn das alles vorbei ist, geb ich dir denselben Rat, den du mir mal gegeben hast – verschwinde verdammt noch mal von meinem Grundstück. Tut mir leid, dass es bei mir weniger nett klingt, aber ich kann nicht so viele hübsche Worte wie du.«

Ted hatte es offensichtlich nicht getan. Er und Gail hatten gemeinsam gerade genug Grips, um ein Pferd zu besteigen, ohne auf der anderen Seite gleich wieder herunterzufallen. Niemals hätten sie einen Mann ermorden, sich ein Alibi ausdenken und es so vehement verteidigen können. George blieb nichts anderes übrig, als sich zu entschuldigen, Majesty's Palace zu verlassen und mit seiner Wut in den Wald zurückzukehren, die er nun nicht mehr gegen Ted richten konnte. Oder sonst jemanden.

Außerdem war die Wut einem anderen Gefühl gewichen. Als er wieder über den Zaun kletterte, war es Traurigkeit, die ihm zu schaffen machte – sie ging ihm unter die Haut wie Prentiss' Wehklagen, erschütterte ihn wie die zitternden Hände seines Sohnes.

KAPITEL 14

Prentiss hatte von Landry gelernt, dass die Sprache der Trauer oft nicht mehr war als Schweigen. Manchmal hatte er sie selbst empfunden, aber nie mit der Inbrunst seines Bruders. Bis jetzt. Bis zu diesem Augenblick. Sein Schmerz hatte etwas Seltsames an sich, das er nicht begreifen konnte. Landry hatte so lange im Zentrum seiner Träume, seiner Welt gestanden, dass Prentiss das Gefühl hatte, das unvermittelte Verschwinden seines Bruders habe etwas Selbstsüchtiges, als sei Landry, anstatt zu sterben, befreit worden und habe Prentiss mit der schrecklichen Aussicht zurückgelassen, ohne jenen Menschen leben zu müssen, der sein Leben lebenswert gemacht hatte.

Es gab kein Wort für das, was da vor ihm lag. Er konnte nicht *Leichnam* sagen. Es war eine Entweihung. Etwas Unheiliges. Die Füße führten zu den Beinen, die Beine zum Rumpf, der Rumpf zum …

Als er sich wieder gefasst hatte, stand er auf und weigerte sich, noch einmal nach unten zu sehen. Sein Blick fiel auf Caleb, den Jungen, der so erbärmlich, so gelähmt von seiner Angst aussah, dass Prentiss sich mit jeder Faser seines Seins bemühen musste, sich nicht zu vergessen. Caleb erhob sich und blickte mit hervorquellenden Augen gehetzt um sich wie ein Tier, als wäre er ganz in seinem Wahn versunken.

»Setz dich wieder hin«, sagte Prentiss.

»Ich muss zum Haus«, sagte Caleb. »Ich muss mir den Dreck abwaschen. Muss weg von dem hier.«

Prentiss sagte ihm, er werde nirgendwo hingehen. Keiner von ihnen.

»Ich krieg kaum noch Luft. Mein Herz, ich kann nicht hierbleiben.«

Prentiss wusste, dass er den Jungen nicht anrühren durfte. Wusste, nach allem, was geschehen war, angesichts seiner Position unter diesen Umständen, konnte schon der kleinste Fehler noch mehr Verderben bedeuten. Trotzdem versperrte er Caleb mit bedrohlicher Haltung den Weg, die Schultern gestrafft, den Mund verzogen, und versuchte, noch das letzte bisschen Wut, die er in sich hatte, auszustrahlen, in der Hoffnung, den Jungen am Gehen zu hindern. Caleb kauerte sich wieder auf den Boden und schlug sich die Hände vors Gesicht. Kein Blut an den Händen, fiel Prentiss auf. Nur noch mehr Schlamm.

Der Junge brabbelte jetzt vor sich hin, murmelte etwas von einem Zucken, einer Bewegung des Körpers, der Möglichkeit, Landry wiederzubeleben. Prentiss kämpfte gegen die Tränen an, die seine Wut zu verdrängen drohten, und befahl ihm, den Mund zu halten. Nicht ein Wort.

Im Wald war es still, das einzige Geräusch kam von Caleb, dessen Fuß nervös zuckte; der Schlamm unter seinem Schuh schmatzte im Takt, als wollte die Erde selbst Zeugnis ablegen, ohne ein Wort herauszubringen.

»Wir kriegen das raus«, sagte Prentiss. »Und wir brauchen deine Hilfe. Kannst du dich zusammenreißen und dich nützlich machen? Kannst du das für mich tun?«

Caleb schien sich vollständig zum Kind zurückentwickelt zu haben, konnte vor Schluchzen kaum sprechen.

»Mutter!«, schrie er. »Ich muss mit meiner Mutter sprechen. Lass mich gehen. Sie wird wissen, was zu tun ist. Sie kann mir helfen, mich zu beruhigen, und dann kann ich darüber reden, über all das, aber ich flehe dich an, lass mich von hier weggehen.«

Prentiss war wie betäubt, und wieder spürte er die alles verzehrende Stille, die seinen Bruder so viele Jahre hatte verstummen lassen, als hätte Landrys Schmerz nach seinem Tod seinen Körper verlassen, hätte sich als der schreckliche Geruch (nach Eisen, nach Blut, nach einem Körper, der geöffnet und bloßgelegt worden war) in der Luft verbreitet und sei in Prentiss' eigene Seele eingedrungen. Zum ersten Mal spürte er ein wenig Mitgefühl für den Jungen vor sich, denn auch Prentiss sehnte sich verzweifelt nach seiner Mutter. Er konnte es Caleb kaum vorwerfen, dass er nach seiner rief; sich wünschte, dass sie seinen Namen sagte und ihm jenes Maß an Trost schenkte, das er sich mehr als alles andere auf der Welt wünschte.

Und der Vater des Jungen war nie weit entfernt. George hatte sich sofort auf die Suche nach Antworten gemacht, nach einer Möglichkeit, die Fehler seines Sohnes wiedergutzumachen. Was hätte Prentiss für einen eigenen Retter gegeben! Hinter all ihrem Mut, hinter der starken Hand, mit der sie ihn und Landry im Zaum gehalten hatte, hatte seine Mutter ebenso viel Angst gehabt wie sie. Sie blieb unausgesprochen, doch er spürte sie, verborgen hinter dem falschen Lächeln, das sie Mr Morton bei jeder Gelegenheit schenkte, in dem verzweifelten Bemühen, ihre Kinder zu beschützen; hinter der Art, wie sie das Gesicht verzog, wenn sie sich danebenbenahmen, in dem Wissen, dass sie mit dem kleinsten Fehlgriff ihr eigenes Ende besiegeln konnten. Denn hatte sie nicht schon erlebt, wozu Landrys Griff nach der Fliege geführt hatte? Die Liebe einer Mutter war weniger erfüllend, wenn sie nicht einmal einen Funken Sicherheit bieten konnte, dass der nächste Tag die Zufriedenheit bringen würde, die sie anstrebten. Die sie verdienten.

Und doch wünschte er sich, ihren Namen zu rufen, sich neben Caleb zu setzen und im Schlamm zu suhlen. Irgendetwas anderes zu fühlen als diesen Schmerz. Zu hoffen, zu beten, dass jemand kommen und alles wiedergutmachen möge. Früher hatte er sogar für einen Vater gebetet, damals hatte es sich richtig angefühlt, sich auszumalen, dass der Mann irgendwo in der Nähe war, nur darauf wartete, sich vorzustellen, in ihre Hütte zu treten und ihre Mutter im einen Arm und Prentiss im anderen zu halten (denn er hatte Arme, die alles umfassen konnten, da war sich Prentiss sicher). Er würde auch Landry in die Arme schließen, sie alle zusammen, und seiner Familie endlich mitteilen, dass er sich außerhalb von Old Ox ein Leben aufgebaut hatte und dass sie nun zu ihm kommen durften. Er hatte sogar eine Art Spiel daraus gemacht. So hart auf dem Feld zu arbeiten, so wenig zu klagen, dass Papa schließlich zurückkehren und alles gutmachen würde.

Einmal hatte er einem anderen, gleichaltrigen Jungen davon erzählt, als sie an einem Samstagnachmittag ihre Füße vom Schlamm befreiten. Das Wasser aus dem Brunnen war so kalt, dass sie zur Veranda der Hütte liefen, um ihre Füße in der Sonne trocknen zu lassen, und während sie von der Arbeit des Vormittags erzählten, sagte Prentiss, sein eigener Vater werde eines Tages vielleicht so stolz auf ihn sein, dass er nach Hause zurückkehren und ihn mitnehmen würde. Wäre das nicht was?, fragte er. Vielleicht, sagte er zu dem Jungen, hätte sein Papa auch noch Platz für ihn. Ohne groß nachzudenken, berichtete der andere Junge, was seine eigene Mutter ihm erzählt hatte. Dass Landrys und Prentiss' Vater tot umgefallen sei, als die Sonne nach einem Tag auf dem Feld untergegangen sei. Er habe besonders hart gearbeitet, vielleicht um sich eine zusätzliche Ration für Prentiss' Mutter zu verdienen, und habe angefangen, lautstark über Schwindel zu klagen, habe nach Wasser gerufen, doch niemand reagierte. Es hieß, sein Herz habe so unvermittelt aufgehört zu schlagen, dass niemand seinen Körper fallen sah. Er wurde in seiner Reihe gefunden; der Wind hatte Baumwolle aus dem offenen Sack geweht, die wie ein frisches Leinentuch sein Gesicht bedeckte. Als dem Jungen bewusst wurde, was er da erzählte, wurde er selbst ganz still, so unheimlich war die Szene, die er heraufbeschworen hatte. Gleich darauf begriff er, dass Prentiss noch nie von dem gehört hatte, was er ihm gerade mitteilte. Später wurde Prentiss klar, dass seine Mutter damals mit Landry schwanger gewesen sein musste. Dass von den beiden Brüdern nur Prentiss auf der Welt gewesen war, ein Kleinkind, das sein Vater sehen und berühren konnte, bis er starb und zu etwas Imaginärem wurde.

Dann ging der Junge, und Prentiss, der allein auf der Veranda zurückblieb, war von derselben Taubheit übermannt worden, die Landrys Tod jetzt in ihm auslöste. Damals hatte Prentiss, um den Schmerz zu vermeiden, den das Bild jenes Mannes bewirkte, den er sich als unbesiegbar vorgestellt hatte –, ganz allein auf dem Feld, die Hand auf der Brust, die Baumwolle in seinem Mund, bevor der Wind sie davonwehte – sich auf das Positive konzentriert: dass sein Vater wirklich dort gewesen war, in denselben Reihen gearbeitet hatte, in denen auch sein Sohn einmal arbeiten würde. Wenn er den Schmerz ausblendete, kam ihm dieser Umstand aufregend vor. In den folgenden Tagen fragte er sich wieder und wieder, welche anderen Gemeinsamkeiten es zwischen seinem Vater und ihm und Landry geben mochte. Er wusste, dass es seine Mutter verärgerte, denn sie hatte kein Interesse daran, sich mit der Vergangenheit zu befassen, doch Prentiss konnte nicht anders, als sie mit Fragen zu löchern. War er unbeholfen und vorsichtig gewesen wie Landry? Oder ein schneller Läufer wie Prentiss, auf den alle anderen Kinder neidisch waren? Wer von ihnen hatte das Lächeln ihres Vaters geerbt? Seine Augen?

Er erinnerte sich nicht mehr an ihre Antworten. An keine einzige. Ihren Streit mit der Mutter des Jungen dagegen, der ihm die Wahrheit über den Tod seines Vaters verraten hatte, hatte er immer noch vor Augen. Sie hatte der Frau vorgehalten, sie habe ihrem eigenen Sohn schreckliche Dinge in den Kopf gesetzt, die er nicht zu wissen brauchte und die er erst recht nicht ihren Jungs weitererzählen sollte. Prentiss hatte neben der

Hütte gestanden und sie beobachtet; ihre Stimme war schrill vor Zorn. Es sei ihr Geheimnis gewesen, und sie habe es enthüllen wollen, wenn sie es für richtig hielt, schrie seine Mutter. Der Tod *ihres* Mannes, *ihr* Schmerz, den sie mit den Söhnen des Mannes teilen wolle.

Damals konnte sich Prentiss nicht vorstellen, was daran so schrecklich gewesen war, dass sie die gesamte Plantage einen Eid schwören ließ, die Informationen so viele Jahre für sich zu behalten. Doch als er sich jetzt zu dem umdrehte, was von seinem Bruder übrig war, sah er, was ihr durch den Kopf gegangen sein musste, wann immer er seinen Vater erwähnte: dieser Leichnam im Feld, die Qual des Verlusts. Und ihm wurde klar, welches Bild er selbst von jetzt an vor Augen haben würde, wann immer von seinem Bruder die Rede war. Das Leid war so unvorstellbar, dass er am liebsten zusammengebrochen wäre, doch als Caleb wieder Anstalten machte, den Ort zu verlassen und nach Hause zu gehen, baute sich Prentiss erneut vor ihm auf, standhaft, erhobenen Hauptes.

»Ich kann das wiedergutmachen«, sagte Caleb. »Ich brauche bloß –«

Prentiss legte Caleb eine Hand auf die Schulter. Packte sie nicht. Berührte sie nur. Dann flüsterte er ihm ins Ohr: »Gibt keinen Weg zurück, Caleb. Das hier kannst du nicht wiedergutmachen. Wir warten hier. Wie ich's gesagt hab.«

Aus dem Augenwinkel glaubte er irrtümlicherweise den Schatten zu sehen, den er intuitiv für den seines Bruders hielt, immer einen Schritt neben ihm, außer Sicht, aber immer da. Doch es war George, der, schlammverkrustet und sich die Hüfte haltend, auf sie zuhinkte. George würde gleich das Wort ergreifen und die Kontrolle übernehmen, und das war gut so. Denn ganz gleich, wie lange Prentiss schon seinen eigenen Weg in der Welt gehen wollte, dies war eine Situation, in der er das Steuer abgeben, in der er leben wollte, ohne etwas zu fühlen, ohne nachzudenken, in der er sich wünschte, in der Dunkelheit zu sitzen und nichts anderes zu sehen als die Schwärze der Innenseiten seiner Lider oder die Dunkelheit der Welt selbst, wie er es in so vielen schlaflosen Nächten in seiner Jugend getan hatte, nachdem seine Mutter verkauft worden war.

»Gott sei Dank!«, sagte Caleb, belebt vom Anblick seines Vaters, seines Beschützers. »Jetzt bringen wir das wirklich in Ordnung, Prentiss. Das verspreche ich dir.«

Prentiss glaubte, dass der Junge wieder davonlaufen wollte, und trat reflexhaft erneut auf ihn zu. Diesmal erschrak Caleb nicht, sondern blieb stehen und blickte Prentiss in die Augen, denn nun, da sie nicht mehr allein waren, hatte Prentiss keine Macht mehr. Er und Landry hatten als Jungs ein ähnliches Spiel gespielt. Der eine machte einen Schritt nach vorne, als wolle er spotten, drohen, testen, ob der andere zurückwich. Dann nahm Landry mit weit aufgerissenen Augen die Verfolgung auf, und beide liefen im Kreis, bis Landry seinen älteren Bruder einholte, ihn sich über die Schulter warf und in einen Haufen Laub oder ins Heu im Pferdestall warf, als wäre es nichts.

Diesmal würde es keine Verfolgungsjagd geben. Prentiss zog sich zurück, wandte sich vom herannahenden George ab und blickte noch einmal auf Landrys Leichnam (denn das war es, wie er entschieden hatte, man musste die Dinge beim Namen nennen). Die einst so großen Augen waren jetzt voller Blut und würden Prentiss nie wieder ansehen. Der Anblick brachte ihn dazu, auf die Knie zu sinken. Den Bruder, den er verloren hatte, ein letztes Mal zu umarmen.

KAPITEL 15

Prentiss weigerte sich, seinem Bruder von der Seite zu weichen. George ließ ihn dort zurück und brachte Caleb in die Blockhütte zu seiner Mutter, die von der Kirche zurückgekehrt war. Sie hatte keine Ahnung, was geschehen war, setzte sich jedoch sofort neben ihn auf die Couch. Caleb wich vor ihren Berührungen zurück, wenn sie sich ihm näherte. Er wehrte ihre Hand ab. Sah an ihr vorbei, wenn sie ihm in die Augen zu schauen versuchte.

»Es gab einen Mord«, sagte George. »Landry.«

»Einen Mord. Um Gottes willen!«

Sie hatte genauso viele Fragen wie George, und er konnte ihr nur sagen, dass es nicht Ted gewesen war, den er bereits angesprochen hatte, und dass Prentiss noch draußen war.

»Ich muss den Sheriff benachrichtigen«, sagte er. »Beruhige ihn.«

Sie zitterte jetzt. »Und Caleb? Was ist mit Caleb geschehen?«

»Ich weiß darüber nicht mehr als du.«

»Himmel«, sagte sie. »Oh, gütiger Gott. Geh.«

George holte Ridley aus dem Stall. Er ritt zum Haus von Henry Pershing, seinem nächsten Nachbarn in Richtung Stadt, doch obwohl er Stimmen im Haus hörte, kam keine Menschenseele heraus, um ihn zu begrüßen.

»Henry! Komm raus!«, rief George. »Deine Pferde sind im Stall, ich weiß, du bist zu Hause.«

Keine Antwort. Ebenso wie bei Robert Cord. Blair Duncan lugte durch die Tür, doch er interessierte sich nicht für seinen Fall, aufgrund des Konflikts bei der Essenseinladung bei den

Beddenfelds, und schon bald stellte sich zu Georges Verdruss heraus, dass niemand auch nur einen Finger für ein Unterfangen heben würde, das von ihm ausging, und dass ehemals hilfsbereite Nachbarn – Mitschüler aus Volksschulzeiten, Nachbarn sein gesamtes Leben lang – ihn nicht einmal eines kleinen Gefallens würdig erachteten.

Er hatte die Stadt fast erreicht, als er einem Mann ohne Schuhe begegnete, der sich bei genauerem Hinsehen als großgewachsener Junge herausstellte. Er hatte sogar eine gewisse Ähnlichkeit mit Landry. Es war das erste Mal, dass George von der Trauer übermannt wurde, und er brachte kein Wort hervor.

Der Junge starrte ihn verwirrt an.

»Sir?«, sagte er nach einem Moment verlegenen Schweigens. »Kann ich Ihnen helfen?«

Geoge sammelte sich. Er zog einen Dollar aus der Tasche.

»Es gibt da eine Aufgabe, die erledigt werden muss. Es ist mir egal, wie lang es dauert, solange du es zu Ende bringst.«

Ob sein Plan zu etwas führen würde, war unklar, doch die Behörden mussten informiert werden – so viel stand fest. Der County-Sheriff, ein gewisser Osborne Clay, ließ sich nur selten in der Gegend blicken. Wenn er kam, dann oft nur, um Nachforschungen im Bordell der Stadt anzustellen – Einsätze, die oft bis spät in die Nacht dauerten. Doch abgesehen von seinen nächtlichen Neigungen war er als anständiger Mann bekannt, und falls überhaupt eine Chance bestand, weitere Informationen über Landrys Tod herauszubekommen, mussten sie darauf hoffen, dass Osborne seinem Ruf gerecht wurde.

George eilte zur Farm, doch er kehrte nicht gleich in sein Haus zurück. Er ließ sich von Ridley direkt durch die Felder zum Waldrand tragen.

Prentiss weinte nicht mehr. Er lag mit dem Gesicht nach oben da, den Kopf auf die Brust seines Bruders gebettet, den Blick starr in den Himmel gerichtet, die Augen so rot vor Trauer, dass er wie besessen wirkte. Die Hände lagen verschränkt auf seinem Oberkörper.

George saß vorsichtig ab und rieb sich die Hüfte, um den Knoten des Schmerzes darin zu lösen. Er ging auf Prentiss zu und sagte ihm, dass er nach dem Sheriff gerufen habe. »Ich kenne ihn nicht gut, aber er ist ein guter Mann, wie man hört. Er kann helfen, das hier aufzuklären.«

Ein Publikum aus Fliegen kreiste über den Köpfen der Brüder. Prentiss schniefte laut und rieb sich die Nase mit dem Handrücken.

»Denke, die Maden sind bald da«, sagte er. »Wie lang haben wir, was meinen Sie? Ein paar Stunden?«

George hielt es für das Beste zu schweigen.

»Warum sagen Sie nichts?«, fragte Prentiss. »Ausgerechnet jetzt verschlägt's Ihnen die Sprache?«

George räumte ein, nicht zu wissen, was er sagen sollte. Er hoffe, dass der Sheriff bald komme und dass sie damit anfangen könnten, das Verbrechen zu untersuchen.

»Sie meinen, ein Sheriff wird uns helfen?«

»Wenn nicht, greifen wir auf andere Mittel zurück. Wir werden alles vernünftig durchdenken. Die Einzelheiten überprüfen. Einen Ablauf der Ereignisse erstellen.«

Prentiss war so schnell auf den Beinen, dass George verstummte. Sie starrten einander an. Prentiss' ganzes Gesicht war vor Trauer geschwollen. Seine Wangen waren dick wie die eines Säuglings. Sein Haar besudelt vom Tod seines Bruders.

»Prentiss, bitte.«

Prentiss hob die Faust, und George wich vor dem drohenden Schlag zurück, doch Prentiss strich ihm nur mit dem Finger über die Wange. Ein Streifen Blut. George berührte seine Wange, verrieb die Feuchtigkeit instinktiv zwischen Fingern und Daumen.

»Sie haben das alles«, sagte Prentiss gestikulierend.

»Und was ist das?«

Prentiss trat zur Seite, und Georges Blick fiel auf Landry: die blutige Kuhle, die einmal seine Wange gewesen war, die trüben Blutpfützen um seine Augen.

»Sind das genug *Einzelheiten*, George?«

So gern George etwas gesagt hätte, so wusste er doch, dass seine Worte Prentiss nichts nützten. Dass eine Entschuldigung vulgär wäre. Das einzig Mitfühlende war, dem Moment mit nichts mehr als einer Pose des Mitgefühls zu begegnen – seinem Freund den Dienst seiner Gesellschaft zu erweisen. Eine Weile lang standen sie zusammen da, ohne ein Wort zu sagen, bis Prentiss schließlich aus seiner tiefen Versunkenheit zurückkehrte.

»Wo ist Ihr Sohn?«, fragte er George.

»Drinnen.«

»Ich will mit ihm reden.«

»Er hat es nicht getan. Ich bin nicht sicher, ob er überhaupt dazu fähig wäre, selbst wenn er wollte.«

»Er war's nicht, das stimmt. Aber ich glaube, er weiß, wer's war.«

George konnte nicht widersprechen. »Vielleicht ist es das Beste, wenn ich zuerst mit ihm rede. Seinem Vater wird er eher erzählen, was er weiß.«

Prentiss holte tief Luft und ließ den Gedanken sacken.

»Aber wir müssen« – George zögerte – »den Leichnam in die Scheune bringen. Wir können nicht warten, bis der Sheriff das macht. Wie du schon sagst. Die Elemente und was noch alles.«

»Ich kann ihn tragen«, sagte Prentiss. »Ich hab ihn mein ganzes Leben lang getragen. Sie kümmern sich um Ihren Jungen.«

»Nimm wenigstens Ridley und den Schlitten. Ist ja nicht nötig, es sich schwerer zu machen, als es eh schon ist.«

»Kümmern Sie sich nur darum, ein paar Antworten zu kriegen. Am Ende des Tages würde ich gerne wissen, wen ich umbringen muss.«

George ging durch die noch immer in prachtvoller Blüte stehenden Erdnussfelder, strahlende Reihen Grün und gelbe Blüten. Welcher Schatz sich unter der Erde verbarg, konnte er nur erahnen. Er wusste, als er an den Pflanzen vorbeiging, dass er vielleicht nie wieder auf dem Feld arbeiten würde. Doch auch so hatte ihre Schönheit etwas Strahlendes, ja sogar Friedliches, und wenn die Monate der Arbeit auch nur einen winzigen Bruchteil des schrecklichen Verbrechens aufwogen, das an diesem Tag geschehen war, dann betrachtete er sie als wertvoll, ja sogar notwendig.

George war lange unterwegs gewesen – fast einmal bis zur Stadt und wieder zurück, danach draußen bei Prentiss –, doch Caleb starrte noch immer lustlos aus dem Fenster, als er ins Haus kam. Calebs Mutter ließ ihn nicht aus den Augen, registrierte jede seiner Regungen. Der Junge sagte kein Wort, vermied jeglichen Blickkontakt mit Isabelle oder ihm selbst. Als Kind, erinnerte sich George, hatte Caleb oft den Kopf in den Falten ihres Kleides verborgen, wenn er bekümmert war, und Isabelle war durch das Haus spaziert, als wären ihr über Nacht ein zusätzliches Paar blasse Beinchen gewachsen. Jetzt hatte Caleb gelernt, sich wie George in den Falten seines eigenen Verstandes zu verstecken.

Sein Sohn und seine Frau sahen zu ihm auf, und er trat auf Caleb zu, fasste ihn an der Schulter und zog ihn auf die Beine.

»Mein Arbeitszimmer«, sagte George.

»Lass ihm noch ein wenig Zeit«, sagte Isabelle.

»Wir haben keine Zeit.«

Isabelle stand auf und sah zu, wie George Calebs Hand nahm und ihn die Treppe hinauf, durch den Flur und ins Arbeitszimmer führte.

»Setz dich«, sagte er.

Caleb gehorchte.

George trat auf die andere Seite des Schreibtischs und setzte sich ebenfalls; er fühlte sich wie der teigige Berg aus Fleisch und Knochen, der er war und der anscheinend kurz davorstand, auf dem Höhepunkt jahrelangen Erschlaffens und Vor-sich-hin-Knarzens auseinanderzufallen. Schon beim Betreten des Zimmers hatte ihn tiefe Erschöpfung überkommen. Sein Körper war so begierig darauf, diesen Tag zu beenden, dass er die Augen zusammenkneifen musste, um wach zu bleiben. Er überlegte, Isabelle zuzurufen, sie möge Kaffee kochen, doch dann überlegte er es sich anders, in der Annahme, dass ihm gerade noch genug Kraft für diese eine Unterhaltung blieb, bevor er zusammenbrach.

»Warum warst du im Wald, Sohn?«

Caleb, der den Kopf hatte hängen lassen, sah auf.

»Es geht mir gut«, sagte er. »Falls dich das interessiert. Falls dir der Gedanke an mein Wohlbefinden überhaupt gekommen ist.«

»Das sehe ich. Ich sehe, dass du unverletzt bist, dass du zu Hause und in Sicherheit bist, dass deine Mutter dich von vorne bis hinten umsorgt. Warum warst du im Wald?«

»Gott bewahre, dass du fragst, wie es mir geht. Nein, das darf nicht sein. Weil nichts dem allmächtigen George entgeht. Weil du *siehst*, dass es mir gut geht und es unmöglich, schlichtweg unmöglich ist, dass es mir anders geht als gut. Dass es sich lohnen könnte, mich zu fragen, anstatt mir zu sagen, wie es mir geht.«

»Warum warst du im Wald?«

»Ich war auch immer nur ein Projekt von dir. Wie deine Schränke. Wie dein Selbstgebrannter. Wie dein Garten. Wie Prentiss und Landry.«

»Caleb, ich frage dich ein letztes Mal.«

»Ich weiß, ich bin ein hoffnungsloser Fall. Genau wie die anderen. Und damit hab ich mich abgefunden. Aber wie verbittert musst *du* erst sein? Zu wissen, dass du für jedes Scheitern verantwortlich bist, das dir in deinem Leben widerfahren ist, und das bei so wenigen Erfolgen.«

Der Boden erzitterte, als hätte ein Beben die Blockhütte erfasst, und erst nach einem kurzen Moment der Panik, in dem George glaubte, nach draußen eilen zu müssen, begriff er, dass das Gefühl seiner eigenen Brust entsprang, einem Riss in seinem Herzen. Mühsam erhob er sich aus dem Stuhl. Die Vorhänge waren zum Schutz vor dem schwindenden Sonnenlicht zugezogen, und keine Kerze brannte. Die Schatten der Bücher tauchten den Raum in Schwärze. George konnte sich nicht erinnern, seinen Sohn umarmt zu haben, seit er aus dem Krieg zurück war. Er ging um den Schreibtisch herum und stellte sich hinter ihn. Dann beugte er sich vor und schlang einen Arm um Calebs Brust, und der Junge begann zu weinen wie ein Kind.

George stellte seine Frage noch einmal. Endlich erzählte Caleb ihm, was August getan hatte.

KAPITEL 16

Bei Einbruch der Nacht erhitzte George Wasser für ein Bad. Er bat Isabelle, ihm Bescheid zu geben, wenn Prentiss die Scheune verließ, Caleb aus seinem Zimmer herauskam (in dem er sich seit dem Ende ihres Gesprächs aufhielt) oder der Sheriff eintraf. Sie setzte sich ins Esszimmer, wie er es gewünscht hatte. Sie wusste, dass Caleb nicht nach unten kommen würde, da er sich seit mehr als einer Stunde weigerte, die Tür aufzumachen. Es war totenstill. Jedes Knarren des Hauses oder Pfeifen des Windes ließ sie aufschrecken, doch keine Menschenseele zeigte sich. Sie wurde schon unruhig, als George schließlich aus dem Bad ihren Namen rief.

»Ja?«, erwiderte sie und stand auf.

»Könntest du zur Tür kommen, damit wir reden können?«

Sie holte einen Stuhl vom Küchentisch und stellte ihn neben die Tür.

»Bist du da?«, fragte er.

»Ich bin da. Aber von hier aus kann ich nicht nach draußen sehen, George.«

Er sagte nichts dazu.

»Ich glaube, alle schlafen schon«, sagte sie. »Es ist recht spät.«

Das einzige Licht kam von der Kerze auf der Fensterbank. Sie empfand die Schatten des Hauses, jeden einzelnen dunklen Fleck, als zutiefst vertraut: Sie waren wie gemusterte Echos der Möbel, als würde ihr die Nacht in einem Zwiegespräch mit der Einrichtung ihre eigene Version davon anbieten.

»Wir werden einen Sarg brauchen«, sagte George.

Sie öffnete die Tür einen Spaltbreit. Auch im anderen Raum brannte eine Kerze, doch alles war voller Dampf. Sie erkannte nur die durchnässten Strähnen von Georges Haar und die Schräge seiner Schultern, bevor sein Körper mit dem Rand der Wanne verschmolz.

»Es sollte Zuckerbirke sein«, sagte sie. »Das hat ein wenig von Wintergrün, aber … eine kräftigere Note. Intensiver. Ich denke an Pfefferminz.«

»Pfefferminz?«, fragte George.

Sie wandte sich von ihm ab, den Schatten zu.

»Ich weiß, es klingt albern. Aber mein Onkel wurde in einem Birkensarg beerdigt. Sie haben ihn geliefert, als er noch lebte. Klingt merkwürdig, oder? Aber wenn meine Tante eines war, dann immer gut vorbereitet. Sie lagerte ihn im Keller, während er oben verstarb. Silas und ich sind in den Keller, um ihn uns anzusehen, und er roch ganz wunderbar. Vergiss nicht, der Keller war vermutlich der widerwärtigste Ort auf dem gesamten Grundstück. Ich weiß noch, dass ich Silas den Deckel abnehmen ließ, damit ich mich hineinlegen konnte. Alles in allem war er ziemlich geräumig. Er weigerte sich anfangs, den Deckel wieder zu schließen, während ich noch darin war, aber irgendwann tat er es doch, und ich lag schweigend da, allein mit mir selbst. Es war merkwürdig. Im Inneren roch es nach gar nichts. Als hätten sie es irgendwie geschafft, dass der Sarg nur von außen riecht. Auch wenn ich das für unmöglich halte.«

»Du warst in Trauer«, sagte George nach einer Weile. »Vielleicht hat gar nichts gerochen. Weder die Innen- noch die Außenseite.«

Durch die Tür klang seine Stimme gedämpft, und so trat sie ins Bad. Wabernder Dampf stieg aus der Wanne auf, große Wolken aus Hitze. Sie stellte ihren Stuhl ein Stück hinter ihm auf, trat einen Schritt vor, nahm Georges Handtuch und tupfte sich das Gesicht damit ab, dann warf sie es zurück auf den Hocker an seiner Seite. Nach einer kurzen Pause nahm sie es noch einmal, faltete es ordentlich und legte es zurück.

»Wirst du es Prentiss sagen?«, fragte sie.

George versank tiefer in der Wanne. Er hatte ihr erzählt, was Caleb ihm gebeichtet hatte. Die Geschichte enthielt so viel Schreckliches, dass es ihr schwerfiel, ihre Emotionen auseinanderzuhalten: die für ihren Sohn und die für Prentiss, für das, was Landry widerfahren war. Ganz zu schweigen von ihrem Hass auf die Weblers, lange unterdrückt, doch jetzt überwältigend.

»Was denkst du?«, fragte George. »Was sollen wir tun?«

Sie konnte sich nicht erinnern, wann er sie in letzter Zeit nach ihrer Meinung zu etwas so Bedeutsamem gefragt hätte. Der oberflächlichere Teil von ihr legte es ihm als Schwäche aus – als sei ihr Ehemann so gebrechlich geworden, dass er so sehr auf seine Frau angewiesen war wie nie zuvor. Doch der aufrichtigere Teil von ihr genoss es, dass er sie brauchte.

»Du musst es ihm sagen«, sagte sie. »Jedes Verschweigen der Wahrheit würde ihn nur noch mehr verletzen.«

»Und falls er auf Rache aus sein sollte …«

»Wir müssen unser Bestes geben, ihn von einem solchen Vorhaben abzubringen. Vielleicht wartest du eine Weile, bevor du es ihm sagst. Damit der Zorn abklingen kann.«

»Nicht mehr als einen Tag.«

»Länger wäre nicht richtig«, stimmte sie ihm zu. »Und was ist mit dem Sheriff?«

George sagte, er glaube, dass Osborne, der im Gegensatz zu fast allen anderen in diesem County über ein Rückgrat verfüge, vernünftig genug sei, um die Sache ernst zu nehmen. Er selbst wolle alles dafür tun, um einen Einsatz der Armee zu verhindern. Die Stadt hasse sie bereits genug, ohne dass sie ihre Loyalität zur anderen Seite ein für alle Mal bekundeten.

Er ließ sich noch weiter in die Wanne sinken. Das Letzte,

was sie tun wollte, war, ihm noch eine weitere Bürde aufzuladen, doch eine letzte, unangenehme Frage brannte ihr auf der Seele.

»George, was hat unser Sohn da draußen mit August gemacht? Was ist da zwischen ihnen?«

Er holte tief Luft.

»Was ist überhaupt zwischen zwei Leuten?«, fragte George zurück. »Ich kann es nicht sagen. Vertrauen. Leiden. Ein gewisser Anteil von Liebe, ganz sicher. Wie oft haben wir erlebt, dass Caleb in Tränen aufgelöst nach Hause kam und seinen Freund verflucht hat, nur um das gesamte Abendessen hindurch den Blick nicht vom Fenster zu wenden, in der Hoffnung, dass er doch noch vorbeikommt? Es gab ein Band zwischen ihnen. Warum es genauer ansehen?«

»Vielleicht ist es für dich leichter«, sagte sie. »Ich selbst weiß es einfach nicht mehr. Diese Sache mit August – ich glaube, es war eine Erleichterung. Der Gedanke, dass jemand anderes die Verantwortung dafür tragen könnte, was aus ihm geworden ist. Aber manchmal sehe ich mir noch einmal Calebs Briefe an und suche nach einer Spur des Jungen, den wir großgezogen haben, doch sie sind so leer. So hohl. Ich fürchte, das hatte er immer in sich. Diese Leere. Und wir haben sie nicht gesehen.«

George schien es die Sprache verschlagen zu haben, doch als er schließlich etwas sagte, tat er es im selbstbewussten Tonfall der Endgültigkeit.

»Jedes Mal, wenn er hingefallen ist, waren wir da. Das ist alles, was man von uns beiden erwarten konnte.«

Er sah so hilflos aus, so erschöpft. Sie rückte ihren Stuhl dichter an die Wanne heran, so dicht, dass sie den Schmutz auf dem Wasser sah, das Kräuseln von Georges Bauch, der tiefer in die Wanne sank.

»Hallo«, sagte er.

»Hallo«, sagte sie. Sie streckte die Hand aus und streichelte ihm über die Wange, ließ den Finger an seinem Kinn hinabgleiten.

»Wenn Prentiss einverstanden ist«, sagte er, »ist Zuckerbirke in Ordnung, denke ich.«

Isabelle gab ein leises zustimmendes Geräusch von sich. »Das ist die beste Wahl«, sagte sie. »Dem Anlass angemessen.«

Und mit diesen Worten stand sie müde auf, um zu gehen. Sie brauchte dringend Schlaf.

Als sie am Morgen aufstand, schlief George tief und fest. Nach dem Anziehen wollte sie an Calebs Tür klopfen, doch in der Annahme, dass auch er wohl noch schlief, ging sie stattdessen nach unten. Draußen, in der frühen Morgendämmerung, war das Gras vom Tau gefärbt. Sie trat durch die Hintertür hinaus, um die Hühner zu füttern, und sofort fiel ihr der Umriss von Prentiss ins Auge, der mit einem Eimer in der Hand in Richtung Felder marschierte. Ein Teil von ihr wollte seine Morgenruhe nicht stören, doch ein anderer Teil war zutiefst davon überzeugt, dass in Zeiten des Trauerns die Freundlichkeit anderer eine wichtige Rolle dabei spielte, den Verlust zu überwinden. Als ihre Freundinnen von dem erfahren hatten, was sich als falsches Gerücht von Calebs Tod herausstellen sollte, und ihr Blumen gebracht hatten, war ihr das ein Trost gewesen. Niemand, das wusste sie, würde Prentiss irgendetwas bringen. Sie schlüpfte in Georges Stiefel, weil sie die einzigen waren, die draußen standen, und ging ihm nach.

Die Farm lag noch immer in Dunkelheit gehüllt da, die Pflanzen waren von morgendlichen Schatten gesprenkelt. Einen Moment lang beobachtete sie Prentiss nur. Er jätete Unkraut in einer der Furchen – zog Weidelgras mitsamt der Wurzel heraus und warf es in den Eimer, wobei er vorsichtig um die einzelnen Pflanzen herum arbeitete.

Als sie sich näherte, rief sie seinen Namen und winkte ihm

zu. Er warf ihr einen Blick zu, dann arbeitete er weiter. Sie blieb direkt neben ihm stehen, doch sie hätte genauso gut unsichtbar sein können.

»Solltest du arbeiten?«, fragte sie. »George erwartet das sicher nicht. Nicht nach allem, was passiert ist.«

»Es macht mir nichts aus«, sagte er.

»Gibt es eine Möglichkeit, dich zum Aufhören zu bewegen?«

»Nein, Ma'am.«

»Ich wollte mir gerade ein Brot machen. Ich könnte auch Kaffee kochen. Warum kommst du nicht mit mir rein?«

Er schüttelte entschieden den Kopf.

»Für mich gibt's in dem Haus nichts.«

»Also willst du keinen Kaffee.«

»Das meinte ich nicht.«

»Was meinst du dann?«

Der Eimer hing schlaff in seiner Hand. Er starrte sie an, die Augen funkelnd vor Zorn.

»Ich mein, was ich gesagt hab. Das ist nicht kompliziert, Mrs Walker. Ich bin da, wo ich sein will. Bei diesen Pflanzen. Sehen Sie? Die *gedeihen*. Dafür hab ich gesorgt. Ich mit meinem Bruder. Und ich kümmer mich drum, dass sie weiter gedeihen, dass sie weiter stark bleiben, weil es sonst nichts gibt, was ich –«

Er konnte den Satz nicht beenden. Rieb sich mit der Hand von der Stirn bis zum Mund, dann von Wange zu Wange, als könne das den Schmerz vertreiben.

Auch wenn ihr eigener nach Calebs wundersamer Rückkehr abgeklungen war, kannte Isabelle dieses Gefühl: die vollkommene Hilflosigkeit, den alles verzehrenden Schmerz. Sie konnte nur sagen, was ihr durch den Kopf ging. Was ihr gerade einfiel.

»Er hat mir ein Paar Socken dagelassen. Es kann niemand sonst gewesen sein. Auf der Wäscheleine, demselben Ort, an dem ich ihm zum ersten Mal begegnet bin. Sie haben die Farbe des Himmels, ein helles Blau, und sie passen so genau, dass man denken könnte, er hat meinen Fuß vorher abgemessen. Das war das vielleicht Netteste, was je jemand für mich getan hat. Wir haben kaum ein Wort gewechselt, doch seine Freundlichkeit war unübertroffen. Er hatte etwas Unschuldiges an sich, das ich nicht beschreiben kann. Ich weiß nicht, ob ich es überhaupt selbst verstehe.«

Prentiss starrte sie mit leerem Blick an.

»Du kannst die Socken haben, wenn du willst«, sagte sie. »Als Erinnerung an ihn.«

Er schüttelte den Kopf.

»Wenn er Ihnen ein paar Socken gestrickt hat, dann gehören die Ihnen.«

Er bückte sich, um den Eimer aufzuheben, und jätete weiter.

Isabelle stand noch eine Weile da und fragte sich, ob sie sich weiter unterhalten würden, bis ihr klar wurde, dass der Moment vorbei war.

»Vielleicht ist es das Beste, wenn ich wieder reingehe. Du kannst gerne zu uns kommen, wenn du magst. Unser Haus steht dir offen.«

»Er hat mir mal von einer Wiese erzählt«, sagte Prentiss, als sie gerade gehen wollte. »Er hat fast den ganzen Morgen gebraucht, um die Worte rauszubringen, aber er hat's mir erzählt. Hat gesagt, er ist raus in den Wald und hat eine Wiese voll Pusteblumen gefunden, so viel auf einmal, dass der Boden weiß war wie Schnee, und da hat er gesessen und nachgedacht, und in einem Herzschlag ist ein Windstoß durch die Wiese und alle Samen sind hochgeflogen, kein einziger war mehr am Boden, und der ganze Himmel leuchtete von ihrem Flug, und dann waren sie weg.«

Isabelle stand regungslos da, stellte sich das Bild vor.

»Mein Bruder hat in den letzten paar Wochen mehr in dem Wald gesehen als ein gewöhnlicher Mann in seinem ganzen Leben.«

Seine Augen suchten ihre, und er blickte sie mit einer Neugier an, die sie nie zuvor bei ihm gesehen hatte.

»Kennen Sie die Wiese?«, fragte er. »Da soll er begraben werden. Ich glaube, das würde ihm gefallen.«

Sie kenne sie nicht, erwiderte sie, doch sie werde George danach fragen. Ein trauriges Lächeln huschte über Prentiss' Gesicht und war gleich darauf wieder verschwunden, und dann wandte er sich wieder dem Jäten zu. Es gab nichts mehr, was sie tun – oder sagen – konnte, um ihn zu trösten. Mehr würde nicht geschehen.

Sie ging zum Haus zurück, das noch immer friedlich dalag, und setzte sich allein mit ihrem Strickzeug ins Wohnzimmer. Es war eine angenehme Überraschung, als George kam und sie fragte, was sie frühstücken wolle, ein milder Schock, der noch übertroffen wurde, als sie Pferde den Weg hinaufgaloppieren hörte. Sie öffnete die Tür und sah, wie eine helle Staubwolke auf sie zukam. Daraus löste sich der Sheriff auf seinem Pferd, mit seinem Hilfssheriff im Schlepptau.

George bat sie, noch mehr Kaffee zu kochen, während er selbst sich ankleidete, und beide waren vorbereitet, als es an der Tür klopfte und die beiden Männer eintraten. Während ihr Mann Osborne Clay kannte, hatte sie ihn nur einmal aus der Ferne gesehen, als er außer Dienst mit einer Gruppe anderer Männer durch die Stadt lief. Aus diesem Grund brauchte sie einen Moment, um zu begreifen, wie stark er zugenommen hatte. Und doch nahm sie ansonsten von seiner Erscheinung nur den Stern auf seiner Brust wahr, bevor sie den Kaffee aus der Küche holte. Erst als George ihr folgte und ihr ins Ohr flüsterte, wurde ihr klar, dass Osborne Clay gar nicht zugenommen hatte. Nein. Der Mann vor ihnen war nicht Osborne Clay.

KAPITEL 17

Die Neuigkeiten über Sheriff Clay kamen unerwartet. Er war eines Nachts nach einem Treffen mit einer seiner Gespielinnen, einer Frau von zweifelhaftem Ruf, nach Hause gekommen und hatte dort seine Frau mit einer Pistole vorgefunden. Sie schoss ihm direkt durch den Bauch und sah zu, wie er langsam verblutete, bis seine Schreie und seine Verwünschungen in Entschuldigungen umschlugen – erst dann rief sie einen Arzt. Clay hielt noch einige Tage durch, doch am Ende gab sein Körper auf. Sein handverlesener Nachfolger, Lamar Hackstedde, saß jetzt an ihrem Küchentisch, trank Kaffee und unterhielt George und Isabelle mit dieser Geschichte.

Was Mrs Clays persönliche Freiheit anging, erklärte Hackstedde, habe der ehemalige Sheriff verlangt, dass keine Anklage gegen seine Frau erhoben werde.

»Er hat eindeutig zu verstehen gegeben, dass sein Verbrechen der Untreue und die außergewöhnliche Zahl dieser Vergehen seine Strafe mehr als rechtfertigten. Seine Frau hat ihm die Stirn abgetupft, als er starb, und er schien im besten Einverständnis mit ihr aus dieser Welt zu scheiden.«

George rührte in seinem Kaffee.

»Und Sie haben sein Amt übernommen.«

Hackstedde deutete auf den Stern an seinem Hemd.

»Sie sehen ja das Stück Bronze«, sagte er. »Rechtmäßig von Osborne ernannt, am Tag vor seinem Tod. Er wollte den Job nicht an Tim weitergeben, weil er so begriffsstutzig ist und so.«

Tim, sein Hilfssheriff, bekam seine Worte nicht mit oder

störte sich nicht daran. Während sie sich unterhielten, bewachte er den verlassenen Weg, als könnte jederzeit eine Horde Barbaren auf sie zugestürmt kommen.

»Also, Sie haben gemeldet, dass Sie hier eine Leiche am Hals haben.«

George konnte nur nicken.

»Dann haben wir einige Arbeit vor uns. Was ich gleich sage, ist streng vertraulich, und Ma'am« – er sah Isabelle an, die hinter George stand – »das bleibt unter uns, rennen Sie nicht los und tratschen Sie es an Ihre Freundinnen weiter.« Er richtete seinen Blick wieder auf George. »Ich habe ein Telegramm von einem Kollegen nördlich von hier bekommen, mit dem Inhalt, dass Regierungsvertreter in einer Woche eintreffen werden. Nun hat sich Arnold Glass ja anständig benommen, seine Nase nicht in die Angelegenheiten der Leute gesteckt, auch nicht in meine, aber die Jungs, die da kommen, na ja, die wollen hier andere Saiten aufziehen. Wie ich höre, haben sie einem Nigger das Kommando über die Polizeikräfte drüben in Cooksville übertragen, als sie sahen, dass die Leitung da nicht ihren Anforderungen entsprach. Ich will mir das nicht mal vorstellen. Gucken Sie mal! Ich kriege Gänsehaut auf den Armen, wenn ich nur daran denke. Also habe ich mir geschworen, dass es in diesem County nicht genauso enden soll. Wir zeigen ihnen, dass wir in unserer Gegend selbst für Frieden sorgen können. Also regeln wir diese Sache schnell.«

Hackstedde war vielleicht zehn Jahre jünger als George, ein kräftiger Mann mit einem Nest haariger Muttermale am Kinn, wie ein Haufen Waschbärkot in Miniaturgröße. Er hatte die Angewohnheit, den Kiefer anzuspannen und wieder zu entspannen, und verbreitete eine nervöse Stimmung im Raum.

Alles lief schon jetzt ganz anders als in dem Plan, den George sich zurechtgelegt hatte: Osborne würde kommen. Sie würden zu Prentiss gehen und den Leichnam untersuchen. Caleb – der sich derzeit in seinem Zimmer eingeschlossen hatte – würde seine Aussage machen (oder George würde das für ihn übernehmen, falls er sich weigerte herauszukommen). Osborne würde diese Informationen aufnehmen und die entsprechenden Maßnahmen ergreifen.

Doch Hackstedde war kein Osborne Clay. Wie jeder in Old Ox wusste, hatte der Mann sich als Sklavenjäger einen Namen gemacht – als ein ziemlich unfähiger noch dazu –, und dass er irgendetwas anderes sein könnte als ein unfähiger Sheriff, war unvorstellbar. Noch unvorstellbarer war es, dass ihm ein toter Freigelassener nicht vollkommen gleichgültig war. Nun, da ein Mord gemeldet worden war, würde Hackstedde nicht einfach gehen. Doch wenn es von diesem Mann abhing, würde es keine Gerechtigkeit für Landry geben. Nicht, wenn Calebs Geschichte stimmte. Die Stadt stand George schon jetzt feindselig gegenüber. Ohne die Hilfe des Sheriffs und mit einer so schweren Anschuldigung gegen jemanden wie August Webler, da war er sich sicher, hatten sie bisher nicht einmal einen Vorgeschmack der Gegenreaktion erlebt, die ihre Farm erwartete, wenn diesem Fall auf den Grund gegangen wurde.

»Wie wär's, wenn wir uns die Leiche gleich mal ansehen«, sagte Hackstedde, der sich eine Zigarette auf dem Küchentisch drehte. »Wenn Sie vorangehen wollen.«

Prentiss wartete in der Scheune. Er saß auf seiner Pritsche neben Landrys Leichnam, den sie mit einem Tuch so fest und so oft umwickelt hatten, dass seine Umrisse kaum noch zu erkennen waren. George hatte angeboten, den Leichnam in den Stall zu legen, vielleicht sogar auf Eis, doch Prentiss hatte es abgelehnt – er wollte an der Seite seines Bruders aufwachen. Und wer war George, ihm diesen Wunsch abzuschlagen?

Hackstedde hielt sich ein Taschentuch vor die Nase, um sich vor dem merklichen Geruch zu schützen, und zeigte auf Prentiss. »Und das ist?«

»Er ist bei mir angestellt«, sagte George.

»Stimmt«, sagte Hackstedde. »Glaube, ich hab schon von diesem Arrangement gehört.«

»Er ist mein Bruder«, sagte Prentiss. »Er wurde umgebracht. Da gibt's gar keinen Zweifel dran.«

»Das wissen wir noch nicht genau«, sagte George, die Augen so weit aufgerissen, dass er genauso gut mit den Armen vor Prentiss hätte herumwedeln können.

»Warum bist du dir da so sicher?«, fragte Hackstedde Prentiss.

»Fragen Sie mich das, wenn Sie sein Gesicht gesehen haben«, sagte Prentiss.

»Tim«, sagte Hackstedde. Er ließ den Zeigefinger kreisen, und sein Hilfssheriff trat vor und hockte sich neben die Leiche.

»Ich möchte Prentiss den erneuten Anblick ersparen«, sagte George zu Hackstedde. »Weil die beiden ja Brüder sind und so weiter.«

Hackstedde hatte keine Einwände, als George Prentiss die Hand auf die Schulter legte und ihn aus der Scheune führte. Hastig flüsterte George auf ihn ein, und seine Worte wurden vom Gackern der Hühner und von der Wetterfahne auf dem Dach übertönt, die quietschte wie ein rostiges Türschanier.

»Dieser Mann war mal ein Sklavenjäger«, sagte George. »Ich schwöre, wir werden Landry die Bestattung geben, die er verdient. Er wird in Frieden ruhen. Aber wir dürfen kein Wort mehr zu diesem Mann sagen. Das bringt nur Ärger. Da bin ich mir sicher.«

Prentiss zeigte keinerlei Emotion. Ein Schatten lag über ihm, und George erkannte in dieser Dunkelheit eine solche Resignation, eine so umfassende Hoffnungslosigkeit, dass kein weiteres

Wort mehr nötig war. Er brauchte Prentiss nicht zu sagen, dass er sich diesen Männern ergeben sollte. Das hatte er längst getan.

»Sobald sie weg sind«, sagte George, »müssen wir noch einmal darüber reden, wie du von hier weggehst. Ich denke, wir sehen jetzt beide ein, dass es das Beste ist.«

Ihre gemeinsame Zeit schien in diesem Augenblick an der Scheune zu Ende zu gehen. Das Schweigen zwischen ihnen war wie ein weites Feld, das beide auf der Suche nach einer Antwort durchqueren mussten, die den plötzlich aufklaffenden Graben erklärte. George kannte dieses Gefühl nur zu gut. Wie oft hatte er in seiner Jugend freundschaftliche Bande zu knüpfen versucht, nur um sie zerreißen zu sehen, nachdem er eine unerwünschte Meinung geäußert oder sich auf eine Weise verhalten hatte, die der anderen Person merkwürdig vorkam, obwohl sie George ganz normal erschien. In diesem Fall gab es keine Verachtung, keine Wut. Zu vieles war in den Monaten, seit sie sich kennengelernt hatten, zwischen ihm und Prentiss geschehen. Keine der Seiten trug eine Schuld daran, und doch war all das unwiderruflich.

»Sorgen Sie dafür, dass die Erdnüsse überleben, ja?«, sagte Prentiss.

»Was? Darüber müssen wir uns keine Gedanken machen.«

»George, hören Sie zu. Ich geh von hier weg. Versprochen. Ich denk … ich denk mal, ich such nach meiner Mama. Gott weiß, das ist bloß ein Traum, dass sie irgendwo in Sicherheit ist und ich sie wiederseh. Aber wenn's nicht sein soll, reicht mir auch die Hoffnung, dass Sie sich um die Pflanzen hier kümmern. Für die das Richtige zu tun heißt, für mich und Landry das Richtige zu tun. Ich will sie nicht krepieren sehen, George.«

Aus der Scheune hörte man Stimmen, und kurz darauf kamen Hackstedde und Tim heraus.

Hackstedde zog seine Handschuhe aus und sagte: »Wissen

Sie, meine Tochter hatte einen Verehrer, der draußen bei Long Point gekämpft hat. Er hat eine Ladung Kartätsche aus einer Kanone ins Gesicht bekommen und war schneller tot, als man sich verhaspeln kann. Wir haben ihn nie wiedergesehen. Haben nur ein Telegramm gekriegt, in dem es stand. Und wenn ich diesen toten Schwarzen da drin sehe, muss ich an diesen Jungen denken. Vermutlich hat's ihm das Gesicht zerfetzt wie diesem großen Kerl da. Traurige Sache. Wirklich traurige Sache.«

»Was ist die traurige Sache?«, sagte Prentiss, mit so leiser Stimme, dass es kaum zu hören war. »Ihr Verehrer oder mein Bruder?«

Hackstedde steckte seine Handschuhe in die Gesäßtasche.

»Eine wirklich traurige Sache«, wiederholte er, an George gewandt, und schüttelte den Kopf. »Aber ich sehe keinen Anlass, von Fremdeinwirkung auszugehen. Ein so großer Bursche, wenn der durch den Wald läuft ... na, da ist ein böser Sturz nicht ausgeschlossen.«

Ein Sturz. Der schiere Aberwitz dieser Schlussfolgerung – dieser *Lüge* – weckte den Wunsch in George, dem Mann ins Gesicht zu lachen. Konnte er nicht wenigstens ein bisschen kreativer sein? War seine Fantasie so beschränkt?

»Bei allem, was in dieser Stadt vor sich geht«, fuhr Hackstedde fort, »sich um einen gestürzten Schwarzen zu kümmern, allein hier draußen, ich weiß einfach nicht, wie ich Ressourcen für etwas aufbringen soll, das ganz wie ein Unfall aussieht.«

Er sah George unverwandt in die Augen, und der nickte bloß. Das Ganze könnte hier enden, überlegte er, dann wäre Prentiss in Sicherheit und die Farm würde verschont bleiben. Es war, wie Hackstedde gesagt hatte: Niemanden kümmerte ein toter Schwarzer.

»Ich denke, das ist das Sinnvollste«, sagte George. »Wir können die Sache als erledigt betrachten.«

Hacksteddes Augen, die zwei kleinen schwarzen Gewehrkugeln ähnelten, hellten sich auf, und er klopfte George auf den Rücken.

»Sehr gut«, sagte er. »Dann mach ich mich wieder auf den Weg. Tim.«

Sein Hilfssheriff ging los, um die Pferde zu holen, und mit dem Elan, dem Enthusiasmus eines Mannes, der eine Aufgabe gut erledigt hat, fuhr Hackstedde fort: »Diese Wälder sind nicht sicher. Manche Jungs haben nicht genug Sinn für Vorsicht eingebläut bekommen. Vielleicht hat ihn ein Bär erwischt. Ihr habt hier draußen doch Bären, oder?«

Weil er spürte, dass Prentiss kurz vor dem Ausrasten stand, legte George ihm eine Hand auf die Schulter, um ihn zu beruhigen, ihm zu signalisieren, dass sie es fast geschafft hatten. Es war das Beste, die Inkompetenz des Sheriffs, seine himmelschreiende Dummheit mit einer Geduld zu ignorieren, die sich auszahlen würde, sobald Hackstedde endlich davongeritten war. Doch als er die Stimme hinter sich hörte, wusste er, dass der Tag eine gänzlich andere Wendung nehmen würde.

»Warten Sie! Warten Sie noch!«

Caleb war in seinem einteiligen Pyjama aus der Eingangstür gestürmt. Er war fahl, hohläugig, weil er seit Tagen kein Sonnenlicht gesehen hatte, sodass er kaum noch Ähnlichkeit mit seinem Sohn hatte.

»Wer ist das?«, fragte Hackstedde. »Was sagt der Junge?«

George stellte Caleb vor und schüttelte dann vehement den Kopf, um seinen Sohn zum Schweigen zu bringen. Doch Caleb war so voller Tatendrang, so entschlossen in seinem Auftreten, dass er sich nicht abhalten ließ.

»Ich will ein Geständnis ablegen«, verkündete er.

»Caleb, nicht«, sagte George.

Doch der Junge winkte ab. Tränen stiegen ihm in die Augen und liefen seine Wangen hinab.

»Keine Lügen mehr«, sagte er. »Ich will, dass die Wahrheit ans Licht kommt.«

George ließ den Kopf hängen. Alles, was sein Sohn zuvor ihm erzählt hatte, gab er nun in einem einzigen Redeschwall an Hackstedde weiter.

Ein Tag war seit Landrys Ermordung vergangen. Der Verwesungsgestank hatte sich verstärkt, auch wenn kein Wort darüber verloren wurde, und Prentiss lief weiterhin durch die Scheune, als gäbe es ihn nicht. Er packte eine kleine Tasche, die George ihm gegeben hatte, und George selbst blieb im Eingang der Scheune stehen und sah ihm zu, wahrte jedoch Abstand. Falls Prentiss ihm für die Untätigkeit seines Sohnes grollte, ließ er es sich nicht anmerken.

»Ich sollte bald mit dem Sarg zurück sein«, sagte George. »In der Stadt gibt es einen Möbeltischler, der hinten einen Raum voll Särgen hat. Hat sich im Krieg eine goldene Nase damit verdient. Der sollte genau das haben, was wir suchen. Wir können die Zeremonie heute noch abhalten, wenn das für dich in Ordnung ist.«

»Ist es.«

»Gut. Gut.«

»Brauchen Sie Hilfe?«, fragte Prentiss.

George schüttelte den Kopf. »Ich schaff das schon mit Ridley. Bereite du dich weiter auf die Abreise vor.«

Der Esel war von der Hitze träge, doch George spannte ihn vor den Karren und lenkte ihn im langsamen Trab auf die Hauptstraße zu. Es war kein freundlicher Tag. Das Krächzen der Spottdrosseln klang für ihn wie das Schrillen eines Weckers. Erschöpfung plagte ihn. Er hatte in der Nacht unruhig geschlafen, ein Problem, das er in letzter Zeit so häufig gehabt hatte, dass er sich inzwischen fragte, ob er je wieder einen schönen Traum oder die gute Stimmung nach tiefem Schlaf erleben würde.

Der Vormittag war durch das Chaos nach Calebs Geständnis belastet gewesen, worauf bald der emotionale Zusammenbruch des gesamten Haushalts folgte. Isabelle nahm gleich die Verantwortung für Calebs Handeln auf sich, weil sie nach oben gegangen war und ihn angefleht hatte, dem Sheriff die Wahrheit zu sagen, ohne zu ahnen, wie fragwürdig Hacksteddes Anspruch auf den Sheriff-Titel war. Als es vorbei war, marschierte Caleb endlos im Wohnzimmer hin und her, zum Bücherregal und zurück zur Küche, und erklärte ihnen immer wieder, dass er bloß das Richtige habe tun wollen. Das sei alles, was für ihn zähle. Ein Leben voller Unrecht, das wieder in Ordnung gebracht werden musste.

»Du bist kaum erwachsen«, sagte George ihm. »Wenn du nur wüsstest, wie viel Unrecht dich noch erwartet.«

Dies sei etwas anderes, sagte Caleb. Sein Schweigen, seine Angst, hätten zu Landrys Tod geführt. Es sei ganz und gar seine Schuld.

Darauf erhob sich Prentiss vom Esstisch und wandte sich an sie alle. »Mein Bruder liegt da draußen!«, rief er, alle im Raum verstummten. »Wie ein ausgeblutetes Schwein. Wenn Sie mir nicht helfen wollen, ihn unter die Erde zu bringen, mach ich's eben selbst.«

George hatte seine Worte noch in den Ohren, als er den Stadtrand erreichte. In der Geschäftigkeit von Old Ox fand er eine gewisse Erleichterung. Die Menschen, die Stimmen, der Lärm übertönten die Emotionen der letzten vierundzwanzig Stunden, und George wusste die Ablenkung zu schätzen. Er ließ Ridley an seinem üblichen Pfosten zurück und ging allein weiter. Niemand sprach ihn an, auch dann nicht, als ihm kurz schwindlig wurde und ihn ein Gefühl der Orientierungslosigkeit überkam. Es schien, als wäre die Stadt nicht mehr so angeordnet wie zuvor. Jedes Gebäude war zugleich vertraut und fremd, und er blieb unter der Markise eines leeren Kaufmannsladens stehen, um sich zu orientieren. Was er jetzt brauchte, war Ruhe. Geschützt durch den Wohlstand seines Vaters hatte sich sein gesamtes Leben wie eine einzige große Reise angefühlt, und doch verspürte er nun das Bedürfnis nach einer tatsächlichen Reise. Um sich von allem zu erholen. Doch es gab so viel zu tun. Er musste sich konzentrieren. Er musste diesen Sarg besorgen.

Er näherte sich dem Platz, blieb jedoch beim Anblick der beiden Wallache stehen, die vor Weblers kleinem Backsteinhaus festgemacht waren. Dieselben Pferde, die gerade vor seinem Haus gestanden hatten. Hackstedde und sein Hilfssheriff. Es kam nicht überraschend. Schließlich hatte Hackstedde mit versteinertem Gesicht dagestanden und ihm der Form halber versprochen, den Wahrheitsgehalt von Calebs Behauptungen überprüfen zu wollen. Doch George fiel es schwer, sich vorzustellen, dass ein Webler in Handschellen durch diese Tür treten würde.

Er verspürte den Drang hineinzugehen. Er wusste nicht, was er dort sagen oder tun würde, doch er spürte, wie ihm das wenige an Einfluss, das ihm in dieser Stadt noch blieb, aus den Händen entglitt. In diesem Gebäude wurden die Karten neu verteilt, und er saß nicht mit am Tisch. Das durfte nicht sein. Das Möbelgeschäft war direkt vor ihm, doch er machte kehrt, ging quer über das Rondell, wobei er den bunten Blumenarrangements der Gartengesellschaft auswich, und marschierte auf das Schulgebäude zu, in dem er einst das Alphabet gelernt hatte und das nun als Hauptquartier dieses Außenpostens der Unionsarmee diente.

»General Glass«, rief er, als er sich dem Eingang näherte. Er kam nicht auf die Idee, die Schlange von Männern und Frauen zur Kenntnis zu nehmen, die mit Papieren in der Hand neben dem Gebäude standen und darauf warteten, dass sie an der Reihe waren – etwas, was George selbst nicht zu tun pflegte.

Ein düster blickender Soldat blockierte die Tür, bevor George eintreten konnte. »Besucher werden in der Reihenfolge empfangen, in der sie gekommen sind«, sagte er.

»Es geht um eine dringliche Angelegenheit«, sagte George. »Glass! Hier ist George Walker. Ich muss mit Ihnen reden.«

Der Soldat hob den Finger, um ihm zu bedeuten, dass er zurücktreten sollte.

Zur Antwort legte George den eigenen Finger an die Tür. »Sie müssen mich einlassen. Was ich mitzuteilen habe, verdient sofortige Aufmerksamkeit.«

Zu Georges Erleichterung (und vielleicht auch zu der des Soldaten) trat General Glass durch die Tür, gefolgt von einem jungen Mann, der einen hohen Stapel Unterlagen auf beiden Händen zu balancieren versuchte. Ein kleiner Aufstand wanderte durch die Reihe der Wartenden, als Glass sich entfernte. George heftete sich dem General an die Fersen, als dieser die Hauptstraße hinunterging.

»Mr Walker«, sagte Glass, der sich keinerlei Mühe gab, seine Gereiztheit zu verbergen, »haben Sie die Schlange nicht gesehen? Ich werde bald zurück sein, um mich mit denen zu beschäftigen, die meiner Aufmerksamkeit bedürfen, auch mit Ihnen.«

»Das ist keine triviale Angelegenheit, General.«

»Nein? Sie meinen, es geht über Essensrationen für hungernde Kinder und Neuigkeiten über den Zustand verwundeter Verwandter hinaus?«

Plötzlich wurde George vom Strom des Gegenverkehrs verschluckt und stieß gegen eine Frau mit Gepäck. Beinahe hätte er Glass aus den Augen verloren, doch dann eilte er zurück an seine Seite, wie ein verirrtes Kind, das zu seiner Mutter zurückkehrte.

»Wie schafft es dieser Bursche, mit all den Unterlagen mit Ihnen Schritt zu halten?«, fragte George. »Der könnte ein Zirkusakrobat sein.«

»Dieser Mann ist kein Bursche«, sagte Glass. »Er ist mein Adjutant.«

»Und was ist das?«

Sie erreichten das Sägewerk, als Glass stehen blieb und so schnell herumfuhr, dass George erschrocken erstarrte.

»Brigadegenerale haben Adjutanten, keine Burschen. Bitte begegnen Sie meinen Männern mit Respekt.«

Ein Soldat näherte sich ihnen mit einem Blatt Papier, das Glass unterzeichnete, ohne einen zweiten Blick darauf zu werfen.

George entschuldigte sich und nickte dem Adjutanten zu, dann wandte er sich wieder an Glass.

»Ich möchte Ihnen sagen, dass ich mich entschieden habe, in Ihren Stadtrat einzutreten«, sagte er. »Es würde mich sogar sehr freuen. Ich werde früh da sein, lächeln und tun, was Sie wollen. Als Gegenleistung bitte ich Sie um fünf Minuten Ihrer Zeit –«

»Der Stadtrat hat in vollkommenem Einvernehmen getagt, und zwar ohne Sie.«

»Nun gut. Darf ich Sie dennoch um einen Augenblick bitten? Was ich zu sagen habe, wird Ihren Tagesablauf nicht durcheinanderbringen. Vielleicht hätte ich freundlicher zu Ihnen sein können, aber ich war auch nicht grausam. Tun Sie mir diesen einen Gefallen. Nur ein paar Minuten. Ich flehe Sie an.«

Glass' Züge schienen sich zu einem Punkt zusammenzuziehen, er kniff in tiefes Nachdenken versunken die Augen zusammen, die sich der gerümpften Nase annäherten. Er seufzte, nahm seinem Adjutanten die Hälfte der Unterlagen ab und übergab sie George, der dadurch fast das Gleichgewicht verloren hätte.

»Machen Sie sich nützlich und nehmen Sie meinem Adjutanten einen Teil seiner Last ab«, sagte Glass. »Dann gewähre ich Ihnen zwei Minuten.«

»Ein faires Geschäft«, sagte George zähneknirschend.

Sie betraten das Holzlager, und George fiel als Erstes das überwältigende Aroma auf. Er kannte den Geruch von Walnussbäumen, nach frisch umgegrabener Erde, schwarz und bitter, doch in der Enge des zeltartigen Lagers waren seine Bestandteile so penetrant, dass ihm Tränen in die Augen stiegen. Hinter dem Lager waren Soldaten damit beschäftigt, Reihe um Reihe der Bohlen auf Waggons zu laden.

»Ich höre«, sagte Glass.

George folgte ihm zu seinem provisorischen Büro – einem Schreibtisch, der von mehreren Soldaten bewacht wurde und mit Blaupausen und Telegrammen übersät war – und begann zu erklären, was mit Landry geschehen war; dass sich nicht nur die Stadt, sondern auch seine Nachbarn von ihm abgewandt hätten. Dass er nun, da er sich an niemand anderen mehr wenden könne, wissen müsse, dass es zumindest einen ehrenhaften Mann gebe, auf den er als Verbündeten zählen könne. Einen Menschen, der ihm helfen würde, die Gerechtigkeit anzustreben, die Landry verdiene.

Glass hatte sich gesetzt, während George redete, und jetzt schrieb er eine Notiz, sein Adjutant blieb standhaft wie eine Statue an seiner Seite. Erst als er den Jungen mit leeren Händen sah, bemerkte George, dass er selbst noch immer seine Hälfte des Unterlagenstapels in den Armen hielt. Er legte sie auf den Schreibtisch. Nachdem er seinen Monolog beendet hatte, stand er still da und kam sich in dem Wirbelwind aus Geschäftigkeit um ihn herum unglaublich klein vor – ein ganzes Universum der Aktivität, von dessen Existenz er vor diesem Nachmittag nichts geahnt hatte.

»Ich habe bereits mit Mr Webler gesprochen«, sagte Glass. »Die Angelegenheit wird ausschließlich Sheriff Hackstedde übertragen. Er ist voll und ganz in der Lage, diesen Vorfall unvoreingenommen zu untersuchen.«

George war fassungslos. »Haben Sie mir denn überhaupt nicht zugehört? Hackstedde ist ein Dummkopf, und sich Rat bei Webler, dem Vater des Angeklagten, zu holen ist nicht weniger töricht als alles, was der Sheriff allein hinbekommen hätte. Das ist eine Pflichtverletzung sondergleichen.«

Mehr als jede seiner Aussagen zuvor erregte dies Glass' Aufmerksamkeit. Er faltete die Hände auf dem Tisch und sah George so streng an, dass dieser sich am liebsten hinter dem Stapel Unterlagen versteckt hätte, den er gerade dort abgelegt hatte.

»Meine Pflicht?«, fragte Glass ungläubig. »Ich bezweifle, dass Sie auch nur die geringste Vorstellung davon haben, worin meine Pflicht besteht. Schon die Definition dieses Wortes ist Ihnen fremd, wie für so viele Männer, die schon immer viel hatten und wenig von ihren Mitmenschen brauchen. Erlauben Sie mir, es Ihnen deutlich zu erklären, um jedes Missverständnis auszuräumen. Ich bin meinem Land verpflichtet. In diesem Fall hielten meine Vorgesetzten es für angemessen, mir diese Pflicht in Form einer einzelnen Aufgabe aufzuerlegen, die mit wenig Ruhm verbunden, aber von großer Bedeutung ist, nämlich dem Betrieb eines Sägewerks in einer jämmerlichen Provinzstadt voller Menschen, die mich verabscheuen. Diese Pflicht erfordert, dass ich den Frieden unter genau den Menschen bewahre, die es am liebsten sehen würden, wenn ich und sämtliche Soldaten um mich herum aus ihrer Heimat verschwinden. Das ist mein Los. Ich habe es getan und werde es weiter tun, bis ich von dieser Aufgabe entbunden werde.«

»Ich wollte Sie nicht beleidigen –«

»Genau das ist das *Problem.* Ihre Selbstsucht ist grenzenlos. Sie sehen nur sich. Gott bewahre, dass Sie auf den Gedanken kommen, diese Leute, die den ganzen Morgen vor der alten Schule in der Schlange stehen, könnten gegenüber Ihren eigenen Bedürfnissen Vorrang haben.«

»Ich habe meinen Fall schlecht vorgebracht«, sagte George in dem Versuch, so weit wie möglich zurückzurudern. »Ich bin nicht perfekt – das gebe ich ohne jedes Zögern zu. Doch das ändert nichts daran, dass es einen toten Mann gibt, einen Mann, der gut zu allen war, die ihm begegnet sind, der Besseres verdient hat, als dass man seine Ermordung als belanglos abtut. Offen gesagt bin ich sehr erstaunt, dass Sie so unter Weblers Bann stehen. Da haben Sie ein solches Gespür für die List von Männern, die auf Ihre Gunst aus sind, und haben sich ausgerechnet mit dem Schlimmsten eingelassen.«

»Wade Webler ist genauso selbstsüchtig, genauso gefühllos wie Sie oder ich oder sonst ein Mann oder eine Frau, die dies oder das von mir wollen. Und doch war er der Erste, der mich begrüßte, als ich in diese Stadt kam. Der Erste, der mir sagte, wer mir bei unseren gemeinsamen Zielen behilflich sein könnte. Ich könnte hinzufügen, dass er mir in einem Moment persönlicher Not, als ich Geld für eine Verwandte in großen Schwierigkeiten brauchte, geholfen hat, ohne Fragen zu stellen. Seine Großzügigkeit ist unübertroffen, Mr Walker.«

»Er hat sie in der Tasche«, murmelte George, doch Glass redete weiter, als hätte er nichts gesagt.

»Bis heute hat mich Mr Webler in all diesen Monaten nie um eine Gegenleistung gebeten. Und das eine, das er sich nun gewünscht hat, ist, dass ich mich aus dieser Angelegenheit eines einzigen toten befreiten Schwarzen heraushalte, damit es nicht zu gravierenderen Schwierigkeiten kommen möge. Wenn das das einzige Erfordernis ist, um den Frieden unter den Bürgern dieser gottverlassenen Stadt zu bewahren, um meine Vorgesetzten glücklich zu machen und um einem Mann zu helfen, der mir sehr geholfen hat, nun, dann werde ich sehr gerne ein Auge zudrücken.«

Damit wandte sich Glass den Unterlagen auf seinem Tisch zu und würdigte George keines Blickes mehr.

»Ich habe dafür gekämpft, dass diese Stadt ein Vorbild für andere im Bundesstaat sein möge«, fuhr er fort, »und wenn das Amt für Freigelassene hier eintrifft, dann werden sie das, so glaube ich, ebenso sehen. Dieser arme Teufel wird einen Beitrag dazu leisten. Wenn Sie mich fragen, wird sein Opfer stärkere Resonanz finden als viele, die auf dem Schlachtfeld gefallen sind.

Geben Sie sich mit diesem Wissen zufrieden. Wie traurig es auch sei.«

George hatte die Soldaten bisher nicht beachtet, die stramm dastanden und auf die Aufmerksamkeit ihres Vorgesetzten warteten – und darauf, dass George ging. Es lag etwas in ihrem neutralen, leidenschaftslosen Blick, das er als Geringschätzung interpretierte. Geringschätzung gegenüber diesem jämmerlichen, wild gestikulierenden Fremden, dem jedes Gesuch verwehrt wurde. Er hatte sich zum Gespött gemacht.

»Ich denke, dann ist es so, wie Sie es im Saloon gesagt haben«, sagte George. »Es gibt zwischen uns nichts mehr zu besprechen.«

Glass blickte auf, anscheinend überrascht, dass George noch immer vor ihm stand.

»General Glass«, sagte George und wandte sich zum Gehen.

Er überlegte, Ezra zu besuchen, brachte jedoch nicht die Energie auf, sich irgendwelchen Vorhaltungen zu stellen; stattdessen machte er sich, noch immer in düsterer Stimmung, auf den Weg zum Möbelgeschäft. Er musste sich an einer Toilette – einem rostigen Blecheimer unter einem zersplitterten Holzhocker – und einem Kinderwagen vorbeidrängen, um die Eingangstür zu erreichen, und innen bestand das Geschäft größtenteils aus einer Ansammlung bisher unverkaufter Waren. Der Weg zur Kasse war weniger durch eine klare Richtungsvorgabe bestimmt als durch das Fehlen von Hindernissen, die den Gang blockierten. An einer Stelle drehte sich George um und lief direkt in einen Globus hinein, der ihm bis zur Hüfte ging; gleich darauf stolperte er beinahe über ein Federbett, was ihm in diesem Augenblick wie ein annehmbarer Abschluss seines Nachmittags vorkam.

Inzwischen hatte der Inhaber ihn erspäht, ein Mann in weißem Hemd und schwarzer Weste, der nach Tabak stank. Als George sein Anliegen vorgetragen hatte, führte er ihn in den hinteren Teil des Geschäfts, wo die Särge aufbewahrt wurden.

»Die versetzen die Kundschaft nicht gerade in Kauflaune, wenn wir sie vorne lagern«, erklärte der Mann.

Weil er mit Prentiss gesprochen und sein Einverständnis eingeholt hatte, bat George um einen Birkensarg.

»Ich hab Walnussbäume hinter meinem Haus«, sagte der Mann. »Deshalb verkaufe ich Walnusssärge.«

Es brachte nichts, ihm zu widersprechen.

»Ein Hausdachsarg, ausgekleidet und beschlagen«, sagte der Mann. »Alles für den Preis, den Sie für ein anständiges Fässchen Sherry zahlen würden. Ist vielleicht nicht Birke, aber dafür ein echtes Schnäppchen.«

George beäugte ihn, doch der Mann erwiderte bloß seinen Blick, und so bezahlte er einfach und bat darum, man möge ihm helfen, den Sarg dorthin zu tragen, wo Ridley angebunden war.

»Das kann arrangiert werden«, sagte der Mann. »Aber ich fürchte, die Arbeit kostet extra.«

»Es sind nur hundert Meter durch die Stadt.«

Ein lang gezogenes Schweigen entstand zwischen ihnen, und in den schmalen Lichtstrahlen, die das Hinterzimmer erreichten, schwebten uralte Staubkörner in der Luft. Der Mann zündete sich träge eine Zigarre an und stand einfach da.

»Oh, gütiger Gott«, sagte George. Er holte sämtliche Scheine heraus, die er noch hatte, und legte sie auf den Tisch. »Schnappen Sie sich einfach das eine Ende und helfen Sie mir endlich.«

»Jessup!«, rief der Mann.

Durch die Hintertür trat ein Junge, der ganz genauso gekleidet war wie der Mann – weißes Hemd, dazu eine schwarze Weste, ein leicht morbides Aussehen, das ihm die Umgebung verlieh.

»Ja?«, sagte der Junge.

Der Mann zeigte mit der Zigarre auf George. »Hilf dem Mann da, seinen Sarg zu tragen.«

Er war schwer für einen, aber erträglich für zwei. Sie trugen ihn aus dem Geschäft und stiegen die Stufen hinab, doch George sagte dem Jungen, er brauche eine Pause, und sie setzten den Sarg ab. Hacksteddes Pferd war jetzt verschwunden, ebenso wie Tims und Weblers. Nichts regte sich hinter den Vorhängen des Backsteinbaus.

Der Junge wurde unruhig. »Ich hab nicht den ganzen Tag Zeit, Mister.«

Als der Sarg endlich auf dem Karren lag, vor den Ridley gespannt war, wollte der Junge nicht gehen.

George drohte ihm mit dem Finger. »Du kriegst keinen Penny von mir. Ab mit dir!«

Der Junge verdrehte die Augen, als wäre Georges Ablehnung sein Ende und er würde von Krämpfen geschüttelt, dann machte er kehrt und war im Nu verschwunden.

George sammelte sich und stieg auf den Rücken des Esels. Wie konnte es sein, überlegte er, dass er nach nur einer erledigten Aufgabe schon so am Ende seiner Kräfte war? Selbst wenn er es sich zur Aufgabe gemacht hätte, zehn Stunden am Stück im Bett zu sitzen, ohne auch nur einen Zeh zu rühren, würde es ihn neuerdings erschöpfen. Es war nicht zu glauben, und doch war es so.

»Hussa«, sagte er zu Ridley und trieb ihn mit dem Fuß an.

Der Esel bewegte sich nicht.

»Los jetzt«, sagte er.

Immer noch nichts. Ridley zuckte mit den Ohren, als würde er die Befehle abwehren. Zu guter Letzt gab George ihm noch einen Tritt. Auch das ohne Ergebnis.

»Beweg deinen fetten Arsch!«, brüllte George. »Los, los, los! Gottverdammt.«

Ridley rührte sich kein Stück. Er blickte in die Ferne – auf die Straße, die sich vor ihm erstreckte, auf die ausgedehnte Waldfläche, vielleicht auf eine andere Welt des Vergessens, die nur er sehen konnte.

George beugte sich vor und flüsterte ihm hektisch etwas ins Ohr.

»Da ist nichts«, zischte er. »Die Straße führt zu einer anderen Stadt wie dieser, dann zu einer weiteren, und in keiner von denen gibt es irgendwas außer den immer gleichen Dingen, anders und doch identisch, dieselben Läden mit anderen Fassaden, dieselben Einfaltspinsel mit anderen Gesichtern, und absolut nichts davon sollte dich interessieren, weil du ein gottverdammter, hirnloser Esel bist, der mir den Tag verdirbt.«

Wütend ließ sich George von Ridleys Rücken gleiten, bereit, handgreiflich zu werden, doch in dem Augenblick, als seine Füße den Boden berührten, trottete Ridley los.

»Verstehe«, sagte George schnaufend. »Also gut.« Sie gingen nebeneinander. Er verbarg sich in Ridleys Schatten und war nun versöhnlich gestimmt. »Wenn die Last zu schwer war, hättest du es nur zu sagen brauchen«, flüsterte er. »Du kannst nicht einfach dastehen und schweigen.«

Als ob der Esel sprechen könnte. Und doch – es war die einzige Entschuldigung, zu der George imstande war. Er legte die Hand auf den Ansatz von Ridleys Mähne, und es tröstete ihn, einfach nur das Tier zu spüren, in der Gesellschaft eines weiteren warmblütigen Lebewesens zu sein, das nichts anderes wollte, als einen Schritt nach dem anderen auf ihr Zuhause zuzugehen.

Sie hatten nur wenig Zeit gehabt, die Beerdigung vorzubereiten, doch Isabelle hatte im Garten die wenigen Rosen gepflückt, die zu gebrauchen waren, und sie zu einem Strauß gebunden. Prentiss, George und Caleb trugen den Sarg, Prentiss vorneweg und George und Caleb Seite an Seite hinten. George hatte ihnen von einer Lichtung im Wald erzählt, die er Landry vor einiger Zeit gezeigt hatte und wo er ihn seitdem mehrfach angetroffen hatte. Er vermutete, das sei sein Lieblingsort im Wald gewesen, unberührt von allem menschlichen Leben außer seinem – und welcher Platz eignete sich besser für ein Begräbnis?

»Willst du, dass ein paar Worte gesagt werden?«, fragte George Prentiss. »Ich kenne einige Verse auswendig.«

Prentiss war so sehr auf das Tragen des Sarges konzentriert, dass George schon glaubte, er habe ihn überhört, doch dann blickte Prentiss zu ihm auf und sagte: »Lassen wir ihn gehen, wie er gelebt hat«.

Also schaufelten sie schweigend vor sich hin. Die drei wechselten sich ab, Isabelle stand daneben. Es dauerte fast eine Stunde, bis das Loch tief genug war.

Als der Sarg in der Erde war, wandte sich Caleb an Prentiss und sagte zum ersten Mal etwas: »Wenn du nicht willst, dass ich dabei bin …«

Wieder hielt Prentiss den Blick auf den Sarg gerichtet.

»Du hast meinen Bruder nicht getötet«, sagte er. »Ich werde dich nicht davon abhalten, dich zu verabschieden.«

Alle vier standen schweigend unter dem Dach aus Sonnenlicht, das sich langsam zu schließen schien wie ein Sargdeckel, inmitten von Bäumen, deren Zweige im umschlagenden Wind nacheinander zu greifen schienen.

»Isabelle«, sagte George.

Sie trat vor und holte einen Holzpfahl aus dem Beutel an ihrer Seite, nicht größer als ein Kinderbein, und steckte ihn am Kopfe des Sarges in den Boden. Dann holte sie einen weiteren Gegenstand aus der Tasche, eine Socke, im selben Blau wie die, die Landry ihr gestrickt hatte, doch groß genug für einen erwachsenen Mann – für Landry.

»Ich wusste, wenn ihr beiden nach Norden geht«, sagte sie zu Prentiss, »wird das Wetter irgendwann kühl, und da dein Bruder so freundlich war, Socken für mich zu stricken, dachte ich mir, ich revanchiere mich. Zumindest könnte es eine Erinnerung an seine Güte sein und den Ort markieren, wo er schließlich doch noch ein wenig Frieden gefunden hat.«

Sie zog die Socke über den Pfahl und befestigte sie mit einem Stück Zwirn. Als das Sonnenlicht drauffiel, erstrahlte das Blau so intensiv vor dem Hintergrund des grünen Grases, dass es von jedem Winkel am Rande des Waldes aus zu sehen war.

»Du sollst die andere haben«, sagte Isabelle.

Sie nahm die zweite Socke aus ihrer Tasche und reichte sie Prentiss. Er rieb den Stoff zwischen den Fingern, drückte die Socke an seine Brust und dankte ihr.

Sie breitete die Arme aus, und als sie einander umarmten, stellte sie noch einen letzten Punkt klar, ihre Stimme kaum lauter als ein Flüstern.

»Glaub nicht einen Moment lang, dass ich dich vergessen habe. Dein Paar liegt im Haus. Ich bin bald fertig.«

Er konnte sich ein Lachen nicht verkneifen.

»Sie kümmern sich um mich, als würd ich zur Familie gehören«, sagte er. »Ich werd Ihre Güte nicht vergessen, Mrs Walker.«

Sie standen noch eine Weile lang da, niemand hatte es eilig, bis Prentiss sich schließlich an alle wandte.

»Wenn es Ihnen allen nichts ausmacht«, sagte er, »würde ich gerne eine Weile mit meinem Bruder allein sein.«

»Ich möchte dir helfen, das Grab aufzufüllen. Ich denke, das wird lange dauern –«

»George«, sagte Isabelle.

»Ich schaff das schon«, sagte Prentiss. »Ganz allein.«

Sie kehrten in die Blockhütte zurück. Das Abendessen dauerte nicht lange, und als sie gegessen hatten, räumte George gemeinsam mit Isabelle und Caleb ab. Schweigend stellten sie das Geschirr in den Schrank und wischten den Esstisch ab. Als Caleb nach oben ging, zog es George zum Fenster, wo er in die sternenlose Nacht hinausblickte, Meilen über Meilen von Nichts, während der letzte Atemzug der Laterne in der Scheune erstarb, in die Prentiss zurückgekehrt war.

»Was geht dir durch den Kopf?«, fragte Isabelle, die sich ihm lautlos von hinten genähert hatte.

»Ach«, sagte er. »Nichts Erwähnenswertes.«

»Für dich ist alles erwähnenswert, George.«

Sie stand jetzt neben ihm. Ihr Haar, wenngleich elegant frisiert, schien ein wenig grauer geworden zu sein, und es gab neue Fältchen, die er zuvor nicht bemerkt hatte, Konstellationen so schön wie die am Himmel, bei einem nächtlichen Spaziergang.

»Erinnerst du dich an die Haushaltshilfe meines Vaters? Taffy?«

»Du hast von ihr erzählt.«

»Wir standen uns sehr nah«, sagte er. »Und doch habe ich nicht viele Erinnerungen an sie. Ein Schatten von ihr ist bei mir geblieben, nachdem sie verkauft wurde. Ich kann es nicht anders beschreiben, als dass ich sie immer noch neben mir herlaufen spürte, wenn ich allein spielte. Oder sie draußen Wäsche waschen hörte, wenn ich aufwachte.«

»Bei mir war es genauso, als mein Vater starb«, sagte sie. »Silas und ich. Wir hörten ihn zu uns heraufrufen. Eine Erinnerung, die sich zu Wort meldet.«

»Ist das nicht unheimlich?«

»Du hast mir doch gesagt, ich hätte mir den Geruch des Sarges meines Onkels eingebildet. Ich denke, das, worüber du da redest, ist nichts anderes. Kinder verarbeiten die Dinge eben auf ihre Art.«

George setzte sich noch einmal an den Küchentisch. Isabelle blieb am Fenster stehen und blickte zur Scheune hinaus.

»Nun ja, mir kam es real vor«, sagte George, »und es hat mir mehr zugesetzt, als ich sagen kann. Ich habe tagelang mit meiner Mutter geschimpft. Es ging ihr nicht gut, doch ich konnte nicht anders. Sie sagte mir bloß, dass man solche Beziehungen schnell hinter sich lassen müsse. Dass es das Beste sei, sich auf die Erinnerungen an unsere Spiele zu konzentrieren, an unsere gemeinsame Zeit, nicht an ihr Verschwinden. Aber Taffys Abwesenheit war viel intensiver als jede Erinnerung an schönere Zeiten.« George trommelte auf den Tisch, während in seinem Kopf ein Gedanke den nächsten jagte. »Isabelle, Prentiss muss fort von hier. Und zwar sofort. Zu seinem eigenen Wohl und zu unserem.«

Sie legte George eine Hand auf die Schulter. »Lass ihn erst zu Ende packen«, sagte sie. »Lass ihn heute Nacht trauern. Und beim ersten Tageslicht …«

»Beim ersten Tageslicht«, sagte George.

Es konnte gar nicht schnell genug kommen.

KAPITEL 18

Es war seine letzte Nacht auf der Farm, und Prentiss bekam kaum ein Auge zu; an Schlaf war nicht zu denken. Seine Pritsche fühlte sich an wie eine massive Felsplatte, und er wälzte sich endlos darauf herum. Neben sich sah er die Stelle, an der Landry früher gelegen hatte. Er hätte es niemandem gegenüber zugegeben, doch es war tröstlich gewesen, die Leiche bei sich zu haben. Vor die Wahl zwischen nichts oder dem Leichnam gestellt, hätte er auf der Stelle den Leichnam gewählt – um ihn anzusehen, mit ihm zu sprechen, ihn zu lieben wie Landry selbst. Er hatte überlegt, es George vorzuschlagen und die Beerdigung zu verweigern. So vieles war ihm genommen worden – musste die Erde ihm auch noch den Leichnam rauben? Und doch, die Beerdigung war richtig gewesen. Er fragte sich, ob es dieselbe Wiese war, von der sein Bruder gesprochen hatte, die mit dem Löwenzahn, doch er hatte keinen gesehen und wagte es nicht, George zu fragen, weil er sich lieber die Hoffnung bewahren wollte, dass es so war.

Seine Gedanken verschwammen, und er drehte sich auf den Bauch, um sich zu beruhigen. Sein Geld würde mindestens einen Monat lang für Unterkunft und Essen reichen. George hatte ihm geraten, er solle nach Norden reisen, bis ihm gefiel, wie es dort aussah: sich eine Arbeit suchen, eine Frau, ein Zuhause. Es sei leicht, sich das vorzustellen, erklärte Prentiss George, aber schwer umzusetzen. Vor allem, wenn er allein unterwegs war.

»Du bist nicht allein«, hatte George gesagt. »Du bist nie allein.«

Das war eine Lüge. Die Isolation war betäubend. Er war nun kein Bruder mehr; nicht mehr einer der vielen, die Mortons Land bevölkerten; und höchstwahrscheinlich war er auch kein Sohn mehr, zumindest nicht auf eine Art, die eine Rolle spielte. Er musste davon ausgehen, dass seine Mutter nicht mehr auf Erden wandelte. Und was machte es schon für einen Unterschied? Die Chancen, dass er sie je wiederfand, standen in etwa so gut wie die, Landry wieder zum Leben zu erwecken. Der Gedanke, an den er sich so lange geklammert hatte – dass seine Mutter anderswo lebte, vielleicht sogar im Norden –, erschien nur jenem Teil von ihm plausibel, der noch an Ammenmärchen glaubte. Dann sah er sie vor sich, wie sie über einen staubigen Pfad ging, eine Frau mit schwarzem Haar, wie ein Nest auf ihrem Kopf, deren Blümchenkleid unter dem Antlitz der Sonne leuchtete; oder er stellte sie sich in der Frau vor, die vor ihm an einer staubigen Straße Wasser an der Pumpe holte und mit ihren feingliedrigen Fingern eine Trinkschale für ihr Kind formte. Doch er wusste immer, dass das nur Ausgeburten seiner Fantasie waren. Er glaubte, dass auch Landry das wusste, dass es ein Geheimnis war, das sie beide voreinander wahrten, um die Wahrheit weiter unwahr erscheinen zu lassen, um ihre Geschichte und damit sie selbst für immer lebendig zu halten.

Jetzt sah er sich mit der Realität konfrontiert. Es gab nur noch ihn. Allein. Der Gedanke traf ihn wie ein Blitz der Angst, doch er wusste, dass er dieses neue Leben schon bald kennenlernen würde, so wie all jene zuvor – denn bei jedem Schritt seines Lebens war ihm ein Hindernis begegnet, und doch war er hier, stand noch immer jeden Tag da, bereit für das, was ihn als Nächstes erwartete. Dieser Schnipsel Hoffnung brachte die Erlösung und ließ ihn in einen tiefen Schlaf sinken.

Er wachte von einem Trommelwirbel von Hufgetrappel auf. Er eilte zum Scheunentor, steckte den Kopf nach draußen und sah die Gruppe, die sich auf dem Weg näherte. Mehrere Männer auf Pferden ritten voran. Hinter ihnen holperte eine schwarze Kutsche her.

Prentiss rief nach George und ging auf die Blockhütte zu. Er wartete nicht auf eine Antwort, sondern trat direkt durch die Hintertür und wäre in seiner Eile beinahe gegen den Herd gelaufen. Das Wohnzimmer war leer. Das Haus schlief.

»George!«, brüllte er nach oben. »Besser, Sie stehen auf!«

Draußen erreichten die Pferde das Rondell vor dem Haus, und die Kutsche kam in einer Staubwolke zum Stehen. Die Männer zügelten die Pferde, auch wenn die Tiere voll nervöser Energie tänzelten. Die beiden vordersten waren am Vortag schon hier gewesen, und die anderen, am Ende der Gruppe, waren keine anderen als Ted Morton und Gail. Prentiss überlegte, nach oben zu gehen und zu klopfen, doch gerade als er sich auf den Weg machen wollte, öffnete sich die Schlafzimmertür.

George kam in einem Nachthemd heraus.

»Was ist das für ein Lärm?«, fragte er mit zusammengekniffenen Augen.

»Vorm Haus«, sagte Prentiss. »Es ist dieser Sheriff. Und er ist nicht allein. Hab auch Morton gesehen. Es ist eine ganze Bande.«

George riss die Augen auf.

»Geh nicht raus«, sagte er. »Lass mich eine Hose anziehen.« Er ging in sein Zimmer zurück.

Am Rondell öffnete der Kutscher die Tür der Kutsche, und ein Mann in Abendgarderobe stieg aus; Prentiss hatte noch nie jemanden gesehen, der so förmlich gekleidet war. Ein zweiter Mann, etwa in seinem Alter, folgte ihm, und die beiden blieben wortlos neben der Kutsche stehen. Dann sagte der Ältere etwas zum Jüngeren, richtete sich die Krawatte und trat auf das Haus zu. Fast gleichzeitig öffneten sich Calebs und Georges Schlafzimmertür, und Vater und Sohn stiegen hintereinander die Treppe herunter.

»Hab sie durchs Fenster kommen sehen«, sagte Caleb. »August ist bei ihnen.«

»Unverschämtheit«, sagte George. »Unangekündigt hier aufzutauchen. Wenn die irgendwas versuchen …«

»George! Bist du das da drinnen?« Es war der Ältere in dem Anzug, von dem Prentiss annahm, es sei der Vater des Jungen, der seinen Bruder ermordet hatte. »Warum kommst du nicht raus, sodass ich nicht reinkommen muss?«

»Wenn du einen Fuß durch diese Tür setzt, kriegst du eine Pfanne an den Kopf, Wade. Verlass dich drauf.« George kam hinkend an die Tür.

Der Mann im Anzug winkte ab und verzog angewidert das Gesicht.

»Drohungen passen nicht zu dir, George. So etwas ist doch unter deiner Würde.«

Hackstedde und sein Hilfssheriff saßen noch auf ihren Pferden, genau wie Morton und Gail; Wade und sein Sohn standen vor dem Haus. Prentiss hatte den Jungen nie zuvor gesehen, doch er war genau so, wie Caleb ihn beschrieben hatte – zurückhaltend im Auftreten, doch in seinem Blick lag etwas Wildes. Am liebsten hätte Prentiss sich direkt auf ihn gestürzt. Er kämpfte zwar nicht gern, doch hier würde er eine Ausnahme machen, würde diese blonden Locken packen und seinen Kopf auf den Boden schlagen, und das würde er so oft wiederholen, bis der Junge nicht mehr aufstand.

»Mir ist so früh am Morgen nicht nach langen Unterhaltungen«, sagte George, als Prentiss zu ihm auf die Veranda trat. »Also spar dir dein übliches Geschwätz.«

»*Geschwätz*«, wiederholte Wade amüsiert. Dann wurde er

plötzlich ernst. »Heute ist, wie du vielleicht weißt, ein ganz besonderer Tag. August wird vermählt. Und doch wurden wir gestern, inmitten unserer Vorbereitungen, mit etwas konfrontiert, das sich nur als schändliche Anschuldigungen bezeichnen lässt, die dein Sohn gegen August erhoben hat. Du kannst dir vorstellen, wie verstörend das für meinen Jungen war. Stimmt's?«

Wade umfasste die Schulter seines Sohnes, dessen Gesicht genauso versteinert war wie das des Vaters. Prentiss folgte dem Blick des Jungen; er war auf Caleb gerichtet, der zu seinem Vater auf die Veranda getreten war und der ihn erwiderte, die Augen noch vom Schlaf verquollen.

»Ich würde mich nicht dazu herablassen, die verderbten Anschuldigungen zu wiederholen«, sagte Wade. »Aber ich hielt es für das Klügste, dass wir herkommen und persönlich mit euch sprechen, damit August betonen kann, dass er sich keines Vergehens schuldig gemacht hat.«

Mit einem Mal mischte August sich ein, sprach schnell und mit monotoner Stimme, als würde er eine vorbereitete Rede vom Blatt ablesen.

»Ich fürchte, Caleb hat im Krieg ein schweres Trauma erlitten, und sein Zustand hat ihn dazu verleitet, eine Geschichte über unsere gemeinsame Zeit zu erfinden, die nicht stattgefunden hat.«

»Ach, hör auf«, sagte Caleb. »Hör einfach auf. Mein Gott. Du warst nie ein guter Mensch, aber ich habe gedacht, du wärst ehrlich oder würdest es zumindest versuchen. Ich meine, die Lüge über deine Kriegsverletzung war das eine, aber das hier geht wirklich zu weit. Hätte ich gewusst, dass du bloß eine noch krankere Version deines Vaters bist und genauso herzlos –«

»Rede nicht über das, was im Krieg geschehen ist –«

Doch Wade fiel seinem Sohn ins Wort.

»Es genügt zu sagen, dass Calebs Beeinträchtigungen gerade mehr als deutlich zu erkennen sind«, murmelte er.

An diesem Punkt erschien Isabelle in ihrem Nachthemd, das Haar noch zu einem Knoten gebunden.

»Sie wissen genau, dass man vor einer Mutter nicht schlecht über ihren Sohn redet, Wade Webler. Das werden Sie hier ganz gewiss nicht tun.«

»Isabelle! Einen guten Morgen.« Wade hob den Hut. »Keine Sorge. Ich werde nichts mehr sagen. Der Sheriff wird von jetzt an übernehmen.«

Hackstedde, der in sich zusammengesunken auf seinem Pferd gesessen hatte, nahm Haltung an. Er hatte anscheinend nicht geschlafen, wirkte hohläugig und hatte Tränensäcke, sodass sein Gesicht wie eingefallen aussah.

»Richtig«, sagte er. »Ich fürchte, an diesen Gerüchten, die Ihr Sohn in die Welt gesetzt hat, ist nichts dran, George. Ich habe Ted befragt. Er sagt, er hatte mindestens zwölf Mann auf dem Feld, und nicht einer hat was Ungewöhnliches in den Wäldern gesehen oder einen Pieps gehört.«

»Er hat es besser gesagt, als ich's könnte«, stimmte Morton zu.

Hackstedde sprach weiter. »August bestreitet die Vorwürfe und hat ein gutes Alibi. Er und sein Vater haben in ihrem Büro gearbeitet, als das Ganze passierte. Also, das ist alles, was es dazu zu sagen gibt. Der Fall ist abgeschlossen.«

Georges Brust hob und senkte sich so schnell, dass Prentiss fürchtete, das Herz des alten Mannes könne versagen. Doch alle schienen instinktiv zu schweigen und auf das Ergebnis zu warten. Und so erfüllte George seinen Part.

»Nun gut«, sagte er.

»Wenn du willst«, sagte Wade, »um meine guten Absichten zu zeigen und wegen des Verlusts, den ihr erlitten habt, hätte ich ein paar Pferde, die ich deinem Unterfangen spenden könnte.

Ich weiß, du hast nur einen Esel, und ich kann es nicht ertragen, dich jedes Mal mit dem Vieh kämpfen zu sehen, wenn du in die Stadt kommst, wie irgendein jämmerlicher Mexikaner, der sich einen Weg durch einen Canyon bahnt.«

Morton und Gail kicherten und hielten sich die Hand vor den Mund, als wären sie Zwillinge, die sich immer gleichzeitig bewegten.

»Ich bin sehr zufrieden mit Ridley«, zischte George. »Wenn ich ein Pferd wollte oder drei, würde ich sie mir selbst besorgen. Aber vielen Dank für deine Großzügigkeit.«

»So sei es«, sagte Wade. »Wir machen uns auf den Weg. Ich muss meine Mutter abholen. Ich wollte ihr eine Kutsche schicken, aber nein, ich muss sie persönlich abholen.«

Dies war, wie Prentiss jetzt sah, ein Mensch, der komplett anders war als er selbst. Das lag nicht an seiner Gerissenheit oder dem Bösen, das in ihm wirkte, sondern an seinem Selbstvertrauen – diesem breiten Grinsen, der vollkommenen Gewissheit, dass, auch wenn sein Sohn eines kaltblütigen Mordes angeklagt worden war, alles in der Welt darauf ausgerichtet war, ihm das Leben zu erleichtern, ganz gleich, wer oder was sich ihm in den Weg stellte.

»Darf ich mich dafür entschuldigen«, sagte Wade, »keine Einladung zur Hochzeit ausgesprochen zu haben? Was soll ich sagen? Wir haben uns letztendlich dafür entschieden, im kleinen Kreis zu feiern.« Zufrieden nach getaner Arbeit wandte er sich ab und ging mit seinem Sohn zur Kutsche zurück.

»Ein Mensch ist gestorben«, sagte Caleb mit, wie so oft, vor Erregung kippender Stimme. »Abgesehen davon, wer es getan hat oder wie wenig ich für alle Zeiten von dieser Person halten werde, bedeutet Ihnen der Umstand selbst denn gar nichts? Dass ein Mensch sein Leben verloren hat?«

Es war ein kleiner Trost, dass diesen Verbrechern keine Erwiderung darauf einfiel. Wade und sein Sohn blieben stehen und wandten sich um, anscheinend von einem leichten Unbehagen erfasst.

»Sein Name war Landry«, sagte Prentiss. »Er war nicht bloß irgendein Mensch, sondern mein Bruder. Bester Mensch, den ich kannte. Bester Mensch, den ich je kennen *werde*. Und noch so viele Pferde können nicht wiedergutmachen, dass er nicht mehr da ist.«

»Das war jetzt genug von dir«, sagte Morton. »Du guckst dir besser mal das wenige ab, was du von deinem Bruder lernen kannst, und hältst den Mund.«

George trat vor und steckte sich das Hemd in die Hose; seine Augen blitzten.

»Du bist ein kaltherziger Narr, Ted«, sagte er. »Du hast kein Recht, in zivilisierter Gesellschaft das Wort zu ergreifen – oder in sonst einer Gesellschaft.«

»Wenn du vorhast, wieder was anzufangen«, sagte Ted, »dann bring ich's zu Ende.«

»Jetzt beruhigen sich mal alle«, sagte Hackstedde mit erhobener Stimme.

»Ich hab einmal mit ansehen müssen, wie er Hand an Mr Morton gelegt hat«, sagte Gail, »und das werd ich nicht noch mal zulassen.«

Die Pferde wieherten nervös, und der gesamte Hof, der noch immer in strahlendes Morgenlicht getaucht war, schien kurz vor dem Überkochen zu stehen. Stimmen redeten wild durcheinander, doch Prentiss stand inmitten des Aufruhrs still. Obwohl Morton ein erbärmlicher Wicht war, der unter ihm stand, war es Wade Webler, der ihn nicht losließ: die Eleganz seines Anzugs, die Arroganz seiner Haltung, seine Selbstgewissheit, dass er die Situation voll und ganz kontrollierte. Jetzt stand er gegen die Kutsche gelehnt da und flüsterte seinem Sohn grinsend etwas zu. Im Angesicht von so viel Macht fühlte sich Prentiss plötzlich eingeschüchtert, als wäre er wieder ein kleiner Junge, der sich ängstlich hinter dem Rock seiner Mutter versteckt. Er konnte es nicht ertragen – durfte sich nicht mehr kleinmachen lassen. Eine Beleidigung folgte auf die andere, trieb ihn vorwärts. Er hatte die Kutsche halb erreicht, bevor der Sheriff bemerkte, dass jemand auf die Gruppe zukam.

»Bleib, wo du bist«, sagte Hackstedde.

»Prentiss!«, sagte George. »Komm sofort zurück.«

Doch er nahm keine Anweisungen oder Befehle entgegen. Jetzt nicht mehr.

»Was hat der Junge vor?«, fragte Wade, noch immer an die Kutsche gelehnt, während Prentiss sich ihm näherte.

Der Sheriff und die anderen lenkten die Pferde so, dass sie zur Kutsche blickten. Hinter sich hörte Prentiss das Schlurfen von Georges hinkenden Schritten auf dem staubigen Weg.

»Prentiss! Bitte.«

Noch immer waren Wades braune Augen heiter, ungerührt, seine Lippen voll wie die einer Frau, das Kinn vorgereckt. Doch als Prentiss dem Mann nah genug war, um seinen Zigarrenatem zu riechen, löste sich die Macht seines Blickes in Luft auf. Es war etwas Instinktives. In Reichweite seiner Fäuste konnte Wade seine gelassene Fassade nicht mehr aufrechterhalten.

»George«, sagte Wade. »Pfeif deinen Hund zurück.«

Prentiss holte tief Luft. Als er ausatmete, fühlte es sich an, als würde das Leid eines ganze Lebens aus ihm herausströmen, exorziert und der Welt als gerechtfertigter Vorwurf zurückgegeben. Das Gefühl war so erfüllend, so mitreißend, dass er damit zufrieden gewesen wäre, wäre dies sein letzter Atemzug gewesen – tatsächlich war es so berauschend, dass er nicht groß darüber nachdachte, welche Folgen es haben würde: der Speichel, der wie eine Kanonenkugel aus seinem Mund in Wades Gesicht schoss.

Wade stand wie vom Donner gerührt mit starrem Blick da, während ihm der Speichel von der Nase tropfte. Die Zeit stand still. Im Hof herrschte Schweigen. Die Welt selbst kam stockend zum Halten. Dann setzte sie sich mit einer fast quälenden Langsamkeit wieder in Bewegung, spulte sich ab wie eine in Echtzeit, Note für Note komponierte Melodie. Prentiss' Blick fiel auf die grellweiße Polsterung der Kutsche, wanderte weiter durch das hintere Fenster zum dichten Meer aus Grün, dem windgepeitschten Gras; er sah die Brise, bevor er sie am Hals spürte, vielleicht die letzte dieses Vormittags, bevor die Hitze kam.

Auf den Windzug folgte der Schlag des Gewehrkolbens. Er traf ihn am Brustkorb, ein zweiter in den Kniekehlen. Er spürte, dass seine Beine einknickten, doch er hielt sich an der Kutsche fest und wandte sich zu Hackstedde um, als der Gewehrkolben erneut auf ihn zukam. Prentiss wich ihm aus und wurde an der Schulter getroffen.

»Auf die Knie!«, schrie Hackstedde.

Inzwischen war auch sein Hilfssheriff abgestiegen. Als er vortrat, spürte Prentiss, wie jemand ihn am Hals packte – Wade Webler hatte ihn in den Würgegriff genommen.

»Genug!«, brüllte George, der sich näherte.

Ihm ging die Luft aus, und Hackstedde holte gerade zu einem letzten, fatalen Schlag aus, als George zwischen sie trat und den Sheriff daran hinderte.

»Nehmen Sie die verdammte Waffe runter, Lamar. Wade –« Georges Augen richteten sich auf Prentiss' eigene, die voller Schrecken waren. »Das reicht jetzt«, sagte er ruhig.

Prentiss' Herz klopfte so heftig, dass er das Pulsieren in seinem Kopf spürte. Er konnte sich nicht aus dem Griff dieses Mannes befreien und geriet in Panik, wand sich, kurz vor der Bewusstlosigkeit. Alle standen jetzt in einem Kreis um sie herum: Isabelle und Caleb flehten, während die anderen schwiegen, die Augen fest auf Prentiss und Wade gerichtet. Der Würgegriff um seinen Hals war unerbittlich.

George versuchte Wade mit erhobenen Händen zu beschwichtigen.

»Du weißt so gut wie ich, dass Agenten in die Stadt kommen werden. Der Tod seines Bruders hat schon zu genug Aufregung geführt. Was wird erst los sein, wenn du diesen Mann hier und jetzt tötest?«

Wade spuckte seine Antwort förmlich in Prentiss' Ohr: »Seh ich aus wie jemand, den das interessiert?«

Prentiss verlor fast den Boden unter den Füßen. Er konnte kaum glauben, wie viel Kraft dieser Mann hatte, dessen Arm so fest um seinen Hals geschlungen war, dass seine Zunge sich unwillkürlich krümmte.

»Stell dir den sehr realistischen Fall vor«, sagte George, »dass sie entscheiden, ein Exempel an dir zu statuieren. Glass mag ein Verbündeter sein, aber die Kerle, die bald kommen, interessiert es einen Dreck, wie viele Häuser du besitzt oder wie viel Geld du hast. Diese Mistkerle haben es auf Männer wie dich abgesehen. Die werden die Gelegenheit nutzen, den mächtigsten Mann zu bestrafen, den sie finden können. Denk darüber nach. Im Interesse deines Geschäfts. Für August.«

Prentiss hielt es durchaus für möglich, dass George das frei erfunden hatte, doch es erfüllte seinen Zweck. Wade ließ von ihm ab, die Anspannung verließ seinen Körper, und er sank nach Luft ringend zu Boden. Bevor er sich sammeln konnte, stand Hackstedde hinter ihm und legte ihm Handschellen an. Er packte Prentiss an den Haaren und riss ihn hoch. Noch immer brummte ihm der Schädel – alles drehte sich.

Wade holte tief Luft und wischte sich den Speichel vom Gesicht. Sein Sohn beobachtete alles mit so hasserfüllter Miene, dass Prentiss meinte, er würde gleich auf ihn losgehen wie sein Vater. Doch er sagte kein Wort.

»Sperrt den Jungen weg«, sagte Wade. »Ich will einen Richter sehen. Morgen.«

»Der einzige Richter hier in der Gegend ist Ambrose«, sagte Hackstedde. »Hab gehört, er hat zuletzt in Chambersville Recht gesprochen.«

»Wenn ich dafür bezahle, wie schnell kann ich ihn hier haben?«

»Ich denke mal, sobald er das Geld in der Hand hat.«

»Gebt ihm Bescheid. Ich übernehme die Kosten. Ich will, dass dieser Junge angeklagt wird, und ich will, dass es durch das Gesetz geschieht. Alles andere als der Strang wäre eine Farce. Und lasst Richter Ambrose wissen, dass ich das gesagt habe.«

Prentiss wechselte einen Blick mit George, und die eingefallenen Wangen des Alten und seine angespannten Miene verrieten eine so tiefe Enttäuschung, dass er den Blick abwenden musste.

Wade richtete seinen Kragen, und als wäre das das Signal zum Aufbruch gewesen, trat der Kutscher vor und öffnete ihm und August die Tür.

»Jetzt wartet eine Hochzeit auf uns. Falls Sie nichts dagegen haben.«

Morton, noch immer auf seinem Pferd, sah Wade mit reuevollem Blick an, den Hut in der Hand.

»Bevor Sie fahren«, sagte er, »darf ich mich noch dafür entschuldigen, dass der Junge Sie angespuckt hat? Ich übernehme die Verantwortung, weil er ja von meiner Plantage stammt. Gott selbst weiß, dass er noch nie eine so sündhafte Tat begangen hat, gegen mich oder sonst jemanden in meinem Haushalt.«

Wades ganzer Körper schien vor Zorn anzuschwellen, und sein Gesicht war rot angelaufen, als er herumfuhr und Morton auf seinem Pferd anstarrte.

»Ich vermute, er hat auf jemanden gewartet, der die Mühe wert war. Guten Tag.«

Und mit einem einzigen Peitschenschlag des Kutschers waren die Weblers verschwunden.

Nach einem Moment unbehaglichen Schweigens bedeutete Morton Gail mit einem Nicken, ihm zu folgen.

»Ich und Mr Webler kommen gut miteinander aus«, sagte er, bereit zum Aufbruch. »Er hat nur schlechte Laune, nichts weiter.« Er erteilte seinem Pferd einen knappen Befehl, und die beiden brachen ebenfalls auf.

Blieben noch der Sheriff und sein Begleiter. Hackstedde holte ein Stück Seil aus seiner Satteltasche, band ein Ende davon an das Horn seines Sattels, das andere an Prentiss' bereits in Handschellen gelegte Handgelenke.

George schüttelte den Kopf und sah Prentiss niedergeschlagen an.

»Du warst so knapp davor zu entkommen«, sagte er. »Warum?«

Es war unmöglich, ihm zu erklären, wie befriedigend, wie fantastisch es gewesen war, all seinen Mut zusammenzunehmen, vorzutreten und sich zum ersten Mal überhaupt einem verbotenen Akt des Widerstands hinzugeben. Die Freude, so dicht an Wade heranzutreten, als hätte er – nur für diese eine Sekunde – die Macht dazu, war unbeschreiblich.

»Es fühlte sich gut an«, sagte er George. »Mehr kann ich dazu nicht sagen.«

Als das Pferd nervös an dem Seil zerrte, löste es einen stechenden Schmerz an seiner Seite aus, dort, wo der Gewehrkolben ihn getroffen hatte. Er verspürte den Drang, sich zu übergeben, doch er würde auf den Beinen bleiben, egal wie weh es tat, bis er dort ankam, wohin auch immer sie ihn brachten. Das Pferd beruhigte sich, als Hackstedde aufstieg.

»Wir finden eine Lösung«, sagte George.

»Lassen Sie es gut sein«, sagte Prentiss. »Gönnen Sie Ihrer Familie den Frieden.«

George öffnete den Mund, um zu sprechen, doch dann hielt er inne. Vielleicht erkannte er, dass es keine Worte gab.

Isabelle sagte Prentiss Lebewohl.

»Ma'am«, sagte Prentiss und nickte. »Caleb.«

»Prentiss«, sagte Caleb.

»Er ist im Bezirksgefängnis«, sagte Hackstedde. »Keine Besucher.«

Prentiss blickte auf und bestaunte die Wolken, die weich wie Federn am kaltblauen Himmel hingen. Erneut wurde er vorwärtsgezerrt, und bald gingen sie den Weg hinunter.

KAPITEL 19

John Foster hatte sein Haus an dem namenlosen Bach erbaut, der sich durch ganz Old Ox hindurchwand. Er war hier so schmal, führte so wenig Wasser, dass es kaum eine nennenswerte Strömung gab; wenn man an einem stillen Tag vom rückwärtigen Portikus aus lauschte, war das endlose Plätschern des Baches zu hören, doch es klang so weit entfernt, als käme es aus dem Inneren einer Muschel. Meist jedoch verhallte es ungehört, weil Johns Kinder Teufelsbraten waren und bis zum Tag seines Todes Angst und Schrecken im Haus verbreitet hatten. Danach sorgte seine Frau für Disziplin, und das so schnell und entschieden, dass das Wasser fortan nicht mehr nur hinter dem Haus zu vernehmen war, sondern sogar von allen, die am Haus vorbeikamen. Dennoch benahmen sich ihre Söhne, inzwischen erwachsen, nicht immer vorbildlich, und Mildred informierte Isabelle immer bereitwillig über die dauernden Herausforderungen ihrer nicht immer erfolgreichen Erziehungsmaßnahmen – insgesamt jedoch war Mildred mit dem, was sie erreicht hatte, recht zufrieden, und auch wenn es nicht die Art Heldentum war, von der man in Romanen lesen konnte, so war ihr ein Platz in den Annalen häuslicher Triumphe dennoch gewiss, wenn es nach den Frauen von Old Ox ging.

Isabelle hatte den Bach an diesem Nachmittag sehr gut hören können, als sie durch das Tor auf das verschindelte Haus zutrat. Mildred hatte zwei Stühle auf die Veranda gestellt, dazwischen einen Beistelltisch. Eine Vase mit Sonnenblumen zierte das Geländer, und die gleißenden Sonnenstrahlen, die unter das Dach fielen, leuchteten so hellgelb, dass sie den Blütenblättern selbst entsprungen zu sein schienen. Mildred hob den Finger, als ihr einfiel, dass sie etwas vergessen hatte, ging ins Haus und kam mit einem Eimer zurück, den sie vor den leeren Stuhl neben Isabelles stellte. Sie hatte sich eine Schüssel Kartoffeln an die Brust gedrückt.

Isabelle entschuldigte sich für ihre Verspätung und erklärte, sie habe nach Selby fahren müssen, um Prentiss zu besuchen.

»Sie haben ihn ins dortige Gefängnis gebracht, wie du sicher inzwischen weißt. Dieser Schwachkopf Hackstedde immer vorneweg.«

Zunächst schwieg Mildred, ganz aufs Schälen konzentriert. Der Bach war wieder zu hören – wie das hohle Zischen einer Schlange. Ridley stand regungslos an der Straße, stoisch wie immer, die Kutsche hinter sich.

»Es war fast das einzige Thema auf der Hochzeit«, sagte sie schließlich. »Wade hielt sich in der Sache nicht zurück, sogar, als es um die Anschuldigungen gegen August ging. Schreckliche Anschuldigungen, muss ich sagen. Es war, als wäre das Ganze für ihn bloß ein Witz.«

»Wenn ich daran denke, auch nur einen weiteren Moment in der Nähe dieses Mannes zu sein, schaudert es mich. Und es hieße, noch einmal zu durchleben, was gestern geschah.«

»Kann ich mir vorstellen«, sagte Mildred. »Wie war dein Abstecher?«

»Nicht gänzlich erfolgreich. Hackstedde sagte, Besucher seien nicht erlaubt, aber ich habe ein wenig Obst mitgebracht, vielleicht um ihn umzustimmen, wie dumm das auch klingen mag.« Sie hielt einen Pfirsich hoch und legte ihn zurück in ihren Korb. »Ich habe ihm erklärt, wie lange ich unterwegs war, und er hat seine vorherige Aussage korrigiert und gesagt, Besuche von Angehörigen seien erlaubt, das sei die allgemeine Regel. Was für ein Zugeständnis. Er weiß ganz genau, was mit der einzigen Verwandtschaft geschehen ist, die Prentiss hatte.«

»Trotzdem eine schöne Geste, dass du hingefahren bist«, sagte Mildred.

»Es musste etwas geschehen. George liegt es fern, selbst nach Selby zu fahren. Er meint, ein Besuch würde nichts bewirken, aber ich glaube, nur seine Angst vor dem Reisen hält ihn davon ab. Und doch redet er unablässig von Prentiss. Es wurde so nervenaufreibend, dass ich schließlich den Drang verspürte, die Socken beiseitezulegen, die ich für Prentiss stricke, um ihn selbst zu besuchen.«

»Und das hast du getan.« Mildred legte das Schälmesser weg und rieb sich die Hand, um die Verspannungen zu lösen. »Und Caleb? Wie kommt er zurecht?«

»Wo soll ich anfangen? Er isst kaum etwas und sagt nichts. Heute morgen ist er wie ein Gespenst aus dem Schatten getreten. Ich weiß nicht, ob er je wieder der Alte sein wird.«

Isabelle nahm ihre Haube ab und legte sie auf das Geländer. Sie überlegte, mit ihren Schuhen dasselbe zu tun, entschied sich aber dagegen.

»Nach dem, was Wade beschrieben hat«, sagte Mildred, »nun ja, wenn das alles stimmt, und ich bezweifle nicht, was dein Sohn gesagt hat …«

Sie schüttelte den Kopf, griff nach dem Schälmesser und nahm sich eine ungeschälte Kartoffel.

»Er hat Böses gesehen, Isabelle.«

Dann legte sie das Messer erneut beiseite und stand auf; die Unterhaltung schien sie mit neuer Energie erfüllt zu haben, und sie erhob die Stimme, als tobe ein Sturm in ihrer Brust.

»Und vielleicht solltest du ihn für sein Verhalten nicht verurteilen. Meine Jungs – großer Gott. An dem Tag, als sie aus dem Krieg zurückgekommen sind, habe ich ihnen einen Truthahn gebraten, und sie sprachen fast ausschließlich von den schrecklichen Dingen, die sie anderen Soldaten angetan haben. Die Unterhaltung war keine Feier ihres Überlebens, sondern all der Tode, für die sie verantwortlich waren. Ich konnte an diesem Tisch nicht die leiseste Spur von Sensibilität erkennen. Das heißt, vielleicht hat Calebs Wandlung auch etwas Gutes. In Anbetracht der Alternative.«

Die Geschichte entspann sich so rasch, dass man sie als harmlose Anekdote abtun konnte, doch Isabelle hatte ihre Freundin noch nie so unverhohlen über ihre Söhne sprechen gehört. Dass sie sich für sie schämen könnte, bestürzte sie.

»Mildred«, sagte sie.

»Ich habe schon Schlimmeres überstanden als das Benehmen meiner Söhne«, sagte Mildred.

»Ja, aber du musst es nicht alleine tun. Deshalb haben wir einander.«

Mildred starrte auf die Straße, ihre zerknitterte Schürze gegen das Geländer gepresst. Ihr Gesicht war kantig und ihre Charakterstärke beinahe eine Gewähr dafür, dass ihre Züge niemals weich werden würden – sie würden für alle Zeiten bleiben, wie sie waren.

»Nichts für ungut«, sagte sie, »aber sag mir bitte nicht, wie ich mit meinen Dämonen umzugehen habe. Ich verurteile dich nicht dafür, Sträflingen Obst zu bringen, um den Schmerz in deinem Zuhause zu lindern. Lass mich mit meinen Gefühlen verfahren, wie ich es für richtig halte.«

Isabelle versteifte sich. Nach einer Weile setzte sich Mildred wieder. Beide Frauen wirkten so unbehaglich, als würden sie lieber weiter wie festgewachsen auf der Veranda sitzen bleiben, als noch ein einziges Wort mit der anderen zu wechseln. Die weite, stille Landschaft rings um sie herum ließ die seltene Unstimmigkeit zwischen ihnen nur umso deutlicher hervortreten.

»Ich sollte mich entschuldigen«, sagte Mildred schließlich.

»Du *irrst* dich«, sagte Isabelle. »Es gibt nichts zu entschuldigen, weil deine Anschuldigung ganz einfach falsch ist. Du hast keine Ahnung, wie es mir geht. *Du* unterdrückst vielleicht deinen Kummer, aber das sagt nichts darüber aus, warum ich nach Selby gereist bin. Mein Schmerz soll nicht im Verborgenen bleiben. Das ist eine Stärke. Und ich werde damit Gutes tun. Ein so hehres Ziel, wie einem unschuldigen Mann zu helfen, der zu Unrecht angeklagt ist – nein, deine Entschuldigung würde nur einen Schatten auf das Unterfangen werfen.«

Mildred sah sie an, als hätte sie eine Fremde vor sich, und ihr Blick wurde milder, zwar nur geringfügig, aber wahrnehmbar. Sie nickte, als steckte darin ein Funken Ermutigung.

»Vieles von dem, was du in letzter Zeit getan hast, war … lass es mich so ausdrücken: Dein Auftreten ist nicht mehr so, wie es mal war. Und das kann verwirrend sein. Aber es wäre engstirnig von mir, dich abzuschreiben wie all die anderen.« Mildred bedachte ihre Freundin mit einem innigen, tröstlichen Lächeln. »Du bist ungemein mutig«, sagte sie. »Ich habe nicht deshalb schlecht von deiner Fahrt nach Selby gesprochen, weil ich etwas gegen sie hätte. Ich glaube, ich habe eher mich selbst gemeint. Meine eigenen Schwächen.«

»Deine Schwächen?«, rief Isabelle. »Von dir habe ich gelernt, Haltung zu zeigen. Der Mut, den ich an den Tag lege, ist verglichen mit deinem nur Theater.«

»Was ist tapfer daran, auf meiner Veranda zu sitzen und Däumchen zu drehen? Das ist die reine Ziellosigkeit, und das verfolgt mich. Hat mich schon *immer* verfolgt.«

Isabelle beugte sich vor. »Ist es John?«, fragte sie. »Fehlt er dir?«

Mildred legte das Gesicht in Falten, bis es aussah wie eine Rosine.

»Das Gefühl war zu seinen Lebzeiten ebenso stark wie jetzt, wo er im Grab liegt. Das Problem ist, dass ich nicht weiß, was es genau ist. Das macht den Verlust nicht leichter zu ertragen. Wenn überhaupt, verschlimmert es den Schmerz noch, weil es mir immer noch ein Rätsel ist.«

Die gleichmütige Fassade ihrer Freundin bekam allmählich Risse, ihr Kinn zitterte, ihre Mandelaugen wurden feucht, und als auch ihre Hand zu zittern begann, beugte sich Isabelle vor, nahm sie in ihre, verschränkte ihre Finger miteinander und sagte ihr, es sei gut – alles sei gut. Ihre Hände fühlten sich in der feuchtwarmen Nachmittagsluft wie versiegelt an, als könnte sie nichts trennen, nicht das Band zwischen ihnen lösen. Was Isabelle betraf, konnten sie den Rest des Nachmittags dort sitzen bleiben. Sie musste nirgendwo hin.

»Es ist gut«, sagte sie. »Es ist in Ordnung, *Gefühle* zu haben, Mildred.«

»Es ist nicht nur das. Zumindest im Moment.«

Isabelle beugte sich vor. »Was ist es dann?«

Mildred seufzte. »Es widerstrebt mir zwar, dir davon zu erzählen, aber bei Gott, wenn du mir erlaubst, ein anderes Thema anzuschneiden, und sei es auch noch so geschmacklos, würdest du mir den größten Gefallen tun.«

»Alles, was du willst«, sagte Isabelle.

»Auch, wenn es dich betrifft?«

»Sag, was du auf dem Herzen hast.«

Mildred hielt Isabelles Hand fest gedrückt. »Auf der Hochzeit erzählten einige mir streng vertraulich von einer gewissen Frau. Einer Frau von zweifelhaftem Ruf.«

»Ich versichere dir, ich gehe keiner weiteren Beschäftigung nach außer meinen häuslichen Pflichten.«

Mildred lachte nicht.

»Es ist eine andere Frau. Eine, die George anscheinend recht oft aufgesucht hat. Seit Längerem. Möglich, dass der Vorwurf nur dazu dienen soll, deine Familie weiter zu verleumden. Ich kann es nicht sagen.«

Isabelle entzog Mildred ihre Hand fast unwillkürlich. Sie erschauerte, fing sich jedoch wieder, denn trotz aller finsteren Vorahnungen konnte nicht einmal dies ihr Gemüt ganz erschüttern.

Sie erhob sich und fing an, auf und ab zu gehen, und das Sonnenlicht fühlte sich an wie ein auf die in ihr aufwallende Verunsicherung gerichteter Scheinwerfer.

»Ich hab's auf der Hochzeitsfeier zufällig gehört«, sagte Mildred, »und ich dachte, ich sollte es dir besser selbst sagen, statt zu riskieren, dass es dir jemand aus Böswilligkeit weitererzählt.«

Isabelle blieb vor der Vase mit den Sonnenblumen stehen. »Du weißt also, wer es ist?«

»Ja«, sagte Mildred. »In gewissen Kreisen ist sie nicht unbekannt.«

»Dann brauchst du nichts weiter zu sagen. Verrate mir nur, wo ich sie finde.«

Isabelle kannte den Ort, war schon einmal daran vorbeigegangen: ein niedriges, schiefes Gebäude aus Blech, weder ganz Baracke, noch ganz Haus. Es hatte die Farbe von Schlamm angenommen und war so unauffällig, dass Isabelle keinen zweiten Blick dafür übrig gehabt hatte. Bis jetzt.

Dies war nicht das erste Mal, dass sie sich mit dem Gespenst von Georges Untreue konfrontiert sah. Da waren diese langen Nächte, in denen er nicht da war, und sie war nicht naiv. Er schützte seine Abendspaziergänge vor, doch das erklärte nicht, warum er dafür seine gute Jacke und seine besseren Schuhe anzog. Er hätte es ihr gesagt – er log sie nicht an –, doch sie fragte ihn nie danach. Falls er tatsächlich von fremden Früchten genascht hatte, so kehrte er doch immer wieder nach Hause zurück, zu dem, was ihm am besten gefiel. Wenn er danach wohlig seufzend neben ihr ins Bett glitt und sie seinen Körper dicht an ihrem spürte, war es, als hätte sich seine Zuneigung erneuert. Außerdem waren diese Vorfälle so selten – und so kurz –, dass sie für sie eine Bestätigung ihres Bundes darstellten.

Doch diese Beliebigkeit passte nicht zu dem, was Mildred ihr berichtet hatte. Wenn es eine ganz bestimmte Frau gab, dann hatte er eine Geliebte, ganz egal, ob er für ihre Zeit bezahlte. Der Gedanke schmerzte Isabelle, aber nicht allein deshalb, weil er auf Ehebruch hindeutete. Es ärgerte sie auch, dass jemand anderes das einzige Rätsel gelöst hatte, das sie ihr gesamtes Erwachsenenleben hindurch als ihr ganz eigenes betrachtet hatte: das Innenleben ihres Mannes zu verstehen. Sie wollte diese Frau kennenlernen, der dasselbe Kunststück gelungen war.

Sie ließ Ridley und die Kutsche im Stadtkern zurück und ging den Rest des Weges zu Fuß. Als sie das Haus erreichte, stand es noch genauso da, wie sie es in Erinnerung hatte, eingezwängt zwischen zwei anderen, im ärmeren Teil von Old Ox. Die Dachbedeckung bestand aus kaum mehr als verrotteten, zusammengebundenen Zweigen, aus denen ein Rauch spuckendes Rohr ragte. Sie fragte einen Mann vor dem Nachbargebäude, ob jemand zu Hause sei. Er sah sie unter dichten Augenbrauen hinweg an, brummte etwas in seinen Bart und nickte schließlich. Sie trug noch immer den Obstkorb und stellte ihn ab, um zu klopfen.

Nach einem Augenblick öffnete sich die Tür einen Spaltbreit. Die Augen der Frau dahinter waren wie die eines Tieres, als wittere sie eine Bedrohung.

»Kann ich Ihnen helfen?«, fragte sie.

»Ich hatte gehofft, wir könnten uns unterhalten«, sagte Isabelle.

»Geht es um Ihren Mann?«

»Woher wissen Sie –«

»Ma'am, ich werde oft mit einer anderen Frau verwechselt, die mir ähnlich sieht. Aber ich habe nichts mit Männern zu schaffen. Guten Tag.«

»Warten Sie«, sagte Isabelle, doch die Tür war bereits wieder geschlossen und verriegelt.

Sie lugte durch das Fenster, eine einzelne Scheibe, die von einem dichten Vorhang verdeckt war. Dann klopfte sie noch einmal.

»Ich werfe Ihnen nichts vor«, rief sie. »Überhaupt nicht. Ich hätte nur gern ein paar Antworten.« Sie wartete.

»Wie gesagt, Sie verwechseln mich«, rief die Frau zurück. »Ich kenne keinen Mann.«

»Irgendeinen Mann müssen Sie doch kennen.«

»Ihren nicht.«

Die Tür war kaum dicker als ein Stück Pappe, das vom Wind davongeweht werden könnte. Isabelle verspürte das Bedürfnis, sie einfach einzudrücken. Sie war verzweifelt, kam sich nackt und bloß vor, sodass sie weiter ausharrte, obwohl diese Frau sie zurückgewiesen hatte.

»Ich schwöre Ihnen«, flehte sie. »Es geht mir nur um eine höfliche Unterhaltung. Mein Ehemann …« Sie holte Luft. »George Walker. Das ist sein Name. Und wenn Sie ihn nicht kennen, ihn wirklich und wahrhaftig nicht kennen, werde ich jetzt gehen und nicht wiederkommen.«

Auf das Klappern von Besteck folgten Schritte. Doch keine Stimme. Keine Bewegung. Und doch öffnete sich die Tür in diesem Augenblick einen Spalt.

»Wirklich?«, sagte die Frau. »Seine Frau?«

»Ich bin Isabelle. Isabelle Walker.«

»Und Sie bringen mir keinen Ärger ins Haus? Ich hab nämlich eine Tochter. Das hier ist ein friedlicher Ort.«

»Ich werde Ihr Zuhause respektieren«, sagte Isabelle. »Sie haben mein Wort.«

Die Frau schien noch einmal darüber nachzusinnen, dann öffnete sie die Tür ganz.

Trotz der geringen Größe war das Innere des Hauses auffallend elegant, stand beinahe in keinem Verhältnis zum äußeren Erscheinungsbild. Zahlreiche Lampen verliehen dem Ort einen matten Glanz. Die Stühle am Esstisch waren aus Mahagoni geschnitzt und gepolstert, die Rückenlehnen kunstvoll verziert. Das Bett auf der anderen Seite des Raumes stand auf Füßen und war ordentlich gemacht, und an der Wand daneben stand eine Spiegelkommode, die einer Königin würdig gewesen wäre.

»Ich bekomme viele Geschenke«, sagte die Frau, als spüre sie Isabelles Erstaunen über die Einrichtung.

Es war unerträglich heiß. Vor dem Kamin steckte ein glasierter Braten auf einem Spieß, funkelnde Fetttropfen fielen in die Pfanne darunter. Isabelle verstand, warum die Frau nur ein Nachthemd trug, denn jedes weitere Kleidungsstück hätte sie zum Schmelzen gebracht.

»Ich wünschte, ich hätte ein bisschen mehr Platz, um das Abendessen zu kochen«, sagte die Frau. »Aber wir arbeiten erst einmal mit dem, was wir haben.«

»Kein Problem«, sagte Isabelle und wandte sich von der Inspektion des Raumes der Frau zu, die sich als Clementine vorstellte und ihr sanft die Hand schüttelte. »Ich kenne Ihren Namen«, sagte Isabelle.

Die Schönheit ihres Gesichts lag offen da wie eine Landschaft. Die perfekt geformten Hügel ihrer Wangen gingen in ein glattes, rundes Kinn über, und ihre Züge wirkten so fein gemeißelt, dass Isabelle den Wunsch verspürte, mit dem Handrücken über ihr Gesicht zu streichen. Ihr offenes Haar fiel ihr struppig bis auf die Schultern, und dass es ihr so egal war, wie provozierend unordentlich es war, weckte brennende Selbstzweifel in Isabelle, weil sie ihr eigenes unter ihrer Haube einsperrte.

»Und das ist Elsy«, sagte Clementine.

Wie hatte sie das Kind übersehen können, das vor den Füßen der Frau stand? Das Mädchen war still, nicht älter als zwei oder drei, und blickte bezaubernd unschuldig zu Isabelle auf, mit großen Augen – den Augen ihrer Mutter.

»Hallo, Elsy«, sagte Isabelle und winkte ihr zu.

Das Kind, das sich ans Bein seiner Mutter klammerte, sah sie vorsichtig an und sagte leise: »Hallo.«

»Sie geht gleich schlafen«, sagte Clementine.

»Es tut mir leid, dass ich Sie so störe. Es dauert nicht lange.«

»Jetzt sind Sie hier.«

Sie setzten sich an den Tisch, und Clementine faltete die Hände, noch immer auf der Hut.

»Mama, Mama«, sagte das Kind.

Ihre Mutter hob ein Spielzeug vom Boden auf, reichte es ihrer Tochter und führte sie zu einer freien Stelle vor dem Bett, dann kehrte sie zu Isabelle zurück.

»Was kann ich für Sie tun, Mrs Walker?«

Ausgerechnet jetzt musste sie den Faden verlieren. Doch Isabelle wusste nicht, wo sie anfangen sollte. Das einzig Verbindende zwischen ihnen war so vulgär, und ihr Wunsch, höflich zu bleiben, so überwältigend, dass sie zögerte, den Grund für ihren Besuch auszusprechen. Sie saß da und starrte auf den Tisch, als betrachte sie den Korb mit Obst, den sie dort abgestellt hatte, und war ungemein erleichtert, als Clementine als Erste etwas sagte.

»George erzählt von Ihnen«, sagte sie. »Immer, wenn er vorbeikommt.«

Da war es. Sein Name aus ihrem Mund. Das allein war schon befriedigend, denn sie dieses eine Wort sagen zu hören, war ein Eingeständnis. Doch obwohl diese Offenheit – und auch die Bestätigung – merkwürdig tröstlich war, verunsicherte es sie noch mehr, dass jemand Georges Namen erwähnte, der ihm so vertraut und ihr so fremd war.

»Er empfindet großen Respekt für Sie«, fuhr Clementine fort. »Eine tiefe Zuneigung.«

Es klang nicht ironisch gemeint, doch es fiel schwer, es anders aufzufassen.

»Mein Ehemann neigt nicht dazu, seine Gefühle offen zu

zeigen«, sagte Isabelle. »Aber es ist gut zu wissen, dass er seiner Liebe zumindest bei Ihnen Ausdruck verleiht.«

Clementine senkte den Kopf, und das Licht der Lampen ließ ihre Züge noch weicher erscheinen.

»Was ich gerade gesagt habe, klang nicht richtig«, sagte sie. »Das ist … Neuland für mich. Es sind schon Ehefrauen zu mir gekommen, aber nie habe ich mich mit ihnen unterhalten.«

»Und doch haben Sie mich hereingelassen.«

»Ich mag George. Er ist ein freundlicher Mann. Fürsorglich.«

Isabelle lächelte spöttisch. »Das sagen Sie bestimmt über alle Männer, die Sie treffen.«

»Mrs Walker –« Clementine hob die Hand vom Tisch und legte sie wieder hin. »Ich arbeite gerade nicht, und ich habe keine Veranlassung, Sie zu trösten. Ich tue Ihnen hier einen Gefallen. Meine Zeit ist kostbar. Das Einzige, um das ich Sie bitte, ist, dass Sie mich respektieren, indem Sie mich beim Wort nehmen.«

Der Braten zischte, der Raum war kurz vorm Siedepunkt, und Clementine wirkte unangenehmerweise gerade um einiges kühler als Isabelle.

»Ich entschuldige mich für meinen Tonfall«, sagte Isabelle und atmete tief durch, um sich zu beruhigen.

»Das ist verständlich. Aber kommen wir zur Sache.«

Wieder zögerte Isabelle, dann flüsterte sie hastig und mit tonloser Stimme ihre Frage.

»Was verlangt er von Ihnen?«

»Na also«, sagte Clementine, als habe sie auf genau diese Worte gewartet. »George und ich haben nie etwas Ungehöriges getan. Körperliche Berührung … die scheint ihn nicht zu interessieren.«

Schließlich wagte es Isabelle aufzuschauen. Sie begegnete Clementines ruhigem Blick, sah ihren rücksichtsvollen Charme und erkannte die vorsichtige Zurückhaltung jener magnetischen Anziehungskraft, die sie in sich verbarg. Das war sicher der Grund, warum die Männer zu ihr kamen und warum sie zurückkehrten.

»George ist mehr ein Freund als alles andere. Er mag es, am Bett zu sitzen und zu erzählen. Von Ihnen und Ihrem Sohn. Diesen beiden Brüdern, mit denen er arbeitet. Seiner Vergangenheit. Er ist ziemlich gesprächig, wenn man ihn lässt.«

»Das klingt nach George.«

»Er kann schon ins Reden kommen. Aber er respektiert immer meine Zeit. Obwohl er zahlt wie die anderen, fragt er jedes Mal nach Elsy und verlangt, dass ich das Geld für sie verwende. Was ich eh mit all meinem Geld mache.«

Das Kind saß auf dem Boden und beschäftigte sich mit einer Spieluhr, einer kleinen Ballerina, die sich endlos auf einer hölzernen Dose drehte. Die Uhr musste kaputt sein, weil kein Lied die Pirouetten begleitete, doch Elsy schien das nicht zu stören.

Isabelle fühlte sich durch Clementines Direktheit, ihre vollkommene Transparenz ermutigt, denn sie verrieten eine Distanz, die nicht auf Liebe, sondern auf bloße Zuneigung hindeutete, noch dazu auf eine der professionellen Art. Dennoch nahm es ihr nicht all ihre Sorgen – es erklärte nicht die Frage, die sie mehr beschäftigte als alle anderen.

»Ich frage mich …« Sie warf Clementine einen unsicheren Blick zu. Ihre Stimme zitterte. Sie kam sich vor wie eine Versagerin – fragte eine Fremde nach den intimen Vorlieben ihres eigenen Mannes, als wüsste sie selbst gar nichts über ihn. Eine brennende Scham stieg in ihr auf, und sie verspürte den Drang, aufzustehen und zu gehen. »Ist George … Ihnen gegenüber verletzlich? Öffnet er sich Ihnen?«

Es war das erste Mal, dass Isabelle in Clementines Gesicht ein Gefühl zu erkennen glaubte, das ihr wortlos die gewünschte Antwort lieferte. Clementine antwortete beinahe unhörbar, und ihr Blick war voller Mitgefühl, als er Isabelles begegnete.

»Dafür bezahlt er. Es hat nichts mir zu tun.«

»Was genau macht er?«, fragte Isabelle. »Umarmt er sie? Will George umarmt werden?«

Es klang wie ein Witz, doch sie hätte es nicht ernster meinen können.

»Manchmal, kann sein, ja.«

»Ist es noch mehr als das? Weint er vor Ihnen?«

Clementine sah zu Boden, die Lippen fest aufeinandergepresst, die Augen verschleiert.

»Verstehe.« Isabelle stand eilig auf, griff nach dem Obstkorb und machte sich bereit zu gehen.

»Es könnte jedes Mädchen sein«, sagte Clementine.

»Aber er hat sich für Sie entschieden.«

Die Hitze im Raum war erstickend, und Isabelle sehnte sich nach frischer Luft. Sie war bereits an der Tür, als sie spürte, wie jemand ihr Handgelenk umfasste; sie riss sich mit aller Kraft los, drehte sich um und stand Clementine gegenüber, die schwer atmete und sie mit einer Anspannung ansah, die ihrer in nichts nachstand.

»Er hat sich nicht für mich entschieden«, sagte Clementine. »Er hat sich für *Sie* entschieden.«

Sie sprach wie eine Vorgesetzte mit einer Untergebenen, eine Zurechtweisung, die Isabelle wehtat.

»Er fürchtet Sie. Und wenn er Ihr Vertrauen in ihn verlieren würde, hätte er nichts mehr. Deshalb kann er nicht vor Ihnen weinen. *Weil* er Sie liebt. So ist er nun einmal gestrickt – ja, es ist widersprüchlich, aber so ist George. Sie können wütend auf mich sein, wenn es Ihnen irgendwie hilft, aber wenn Sie meinen, ich hätte Ihrer Ehe etwas genommen, irren Sie sich. Zumindest in Georges Augen helfe ich, sie zu stärken.«

Isabelle öffnete die Tür und trat nach draußen. Die Hitze im Haus war so erdrückend, dass sich der Sonnenschein wie eine kühle Brise anfühlte. Sie stand am Geländer des Hauses und blickte auf die Straße, wo ein Mann ein trottendes Zugpferd hinter sich herführte. Bis die beiden an ihr vorbei waren, hatte sie sich beruhigt, und als sie herumfuhr, lehnte Clementine am Türpfosten, den Kopf besorgt zur Seite geneigt.

»Ich habe so viel für diesen Mann aufgegeben«, sagte Isabelle. »Zweiundzwanzig Jahre. Und ich kenne ihn kaum.«

Es gab nichts, was Clementine darauf erwidern konnte. Isabelle war sich dessen bewusst und war zufrieden, statt einer Antwort nur einen verständnisvollen Blick zugeworfen zu bekommen – denselben, da war sie sich sicher, mit dem Clementine die Männer ansah, die sie bezahlten.

Isabelle wandte sich ihr ganz zu, strich sich mit der freien Hand das Kleid glatt und richtete sich gerade auf.

»Danke für Ihre Zeit«, sagte sie. »Sie waren sehr entgegenkommend.«

»Wenn Sie noch etwas brauchen«, sagte Clementine, noch immer sichtlich besorgt, »zögern Sie nicht zu fragen. Ich fühle mit Ihnen. Georges Frau zu sein – das ist keine einfache Verpflichtung.«

Sie nickte ihr zu und trat ins Haus zurück.

Isabelle sammelte sich und versuchte, ein Lächeln aufzusetzen, für den Fall, dass ihr Bekannte begegneten. Nach wenigen Schritten schweiften ihre Gedanken ab. Weil sie den ganzen Tag noch nichts gegessen hatte, war sie völlig ausgehungert. Sie hätte alles Obst in ihrem Korb essen können und hätte noch immer Platz für mehr gehabt, wenn sie nach Hause kam. Sie stellte sich vor, wie der Saft ihr Kleid befleckte und Pfirsichreste an ihren Lippen kleben blieben. Vielleicht würde sie zur Blockhütte zurückkehren wie eine Ungläubige, die aus der Wildnis geflohen war. Bei dem Gedanken hätte sie fast laut aufgelacht.

In der Nähe des Marktplatzes blieb sie vor Blossom's Café stehen. Sie war noch nie dort eingekehrt, doch es schien ihr wie ein durchaus passender Ort zu sein, um sich hinzusetzen und nachzudenken. Sie lehnte sich gegen eines der Fässer vor dem Lokal, stellte ihren Korb ab und nahm sich einen Pfirsich. Als sie gerade hineinbeißen wollte, fielen ihr ein paar Männer im Lokal ins Auge, die Domino spielten, Steine über den Tisch schoben, sie an andere anlegten. Ihr Bruder hatte als Kind ein Dominospiel besessen. Es hatte Tage gegeben, an denen ihr Vater arbeitete, ihre Mutter Gäste empfing und Silas und die anderen Jungs aus der Nachbarschaft sich stundenlang mit den Steinen beschäftigten. Sie spielten nicht das eigentliche Spiel, sondern die Kindervariante – stellten die Steine in einer Reihe auf, um sie danach umzuwerfen. Ihr Bruder und seine Freunde bauten die Dominos an möglichst exotischen Orten auf: auf Büchern, unter dem Bett. Sie hatte zugeschaut, durfte jedoch nicht selbst mitspielen. Weil sie nie mitmachen durfte, blieb ihr nichts anderes übrig, als darüber nachzudenken, wie wenig es für sie zu tun gab. Heute grübelte sie über das Gegenteil nach: wie viel sie bereits getan hatte – sie war nach Selby gefahren, hatte Mildred und Clementine besucht – und wie wenig sie dadurch erreicht hatte. Sie aß einen Pfirsich. Sah Männern beim Dominospielen zu. Dachte darüber nach, wie sehr das Leben dem Spiel ihres Bruders ähnelte, jeder Tag ein Stein, der den nächsten anstieß, doch alles führte nur zum Ende der Reihe.

Ein Jugendlicher kam aus dem Lokal; er hatte die Art von hellblonden Haaren, die im Laufe der Jahre nachdunkeln und die Farbe der Welt annehmen würden. Sie aß noch immer ihren Pfirsich, holte einen weiteren aus ihrem Korb und reichte ihn wortlos dem Jungen. Er tat gar nicht so, als wolle er ablehnen, und biss unverzüglich hinein.

»Spielst du?«, fragte sie und zeigte auf das Dominospiel.

»Nein, Ma'am«, sagte er mit vollem Mund.

»Schlau«, sagte sie und nahm ihren Korb an sich. »Das ist schlau.«

Dann brach sie auf, fuhr jedoch noch nicht nach Hause.

Stattdessen machte sie kehrt und ging, nach kurzem Zögern, zu Clementines Haus zurück. Diesmal klopfte sie sofort.

Als Clementine erneut zur Tür kam, sagte Isabelle: »Es gibt da wirklich etwas. Einen Gefallen. Ich bin mir nicht zu schade, Sie darum zu bitten.«

»Meinetwegen, aber leise«, sagte Clementine. »Meine Tochter schläft.«

»Sie können besser mit Worten umgehen als ich. Viel besser. Und die Aufgabe, die ich im Sinn habe, erfordert diese Fertigkeit.« Isabelle nahm ihren Korb mit Obst hoch.

Clementine blickte ins Haus zurück, sah nach ihrem Kind.

»Lassen Sie uns eine Runde spazieren gehen«, sagte sie. »Dann können wir besprechen, was Sie vorhaben.«

»Es ist eine gute Sache«, sagte Isabelle. »Eine ehrenwerte Sache. Das verspreche ich Ihnen.«

KAPITEL 20

Für Prentiss war nur der Teil der Welt sichtbar, der an ihm vorbeizog. Durch die Eingangstür am Ende des Flures, der zu seiner Zelle führte, erhaschte er flüchtige Blicke auf Lichtflecken, einen verschwommenen Strom von Körpern, bruchstückhafte Eindrücke von Kleiderfarben. Er hörte das An- und Abschwellen von Stimmen. Doch keine Menschenseele blieb stehen, um den Mann zu besuchen, der bald gehängt werden würde.

Es gab noch weitere Zellen, allesamt leer, so wie sie es am Vortag bei seiner Ankunft gewesen waren. Der einzige Mensch, der Prentiss überhaupt zur Kenntnis nahm, war Hackstedde selbst, der an einem Schreibtisch saß, abwechselnd Dartpfeile warf, sich Zigaretten drehte, pfiff oder mit seiner Uhr spielte. Er war aus irgendeinem Grund rastloser als Prentiss, und nach einigen gemeinsam verbrachten Stunden konnte er es sich nicht verkneifen, ein Gespräch anzufangen, was für Prentiss weit schlimmer war als die schmerzliche Stille. Der Sheriff schien zu glauben, dass Prentiss sich für seine vorherige Arbeit als Sklavenjäger interessierte. Er sagte, er habe sich den Spitznamen *Bluthund* erarbeitet, obwohl Prentiss keinen Grund erkennen konnte, warum man ihm diesen verliehen haben mochte, da nicht eine seiner Geschichten damit endete, dass Hackstedde den gesuchten Sklaven tatsächlich ausfindig machte.

»Da gab's mal diesen Jungen auf Aldridges Land«, sagte Hackstedde. »Wir hatten ihn im Wald gestellt, als ich auf einmal von einem ganzen Schwarm Bienen gestochen wurde. Hör zu – ich war von Kopf bis Fuß geschwollen, sodass ich den

Schwarzen zurücklassen und mich von der Truppe in die Stadt zurücktragen lassen musste. Musste ewig im Bett liegen bleiben.«

In der Zelle stand ein Eimer, halb gefüllt vom letzten Gefangenen. Kein Bett. Nur ein leerer Raum. Ein Pferch, in den man nicht einmal ein Schwein gesteckt hätte.

»Ein anderes Mal«, sagte Hackstedde, »haben sie mich rüber nach Pawnee geschickt, und ich komm an die Tür vom Plantagenhaus, und wem gehört das Ganze? Einem Schwarzen. Ja, richtig gehört, die hatten da einen Schwarzen, der sich *andere* Schwarze gekauft hat. War schwer für mich zu begreifen. Und dieser Schwarze will mir erzählen, dass das gar nicht ungewöhnlich ist. Das mag in Pawnee so sein, sag ich zu ihm, aber oben in Old Ox ist das alles andere als ein natürliches Vorkommnis. Jedenfalls war sein Besitz schon längst weg, wir haben keine Spur von dem Jungen gefunden. Ist vermutlich längst in Kanada.«

Prentiss antwortete nie, und irgendwann fing Hackstedde an, es ihm übel zu nehmen. Er hielt inne, ließ den Blick über die leeren Gefängniszellen wandern und forderte Prentiss wortlos heraus, die Stille zu füllen. Als er das nicht tat, sah der Sheriff ihn finster an.

»Dauert nicht mehr lang«, sagte er düster. »Tim sollte im Morgengrauen mit dem Richter zurück sein. Anständiger Südstaatler. Der wird Webler jedes Wort glauben, ganz sicher. Das kann ich dir versprechen.«

Prentiss zog sich in sich selbst zurück. Er wusste, wie man in seinem eigenen Kopf lebte. Auf dem Feld hatte er jeden Tag eine ähnliche Reise unternommen, hatte in seiner Fantasie einen Ort aufgesucht, an dem er nie gewesen war und der Reiseziel und Idee zugleich war. *Anderswo* war sein einziger Name. Die Scheune neben Georges Blockhütte war anderswo; ein freies Stück Land im Norden war anderswo; seine Mutter war anderswo; die Erlösung war anderswo; all die Menschen, die am

Gefängnis vorbeiliefen, lebten anderswo (weshalb sie sich glücklich schätzen konnten); und ein Schicksal, jedes Schicksal außer dem, das vor ihm lag, wäre die perfekte Straße nach anderswo. Die Landkarte, mit all ihren Varianten, befand sich in seinem Kopf, doch er wusste nur zu gut, dass er die Reise nie antreten würde.

»Tim hat einen schlechten Ruf«, sagte Hackstedde, seine gute Laune zurückgewinnend. »Er ist nicht der Hellste, das gebe ich zu, aber der Junge ist ein Veteran, hat im ersten Jahr gekämpft, bis zu einem Bauchschuss, und wenn du auf dem Schlachtfeld gezeigt hast, was in dir steckt, wie könnte ich dann sagen, dass du kein County-Hilfssheriff sein kannst? Das Mindeste ist, dass ich ihm Zeit gebe, seinen Mut unter Beweis zu stellen. Außerdem habe ich mit dem Arzt gesprochen, und der sagt, der Junge ist ›kampfesmüde‹. So nennen die das. Der hört einen Schritt und denkt, seine Flanke ist offen, reißt die Augen auf, fängt an zu schwitzen und verliert den Verstand. Aber der Doktor sagt, das wird wieder. Mit der Zeit.«

Aus reiner Langeweile hatte Prentiss begonnen, die vielen Symptome aufzulisten, die Hacksteddes Leibesfülle mit sich brachte. Der Mund des Mannes schloss sich nur, wenn er schlucken musste; er saß unsicher auf seinem Stuhl, immer kurz davor umzukippen, auch wenn er Prentiss diesen Gefallen nicht tat; seine Haut war fleckig, und wenn er atmete, vor allem nach einem seiner Monologe, klang es wie das dünne Heulen eines Kindes kurz vor dem Ende eines Wutanfalls, so angestrengt, dass die Flamme der Kerze auf seinem Schreibtisch davon flackerte.

Seine Tochter, eine junge Frau, hatte ihm sein in ein Stück Papier eingeschlagenes Mittagessen gebracht – aus dem Gasthaus nebenan, wie Prentiss vermutete. Es war zu heiß zum Essen gewesen, doch nach wenigen Minuten steckte Hackstedde einen Finger in den Kartoffelbrei, um die Temperatur zu prüfen, und begann zu essen. Anders als man bei seiner ungepflegten

Erscheinung erwartet hätte, aß er anmutig, geräuschlos und mit einer ernsten Hingabe, als handele es sich um eine religiöse Zeremonie.

Die Stille währte nicht lange.

»Weißt du«, sagte Hackstedde, der gerade einen Hähnchenschenkel verspeiste, »du hattest heute Morgen Besuch, als du noch geschlafen hast.«

Prentiss richtete sich auf und lehnte sich an die Wand.

Hackstedde wedelte mit dem Hähnchenschenkel.

»Das interessiert dich, was?« Er lachte und knallte den Schenkel auf den Tisch. »Mrs Walker war hier. Ist mit dem Esel den ganzen Weg hergefahren, um sicherzugehen, dass du es heil hergeschafft hast. Wollte mich mit einem Korb Obst bestechen, um dich zu sehen. Ich hab ihr gesagt: ›Mrs Walker, seh ich aus wie jemand, der sich vom Anblick eines Pfirsichs in Versuchung führen lässt?‹«

»Sie haben sie nicht reingelassen?«

»Ich hab dir einen Gefallen getan, Junge. Du brauchtest deinen Schlaf.«

Prentiss spürte noch immer die wunden Stellen von den Handschellen an seinen Gelenken, obwohl das nicht die schlimmste Bestrafung war, die er auf der Reise nach Selby hatte erdulden müssen: Als sie die Stage Road erreichten, verkürzte Hackstedde das Seil, und Prentiss lief so dicht hinter dem Pferd her, dass er dem Mist nicht ausweichen konnte, der ihm vor die Füße fiel. Der widerlich faulige Gestank haftete ihm noch immer an. Er konnte sich des Gedankens nicht erwehren, dass es besser war, sosehr es auch schmerzte, dass Isabelle draußen geblieben war.

Der Sheriff griff erneut nach der Hähnchenkeule.

»Glaub nicht, dass ich ein schlechter Mensch bin, weil ich sie wegschickt habe. Das sind einfach die Regeln: *Nur Verwandtschaft*. Und sogar das ist ein Privileg.«

Er stand auf und aß weiter. Der Rest des Kartoffelbreis verschwand mit wenigen Bissen.

»Weißt du, diese ganze Sklavenjäger-Sache, da war ich nicht mit Leidenschaft dabei. Aber man brauchte Sklavenjäger, genau wie man Jungs braucht, die Eisenbahnschienen verlegen, Kutschen fahren, hinterm Tresen stehen – du weißt, was ich meine.« Er trat auf Prentiss' Zelle zu, rümpfte angewidert die Nase, zog dann die Nase hoch und spuckte in Richtung des Eimers voller Pisse aus, der hinter den Gitterstäben stand. »Mit dem Sheriffsein ist es genauso. Guck mal, du riechst wie der Arsch vom Pferd, aber ich steh trotzdem hier und geb dir was zu essen wie jedem anderen Gefangenen. Das ist mein Beruf. Bei mir wird keiner bevorzugt behandelt.«

»Vielleicht, weil's hier sonst keinen gibt«, murmelte Prentiss.

Hackstedde beugte sich herunter, die Augen fest auf Prentiss gerichtet, und schob den Teller schräg zwischen den Stäben hindurch. Hähnchenknochen fielen auf den Boden der Zelle.

»Das sind gute Reste«, sagte er, zu seinem Stuhl zurückkehrend. »Lässt du das Essen kalt werden, ist es deine Schuld.«

Es war Abfall, doch Prentiss war so ausgehungert, dass er den Blick nicht davon abwenden konnte. Ein Rest schneeweißer Kartoffelbrei war ein paar Zentimeter neben dem Teller auf dem Boden gelandet; die noch dampfenden Hähnchenreste führten ihn in Versuchung. Hackstedde ließ ihn nicht aus den Augen. Prentiss spürte seinen Blick und erahnte das dringende Bedürfnis im Inneren dieses Mannes, seinen Gefangenen kapitulieren zu sehen.

Prentiss rümpfte die Nase und gab sich enttäuscht.

»Sie haben Ihren Müll fallen lassen, Sheriff. Besser, Sie holen einen Besen und machen sauber.«

»Ich würde sagen, es ist deine Sache, deine Zelle in Ordnung zu halten, Junge.«

»Ich werde bald sterben«, sagte Prentiss. »Sie können mich zu gar nichts zwingen. Also können Sie den Müll selber aufheben. Und wenn Sie dazu zu faul sind, wozu Sie anscheinend neigen, können Sie auf Ihren Hilfssheriff warten, damit der das macht. Wie ich höre, wird er schon bald zurück sein.«

Das Gesicht des Sheriffs lief dunkelrot an; seine Mundwinkel verzogen sich nach unten, und sein Doppelkinn begann zu zittern. Dann platzte es aus ihm heraus, als wäre ein Staudamm geöffnet worden – nicht vor Wut, sondern vor Lachen, seine gesamte obere Hälfte wogte vor Vergnügen, bis er sogar die Beine seines Stuhls zum Wanken brachte. Er schlug entzückt auf den Tisch, zündete sich mit einem letzten Kichern eine Zigarette an, und schüttelte zufrieden den Kopf.

»Du hast ja ein *herrlich* großes Maul«, sagte er. »Gibt doch nichts Besseres als einen Nigger, der mit Worten umgehen kann.« Er nahm einen langen Zug. »Bereit für die Schlinge. Oh ja, und wie.«

Prentiss zog sich in den hinteren, dunkleren Teil seiner Zelle zurück. Er drehte sich so, dass sein Blick auf die Wand gerichtet war, und schloss wieder die Augen.

»Es gab da einen Typen, der neben mir gearbeitet hat, als ich noch ein Junge war«, sagte Hackstedde. »Er war genau wie du. Hieß Goodwin.«

»Ich hätte nichts gegen ein bisschen Stille«, sagte Prentiss. »Wenn Sie das für mich tun könnten. Ist wirklich nicht viel verlangt, Sheriff.«

»Nein, warte, das ist eine gute Geschichte. Ich fand, der gute alte Goodwin war der lustigste Kerl, den ich je gesehen hatte, ob schwarz oder weiß, rot oder gelb. Verdammt, der Junge war so hellhäutig, der war fast so weiß wie ich. Hatte ständig ein Grinsen im Gesicht. Gott schütze ihn, der konnte sogar die sonnige Seite eines Schattens finden …«

Wenn er sich konzentrierte, konnte Prentiss die Schritte seines Bruders hören. Ein leises Trippeln, wie dicke Regentropfen, die von den Blättern eines Baumes fielen. Mehr brauchte er nicht. Kein einziges Wort. Bloß die Sicherheit, dass diese Schritte seinen eigenen folgten. Er versuchte, mit ihnen mitzuhalten, doch mit jedem Augenblick entfernten sie sich weiter von ihm, und er hatte Angst vor dem, was die Stille ausfüllen würde, wenn sie ganz verstummten.

»... Du kannst dir vorstellen, wie geschockt ich war, als sie uns sagten, dass der Trottel weggelaufen war. ›Wir haben einen Deserteur‹, waren die Worte des Bosses. Man könnte sagen, das war das erste Mal, dass ich einen anderen Menschen gejagt habe. Der Boss hat mich mit den Hunden mitlaufen lassen, und es hat die ganze Nacht gedauert. Ich war mir sicher, dass er längst über alle Berge war, und wollte das gerade sagen, aber dann sah man, im Licht der Laternen, wie sich die Falten über den Augen der Hunde kurz gehoben haben, wie ihre Augen funkelten, und mit einem Mal haben die alle denselben Baum angebellt ...«

»Sheriff, wenn ich das Essen wegräume, lassen Sie mich dann in Ruhe?«

»... Jetzt war ich der einzige Flinke in der Gruppe, ich war ja damals noch ein Junge, und weil ich schon den einen oder anderen Baum raufgeklettert war, haben sie mich hochgeschickt. Als ich den ersten Ast erreicht habe und sie mir ein bisschen Licht gemacht haben, habe ich Goodwin da oben hocken sehen, nackt wie der junge Morgen. Hab mir fast in die Hose gemacht. Er roch so übel, dass es mir fast hochgekommen wär. Sein Gesicht strahlte, die Zähne weiß wie Elfenbein, aber irgendwas stimmte nicht. Ich brauchte eine Minute, bis ich es erkannt habe. Aber um seine Lippen, auf der Stirn und an seinem ganzen Körper hatte er sich mit Scheiße eingeschmiert. Ob menschlich oder tierisch konnte ich nicht erkennen, aber es war eine glatte Schicht, als hätte er sich Zeit dafür genommen, mit einem Buttermesser vielleicht. Ungefähr so wie die Farbe der Rinde, sodass er vor dem Baum fast nicht zu sehen war ...«

Prentiss versuchte, an Hackstedde vorbeizulauschen, die Schritte seines Bruders zu hören, doch der Sheriff hatte ihn eingefangen. Er konnte nur noch an die Rituale denken. Nicht die seiner eigenen Leute, sondern jene, von denen er von anderen Plantagen gehört hatte. Männer und Frauen, die sich bei ganz bestimmten Sternenkonstellationen versammelten und Lehm erhitzten, um sich am ganzen Körper zu bemalen und nackt zu tanzen; sie wirbelten – erst gemeinsam, dann jeder für sich – endlos im Kreis herum, als könnten sie sich, wenn sie sich nur schnell genug drehten, in die Erde hineinbohren und selbst wieder zu Erde werden.

»... und da hat er sich den Finger an die Lippen gelegt, mit dem breitesten Grinsen, das ich je bei ihm gesehen habe, als wäre das Ganze ein Witz zwischen uns beiden. Aber als ich genauer hinsehe, sind seine Augen ganz rot, und die Tränen fließen ihm nur so übers Gesicht.«

Hackstedde nahm einen tiefen Zug von seiner Zigarette, und Prentiss roch den Rauch, den der Sheriff ausatmete.

»Ich bin vom Baum gesprungen und hab denen erzählt, dass da oben nichts war außer einem Vogelnest.«

Prentiss öffnete ein Auge und drehte sich von der Wand weg, um Hackstedde anzusehen.

»Ich bin den Gedanken nie losgeworden, dass sie wussten, dass ich gelogen habe«, sagte der Sheriff. »Das beschäftigt mich immer noch. Als hätte ich sie im Stich gelassen. Aber zur Hölle, ich war noch ein Kind. Und ich mochte den Kerl. Aber morgen ist nicht mehr lang hin. Mit dir kann ich mein Gewissen beruhigen. Die Dinge wieder in Ordnung bringen.«

Prentiss hielt sich nicht mit den Worten des Sheriffs auf. Er schloss wieder die Augen, überzeugt, dass er, wenn der Richter kam und sein Urteil sprach, vom Quietschen der aufschwingenden Eisentür geweckt werden würde, woraufhin die Stunde der Abrechnung mit dem Galgen folgen würde – und dann würde er selbst wieder zu Erde werden.

Wie im Traum hörte er eine Frau seinen Namen rufen. Als er wieder zu sich kam, war er so erschrocken, eine Gestalt vor sich zu sehen, dass er beinahe zusammengezuckt wäre. Doch sie sagte seinen Namen noch einmal in beruhigendem Tonfall.

»Du hast gedacht, du siehst deine Cousine nie wieder, stimmt's?«

Die Frau zwinkerte ihm zu, und Prentiss nickte bloß, wie er es bei jeder Aneinanderreihung von Worten getan hätte, die aus ihrem Mund kam. Es war bereits Abend – doch sogar in der Dunkelheit war ihre Schönheit unübersehbar: Ihre Augen waren wie Blumen in voller Blüte, die Wimpern die Blütenblätter. Sie trug ein fließendes blaues Kleid mit Quasten am Saum, die an Weidenkätzchen erinnerten. Sein Leben war immer wie eine Stahlfeder gewesen, die durch die Disziplin harter Arbeit unter Spannung gehalten wurde, doch er ahnte, dass allein der Anblick einer solchen Frau sie lösen und seine lebenslange Ordnung durcheinanderbringen konnte.

Sie reichte ihm einen Pfirsich durch die Gitterstäbe, den er stumm entgegennahm, und versicherte ihm flüsternd, dass sie gekommen sei, um einen gewissen Prentiss zu treffen. »Hast du mich nicht vermisst?«, fragte sie ihn, was eher wie eine Anweisung klang als wie eine Frage.

Er hatte nicht bedacht, dass er ihr antworten musste. Es erschien ihm wie eine fast unmögliche Aufgabe.

»Doch«, brachte er heraus. »Sehr.«

Ihr Gesicht entspannte sich – seine Antwort hatte sie zufriedengestellt –, und sie lehnte sich auf ihrem Stuhl jenseits der

Gitterstäbe zurück. Hackstedde beobachtete sie vom Schreibtisch aus aufmerksam.

Die Frau drehte sich zum Sheriff um und sah dann wieder Prentiss an.

»Du musst hungrig sein, du armes Ding. Iss«, flüsterte sie.

Er blickte auf den Pfirsich in seiner Hand, den er schon wieder vergessen hatte. Er hatte seit zwei Tagen nichts mehr gegessen, seit dem Abend von Landrys Beerdigung, doch obwohl er halb verhungert war, biss er nur einmal zögerlich hinein, ohne den Blick von dieser vom Himmel gesandten Frau abzuwenden, von der er noch immer nicht wusste, was sie von ihm wollte.

Die Frau erzählte von ihrer Begegnung mit Isabelle und von dem Auftrag, Prentiss zu besuchen, den sie angenommen hatte.

»Ich heiße Clementine«, sagte sie.

»Freut mich«, sagte Prentiss.

»Mrs Walker lässt grüßen.«

Hacksteddes Stuhl knarzte, als er sich vorbeugte.

»Was soll das Flüstern?«, rief er.

»Wir sind nur höflich, Sheriff«, sagte die Frau. »Wir wollen Sie nicht behelligen.«

Sie sprach in so sanftem Ton, dass Hackstedde sich davon einlullen ließ. Er grunzte, sagte jedoch nichts mehr.

»Geht es dir gut da drin?«, fragte Clementine.

»Ist nicht unbedingt das Paradies«, sagte er. »Der Geruch tut mir leid. Er hat mich durch den Dreck laufen lassen, bevor wir nach Selby gekommen sind. Ich kann mich nicht waschen.«

Er wagte es kaum, sie anzusehen, doch sie erwiderte seinen Blick so offen, so freundlich, dass seine Scham verflog.

»Du solltest mal mein Zuhause sehen«, sagte sie. »Oh, da ist es manchmal schmutzig. Für ein bisschen Dreck braucht man sich nicht zu schämen.«

Wieder biss er in den Pfirsich, wollte etwas sagen, biss jedoch noch einmal hinein, bevor er sprach.

»Du kennst Isabelle?«, fragte er leise.

»Ein wenig«, sagte sie nach kurzem Zögern. »Wir haben uns vor Kurzem erst richtig kennengelernt. Sie passt sogar gerade auf meine Tochter auf. Aber George kannte ich schon davor. Er kommt manchmal bei mir vorbei, wenn ich arbeite.«

»Was arbeitest du?«

»Als Hure, hauptsächlich.« Sie sagte es, als wäre es nichts anderes, als Schneiderin zu sein.

Er kaute weiter, konnte sich kaum vorstellen, dass sich George in die Nähe einer so schönen Frau wagte, davon, dass er mit ihr vertraut war, ganz zu schweigen. Er hätte bis zu diesem Moment nie gedacht, dass George auch nur ein Wort mit einer anderen Frau als Isabelle gewechselt hätte.

»Es hat seine Vorzüge«, fuhr sie fort. »Kann schon sein, dass der Sheriff auf unsere Finte hereinfällt, dass wir verwandt sind, aber vermutlich hat es mehr mit meinem Versprechen zu tun, dass er ein paar Gratisbesuche haben kann, mit einem Mädchen seiner Wahl. Ich werde jemandem in unserem Haus einen Gefallen schulden – einen recht großen sogar, wenn man sich das so ansieht.« Wieder warf sie einen Blick auf Hackstedde. »Aber alles im Leben ist ein Kompromiss.«

»Für mich.«

»Für dich und die Deinen. Die Walkers sind gute Leute. Wenn sie sagen, dass da ein Mann in Not ist, ist es nicht zu viel verlangt, ihm einen Korb Obst vorbeizubringen. Aber ich rede zu viel. Erzähl mir von dir, Prentiss. Ich bin neugierig, den Mann kennenzulernen, den die Walkers so ins Herz geschlossen haben.«

So etwas hatte noch niemand zu ihm gesagt – selbst George war nie sonderlich neugierig auf ihn gewesen –, und er wusste weder, was er ihr von sich erzählen sollte, noch, womit er anfangen könnte. Er berichtete ihr von Mortons Plantage, von dem Leid, das ihm dort widerfahren war, doch es dauerte nicht lang, bis sie ihn unterbrach.

»Das brauchen wir nicht«, sagte sie. »Nicht jetzt. Nicht hier.« Sie schlug sich aufs Knie, stützte das Kinn auf die Hand und lächelte ihn schelmisch an. »Erzähl mir ein Geheimnis. Etwas, das du noch keiner Menschenseele verraten hast.«

Er dachte angestrengt nach, was er ihr erzählen könnte, was umso schwerer war, weil Clementine ihn unverwandt ansah.

»Also, da gab's mal dieses Mädchen«, sagte er und senkte verlegen den Blick.

»Na los«, sagte sie.

»Ich komm mir albern vor.«

»Ich wette, du warst in deinem Leben noch nicht oft albern, und ein Mann hat das Recht, hin und wieder albern zu sein. Hol's nach.«

Also erzählte er es ihr. Erst von seinem Bruder, denn mit ihm begann die Geschichte. Nie hatte er einen Mann erlebt, der so besessen von etwas war wie Landry vom Springbrunnen der Mortons, und jedes Mal, wenn er sah, wie sein Bruder ihn anstarrte, machte es Prentiss neugierig. Er beschrieb ihr Landrys Liebe zum Wasser, erklärte ihr, er selbst habe nie verstanden, wie man eine so tiefe Faszination für eine einzige Sache empfinden konnte, bis zu diesem einen Nachmittag, als er seine eigene Obsession entdeckte.

»Und einfach so«, sagte er, »fang ich an, über Mädchen nachzudenken, wie ich's nie zuvor getan hab. Ist das Alter, denk ich.«

An eines ganz besonders, sagte er, ein Mädchen namens Delpha.

»Sie hatte Augen wie deine, man sieht hinein und die lassen einen den ganzen Tag nicht mehr los. Dünn wie ein Zweig, konnte um ihr Leben nicht pflücken. Sie war zu klein, um das Auspeitschen auszuhalten, aber der Aufseher hat ihr das Leben zur Hölle gemacht, wie allen anderen auch, und eines Tages hab ich's nicht mehr ertragen. Den ganzen Tag lang hab ich sie beobachtet, und ich wusste, dass ihr Sack nur halb voll war, und es war kurz vorm Wiegen. Ich musste was tun, um ihr zu helfen.«

Er lachte bei der Erinnerung daran, und die plötzliche Freude auf seinem Gesicht brachte auch Clementine zum Lächeln.

»Du hast also den Retter gespielt.«

»Wenn du mich weiter in Verlegenheit bringst, kann ich die Geschichte nicht weitererzählen. Aber ja, ich hab's versucht. Ich seh den Aufseher, Gail, großer Kerl, dumm wie'n Kalb, mitten auf dem Feld, wie er sich mit einem anderen Jungen beschäftigt, also renn ich rüber zu ihrer Reihe.«

»Ist nicht wahr.«

»Ich greif schon in meinen Sack, hole eine Handvoll Baumwolle raus, um sie in ihren zu stopfen, um ihr zu zeigen, was ich alles tu für die Liebe.«

Clementine presste sich die Hand auf den Mund.

»Jetzt bin ich noch drei, vielleicht vier Reihen entfernt, ruf ihren Namen, ›Delpha, Delpha, dreh dich um‹, und als sie's tut, stolper ich über meine eigenen Füße, kipp nach vorne und lande direkt auf einer Baumwollpflanze. Die bricht an der Wurzel ab, und was noch von mir übrig ist, landet auf der anderen Seite auf dem Boden. Ich hab Kratzer im ganzen Gesicht, Kletten in den Haaren, und plötzlich seh ich die Hufe von Gails Pferd auf mich zustampfen, und ich weiß, ich hab 'nen schlimmen Abend vor mir.«

Beide lachten so schallend, dass Hackstedde sie ermahnte, leiser zu sein.

»Aber du warst *mutig*«, flüsterte Clementine. »Jede Frau findet Tapferkeit anziehend.«

»Mit Tapferkeit war da nichts, als ich die Schläge eingesteckt habe, das kann ich dir sagen. Du spürst, wie sich die Haut ablöst und …« Das in ihren Augen aufflackernde Unbehagen hielt ihn davon ab weiterzureden. Er versuchte, wieder zu lachen, die Freude des vorangegangenen Moments neu zu entfachen, doch das war nicht möglich.

»Mrs Walker hat mir erzählt, was du angestellt hast«, sagte Clementine. »Mit Wade Webler. Das war mutig, Prentiss. Vielleicht nicht klug. Schließlich sitzt du hier hinter Gittern – das wollen wir nicht vergessen.«

Wieder lachte er, auch wenn ihm die nüchterne Herzlichkeit ihres Humors beinahe das Herz brach.

»Aber es gibt gewisse Dinge, zu denen wir berufen sind«, sagte sie. »Als Frau und als Autorität in solchen Dingen kann ich dir sagen, dass ich das sehr anziehend finde, und Delpha ging es bestimmt genauso.«

Die kostbaren, unerwarteten Minuten waren schnell vergangen, und es wurde langsam spät. Hackstedde würde sie bald zum Gehen auffordern, das wusste Prentiss, und er fürchtete sich davor, ihrer Gegenwart beraubt zu werden, sie an die Schatten zu verlieren und sich der Dunkelheit wieder allein stellen zu müssen. Er wusste, was auf die Dunkelheit folgen würde, welches Ende ihn erwartete, wenn sie ihn aus seiner Zelle zerrten. Er erschauderte und vertrieb den Gedanken aus seinem Kopf.

»Erzähl mir von dir«, sagte er.

Sie fragte, ob er schon einmal von New Orleans gehört habe. Da komme sie her. In New Orleans, sagte sie, trügen die Männer buntere Kleidung als die Frauen, und jeden Abend werde gefeiert. Der Alkohol fließe in Strömen. Gesichter würden hinter Masken versteckt. Der Hafen sei so groß, dass er Hunderten Schiffen Platz bot, Segel- und Dampfschiffen, und wem der Sinn danach stehe, könne von dort aus die ganze Welt bereisen. Und es gebe einen Markt, der so groß sei wie ganz Old Ox, wo so laut gefeilscht werde, dass man seine eigene Stimme nicht mehr hören könne.

»Wenn du da zum Pferderennen gehst«, sagte sie, »siehst du Schwarze, Mulatten, Weiße, Franzosen, alle dicht gedrängt.«

Prentiss hatte noch nie von einem so sonderbaren Ort gehört, und er malte sich aus, wie weit es in ungefähr von Old Ox sein mochte. Wie dumm er in seinem Erstaunen aussehen musste.

Sie lachte über ihn, zog ihn ein bisschen auf.

»Man muss es sehen, um es zu glauben, ich weiß.«

»Und von da bist du hierhergekommen?«

»Das ist eine längere Geschichte«, sagte sie. »Ich fürchte, mir fehlt die Zeit, sie zu erzählen.«

Jede Minute mit Clementine war so spontan, so befreiend, dass er glaubte, er könne es nicht ertragen, sie gehen zu sehen.

»Was, wenn ich frei wäre? Würdest du dich mit mir treffen?«

»Die Männer, die ich treffe« – sie verdrehte die Augen – »zu denen willst du nicht gehören, glaub mir.«

Nicht bei der Arbeit, sagte er. In New Orleans. Baltimore. An irgendeinem anderen Ort.

»Ah, wir würden zusammen durchbrennen! Aber was ist mit meiner Tochter? Meiner Elsy? Ich glaube nicht, dass du dich auch noch um sie kümmern wollen würdest.«

Sie spielten ein Spiel miteinander. Trotzdem konnte er nicht anders, als an die Fantasiewelt zu glauben, die sie gemeinsam heraufbeschworen. Woran sollte er sich sonst festhalten?

»Ich habe viel verloren«, sagte er. »Das brauch ich dir nicht zu sagen. Aber ich stelle mir vor, dass mein Herz an all dem Leid gewachsen ist. Es macht immer Platz für das, was noch kommen könnte. Eine Tochter würde da sehr gut hineinpassen. Vielleicht sogar mehr als nur eine.«

Vielleicht machte er sich etwas vor, doch Clementine schien das Spiel genauso zu genießen wie er selbst.

»Das ist das Netteste, was je ein Mann zu mir gesagt hat«, erklärte sie.

»Ich hab noch mehr davon auf Lager«, sagte er. »Hatte nie ein Mädchen, zu dem ich's hätte sagen können.«

»Außer Delpha.«

»Was daraus geworden ist, haben wir ja gesehen.«

Plötzlich sah sie ihn seltsam streng mit fragendem Blick an, und ihre Augen wurden schmal.

»Hast du schon einmal eine Frau berührt, Prentiss?«

Er erstarrte, zog sich in sich selbst zurück, schüttelte den Kopf.

»Nur meine Mama«, sagte er. »Und Isabelle, als ich sie umarmt hab.«

Sie drehte sich zu Hackstedde um, der nur wenige Meter von ihnen entfernt so tat, als würde er eine Zeitung lesen, doch in diesem Augenblick kam es Prentiss so vor, als läge ein Ozean zwischen ihnen. Clementine griff zwischen den Stäben hindurch. Sie nickte Prentiss zu, und er streckte den Arm aus und umschloss ihre Finger mit seiner Hand. Es war das Weicheste, was er je gefühlt hatte – nichts war damit vergleichbar.

Sie beugte sich vor. Ihre Stimme klang so nah, dass sie in seinem Kopf widerzuhallen schien.

»Ich würde mit dir gehen«, flüsterte sie.

Ein lautes Geräusch ertönte, wie der Klang einer Peitsche, die ihr Ziel traf. Hackstedde faltete seine Zeitung zusammen.

»Ich freu mich ja so, dass ihr beiden wieder vereint seid«, sagte er. »Aber die Besuchszeit ist jetzt vorbei. Zeit, euch zu verabschieden.«

Clementine bewegte sich nicht vom Fleck, und Hackstedde starrte sie unnachgiebig an. Schließlich erhob sie sich und zog dadurch auch Prentiss auf die Beine, als wären sie mit einem Seil aneinandergebunden.

»Sag den Walkers, ich komme zurecht«, sagte er. »Dass es mir mehr als gut geht.«

»Mach ich«, sagte sie, dann zögerte sie kurz, musterte ihn. »Gib die Hoffnung nicht auf, hörst du? Finde deine Stärke und schütze sie.«

»Steh ich noch hier oder nicht?«

Sie schenkte ihm ein letztes Lächeln.

»Auf Wiedersehen, Prentiss.«

Dann ging sie zu Hackstedde und stellte den Obstkorb auf den Tisch.

»Wenn wir unsere Abmachung einhalten sollen, bekommt mein Cousin etwas von dem Obst, wann immer er will.«

»Wir wissen beide, dass das nicht Teil der Abmachung war«, sagte der Sheriff.

»Dann betrachten Sie sie als geändert.«

Hackstedde verschränkte die Hände hinter dem Kopf und lehnte sich zurück, amüsiert von ihrem Feilschversuch.

»Häng noch einen Besuch dran. Vier Mal. Ich such mir das Mädchen aus.«

Clementine sah Prentiss ein letztes Mal an, nicht beschämt, sondern als wolle sie sagen: *Das nehme ich für dich auf mich.*

»So sei es.«

»Gut, gut.« Hackstedde deutete auf die Tür. »Jetzt komm gut nach Hause. Ich bin sicher, da warten schon viele Männer auf dich.«

Sie ging in die Nacht hinaus, ohne sich noch einmal umzusehen. Hackstedde sprach weiter – das tat er immer –, doch Prentiss hörte kein Wort. Er empfand einen merkwürdigen Frieden. Driftete wieder in den Schlaf. Vielleicht bestand die Möglichkeit, so unwahrscheinlich sie auch sein mochte, dass er noch einmal von Clementines Stimme geweckt wurde. Und wenn dieser Wunsch zu viel verlangt war, würde er sie vielleicht in seinen Träumen wiedersehen. Doch er fand nur wenig Schlaf. Nachdem Clementine gegangen war, holte ihn die Wirklichkeit seiner misslichen Lage ein wie ein langsamer Güterzug, der unerbittlich auf seine Zelle zurollte. Und der nächste Mensch, der durch die Tür des Gefängnisses trat, war Hacksteddes Hilfssheriff.

Der Sheriff reagierte wie ein stolzer Vater, dessen Sohn eine Aufgabe erfüllt hatte, die eigentlich noch zu hoch für ihn war. Tim, selbst recht stolz, informierte ihn, dass Richter Ambrose nach Selby gebracht und auf der anderen Straßenseite einquartiert worden sei. Das Verfahren könne gleich am nächsten Morgen beginnen.

»Gut!«, sagte Hackstedde und nahm seinen Hut ab. »Wenn wir Medaillen hätten, würde ich dir eine verleihen. Und das hochverdient.«

Tim strahlte, und Prentiss ärgerte sich darüber, dass diese beiden Männer, die einander noch vor Kurzem fremd gewesen waren, das Erreichen ihrer engherzigen Ziele, die darauf ausgerichtet waren, seinen Tod herbeizuführen, als solche Leistung empfanden.

Hackstedde sagte, er werde sich nun ausruhen und am nächsten Morgen losreiten, um Webler mit der guten Nachricht abzuholen.

»Du bleibst hier«, wies er Tim an. »Passt für mich auf unseren Gefangenen auf.«

Prentiss schloss erneut die Augen, und diesmal übermannte ihn die Erschöpfung. Als er aus seinem Dämmerschlaf erwachte, war Tim der einzige andere Mann im Gefängnis. Er hatte sich einen Stuhl vor Prentiss' Zelle gestellt. Die Kerze auf dem Tisch hinter dem Hilfssheriff war zu einem Stummel heruntergebrannt. Er nahm einen Pfirsich aus Clementines Korb, beobachtete Prentiss mit andächtigem Eifer und zusammengekniffenen Augen, als könnte der jeden Augenblick die Flucht ergreifen. Er biss in den Pfirsich, und Saft quoll aus dem klaffenden Fruchtfleisch.

Das ist mal ein Einfaltspinsel, dachte Prentiss. *Sah er die Gitterstäbe nicht? Warum beobachtete er ihn so eindringlich?* Doch als er darüber nachdachte, was bald geschehen würde, kam es ihm nicht mehr so merkwürdig vor. In jederlei Hinsicht außer einer zog sich die Schlinge um Prentiss' Hals schon jetzt zu. Ein Mann, der auf seinen Tod wartete, war ein Schauspiel für sich. Tim war bloß etwas früher gekommen, um es sich anzusehen.

KAPITEL 21

Caleb fand seine Armeepistole in eine Decke gewickelt im Keller, wo sie zusammen mit den Jagdgewehren seines Großvaters ihr Dasein fristete. Das Haus war von einer alles umfassenden Finsternis erfüllt. Es war weder Nacht noch Morgen, sondern die lange Flaute dazwischen, eine Zeit des Nichts, die Caleb nur zu genau kannte. Er war als kleiner Junge oft zu dieser Zeit aufgewacht, noch halb schlafend, gelähmt vom Pochen seines eigenen Herzens, das bis in seine Gedanken drang, verzehrt von dem schrecklichen Gefühl, dass der Rest der Welt friedlich schlummernd dalag, während er allein keine Ruhe fand. Er hätte alles dafür gegeben, diesem Abgrund der Verzweiflung zu entkommen. Heute Nacht begrüßte er ihn.

Er verließ den Keller und trat in die Dunkelheit hinaus. Als seine Augen sich daran gewöhnt hatten, lag die Blockhütte bereits ein Stück hinter ihm. Bei keinem seiner Schritte spürte er irgendeine Verbundenheit. Old Ox war nicht mehr seine Heimat. Nichts hier war es. Selbst die Blockhütte kam ihm nicht mehr vertraut vor. Er hätte geschworen, dass sein Zimmer nun kleiner war und der Flur, der zur Treppe führte, enger. Es war, als hätte der Raum sich ganz seinen Eltern angepasst, hätte das Kind vergessen, das fortgegangen war. In seinem Herzen jedoch wusste er, dass das Haus nicht geschrumpft war. Er hatte ganz einfach entdeckt, wie riesig die Welt war. Wahrscheinlich erlebte jeder Mann, der in seine Kindheit zurückkehrte, dasselbe Phänomen.

Er hatte das Feld erreicht. Die Pflanzen seines Vaters waren noch immer unscheinbar, und der Umstand, dass sie so viel Zeit investiert hatten, sich um sie zu kümmern, und so wenig dafür vorzuweisen hatten, war eine Lektion in Sachen Unvernunft. Caleb beugte sich vor und steckte die Hand in die Erde, unter eine der Pflanzen, umfasste die gewundenen Wurzeln und zog kurz daran. Er riss sie nicht aus. Bis zur Ernte würden noch Monate vergehen. Er wollte bloß Kontakt herstellen – sehen, wie tief sie reichten und wie weit sie es hatten, bis sie Tageslicht sahen. Jeder konnte bestätigen, dass er nicht als Bauer aufgewachsen war, doch dieses Kunststück erstaunte ihn. Kleine Wunder, sicher in der Erde verstaut.

Er zog die Hand aus dem Boden und saß da, die Knie an die Brust gedrückt. Die Pistole steckte in seinem Hosenbund, der Rand des Hahns bohrte sich in seine Seite. Mit zusammengekniffenen Augen und ein wenig Fantasie konnte er die Blockhütte ausmachen. Den Ort jener nächtlichen Schrecken seiner Kindheit. Warum war er gezwungen worden, diese Kluft zwischen den Schlafzimmern in der Dunkelheit zu überqueren, um seine Eltern zu wecken? Warum war seine Mutter, in ihrer himmlischen Allwissenheit, nicht zu ihm gekommen? Warum hatte sie nicht von der Einsamkeit gewusst, die ihn in jenen Stunden der Leere überkam? Es war selbstsüchtig, so etwas zu fragen, das war ihm bewusst, und doch wurde er dieses Gefühl nie los. Sogar jetzt noch hoffte er, seine Mutter würde aus dem Haus treten, ihn auf dem Feld finden und ihn zurück in sein Bett bringen. Was für ein Mann dachte so etwas? Diese Feigheit war es, die zu Landrys Tod geführt hatte. Die Wahrheit war, dass es nichts in ihm gab, was es zu retten lohnte. Er war ein Schandfleck.

Wieder berührte er den Erdboden, in dem Wissen, dass er nicht da sein würde, wenn seine Gabe ans Licht kam, und dass er den Ausdruck subtiler Freude auf dem Gesicht seines Vaters nicht mit ansehen würde, der nur an der Intensität erkennbar war, mit der er die Pflanzen betrachtete, und in dem sich die distanzierte Liebe zeigte, mit der er so sparsam umging. Nach kurzem Schweigen würde er die Erdnüsse als kümmerlich bezeichnen, unwahrscheinlich, dass jemand sie kaufen werde, um dann zurückzurudern und zu erklären: *Sie sind gut genug*. Das war die ureigene Strategie seines Vaters: sein eigenes Scheitern anzunehmen, um sich ein Gefühl von Ehrgeiz zu bewahren. Doch dieses Leben – still, achtbar, voller belangloser Belohnungen – würde nicht Calebs sein. Nein. Seine eigene Reise, da war er fest entschlossen, würde ihn an einen anderen Ort und zu jener kümmerlichen Erlösung führen, die jenseits davon zu finden war.

Er machte sich auf den Heimweg. Die Dunkelheit war noch immer fast undurchdringlich, doch er fühlte sich eins mit ihr, als watete er schwerelos durchs Wasser, und ihm fiel auf, dass die in Einsamkeit verbrachte Zeit, all die langen Stunden in seinem Zimmer bei geschlossenen Jalousien, ihn auf genau diesen Moment vorbereitet hatten. Als er ins Haus ging, stellte er den Fuß auf eine vertraute Diele und trat darauf wie auf die einzige Taste eines Klaviers und lauschte ein letztes Mal dem Knarzen.

Ohne zu zögern, ging er zurück in den Keller. Er fand die Truhe allein anhand des Geruchs, jenem Hauch von Schmierfett, der auch nach Jahrzehnten noch in der Luft hing, länger, als er auf der Welt war. Die Gewehre warteten auf ihn. Er hängte sich eins über die Schulter, ohne zu wissen, ob es überhaupt noch funktionierte. Sein Leichtsinn passte zu seiner geistigen Verfassung. Das Wichtigste war, nicht stehen zu bleiben – sondern dem Drang zu folgen, der ihn geweckt und so weit gebracht hatte.

Sterne zeichneten den Nachthimmel wie kleine helle Narben, doch er brauchte sie nicht, um den Weg zu finden. Die Stage Road reichte ihm, denn er konnte den Weg bereits vor seinem inneren Auge sehen: wie er ihn durch Old Ox führte, am stillen Marktplatz vorbei, der bis auf ein paar betrunkene Herumtreiber leer war, ihn an der Mayor's Row ausspie, direkt vor Wade Weblers herrschaftliches Haus. Das allerdings war nicht der Ort, wo er seine Reise beenden wollte, sondern wo sie beginnen sollte.

❧

Ohne es wissen zu können, wusste er, dass die Weblers tief und fest schliefen. Dies war eine weitere lang gehegte Fantasie von ihm – aus nichts anderem entstanden als einer Geschichte, die er sich Jahre zuvor ausgedacht hatte: wie es wohl wäre, für eine Nacht neben August zu schlafen, unter einem weißen Laken, mit ihm in schillerndes Mondlicht getaucht zu werden; einen Arm unter seinem Kissen hervorzuziehen und ihn, wie vom Traum geleitet, um Augusts Oberkörper zu legen, ihn dicht an sich zu ziehen, mit der Erlaubnis, dass ihre Körper bis zum nächsten Morgen tun und lassen konnten, was sie wollten.

Der Traum hatte nie den Rahmen von Augusts Zimmer verlassen. Doch Caleb musste davon ausgehen, dass Wade und Margaret ebenso seelenruhig schliefen wie ihr Sohn. Er stellte sich Wade auf seiner Seite des Bettes vor, wie er sich, ungerührt von dem vergangenen Tag oder dem, der folgen würde, seiner Nachtruhe hingab wie ein Neugeborenes in seiner Wiege. Und vielleicht war das das große Übel dieser Welt, dass jene, die einen Hang zum Bösen hatten, so frei von Schuldgefühlen waren, dass nicht einmal ein Sturm ihre Nachtruhe stören konnte, während bessere, von einem Gewissen geplagte Männer wach lagen, als tobe ebenjener Sturm unnachgiebig in den entferntesten Winkeln ihrer Seele.

Er blieb, ein paar Schritte von den Hecken entfernt, vor dem Haus stehen, den Blick noch immer auf Augusts Fenster gerichtet. Die Macht der Gewohnheit war stark. Doch die Dringlichkeit des Moments streifte sie ab wie Schweißperlen. Er zwang sich, durch das Tor zu treten, ging um das Haus herum, an der Zisterne vorbei und auf den Pferdestall zu.

Der Mittelgang darin war pechschwarz. Er war seit Jahren nicht mehr in diesem Stall gewesen, und der falsch erinnerte Ort war ganz anders als der in seinen Träumen, in dem Kerzen die grellen Schatten der Pferde und der anderen Jungen an die Wände warfen, Gespenster, die seine Erniedrigung bejubeln wollten. Verglichen mit dieser grausamen Romanze, dem überhöhten Gefühl des Wundersamen, von dem seine Fantasievorstellungen erfüllt waren, gab es hier nichts Besonderes zu sehen. Wenn überhaupt, war es kleiner als in seiner Erinnerung, und alles Majestätische wurde vom stechenden Geruch des Pferdemists überdeckt. Wie sehr seine Vorstellung irrte, als sie aus so wenig so viel gemacht hatte! Er spürte, wie er von dieser Täuschung befreit wurde.

Die Pferde schliefen, bis auf eines. Er erkannte es nicht an seiner Form, die von der Nacht verhüllt war, sondern am Funkeln in seinen Augen, einem Glühen in der Dunkelheit. Das Pferd drängte sich an das Tor seiner Box, als Caleb sich näherte, als erwartete es, dass er ihm Futter gab oder, noch besser, dass er das Tor öffnete. Er hielt ihm die Hand hin und das Tier wich nicht zurück. Ein ominöser Aspekt verschwand, als er näher kam – die Augen des Tieres leuchteten nicht mehr, sondern wirkten eher verschleiert. Zu seiner großen Erleichterung war das Pferd nicht scheu, auch wenn er von einem Webler-Pferd nichts anderes erwartete. Wades Diener war dafür berüchtigt, den Willen der Pferde beim Zureiten zu brechen.

Caleb ging in die Sattelkammer und holte Zaumzeug und Sattel, dann nahm er zur Sicherheit auch noch eine Satteltasche mit. Er schlich sich in die Box, und das Pferd versuchte nicht zu fliehen, sondern stand ruhig da und hob den Kopf, als wolle es ihn begrüßen. Als er ihm die Hand auf die Mähne legte, fuhr ein Zucken wie eine Welle über seinen Rücken, was Caleb an Ridley erinnerte, und er ließ seine Hand noch einen Augenblick auf dem Tier ruhen, damit es sich an ihn gewöhnen konnte, dann blies er ihm in die Nüstern.

»Ich brauche ein Pferd, das für mich rennt«, flüsterte er. »Kannst du fliegen?«

Es war eine falbe Stute, ein schönes Tier, auch wenn er sich nicht sicher war, ob sie eine Herde anführen konnte. Das ließ sich nicht herausfinden, bis er auf ihr saß. Sie war gut erzogen, und er zäumte sie auf, ohne noch einmal zu überprüfen, ob er allein war. Er war kurz davor, die Stute in den Gang hinauszuführen, als er plötzlich Geräusche hörte. Er spähte hinaus, zu verängstigt, um nach seiner Pistole zu greifen. Doch es war bloß ein anderes Pferd, das in der schwülwarmen Luft die Position gewechselt hatte.

»Also, bist du bereit?«, flüsterte er.

Die Flucht musste sauber vonstattengehen. Er musste schnell aufspringen und in scharfem Galopp losreiten. Er hatte sich auf das Schlimmste eingestellt – war sich bei seinem Glück sicher gewesen, von Weblers Männern überrascht zu werden, sobald er sich den Ställen näherte. Doch jetzt war er hier, führte ausnahmsweise einen Plan aus, den er selbst gefasst hatte. Die Nacht lag vor ihm. Er stieg auf, und die Stute schnaubte so laut, dass es die Aufmerksamkeit der anderen Pferde erregte. Einige erwachten aus ihrem Schlaf, und er spürte ihre Blicke im Rücken, als er die Stute antrieb. Sie blieben jedoch unbemerkt, und schon bald galoppierte sein Pferd die Straße entlang.

Er war schon auf halbem Weg nach Selby, als ihm klar wurde, dass er das Haus der Weblers nie wieder sehen würde. Selbst nach allem, was in den letzten Tagen irreparabel kaputtgegangen war, konnte er nicht anders, als sich vorzustellen – fast zu hoffen –, dass August am Fenster stand, den Vorhang zur Seite gezogen, und seine Flucht mit ansah. Doch vermutlich würden seine Zweifel die Oberhand gewinnen und er würde das Gesehene für unwahr halten. Er würde sich das Haar zersausen, ins Bett zurückkehren, und am Morgen den Kopf über diesen Traum schütteln, der sich so wirklich angefühlt hatte.

Die Stute lief immer schneller, sie glitten, flogen regelrecht dahin. Die Straße war zu dieser einsamen Stunde menschenleer, und es dauerte nicht lang, bis er Selby erreichte. Die Stadt war kleiner und weniger geschäftig als Old Ox. Er kannte sich ein wenig aus, weil er einmal auf der Durchreise dort gewesen war, und fand problemlos das Gefängnis, das auf der einen Seite von einem Wirtshaus und auf der anderen von einem kleinen eingezäunten Friedhof mit unmarkierten Gräbern umrahmt war. Das Kerzenlicht im Gefängnis, das von der Fensterscheibe gedämpft und verzerrt wurde, erfüllte sein Inneres mit Schatten – keiner in Bewegung, allesamt still. Er hatte keine Ahnung, wie viele Männer sich darin befanden. Ein einzelnes Pferd war vor dem Gebäude angebunden. Als Caleb auf die Treppe trat, hörte er eine Stimme.

»Sheriff? Sind Sie das?«

Spontan entschied Caleb, theatralisch die Tür aufzutreten, die Pistole aus dem Hosenbund zu ziehen und auf den ersten Menschen zu zielen, der ihm vors Visier geriet. Es war Tim, der Hilfssheriff, so erschrocken und unsicher auf den Beinen, dass er fast hingefallen wäre.

»Wo ist Prentiss?«, fragte Caleb.

Tim stolperte rücklings gegen den Schreibtisch, die Augen vor Bestürzung zusammengekniffen.

»Sind Sie Georges Sohn?«

»Ich geb dir noch eine Chance«, sagte Caleb und spannte wie in Trance den Hahn der Pistole.

»Bin nur ein paar Schritte entfernt von dir«, sagte eine Stimme.

Als Caleb herumfuhr, entdeckte er Prentiss, der mit gekreuzten Beinen im Halbdunkel der ersten Zelle saß, als ginge ihn der Tumult nichts an.

»Schlüssel«, fuhr Caleb Tim an. »Sofort.«

Als Tims Hand zu seiner Taille wanderte, wusste Caleb augenblicklich, dass er verloren war, wenn der Hilfssheriff eine Waffe zog, denn obwohl er den Hahn gespannt hatte, konnte er sich nicht dazu überwinden zu schießen, und sei es auch nur, um das Feuer zu erwidern. Sein Finger, der auf dem Abzug lag, entspannte sich, und er stellte überrascht fest, dass er geneigt war, einen solchen Ausgang zu *begrüßen*. Dem Tod direkt entgegenzutreten, in einem Anfall von Abenteuerlust, von großem Heldenmut – das war doch zumindest etwas Sinnvolles. Er würde zwar trotzdem sterben, ohne mehr erreicht zu haben, als ein Pferdedieb zu sein, doch wenigstens würde man sich Geschichten über seine Tapferkeit erzählen, und auf eine sehr selbstsüchtige Weise war das genug, um einem ansonsten sehr angespannten Moment, in dem er sich beinahe zum zweiten Mal als erwachsener Mann eingenässt hätte, einen feierlichen Frieden zu verleihen.

Doch es schien, dass Tim gar nicht vorhatte, das Feuer zu eröffnen. Nachdem er sich hektisch den Hosenbund abgeklopft hatte, griff er an seiner Pistole vorbei in seine Hosentasche, auch wenn er daraus nichts als Luft hervorholte.

»Ich schwöre, er muss hier irgendwo sein«, sagte er, ein wenig atemlos.

Caleb begriff allmählich, so unglaublich es auch war, dass er einen Mann gefunden hatte, der noch nervöser war als er selbst.

Die Augen des Hilfssheriffs traten hervor, und der Schweiß stand ihm auf der Stirn.

»Ich flehe Sie an«, sagte er und hielt einen zitternden Finger hoch, um Caleb Einhalt zu gebieten.

Caleb blickte Rat suchend zu Prentiss hinüber, doch der wirkte ebenso verwirrt.

»Ich glaube, der Sheriff hat ihn«, sagte Tim.

Er wand sich, gab sich abwinkend geschlagen und bückte sich so tief, dass er fast vor Caleb hockte.

»Machen Sie, was Sie wollen, aber keine Knarren«, flehte er. »Ich ertrag keine Knarren mehr. Bitte. Keine mehr. Keine.«

Prentiss nickte Caleb zu, als würde er ihm eine Anweisung geben, und Caleb steckte die Pistole zurück in seinen Hosenbund. Er war jetzt weit mehr von dem Zusammenbruch des Hilfssheriffs verunsichert als von der Möglichkeit, in eine Schießerei verwickelt zu werden. Der Mann tat ihm leid.

»Ich glaube, du bist im falschen Beruf«, sagte Caleb.

Der Hilfssheriff beruhigte sich etwas und erhob sich wieder.

»Damals hat's mir gefallen. Wirklich. Aber diese Knarren ertrage ich einfach nicht mehr. Der Arzt sagt, das wird wieder. Aber das passiert nicht. Es passiert einfach nicht.«

Tim wischte sich, immer noch zitternd, mit dem Ärmel die Nase ab. Sie waren etwa gleich alt, wobei Caleb vermutete, dass all die Schwierigkeiten, die er in seinem Leben durchgestanden hatte, neben Tims verblassten. Als die Waffe weggesteckt war, hing ein schwer zu beschreibendes Gefühl im Raum. Eine gewisse Anspannung war noch immer da. Eine fast erhebende Nacktheit der Gefühle. Sollte er den Hilfssheriff jetzt in den Arm nehmen?

»Auf dem Tisch«, sagte Prentiss, darauf zeigend. »Der Schlüssel liegt auf dem Tisch.«

Tim drehte sich um, griff nach dem Schlüssel und hielt ihn Caleb hin, der jedoch ablehnte und auf die Zelle deutete.

»Hol du ihn heraus«, wies er ihn an.

Tim schlich zur Zelle und steckte den Schlüssel ins Schloss. Die Eisentür ächzte unter ihrem eigenen Gewicht, schwang langsam auf, und Prentiss kam heraus.

»Der Sheriff bringt Webler her, sobald die Sonne aufgeht. Die werden nicht erfreut sein, wenn sie die leere Zelle sehen.«

»Sag ihnen, dass ich dir fast eine Kugel durch den Schädel gejagt hätte«, sagte Caleb und zog die Pistole noch einmal aus dem Hosenbund, »dann werden sie sicher verstehen, warum du ihn hast gehen lassen.«

Tim schüttelte ernst den Kopf, als hätte er gerade eine tieftraurige Geschichte gehört.

»Der Sheriff hat ein Pony, das läuft acht Stunden lang und ist noch in der neunten schneller als ein Vollblut. Ich bin's nicht, um den ich mir Sorgen mach. Sondern ihr.«

Prentiss wartete schon ungeduldig an der Ausgangstür.

Caleb deutete mit der Pistole auf den Schreibtisch.

»Setz dich jetzt da hin, Tim. Wenn du aus dieser Tür guckst, das versprech ich dir, ist es das Letzte, was du in deinem Leben siehst.«

Rückwärts, den Blick auf den Hilfssheriff gerichtet, ging er nach draußen, zielte erneut mit der Waffe auf ihn, und als er die Tür schloss, konnte er sich ein Grinsen nicht verkneifen, so zufrieden war er mit seiner reibungslosen Vorstellung.

»Dem hast du ja mächtig Angst eingejagt«, sagte Prentiss.

»Hoffentlich genug, damit er am Schreibtisch bleibt.«

Caleb blieb vor der Stute stehen. Er musterte Prentiss, dann nahm er das Gewehr von der Schulter und drückte es ihm in die Hände. Der Mann hatte noch nie eines gehalten, so viel stand fest. Er hielt es wie eine antike Schriftrolle, als könnte eine falsche Berührung es zu Staub zerfallen lassen.

»Häng dir den Gurt über die Schulter«, erkärte Caleb ihm. »Ich weiß, dass keiner von uns mit diesen Dingern schießen will. Aber wenn du musst, drückst du den Abzug.«

»Ich weiß, wie sie funktionieren«, murmelte Prentiss.

Caleb stieg auf die Stute auf und hielt Prentiss die Hand hin, um auch ihn hinaufzuziehen.

»Schon mal auf einem Pferd gesessen?«, fragte er.

»Nein«, sagte Prentiss, der sich hinter ihn auf das Sattelkissen setzte. »Und es würd mir ähnlich sehen, aus dem Knast zu entkommen und mir dann den Hals zu brechen, weil ich von diesem Vieh runterfall.«

»Du kannst mir vertrauen«, sagte Caleb und nahm die Zügel. Er meinte es ernst, und um das zu bekräftigen, drehte er sich um und wiederholte es. »Wirklich, Prentiss, vertrau mir. Halt dich einfach an mir fest und lass nicht los.«

Prentiss blickte skeptisch drein, doch er legte die Hände um Calebs Hüfte und packte zu. Sie galoppierten so schnell davon, dass es ihnen im Gegenwind die Sprache verschlug, und sie schwiegen eine Weile. Doch bald gewöhnten sie sich daran, und Prentiss' Griff um Calebs Taille wurde lockerer, als sich seine Bewegungen denen des Pferdes anpassten.

»Wohin reiten wir?«, rief er von hinten.

»Nach Norden«, sagte Caleb. »Vorher noch zur Farm. Keine Sorge, wir nehmen Nebenstraßen.«

»Wohin dann?«

»Wohin auch immer wir wollen.«

Die Schatten der Bäume und Büsche tauchten kurz in ihrem Sichtfeld auf und verschwanden dann wieder, wie Erscheinungen. Die Sonne ging auf und färbte die Straße mit ihrem ersten Licht ein wie mit der Essenz von etwas Überirdischem, so als löse die Welt selbst sich in schillernde Lichtfragmente auf. Sie sahen keine Menschenseele, bis sie die Blockhütte erreichten; darin brannte eine Kerze, die seine Mutter und seinen Vater beleuchtete. Sie saßen, noch in ihrer Nachtwäsche, am Esszimmertisch im Halbdunkel der Dämmerung. Warteten, wie er es sich vorstellte, auf seine Rückkehr.

Seine Mutter schloss Prentiss in die Arme, ließ ihn nur kurz los, um ihren Sohn in Augenschein zu nehmen, vielleicht, weil sie nicht ganz sicher war, ob die beiden real waren, und weil ihr unbegreiflich war, wie sie es wieder nach Hause geschafft hatten.

»Ich bin hin und hab ihn dort rausgeholt«, sagte Caleb. Offensichtlich, und doch war es irgendwie notwendig, es noch einmal in Worte zu fassen.

»Ich hoffe, du hast eine bessere Erklärung als das«, sagte sein Vater. »Ist das das Gewehr deines Großvaters, das Prentiss da trägt?«

Caleb schob sich an seinem Vater vorbei in Richtung Küche. Ihnen fehle die Zeit für Erklärungen, sagte er. Das Wichtigste sei, dass der Plan funktioniert habe, zumindest bisher. Sie bräuchten bloß ein paar Vorräte und würden sich dann wieder auf den Weg machen.

Seine Mutter folgte ihm.

»Wenn ihr beiden euch nicht erklärt, schließe ich die Tür ab, und ich versichere euch, niemand geht irgendwohin.«

»Wenn du das machst, bringst du mich an den Galgen und Prentiss ebenso.«

Caleb suchte im Regal nach eingemachten Früchten, nahm die Gläser, die ihm gefielen, und stellte sie auf die Anrichte. Seine Mutter sah stattdessen Prentiss fragend an.

»Ma'am, ich weiß nur, dass er reingekommen ist, dem Hilfssheriff die Meinung gesagt hat und mich rausgeholt hat. Sagt, wir gehen in den Norden.«

»Das ist Wahnsinn«, sagte sein Vater. »Stürmst mitten in der Nacht davon, für so ein Himmelfahrtskommando. Ich dachte schon einmal, dass du deinen Verstand verloren hast. Aber diesmal hast du dich selbst übertroffen. Ich gratuliere zu deiner Dummheit.«

Caleb hatte einen Sack gefunden und fing an, die Gläser hineinzustopfen.

»Ehrlich gesagt, hätte ich nicht gedacht, dass ihr aufwachen würdet. Ich dachte, ich könnte eine Nachricht hinterlassen.«

Sein Vater verdrehte die Augen.

»Als hätte es auch nur eine Nacht gegeben, in der du dich rausgeschlichen hast, ohne dass wir dich im Auge behalten hätten. Jetzt wünschte ich, ich wäre rausgegangen und hätte dich aufgehalten.«

Als er die besorgten Parteien vor sich sah, bemerkte Caleb, wie kopflos er auf sie wirken musste. Er stellte den Sack ab und zeigte auf Prentiss.

»Zum Sterben verurteilt, für ein Verbrechen, das er nicht begangen hat.« Dann zeigte er auf sich selbst. »Ich bin schuld. *Schuld.* Wenn er gehängt wird, dann lasst auch mich hängen. Wenn er es in die Freiheit schafft, dann, bei Gott, will ich die Reise mit ihm antreten. Erzählt mir nicht, keiner von euch hätte sich je gewünscht, neu anzufangen. Ich weiß, wie Bedauern aussieht. Das ist die bessere Option. Die *einzige* Option.«

Seine Eltern starrten einander an, gelähmt vom Blick des anderen, offenbar nicht gewillt, in Worte zu fassen, was auch immer ihnen durch den Kopf ging.

»Ich gehe meinen eigenen Weg«, sagte Caleb. »Und ihr seid es Prentiss schuldig, euch ihm nicht in den Weg zu stellen.«

Seine Mutter trat vor, anfangs noch zu bewegt, um etwas zu erwidern. Da war Stolz in ihren Augen, neben den Tränen. Mit zitternden Händen hob sie den Sack vom Boden auf.

»Die Pfirsiche in Schnaps mochtest du immer am liebsten«, sagte sie. »Ich habe sie erst vor ein paar Tagen eingekocht. Aber ihr solltet auch die Birnen mitnehmen, und die Äpfel. Im Keller ist noch Pökelfleisch, und ich habe noch ein wenig Kalbsbries …«

Sein Vater stand noch immer mit ausdrucksloser Miene im Esszimmer, rührte sich nicht vom Fleck. Was würde er sagen? Was würde als Nächstes passieren?

Seine Mutter ging in den Keller, kam mit einer Handvoll Lebensmittel zurück und stopfte, unablässig schniefend, den Sack so voll, dass er fast platzte.

Caleb bat Prentiss, den Sack in der Satteltasche zu verstauen.

Prentiss nickte. »Ich packe meine Sachen in der Scheune zusammen. So haben Sie noch einen Moment.« Damit war er verschwunden.

Seine Mutter betrachtete ihn, genau wie sie es getan hatte, als er in den Krieg gezogen war. Und genau wie damals legte sie eine Hand an sein Kinn, betastete die Stoppeln – suchte, so stellte er sich vor, nach derselben Weichheit, die sie gefühlt hatte, als er ein Neugeborenes gewesen war, und die nur noch in ihren Erinnerungen lebendig war. Sie zog seinen Kopf zu sich herunter.

»Du schreibst mir«, sagte sie. »Und zwar mehr als immer nur einen Satz.«

Er lachte, und seine Augen wurden feucht.

»Ganze Briefe«, versprach er. »Ich erkläre alles. Erzähle alles.«

»*Ja*«, sagte sie. Zu mehr war sie nicht imstande.

Sie lösten sich aus der Umarmung, und nun stand sein Vater neben ihm, wandte ihm den Rücken zu, die Hände hinter dem Rücken verschränkt, und starrte durch das Fenster in Richtung Stage Road hinaus.

»Ich denke, ich nehme Ridley, wenn es denn sein muss«, sagte er, als hätte man ihn um einen Gefallen gebeten und als sei dies ein Zugeständnis, das Caleb akzeptieren müsse.

»Was?«, fragte Caleb perplex.

»Es gibt keinen Ort auf der Welt, an den ich ohne ihn reisen würde.«

»Was sagst du da, George?«, fragte seine Mutter.

»Ich streife schon seit meiner Kindheit durch die Wälder dieses Countys. Ich kenne sie besser als jeder andere. Ihr habt die besten Chancen auf die Freiheit, wenn ich an eurer Seite bin.«

»Du *hasst* Reisen«, sagte Caleb. »Wenn du in der Stadt warst, tust du so, als wärst du durch die Pforten der Hölle gegangen. Du kannst doch nicht wirklich mitkommen wollen.«

»*Wollen* ist vielleicht zu viel gesagt«, sagte sein Vater. »Ich werde gebraucht, das ist alles.« Er legte eine Hand auf Calebs Schulter und trat an ihm vorbei.

Caleb wollte protestieren, doch er wusste, es wäre zwecklos. Die Sturheit seines Vaters machte ihn tapfer. In solchen Momenten hatte die Art, wie er – von der Endgültigkeit seines Entschlusses überzeugt – die Augenbrauen hochzog und seine Gesichtsfalten sich glätteten, etwas aufreizend Unbekümmertes. Er war nicht mehr umzustimmen. Caleb war sich nicht einmal sicher, ob sein Vater *selbst* seine Meinung ändern konnte, wenn er einmal zu einer Entscheidung gekommen war.

»Ich begleite euch nur bis zur County-Grenze. Sobald ich weiß, dass ihr sicher entkommen seid, kehre ich nach Hause zurück.«

»Und zu der Anklage, Verbrechern geholfen zu haben«, sagte Caleb.

Sein Vater, der schon auf dem Weg in die obere Etage war, winkte ab.

»Bitte. Ich sage ihnen, dass ich einen Ausflug in den Wald unternommen habe. Ich möchte sehen, wie sie mir etwas anderes beweisen wollen.«

Caleb sah seine Mutter Hilfe suchend an, doch sie konnte nichts tun.

»Ich habe bei ihm schon vor einiger Zeit aufgegeben«, sagte sie und trocknete sich lachend die Wangen.

Die Sonne war mittlerweile ganz aufgegangen, und die Farm schillerte in hellen Gelbtönen, die Scheune leuchtete nicht mehr rot, sondern braunorange, die Felder waren goldgesprenkelt. Der Effekt würde im Laufe des Tages verschwinden, doch es war ein herrlicher Anblick, alles im Morgenlicht zu sehen. Es würde ihm fehlen.

In dem Augenblick kam Prentiss zurück. Er wandte sich Calebs Mutter zu – unsicher, wie es schien, ob es die Höflichkeit erlaubte, dass er sie in einer solchen Verfassung ansprach. »Ma'am«, sagte er.

Sie umarmte ihn noch einmal, dann löste sie sich hastig von ihm. »Deine *Socken*«, sagte sie, zur Treppe eilend.

Die gedämpften Stimmen seiner Eltern waren von hinter der Schlafzimmertür zu hören.

»Wir werden zu dritt reisen«, informierte Caleb Prentiss.

»George?« Prentiss nickte wissend. »Er passt auf seine Leute auf. So gut er kann, jedenfalls.«

Seine Eltern kamen die Treppe herunter. Sein Vater war nicht anders gekleidet als an jedem anderen Tag: alte Hosenträger über einem Baumwollhemd, ein Hut als Schutz vor der Sonne. Er wies sie an, ihn vor dem Haus zu treffen, sobald er den Esel geholt habe, dann ließ er Calebs Mutter ohne einen weiteren Blick zurück und ging durch die Hintertür hinaus.

Seine Mutter trat auf sie zu. Die Socken waren blau und schön, genau wie Landrys es gewesen waren. Der weiße Rand war etwas ungleichmäßig, doch das verstärkte bloß ihren Charme.

»Die sind sehr robust«, sagte sie. »Aber halte sie sauber. Lauf nicht in dreckigen Socken herum, Prentiss.«

»Ein so hässliches Vergehen gegen ein so hübsches Paar Socken – das würd ich nie tun, Ma'am.« Er legte ihr eine Hand auf die Schulter, wie es ein Mann bei einem anderen Mann tun würde, und sie legte im Gegenzug ihre Hand auf seine. Dann löste er sich und steckte die Socken in seine Gesäßtasche. »Passen Sie auf sich auf, Ma'am.«

»Und du auf dich, Prentiss.«

Caleb nickte in Richtung Tür. Es wurde langsam Zeit.

Ridley kam um die Ecke des Hauses getrottet, als Caleb und Prentiss die Stute sattelten. Sein Vater wirkte so ruhig wie immer, doch Caleb konnte den Anflug von Panik in seiner Brust nicht verleugnen, wenn er sich vorstellte, was vor ihnen lag. Seine Mutter war auf der Veranda, und der Saum ihres Nachthemds hing ihr bis auf die Füße. Er nahm das Bild in sich auf und bewahrte es für Momente wie diese in sich auf: Wenn ihn die Angst überkam und sie allein ihn beruhigen konnte.

KAPITEL 22

Isabelle schlief in Georges Sessel, eingehüllt in seinen Duft. Als er nur wenige Stunden zuvor mit Caleb und Prentiss aufgebrochen war, war sie sicher gewesen, dass sie kein Auge zumachen würde, dass nichts sie dazu bringen konnte, wieder einzuschlafen, doch kaum hatte sie die Beine unter sich gezogen, war sie schon in einen Traum versunken. Sie erinnerte sich nicht an Einzelheiten, doch es ging darin nicht um die Blockhütte, und so erschien er ihr als eine angenehme Zuflucht von ihrem in die Brüche gegangenen Leben. Sie war enttäuscht, als sie erwachte.

Es war bereits mitten am Tag, und das Haus schmorte in der Sonne vor sich hin. Sie briet genug Eier für drei, weniger aus Appetit, sondern weil es die Menge war, die sie auf dem Esstisch zu sehen gewohnt war. Sie war völlig ausgehungert, doch als sie aufgegessen hatte, war noch mehr als die Hälfte übrig. Sie nahm die Pfanne und warf die Reste hinters Haus, damit irgendwelche Tiere sich sattfressen konnten.

Nach dem Frühstück überkam sie ein fast unerträgliches Unbehagen. Sie verspürte das Bedürfnis, sich zu beschäftigen, und überlegte, Calebs Zimmer zu putzen. Doch dann erinnerte sie sich, dass es nicht nötig war, weil sie ihn vielleicht nie wiedersehen würde, wenn alles nach Plan lief. Ein Gedanke, der zu der großen Einsamkeit beitrug, die Georges Abwesenheit auslöste, und die Tatsache, dass diese beiden ähnlichen und doch so unterschiedlichen Verluste gleichzeitig stattgefunden hatten, machte ihr so zu schaffen, dass sie sich auf ihre Hände setzen musste, um ihr Zittern in den Griff zu bekommen. Sie saß jetzt wieder in Georges

Sessel, spürte die Knöpfe, die aus dem Leder ragten, unter den Oberschenkeln, und jeder einzelne löste Erinnerungen an ihren Ehemann aus. Oft saß er so lange darin und las, dass sie das Gefühl hatte, er warte auf etwas, das niemals kam, und seine Melancholie, wenn er die Brille abnahm und die Lampe löschte, kam nur dem Enthusiasmus gleich, den er an den Tag legte, wenn er gleich am nächsten Abend an seinen Platz zurückkehrte.

Auch nach ihrem Versuch, Prentiss im Gefängnis zu besuchen, hatte sie ihn im Sessel sitzend vorgefunden, die Brille auf die Nasenspitze geschoben. Er hatte sein Buch zur Seite gelegt, als sie ins Haus kam, und sie erwartungsvoll gefragt, ob sie es an Hackstedde vorbeigeschafft habe.

Bis zu diesem Augenblick hatte sie nicht gewusst, dass sie entscheiden würde, ihr Treffen mit Clementine für sich zu behalten. Doch Clementines unermüdliches Beharren darauf, dass Georges Besuche unverfänglich seien, zwang Isabelle dazu, in sich zu gehen und sich zu fragen, wozu ihre Eifersucht gut sein sollte. Was brachte es ihr, in der weiten Landschaft ihrer Ehe, wenn sie sich in die merkwürdigen (und oft rätselhaften) Eigentümlichkeiten von Georges Großzügigkeit einmischte? War das nicht der Grund, warum er Clementine bezahlte? Weil es eine Möglichkeit war, etwas zu geben? Sie hatte den Kopf geschüttelt und George erzählt, dass man sie nicht zu Prentiss vorgelassen habe, dass sie jedoch Mildred besucht habe und dass sie trotzdem das Gefühl habe, an diesem Tag viel erreicht zu haben.

Das Zittern in ihren Händen ließ nicht nach – es schien von irgendwo außerhalb ihres Körpers zu kommen –, und als sie aufblickte, sah sie eine Gruppe von Pferden auf die Blockhütte zutrotten. Sie hatte keine Angst vor den Leuten, die sich näherten. Wenn überhaupt, war sie erleichtert, weil sie längst wusste, dass sie kommen würden. Sie wollte es hinter sich bringen.

Als sie nach draußen ging, schlug ihr ein rauer Wind entgegen, sodass sie sich am Verandageländer abstützen musste. Sie erkannte fast alle: Wade Webler, den Sheriff und seinen Hilfssheriff, Gail Cooley von Mortons Plantage. Außerdem zwei weitere Männer in Calebs Alter, die jedoch wesentlich hartgesottener wirkten und sie verächtlich anstarrten. Einer von ihnen saß auf einem Pferd, der andere war von seinem abgestiegen und bildete mit einem Spürhund die Nachhut.

»Ein Suchtrupp?«, rief sie. »Wirklich, Wade?«

»Guck in der Scheune nach«, sagte Wade zu dem Jungen mit dem Spürhund. »Da haben sie ihn wohnen lassen.« Er wandte sich Isabelle zu, mit tiefen Augenringen der Erschöpfung. »Wo sind sie?«, fragte er unverblümt.

»Von wem reden Sie?«

»*Von wem rede ich.* Isabelle, vertrauen Sie mir. Sie wollen mit dem Irrsinn nichts zu tun haben, den Ihr Sohn da veranstaltet. Es ist das Beste, wenn wir ihn in Sicherheit bringen, bevor er noch andere Leben außer seinem eigenen in Gefahr bringt.«

»Wir wissen beide, der einzige Mensch, der hier Leben in Gefahr bringt, sind *Sie*, Wade Webler.«

Der Junge mit dem Spürhund betrat die Scheune, und sie brüllte ihm hinterher, er solle stehen bleiben. Umsonst.

»Das ist *mein* Grundstück«, sagte sie zu Sheriff Hackstedde. »Ich habe niemandem die Erlaubnis erteilt, diese Scheune zu durchsuchen.«

Doch der Sheriff rührte sich nicht.

»Sie sind der Vertreter des Gesetzes«, fuhr sie fort. »Tun Sie Ihre Pflicht.«

Seine Miene verriet eine verborgene Wut, die bei seinem letzten Besuch noch nicht da gewesen war. »Ich habe den Verdacht, dass Sie einem Flüchtling Unterschlupf gewähren«, sagte er. »*Mehreren* Flüchtlingen. Also erzählen Sie mir nichts von meinen Pflichten.«

»Holen Sie George raus«, sagte Wade. »Ich will mit ihm über seinen Sohn reden.«

»George unternimmt einen seiner Streifzüge«, sagte sie, »und ich weiß immer noch nicht, wovon Sie alle reden. Ich verdiene Antworten.«

Der Spürhund gab Laut. Sie konnte hören, wie der Junge auf ihn einredete, und ihr wurde klar, dass die Männer auf den Pferden nur noch abwarteten – dass sie ihre Anwesenheit bloß erduldeten, weil sie es mussten. Jaulend und kläffend kam der Hund zurück und führte den Jungen in Richtung der Hauptstraße.

»Klingt, als hätten wir eine Fährte«, sagte Hackstedde, plötzlich munter.

»Mrs Walker«, sagte Wade, »Ihr Sohn hat gestern Nacht eine törichte Tat begangen, hat einen Polizisten mit der Waffe bedroht und einen Häftling aus seiner Zelle befreit. Außerdem habe ich Grund zu dem Verdacht, dass er eines meiner Pferde gestohlen hat. Ich kann es beweisen, sobald ich ihn darauf sitzen sehe. Und das, möchte ich hinzufügen, ist das Einzige, worauf all das hinausläuft. Er wird gefunden werden, zusammen mit dem Häftling, dafür werde ich persönlich sorgen, da unser Sheriff hier offenbar gewisse Schwierigkeiten hatte, allein zurechtzukommen.« Hackstedde wandte den Blick ab, als Wade in seine Richtung sah. »Ich sorge dafür, dass der Richter in Selby bleibt. Und er ist bereit zum Handeln, sobald diese Jungs ihm vorgeführt werden.«

Wieder kam ein rauschender Wind auf, und die Männer waren gezwungen, ihre Hüte festzuhalten. Isabelle ließ ihr Haar offen wehen, dass es ihr nur so um das Gesicht peitschte.

»Sie jammern herum, als wären Sie das Opfer eines Verbrechens, dabei wissen wir beide genau, was August getan hat!«, rief sie. »Sie widern mich an. Und was den Rest von Ihnen angeht, ich weiß nicht, wie Sie nachts auch nur ein Auge zumachen, in dem Wissen, dass Sie dumm genug waren, bei diesem Wahnsinn mitzumachen. Ich ertrage kein weiteres Wort darüber.«

Letzteres brachte Gail dazu, sich zu räuspern und zu Wort zu melden.

»Das ist zum Wohle dieser Stadt, Mrs Walker. Ich glaube, Sie werden das auch so sehen, wenn Sie darüber nachdenken, was Ihr Sohn –«

»Mr Cooley«, sagte Isabelle, »Sie arbeiten schon auf den Feldern dort drüben, seit ich in dieses Haus eingezogen bin, und nicht ein Mal haben Sie ein Wort gesagt, dem ich Beachtung geschenkt hätte. Und ich habe nicht vor, heute damit anzufangen.«

Gail zuckte zusammen. Wades Gesicht war so rot wie an dem Tag, als er angespuckt worden war. Der Hund bellte wie verrückt, je näher er der Straße kam, und Isabelle hoffte, dass die Pferde scheuen und die Männer abwerfen würden.

»Ihr Sohn ist eine Schande«, sagte Wade, »und der Schwarze ist noch schlimmer. So einfach ist das. Es wird Konsequenzen haben, was Ihre Familie angerichtet hat. Das soll jeder wissen, hier und jetzt.«

In klassischer Wade-Manier hatte er eine so absurd biblische, so ungeniert pathetische Verkündigung abgegeben, dass sie nur angewidert die Augen verdrehen konnte.

»In einer gerechten Welt, Wade Webler, würde ich dasselbe über Sie und Ihre Familie sagen.«

»Ich geben Ihnen noch eine letzte Chance, mir zu sagen, wo sie sind.«

Sie verschränkte entschlossen die Arme und starrte ihn mit versteinerter Miene schweigend an.

»So sei es«, sagte Wade. Er drehte sich zu dem Mann mit dem Hund um. »Geh voran.«

Die Männer wendeten ihre Pferde, um aufzubrechen.

»Ich will Sie hier nie wieder sehen«, sagte Isabelle. »Ich habe ein Gewehr im Keller. Ich weiß zwar nicht, wie man es benutzt, aber ich kann es lernen.«

Ohne sich noch einmal zu ihr umzudrehen, nahm Wade seinen Hut ab und verabschiedete sich.

George und die Jungen hatten einen halben Tag Vorsprung. Sie betete, dass es genug war.

Zwei ruhige Tage und Nächte folgten. In der dritten Nacht, als sie wieder in Georges Sessel schlief, wie sie es immer tat, seit er weg war, schreckte sie in einer dunklen Stunde auf – der Wind peitschte heftig um das Haus herum, das so laut knarrte und ächzte, als würde es im nächsten Moment unter der Last seiner Qualen zusammenbrechen. Sie wollte nach jemandem rufen, wie so oft in diesen letzten paar Tagen, doch es war niemand da. Die nächsten Menschen, von denen sie wusste, waren Ted Morton und seine Familie, und wenn es nach ihr ging, konnte es ein ganzes Leben dauern, bis sie einen von ihnen wiedersah. Sie überlegte, nach oben zu gehen, und sei es auch nur, um den Ort zu wechseln, doch weil George und Caleb und Prentiss wahrscheinlich draußen den Elementen ausgesetzt waren, kam es ihr falsch vor, es sich zum Schlafen bequemer zu machen. Für sie stand außer Frage, dass die drei gerade irgendwo auf dem harten Waldboden dösten, und sie verspürte den anhaltenden Drang, mit ihnen zu leiden, als könne sie ihnen ihre Bürde dadurch irgendwie erleichtern.

Sie wusste, dass es albern war, doch die Unbequemlichkeit fühlte sich unter den gegebenen Umständen passend an. Vielleicht holte sie ganz einfach die Müdigkeit ein – vielleicht beeinträchtigte sie ihren Verstand, was zu merkwürdigen Schlüssen und wilden Hirngespinsten führte. Vielleicht bestand aber auch kein großer Unterschied zwischen Erschöpfung und echtem Wahnsinn. In jedem Fall blieb sie, um weiter darüber nachzudenken, im Sessel sitzen, eine Gefangene von Dunkelheit und Wind. Seit ihr Ehemann und ihr Sohn nicht mehr da waren, hatte sich ihr Gehör auf fast unvorstellbare Art verfeinert. Selbst das Picken der Hühner war für sie so deutlich zu hören wie Eis, das von einem Block gehauen wurde. Die Grashüpfer waren draußen im Wald versammelt, doch ihr Zirpen klang so nah, als würden sie direkt vor ihrem Fenster sitzen und lautstark verlangen, eingelassen zu werden.

Doch ein unbekanntes Geräusch beunruhigte sie am meisten. Zunächst versuchte sie, es zu ignorieren, doch als es ihr nicht gelang, stand sie auf, um seine Quelle ausfindig zu machen. Wie zerbrechende Zweige, nur lauter – so laut, dass es sogar das mal leisere, mal lautere Tosen des Windes übertönte. Sie trat durch die Hintertür und lauschte. Es dauerte eine Weile, aber ja, da war es, beständig, wie das leise Knistern von Öl in einer Pfanne. Und dann verriet ihr ein Aufleuchten am dunklen Himmel – ein flackernder Funke, der in einer Kumuluswolke aus Rauch über dem Wald verschwand –, worum es sich handelte.

Sie rannte los. Sie konnte die Pflanzen unterhalb des Hügels nicht sehen, und sie fürchtete sich vor dem, was sie dort vorfinden würde; obwohl sie schon wusste, was geschehen war, war sie noch nicht bereit, es zu glauben. Schon beim bloßen Anblick des Rauchs röchelte und hustete sie. Auf einer Anhöhe blieb sie stehen, überwältigt, außerstande, die Szene vor ihren Augen zu verarbeiten. Das gesamte Erdnussfeld stand in Flammen. Der Wind peitschte es wütend, und die langen, wild zuckenden Feuertentakel griffen nach dem Himmel und stießen riesige Rauchwolken aus.

Zwei Männer auf flinken Pferden mit Fackeln in den Händen überwachten das Inferno, galoppierten angriffslustig umher, um dann wieder kehrtzumachen und sich in sicherer Distanz zu treffen. Die Zerstörung war so allumfassend, dass Isabelle das Gefühl hatte, ihr eigenes Inneres, ihre Seele würde mit den Pflanzen vor ihren Augen verbrennen. Sie war zugleich geblendet und entsetzt von den reißzahnhaften Schatten der Flammen, die nach den Bäumen gierten, alles verschlangen, was ihnen im Weg stand. Die Männer hatten ihre Gesichter verhüllt. Sie schienen sich zu streiten, gestikulierten heftig, und als das Feuer auf sie zukroch, drehten sie um und verschwanden in der Nacht.

Ihre Knöchel waren glitschig vor Schweiß; ihre Augen tränten vom Rauch. *Was habt ihr getan?* Das war alles, was sie zu sich sagen konnte, und sie wiederholte die Worte wie einen Refrain, als sie wie benommen zur Blockhütte zurückging. *Was habt ihr getan?* Sie war erschüttert, hatte aber keine Angst. Natürlich schmerzte es sie, dass das Werk ihres Mannes zerstört, sein Land verwüstet wurde, doch in der Blockhütte bestand für sie keine große Gefahr. Die Männer hätten nur einen Blick auf ihre Wetterfahne zu werfen brauchen, um zu erkennen, dass ein stürmischer Westwind wehte, der das Feuer nicht den Abhang hinauftreiben würde. Nein, es würde sich ungehindert in die entgegengesetzte Richtung ausbreiten und alles auf seinem Weg verzehren. *Was habt ihr getan?* Es würde die Bäume an der Stage Road verschlingen, dann Ted Mortons Haus, dann Henry Pershings und alle, die noch folgten. Sie hoffte, dass die Reiter davongaloppiert waren, um die anderen zu warnen, doch dem Ausmaß des Feuers und dem Wind nach zu urteilen, würde sich ihr Werk dennoch nicht mehr aufhalten lassen. Von der Blockhütte aus sah es aus, als wälze sich eine Wand aus roten Flammen über das Land. Die Feuersbrunst würde Old Ox gegen Morgen erreichen, und die Stadt würde nicht über ausreichende Mittel verfügen, um die herannahende Zerstörung zu verhindern.

KAPITEL 23

Sie ritten den ganzen Tag hindurch und auch noch nach Einbruch der Nacht, und als George müde wurde, achtete er darauf, es nicht zu zeigen. Bei Tageslicht war alles einfacher gewesen. Sie hatten die County-Grenze weit vor Sonnenuntergang passiert, und obwohl der Wald dort dem auf seinem eigenen Land ähnelte, mit den gleichen Tieren, den gleichen Bäumen, kam er ihm dennoch unerforscht vor – wie eine neue Welt, die er kennenlernen und sich einprägen musste, indem er jeden Schritt vorwärts auf der Karte verzeichnete, die er in seinem Kopf anlegte. Der Bach wurde breiter, je weiter nach Norden sie sich vorwagten, und die Flora nahm einen außergewöhnlichen Grünton an, mit Blättern so dick, dass sie in einen Dschungel zu gehören schienen. Er wusste, dass das Land in eine Art Sumpf übergehen würde – er hatte es von vielen anderen Reisenden gehört, die das County in diese Richtung verlassen hatten –, doch er hatte diese Verwandlung nie selbst gesehen. Caleb informierte ihn, der Bach werde nach einer weiteren Tagesreise in den Fluss münden und George habe bestimmt noch nie etwas so Kraftvolles gesehen wie die Stromschnellen dort. Er glaubte seinem Sohn, denn schon jetzt war eine Aussicht noch atemberaubender als die nächste; wo man auch hinsah, waren sie von den herrlichen Schöpfungen der Natur umgeben, Schauspiele von solcher Pracht, dass er fast ein wenig Bedauern empfand – denn um die Schönheit dieser Welt zu entdecken, hätte er nur die Stadt verlassen müssen, und doch hatte er ein ganzes Leben gebraucht, um diese Reise anzutreten.

Als sie schließlich spät in der Nacht Rast machten, kreisten die Bilder des Tages immer noch in seinem Kopf, und allein durch die Ablenkung schaffte er es, nicht einzuschlafen, als er sein Bettzeug ausrollte.

»Die werden nach einem Feuer Ausschau halten«, sagte Caleb. »Am besten bleiben wir im Dunkeln.«

George hatte sich bereits hingelegt, als die Jungs zu essen begannen.

»George«, sagte Prentiss und hielt ihm ein Glas Obst hin.

George winkte ab. »Vielleicht, wenn wir aufstehen«, sagte er. »Sind ja nur ein paar Stunden.«

Eine Weile dachte er an Isabelle – stellte sich vor, dass sie neben ihm schlief –, doch dann leerte sich sein Verstand und er döste ein. Als er aufwachte, war um ihn herum noch alles finster, und er richtete sich schnaufend auf. Bis seine Augen sich an die Dunkelheit gewöhnten, war der frische Geruch von Erde und Kiefern der einzige Sinneseindruck. Dann erkannte er Caleb unter der Decke neben seiner. Unter der Decke neben Calebs lag niemand, und er musste die Augen zusammenkneifen, um die Silhouette von Prentiss zu erkennen, der kerzengerade in die Nacht gehüllt dastand. Er bewachte ihr Lager mit derselben gewissenhaften Konzentration, mit der er seine Arbeit auf der Farm erledigt hatte, und er wirkte ungezwungen und wachsam zugleich, zwei Eigenschaften, die George unter den derzeitigen Umständen kaum für sich selbst in Anspruch nehmen konnte.

Er ging zu Prentiss und fragte, ob er etwas gesehen habe.

»Nichts so Großes«, sagte Prentiss. »Ich hätte Sie sonst geweckt.«

Im Wald war es friedlich und still, bis auf gelegentliche Botschaften aus der Dunkelheit: ein knackender Zweig, das helle Quieken eines Possums.

George dachte einen Augenblick lang über Prentiss' Kommentar nach. »Nichts so Großes … Warte, du meinst doch wohl nicht das Tier?«

»Das könnte sich schon so weit rauswagen«, sagte Prentiss.

»Weißt du, ich habe seit Tagen nicht mehr daran gedacht. Auf dieser Reise nicht ein Mal.«

Prentiss sah ihn fragend an.

»Ich hab's dir wohl nicht erzählt«, fuhr George fort. »Ich habe letzte Woche Ezra getroffen.«

Da George nun mit ihm Wache hielt, entspannte sich Prentiss und ließ sich gegen den nächsten Baum sinken.

»Weißt du, was er gesagt hat? Dass ich zu neugierig bin. Dass ich mich gar nicht im Wald hätte herumtreiben sollen, an dem Tag, als ich dich und Landry gefunden habe. Ganz im Gegenteil, habe ich zu ihm gesagt, das muss eine Art Vorsehung gewesen sein, weil ich ständig durch diese Wälder laufe und da außer Einsamkeit in jeder denkbaren Form nie etwas zu finden ist. Nicht, dass ich an ein höheres Wesen glaube oder sonst irgendwas, aber dort auf zwei Männer zu treffen hat sich irgendwie schicksalhaft angefühlt, aber eingebunden in die Wirklichkeit, was für mich eine ziemlich fremdartige Vorstellung ist. Und jetzt komme ich auf das zurück, wovon wir gerade sprachen, denn ich sagte Ezra, dass ich dieses Gefühl sonst nur hatte, wenn ich das Tier vom Fenster meines Zimmers aus gesehen habe. Eigentlich erzähle ich diese Geschichte nicht – und schon gar nicht Ezra –, weil sie eine natürliche Skepsis auslöst, aber ich stand ganz unter dem Bann meiner Gefühle, und sie strömte einfach so aus mir heraus.«

Trotz seiner Verlegenheit erzählte George Prentiss den Rest der Geschichte. Ezra habe vor ihm gestanden, sagte er, und sich aufmerksam angehört, wie George ihm berichtete, das Tier habe genauso ausgesehen, wie sein Vater es beschrieben hatte: düster, kräftig, auf zwei Beinen, unheimlich und doch anmutig. Als er fertig war, habe Ezra lauthals losgelacht, sich hinter seinem Schreibtisch gekrümmt und erheitert abgewunken. Nun, sagte George, er sei nicht der Erste, der ihm nicht glaube.

»Das ist es nicht«, sagte Ezra und hörte auf zu lachen. Dann erzählte er es George. Wie Georges Vater, Benjamin, bis zum Abend gewartet habe, sich mehrere Schichten Kleidung überzog und ein Schauspiel für seinen Sohn aufführte, eine Gepflogenheit, von der er Ezra vergnügt berichtete. Er beschrieb ihm Georges Reaktionen am nächsten Morgen: wie erschrocken er am Frühstückstisch wirkte, dass er kaum etwas essen wollte.

»Das war doch nur ein Spaß«, sagte Ezra. »Er hat sogar dem farbigen Mädchen aufgetragen, sich zu verkleiden. Ihren Namen habe ich vergessen. Die Haushaltshilfe. Aber sie war fast so groß wie dein Vater, und er hat sie rausgeschickt, wenn er selbst es nicht konnte. Lieber Himmel. Benjamin konnte ein richtiger Witzbold sein. Ich wusste nicht, dass du das immer noch –« und in dem Moment, sagte George, habe sich Ezra eine Lachträne aus dem Augen wischen müssen – »*immer noch glaubst.*«

George konnte nicht fassen, dass sein Vater ihm so etwas angetan hatte. Und die Vorstellung, dass Taffy, seine einzige Freundin, daran beteiligt gewesen war, machte es noch viel schlimmer. Dass sie diese Verschwörung mit ihrem Vater für sich behalten hatte, fühlte sich wie Hochverrat an. Es war nicht lustig. Nur grausam.

Prentiss schien die Geschichte peinlich zu sein, und er sah George mitleidig an, als wäre auch er, Prentiss, in den Witz eingeweiht gewesen. Doch seine Worte sprachen eine andere Sprache.

»Es gab mal eine Zeit«, sagte er, »nachdem meine Mama weg war, da hab ich auf der Veranda unserer Hütte geschlafen und drauf gewartet, dass sie nach Hause kommt. Als das Wetter umschlug und ich immer noch nicht reingehen wollte, hat sich Landry so gesorgt und aufgeregt, dass er versucht hat, mich zu packen und reinzutragen. Hab geschrien und um mich getreten, um ihn davon abzuhalten. Klingt idiotisch, ich weiß – ich konnte einfach die Hoffnung nicht aufgeben. Ich kannte ihre Art zu gehen, ihre Umrisse, den Klang ihrer Schritte. Manchmal hätte ich schwören können, ich spür, wie ihre Hände mich von hinten am Ohr fassen, so wie früher, als ich noch spät auf der Veranda war und nicht hören wollte.«

Er veränderte seine Position und starrte in den Wald hinein.

»Ich glaub, ich such immer noch nach ihr. Das ist ein Grund, warum ich hier draußen auf der Flucht bin, richtig? Auch wenn die Chancen schlecht stehen. Ich such nach ihr, und ich werd weitersuchen. Denn wenn ich nicht mehr glaub, dass sie irgendwo da draußen ist, was bleibt mir dann noch?«

Weil George darauf keine Antwort wusste, füllte Prentiss das Schweigen für ihn.

»Ich will damit sagen, ich hab Ihnen von Anfang an geglaubt. Auch jetzt noch. Keiner hat das Recht zu entscheiden, was in diesen Wäldern lebt – oder sonst irgendwo, was das angeht. Wir dürfen vielleicht nicht viel entscheiden, aber wir entscheiden, woran wir glauben.«

»Ich glaube noch daran«, sagte George mit leiser Stimme, dankbar für sein Wohlwollen.

»Dann sind wir schon zu zweit.«

Ein heftiger Wind kam auf, und George begann zu zittern und hörte auch nicht wieder auf, als er wieder abflaute.

»Sie sollten sich hinlegen«, sagte Prentiss.

»Hör auf, mich wie ein Fossil zu behandeln. Ich kann mich ganz allein ausruhen, danke.«

Prentiss gab sich mit erhobenen Händen geschlagen. »Ich geb bloß auf meine Leute acht. Wir wissen beide, wann Sie ins Bett müssen. Morgen früh haben Sie schlechte Laune, wenn Sie so weitermachen.«

»Ich kann's kaum erwarten, dich loszuwerden«, sagte George lachend. »Es wird mir ein Vergnügen sein, dich ein für alle Mal zu verabschieden.«

Die Spur eines Lächelns formte sich um Prentiss' Lippen, obwohl er es zu unterdrücken versuchte. Wieder wurden sie vom Wind erfasst, der diesmal von einem unerträglich lauten, klagenden Heulen begleitet war; es schien aus den Schatten zu kommen und rief in den Bäumen ein gequält klingendes Echo hervor, das klang wie das Ächzen unsichtbarer Gespenster. Eine Zeit lang waren sie ihm schutzlos ausgeliefert, dann legte er sich ebenso plötzlich wieder, wie er gekommen war.

»Ich würde dich gerne etwas fragen«, sagte George. Er drehte sich zu seinem Sohn um, der unter seiner Decke friedlich schlief. »Es geht um eine Bitte. Natürlich schuldest du mir nichts. Das will ich dir ganz deutlich sagen. Aber vielleicht tust du mir ja trotzdem den Gefallen.« Die Erschöpfung dämpfte seine Stimme, doch er sprach weiter. »Mein Sohn ist … verletzlich. Es ist nichts Falsches daran, weichherzig zu sein, aber die Welt ist ein harter Ort, wenn man so will. Manchmal habe ich Angst um ihn. Und ich weiß, dass es ein Unrecht gibt, ein unverzeihliches Unrecht, das du immer sehen wirst, wenn du ihn anschaust, aber vielleicht findest du in deinem Herzen die Kraft, trotzdem für mich auf ihn aufzupassen.«

»George –«

»Ich vertraue dir, Prentiss. Wenn ich wüsste, dass er dich hat, um auf ihn aufzupassen, wenn auch nur aus der Ferne –«

»Sie haben mein Wort. Und Sie müssen nichts weiter drüber sagen.« Sein Tonfall verriet keine Emotion, doch die Versicherung allein tröstete George sehr.

»Ich danke dir«, sagte er.

»Aber ich will Sie auch um was bitten«, sagte Prentiss.

»Was immer du willst.«

»Dass Sie sich wieder hinlegen.«

George quittierte die Bitte mit einem abschätzigen Lachen, doch er kam ihr nach.

»Was ist mit dir?«, rief er, als er sich wieder zudeckte.

Prentiss erklärte, er werde Caleb wecken, der die letzte Stunde übernehmen sollte. Dann würden sie aufbrechen.

George wusste nicht, ob er bei dem Wind überhaupt schlafen konnte, doch als er wieder erwachte, war der Himmel über den Hügeln blau und die Tiere warteten schon ungeduldig auf den Aufbruch. Beide Jungen waren schon wach und beseitigten sämtliche Hinweise darauf, dass sie hier gerastet hatten.

Caleb beäugte ihn abwägend. »Wir haben die County-Grenze schon hinter uns«, sagte er. »Wenn du nach Hause willst.«

George hatte kaum die Augen geöffnet. »Warum gibst du mir nicht ein Stück von dem Dörrfleisch. Ich habe Hunger.«

Das war die einzige Antwort, die er ihm geben würde. Noch waren sie nicht in Sicherheit. Er ging nirgendwohin, bis er sie dorthin gebracht hatte.

Merkwürdigerweise dachte George, je erschöpfter er war – seine Hüfte schmerzte von den Anstrengungen des Reitens, sein Steißbein vom auf dem Boden Schlafen –, immer mehr an die Schwierigkeiten seines Sohnes als an seine eigenen. Als der dritte Tag ihrer Reise anbrach, war es, als wäre er in seinem eigenen Körper kaum mehr präsent, sondern hätte nur noch eine vage Oberaufsicht. Wenn ihm etwas wehtat, fragte er sich, ob seinem Sohn etwas wehtat, und wenn er ruhte, fuhr er oft erschrocken hoch und fragte sich, ob der Schlaf seines Sohnes friedlicher war als sein eigener. Es fühlte sich an wie die Hingabe einer Mutter, und obwohl er ein solches Gluckenverhalten bei Isabelle und anderen Frauen ein Leben lang als irrational betrachtet hatte, wurde es ihm jetzt zur Gewohnheit.

Unterdessen waren sie weiter gekommen, als er je zu reisen gedacht hatte. Die Landschaft erstaunte ihn immer wieder aufs Neue, vor allem der Fluss selbst, der all seine Vorstellungen von der Macht der Natur über den Haufen warf. Er war viele Manneslängen breit, und George ließ ihre Karawane anhalten, nur um ehrfürchtig die Stromschnellen zu bestaunen, ein Anblick, der eine Demut in ihm auslöste, die er noch nie erlebt hatte.

»Also, das ist …« Doch George war zu überwältigt, um es in Worte zu fassen, und setzte sich hin.

Sie ließen ihn in seinem Schweigen allein, vielleicht ahnend, dass er, mehr als alles andere, Ruhe benötigte. Als er schließlich aufzustehen versuchte, mussten ihm beide jungen Männer hochhelfen, und er wusste, dass sein Ausflug sich dem Ende zuneigte. Er würde nicht mehr lange durchhalten.

Es war fast schon wieder Abend. Der Boden wurde weicher, die Hitze schwül. Schlaff herabhängende Äste mit ihren Blättern sorgten dafür, dass die Schatten hier noch undurchdringlicher waren. In der rasch hereinbrechenden Dämmerung fiel ihm ganz besonders ein umgestürzter Baumstamm auf, der von unzähligen Ameisen übersät war, die sich wie die Strömung eines pechschwarzen Flusses bewegten, eine große nachtfarbene Flut, die endlos dahinfloss. Er sorgte sich wegen des unebenen Untergrunds um ihre Reittiere, doch die Stute und Ridley kamen gut zurecht, bis sie eine tiefe sumpfige Senke erreichten, durch die sie hindurchwaten mussten. Wieder blickten sie George an, als könnte dies der Punkt sein, an dem er kehrtmachte.

»Du musst nicht«, sagte Caleb.

George stieg ab. »Führt sie am Zügel«, sagte er. »Jetzt ganz ruhig.«

Sie brauchten eine Viertelstunde, um sich durch die Senke hindurchzukämpfen. Der Schlamm reichte ihnen bis zur Hüfte, und sie wurden von Mücken umschwirrt, doch die Tiere ließen sich nicht beirren und waren, wenn überhaupt, froh über die Pause. Als sie auf der anderen Seite wieder festen Boden betraten, hörten sie die Geräusche eines anderen Menschen, der nicht zu ihrer Gruppe gehörte. Caleb stand schon in den Steigbügeln und fuhr herum, das Gewehr im Anschlag. George erschauderte, dann drehte auch er sich um. Ein Hengst stand am anderen Ufer der Senke, friedlich mit dem Schweif wedelnd. Hackstedde saß zusammengesunken auf seinem Rücken, auch wenn er in der Wildnis irgendwie lebendiger wirkte – die Haut golden, die Augen leuchtend.

Ohne ein Wort öffnete er seine Satteltasche, holte einen Beutel Tabak heraus und legte ihn auf das Horn seines Sattels.

»Jungs«, sagte er.

Sie schwiegen. George stand stockstill da, während der Sheriff, bewusst langsam, einen Klumpen Tabak herausnahm. Dann spürte George eine Hand auf seiner Schulter. Prentiss half ihm auf Ridley, und die drei ritten in zügigem Tempo los. Der Esel konnte nicht mit der Stute mithalten, doch Caleb sorgte dafür, dass George nie zu weit zurückblieb. Er spürte noch immer Hacksteddes Anweisenheit in seinem Rücken, als er Ridley schließlich zügelte. Caleb und Prentiss ritten noch ein Stück weiter, bis sie es bemerkten, und mussten umkehren.

»Wir müssen weiter«, sagte Caleb. »Die sind in kürzester Zeit über diesen Sumpf drüber.«

Die Querung hatte ihm den Rest gegeben, und jetzt, da das letzte Licht am Himmel schwand, spürte George, dass er nicht mehr gegen den Schlaf ankämpfen konnte, wie gepeinigt sein Körper von diesen letzten Tagen – von einem ganzen Leben – war. Er tätschelte Ridley, dieses Tier, das so zuverlässig gewesen war wie nur irgendein Mann, den er kannte, dann lächelte er seinen Sohn versonnen an.

»Ich glaube, ich bin fertig«, sagte er.

»Hier gibt's kein *fertig*«, sagte Caleb. »Du hast Hackstedde genauso gut gesehen wie ich.«

»Ich bin müde, Caleb.«

»Sie können nicht klar denken«, sagte Prentiss. »Ihr Junge hat recht. Wir können die Flucht jetzt nicht abbrechen.«

George stieg ab. »Ich vermute, die schlagen ihr Lager auf,

bevor sie rüberkommen«, sagte er. »Die haben keine Eile. Ihr Tempo ist stabiler als unseres, ihre Pferde sind schneller.«

»Also schlägst du vor, dass wir uns ergeben?«, fragte Caleb.

George holte tief Luft, zögerte, atmete wieder aus. »Ich glaube, ich habe einen Plan.«

Sie starrten ihn voller Ungeduld an. Ihm war die Dringlichkeit des Moments sehr bewusst, doch beide Male, als er zu sprechen versuchte, versagte ihm die Stimme. Die letzten beiden Stunden waren ein einziges Auf und Ab gewesen. Er wusste, was von ihm erwartet wurde, und doch schaffte er es einfach nicht, es zu tun. Er dachte, er hätte sämtliche Ängste längst hinter sich gelassen, doch jetzt zitterte er vor Furcht, unfähig, dem Blick seines Sohnes zu begegnen, der seine Entscheidung entweder mit Enttäuschung oder Erleichterung aufnehmen würde; beides wäre George unerträglich.

Als er schließlich sprach, klang seine Stimme dünn, doch er bekam die Worte heraus.

»Ihr geht zu Fuß weiter«, sagte er. »Und ihr lasst mich hier zurück.«

⁂

In dieser Nacht standen keine Sterne am Himmel. Der Wald schien ihn aus sämtlichen Richtungen zu beobachten, leuchtende Augen, die aus Baumhöhlen funkelten, wild umherhuschende Schatten in der Ferne. Das Raunen des Flusses und das Sirren der Insekten schwoll ohrenbetäubend an, wenn der Wind abflaute. Er hatte das Pferd und Ridley mit einem Seil aneinandergebunden, führte beide an den Zügeln und schlug sich allein durch. Schon beim leichtesten Galopp hatte er sich elend gefühlt und sich damit abgefunden, zu Fuß zu gehen. Sie hatten keine Fußspuren, nur Hufabdrücke hinterlassen, doch weil er gesehen hatte, wie Hackstedde an der Senke den Blick auf den Boden gerichtet hatte, wusste George, dass sie der Grund waren, warum der Sheriff ihnen auf den Fersen war. Draußen in den Sümpfen würden die Jungen einen Tag Vorsprung haben, und ohne die Reittiere war er zuversichtlich, dass alle Hinweise auf ihr Vorankommen vom Wasser unkenntlich gemacht wurden. Er hatte jetzt nur noch die Funktion eines Lockvogels und marschierte immer weiter, obwohl sein gesamter Körper brannte und sein Hemd schweißnass war.

Er gewöhnte sich an die Stimmen, die die Geräusche der Nacht übertönten. Es war schwer zu sagen, ob sie ihren Ursprung in seinem Kopf oder außerhalb davon hatten, und er wusste auch nicht, was sie ihm mitzuteilen versuchten. Er entschied sich dafür zu glauben, dass sie ihn nur dazu anhalten sollten, weiterzumarschieren, leeres Geschwätz, um seinen Verstand zu beschäftigen. Er dachte an die Indianer, die mit Bäumen und Geistern redeten, und obwohl seine Sinne ihm Beweise für das Gegenteil lieferten, konnte er es nur als Aberglauben abtun. Seine Füße waren taub und seine Zunge vor Durst angeschwollen. Sein Sohn hatte darauf bestanden, ihm die Pistole zu geben, und jetzt überlegte er, sie zu ziehen und auf eine drohende, nicht erkennbare Gefahr zu richten, doch er entschied sich dagegen. Ein blendend heller Dunst verhüllte den Nachthimmel, und der Mond ähnelte einem roten Brandzeichen. Irgendetwas stimmte nicht, doch was, konnte er nicht sagen.

Ein Labyrinth aus Farnen führte ihn zu einem dunklen Waldkorridor, und gegen den Widerstand von Pferd und Esel folgte er diesem Weg. Er konnte kaum über seine Nasenspitze hinaussehen, und als er die Hand ausstreckte, um sich vorzutasten, berührte er grobes Fleisch von einer ganz bestimmten Größe und Beschaffenheit, das er sogleich als das seines eigenen Vaters erkannte. Er blieb stehen, eher aus Wut als aus Angst.

»Lass mich in Frieden«, sagte er.

Das Pferd blieb stehen, und er spürte eine leichte Berührung an der Schulter, die jedoch nicht von den Zügeln herrührte, und er riss sich los.

»Ich gehe meinen eigenen Weg«, sagte er.

Der Boden bestand nun aus weichem Morast, und er nahm an, dass er irgendwie im Kreis gelaufen und zum Sumpf zurückgekehrt war. Ihm war nach Aufgeben zumute. Sein Körper war am Ende. Er ließ die Zügel fallen, gab sich geschlagen und sank auf die Knie – und dann sah er aus dem Augenwinkel einen sich bewegenden Schatten, die Art von flüchtigem Eindruck, der verschwand, wenn man näher hinschaute –, doch dieses Wesen war unbestreitbar da, deutlich sichtbar. Er konnte nicht aufstehen, doch hätte er es versucht, hätte er nicht annähernd so hoch aufgeragt; das Tier, das, ungebeugt von der Last der Finsternis, hoch aufgerichtet dastand, war doppelt so groß wie er selbst. Ein dichtes, schützendes Fell, dunkler als die Nacht selbst, wuchs auf seiner Brust, die milchigen Augen in seinem Gesicht leuchteten wie Reflexionen des Mondscheins in einem Teich.

George meinte, sein Herz müsse vor Ekstase zerspringen. Das Tier stand regungslos da und starrte ihn an, strahlte nicht einen Hauch von Bedrohlichkeit oder Gefahr aus, und plötzlich war sich George gewiss, dass es ihn schon zuvor beobachtet hatte – tatsächlich (da er war sich nun sicher) hatte es seit Jahren über ihn gewacht, und erst jetzt hatte er das Privileg, einen Blick auf sein wahres Wesen zu erhaschen, ein so überwältigendes Gefühl von Glückseligkeit, dass es zum Niederknien war, hätte er das nicht schon längst getan.

»Könntest du näher kommen?«, bat er.

Nichts wünschte er sich mehr, als das Geschöpf in Augenschein zu nehmen, das sich ihm schon sein Leben lang entzog, denn in seiner Gegenwart waren seine Zweifel wie weggewischt, gewannen seine Überzeugungen an Klarheit, wurden seine Lebensgeister geweckt. Sein Anblick verlieh ihm neue Kraft, sodass er es wieder auf die Füße schaffte. Er war wackelig auf den

Beinen, klopfte sich den Schlamm von der Hose. Vorsichtig trat er einen Schritt vor. Das Tier rührte sich nicht. Es stand so still da, so friedlich, so stoisch anmutig, dass sein Gesicht mit dem rötlichen Dunst verschmolz, der den Himmel überzog, und seine Brust verschwand in der höhlenartigen Dunkelheit; mit panischer Verzweiflung streckte George die Hand aus, um es zu berühren, bevor es ganz verschwunden war, doch er griff ins Leere und sah nur noch seine eigenen Hände vor sich. Noch nie hatte er sich so verwirrt gefühlt, seiner Umgebung so ungewiss; er fing an, sich im Kreis zu drehen.

»Ridley!«, flehte er. »Hörst du mich? Komm her zu mir. Ridley!«

Die Dunkelheit blieb hartnäckig still. Ridley war fort. Georges einziger Begleiter war der Wind, der jetzt so heftig blies, dass er ihn zu Fall brachte – und der doch so leise wisperte, dass er einschlief.

In dieser Nacht kreisten seine Gedanken immer wieder quälend um den vorangegangenen Tag. Mehr als einmal wachte er auf, erkannte, wo er war, und war doch von einem flüchtigen Traum wie gelähmt, sein Körper unfähig, in die Wachwelt zurückzukehren. Es war, als wäre er in sich selbst eingeschlossen, und das Einzige, was ihn aus dem Griff des Schlafs befreite, war der starke, verlässliche Drang zu urinieren. Er stemmte sich in eine sitzende Position hoch, atmete ruhig ein und aus, froh, das herannahende Tageslicht zu sehen.

Er fühlte sich fiebrig und zog sein Hemd aus, dann pinkelte er, wo er stand. Ein Blick auf seine Umgebung verriet ihm, dass er wie vermutet zum Sumpf zurückgelaufen war. Es war überraschend kühl; die Hitze der Nacht hatte sich in einen dichten grauen Nebel aufgelöst und verhüllte den Weg, der hinter ihm lag.

Die größte Erleichterung war es, als er Ridley und das Pferd still und müßig vor sich stehen sah, die noch immer mit dem Seil aneinandergebunden waren. Bald kam er zu der Überzeugung, dass das Pferd – jung, rastlos, erregbar – vermutlich weg-zulaufen versucht hatte, doch Ridley, der gute Ridley, war dafür zu treu und hatte die Stute zurückgehalten, um zu warten, bis George aus seinem Schlaf erwachte. Er schämte sich für sein Verhalten in der Nacht zuvor und trat mit gesenktem Kopf auf die Tiere zu.

Der Himmel war noch immer verhangen, die Sonne glühte rot, und er fragte sich, welche Hölle über die Welt gekommen war. Sobald er sich orientiert hatte, holte er ein Glas mit Isabelles Pfirsichen aus der Satteltasche. Er war todmüde und dachte darüber nach, wie lange er noch durchhalten würde. Würde ihm schon der Ritt nach Hause zu viel werden? Ihm hatte nie eine Menschenseele gefehlt, wenn er seine Abstecher in die Wälder unternahm, doch jetzt vermisste er seine Frau sehr, und die Angst ließ ihn nicht los, dass Caleb und Prentiss irgendwo dort draußen zu Schaden gekommen waren – dass sein Plan sie nicht hatte retten können.

Er bekam die Pfirsiche kaum herunter.

»Was machen wir jetzt?«, fragte er Ridley.

Angesichts der wenigen Kraft, die ihm geblieben war, wusste er nicht, ob er den Plan weiterführen sollte, Hackstedde in die Irre zu führen, oder ob er stattdessen nach Hause zurückkehren sollte. Doch schon bald wurde ihm diese Entscheidung abgenommen. Zunächst dachte er, das Geräusch entspringe seinem Verstand, der ihm wieder etwas vorgaukelte, doch als das Pferd die Ohren nach vorn drehte und Ridley sich zu dem Geräusch umwandte, wusste er, dass es real war.

Auf einer körperlichen Ebene durchströmte ihn ein gewisses Glücksgefühl, die Aussicht zu überleben, die Gesellschaft anderer Menschen nach einer so schwierigen Nacht. Doch die Erleichterung verflog, als er Wade Webler hinter Hackstedde und Gail Cooley herreiten sah, außerdem noch den Hilfssheriff und zwei junge Männer, von denen einer einen Spürhund dabeihatte. Die sechs Männer näherten sich ihm in gemächlichem Tempo, und sein einziger Trost war, dass sie ihn gefunden hatten und nicht die Jungs.

Die Sonne hüllte sie in ein blutrotes Licht. Sie hielten vor ihm an, und Wade ritt an die Spitze der Gruppe, als er sah, dass George allein war.

»George«, sagte er, »ich erlaube mir zu fragen, wie ein so alter und fauler Mann wie du es so weit weg von Old Ox geschafft hat. Mit, wie ich hinzufügen darf, einem meiner kostbarsten Pferde.«

George hinkte auf sie zu. Es fühlte sich an, als habe er das Sprechen verlernt, und er blieb gefangen in einer Trance des Schweigens stehen.

Wade wirkte regelrecht siegestrunken. Er saß stramm auf seinem Pferd und kostete den Moment voll aus.

»Sieh dich nur an«, sagte Wade. »Vollkommen erledigt. Nach nur drei Tagen im Sattel. Das Wort *jämmerlich* fällt einem dazu ein, doch so großzügig will ich nicht sein.«

Es gab eine Zeit, in der diese Worte George geärgert hätten, doch er war nicht mehr derselbe Mensch, und das Leid, das Wade ihm zufügen wollte, hatte George sich bereits mehr als einmal selbst angetan. Außerdem war dieser Mann, der gerade wie ein vor sich hin brabbelndes Kleinkind vor seinen Untergebenen herumschwadronierte, kaum der allmächtige Potentat, für den er sich hielt. Es war vermutlich das erste Mal, dass er Wade ohne jede Spur von Hass betrachtete, obwohl er wusste, wie schrecklich sein Bedürfnis nach Rache verglichen mit der Geringfügigkeit des Vergehens war, das diese gesamte Expedition ausgelöst hatte. George versuchte, ihm zuzuhören – wie er sich in einer ausgefeilten Metapher darüber ausließ, dass er sich freigenommen habe, um im Wald einen renitenten

Bock zu erlegen, keine fette Wildsau wie George, dass er darauf bestehe zu erfahren, wohin Prentiss und Caleb geflohen seien – doch George konnte nur daran denken, wie verdrießlich Wade geworden war. Ein Vater, ein Landbesitzer, der vermutlich einflussreichste Mann der Stadt, der sich sogar Generäle der Union gefügig machen konnte, und doch im Herzen ein ängstlicher kleiner Junge, zu stolz, um über ein wenig Spucke im Gesicht hinwegzusehen. George bemitleidete ihn – von ganzem Herzen – und verspürte keinen Drang, sich zu streiten, die Rolle zu übernehmen, die Wade für ihn vorgesehen hatte.

»Sagen Sie schon.« Das war Hackstedde, der Wades Tirade genauso satt zu haben schien wie George. »Verraten Sie uns einfach, wo der farbige Junge ist, damit wir das hier zu Ende bringen können.«

George deutete auf das Pferd – den Blick noch immer auf Wade gerichtet – und fand seine Stimme wieder.

»Ich habe dein Eigentum. Wie wär's, du nimmst zurück, was dir gehört, klagst mich für alle begangenen Vergehen an und lässt es gut sein?«

Als seine Worte auf Schweigen trafen, wiederholte er sie, diesmal fast flehend.

»Lass es gut sein, Wade. Du willst mehr Land? Warum überschreibe ich dir nicht meins? Du willst Gerechtigkeit? Dann lass mich hängen. Du kannst sogar den Sack von meinem Kopf weglassen und zusehen, wie ich mich winde, im Wissen, dass du es warst, der für meinen Todeskampf verantwortlich ist. Darauf bist du doch aus, oder nicht? Vergeltung? Die sollst du haben. Nur lass es gut sein.«

Alle blickten auf Webler, als erwarteten sie irgendein Zugeständnis, doch der schüttelte bloß den Kopf.

»Ich habe vielen guten Leuten im County versprochen, dass ein Nigger hängen wird. Ich glaube, ich nehme lieber ihn.«

Also würde Wade sich ohne Prentiss nicht zufriedengeben. Der Häuptling von Old Ox hatte sich irgendeine Bedrohung seines Imperiums, seiner Leute zurechtgesponnen und hatte Prentiss, Prentiss allein, die Verantwortung aufgebürdet; er war ein Mann in einer Krise, und für Vernunft war in dieser Unterhaltung kein Platz. Worte würden ihn nicht umstimmen. George konnte nur noch seufzen. Ohne jedes Aufhebens zog er die Pistole seines Sohnes aus seinem Hosenbund und hielt sie kraftlos mit beiden Händen vor sich.

Die Männer protestierten lautstark, bevor sie ihre eigenen Waffen zückten, abgesehen von Gail, der sein Pferd herumriss und sich hinter den anderen versteckte, und vom Hilfssheriff, der herumschrie, dass alle ganz ruhig bleiben sollten, damit die Sache nicht außer Kontrolle geriete, um sich dann zu Gail nach hinten zu verziehen. Damit blieben die beiden jungen Männer, die George nicht kannte; sie hatten noch kein Wort gesagt und flankierten Wade und den Sheriff.

»Nimm sie runter«, sagte Wade, der mit seiner eigenen Pistole auf ihn zielte. »Du weißt ja nicht mal, wie man mit dem verdammten Ding umgeht.«

Da war etwas Wahres dran. Als George zuletzt abgedrückt hatte, war er noch ein Junge und mit seinem Vater auf der Jagd gewesen, und schon damals hatte er den brutalen Schlag des Hahns nicht genossen oder zu hören, wie der Knall der Schrotflinte die Stille des Nachmittags zerriss. Doch er würde die fliehenden Jungen um jeden Preis schützen, und falls Wade sich als so unerbittlich erwies, wie er sich gab, würde George auf ihn schießen. Er war sich in seinem Leben noch nie so sicher gewesen wie jetzt.

»Ich will, dass ihr mich festnehmt«, sagte George. »Nehmt das Pferd zurück, dreht um und bringt mich nach Selby, damit ich sämtlicher Verbrechen angeklagt werden kann, die ihr für angebracht haltet.«

Hackstedde stützte seine Schusswaffe auf dem Horn seines

Sattels ab, so lustlos, als fehlte ihm die Energie, um sie selbst ruhig zu halten.

»Hören Sie auf Wade«, sagte er. »Betrachten Sie das als letzte Warnung.«

»*Nimm sie runter*«, wiederholte Wade. »Ich habe meinem Sohn versprochen, dass dir oder Caleb kein Haar gekrümmt wird. Ich habe vor, dem nachzukommen. Mach es dir nicht so schwer, George. Nur dieses eine Mal.«

»Was, wenn es August wäre?«, sagte George. »Du würdest dasselbe tun. Das würdest du, Wade.«

Er hatte keine Angst. In seinem Kopf war er in einer anderen Welt, zu Hause auf der Veranda, mit einem Glas Limonade, vor sich die Scheune, in der die Brüder schliefen, und Caleb am Esszimmertisch, ins Gespräch mit seiner Mutter vertieft. Alles war wieder in Ordnung. So, wie es sein sollte.

Ein Schuss wurde abgefeuert.

Die Männer blickten sich verwirrt um, bis sie den Rauch aus der Mündung von Hacksteddes Waffe aufsteigen sahen.

»Ich habe den Mann gewarnt«, sagte der gelassen. »So läuft das.«

George blickte an sich herab, denn er verspürte keinen Schmerz, sein Körper war taub. Schließlich, nach einigen langen Sekunden, breitete sich schleichend eine brennende Hitze in seinem Bein aus, bis er meinte, sein Bein müsse in Flammen stehen. Er sank zu Boden, und Blut sickerte, strömte aus der Wunde. Als die Männer abgestiegen waren, hatte er sich bereits mit einem langsamen Tod durch die Hand dieses korpulenten Sheriffs abgefunden.

»Gottverdammt!«, sagte Wade. Er nahm seinen Hut ab und schlug immer wieder mit der Krempe auf Hackstedde ein. »Er hätte schon nicht geschossen!«

»Er hat gezielt, als hätte er es vor«, sagte Hackstedde. »Das habt ihr alle gesehen.«

Die anderen waren starr vor Schreck.

Nur Wade wagte es, sich George zu nähern, lief, noch immer wutentbrannt, zu ihm.

»Gottverdammt, George!«

Er beugte sich vor und schlug auch George mit dem Hut gegen die Schulter, wenn auch weniger heftig, sei es aus Wut, Trauer, Frustration oder einer Mischung daraus.

»Hör auf«, brachte George krächzend hervor. »Bitte.«

Der Mann stand direkt über ihm, mit Furcht in den Augen – derselben Furcht, die auch in seinem eigenen Blick lag, da war sich George sicher –, und sie sahen einander an, als begriffen sie, dass ein Missverständnis zu weit gegangen und nicht mehr gutzumachen sei.

»Ich sterbe«, sagte George.

»Es ist bloß dein Oberschenkel«, sagte Wade. »Du wirst in kürzester Zeit wieder rumlaufen und Blödsinn erzählen.« Er wandte sich den anderen zu. »Beweg mal einer von euch Feiglingen seinen Hintern hierher. Bringt mir was, um sein Bein abzubinden. Los.«

George hatte das Gefühl, als hätten sich die Bänder seines Beins verdreht wie ein ausgewrungener Lappen. Er spürte nichts außer der Hitze, die ihn in Wellen durchströmte – und die Überzeugung, die sich in ihm ausbreitete, dass dies das Ende war. Die nackte Panik angesichts seines eigenen Todes. Und es war echte Panik, anders als alles, was er bisher erlebt hatte. Es gab keinen Trost, kein versöhnliches Ende. Nur Angst.

Wade riss einen Streifen von seinem eigenen Hemd ab, und George streckte die Hand aus und hielt sich angsterfüllt an seinem Unterarm fest. »Was wirst du Isabelle sagen?«

»George.«

»Wirst du die Jungs einfangen? Sag mir, dass du es nicht tun wirst. Sag mir, du lässt sie gehen.«

»George, ich bin gerade dabei, dir das verdammte Leben zu retten! Hör auf!«

Hackstedde stand im Schatten über ihnen. Er zündete sich eine Zigarette an.

»Das blutet ja ganz schön heftig.«

»Wade«, sagte George, mit immer schwächer werdender Stimme. »Sag es mir.« Sein Griff um Wades Arm wurde schwächer.

»Versuch, für mich wach zu bleiben«, sagte Wade. »Schaffst du das? George? Antworte.«

Sein Kopf sank zu Boden, auf die weiche, kühle Erde, ein Gefühl, das ihm nicht willkommener hätte sein können, denn er fühlte sich dadurch nach Hause zurückversetzt. In sein eigenes Bett, mit frischen Laken zugedeckt, und die Nacht brach herein, als er in tiefen Schlaf sank.

KAPITEL 24

Sie würden Isabelle noch viele Male beschrieben werden, jene ersten Stunden, in denen das Feuer Old Ox verwüstete, so oft und von so vielen Menschen, dass sie das gesamte Ereignis rekonstruieren konnte, ohne selbst dabei gewesen zu sein. Als Erstes fiel ein Stall den Flammen zum Opfer, und dann breitete sich das Feuer in rasender Geschwindigkeit über den Platz aus, als würde es von den vier Reitern der Apokalypse verfolgt. Karren standen vor jedem Haus, und Familien, denen der Brandschutzwart immer wieder gesagt hatte, sie sollten sich mit Wassereimern wappnen, ließen die Anweisung außer Acht und retteten lieber ihre Sachen. Angsterfüllte Schreie von Kindern und Frauen waren zu hören, das Klirren von zersplitterndem Glas, als die Schaufenster zerbarsten, und das Brüllen des eingesperrten Viehs, das sich rasend im Kreis drehte und elend verendete. Die Alten und Kranken, die sich nicht mehr in Sicherheit bringen konnten, ereilte dasselbe Schicksal wie die Tiere, ihre leblosen Arme hingen schlaff aus den Fenstern brennender Gebäude, und dann nahm einem der Rauch jede Sicht. Tapferere Männer, Ledereimer in der Hand, stellten sich gemeinsam mit Soldaten, bewaffnet wie für einen Kampf, mit den edelsten Absichten den herannahenden Flammen entgegen, doch schließlich flohen sie zitternd vor Angst mit allen anderen.

Manche sagten, die gesamte Stadt wäre niedergebrannt und kaum eine Menschenseele hätte lange genug überlebt, um sie fallen zu sehen, wäre ein Mann nicht gewesen. Ray Bittle ritt, mit dem Eifer von zehn Männern, so schnell durch die Stadt, dass er seinen Hut festhalten musste. Er schrie alle an, die flüchten wollten, und kreiste ganz besonders die Männer ein.

»Feiglinge!«, brüllte er. »Elende Feiglinge! Verteidigt euer Haus! Verteidigt eure Stadt!«

Bis das Feuer die Stadt erreicht hatte, hätte man nur mit viel Mühe einen Menschen gefunden, der sich erinnern konnte, ihn je wach gesehen zu haben, von sprechen ganz zu schweigen. Seine Lebensgeister waren geweckt wie ein lange Zeit ruhender Geysir, der plötzlich wieder aktiv wurde. Er spuckte mit einer solchen Energie Gift und Galle, dass alle, die ihn sahen, ihre Flucht angesichts seiner Raserei unterbrechen und stehen bleiben mussten. Mit derselben Leidenschaft, mit der er sie beschämt hatte, gelang es ihm nun, ihnen im Handumdrehen neue Kraft zu verleihen, und sie wollten den Ort verteidigen, der so oft den Flammen überlassen worden war.

Nicht, dass es funktioniert hätte. Die Eimerkette war lächerlich wirkungslos, und die daran Beteiligten ergriffen schließlich die Flucht, in der tröstlichen Überzeugung, tapfer gewesen zu sein (zumindest konnten sie den anderen erzählen, sie hätten es versucht). Der wahre Held, behaupteten viele, sei nicht Ray Bittle gewesen, sondern der Brandschutzwart, der den hinteren Teil der Stadt durch seine Entscheidung rettete, Roths Sägewerk und Mr Rainey's Meats einzureißen und die Überreste wegzuräumen, als natürliche Feuerschneise gegen die sich ausbreitenden Flammen. Als das Feuer eingedämmt war, trafen die Feuerwehren aus Selby und Campton ein, wodurch insgesamt drei Schlauchwagen zur Verfügung standen. Sie kämpften eine Stunde lang gegen die Flammen, und doch brauchte es die Unterstützung eines abflauenden Windes, um das Chaos zu einem abrupten Ende zu bringen. Als die Nacht zum Morgen wurde, war es in der Stadt so still, als wäre sie vollständig zerstört. Doch mit den Bürgern, die in ihre Häuser zurückkehrten, war auch das Geplapper wieder da; merkwürdigerweise breitete sich bereits Erleichterung aus, denn auch an diesem Morgen würde die Sonne aufgehen, komme, was wolle. Die Welt würde sich weiterdrehen, und sie waren noch da, um es zu erleben.

Am nächsten Tag führten die Kinder das Regiment. Familien waren so mit der Bestandsaufnahme ihrer Verluste beschäftigt (der Stadtrat verschanzte sich in der Kirche, um den Wiederaufbau zu besprechen), dass ihnen die Kapazitäten fehlten, sich um ihre Geschäfte zu kümmern. Ladenbesitzer schickten ihre Kinder, um sie vor Plünderern zu schützen, und so bot sich jedem Neuankömmling der Anblick kleiner Jungen und Mädchen, rußverschmiert und voller Energie, die in die Läden hinein- und wieder herausrannten und sich quer über den Platz zuriefen, was sie verloren hatten, als handelte es sich um einen Wettbewerb.

Brigadegeneral Glass organisierte einen Aufräumtrupp von Soldaten, doch niemand ließ seine Männer in die verkohlten Überreste seiner Geschäfte. Die Lage war so düster, dass er die Art von Chaos befürchtete, die einer Apokalypse vorausging. Es gab Gerüchte über eine Revolte. Er und seine Männer wappneten sich dafür, dass Plünderer das Schulhaus stürmten und die Soldaten entwaffneten. Er versteckte sich dort, eingeschüchtert von der fast vollständigen Zerstörung der Stadt, die man in seine Obhut gegeben hatte, und war nicht aus der Lähmung zu erwecken, die sein Versagen ausgelöst hatte.

Dies waren die Bedingungen, die die vom Militärgouverneur gesandten Bundesbeamten vorfanden. Sie trafen ohne Fanfaren und ohne Vorwarnung ein, eine Kavallerie aus schwarzen und weißen Männern, die gemeinsam in die Stadt einritten, in frischen blauen Uniformen und schweren Stiefeln, mit einem selbstbewussten Schwung, der an Arroganz grenzte. Ihnen folgte auf einem kleineren Pony ein zierlicher Mann mit runder Brille und einem Anzug, der weder billig noch nobel aussah. Er stieg als Erster ab und fragte ein kleines Mädchen, was mit der Stadt geschehen sei und wo er Glass finden könne. Den Rest des Weges zum Schulhaus ging er zu Fuß, an der Spitze seiner Kavalleristen, und nickte, stets freundlich, jedem Kind zu. Nach einem kurzen Abstecher ins Schulhaus, das er schon nach kurzer Zeit ebenso gefasst wie zuvor wieder verließ, machte er sich auf den Weg zur Kirche. Dort wurden er und die Kavalleristen mit Schweigen und Skepsis begrüßt, und alle, die darin saßen, reckten die Hälse und sahen zu, wie er zum Altar ging. Er stellte sich den Ratsmitgliedern als Sekretär des Amtes für Freigelassene vor; er sei geschickt worden, um zu überprüfen, ob die Stadt die Rechtsgrundsätze der Vereinigten Staaten von Amerika einhalte. Es wurde geächzt und gestöhnt – hatten sie nicht schon genug ertragen? –, doch die mit Gewehren bewaffneten Kavalleristen sorgten dafür, dass es zivilisiert zuging.

Die Ratsmitglieder forderten in so schweren Zeiten Nothilfen, klagten, Glass habe sie im Stich gelassen, weil er immer nur genügend Vorräte für die Allerärmsten, die Bedürftigsten gehabt habe, zu denen sie nach dem Feuer nun alle gehörten. Aus dieser Forderung enstand eine wütende Anklage gegen die Union, die, nach Meinung aller Versammelten, eine Naht in ihrem Gewebe vergessen hatte, eine Stadt, die Besseres verdiente und unter der Aufsicht eines inkompetenten Generals vor sich hin schwelte. Der Sekretär lächelte, solange die Männer ihrer Wut freien Lauf ließen, und als sie fertig waren, trat er vor. Sämtliche Bürger würden Gelegenheit erhalten, den Schwur abzulegen, sagte er. Sie würden sich in einer Reihe aufstellen und ihn von vorne bis hinten aufsagen:

Ich schwöre feierlich vor dem allmächtigen Gott, dass ich die Verfassung der Vereinigten Staaten von Amerika sowie der Union der ihr unterstehenden Staaten treu unterstützen, schützen und verteidigen werde und dass ich in gleicher Weise alle Gesetze und Erklärungen, die in der Zeit der bestehenden Rebellion in Bezug auf die Emanzipation der Sklaven erlassen wurden, befolgen und treu unterstützen werde – so wahr mir Gott helfe.

Ein Mann warf ein zerknülltes Blatt Papier nach dem Sekretär (auch wenn es weit vor ihm zu Boden fiel). Ein anderer stand auf und schrie etwas von Verrätern und Taugenichtsen, als er davonging. Doch die anderen Leute bildeten bereits eine Schlange, allen voran die Frauen, viele von ihnen mit ihren Kindern im Arm, gefolgt von den Ehemännern. Sie traten einzeln vor und wiederholten mit deutlicher Stimme den Schwur, während der Sekretär ihre Namen notierte und ihnen zur Bestätigung ein Dokument aushändigte. Anschließend standen sie draußen herum. Der Himmel war grau und dunkel, das Feuer war noch frisch in ihren Köpfen; die Worte, die sie wenige Augenblicke zuvor geäußert hatten, fühlten sich leer an, nur ein weiterer Teil dieser großen, merkwürdigen Benommenheit. Was spielte es für eine Rolle, dass sie sie ausgesprochen hatten? Standen sie nicht längst unter der Herrschaft der Union? Es waren bloß Worte. Ein paar Buchstaben auf Papier. Nichts. Überhaupt nichts. Und als sie gingen, begann die Erinnerung daran schon zu verblassen.

Die Erste, die ihr ihre Geschichte erzählte, war Mildred, die noch am selben Nachmittag zu Besuch kam, nachdem sie mit ihren Söhnen an der Versammlung in der Kirche teilgenommen hatte. Isabelle hatte sie noch nie so aufgeregt erlebt – so rot im Gesicht, dass sie aussah, als hätte sie eigenhändig gegen das Feuer gekämpft. Zum Glück war Mildreds Haus, das jenseits des Sägewerks stand, nie in Gefahr gewesen. Sie hatte nicht mehr getan, als auf ihrer Veranda zu sitzen und nervös darauf zu warten, dass das Ganze vorüber war.

Isabelle versicherte ihrer besorgten Freundin, dass sie völlig unversehrt war.

»Aber euer Land nicht«, sagte Mildred. »Und es hätte noch viel schlimmer kommen können. Du hier draußen, ganz allein.«

Sie saßen am Esszimmertisch. Die Fenster waren geschlossen, da immer noch Asche in der Luft lag, die Fensterläden zugeklappt, damit sie die Zerstörung draußen nicht sehen musste. Das Feuer musste gut acht Hektar zerstört haben. Von Georges Feldern aus hatte es auf direktem Weg auf die Straße übergegriffen, genau wie sie es vorhergesehen hatte. Sämtliche Bäume an der Stage Road (inklusive ihrer eigenen) waren kahl abgebrannt, viele umgestürzt, und auch die Herrenhäuser an der Straße hatte die Feuersbrunst nicht verschont.

Keine der Frauen trank den Tee, der vor ihr stand. Sie schienen sogar die Fähigkeit eingebüßt zu haben, einander zu trösten, etwas, was ihnen noch nie schwergefallen war.

»Ich bin gesund, Mildred. Mein Haus ist intakt. Und du hast das Richtige getan, als du zu Hause geblieben bist. Gott bewahre, dass du hier herausgeritten und von diesem elenden Feuer erwischt worden wärst.«

Mildred hielt den Blick unverwandt auf die Untertasse gerichtet, als sie antwortete.

»George kommt zurück«, sagte sie. »Daran habe ich keinen Zweifel.«

Isabelle nickte abwesend. »Ja.«

»Ich wünschte, ich könnte mehr tun. Ich komme mir vor wie eine schreckliche Freundin.«

»Du willst immer helfen, aber manchmal kann man einfach nichts tun. Jedenfalls nicht hier. Vielleicht in der Stadt. Komm mit einer Geschichte zurück. Ein bisschen Tratsch. Das ist genug.«

»Die Jungs helfen auf dem Platz. Ich habe vor, selbst zu helfen, soweit ich kann.«

»Tu das«, sagte Isabelle. »Sie brauchen Menschen wie dich. Leute, die wissen, wie man Dinge anpackt.«

»Ich werde häufiger kommen. Wir räumen die Felder gemeinsam, erwecken sie zu neuem Leben. Was auch immer getan werden muss, wird getan. Du wirst hier draußen nicht allein gelassen.«

Isabelle fehlte die Kraft, um zu widersprechen. Der Vormittag in Gesellschaft ihrer Freundin war die einzige Verschnaufpause von den Gedanken, die ihr seit Georges und Calebs Aufbrechen unaufhörlich durch den Kopf gingen. Sie wünschte sich nichts mehr, als dass Mildred wiederkam, ob mit oder ohne Geschichte.

Mildred stand auf und zog ihre Handschuhe an, während Isabelle sitzen blieb.

»Könntest du mir einen kleinen Gefallen tun?«, fragte Isabelle. »Ich wäre dir so dankbar, wenn du meinem Bruder ein Telegramm schicken könntest. Um ihm mitzuteilen, dass es mir gut geht. Ihn zu fragen, ob er vielleicht zu Besuch kommt.« Die jüngere Schwester in ihr schreckte vor dem Eingeständnis der Schwäche zurück, dass sie Silas brauchte, doch das minderte nicht ihr Bedürfnis, ihn zu sehen.

»Ich glaube, du verstehst nicht ganz«, sagte Mildred ihr. »Das Postamt ist nur noch ein Haufen Asche.«

»Richtig. Natürlich.« Isabelle überlegte einen Moment. »Dann tu mir wenigstens den Gefallen und vergewissere dich, dass es Clementine und ihrer Tochter gut geht. Dass sie wohlauf sind.«

Ihrer Freundin war das Misstrauen anzusehen, das ihre Besorgnis für Clementine weckte, doch Isabelle wusste, dass sie ihr diese Bitte unter den gegebenen Umständen nicht abschlagen würde.

»Wie du willst«, sagte Mildred.

Isabelle dankte ihr und beschirmte mit der Hand ihre Augen, als Mildred die Tür öffnete und staubiges Sonnenlicht ins Haus fiel, das sie auf dem Weg hinaus verschluckte.

Der Körper war an Berührungen, an Unterhaltung gewöhnt, und als diese ausblieben, machte sich der Verlust in einem, wie Isabelle es wahrnahm, immer stärker werdenden Druck bemerkbar, wie eine juckende Wunde, die sich nicht auf eine bestimmten Stelle konzentrierte, sondern sich über ihren ganzen Körper erstreckte. Mildreds Gesellschaft hatte geholfen, doch die Wirkung ließ schnell nach, wie bei einer zu schwachen Medizin. Schon bald kehrte sie zur Routine ihrer Einsamkeit zurück, strickte, ohne zu wissen, was, prüfte den Vorratsbestand im Keller, obwohl sie wusste, dass es keine Rolle spielte. Manchmal steigerte sie sich wie besessen in eine hektische Betriebsamkeit hinein, und wenn sie wieder zur Besinnung kam, merkte sie, dass zehn Minuten vergangen waren oder eine Stunde. Manchmal saß sie still da, das Bild eines Säuglings vor Augen, der die Hand aus der Wiege streckte, eine einzelne, mollige Hand, die nach seinen Erzeugern, nach Trost suchte, und war sie selbst wirklich so anders als dieses kleine Kind?

Sie döste, weil sie schon die zweite Nacht hintereinander kein Auge zugemacht hatte, und als sie aufwachte, lastete noch immer das Sonnenlicht auf den Fensterläden. Es klopfte an der Tür. Sie begriff, dass dieses Geräusch sie geweckt hatte. Wie hatte sie überhören können, dass jemand den Pfad entlangkam? Wie hatte sie sich erlauben können einzuschlafen? Sie sprang auf und strich ihr Kleid glatt, bevor sie zur Tür ging. Es blieb keine Zeit, sich Sorgen zu machen oder Angst zu haben. Als sie die Tür öffnete, traf sie die angestaute Hitze des Tages wie ein Schlag ins Gesicht.

»Isabelle …« Wade Webler hielt seinen Hut in der Hand.

Sie hatte noch nie erlebt, dass er jemandem nicht in die Augen blicken konnte, doch er war nicht einmal in der Lage, sie flüchtig anzusehen. Nur wenige Dinge brachten einen Mann wie ihn dazu, auf die Füße einer Frau zu schielen.

»Sagen Sie es mir«, verlangte sie.

Er zögerte noch immer.

»Ich weiß nicht, was in ihn gefahren ist. Er hat einfach die Pistole gezogen …«

Sie legte die Hand auf ihren Mund, dann auf ihre Brust, als wäre sie nicht sicher, welcher Teil von ihr als Erstes zerbrechen und Fürsorge benötigen könnte.

Auch Wade war sichtlich angeschlagen. Hackstedde, den sie bisher kaum wahrgenommen hatte, kam in aller Ruhe angeschlendert und blieb neben ihm stehen. Ihm schien es keine Schwierigkeiten zu bereiten, ihr zu erzählen, was geschehen war, und das mit einer Gelassenheit, die sie ihm zugleich übel nahm und für die sie dankbar war.

»Er ist nicht tot«, versicherte Hackstedde ihr, »obwohl er zu glauben schien, dass sein Ende naht. Kann's ihm nicht verdenken. Hat heftig geblutet, aber es war nur ein Schuss in den Oberschenkel. Wir haben ihn schnell zurückgebracht, bevor es zu schlimm wird.«

Eine Woge der Erleichterung überkam sie. Vor ihr stand der Mann, der auf ihren Ehemann geschossen hatte, und doch verspürte sie den Drang, dem Sheriff dafür zu danken, dass er das Leben gerettet hatte, das er selbst in Gefahr gebracht hatte.

»Wir haben ihn zu Doktor Dover gebracht. Sie können ihn besuchen, wenn Sie wollen.«

Sie hielt den Atem an. »Und die Jungs? Was ist mit den Jungs?«

»Richtig«, sagte Hackstedde wie beiläufig. »Die Jungs, von denen Sie keine Ahnung hatten, wo sie sind. Na ja, ein paar von uns haben mit Wade kehrtgemacht, um George nach Hause zu bringen. Die anderen haben weiter gesucht und sind einem

Mann begegnet, der Wildschweine jagen war. Der hat ihnen erzählt, dass Old Ox in Flammen steht. Sie sind hinter uns her, haben uns die Nachricht überbracht und waren ein bisschen mehr darauf erpicht, nach ihren Häusern zu sehen als nach den Flüchtlingen. Also haben wir die Suche abgebrochen.«

Er zuckte mit den Schultern; nie zuvor hatte eine so kleine Geste ihr so viel bedeutet.

»Alles, was ich sagen kann, ist, dass sie nicht in in meiner Gewalt sind. Wenn Sie mich jetzt entschuldigen, ich kümmer mich mal besser um die Sicherheit der Stadt. Leute beschützen und dergleichen.«

Sie sah zu, wie er sich umdrehte und ging, erschüttert von den Neuigkeiten, und ihr Körper schien nur noch aus einer zitternden Ansammlung von Einzelteilen zu bestehen. Wade stand noch immer schweigend vor ihr. Sein Gesicht lag im Schatten seines Hutes verborgen, den er während Hacksteddes Monolog wieder aufgesetzt hatte, und er sah sie unter der Krempe zerknirscht an.

»Es tut mir leid«, sagte er. »Ich glaube, das hatte ich noch nicht gesagt. Die Situation ist mir entglitten. Ich hatte sie nicht mehr im Griff.«

Dann blickte er auf das verkohlte Land. Der Himmel hatte die Farbe von Schlamm angenommen, und der Boden darunter war kohlschwarz verbrannt.

»Und nicht nur wegen George«, sagte er. »Ich fürchte, alles andere ist auch verloren.«

Ihm haftete immer noch der Geruch von tagelangem Reiten an, und sie hatte das Gefühl, sich übergeben zu müssen. Ihr Körper verspannte sich angesichts der Herausforderung, seine Anwesenheit noch länger zu ertragen – ihre Hände ballten sich zu Fäusten, ihre Kehle war gegen ihren Willen zugeschnürt. Ein Moment verging, in dem sie sich mit aller Kraft bemühte, sich zu beruhigen, dann schaffte sie es, ein allerletztes Mal das Wort an ihn zu richten.

»Gehen Sie und sehen Sie nach Ihrer Familie«, sagte sie. »Und verstecken Sie Ihren Schmerz nicht. Ich will, dass Sie die Last dessen tragen, was Sie getan haben. Aber was mich angeht, werden wir nie wieder miteinander sprechen.« Er wollte noch etwas sagen, doch sie ließ es nicht zu. »Ich habe Sie gebeten zu gehen, Wade.«

Schließlich gehorchte er.

Sie stand steif auf der Veranda, und als sich die Lage beruhigt hatte, landete ihr Blick auf Ridley, den sie ohne ein Wort zurückgelassen hatten. Der Esel war so sehr mit ihrem Ehemann verbunden, dass sich ihr beim Anblick des Tieres das Herz zusammenzog. Sie ging auf ihn zu, um ihn zu begrüßen, nahm die Zügel und führte ihn in den Stall.

»Wir holen ihn, sobald ich mich angezogen habe«, sagte sie. »Kein Grund zur Eile. Friss erst mal was.«

Sie legte eine Hand auf seine Flanke, und da, in der Abgeschiedenheit des Stalles, allein in Gegenwart des Esels, brach sie unter dem Gewicht ihrer Erleichterung zusammen, die sich mit ihrer Trauer mischte, bis sie komplett die Fassung verlor, mit dem Kopf auf den Knien im Heu saß und ihr Kleid mit Tränen benetzte. Der Esel schien es nicht zu bemerken, und seine Gleichgültigkeit hatte etwas Tröstliches. Er fraß einfach weiter, als hätte sich die Welt um ihn herum nicht für immer verändert. Sie würde es alles rauslassen. Alles. Und dann würde sie ihren Ehemann holen.

Das Bein war schon nicht mehr da, als sie eintraf. Er lag schlafend vor ihr, unförmig unter den Laken. Sie setzte sich neben ihn, nahm seine Hand und fragte Doktor Dover, wann George aufwachen würde.

»In einer Stunde, würde ich sagen«, antwortete der Arzt. Er

informierte sie, dass er die Amputation an jenem Morgen durchgeführt habe. Die Wunde habe sich im Wald entzündet, erklärte er. Es hätte ihn umbringen können. Könne das immer noch tun.

Im Schlaf verlor Georges Gesicht seine Härte und wurde rundlich, fast puttenhaft, und es schien irgendwie nicht richtig, dass seine ungeschützte Unschuld vor einem Arzt zur Schau gestellt wurde, von dem sie beide nicht mehr als den Namen wussten.

»Er hat sich mit mir gestritten«, sagte Dover. »Hat gesagt, er will lieber sterben, als es zu verlieren. Aber das ist nichts, was ich nicht von den Soldaten kennen würde, die armen Seelen.«

»Was haben Sie zu ihm gesagt?«

»Dass das Leben weitergeht.« Der Arzt war jung, schlank, seine Ärmel bis zu den Ellbogen hochgekrempelt. »Bald geht er auf Krücken. Wir können ihm eine Prothese machen lassen. Die schicken andauernd Werbebroschüren. Gute Modelle.«

George lag jetzt in einem Einzelzimmer. Zunächst hatte man ihn mit den anderen Kranken auf die allgemeine Station gelegt, doch Isabelle hatte entschieden, für dieses Zimmer zu zahlen. Das Privileg verschaffte ihnen ein wenig Ruhe, wenn auch nicht sehr viel. Selbst in den Fluren drängten sich Menschen; diejenigen, die am Vortag Verbrennungen erlitten hatten, saßen zusammengesunken an die Wand gelehnt da, warteten auf ihre Behandlung und bettelten um die Aufmerksamkeit abgehetzter Krankenschwestern. Wenn sie die Verletzten stöhnen hörte, hoffte Isabelle, dass nicht das gezahlte Geld der Grund war, weshalb sich der Arzt zuerst um George kümmerte, doch sie verdrängte den Gedanken, im Glauben daran, dass die anderen schon bald an der Reihe sein würden.

»Gut, ich lasse Sie beide jetzt allein«, sagte der Arzt. »Das war ein hektischer Tag. Rufen Sie mich, wenn er aufwacht.«

Sie fuhr George durch das Haar, sah zu, wie sich sein Bauch beim Einatmen hob, und lauschte, wenn er ausatmete; ganz so, wie wenn er zu Hause schlief. Angesichts all dessen, was geschehen war, war diese Vertrautheit für sie beruhigend und beunruhigend zugleich. »Wir kommen zurecht«, sagte sie. »Ich melde mich, sobald sich etwas ändert.«

Er kam nach und nach zu sich, was insgesamt zwei Tage dauerte. Er war nicht er selbst, beschwerte sich über die Fremdheit des Krankenhauses, das fremde Bett, den fremden Arzt, die Krankenschwester, die es wagte, ihn unangekleidet zu sehen, wenn sie seine Verbände wechselte.

Als er schließlich wieder klar bei Verstand war, setzte sich Isabelle auf ihrem Stuhl auf, voller Aufregung, dass er aufgewacht war, und sah ihn aufmerksam an. Doch in seinen Augen, die das Zimmer nach etwas Unsichtbarem absuchten, lag nichts als Angst.

»Hol mich nach Hause«, sagte er. »Bitte.«

Doch der Arzt war noch immer wegen der Infektion besorgt und wollte nichts davon hören. Und so verbrachte George die Nacht dort, mit Isabelle an seiner Seite, die seinem gequälten Stöhnen lauschte, auch wenn sie ihn nur mit tröstenden Worten unterstützen konnte. Zu später Stunde, als selbst die lautesten Patienten schliefen, erwachte sie von seinem Weinen und hielt seine Hand mit solcher Kraft fest, dass es ihm genug Halt zu geben schien, um sich zu beruhigen.

Ein rostroter Wasserhahn an der Wand tropfte im Rhythmus der vergehenden Sekunden. Die weiß getünchten Wände waren leicht vergilbt, was Isabelle glauben ließ, dass etwas Schädliches sich im Gebäude ausbreitete und um sie herum niederschlug. Auch wenn die Nacht schwierig gewesen war, fühlte es sich an, als habe sie ihre Rolle als Georges Schutzbefohlene, als seine Beschützerin, gefestigt. Und doch heulte und schlug er aufs Bett ein wie ein Kind, als sie ihn baden wollten, und verlangte, dass Isabelle den Raum verließ.

»George, wie oft habe ich dich schon baden gesehen?«

»Bringen Sie sie raus!«, befahl er der Pflegerin. »Sie wird mich nicht so sehen!«

Und so ging sie aus dem Zimmer. Als sie zurückkehrte, flehte er sie erneut an, ihn nach Hause zu bringen.

»Ich verlange so wenig von dir«, sagte er, was natürlich nicht stimmte, doch wie hätte sie ihm unter diesen Umständen widersprechen können? »Alles, was ich will, ist mein Zuhause. Mein eigenes Bett.«

Was er wollte, war Würde, und die konnte sie ihm nicht geben. George war der Auffassung, dass ihn niemand in diesem Zustand sehen durfte. Ezra hatte ihn besuchen wollen, doch George hatte ihn abgewiesen, ebenso wie Mildred.

Das Essen war die letzte Demütigung. Als er sich weigerte zu essen, versuchten sie, ihm mit dem Löffel Haferbrei zu füttern, unter dem Vorwand, sein Magen sei noch empfindlich, doch nachdem er einen Bissen gegessen hatte, spuckte er ihn wieder aus und besudelte sein Kinn und die Laken mit Brei. Die Pflegerin verzog das Gesicht und wich zurück, und Isabelle beugte sich vor, um ihn zu säubern.

»Jetzt geben sie mir schon Brei! Das lasse ich mir nicht gefallen!«

»George, bitte.«

»Es reicht. Lieber sterbe ich jetzt und hier, als mich dieser Tortur zu unterziehen. Ich setze dem Ganzen selbst ein Ende.«

Sie konnte nicht glauben, wie viel Wut in ihm steckte. Er war nicht mehr ihr Ehemann, sondern ein Besessener, und als er mit dem Finger auf die Pflegerin zeigte, verlangte, dass sie das Essen selbst probieren solle, sie verhöhnte, weil sie nicht wisse, wie man richtig salze, ertrug es Isabelle nicht länger.

»Bitte lassen Sie uns allein«, sagte sie zu der Pflegerin. Es war eine junge Frau in der Ausbildung, die eine solche Behandlung nicht verdiente, und sie kam der Bitte sehr gerne nach und schloss die Tür hinter sich.

»George«, sagte Isabelle.

Er sah sie verzweifelt an.

»Ich muss nach Hause.«

»George.«

»Ich ertrage diese Leute nicht, den Geruch nach Alkohol, das Weinen der Kinder. Ich bin so müde, Isabelle …«

»Das ist nur ein Krankenhaus. Wir schaffen das.«

»Es ist die Hölle. Wenn es sein muss, krieche ich. Dafür brauche ich nur meine Arme.«

Sie war zutiefst erschöpft, hatte Schmerzen vom langen Sitzen und hatte seit Tagen kaum etwas gegessen. Sie nahm seine Hände. Jetzt, da er gebadet worden war, waren sie wieder weich, und es war tröstlich für sie, sie in ihren Händen zu halten, auch wenn er sich so schrecklich aufführte.

»Würdest du dich von jemandem pflegen lassen?«, fragte sie. »Wenn ich eine Krankenschwester ins Haus hole?«

»Wofür? Du bist all die Jahre gut allein zurechtgekommen.«

»Und wenn ich dich umziehen muss, George? Dir Medizin geben, dich im Bett umlagern muss?«

Er starrte trotzig vor sich hin.

»Ich will mein eigenes Essen«, sagte er. »Und mein Bett. Wenn ich hochgelagert bin, kann ich durchs Fenster die Walnussbäume sehen, und abends holst du mir meine Bücher aus dem Regal. Wirst du das tun?«

Sie legte ihren Kopf auf seine Brust; jetzt wusste sie, dass er in Wirklichkeit den Trost seines Zuhauses haben wollte, in den Tagen, die seine letzten sein konnten.

»Das werde ich. Wenn es das ist, was du dir wünschst.«

»Ja«, flehte er. »Das ist alles, was ich mir wünsche.«

Sie versprach ihm, am nächsten Tag wiederzukommen und ihn nach Hause zu holen.

KAPITEL 25

Ezras Geschäft hatte das Feuer nicht überlebt, doch Isabelle traf ihn zu Hause an. Er und seine Frau lebten noch immer in demselben zweigeschossigen Häuschen, in dem sie ihre Söhne großgezogen hatten, auch wenn sie jetzt allein dort wohnten. Es erfüllte die Maßstäbe der Nachbarschaft, doch es hatte nichts Herrschaftliches an sich, und die Auswahl der tristen braunen Außenfarbe und des schlichten Fußwegs, der keinen Platz für eine Kutsche bot, deutete darauf hin, dass sie schon immer mehr darauf aus gewesen waren, sich einzufügen, als herauszustechen.

Sie klopfte, und Ezras Frau Alice öffnete die Tür. Sie hatten vielleicht zweimal in Isabelles Leben miteinander gesprochen, doch sie schien nicht nur zu wissen, wer Isabelle war, sondern sie sogar zu erwarten.

»Kommen Sie, kommen Sie. Raus aus dem Rauch.« Sie winkte Isabelle herein und bot ihr Tee an, den Isabelle ausschlug. »Ein Milchbrötchen vielleicht?«

Isabelle wollte auch das ablehnen, doch ihr Hunger war stärker, und sie nahm an.

»Er ist in seinem Arbeitszimmer«, sagte Alice, in Richtung Küche spazierend.

»Wie geht es ihm?«

»Wir haben schon viele Widrigkeiten durchgestanden. Ein Feuer? Das ist nichts. Gar nichts.«

Als sie zurückkam, brachte sie nicht nur das Brötchen mit, sondern auch den Tee, den Isabelle nicht gewollt hatte. Die Stube war, anders als ihre, nicht sauber, weil sie so häufig geputzt, sondern so selten genutzt worden war. Das Kissen, auf dem sie saß, sank unter ihrem Gewicht kaum ein, und das Obst auf dem Tisch sah so perfekt reif aus, dass es sich für ein Stillleben angeboten hätte.

»Und Sie?«, fragte Alice. »Ich kann mir kaum vorstellen, wie schmerzlich das alles für Sie sein muss.«

Alice hatte die robustesten Züge, die Isabelle je gesehen hatte. Ihr Gesicht hatte etwas Bäuerliches; unter der lederartigen Haut schien eine Quelle der Energie zu sprudeln, verborgen und doch allzeit präsent.

»Es ist schwer, darüber zu reden«, sagte Isabelle.

»Sie brauchen sich mir nicht anzuvertrauen. Ich teile Ezra mit, dass Sie endlich da sind.«

»*Endlich?* Hat er mich etwa erwartet?«

Doch Alice verschwand bereits mit wehenden Röcken im Flur. Kurz darauf kam sie zurück.

»Er hat jetzt Zeit für Sie.«

Ezras Arbeitszimmer war kleiner als Georges und weniger voll. Es gab keine Tapeten, und auf dem einzigen Druck an der Wand war die Seekarte einer antiken Stadt abgebildet – etwas, das, wie Isabelle vermutete, keinerlei Verbindung zu Ezra hatte. Ein Assistent stapelte Unterlagen in Kisten und hakte eine Liste ab. Ezra, der am Fenster saß, beobachtete den Jungen mit konzentrierter Eindringlichkeit, und als er Isabelle sah, bat er den Assistenten, eine Pause zu machen und später zurückzukommen.

»Setz dich«, sagte er zu Isabelle.

Es war erst einen Tag her, dass sie an Georges Bett gesessen hatte, und bei dem Gedanken an die Stunden bei ihm, sein ständiges Flehen, seine grenzenlose Wut, erschauderte sie fast.

»Ich habe so lang gesessen«, sagte sie. »Ich glaube, ich stehe lieber.«

»Bitte. Wie auch immer es dir beliebt.«

Im Raum roch es nach süßlichem Parfüm, und Ezra musste gesehen haben, wie sie die Nase verzog.

»Das ist der Duft meiner Frau«, sagte er. »Ich konnte den beißenden Rauchgestank von draußen nicht mehr ertragen, also habe ich ihn mit etwas anderem zu überdecken versucht – auch wenn ich es jetzt ein wenig bereue, denn er will nicht verfliegen.«

Jetzt erkannte sie den Lavendelduft. Vermutlich eine hübsche Mischung, wenn in kleinen Dosen benutzt.

»Nun, wenn dein Arbeitszimmer auch nur annähernd so roch wie Georges, ist es zweifellos eine Verbesserung.«

»Vielleicht ist das das Ergebnis. Ich lasse es dich wissen, sobald ich zurück bin.«

»Und wo gehst du hin, falls die Frage nicht zu unverschämt ist?«

Sie blickte auf die halb gefüllten Kisten, dann wieder auf Ezra.

Er werde eine kleine Reise unternehmen, sagte er. Keine Kleinigkeit für einen Mann seines Alters, doch er müsse nach den Geschäften seiner Söhne sehen, um sich zu vergewissern, dass sie seine Standards einhielten. Da sein eigenes Geschäft wiederaufgebaut werden müsse, gebe es dafür keinen besseren Zeitpunkt. Außerdem mussten sie Kopien ihrer Geschäftsbücher anfertigen lassen.

»Wenn es eines gibt, woran uns das Feuer erinnert hat«, sagte er, »dann daran, wie schnell man Aufzeichnungen verlieren könnte. Wie schnell man *alles* verlieren könnte.«

Sie schwiegen einen Moment. Isabelle bemerkte auf Ezras Schreibtisch, beinahe versteckt, eine gerahmte Daguerrotypie: seine Familie, nicht einer von ihnen glücklich, die Jungen mit versteinerten Mienen und ihre Mutter noch mehr.

»Aber das weißt du besser als ich«, sagte Ezra. »Wie geht's ihm?«

»Sie halten ihn mit Morphium und Dämpfen auf Trab. Nachts weint er. Ich kann nicht viel tun, außer zuzuhören und seine Hand zu halten.«

Ezra verzog das Gesicht, dann holte er sein Taschentuch hervor und trocknete sich die Stirn.

»Du bist für ihn ein Geschenk des Himmels. Und lass uns seine Heldentaten im Wald nicht vergessen. Ihr beide gebt ein schönes Paar ab.«

»Er hat sich anschießen lassen, Ezra.«

»Ja, schon. Aber die Jungs sind frei, oder nicht? Hackstedde und die anderen können sagen, was sie wollen, aber euer Sohn hat diesen Mann aus dem Gefängnis befreit und hat es überlebt. Und George hat sein Leben riskiert, damit es gelingt.«

Sie widersprach nicht, stimmte jedoch auch nicht zu. Ob der Mann, der im Krankenhaus lag, ein Märtyrer war, spielte für sie keine Rolle; er war ihr Ehemann: schwach, verwittert, auf seine Art schön. Sollte er doch für andere ein Held sein, doch das war nicht das Verhältnis, in dem er zu ihr stand.

»Er will nach Hause«, sagte sie. »Ich glaube nicht, dass er seinen Zustand bedacht hat. Aber es ist sein einziger Wunsch. Ich habe vor, ihn zu erfüllen.«

Er setzte sich auf, als wäre das sein Stichwort – obwohl sie ihm keins hatte geben wollen –, und informierte sie, dass George alle notwendigen Vorkehrungen für die Zukunft seiner Geschäfte getroffen habe. Alles sei bereits in Stein gemeißelt. Alles, was ihm gehörte, würde ihr gehören, wenn es so weit sei.

»Ich möchte nicht darüber sprechen«, sagte sie.

»Und doch ist es meine Pflicht, genau das zu tun.«

»Nun, genug davon. Der Grund, warum ich hier bin, ist simpel, und doch ist es mir noch nicht gelungen, ihn anzusprechen. Ich brauche eine Transportmöglichkeit für George. Damit ich ihn nach Hause holen kann.«

Ihre Bitte schien Ezra zu beleben, und sie stellte sich vor, wie er im Kopf seine Kontakte durchging, die Gefallen, die man ihm noch schuldete, und welchen er hierfür einfordern sollte. Eine Kutsche sei leicht zu finden, fuhr sie fort, doch George müsse liegend transportiert werden, und sie fürchte, das Krankenhaus würde ihr angesichts seines Zustands keinen Krankenwagen ausleihen.

»Jaja«, murmelte Ezra wie zu sich selbst, bevor er lauter weitersprach. »Ich sag dir was. Ich bin gerade dabei, einen ganzen Warenkatalog aufzukaufen, und eine oder zwei Kutschen sind ganz sicher dabei. Ich bin sicher, dass ich eine bekommen kann, bevor das Geschäft abgeschlossen ist, denn der Besitzer ist recht erpicht darauf, so schnell wie möglich zu verkaufen.«

Ezra tupfte sich noch einmal die Stirn ab, bevor er seinen Vorschlag zu Ende brachte.

»Es besteht nur ein potenzieller Konflikt«, sagte er, »von dem ich hoffe, dass er dich nicht stört, doch der Besitzer ist Wade Webler persönlich.«

Sie hob eine Augenbraue, sagte jedoch nichts.

»Wie du dir vorstellen kannst, steht er unter recht großem ... finanziellen Druck. Das Feuer hat hauptsächlich Land und Immobilien in seinem Besitz vernichtet. Ich fürchte, er hätte einen so dramatischen Verlust nie für möglich gehalten. Und dann noch die Sache mit August. Wusstest du, dass seine junge Braut nach nicht einmal einer Woche Ehe dem Brand zum Opfer gefallen ist? Natasha Beddenfeld. So jung. August ist als Erster aus dem Haus gelaufen und hat sich nicht dazu bequemt, noch einmal hineinzugehen und sie herauszuholen. Andere haben gesehen, wie er untätig dort stand und ihren Namen rief, ohne sie zu retten. Peinlich für einen Mann, dem so viel Mut nachgesagt wird. Wie ich höre, zieht er nach Savannah, auf der Suche nach einem Tapetenwechsel. Einem Neuanfang.«

Jetzt wartete er; wartete auf ihre Reaktion, auf eine Attacke gegen die Namen, die er genannt hatte, gegen die Familie, die ihre eigene zerstört hatte, doch sie hatte nichts dergleichen anzubieten. Keine Tiraden. Keinen Zorn. Sie hatte den Blick in Wade Weblers Gesicht gesehen. Sein Schmerz war nicht besser als ihrer, und seiner würde mit der Zeit zu schwären beginnen, würde seine Seele zerfressen, während sie vorhatte, ihren hinter sich zu lassen.

»Der Wagen«, sagte sie. »Kannst du ihn mir heute noch bringen lassen?«

»Ich lasse Webler auf der Stelle durch meinen Assistenten benachrichtigen.«

Ezra rief in einem so strengen Ton nach ihm, dass sie zusammenzuckte. Sobald der Junge losgelaufen war, wies Ezra Isabelle an, Ridley zu holen und zum Krankenhaus zurückzukehren, als sei das Geschäft schon erledigt.

»Der Wagen wird dort sein«, sagte er. »Dieser oder irgendein anderer. Verlass dich drauf.«

Als sie zum Krankenhaus zurückkehrte, hatten sie Georges Amputationswunde drainiert, und er hörte erst auf zu schreien, als man ihn auf den Wagen verladen hatte und er sich in sicherer Entfernung von den Eingriffen des Arztes befand. Mildreds Söhne waren im Auftrag ihrer Mutter gekommen, hoben George auf den Wagen und saßen neben ihm, während Isabelle ihn durch die Stadt steuerte. Die Leute, die eine versteckte Kuriosität witterten, versammelten sich an der Straße, und sogar Ray Bittle nickte ihr zu, als sie an den Trümmern seines Hauses vorbeikam, vielleicht weil er wusste, wer in dem Wagen hinter ihr lag.

Sobald George zu Hause war und in seinem Bett lag, verabschiedete sie Mildreds Söhne und machte sich, nachdem sie es George bequem gemacht hatte, daran, die Anweisungen des Arztes umzusetzen. Sie erkannte sofort, warum man die Wunde vor ihr verborgen hatte, denn der Anblick war entsetzlich. Sie musste ihre gesamte Kraft zusammennehmen, um am Fuße des

Bettes keine Reaktion zu zeigen. Aus der Wunde am Stumpf trat eine schleimige Flüssigkeit aus, deren fauliger Gestank sogar über den beißenden Alkoholgeruch hinweg zu riechen war. Doch sie sagte nichts, sah George – der noch benommen an die Decke starrte – nur mit einem schwachen Lächeln an, nahm den Verband ganz ab und umwickelte den Stumpf mit frischem Mull. Dann erhob sie sich und fragte ihn, ob sie irgendetwas für ihn tun könne, doch er antwortete nicht. Starrte bloß in endlosem Schweigen vor sich hin, während seine letzten verbliebenen Haarsträhnen in einem wirren Muster auf das Kopfkissen fielen.

Sie schlief in Calebs Zimmer, und am nächsten Morgen war George wieder bei klarem Verstand und begrüßte sie mit einem freundlichen Blick, als sie ins Zimmer trat und ihm half, sich aufzusetzen.

»Du hattest Fieber«, sagte sie.

Er sah sie schweigend an, als habe er keinerlei Erinnerungen an die Strapazen der letzten drei Tage.

»Nun ja, ich musste einfach nach Hause. Ich fühle mich schon viel besser.«

Trotzdem sorgte sie sich weiterhin. Er brauchte kaum einmal seine Bettpfanne, aß nichts, trank nur Wasser und ließ sich von ihr stundenlang die Klassiker aus seiner Bibliothek im Erdgeschoss vorlesen (Shakespeare, Plutarch und Voltaires Briefe). Sie beobachtete ihn aus dem Augenwinkel, fragte sich, was ihm durch den Kopf gehen mochte, ob er ganz da war oder ob dies noch immer die Version ihres Mannes war, die ihr im Krankenhaus begegnet war, jemand, den sie kaum kannte.

Mehr als einmal umklammerte er die Seiten des Bettes, bis seine Fingerknöchel weiß wurden, und sie legte ruhig das Buch auf ihren Schoß. Es waren Momente äußerster Verzweiflung. Er lehnte alle Medikamente ab, und sie gab sich die Schuld dafür, weil sie glaubte, es hinge mit irgendetwas zusammen, das sie selbst getan hatte – ein missbilligender Tonfall, den sie nicht unter Kontrolle hatte, oder die Andeutung, er könne vor seiner Frau Schwäche zeigen, wenn sie ihm Linderung seiner Schmerzen anbot – dabei wünschte sie sich nur, ihn auf so neutrale, diskrete Art darum bitten zu können, ein wenig Morphium zu nehmen, dass er einwilligte. Doch das tat er nie.

»Ich will wach bleiben«, war alles, was er sagte. »Bitte. Mach weiter.«

Das Vorlesen ging endlos weiter. Wenn er einschlief, saß sie alleine da und wartete mit leerem Blick darauf, dass er wieder aufwachte. Wenn er es nicht tat, ging sie nach unten und kümmerte sich um den Haushalt – oder gab den Hühnern, Ridley oder sich selbst etwas zu essen –, um dann ins Schlafzimmer zurückzukehren, krank vor Langeweile, aber nicht willens, mehr Zeit als nötig getrennt von George zu verbringen. In der zweiten Nacht zu Hause bereitete sie eine Rinderbrühe zu, wie der Arzt vorgeschlagen hatte, doch George wollte nichts davon wissen. Er nahm ihr bloß die Schüssel aus der Hand und stellte sie auf den Nachttisch.

»Du musst etwas essen«, sagte sie.

»Ich finde, das ist das Schöne an meiner schlimmen Lage«, sagte er. »Ich muss verdammt noch mal gar nichts tun, was ich nicht tun will.«

»George, ich kann nicht zulassen, dass du so redest. Das geht nicht.«

Die Sonne versank hinter dem Horizont, und er saß noch immer aufrecht im Bett, den Blick auf die Wand gerichtet. Sie war nicht sicher, ob er sie überhaupt gehört hatte. Sie hatte bereits den Überblick verloren, wie oft er gesprochen hatte, als sie dachte, er wäre in einen Traum versunken, oder sie ignoriert hatte, obwohl er wie gebannt an ihren Lippen zu hängen schien.

»Ich habe sie aufbrechen sehen«, sagte er. »Ich habe sie umkehren und weglaufen sehen, und ich habe keinen Zweifel, überhaupt keinen Zweifel, dass sie sicher durchgekommen sind.«

Sie wusste, die einzige Methode, um ihn zum Weiterreden zu bringen, war Schweigen, und so saß sie regungslos da und verschmolz mit der Dunkelheit, die sich jetzt über das Zimmer legte.

»Er hat meine Hand gehalten. Ich war mir noch nie so sicher, dass er mein Sohn ist, wie in dem Moment. Sogar im Krankenhaus, als du meine Hand gehalten hast, war ich mir gewiss, dass es seine war. Sogar jetzt … ja. Sogar jetzt fühle ich es. Ich höre immer noch seine Stimme in meinem Ohr. Er flüsterte: ›Sag ihr, dass ich schreiben werde. Lange Briefe diesmal.‹ Und während ich noch nach den richtigen Abschiedsworten suchte, waren sie schon in der Nacht verschwunden. Er hat nicht von seiner Liebe gesprochen, doch ich habe sie gespürt.«

Er legte seine Hand in ihre.

»Du nicht?«

Sie war so sehr vom Augenblick, von seiner Geschichte ergriffen, dass sie nicht bemerkte, dass George sich während des Erzählens eingenässt hatte, ohne ein Wort darüber zu verlieren. Sie konnte den sauren Urin riechen, brauchte nur die Fingerspitzen auf die Laken zu legen, um die Wärme zu fühlen, die sich darunter ausbreitete.

»Wir machen dich jetzt sauber«, sagte sie. »Danach können wir uns vielleicht beide ein wenig ausruhen.«

Im nachlassenden Licht sah sie durch das Fenster eine Gestalt mit gelbem Haarschopf und erkannte ihren Bruder an der Statur. Sie saß gerade in der Küche und aß die Brühe, die George verschmäht hatte, und jetzt stellte sie die Schüssel in die Spüle und ging nach draußen, um Silas zu begrüßen. Noch immer trübte ein Staubfilm den dunkler werdenden Himmel, ein bitterer Rest des Brandes, den sie tief in ihrer Kehle schmecken konnte.

»Isabelle«, sagte er.

»Du bist gekommen«, sagte sie.

Es schien ihn zu schmerzen, hier zu sein, zumindest glaubte sie, das an seiner Miene abzulesen, bis sie begriff, dass er über ihr Erscheinungsbild bestürzt war.

»Du siehst nicht gesund aus«, sagte er.

Sie hatte ihr Spiegelbild seit Tagen nicht gesehen.

»Wenn du hörst, was geschehen ist, wirst du es mir bestimmt nicht verübeln.«

Sie bat Silas herein, und er ging in die Küche, um sich ein wenig Wasser zu holen, dann setzte er sich zu ihr auf die Couch im großen Zimmer.

»Woher hast du …?«, setzte sie an.

»Deine Freundin hat mich benachrichtigt.«

»Mildred«, sagte Isabelle. »Aber sie hat mir gesagt, dass es das Postamt nicht mehr gibt. Dass keine Telegramme versandt werden können.«

»Sie hat stattdessen einen Boten geschickt. Und sie hat ihn sicher gut bezahlt. Der Mann muss ohne Pause geritten sein. Er ist fast von seinem Pferd gefallen, so erschöpft war er. Ich wünschte, ich hätte schneller kommen können, aber die Arbeit und all das …«

Sie nahm ihm seine Schuldgefühle, dann erzählte sie ihm die Geschichte, ohne das Geringste auszulassen. Und als sie bei Georges Verletzung anlangte, erhob sich Silas augenblicklich, um nach ihm zu sehen. Sie protestierte.

»Denk nicht einmal daran. Er will dich nicht dahaben. Außerdem schläft er gerade. Die Ruhe hilft besser als alles andere.«

Silas ließ sich wieder auf die Couch sinken.

»Lass mich zumindest eine Weile bleiben. Ich kann helfen, während du dich um ihn kümmerst.«

»Was würdest du denn tun?«

»Was immer nötig ist. Ich habe Lillian bereits gesagt, sie soll nicht auf mich warten, und sie hat mir versprochen, die Kinder im

Zaum und das Haus in Ordnung zu halten. Denk nicht mal daran, es für einen Gefallen zu halten. Es ist mein Wunsch zu bleiben.«

Sie versuchte, es ihm auszureden, doch er gab nicht nach, und sie konnte nicht leugnen, wie hilfreich es wäre, ihren Bruder vor Ort zu haben. Nichtsdestotrotz wurmte es sie im Laufe der Tage, dass er da war, denn ihn im Haus zu sehen erinnerte sie nur an das letzte Mal, als er zu Besuch gekommen war, nachdem er von Calebs angeblichem Tod gehört hatte. Doch vielleicht war das eben die Rolle von Geschwistern: als Zeugen der Tragödie Gesten des Mitgefühls zu vollführen, wenn alles verloren war. Obwohl sie dankbar war, kam es ihr scheußlich vor, wie eine Beleidigung, und sie fing an, ihn schlecht zu behandeln – schickte ihn los, um Ridleys Stall auszumisten oder Georges Laken zu waschen, doch nie zeigte er die Launen, die sie seit ihrer Kindheit von ihm kannte. Bereitwillig ertrug er ihre Wut oder tat zumindest so und akzeptierte jede noch so erniedrigende Aufgabe, die sie ihm zuwies. In untätigen Momenten suchte er sich sogar eigene Verantwortlichkeiten, übernahm die Aufgabe, das verbrannte Land zu begutachten, und als er zum Abendessen zurückkam, hatte er Zahlen im Kopf ausgearbeitet und wusste genau, welche Arbeiten erledigt werden mussten, und Isabelle freute sich über die Ablenkung, auch wenn sie es nicht zeigte.

Unterdessen schwand George dahin. Rote Punkte wanden sich von der Wunde bis zur Hüfte seinen Oberschenkel hinauf, und das Fieber kehrte zurück, ganz egal, wie oft sie ihn mit dem Schwamm wusch. Im Delirium sagte er Dinge, die sie nicht verstand.

»Ich hab's gesehen«, flüsterte er dann heiser, ein schwaches Lächeln im Gesicht, so kindlich, dass seine Zufriedenheit sie beinahe zum Lachen gebracht hätte. »Es war wirklich. Wirklich. Wirklich …«

»Das war es«, erwiderte sie ermutigend, während sie seine Stirn abtupfte. »Und wie …«

Auf diese Weise unterhielten sie sich, ohne dass einer von ihnen die Gedanken des anderen kannte, ein Hin und Her von leeren Worten, und bald schlief sie ein, während er unzusammenhängend vor sich hin redete. Als sie aufwachte, hörte sie nicht nur seine Stimme, sondern eine Unterhaltung, die in vollem Gange war, und sie schreckte auf.

Silas stand da, die Hände in den Taschen, das Baumwollhemd halb aufgeknöpft, und schaute George unbekümmert an.

»Ich bin's bloß«, sagte er. »Du hast geschlafen, als ich reingeguckt habe; George hat mich reingebeten.«

»Aber nur kurz«, sagte George. »Ich ertrage den Mann nicht zu lang am Stück.«

George war so wach, dass sie es beinahe beunruhigend fand. Er hatte sein Fieber ausgeschwitzt, doch sie wollte sich nicht der Illusion hingeben, dass die Besserung seiner Verfassung von Dauer sein könnte.

»Danke für deine Unterstützung«, sagte George zu Silas. »Ich kann mir vorstellen, was das für eine Belastung für dich ist.«

»Ist mir ein Vergnügen. Ich muss sagen, so gut wie jetzt, wo du hier drin eingesperrt bist, sind wir seit Jahren nicht miteinander ausgekommen.«

»Ihr beiden«, sagte Isabelle. »Wie alte Freunde …«

»Wohl kaum. Ich habe Silas gebeten, Ezra herzuholen. Ich weiß, dass er mit mir reden wollte.«

Es verblüffte sie, dass er sich an Ezras erfolglosen Besuch im Krankenhaus erinnern konnte, obwohl er damals im Fieberwahn gewesen war.

»Wie schön«, stammelte sie.

»Ich kümmere mich darum«, sagte Silas und legte George eine Hand auf die Schulter, bevor er ging.

Der Rauch hatte sich endlich gelegt, und der Tag war für die Jahreszeit ungewöhnlich mild; eine schwache Böe bewegte die Vorhänge im offenen Fenster.

George fragte, ob es möglich sei, das Bett näher ans Fenster zu rücken.

»Ich würde gerne nach draußen sehen«, sagte er. »Das würde mir sehr viel bedeuten.«

Sie wusste nicht, was sie antworten sollte. Zum ersten Mal seit ihrem Wiedersehen im Krankenhaus war er jetzt voll und ganz bei ihr, und weil sie wusste, wie kurz ihre gemeinsame Zeit sein konnte, erschien es ihr wichtiger, dass sie die dringlichsten Fragen besprachen. Doch seine Bedürfnisse hatten Vorrang vor ihren, und sie schluckte ihre Worte herunter.

»Wenn ich Kissen unter die Beine lege«, sagte sie, »sollte es sich ohne Schwierigkeiten bewegen lassen.«

»Oh, das musst du«, sagte er.

Sie wusste, was er sehen würde, wenn er nach draußen blickte, was mit seinem Land passiert war, und doch würde sie seinem Wunsch nachkommen. Er hatte ein Recht darauf, mit eigenen Augen zu sehen, was geschehen war, außerdem verbarg sich eine gewisse Schönheit unter all der Zerstörung – in dem Wald hinter ihrem, der noch unversehrt war, im Himmel, den er so viele Jahre lang von seiner Veranda aus betrachtet hatte.

»Warte hier«, sagte sie.

»Isabelle«, sagte er, »ich glaube nicht, dass ich sehr weit kommen würde.«

Nachdem sie das Bett zum Fenster gezerrt hatte, sah George wortlos hinaus. In Gedanken, das wusste sie, war er in der Vergangenheit. Sogar sie konnte die Erinnerungen in ihrem Kopf zusammensetzen – anhand der Geschichten, die sie wieder und wieder gehört hatte –, um sich auszumalen, was George um sich herum wahrnahm: seine Mutter im Gästezimmer, die ein Bett mit einem Laken bezog; sein Vater, der draußen nach ihm rief, damit er ihn auf einer Wanderung im Wald begleitete, demselben Wald, in den George seinen eigenen Sohn mitnehmen würde – demselben Wald, in dem er Prentiss und Landry begegnen würde.

Sie ertrug es nicht, still dazusitzen, zu schweigen, während der Wald vor ihnen zu Asche verbrannt war. Obwohl das Feld von hier aus nicht zu sehen war, war sie sicher, dass er sich vorstellte, was mit seinen Pflanzen jenseits des Hügels geschehen war.

»Es war schrecklich, George«, platzte sie heraus. »Es tut mir so leid um dein Land. Um die Ernte. Ich habe überlegt, dich anzulügen, aber so etwas würde ich nie tun. Doch es ist noch zu retten. Das verspreche ich dir. Ich werde alles in meiner Kraft Stehende tun, um es zu bewerkstelligen.«

Er blinzelte ein einziges Mal und betrachtete sie mit distanzierter Gelassenheit.

»Dieses Land ist zäh. Ein paar Jahre, mit deiner Hilfe.« Er schüttelte wissend den Kopf. »Es wird besser sein, als ich selbst es je hinbekommen hätte.«

Konnte das Land, das er gehegt und so geliebt hatte, auf etwas so Triviales reduziert werden, wie seine Ruhe andeutete? Die Last, die von ihr fiel – das bisschen Schmerz, das freigesetzt wurde – brachte sie dazu, daran glauben zu wollen.

Er schenkte ihr die leiseste Andeutung eines Lächelns.

»Könntest du mich einen Moment mit dem Ausblick allein lassen?«

»Natürlich.«

»Es ist nicht nötig, jemanden abzuweisen. Wenn Ezra eintrifft, schicke ihn rein. Und ich hatte gedacht, etwas zu Abend zu essen. Vielleicht einen Hähncheneintopf? Du weißt, wie sehr ich Eintopf mag.«

»Veträgt dein Magen das?«

»Ich denke schon.«

»Dann sollst du ihn haben.«

Als Ezra die Farm erreichte, war der Nachmittag beinahe um. Das Huhn kochte bereits, das Gemüse lag auf dem Schneidebrett, und sie bat ihren Bruder, ihn zu George zu bringen, damit sie sich nicht die Hände waschen musste. Es durfte keine Ablenkungen geben. Das Rezept war einer von Georges Klassikern, und die Ausführung, wenngleich nicht sonderlich kompliziert, erforderte dennoch ihre gesamte Konzentration.

Als Ezra schon nach sehr kurzer Zeit wieder aus dem Schlafzimmer und die Treppe herunterkam, verdüsterte sich die Stimmung im Haus. Isabelle war überzeugt, dass dem Mann eine gewisse Dunkelheit anhaftete, und als er vor ihr stand und auf seine Uhr blickte, empfand sie seine Anwesenheit wie einen Fluch, der die Blockhütte bedrohte. Der Flur war kaum beleuchtet, und sein Schatten wirkte deutlich größer als er selbst.

»Es … geht ihm nicht gut«, sagte Ezra. »Ich denke, ich werde meine Reise verschieben, bis seine Verletzungen verheilt sind. Ich bin jederzeit erreichbar. Vergiss das nicht.«

»Du bist nie weit weg, richtig, Ezra?«

»Nicht, wenn ich gebraucht werde.«

Sie half ihm zur Tür, denn er schaffte es kaum allein, und als sie dort ankamen, stand Silas von der Couch auf und machte sich bereit, ihn nach Hause zu bringen.

»Genießt das Abendessen«, sagte Ezra. »Es riecht köstlich.«

»Auch dir einen schönen Abend. Silas, bring ihn sicher nach Hause.«

Sie dachte, das Haus würde, wenn sie weg waren, nur noch ihr und George gehören, doch bevor sie ihm seinen Eintopf auftragen konnte, erklangen noch einmal Hufe auf dem Weg, und sie musste sich die Hände waschen und zur Tür zurückgehen. Ein Mann spazierte geduldig auf die Blockhütte zu; er war kleiner, als sie ihn auf seinem Pferd eingeschätzt hatte. Sie hätte ihn überhaupt nicht erkannt, wären da nicht die blaue Uniform und sein zotteliger Schnurrbart gewesen, über den sich George oft ausgelassen hatte, wann immer er so frustriert war, dass er sich nur mit einer wütenden Tirade Luft machen konnte.

»Sie sind General Glass«, sagte sie.

»Und Sie müssen Isabelle sein«, sagte der Mann.

Seine Wangen waren vom Reiten gerötet, seine Lippen rissig, und sie bat ihn herein und bot ihm Wasser an. Er sagte, er sei an diesem Tag bei Ezra gewesen und habe von Georges sich verschlechterndem Zustand erfahren. Dass er ihm Zeit habe geben wollen, um seinen Freund zu besuchen, um vielleicht, sobald er zurück sei, selbst vorbeizuschauen.

»Ich wüsste nicht, warum«, sagte sie. »Soweit ich weiß, waren Sie nicht der größte Bewunderer meines Mannes.«

Glass fuhr sich mit der Hand durch das wenige Haar, das ihm noch geblieben war, bevor er antwortete. Sie nahm an, dass er wesentlich eindrucksvoller war, wenn er von seinen Soldaten umgeben war, doch auch allein hatte er noch etwas Würdevolles an sich, während er im Haus eines Fremden strammstand.

»Meine Stationierung in Old Ox hat zu einigen Dingen geführt, die ich bedaure und die ich nicht wiedergutmachen kann. Die Art, wie ich Ihren Mann behandelt habe, steht auf der Liste dieser Dinge weit oben.«

Weil sie kein Interesse daran hatte, ihm das Unbehagen oder die Schuldgefühle zu nehmen, die er verspüren mochte, hielt sie den Mund. Es war besser, ihn ausreden zu lassen.

»Meine eigenen Ziele haben mich so sehr beschäftigt, dass sie zu einer Art Besessenheit wurden. Und so erschien mir Georges Notlage nicht der Mühe wert. Wade Webler versicherte mir, alles werde auf gerechte Weise geregelt werden, sodass der Frieden gewahrt bleibe …«

Er schien einen Augenblick zu brauchen, ehe er fortfuhr, und nutzte ihn, um aus dem Fenster zu sehen – auf genau das Land, stellte sie sich vor, auf das auch George gerade blickte.

»Er hat mich betrogen, genau wie George es mir vorausgesagt hat. Und dafür habe ich bezahlt.«

Ein Lächeln breitete sich auf seinem Gesicht aus und gerann schnell zu einer Grimasse der Demut. Tatsächlich, sagte er, werde er in den Westen versetzt, mit nur noch halb so vielen Männern unter seinem Kommando, wie er derzeit befehligte.

»Ich brauche mich nicht zu fragen, warum«, sagte er. »Ich bin meinem Rang nicht gerecht geworden. Und ich glaube, George verdient es, das von mir zu hören, bevor ich gehe.«

Isabelle hatte keine Worte für diesen Mann, der sämtliche Gewissheiten, die ihn einmal angetrieben hatten, verloren hatte. Sie ging einfach zum Fuß der Treppe und bedeutete ihm, ihr zu folgen.

»Machen Sie nicht zu lang«, sagte sie. »Er braucht wirklich seine Ruhe.«

Glass blieb nicht länger als fünf oder zehn Minuten oben. Er zupfte ein Haar von seiner Jacke und holte tief Luft, als er sie am Fuße der Treppe antraf.

»Wurden Sie freundlich empfangen?«, fragte sie.

»Er war jedenfalls hellwach. Hat mir genau zugehört. Als ich fertig war, sagte er kein Wort. Es war seltsam. Er hat mir bloß den Arm getätschelt. Als wäre ich kleiner Junge … Dann sagte er, dass wir alle weitermachen müssen. Dass er mir alles Gute wünsche.«

»Tatsächlich seltsam«, sagte sie. Sie dachte über die Komik nach, die darin lag, dass George versuchte, diesem Mann mit Mitgefühl zu begegnen, denn sie ging davon aus, dass ihr Mann ihn unbedingt loswerden wollte. Doch für Glass schien es funktioniert zu haben, und zwar umso besser. »Dann hoffe ich, Sie bewahren diese Worte auf Ihrer Reise in den Westen im Herzen.«

Glass blickte in die Küche hinein, als könnte sich dort eine tiefere Wahrheit offenbaren, dann nickte er und trat zur Haustür.

»Viel Glück, General«, sagte sie.

Er drehte sich um und legte eine Hand auf seine Brust. »Dasselbe wünsche ich Ihnen und Ihrer Familie.«

Es war vollkommen dunkel, als der General auf sein Pferd stieg. Isabelle kehrte in die Küche zurück, füllte eine Schüssel mit Eintopf und brachte das Tablett mit Essen nach oben. Als sie die Schlafzimmertür öffnete, schlug ihr der Geruch von verfaultem Fleisch entgegen, die stickige Luft machte die Stimmung im Zimmer drückend. Sie zog einen Stuhl ans Bett. Wieder glitzerten taugleiche Schweißtropfen auf Georges Stirn, und seine Hand zitterte. Alles, was sie wollte, war eine weitere wache Stunde mit ihm oder auch nur einen Moment, bevor sie ihn wieder an das Fieber verlor.

»Wo warst du?«, fragte er.

»Ich habe nur dein Abendessen gemacht.«

Seine Augenbrauen hoben sich, doch als er das Tablett sah, nickte er aufmunternd. »Wie könnte ein Abend schöner ausklingen als mit einem Eintopf.«

Jetzt zitterte sie selbst. Ihr einziger Wunsch war, dass er ihr Werk genießen mochte, und ihre Nervosität trübte die Ruhe, die von dem geöffneten Fenster ausging, von der dunklen Masse der Bäume in der Ferne. Sie nahm mit dem Löffel ein wenig Eintopf auf, er öffnete die Lippen, und sie sah gebannt zu, wie er schluckte.

Er sagte nichts. Sie ließ den Gedanken nicht zu, dass der Eintopf ihm nicht schmeckte, und tauchte den Löffel einfach noch einmal hinein. Doch als sie ihn aufforderte, den Mund erneut zu öffnen, drehte er den Kopf weg.

»George, du solltest etwas essen.«

Er schüttelte gereizt den Kopf. »Mein Magen verträgt es nicht.«

»Du hast darum *gebeten.*«

»Und jetzt sage ich, dass ich es nicht will!« Er schlug gegen die Seite des Betts. »Es ist nicht gut!«

Sie konnte ihn nicht ansehen. Alle paar Sekunden wimmerte er vor Schmerzen, sein Kissen war schweißgetränkt. Es war ihr nicht möglich, ihre Trauer von ihrer Wut zu unterscheiden, denn sie war wütend, dass er seine letzten Kraftreserven den Gästen geschenkt und ihr nichts übrig gelassen hatte als endlose Verbitterung; zugleich wusste sie, welche Qualen er litt, und wünschte sich nichts mehr als einen Moment des Friedens für ihren Liebsten. Ein Ende seiner Schmerzen.

Als sie schließlich sprach, war der Dampf in die Nacht entschwunden, und der Eintopf stand kalt auf ihrem Schoß.

»Es tut mir leid«, sagte sie. »Es tut mir leid, dass ich nicht zu deiner Zufriedenheit kochen kann. Es tut mir leid, dass ich manchmal grausam war. Dass mich dein Verhalten so frustriert hat, obwohl es nur natürlich war. Ich habe in der Hitze des Gefechts gegen dich gewettert, wenn du zu kühl warst, um meinen Schmerz zu verstehen, und ich bin vor dir weggelaufen, als du nichts mehr brauchtest als meine Berührung. Und ich habe dir die Schuld gegeben. Mein Gott. Ich habe dir für so viele Dinge die Schuld gegeben, für die du nicht verantwortlich warst. Nur jemand wie du konnte mich ertragen, und vielleicht bist du in der Hinsicht ein Engel. Ich bin so dankbar, dich zu haben. Und es tut mir leid.«

Sein Gesicht, das schon zuvor gespenstisch fahl gewesen war, hatte jetzt jegliche Farbe verloren, und er lag still da. Ohne Vorwarnung streckte er die Hand aus, nahm die Schüssel mit dem Eintopf vom Tablett und aß einen Löffel voll. Dann noch einen.

»George, du brauchst nicht –«

»Vorzüglich«, sagte er.

Es bereitete ihm große Mühe, das Essen hinunterzubekommen, seine Kehle bebte bei jedem Schlucken.

»Es ist vorzüglich. Alles. Exquisit. Göttlich.«

Seine Augenlider begannen zu zucken. Der Löffel rutschte ihm aus der Hand und fiel zu Boden. Die Schüssel kippte auf seiner Brust um. Krämpfe schüttelten ihn, und sein verbliebenes Bein zappelte wild, als hätte es einen eigenen Willen entwickelt und versuchte, ihm zu entkommen; er ballte die Hände zu Fäusten, die Arme in unnatürlichen Winkeln gespreizt, bis sein gesamter Körper plötzlich erschlaffte.

Isabelle rannte los, um Handtücher zu holen. Dann säuberte sie ihn behutsam, langsam, reinigte auch die Körperteile noch einmal, die bereits gewaschen waren; ein selbstsüchtiges Dienen, denn obwohl er noch Puls hatte, wusste sie, dass ihr Ehemann nicht mehr bei ihr war.

Er hielt nur noch eine Nacht durch. Es war Silas, der ihm am nächsten Morgen das Laken übers Gesicht zog. Er legte ihr sanft die Hände auf die Schultern, sagte ihr, dass alles gut werde – dass er bei ihr bleiben werde, wie lange ihre Trauer auch dauern möge.

Doch sie wollte nichts davon wissen.

»Ich habe in meinem Leben genug für zwei Frauen getrauert«, sagte sie. »Es ist jetzt genug.«

Ihre einzige Ablenkung bestand darin, beschäftigt zu bleiben. Sie holte einen Eimer aus dem Keller, ging ins Bad und warf Georges Bürste, seine Pomade und all seine anderen Sachen hinein, um sie beiseitezustellen. Sein Geruch war überall, dieser verschwitzte Moschusduft, den sie weder liebte noch hasste, ein Geruch, der einfach George war, so vertraut wie der Mann selbst. Sie war sicher, dass sie, sobald sein Leichnam nicht mehr da war und sie das Haus von ihm gesäubert hatte, einen Augenblick finden würde, in dem sie an etwas anderes denken würde als an den

Klang seiner Schritte, wenn er die Treppe herunterkam, an sein seltsam friedliches Schnarchen, sein seliges Grinsen, wenn er aus dem Wald zurückkehrte. Vielleicht würde sie sogar aufhören, an ihren Sohn zu denken, der irgendwo auf der Welt verschollen war und nichts vom Dahinscheiden seines Vaters erfahren würde, weil seine Mutter ihn nicht erreichen konnte.

Silas tauchte in der Badezimmertür auf und fragte, was sie da tue.

Sie deutete auf die Handtücher im Regal neben dem Waschtisch.

»Bring die bitte weg«, sagte sie. »Immer wenn ich sie sehe, stelle ich mir vor, wie George nach dem Baden in eines davon eingewickelt ins Schlafzimmer kommt. Noch nass. Ständig hat er den Boden vollgetropft. Das geht nicht. Ich besorge neue.«

»Izzy, bitte. Du bist nicht du selbst.«

Er hatte sie seit ihrer Kindheit nicht mehr *Izzy* genannt. *So* unreif war ihr Benehmen doch sicher auch wieder nicht? Als Silas keine Anstalten machte, die Handtücher zu holen, nahm sie sie selbst und warf sie in den Eimer. »Wenn du die Handtücher nicht wegbringen willst«, sagte sie, »kannst du mit den Töpfen und Pfannen in der Küche beginnen. Die Griffe haben die Form seiner Hand angenommen. Ich sehe immer nur vor mir, wie er sich über die Pfanne beugt, um am Essen zu riechen. Das ertrage ich nicht mehr. Ich werde morgen in der Stadt neues Kochgeschirr besorgen.«

Als sie das Zimmer verlassen wollte, zog Silas sie an sich, und sie legte die Wange an seine Brust und ließ den Eimer fallen.

»Isabelle«, flüsterte er ihr ins Ohr. »Gib dir wenigstens einen Tag Zeit. Himmelherrgott noch mal. Seine Pfanne wegzuwerfen hilft doch nichts.«

Ohne ein weiteres Wort führte er sie zur Couch. Schweigend saßen sie da. Es gab im Haus nichts weiter zu tun, und am Ende holte die Last des Tages sie doch noch ein. Nach einer Weile sagte er, er wolle sich eine Zigarette drehen, und fragte sich, ob sie einen Moment ohne ihn auskomme.

»Ich möchte auch nach draußen gehen«, sagte sie.

»Lass dich nicht aufhalten.«

Sie verbrachte den Rest des Tages im Freien, und als die Nacht hereinbrach, beobachtete sie mit einer Decke auf dem Schoß die Sterne. Sicher würde sie dort, verborgen in den Konstellationen, ein weiteres Zeichen ihres Mannes finden. Doch es war ein Nachthimmel wie jeder andere. Auch Silas wollte nicht schlafen, doch er ließ ihr Raum und hielt sich im Haus auf, kam jedoch regelmäßig nach draußen, um zu fragen, ob sie bereit fürs Bett sei. Als er wieder einmal die Tür öffnete und gähnte, sagte sie ihm, er solle sie dort sitzen lassen.

»Ich vermute, du lässt dich nicht umstimmen«, sagte er.

»Mach dir nicht solche Sorgen um mich«, sagte sie. »Es geht mir gut. Ich will bloß noch die Nacht abwarten.«

»Warten, worauf?«

»Auf den Morgen.«

»Und dann?«

»Dann werde ich meinen Mann begraben. Es soll nicht zu schnell so weit sein.«

Silas blieb im Türrahmen stehen. Es war offensichtlich, dass er nicht verstand, weshalb sie sich von ihm gestört fühlte, und sie wünschte, er würde begreifen, dass er nichts tun konnte, außer ihr dieses Zeitfenster zu gewähren, in dem sie einen Sinn aus der Weite der Landschaft ziehen und eine letzte Nacht in einer Welt erleben konnte, die nicht wusste und die es nicht kümmerte, dass ihr Ehemann nicht mehr bei ihr war.

»Geh schlafen«, sagte sie.

Sie machte sich nicht die Mühe, ihm nachzusehen, doch als sie sich schließlich einige Zeit später umdrehte, waren die Kerzen im Haus gelöscht, und die Blockhütte lag dunkel da.

KAPITEL 26

Caleb bestand darauf, dass sie im Wald blieben; er behauptete, dass Hackstedde und Webler noch immer hinter ihnen her sein könnten – eine Angst, die Prentiss teilte. Sie hatten nach einer Woche Flucht Halt gemacht, als sie eine Stadt erreichten, von der er noch nie gehört hatte. Caleb ging dorthin, um etwas zu essen zu besorgen, und kam mit Brot und Fleischkonserven in ihr Lager zurück. Nach dem Essen schliefen sie, von Stille umgeben, warteten auf das Tageslicht. Jeden Abend lebte Caleb auf, von einer Energie strotzend, von der man nicht genau wusste, woher sie kam, und erkärte, ein weiterer Tag sei vergangen, mit stolzer, bewegter Stimme, als hätten sie etwas Erhabenes vollbracht. *Acht Tage*, sagte er. Am folgenden Abend waren es neun. Und auf jeden Abend folgte der nächste, die alle zu einem verschmolzen, bis einige Wochen vergangen waren und Prentiss so viele Nächte im Wald verbracht hatte, dass es ihm für lange Zeit reichte, wenn nicht gar für immer.

Eines Morgens standen sie untätig da, in die Schatten der Bäume gehüllt, und blickten auf die Straße, die in die Stadt führte. Convent, wie Caleb ihm nach seinem ersten Besuch dort gesagt hatte. Der Ort heiße Convent. Prentiss hatte den Namen der Stadt noch nicht ausgesprochen. Es kam ihm nicht richtig vor, das Schicksal auf die Probe zu stellen und über den Ort zu sprechen, als gäbe es ihn wirklich, als wäre er die nächste Stufe ihres Plans, nur um alles zu verlieren, sobald Hackstedde, den Strick in der Hand, in ihr Lager marschierte, bereit, die Träume von Freiheit zu zerschlagen, die Prentiss in seiner Fantasie so eifrig hütete. Doch inzwischen war fast ein Monat vergangen, und von Hackstedde war weit und breit nichts zu sehen. Es schien zunehmend wahrscheinlich, dass es auch so bleiben würde.

»Ich wette, die haben Betten in Convent«, sagte Prentiss. »Ich kann nicht der Einzige von uns sein, der sich über ein echtes Kissen unter'm Kopf freuen würde. Und keine Viecher mehr, die einen stechen. Wir müssten uns nicht mehr gegenseitig den ganzen Tag den Rücken kratzen. Stell dir das mal vor.«

Caleb sah ihn unentschlossen an und sagte nichts.

Sein Unbehagen brachte Prentiss dazu, eine andere Strategie auszuprobieren. Die Sache direkt ansprechen. »Ich würd's lieber riskieren, als so weiterzumachen. Ich seh nicht ein, warum man der Freiheit hinterherjagen soll, wenn man sie sich nicht nimmt, wenn man sie praktisch vor der Nase hat.«

»Mir gefällt's hier draußen«, sagte Caleb mit leiser, leicht verlegener Stimme. »Ich wünschte, ich könnte sagen, warum. Ich kann es nicht genau erkären.«

Doch Prentiss fiel es nicht schwer, es zu verstehen. Hier draußen, wo er allein mit seiner Schuld lebte, brauchte der Junge nicht zu befürchten, dass er jemanden enttäuschte. Es war niemand da, der seine falsche Zuversicht durchschauen und ihn zur Rede stellen könnte, wie es in der Vergangenheit so viele getan zu haben schienen, zumindest den Geschichten nach, die er Prentiss erzählte – über Jungen, die ihn schikanierten, Jungen, die in seinen Träumen herumspukten. Prentiss erkannte ein wenig von sich selbst in Caleb, denn er und Landry hatten sich auf dieselbe Weise auf Georges Land versteckt. Das Beruhigende, das Glück, in Ruhe gelassen zu werden, war mehr wert als eintausend Insektenstiche.

Von ihrem Standort an der Straße aus konnte Prentiss die Gebäude am Rande der Stadt sehen, die aus dem Rauch der Schornsteine und der gelegentlichen Staubwolke lugten. In der Fantasie hatte er sich den Ort bereits ausgemalt – der gemütliche Gemischtwarenladen, in den sich Caleb gewagt hatte, um etwas zu essen zu kaufen, der hoch emporragende Turm der Kirche, in der sich alle sonntags versammelten. Er kannte sogar die Häuser der Stadtbewohner – Familien, die er erfunden hatte, denen er Freizeitbeschäftigungen und Berufe, Leidenschaften und Geheimnisse zuschrieb.

Doch Convent war nicht die Stadt, in der er auf Dauer bleiben wollte. Es gab in der näheren Umgebung von Old Ox keinen Ort, den er je sein Zuhause nennen würde. Schon bei der Erwähnung der Stadt zitterten seine Lippen, und seine Füße wurden taub. Und sah er die alten Bilder von Majesty's Palace vor seinem inneren Auge – Landrys Gesicht als kleiner Junge, das strahlende Lächeln seiner Mutter an guten Tagen, wenn sie ein Kaninchen brieten, wenn die abendlichen Pflichten früh erledigt waren und sie Landry das Haar zerzauste und sein Kichern von den Wänden ihrer Hütte widerhallte –, gab es ihm einen Stich, und sie wichen dem Anblick der leeren Hütte, nachdem seine Mutter verkauft worden war, und dem fast bis zur Unkenntlichkeit verstümmelten Gesicht seines Bruders im Sarg. Vielleicht gab es Teile der Vergangenheit, die man mit der Zeit vergessen konnte, sodass die Macht, die sie über ihn hatten, gebrochen werden konnte, doch es gab bestimmte Erinnerungen, die den Umsturz überleben und sich inmitten der Trümmer wieder erheben würden. Monumente des Verlusts.

»Ich halte dich nicht auf«, sagte Caleb. »Wenn du gehen willst.« Er warf das letzte Glas mit den eingemachten Früchten seiner Mutter von einer Hand in die andere. Er weigerte sich, sie zu essen, denn sie waren die letzte Verbindung zu der Frau, die er über alles liebte. Es schien, als wäre er zufrieden, für den Rest seines Lebens in diesen Wäldern zu bleiben, sich vor der Gesellschaft zu verstecken, während die Welt sich weiterdrehte.

Der Wind blies so heftig, dass es sich anfühlte, als könne er das Fleisch durchschneiden wie ein Peitschenhieb. Kurz flaute er ab, setzte erneut ein und wehte in Richtung Stadt davon. Prentiss kniff die Augen zusammen und blickte auf die Dächer in der Ferne, Bruchstücke von Stein und Holz, die ihn mit der Macht des Unbekannten verführten.

Doch sosehr er sich auch danach sehnte, in der Stadt sein Glück zu versuchen, es war er, dessen Herz schneller schlug, als ein von einem Pferd gezogener Wagen auf der Straße auftauchte, mit einem Mann darauf, der zu schlafen schien, das Kinn auf der Brust. Er versteckte sich hinter einem Baum, während Caleb nur gleichgültig in die andere Richtung sah, noch immer mit dem Konservenglas spielend. Prentiss schalt sich insgeheim und klopfte sich Rinde vom Hemd, was ihn nur daran erinnerte, wie sehr er sich nach einem Bad sehnte. Doch es war nicht nur der Mann auf dem Wagen – irgendetwas am Tageslicht wirkte bedrohlich auf ihn: ein gleichmäßiges Trommeln, das lauter anschwoll, das Geräusch einer sich nähernden Gefahr, dasselbe, das Gails Pferd in den Feldern von Majesty's Palace oder Hacksteddes Pferd im Wald auf dem Fuß gefolgt war, und obwohl das Geräusch nicht so real war, wie Prentiss es darstellte, war es dadurch nicht weniger beharrlich, weniger greifbar, sobald ein Fremder die Straße entlangkam. Auch wenn er sich sehr dafür schämte, er fürchtete sich.

»Was ist?«, fragte Caleb.

»Nichts«, sagte Prentiss. Er hatte kein Interesse daran, dem Jungen Angst zu machen, der sich schon so genügend Sorgen darüber machte, was mit seinem Vater geschehen war. Schon dieses Reise hatte genügend Anlass zur Sorge gegeben. Es reichte, dass Caleb sich jede Nacht fragte, ob irgendein Rascheln in der Ferne von George ausging, der zu ihnen zurückkehrte. Weil er heil aus dem Krieg zurückgekommen war, wusste Caleb offenbar nicht, wie Situationen wie diese häufig endeten. Kein Wiedersehen. Kein Abschluss. Stattdessen wird der Funke des

Lebens, der einen mit dem verbindet, den man liebt, einfach nur schwächer und erlischt schließlich ganz. Die Gegenwart prescht weiter, und die Vergangenheit ist eine unversorgte, unvernähte, immer noch spürbare Wunde, die nie verheilt.

»Ich denke, wir sollten beide eine Weile in der Stadt bleiben«, sagte Prentiss. »Was tun. Ein bisschen arbeiten. Es ist möglich, glaube ich – ganz normal zu leben – wenn auch nicht für lange.«

Die Zeit, hatte er gemerkt, verging im Wald anders. Ohne einen Mann wie Gail – oder George, auf seine mildere Art –, der ihn auf das Verstreichen der Zeit hinwies, hatte er gelernt, es an den wechselnden Stimmungen der Sonne zu erkennen: ihr wütendes Orange am Nachmittag; ihr gelegentlich schwindendes Interesse, wenn sie zuließ, dass der Wind sich erhob und alles abkühlte; das Violett beim Sonnenuntergang, wie ein Augenzwinkern, ein Aufblühen, bevor sie ganz unterging, der Welt neckend in Aussicht stellte, was sie vielleicht am nächsten Morgen für sie parat haben würde. In der einen Sekunde konnte sie die Leidenschaft wecken, in der nächsten einschläfernd wirken, und so überraschte es ihn nicht, Caleb in einem Dämmerzustand vorzufinden. Er fragte sich, wie lang er schon schweigend dort stand, wie weit der Mann mit dem Kinn auf der Brust gefahren war, seit er ihn zuletzt gesehen hatte.

Was würde er dafür geben, so sorglos zu sein! Nicht ständig über die Schulter zu blicken. Einen Wegweiser zu verpassen und sich plötzlich zwei Städte weiter auf der Veranda eines Fremden wiederzufinden, mit ihm ein Bier zu trinken und sich über den letzten Fremden zu unterhalten, dem derselbe Fehler unterlaufen war. Er wollte auch etwas *falsch* machen. Das war es, was George, was Caleb, was alle anderen nicht begriffen. Sie unterschätzten seine Gier nach Leben. Nach der Freiheit, einer vergebenen Frau hinterherzublicken, einer, die ihn an Delpha oder Clementine erinnerte, sie eines Tages heimlich anzusprechen, wenn ihr Mann bei der Arbeit war – wen kümmerte es schon, wessen Frau sie war, denn jede Frau gehörte nur sich selbst, ebenso wie er.

Und was war mit der Freiheit zu lernen? Es gab so viele Dinge, die Prentiss sich zu wissen sehnte, Themen, über die er sich in den nächsten Jahren bilden wollte. Nicht alles davon war reine Spekulation. Sie hatten so viel freie Zeit gehabt, dass Caleb sogar angefangen hatte, ihm das Alphabet beizubringen. Caleb fragte ihn oft den ganzen Vormittag lang Wörter ab, jedes schwieriger als das letzte, und Prentiss freute sich schon auf das Lächeln, das sich auf dem Gesicht des Jungen ausbreitete, wenn er Prentiss eine Falle stellen wollte und es ihm nicht gelang.

Sein Erfolg schien auch Caleb Auftrieb zu geben. Er erklärte Prentiss, dass er nie wieder auf dem Feld arbeiten wolle. Dass es auf dieser großen Welt so viele andere Dinge zu tun gebe. In einer Druckerei zu arbeiten wäre angenehm, sagte er, und obwohl Prentiss nicht viel davon verstand, klang es auch für ihn gut. Vielleicht würde er rechnen lernen müssen, wissen, wie man mit einem Kunden verhandelte oder den Warenbestand berechnete, doch Caleb versicherte ihm, dass er das immer noch lernen könne. Im Norden gebe es Lehrer, die begierig darauf waren, mit Freigelassenen wie ihm zu arbeiten. Wenn das stimmte, verschwammen die Grenzen zwischen dem Möglichen und dem Unmöglichen. Eine solche Arbeit, mit ein wenig Ausbildung – Prentiss sah vor sich, wie er genauso werden könnte wie ein weißer Mann. Er würde mit der Art Stolz durch die Stadt spazieren, die eine ganze Brigade von Soldaten auf dem Weg in die Schlacht antrieb.

An diesem Punkt kehrten seine Gedanken zu Clementine, sogar zu seiner Mutter zurück. Wenn er ihre Namen buchstabieren und den richtigen Mann dafür bezahlen konnte, konnte das bisher nur Vorgestellte plötzlich Wirklichkeit werden. Natürlich konnten sie ausfindig gemacht werden. Wie dumm von ihm, etwas anderes gedacht zu haben, die Möglichkeit abzutun, die große Belohnung, die ein gebildetes Leben mit sich bringen mochte, das ihn vielleicht erwartete. Er sah schon vor sich, wie er früher von der Arbeit nach Hause kam, wie seine Mutter mit Elsy spielte und wie die schwangere Clementine in der Küche eine Mahlzeit zubereitete, deren Rezept seine Mutter an ihre neue Tochter weitergegeben hatte.

Gutes Geld. Eine Familie. Ein eigenes Haus. Er konnte nicht nur frei sein, wie ihm jetzt klar wurde. Er konnte *glücklich* sein.

KAPITEL 27

Eine Hand. Das war alles, was sie von Georges Körper angefasst hatte, nachdem er verstorben war. Sein Handgelenk fühlte sich glatt an wie fest gewordenes Wachs – so kalt, so fremd, dass sie sich einreden konnte, das sei gar nicht ihr Ehemann. Sie begruben ihn am Morgen nach seinem Tod (in einem Walnusssarg, wie Landry). Nur Isabelle und Silas, denn sie wollte bei diesem Anlass niemanden sonst sehen. Sein Tod gehörte ihr – sie beanspruchte ihn für sich, die anderen konnten für sich allein trauern, wenn sie wollten.

Nach der Beerdigung erklärte Silas ihr, sie solle mit ihm kommen. Es sei genug Platz auf ihrem Hof in Chambersville. So könne sie näher bei ihren Neffen sein.

Sie standen vor der Blockhütte. Silas hatte bereits sein Pferd aus dem Stall geholt. Er war bereit zum Aufbruch, seine Satteltasche vollgestopft mit getragenen Kleidern; er hatte den Hut auf dem Kopf und die Hand auf die Flanke des Pferdes gelegt, um es zu beruhigen, ehe sie losritten.

»Bring die Jungs her«, sagte sie. »Zu mir. Ich würde sie gern besser kennenlernen. Aber ich werde Old Ox nicht verlassen.«

Er nahm eine ihrer Hände und küsste sie, dann ließ er sie los.

»Vergiss nicht«, sagte sie. »Ich habe dir gesagt, dass ich dich vielleicht eines Tages besuche. Daran hat sich nichts geändert.«

»Es wäre töricht zu denken, dass ich nicht unaufgefordert kommen und nach dir sehen werde«, sagte er. »Ich sage dir voraus, dass du eher zu mir kommst, weil du dein Zuhause verlassen willst, bevor wir dich besuchen.«

»Das wird nie passieren«, sagte sie.

Er bestieg sein Pferd und zwinkerte ihr zu.

»Warte nur, bis meine Jungs hier sind und alles auseinandernehmen.«

Er beugte sich nach hinten und klopfte dem Pferd aufs Hinterteil, dann grub er die Fersen in seine Seiten. Staub wirbelte auf wie Rauch, und er war verschwunden, bevor die Wolke sich wieder legen konnte.

Nun, da sie allein war, musste sie niemandem mehr Rechenschaft ablegen außer sich selbst. Trotzdem war sie bereit, die Aufgabe zu übernehmen, von der George gesprochen hatte. Am folgenden Morgen ging sie in die Stadt. Der Ort war immer noch dabei, sich zu erholen. Es war ein merkwürdiges Spektakel, all die Männer und Pferde, die über den aschebedeckten Boden dessen stapften, was früher das Sägewerk, der Schlachthof gewesen war, und die Übereste all dessen wegräumten, was nur wenige Wochen zuvor zerstört worden war. Die Szene fühlte sich weit von ihr entfernt an, wie der Traum eines anderen, doch Isabelle ließ sich von dem Anblick nicht die Laune verderben. Eine Energie durchströmte sie, schrie danach, dass sie etwas unternahm. Sie trug Schilder bei sich, die sie in Georges Arbeitszimmer geschrieben hatte, zehn an der Zahl, und hängte sie stolz in der Stadt auf: an einem Brett am Möbelgeschäft, an einem Masten vor dem Schulgebäude. Sie war fest entschlossen gewesen, sie gut lesbar zu gestalten – die Worte fett und die Schrift groß –, sodass sie allen, die vorbeikamen, ins Auge fielen:

HILFE BENÖTIGT AUF DER WALKER FARM.
ALLE RASSEN, RELIGIONEN UND HAUTFARBEN.
GERECHTE BEZAHLUNG. GLEICHE BEZAHLUNG.

Als ihr die Schilder ausgingen – ihre Hände waren leer, die Füße müde –, ging sie nach Hause. Das Einzige, was jetzt noch zu tun blieb, war abwarten.

Der erste Mann tauchte einige Tage später auf, wie eine Erscheinung, die sich aus dem Morgenlicht materialisierte. Ein buckliger Mann, der bei jedem Schritt hinkte, ganz wie George. Isabelle sah ihn durch das Schlafzimmerfenster den Weg heraufkommen, zog sich an und eilte nach unten.

Als sie die Tür öffnete, stand sie einem Schwarzen in einem Baumwollhemd mit verdrehtem Kragen und einer blauen Anzugjacke gegenüber. Eine kleine, bereits verwelkende, aber immer noch leuchtend gelbe Blume steckte in seiner Brusttasche. Er war älter als sie, sechzig vielleicht, und anscheinend so misstrauisch, dass es ihm selbst nach ihrer Begrüßung zu widerstreben schien, das Wort an sie zu richten.

»Ma'am«, sagte er schließlich. »Ich suche den Besitzer der Walker Farm.«

Sie erklärte, das sei sie.

»Es gibt keinen Mister?«

»Nicht mehr, nein.«

Auch wenn er schweigsam war, fürchtete er sich nicht, ihr in die Augen zu blicken. Seine eigenen lagen größtenteils zwischen tiefen Falten verborgen, doch hin und wieder zeigten sie sich, wenn er sprach, blitzten haselnussbraun in ihren tiefen Höhlen unter seiner gerunzelten Stirn auf.

»Ich hab das Schild in der Stadt gesehen«, sagte er. »Falls das Angebot noch gilt.«

Sie ging zu ihm auf die Veranda hinaus, trat ans Geländer und dachte an das verbrannte Land und alles, was jenseits davon hinter dem Hügel lag. Er folgte ihr, noch immer misstrauisch, mit einigem Abstand. Sie erzählte ihm, was geschehen war. Dann fragte sie ihn, ob er sich mit Landwirtschaft auskenne.

Anstelle einer Antwort hielt er ihr die Hände hin, die so wettergegerbt waren, dass Isabelle kaum die Linien seiner Handflächen erkennen konnte – abgenutzt von jahrelanger Schufterei.

»Verraten Sie mir Ihren Namen«, sagte sie.

»Elliot.«

»Elliot, ich besitze neben diesen zerstörten noch viele weitere Hektar Land. Mehr, als ich je selbst bewirtschaften könnte. Ich habe nicht vor, etwas davon zu verkaufen. Aber ich mache Ihnen jetzt ein Angebot. Ich werde Ihnen ein eigenes Stück Land zum Bewirtschaften geben. Ich werde keinen Teil Ihrer Ernte und kein Geld verlangen. Sie können es ein Jahr, vielleicht zwei haben – lange genug, um auf eigenen Beinen zu stehen, bevor ich jemand anderem die gleiche Gelegenheit biete. Als Gegenleistung will ich, dass Sie mir mit dem zerstörten Land unten am Hügel helfen, dem Land, das mein Ehemann bewirtschaftet hat. Ich will, dass Sie mir Ihre Dienste für einige Tage der Woche gewähren. Ich werde dort draußen arbeiten, und ich möchte, dass Sie sich mir anschließen, und gemeinsam werden wir alles in unserer Macht Stehende dafür tun, dass es nicht nur wieder schön wird, sondern dass es blüht und gedeiht.«

Elliot schwieg. Sein Haar bildete einen einzigen großen Schopf, und er fuhr mit der Hand hindurch, während er über ihren Vorschlag nachdachte.

»Sie wollen mir mein eigenes Land zum Anbauen geben, und alles, was Sie dafür wollen, ist ein bisschen Hilfe. Und sonst steckt nichts dahinter?«

»Das ist alles«, bestätigte sie.

»Aber wieso?«

Sie sah Elliot direkt an und sprach frei heraus.

»Ich will tun, was mein verstorbener Mann getan hat«, sagte

sie. »Und sei es nur, um ihn zu rächen. Um sein Land wiederherzustellen.«

Sie betrachtete ihre Rosenbüsche, die verschrumpelten, verwelkten Blüten, die nur darauf warteten, abgezwackt zu werden, und malte sich aus, wie sie im Winter aussehen könnten, wenn sie sich darum kümmerte.

»Das ist übrigens eine sehr hübsche Blume«, sagte sie und deutete mit dem Kopf auf Elliots Brusttasche. »Wo haben Sie sie gepflückt?«

»Meine Frau. Sie hat gesagt, ich soll mich fein machen.«

»Das ist Ihnen gut gelungen.«

Er verschränkte die Hände, räusperte sich.

»Ich will nicht zu viel sagen, und Sie müssen mir sagen, wenn ich's doch tu, Ma'am, denn ich respektier Sie sehr, aber es gibt da ein paar Männer in der Stadt, die haben das Schild gesehen und haben zu viel Angst, um herzukommen. Wir haben von den Brüdern gehört. Haben gehört, was mit dem Größeren passiert ist. Ärger will keiner, will ich damit sagen.«

Ein kalter Schauer überlief sie.

»Sein Name war Landry«, sagte sie. Mit einer Hand lenkte sie Elliots Blick auf den Wald. »Und er ist dort begraben, direkt neben meinem Mann.«

»Ma'am, ich –«

»Ich war noch nicht fertig. Ich habe mehr verloren, als ich mir je hätte vorstellen können, aber sie sind der Grund, warum ich Sie hergeholt habe und so viele andere herholen werde, wie ich nur kann. Warum ich vorhabe, dies zum prächtigsten und üppigsten Stück Land im County zu machen. Ja, das ist nicht ohne Risiken, aber es gibt in der Stadt mehr Soldaten als je zuvor, solche, die aussehen wie Sie und die Ihre Interessen vertreten. Das Amt für Freigelassene schickt sie jede Woche her, um sicherzustellen, dass alles friedlich bleibt. Und doch. Alles Mögliche könnte passieren, das stimmt. Und ich würde verstehen, wenn Ihnen diese Aussicht zu viel Angst macht, um das Angebot anzunehmen.«

Sein Gesicht blieb verschlossen, und sie dachte darüber nach, was unter der Oberfläche liegen mochte – wie seine Augen groß wurden, wenn ein Witz erzählt wurde, oder wie vergnügt sie dreinblickten, wenn er mit seiner Frau zu einer Melodie tanzte. An das Aufblühen seiner Persönlichkeit unter den richtigen Bedingungen.

»Ich nehm das Land«, sagte er schließlich. »So viel Sie mir anbieten.«

»Sechs Hektar«, sagte sie.

»Abgemacht«, sagte er, und seine Stimme verriet seine Überraschung.

»Und Sie helfen mir, das Land hinter dem Hügel wiederherzustellen?«

»Versprochen.«

Es gab keinen Handschlag. Er nickte bloß und humpelte zu den Stufen hinüber.

»Ma'am«, sagte er. »Erwarten Sie mich nächste Woche zurück.«

»Bis dann, Elliot.«

Als er ging, rief sie ihm nach, er solle den anderen sagen, sie erwarte dasselbe Angebot. Der Platz sei begrenzt – sie habe nur eine bestimmte Menge Land –, doch alle seien willkommen, so wie es das Schild verkündete.

KAPITEL 28

Es war ein herrlicher Herbst. Die Sonne war jetzt erträglich und die Walnussbäume so gelb wie frisch erblühter Löwenzahn. Andere zeigten das leuchtende Orange eines Kürbisses. Isabelle drehte, umgeben von dieser Pracht, am Morgen auf Ridley ihre Runden, um nach der Handvoll Männer zu sehen, die in den letzten Monaten Elliots Beispiel gefolgt waren. Viele von ihnen lebten noch immer in den Lagern hinter der Stadt, doch manche waren auf die Farm gezogen, wo sie auf ihrem eigenen Stück Land behelfsmäßige Zelte aufgestellt hatten, wo immer es ihnen gefiel.

Die Anbaufläche war so groß, dass Isabelle, wenn sie wollte, den ganzen Tag keinem von ihnen über den Weg zu laufen brauchte, doch sie mochte es, ihnen bei der Bewirtschaftung des Landes zuzuschauen, im Wissen, dass sie auch ihre eigenen Visionen umsetzen, ihre Ziele erreichen konnten. Sie waren allesamt Freigelassene, und die meisten hatten ihre Familien zur Unterstützung mitgebracht. Oft stieß sie auf Skepsis, als sei sie bloß die neueste Version eines Aufsehers, doch mit der Zeit störte Isabelles Anwesenheit sie nicht mehr, wegen der schieren Macht der Gewohnheit, ihrer beruhigenden Fragen zum Umgang mit dem Land und letztlich auch wegen ihrer gemeinsamen Arbeit auf Georges Feld. Jeden Tag half ihr mindestens einer von ihnen, und schon jetzt war zu erkennen, dass ihre Bemühungen um eine Nachsaat – mit nicht mehr als ein paar Hacken und ein wenig Dung, der für ein gesundes Wachstum verteilt wurde – den Schaden behoben, den das Feuer angerichtet hatte. Man dürfe nicht erwarten, dass in der ersten Saison viel zu ernten sein werde, sagte man ihr. Es werde mindestens ein Jahr dauern, bis der vorherige Zustand wiederhergestellt sei. Aber ein Jahr kam ihr nicht sehr lang vor.

Ihre letzte Station nach getaner Arbeit war immer der Wald. Landrys Grab fiel ihr zuerst ins Auge: die blaue Socke auf dem Kreuz, wie ein helles Leuchtfeuer in der hereinbrechenden Dunkelheit. Sie setzte sich dann zwischen seines und Georges Grab und sprach mit ihnen, als wären sie mit ihr dort – brachte sie auf den neuesten Stand, was die Arbeit anging, versprach, mit Rosen zurückzukehren, sobald diese blühten. George hatte sie zwar nie gemocht, doch wenn er sie im Leben ertragen konnte, würde er sie auch im Tod ertragen. Landry liebte alles Schöne, alles Heilige. Er würde sich über das Geschenk freuen.

Manchmal versuchte sie, laut mit Caleb zu sprechen, ihm von ihrem Leben zu erzählen, so wie sie es mit George tat, doch es war nie dasselbe. Mit Caleb zu reden hatte etwas beunruhigend Endgültiges. Kaum jemand in der Stadt fragte nach ihm, weil alle wussten, was geschehen war, doch wenn es jemand tat, konnte sie nur mit glasigen Augen lächeln, alles Gute wünschen und sich entschuldigen. Die Erinnerungen an ihren Sohn und an Prentiss waren für Momente reserviert, die kostbarer waren als eine beiläufige Unterhaltung: für ein Gebet am späten Abend, wenn die Einsamkeit sie überwältigte, wenn sie die Knie an die Brust zog und Gott bat, die beiden vor Schaden zu bewahren, wo auch immer sie gerade sein mochten. Manchmal dachte sie auch morgens an sie, wenn sie einen zusätzlichen Schub brauchte, um weiterzumachen, um sich für den Tag anzukleiden, um mit dem Stolz, den sie von sich selbst erwartete, demjenigen zu begegnen, der ihr an diesem Tag bei der Arbeit auf dem Feld helfen würde. Die Jungs würden wollen, dass sie weiterlebte, glaubte sie. Und so versuchte sie, mit allen Mitteln, genau das zu tun.

Sie hatte einen typischen Tag hinter sich und kehrte erschöpft nach Hause zurück, als sie Mildred vorfand, die unablässig auf ihrer Veranda auf und ab ging. Sie trug ihre Reitkleidung, eine schwarze Hose und weiße Handschuhe, und sie trat Isabelle mit einer Unruhe entgegen, die in starkem Kontrast zu der Langsamkeit der letzten Stunde im Wald stand.

»Du bist ziemlich dreckig«, sagte Mildred.

»Musste am Morgen die Wasserpumpe reparieren. Seitdem war ich auf dem Feld.«

»Natürlich. Ein Mann kam mit ein paar Steckrüben vorbei und sagte, sie seien für dich.«

Isabelle ging die Stufen hinauf, und Mildred zog sie an sich, um sie auf die Wange zu küssen. Sie konnte Mildreds Schweiß riechen und war sich sicher, dass Mildred den Dreck an ihr riechen konnte, auch wenn keine von ihnen vor der anderen zurückwich. Die Rüben standen neben der Tür. Isabelle hob sie auf.

»Das muss Matthew gewesen sein. Er hat seine eigene Ernte kaum eingefahren, aber er sagte, er wolle mir ein wenig von dem geben, was seine Mutter drüben in Campton angebaut hat. Ein Vorgeschmack auf das, was sein eigenes Land bringen wird. Ich hätte nicht gedacht, dass er es wirklich tut, aber er hat sein Wort gehalten. Kommst du mit rein?«, fragte Isabelle. »Außer Gesellschaft hab ich nicht viel anzubieten, es sei denn, du willst eine Rübe, natürlich.«

Mildred war ihr bereits durch die Tür gefolgt.

»Du musst besser auf dich aufpassen«, sagte sie. »Du bist zu dünn.«

»Ohne George lebe ich von nicht viel mehr als den Pflanzen aus meinem Garten und ein paar Eiern hier und da.«

Im großen Zimmer lagen viele von Georges Pflanzbüchern auf dem Tisch vor der Couch ausgebreitet. Auf einem großen Stück Papier auf dem Boden hatte sie mit der Hand eine Karte gezeichnet, mit Namen, die die Parzellen markierten, die sie denen gegeben hatte, die ihr Angebot angenommen hatten.

»Gütiger Gott, Isabelle, es wird jeden Tag schlimmer.«

Mildred erschauderte. »Wir müssen dir ein Dienstmädchen besorgen.«

»Dann zeige ich dir besser nicht mein Schlafzimmer.«

»Mach Witze, soviel du willst, aber du wirst noch nach Hilfe schreien, wenn erst mal überall das Ungeziefer herumläuft.«

Isabelle entzündete eine Kerze auf dem Esszimmertisch, dann ging sie in die Küche, wusch sich die Hände und das Gesicht, nahm ihren Sonnenhut ab und kehrte zum Tisch zurück. Sie setzte sich und löste die Senkel ihrer Stiefel, und Mildred nahm sich einen Stuhl neben ihr. Seit Georges Tod hatte ihre Freundin sie einige Male besucht, und immer hatten sie sich, angeregt von ihren persönlichen Betrachtungen und weil keine von ihnen am nächsten Morgen irgendwo sein musste, bis spät in die Nacht unterhalten. Vor Kurzem hatte Mildred verkündet, dass ihr Sohn Charlie heiraten werde, was anscheinend Schock und Freude zugleich war, auch wenn Isabelle das Gefühl hatte, dass Mildred es als Verlust – ein Im-Stich-Lassen – empfand, und daher nicht weiter nachfragte.

»Läuft es gut?«, fragte Mildred und zog ihre Handschuhe aus.

»Ich denke schon. Sie brauchen nichts von mir, und es ist ein Trost, dass ich nicht allein hier draußen bin. Elliot ist mir ein Freund geworden. Ich glaube, wir verstehen uns gut. Er hat mir seine Frau und seine Kinder vorgestellt. Und mit Matthew ist es auch sehr freundschaftlich.«

»Und doch bist du allein in deinem Haus, meilenweit von der Stadt entfernt. Das gefällt mir nicht. Was, wenn jemand böse Absichten hat? Du schließt ja nicht einmal die Tür ab.«

Isabelle hätte beinahe gelacht. »Bitte. Ich schlafe so ruhig wie noch nie.«

»Besser als mit George?«

»Ach, George ist hier«, sagte Isabelle und seufzte. »Er ist überall. Er ist auf dem Feld, im Wald. Ich werde ihn nicht los. Aber sosehr ich mich auch über ihn ärgere, kann ich es trotzdem kaum erwarten, ihn jeden Tag zu sehen. So gesehen ist es nicht anders als zu der Zeit, als er noch lebte.«

Mildred stand auf, um von Neuem auf und ab zu gehen, wie sie es auf der Veranda getan hatte.

»Du brauchst dich nicht mehr um ihn zu kümmern. Du könntest von hier fortgehen. Schlau wäre es, wenn wir nach Europa gingen, neu anfingen. Das war ein Gedanke, der mir gekommen ist. Die italienische Provinz würde uns gut gefallen, ganz sicher.«

»Zwei amerikanische Witwen.«

»Siehst du? Einen gemeinsamen Titel haben wir schon.«

Isabelle beugte sich über den Tisch, das Kinn auf die Knöchel gestützt, während Mildred sich in das große Zimmer vorwagte.

»Ich bin absolut zufrieden«, erklärte sie ihrer Freundin. »Ich tue, was ich tue, weil es mich glücklich macht. Wenn wir das Gleiche auch für dich erreichen könnten, wären wir in einer sehr glücklichen Lage, wir zwei beiden.«

Das Licht der Kerze fiel in das große Zimmer, wo Mildred neben der Couch stand und auf die Unordnung auf dem Tisch hinabblickte.

»Du solltest mir wenigstens erlauben, eine richtige Karte für dich zu zeichnen«, sagte sie. »Es wäre eine Schande, wenn deine armseligen Zeichnungen zu Chaos auf deinem Land führen würden. Da könnte der eine denken, er hat einen Bereich, den er bearbeiten kann, und ein anderer denkt dasselbe, weiß Gott, wozu das führen könnte. Was für ein Durcheinander du anrichten könntest! Und deine Küche erst.«

Sie fuhr herum und marschierte in Richtung Küche.

»Sie ist schmutzig, Isabelle. Ich könnte sie putzen. Und wenn dein Haus in Schuss ist und du an einen Ort zurückkehren kannst, der zumindest ansatzweise sauber ist … Na, dann würde es mir mit all dem hier besser gehen.«

»Mildred«, sagte Isabelle und deutete auf den Stuhl, auf dem ihre Freundin gesessen hatte. »Du musst dich wirklich entspannen. Setz dich.«

Mildred verstummte, atmete langsamer – die weißen Rüschen ihrer Bluse hatten sich hektisch gehoben und gesenkt –, und sie nahm Platz.

»Es ist nur – ich habe darüber nachgedacht, was als Nächstes kommt. Du gehst diesen ganz neuen Weg, und ich sitze bloß in meinem Haus herum und tue gar nichts –«

»*Mildred*«, sagte Isabelle streng. Ihre Freundin blickte vom Tisch auf, und im Licht der züngelnden Kerzenflamme war zu erkennen, dass ihr Kinn zitterte. »Ich würde mich über deine Hilfe *freuen*. Mehr als über jede andere. Du wärst unverzichtbar für mich. *Bist* unverzichtbar für mich.«

Zu Isabelles Überraschung schien Mildred das als große und notwendige Erleichterung zu empfinden. Sofort beruhigte sich ihre Freundin, und Isabelle legte ihr eine Hand auf die Schulter.

»Egal, was ich tue, ich will, dass du ein Teil davon bist. Wir könnten gleich morgen anfangen. Ich würde mich freuen, wenn du mit der Karte anfangen könntest. Das heißt, falls du Zeit hast.«

Mildred beruhigte sich noch weiter – sie schluckte, atmete tief durch, und ihre Augen verhärteten sich wieder zu ihrem üblichen, durchdringenden Blick.

»Ich denke, morgen kann ich ein wenig Zeit erübrigen«, sagte Mildred mit ihrer alten Zuversicht.

Isabelle ahnte noch nicht, dass aus dem nächsten Tag alle weiteren Tage werden würden, die noch folgten.

Mildreds Karte enthielt die Namen aller Freigelassen, die sich auf der Farm der Walkers niedergelassen hatte. An der Schwelle zum Winter waren sieben Parzellen abgeteilt worden, und es gab wegen des Waldes kaum noch Platz, um zu pflanzen. Zwei Frauen, Clarinda und Jane, belegten eine kleine Parzelle neben Matthews. Sie behaupteten, Schwestern zu sein, sahen einander jedoch überhaupt nicht ähnlich. Clarinda war stämmig und hatte eine tiefe Stimme, als wollte sie jeden Moment eine traurige Hymne anstimmen. Jane war dünn, halb so groß wie Clarinda und sprach mit einer so schrillen Stimme, dass Isabelle manchmal die Zähne zusammenbiss, wenn sie sie hörte. Beide trugen die gleichen Kleider, eine weiße Schürze und ein selbst gewebtes Kleid mit Blümchenmuster. Sie waren geschwätzig und kamen oft zu Isabelle, um von ihrer Familie zu erzählen – Cousinen, einige Bundesstaaten entfernt, die sie noch nie getroffen hatten; andere ehemalige Sklaven, die sie jetzt als Verwandtschaft betrachteten und die ins benachbarte County gezogen waren –, und Isabelle fragte sich allmählich, wann die beiden ihre Arbeit erledigten, denn ihr Garten war tatsächlich voller Karotten und Zwiebeln, die für eine Ernte im Frühling bereit schienen. Ein Besuch ihrer Parzelle eines Nachmittags brachte nicht die erhoffte Antwort, da keine der Schwestern da war. Als Isabelle am Ende des Tages von Georges Grab zurückkehrte, liefen die beiden gerade an der Blockhütte vorbei und erzählten ihr, dass sie in der Weberei arbeiteten und oft erst nach Anbruch der Dämmerung nach Hause kamen. Der Ertrag ihrer Ernte sollte ihren Lohn aufbessern. Genug, damit sie die Suche nach der Familie antreten konnten, von der sie ihr berichtet hatten.

Es gab auch andere, wie Godfrey, der nicht mehr mit ihr gesprochen hatte, seit er einen Monat zuvor angekommen war. Sie hatte ihm eine Parzelle im Osten gegeben, am Rande des Grundstücks, und beide Male, die sie ihn besuchte, brachte er kein Wort hervor. Irgendetwas war diesem Mann passiert. Er nutzte nur einen kleinen Teil des Landes, pflanzte gerade genug an, um sich selbst zu ernähren. Es überraschte sie nicht, als sie von den anderen hörte, dass er auch keine Anstalten machte, sich mit ihnen zu unterhalten, und dass er kaum je sein Land verließ.

Eines Tages wurde er von einigen Streit suchenden Jugendlichen aus der Stadt belästigt. Er wurde nicht geschlagen, doch sie weckten ihn und schubsten ihn herum, und nachdem sie und Mildred davon erfahren hatten, fand Isabelle eine Woche später zu ihrer Überraschung einen Strauß Blumen von einem der Täter auf ihrer Veranda vor. Offenbar hatte Mildred ihren Söhnen von dem Vorfall erzählt, und sie hatten sich auf ihre Art darum gekümmert, hatten die Angreifer ausfindig gemacht und sie zur Rechenschaft gezogen. Isabelle sagte ihr, sie sollten beim nächsten Mal die Polizei informieren, doch gegen das Ergebnis war nichts einzuwenden.

Isabelle brachte die Blumen zu Godfreys Parzelle, doch er war nirgendwo zu finden. Bei ihrem nächsten Besuch war sein Zelt abgebaut und entfernt worden, und da auch seine Werkzeuge verschwunden waren, ging sie davon aus, dass er das Land aufgegeben hatte. Nach einiger Zeit ließ sich ein anderer Freigelassener dort nieder. Dennoch war eine Botschaft ausgesandt worden, und dank des Rufs der Foster-Jungs, der Androhung des Bundesgesetzes und der Auswirkungen des Feuers wagten es nur wenige, ungebeten einen Fuß auf die Walker-Farm zu setzen.

An den meisten Tagen traf Mildred zum Frühstück ein, und während Isabelle draußen ihre Runden drehte, räumte sie auf und übernahm die Rolle einer Verwalterin, vermerkte jeden, der mit einer Bitte um Hilfe oder auf der Suche nach Land zum Haus kam. Die Schilder in der Stadt waren abgenommen worden, doch es kamen noch immer Leute, die Gerüchte gehört hatten, dass hier kostenloses Land zu haben sei. Weil nur für eine begrenzte Anzahl Platz war und die Parzellen bereits vergeben, mussten sie abgewiesen werden, was Isabelle nicht übers Herz brachte, aber Mildred durchaus. Doch es gab auch Freigelassene wie Elliot, die in der Wintersaison gerne Hilfe annahmen und den Ertrag ihrer Ernte teilten.

Abends aßen Isabelle und Mildred zusammen, sprachen über ihren Tag, ihr Leben und über das, was die Zukunft bringen mochte. Anschließend saßen sie auf der Couch, lasen, strickten oder setzten ihr Gespräch vom Abendbrottisch fort. Auf ihre Art waren sie unzertrennlich, und Isabelle hatte keine Hemmungen, Mildreds Hand zu halten oder ihrer Freundin den Kopf auf die Schulter zu legen, wenn die Müdigkeit sie überkam. Doch ein Bett teilten sie nicht. Was zwischen ihnen war, war nicht körperlich, sondern die Verbindung zweier Seelen, die jeden Akt der Leidenschaft transzendierte. Sich morgens und abends zu sehen, war genug, und wenn Mildred nach Hause ritt, um ihre Jungs zu sehen und zu schlafen, machte die Distanz ihr Wiedersehen am nächsten Morgen nur umso schöner. Wenn die Haustür aufging, sagte Isabelle kaum Hallo, doch die neugefundene Gewohnheit und die Gesellschaft ihrer Freundin waren etwas Kostbares, das es zu genießen galt.

Manchmal stritten sie sich. Isabelle war davon überzeugt, dass diejenigen, die ihr Land bearbeiteten, auch dort wohnen durften. Schon jetzt hatten viele ihre Zelte aufgestellt, und sie sah keinen Grund, warum sie ihnen nicht etwas Komfortableres erlauben sollte. Wenn sie sich Behausungen errichteten, würde das nichts Dauerhaftes sein – sie würden trotzdem gehen, wenn ihre Zeit abgelaufen war und sie ein wenig Geld in den Taschen hatten. Doch Mildred glaubte, dass eine Familie mit einem Haus dieses niemals aufgeben würde, und für eine Weile waren ihre Unterhaltungen von dieser Frage beherrscht.

Sonntags ruhten sie sich aus und sprachen über weniger schwerwiegende Themen. Inzwischen war die letzte Dezemberwoche angebrochen – es war kurz nach Weihnachten, Isabelles erstes ohne George –, und sie saßen auf der Veranda, Tee in der Hand, jede in ihren eigenen Quilt gehüllt. Ein Vogel landete auf dem Geländer, neigte den Kopf und flog wieder davon. Der Tee wärmte sie, aber nur kurz, denn die Hitze verflog in der Morgenkühle schnell. Bald würden sie ins Haus gehen und ein Feuer entzünden, doch kein Tag verging ohne ein wenig frische Luft; der Platz am Herd war ihre Belohnung für das Draußensein.

Mildred war in Überredungslaune und versuchte, Isabelle davon zu überzeugen, mit dem Reiten anzufangen. Es stand eine Auktion bevor, und Mildred wusste, dass ein Fohlen eines noch recht unbekannten Gestüts zu einem günstigen Preis zu ersteigern sein würde. Sie würde es trainieren, und schon bald würden sie beide gemeinsam über das Land reiten, frei von allen Sorgen.

Isabelle hörte auf, ihr zuzuhören, als eine Kutsche den Weg heraufkam, deren Stoffverdeck mit Löchern übersät war. Sie wurde von einem einzelnen Pferd gezogen, und als sie näher kam, sah Isabelle, dass sie mit Kisten vollgepackt war. Das Rätsel des wegen der Kälte vermummten Kutschers löste sich erst, als Isabelle die schmale Gestalt neben der entdeckte, die die Zügel hielt, in Decken eingewickelt und an ihre Mutter geschmiegt.

Isabelle stellte die Teetasse ab und nahm den Wollmantel von ihrer Rückenlehne. »Bist du es?«, rief sie und ging die Treppe hinunter, als der Wagen zum Stehen kam.

»Der Teil von mir, der die Kälte überstanden hat«, erwiderte Clementine. Sie stieg von der Kutsche und hob ihre Tochter herunter.

Sie hatten das Feuer unversehrt überlebt, hatten jedoch ihr Haus verloren, wie Mildred Isabelle berichtet hatte. Clementine war seitdem einmal zum Abendessen auf der Farm gewesen und hatte anschließend Georges Grab besucht, doch der Kutsche nach zu urteilen, die mit Habseligkeiten beladen war, erschien es unwahrscheinlich, dass sich solche Besuche in Zukunft wiederholen würden.

Elsys Haar war so unbändig wie das ihrer Mutter, und ihre Locken verdeckten Clementines Gesicht, als sie ihre Tochter zur Veranda trug.

»Aber ich will das Pferd angucken! Das Pferd!«, protestierte das Mädchen.

Clementine setzte sie ab, hielt jedoch ihre Hand fest.

»Das Pferd wird dich mit den Zähnen packen und wie eine Puppe durch die Luft schleudern. Willst du das?«

Das Mädchen nickte lachend.

»Wirklich?«, sagte Clementine. »Mal sehen, wie du dich fühlst, wenn du mit dem Gesicht im Matsch liegst.«

»Ich mag Matsch!«, rief das Mädchen.

Darauf hatte ihre Mutter keine Antwort, und so blieb ihr nichts anderes übrig, als sie stillzuhalten, während Isabelle auf sie zukam, um sie zu begrüßen. Clementine trug ein Wollkleid unter einem Mantel, der lang genug für einen Mann war, dazu einen eleganten roten Schal um den Hals. Formlos und doch schön. Isabelle umarmte sie und sagte Elsy Hallo, dann betrachtete sie die Kutsche.

»Die ist ziemlich heruntergekommen, ich weiß«, sagte Clementine. »Ich fürchte, dass sie uns im Stich lässt. Aber es war die Einzige, die ich für den Preis bekommen konnte, den ich mir vorgestellt habe.«

»Ihr habt es sehr gut hergeschafft«, sagte Isabelle. »Was spielt das Äußere schon für eine Rolle?«

Clementine musterte ihre Kutsche skeptisch.

»Darf ich fragen, was du damit vorhast?«, fragte Isabelle.

»Na, ich fürchte, uns bleibt nicht viel anderes übrig, als weiterzuziehen. Das Hotel ist keine geeignete Unterbringung. Es gab Beschwerden, dass Elsy zu laut sei, dass ich zu spät nach Hause komme. Es ging einfach nicht.«

»Und jetzt?«, sagte Isabelle.

In diesem Augenblick spürte sie die Kälte einer Hand auf

ihrer Schulter, und Mildred, die sich zu ihnen gesellt hatte, trat auf Elsy zu.

»Wie wär's, wenn ich der Kleinen die Hühner zeige?«, sagte sie. »Die könnten ein wenig Futter vertragen, falls die junge Dame sich traut, sie zu füttern.«

»Ich trau mich!«, ließ Elsy sie sogleich wissen.

»Das werden wir ja sehen«, sagte Mildred mit einem Blick auf Clementine, die nur nickte – froh, wie es schien, eine Verschnaufpause von ihrem Kind zu bekommen. Mildred und Elsy marschierten los in Richtung Hühnerstall.

»Wenn sie nach einem Schläfchen aufwacht, ist sie nicht zu bremsen«, sagte Clementine.

»Es ist zwar bei mir schon eine Ewigkeit her, aber ich erinnere mich noch gut daran, wie das war«, sagte Isabelle.

Sie sah Clementine an.

»Komm doch auf die Veranda. Wir können eine Tasse Tee trinken.«

Sie gingen gemeinsam. Clementine setzte sich auf Mildreds Stuhl, und Isabelle schenkte ihr eine Tasse vom Tablett ein.

»Weißt du schon, wohin ihr gehen werdet?«, fragte sie.

»Nicht genau. Ich wünsche mir einfach irgendwo ein ruhigeres Dasein. Ein Klima, das für meine Dienste besser geeignet ist. Die Männer hier sind zu sehr damit beschäftigt, ihr Leben wieder aufzubauen, als dass sie zu Frauen wie mir kommen würden. Das Geld bleibt aus.«

»Verstehe …«

»Ich habe immer getan, was ich musste, um zu überleben«, sagte Clementine. »Und auch wenn ich mir hier ein anständiges Leben aufgebaut habe, wird es im Norden besser sein. Mit einem offeneren Publikum. Vielleicht auch einem wohlhabenderen Publikum.«

»Ich habe keinerlei Zweifel, dass du Erfolg haben wirst, egal, was du dir vornimmst. Und Elsy?«

»Ich habe vor, sie bald in die Schule zu schicken. Auf welchem Wege auch immer.«

»Ihr habt eine ganz schöne Reise vor euch!«, sagte Isabelle. »Ich wette, es wird eine Menge Herausforderungen geben.«

»Denk nicht, dass ich das anders sehe. Wenn ich ehrlich bin, habe ich Angst davor, aber es ist besser, den Bruch jetzt zu wagen, wo sie noch jung ist. Zumindest rede ich mir das ein.«

Ein schrill pfeifender Wind wirbelte Staub auf, und beide Frauen nippten an ihrem Tee, um sich gegen das Wetter zu wappnen.

»Ich habe mich gefragt«, sagte Clementine mit leiser Stimme, »ob du von ihnen gehört hast.«

Isabelle nahm zur Sicherheit einen weiteren Schluck. Vielleicht lag es an Clementines tröstlicher Gelassenheit oder daran, dass in ihren Worten keinerlei Urteil mitschwang, doch zum ersten Mal seit Langem sah sich Isabelle imstande, auf die Frage zu antworten.

»Nein«, sagte sie. »Noch nicht.«

»Ach, Isabelle.«

»Fang gar nicht erst an. Ich brauche kein Mitleid. Ich bin mir sicher, dass es ihnen gut geht. Es ist eben einfach Calebs Art.«

Clementine zog sich den Schal vom Hals und starrte Isabelle sichtlich besorgt an, als wartete sie darauf, dass Isabelle weitersprach, wartete vielleicht mit derselben Verzweiflung, die Isabelle jeden Abend das Herz schwer machte. Doch Isabelle hatte ihr nichts mehr mitzuteilen. Zumindest nichts, was sich erklären ließe.

»Der Brief wird kommen«, sagte Isabelle, um den Optimismus bemüht, den an den Tag zu legen sie sich zwang. »Ich stelle mir oft vor, wie ich ihn öffne. Die kindlichen Schleifen der Buchstaben, die sich im Laufe eines Satzes immer stärker neigen. Die Faulheit bei der Wortwahl, die ihm zu eigen ist …«

Isabelle blickte auf den Weg hinaus und genoss die Schöpfungen ihrer Fantasie – dieses oft ausgemalte Szenario, das sie in ihren dunkelsten Momenten heraufbeschwor. Der Inhalt eines Briefes, den es nicht gab.

»Da wird so viel mehr drinstehen als in seinen wortkargen Briefen aus dem Krieg. Er wird mir schreiben, dass es ihnen gut geht. Sie sind entweder in Philadelphia oder New York gelandet, da habe ich mich noch nicht entschieden. Sie sind in einem Hotel angestellt. Einem ganz besonderen. Einem für die vornehme Gesellschaft. Caleb serviert den Gästen das Abendessen, Braten mit Champagnersauce und Gelee, in Wein geschmorte Nierchen, und den ganzen Abend hindurch spielt ein Orchester klassische Musik, um die Leute bei Laune zu halten. Prentiss, tja, der arbeitet in einem der Rauchersalons. Natürlich hängt Rauch in der Luft, und man hört das Klicken der Billardkugeln. Es wimmelt dort nur so von großen Geistern, die zu Besuch in der Stadt sind, und sie reden von neuen Erfindungen, davon, was die Zukunft bereithalten könnte, und nach den Monaten der Stille in den Wäldern genießt Prentiss die Atmosphäre, die erfrischende Intelligenz, er saugt alles in sich auf, bewahrt es für später auf. Die Jungs haben Betten, genau wie die Gäste. Federbetten, keine Strohmatratzen. Sogar die Bediensteten verdienen in New York Besseres als eine Strohmatratze. Sie dürfen die Überbleibsel des extravaganten Dinners essen, und später, wenn alle schlafen, schleichen sie sich vielleicht mit Prentiss' Schlüssel in den Rauchersalon und spielen eine Runde Billard …

Ich weiß nicht, Clementine. Das ist, was mir dazu einfällt. Ich wünschte, es wäre mehr. Vielleicht ist meine Fantasie begrenzt, aber mit so einem Bild vor Augen, wer braucht da noch Worte, die alles bestätigen?«

Clementine rührte sich und klopfte vergnügt mit der Handfläche gegen ihren Stuhl. »Wirklich großartig. Ich habe keinerlei Zweifel, dass es genau so ist. Eine Mutter hat einen Sinn für so etwas, und die Jungs verfügen über die nötige Entschlossenheit und Schläue, um es wahr werden zu lassen.«

»Danke«, sagte Isabelle. »Dann sind wir schon zu zweit.«

»Ich wette, Landry würde sich sehr für seinen Bruder freuen«, fügte Clementine hinzu. »Dass Prentiss es so weit gebracht hat in der Welt …«

Den Namen zu hören war genug, um Isabelle erstarren zu lassen. Die beiden hatten zwar schon über Landry gesprochen, an den Gräbern, damals, als Clementine zum Essen gekommen war, doch mit Mildred sprach sie – ebenso wie über Caleb – nie über ihn, und so hatte Isabelle sich seitdem mit niemandem über ihn unterhalten.

»Tut mir leid«, sagte sie. »Ich hatte nicht damit gerechnet, seinen Namen zu hören.«

Clementine beugte sich auf ihrem Stuhl vor, und Isabelle stieg der feuchte Geruch ihres Mantels in die Nase.

»Ich wollte dich nicht beunruhigen«, sagte sie. »Es ist nur so, dass Prentiss mir erzählt hat, was für eine starke Verbindung er zu seinem Bruder hatte, und ich stelle mir vor, dass Landry sich für ihn freuen würde, dass er diesem verrückten Ort entkommen ist.«

»Prentiss hat dir von Landry erzählt?«

»In seiner Zelle«, sagte Clementine. »Ich beneide dich darum, ihn gekannt zu haben. Wie besonders er gewesen sein muss. Prentiss hat mir von seiner Faszination für das Wasser erzählt.«

Das war Isabelle neu, denn keiner der Brüder hatte ihr so etwas anvertraut, und das sagte sie auch Clementine. Die erzählte ihr daraufhin alles. Dass Landry immer den Springbrunnen vor Majesty's Palace angestarrt habe und dass es ihn bei jeder Gelegenheit dort hingezogen habe. So wie Prentiss Landry beschrieben habe, klang es, als sei das Teil seiner Natur gewesen, seine Verbindung zur Schönheit des Brunnens, zu seinem inneren Mechanismus. Etwas Rätselhaftes, Feines, das unter der Erde lag und das Wasser endlos sprudeln ließ. Weiter und immer weiter, genau wie das Leben.

Vielleicht bemerkte Clementine den Schmerz in Isabelles Gesicht, als sie von dem vertraulichen Bekenntnis erfuhr, das man ihr vorenthalten hatte. Clementines Tonfall veränderte sich, ihr Enthusiasmus kühlte ab.

»Natürlich beruht das auf dem wenigen, was mir Prentiss in seiner Zwangslage erzählt hat«, sagte sie. »Wahrscheinlich habe ich anhand seiner Erzählungen und der Eindrücke, die du mir geschildert hast, eine Art Mythos aus ihm gemacht.«

Der Wind kehrte zurück, eine stürmische, bitterkalte Böe; trotz ihres Wollmantels wünschte Isabelle, sie hätte einen Schal. Am Ende des Tages würde sie fleckige Haut haben.

»Ich weiß nicht, was ich sagen soll.«

»Dann sag gar nichts«, erwiderte Clementine. »Ich habe euch schon lang genug aufgehalten. Ich muss nur noch mein Mädchen finden, das hier irgendwo herumrennt.«

Wie aufs Stichwort war ein Freudenschrei zu hören, der von hinter der Blockhütte zu kommen schien. Isabelle rief Mildreds Namen; ihre Freundin antwortete nicht, doch die Tür des Hühnerstalls schlug krachend zu.

Clementine war bereits aufgestanden. Der Wind packte ihre Haare, peitschte sie hin und her wie die Äste eines Baums. Sie umarmte Isabelle und ging die Treppe hinunter.

»Vielleicht werde ich schon bald irgendwo auf meinen Reisen zwei jungen Männern begegnen, die gemeinsam die Straße entlanglaufen, piekfein herausgeputzte Angestellte des besten Hotels weit und breit. Vielleicht haben sie Feierabend, die Krawatten gelockert, Mützen in der Hand. Bereit, auszugehen.«

Isabelle lächelte; bei dem Gedanken wurde ihr warm ums Herz. »Es gab sicher schon größere Zufälle.«

»Ich kann dir versprechen, ich werde ihnen sagen, dass zu Hause jemand darauf wartet, von ihnen zu hören. Dass sie sofort schreiben sollen. Mit einer Adresse, unter der sie zu erreichen sind.«

»Das wäre das größte Geschenk«, sagte Isabelle.

Wie kam es, dass es ihr wegen der verspielten Bemerkung ihrer Freundin die Kehle zuschnürte?

»Sag ihnen, es geht mir gut. Dass ich zurechtkomme. Und richte dem Jungen aus, er soll mir nicht bloß schreiben, sondern alle *Einzelheiten*. Lange Briefe. Wie versprochen.«

Als Clementine den Mund öffnete, um etwas zu erwidern, kam Elsy an ihre Seite gelaufen, erzählte ihr aufgeregt von den Hühnern, und der Moment war vorbei. Mildred kam die Verandatreppe herauf, und es lag eine Welt zwischen diesen beiden Paaren – Clementine und Elsy bei der Kutsche, aneinandergedrängt, während der Wind an ihren Kleidern zerrte, und Isabelle und Mildred bei ihren Stühlen, nur wenige Meter von der Tür entfernt, die sie nach innen ins Warme führen würde.

»Bleibt gesund!«, rief Isabelle.

Mildred winkte, und Clementine, unter ihrem Schal verborgen, winkte zurück. Elsy streckte die Hand nach dem Pferd aus, doch Clementine rief sie zu sich, hob die Hand des Mädchens und ließ auch sie winken. Als sie in die Kutsche stiegen, beobachtete Isabelle sie noch immer, als würde noch etwas folgen – ein letztes Lebewohl. Doch das Pferd umrundete den Platz vor der Blockhütte, und es schien, als wäre Clementine gerade erst eingetroffen, müsse jedoch schon wieder fort.

KAPITEL 29

Ein gut gekleideter Mann mit untersetzter Statur lief bei Tagesanbruch eine Glocke läutend durch die stille Stadt Convent. An manchen Wintertagen, wenn die Sonne sich noch nicht durch die Dunkelheit der vergangenen Nacht gekämpft hatte, hielt er in der anderen Hand eine Laterne, die Männer zu ihm lockte wie ein Licht die Insekten. Dann öffneten sich die Türen der Häuser lautlos, man hörte Schritte, und kurz darauf hatte der Mann mit der Glocke und der Laterne eine schweigende Schar um sich versammelt. Die Gruppe zog im Gleichschritt weiter, ohne anzuhalten, und wuchs immer mehr an. Es war, als würde ein Schwarm Geister durch den Nebel auf die dahinterliegenden Wälder zuschweben.

»Prentiss«, rief Caleb in der Dunkelheit ihres Zimmers, als er die Männer sah. Er war es gewohnt, zu dieser frühen Stunde keine Antwort zu erhalten, doch er versuchte es noch einmal. »Prentiss, sie sind jetzt vor dem Haus.«

Er konnte nicht sagen, wie lange sie beide schon in Convent waren. Lang genug, um den Überblick über die Zeit zu verlieren. Vier Monate? Fünf? Es war die erste Stadt gewesen, auf die sie gestoßen waren, seitdem sie nicht mehr ständig auf der Flucht waren, die Herberge die erste, in der sie aufgenommen wurden. Die Frau, die sie führte, erinnerte ihn mit ihrer speziellen Form von Gastfreundlichkeit an seine Mutter, und ihre häuslichen Pflichten schienen auch darin zu bestehen, dass sie im Haus streng für Harmonie sorgte. Wenn jemand die Tür zwischen Küche und Wohnzimmer offen stehen ließ, äußerte sie sich nicht dazu, doch schon im nächsten Moment fand man sie wieder verschlossen vor. Wenn Lärm von oben zu ihr drang, rief sie hinauf und fragte, ob ein Gast etwas brauche – ihre Art, um Stille zu bitten. Die Ruhe im Haus zu wahren.

Sie hatte die beiden in der spinnwebenverhangenen Mansarde untergebracht, die nur zwei einander gegenüberstehende Betten enthielt, und obwohl die riesigen Spinnen dort eher Ungeheuer als Krabbeltiere zu sein schienen und die Luft so feucht war, dass die Dielen die Farbe fauliger Zähne angenommen hatten, empfand Caleb es als Segen, dass sie einen Ort ganz für sich allein hatten.

Caleb sagte erneut Prentiss' Namen, und auf der anderen Seite des Zimmers begann sich etwas zu rühren. Seit ihrer Ankunft war Prentiss nicht ein einziges Mal vor Caleb aufgestanden. Als wäre er in der Kälte an seinem Bett festgefroren, schien es jeden Morgen, als wolle Prentiss ganz aufgeben und den tiefsten Winter wie ein Tier verschlafen. Doch plötzlich wachte er auf, nicht von Caleb angetrieben (denn Caleb wusste, dass er kaum einen Einfluss auf diesen Mann hatte, der meist schwieg und in einer anderen Welt zu sein schien), sondern offenbar von einem Quell der Gewissenhaftigkeit, der ihn zwang, sich an die Arbeit zu machen und sie so gründlich zu Ende zu bringen, dass kein Auftraggeber den leisesten Anlass zur Klage haben könnte. Denn es war Arbeit, für die sie so früh aufstanden. Arbeit, die ihre Tage ausfüllte.

»Na, dann los«, sagte Prentiss, mit vom Schlaf belegter Stimme. Er war angezogen, noch bevor Calebs Augen sich soweit auf die Dunkelheit eingestellt hatten, dass er die Gestalt ausmachen konnte, die sich ihm näherte.

Der Morgen war noch immer kalt, und und die Männer zogen ihre Mäntel enger um sich. Jeder von ihnen trug eine Bürde mit sich herum. Einer sprach oft von einer Ehefrau, der er seinen

Lohn und Briefe schickte, die jedoch nie zurückschrieb und vielleicht schon lange nicht mehr seine Frau war. Doch da er ein entkommener Sträfling war, würde eine Rückkehr nach Hause zwecks Klärung seines Ehestatus für ihn am Galgen enden, und so hatte er gelernt, die Ungewissheit zu ertragen, wie es sich momentan darstellte. Die anderen Männer waren weniger mitteilsam, obwohl ihre unruhig umherhuschenden Blicke, ihr Erschrecken vor einem scheuenden Pferd oder einer krächzenden Krähe deutlich machten, dass irgendetwas Finsteres aus ihrer Vergangenheit noch immer über die unheilvolle Macht verfügte, jederzeit wieder auftauchen und ihnen ein Schicksal zu bescheren, das eine Flucht rechtfertigte.

Der Mann mit der Laterne hörte auf zu läuten, als sie die Stadt verließen. Der Boden unter ihren Füßen bestand aus sumpfigem Marschland, und doch hatten die Leute es geschafft, hier und da Farmen an dem Netz aus gewundenen Wasserläufen zu errichten. Vor jedem Haus stand, schwach leuchtend wie ein kleiner Stern in der morgendlichen Dunkelheit, eine Laterne. Für Caleb hatten die Laternen etwas von Wegweisern, die ihn führten, doch wohin genau, blieb unklar, und die Männer verließen jedes Mal die Straße, bevor sie ihnen nah genug kamen, dass er weiter über ihre Bedeutung nachdenken konnte.

»Mr Whitney will seinen üblichen Trupp«, sagte der Mann mit der Laterne.

Es gab Landbesitzer, die jeden Tag dieselben Männer anforderten, die, mit denen sie zufrieden waren. Caleb und Prentiss waren in ihren ersten Tagen in Convent bei Mr Whitney gelandet und nie woanders gewesen. Sie traten mit den anderen Männern vor, acht insgesamt, und der Mann mit der Laterne schickte sie los.

Die Straße führte zu einer Zuckerraffinerie, einer Holzkonstruktion ohne Dach und ohne Wände. Whitney begrüßte die

Männer mit einem Stück geröstetem Brot für jeden. Sie kauten so geräuschvoll, dass der Fluss nebenan nicht mehr zu hören war.

»Fünf Minuten«, sagte Whitney.

In der beißenden Kälte rückten die Männer dichter zusammen, schlangen das Essen in sich hinein wie ein Rudel Wölfe. Die Temperatur würde steigen, sobald die Kessel kochten.

»Hab den ganzen Morgen Holz gehackt«, sagte Whitney, als hätten sie den Morgen verpasst, obwohl er doch noch gar nicht richtig begonnen hatte. »Schätze, drei von euch können übernehmen. Der Rest geht an die Kessel, wie gestern. Caleb, du übernimmst die Fässer.«

Er kannte Calebs Namen, denn er war der einzige Weiße in einer Gruppe, die ansonsten aus Indianern und Schwarzen bestand, und er wurde meist für die am wenigsten anstrengende Arbeit ausgewählt. Einmal hatte er versucht, die Rollen zu tauschen und seinen Posten einem anderen zu überlassen. Das war eines der wenigen Male gewesen, dass er Prentiss' Zorn auf sich zog; er hatte seinen Kessel verlassen und sich mit schweißüberströmtem Gesicht vor ihm aufgebaut.

»Du füllst jetzt die Fässer«, sagte Prentiss zu ihm. »Hör auf den Mann. Spielst dich hier auf, nur weil du's leicht hast. Hast zu viel von deinem Vater in dir.« Damit war die Sache erledigt. Den Fehler beging Caleb nicht noch einmal.

Die Routine änderte sich selten, und dieser Tag war wie alle anderen. Die Männer, die kein Holz hackten, entzündeten die Feuer unter den Kesseln. Insgesamt gab es vier, die hintereinander aufgestellt waren. Wenn das Wasser aus dem ersten verkocht war, wurde der Sirup in den nächsten geschöpft, und der Prozess des Raffinierens endete bei Caleb, der bei den Fässern wartete, während der Sirup hineinfloss. War ein Fass voll, verschloss er es mit einem Deckel, rollte es zum Abkühlen in eine Ecke und holte das nächste Fass zum Befüllen.

Die Hitze nahm stetig zu, und sie husteten permanent, ein

lang gezogenes Bellen, das je nach Arbeit der einzelnen Männer einen charakteristischen Klang annahm. Am Ende des Tages würden sie zum eiskalten Wasser eilen und wie Tiere hineinspringen, den Schmutz des Tages abstreifen und still dahintreiben, um ihren Gliedmaßen einen Augenblick Ruhe vom endlosen Rühren, vom endlosen Stehen zu gönnen.

Caleb erinnerte sich an seine erste Woche, als einem jungen Mann, nicht älter als er, die Kelle aus der Hand gerutscht war. Der Sirup lief zäh wie Lava heraus, und sie betrachteten die stumme Qual des Mannes, seine Augen, die ihm aus dem Gesicht zu quellen drohten, die Fäuste, wie geballter Schmerz. Es war ein so faszinierendes Schauspiel, dass sich einen Augenblick lang niemand bewegte: Der Sirup drang durch den Stiefel des Mannes, dann, als er ihn sich vom Fuß ziehen wollte, folgte die bittere Erkenntnis, dass das Leder mit seiner Haut verschmolzen war. Später beschrieb er den Schmerz, als der Arzt ihm den Stiefel schließlich abgenommen hatte: als hätte man ihm die Zunge aus der Kehle gerissen. Caleb hatte es nicht vergessen. Die anderen vermutlich auch nicht.

Er erledigte seine Arbeit mit Vorsicht, und oft beobachtete er Prentiss am nächsten Kessel; Prentiss trug jetzt einen Bart, den er sich kurz nach ihrer Ankunft in der Stadt hatte wachsen lassen, aus Angst, dass er und Caleb gesucht werden könnten, dass er eine Tarnung brauchte. Er hatte ihn nie abrasiert, und obwohl ihm in den Monaten seither nur ein kleines Büschel am Kinn und ein mittelgroßer Schnurrbart gewachsen waren, sah er jetzt älter aus, auch wenn Caleb wusste, dass die jüngere Version noch irgendwo in ihm verborgen war und auf den passenden Zeitpunkt zur Rückkehr wartete. Zumindest hoffte er das.

Mr Whitney war siebzig und hatte kaum noch Zähne im Mund. Er ging zwischen ihnen her, eine Hand in der Hosentasche, in der anderen seinen Chronografen. Der Zucker war nach einer bestimmten Zeit fertig eingedickt, und es war merkwürdig, dass er die Uhr überhaupt im Blick behielt, obwohl er oft mit seinem Instinkt prahlte, allein durch Augenmaß zu wissen, wann der Prozess beendet werden musste. Nach und nach stellte sich heraus, dass seine Handlungen – das Fummeln am Schritt, das unaufhörliche Hantieren mit der Uhr – weniger mit ihrer Arbeit zu tun hatten, sondern eher ein Symptom seiner Manie waren, eine Methode, seine Nerven zu beruhigen.

Es war Mittag, als Whitney die erste Pause ausrief. Die Männer traten im Gänsemarsch nach draußen. Ein Eimer Wasser stand unter einem Baum neben der Raffinerie, und sie tranken nacheinander daraus, saßen – trotz der Kälte schweißgebadet – jeder für sich da und schwiegen. Whitney nutzte die Gelegenheit, um ein weiteres Mal von seiner Absicht zu erzählen, einen Verdampfer anzuschaffen, was sie alle überflüssig machen würde, denn das Einkochen würde nach den exakten Standards der Maschine geschehen, doch diese Rede war bereits so oft wiederholt worden, dass ihm niemand mehr zuhörte.

Prentiss stand abseits, allein, das Hemd an der Hüfte hochgebunden, rieb sich mit einem Blatt über die Stirn und starrte in den Wald.

»Wo bist du gerade?«, fragte Caleb, als er sich zu ihm gesellte.

»Nirgendwo außer hier«, erklärte Prentiss.

Niemand lud sich so viel Arbeit auf wie Prentiss; niemand trank weniger Wasser, klagte so wenig, schwitzte so viel. Eine Bestrafung, das wusste Caleb. Für Taten, die er nie begangen hatte. Für Verluste, die nie wiedergutgemacht werden konnten. Und trotz seines Einwandes, dass Convent nicht weit genug von Old Ox entfernt sei, als dass er es je sein Zuhause nennen könnte, war es Prentiss, der bleiben wollte. Obwohl sie ein wenig Geld ausgegeben hatten, hatten sie noch genug, um weiterzuziehen, doch die Arbeit war gut, und Prentiss war zufrieden an diesem Ort, wo ihn niemand kannte und man ihm keine Fragen stellte. Einem Ort, an dem er sich mit unaufhörlichem Rühren im Kessel ablenken konnte, den Blick voller Qual, die zugleich Vergnügen war, und an dem die Hitze die Dämonen auslöschte, die ihn plagten.

»Mrs Benson sagte, wir können zum Abendbrot haben, was vom Kaninchen noch übrig ist«, sagte Caleb.

»Glaubst du, sie hat noch was von der Milch?«, fragte Prentiss.

»Von der Ziegenmilch?«

»Das ist wie Butter trinken. Was ganz anderes als von der Kuh.«

»Wenn nicht, können wir hingehen und selbst eine melken, denke ich.«

»Ich fass keine Ziegenzitzen an. Da hört's für mich auf.«

»Ich für meinen Teil bin mir nicht zu fein, eine Ziegenzitze zu melken«, sagte Caleb. »Es wäre mir sogar eine Ehre. Ich bin sicher, es gibt Männer auf dieser Welt, die einen Tag nur dann als komplett betrachten, wenn sie die Zitzen einer Ziege gemolken haben.«

Er nahm selbst ein Blatt, tupfte sich damit die Stirn und ließ es zu Boden fallen. Er sah ihn nicht an, denn wenn er Prentiss bei einem Lächeln erwischte, würde der nur versuchen, es zu verbergen, und so warteten sie gemeinsam, gekühlt vom trocknenden Schweiß, auf das Ende der Pause.

Am Abend würde es kein Kaninchen geben. Keine Milch. Als das Kochen erledigt war, ließ Whitney sie Dauben für die Fässer anfertigen, die am nächsten Tag gefüllt würden, und als sie nach Hause kamen, hatte Mrs Benson sich bereits für die Nacht zurückgezogen; es war so dunkel im Haus, dass sie sich den Weg nach oben ertasten mussten. Jeder von ihnen aß einen Apfel, obwohl Caleb befürchtete, ihr Kauen könnte die alte Dame aufwecken. Zum Nachtisch gab es ein wenig Schinken, den sie am Vortag gekauft hatten. An manchen Abenden, wenn sie eine Stunde Freizeit hatten, schnitzte Prentiss mit dem Rasiermesser an einem Stück Holz herum, erschuf etwas oder vielleicht auch nichts, denn Caleb konnte es nicht erkennen und wollte ihn nicht unterbrechen. Doch an diesem Abend legte sich Prentiss gleich schlafen, und Caleb war mit der Ruhelosigkeit allein, die ihn jeden Abend überkam: Gedanken an seine Mutter, seinen Vater, sein altes Zimmer. Ridley, den Esel. Bilder, die ihm immer wieder durch den Kopf gingen, von den Schuldgefühlen genährt wurden, die er in sich trug, den Verpflichtungen als Sohn, denen er nicht nachgekommen war, bis die Gedanken und Szenen zu einer Geschichte, einem Traum wurden und seine Welt im Schlaf von genau den Menschen und Umständen geprägt war, denen er unbedingt hatte entkommen wollen.

Einige Stunden später, als er aus einem ebensolchen Albtraum erwachte, hatte er das Gefühl, eine deutlich zu erkennende Gestalt aus seiner Vergangenheit herbeihalluziniert zu haben, die vor dem Haus stand, als hätte dieser Mann schon die ganze Zeit darauf gewartet, dass er Notiz von ihm nahm. Der Mann drückte sich verdächtig hinter einem eingespannten Pferd herum, beobachtete das Haus und zog mit einer flinken Bewegung seine Handschuhe aus.

Caleb sprang aus dem Bett. Es war noch nicht Morgen, und Prentiss, der vielleicht durch das Knarzen zu ungewohnter Stunde geweckt worden war, hob den Kopf vom Kissen, um den Urprung des Geräuschs ausfindig zu machen.

»Was machst du da?«, murmelte er.

»Das ist er«, sagte Caleb. In seinem Kopf pochte es, als hätte der Albtraum ein körperliches Symptom ausgelöst. Er griff unter sein Bett – die Holzdielen unter seiner Hand fühlten sich kühl an – und fand schließlich sein Rasiermesser neben einem der Beine.

»Was meinst du mit *er*?«, fragte Prentiss, der sich auf die Ellbogen gestützt hatte.

»Du weißt, wer. Und ich werde ihn töten.« Caleb klappte die Klinge aus und rannte, immer zwei Stufen auf einmal nehmend, die Treppe hinunter.

»Caleb!«, rief Prentiss ihm nach.

Als er durch die Haustür war, lag nichts mehr zwischen Caleb und August außer der nächtlichen Kälte und dem bleiernen Schweigen der schlafenden Stadt. Wenn August auch nur ein Wort sagte, wenn diese vertraute Stimme ihn erreichte, würde Caleb zögern, das wusste er – die Macht seines alten Freundes über ihn war einfach zu stark, um ihr zu widerstehen. Also würde er ihm keine Gelegenheit dazu geben. Er pirschte sich an, die Klinge gezückt, und für einen Moment, einen Riss in der Zeit, der verschwand, als er sich näherte, schien es, als hätten seine Albträume sich mit der Realität vermischt – und das Leben seines Freundes zu beenden könnte die Schmerzen der Vergangenheit von ihm nehmen und seinem Verstand die Freiheit gewähren, in Frieden durch die Landschaft seiner Träume zu streifen. So groß war die Verlockung, Rache zu nehmen, dass er das Gefühl hatte, eine einzige friedliche Nacht könne jeden Tag, den er in einer Gefängniszelle schmachten würde – oder sogar den Gang zum Galgen – wettmachen.

Als der Mann sich jedoch eine Zigarre ansteckte, geriet Caleb ins Wanken, die Klinge fiel ihm aus der Hand und schlug mit einem Klirren auf, das durch die stille Straße hallte.

»Guten Abend«, rief der Mann ihm zu, was eher wie eine Drohung als Begrüßung klang. Er war groß, schlaksig und hatte rotbraunes Haar – kein blondes, wie Caleb zuvor geglaubt hatte. Seine beiden oberen Schneidezähne standen hervor. Ein Wunder, dass er überhaupt den Mund zumachen konnte.

»Tut mir leid –« Caleb stand wie angewurzelt da. »Ich hab Sie mit jemandem verwechselt. Einem Eindringling.«

»Einem Eindringling!«, wiederholte der Mann und kaute auf seiner Zigarre wie ein zahnender Säugling auf einem Spielzeug. »Ich hätte fast meine Pistole gezogen, aber ich ziehe nur, wenn ich schieße, und ich schieße nur, wenn ich töte, also können Sie in diesem Fall von Glück sagen.«

Calebs Zähne begannen zu klappern, die Kälte füllte den nun leeren Teil von ihm aus, der noch einen Augenblick zuvor voller Wut gewesen war – überwältigt von dem Bedürfnis nach Rache.

»Darf ich fragen, wer Sie sind?«, sagte der Mann.

Caleb nannte ihm seinen Namen und sagte, er sei Gast in der Herberge.

»Ich bin Arthur Benson. Meiner Tante gehört der Laden. Ich wusste gar nicht, dass sie derzeit Gäste aufnimmt. Gehört der zu Ihnen?« Arthur deutete in Richtung Haus.

Caleb drehte sich um und sah Prentiss, der gegen die Kälte die Arme um sich schlang. »Wir sind zu zweit«, sagte er.

»Verstehe«, sagte Arthur, und obwohl er die Zigarre gerade erst angesteckt hatte, beugte er sich vor, drückte sie an der Seite seines Stiefels aus und strich die Asche ab.

»Tut mir leid, wenn ich Sie erschreckt habe«, sagte Caleb. »Das ist gar nicht meine Art.«

»Oh, ich hab mich kein bisschen erschreckt. Tantchen, Tantchen.«

Mrs Benson, die fast in dem gewaltigen Gehrock verschwand, den sie über ihr Nachtgewand gezogen hatte, schob Prentiss an der Haustür zur Seite. »Ich habe dein Telegramm gerade gestern erhalten«, rief sie, »aber ich hatte dich zu einer üblicheren Zeit erwartet. Komm doch rein.«

Caleb hatte sie sich noch nie so schnell bewegen sehen und trat einen Schritt zurück, als sie den Mann umarmte. War seine eigene Anwesenheit aufdringlich oder wäre es unhöflich, in einem solchen Moment zu gehen?

»Du hast Gäste«, sagte Arthur.

»Sie haben bis zum Ende des Monats bezahlt«, sagte sie. »Aber für dich ist immer Platz, Arthur. Es ist immer Platz für die Familie.«

Eine Stunde später waren sie zurück in der Mansarde; sie schwiegen, schliefen jedoch nicht. Caleb hörte, wie schnell Prentiss atmete, wie er sich endlos herumwälzte.

»Ich war mir sicher, er ist es«, flüsterte Caleb. »Du musst mir glauben.«

»Ruh dich aus.«

»Du denkst, ich bin verrückt.«

»Hab ich nicht gesagt. Ich hab gesagt, ruh dich aus.«

»Ich weiß. Aber ich –«

»Caleb.«

»Du musst mich anhören –«

»*Was?* Glaubst du, ich seh sie nicht, genau wie du?«

Caleb erschrak, als wäre eine zischende Schlange vor dem Bett aufgetaucht.

»Was glaubst du, wonach ich den ganzen Tag Ausschau halte? Im Wald. Ich seh meinen Bruder, wohin ich auch guck, geschlagen, verstümmelt, mit Blut im Gesicht. Seh meine Mama, seit sie verkauft wurde. Ich seh Mrs Etty direkt neben mir stehen, wie damals im Feld, als wär sie nie abgehauen. Wenn du mich aufweckst, denk ich meist, es ist Gail, der mich für den Arbeitstag weckt. Ich schätz mal, der junge August steht für den Rest deiner Tage vor deinem Fenster. So ist das mit den Dämonen. Die Geister verfolgen dich. Sei stolz, dass du raus bist und dich ihm gestellt hast. Ist nicht jeder so mutig. Aber du musst wissen, dass es gar nichts ändert. Du musst trotzdem jeden Morgen aufstehen. Dich jeden Abend hinlegen. Also, wenn du nicht schlafen willst, lass wenigstens mich schlafen.«

Unten war ein Rascheln zu hören, das von Gott weiß woher kam, und die Stille des Hauses gab dem Geräusch Raum.

»Tut mir leid, Prentiss.«

»Braucht dir nicht leidtun. Schlaf einfach.«

Aus der Ferne wirkten die Männer wie Hexenmeister, die in ihren Kupferkesseln rührten, Zauberer, die in einem vergessenen Winkel des Waldes ihren Ritualen nachgingen, dort, wohin sich kein Mann verirren sollte. Caleb erleichterte sich gerade an einem Baum außerhalb der Raffinerie und blickte sich zu ihnen um. Der Tag lag beinahe hinter ihnen. Die Jungs, die Holz hackten, hielten bei jedem Ausholen mit der Axt kurz inne, und die Männer an den Kesseln hatten einen gemächlichen Rhythmus beim Rühren gefunden. Die letzte Stunde ging schnell vorbei, und die Männer standen draußen in der Kälte und ruhten sich aus, als Mr Whitney Caleb zu verstehen gab, er solle mit ihm kommen. Caleb tippte Prentiss auf die Schulter, und die drei gingen zu einer Lichtung, die zu Whitneys Haus und seinem Ackerland führte.

Dazwischen verlief der zügig dahinströmende Fluss, und Whitney zeigte darauf und erklärte Caleb, dass das Wasser in sein Haus eindringe. Er habe vor gut zehn Jahren einen Damm gebaut, doch jetzt müsse er diesen verstärken. Er müsse breiter sein, mit einigen Gräben, um das Wasser abzuleiten. Die Arbeit würde einige Monate in Anspruch nehmen, sobald der Zucker verkauft war. »Ich könnte die Hilfe von einem Jungen wie dir gebrauchen«, sagte er. »Soviel ich weiß, hast du was gelernt. Kennst dich mit Zahlen aus und so. Wärst mir eine große Hilfe.«

Caleb schob die Hände in die Taschen, betrachtete skeptisch das Land und fragte sich, welchen Ärger oder welches Glück dieser Vorschlag in sich barg: die Wahl zwischen dem bequemen Pfad, den Wünschen eines anderen statt den eigenen nachzukommen, oder dem schwierigen, etwas zu verfolgen, was jenseits des Horizonts lag, der Wiege des Unbekannten und Ungreifbaren, der Möglichkeit, dass er seinen eigenen Weg ging, wie er es getan hatte, als er Prentiss rettete, mit einem Ergebnis, das, ob richtig oder falsch, nie wieder ungeschehen gemacht werden konnte. Als er sich Rat suchend zu Prentiss umdrehte, kratzte der sich bloß die Bartstoppeln, starrte zu Boden und enthielt sich der Entscheidung.

»Ich glaube, Sie haben den falschen Mann«, sagte Caleb, weniger entschieden, als er vorgehabt hatte. »Vielleicht haben Sie mich falsch eingeschätzt. Es liegt mir nicht, andere anzuführen. Noch nie.«

Whitney fuhr sich mit der dicken Zunge über die Kiefer, die wenigen noch verbliebenen Zähne.

»Das kann man lernen. Und außerdem führst du niemanden. Ich wär da draußen, mit hochgekrempelten Hosenbeinen, genau wie du, und würde darauf achten, dass keiner von den Jungs aus der Reihe tanzt. Ich brauche bloß einen Mann mit ein bisschen Grips an meiner Seite.«

Caleb stellte sich jenes Leben vor: jeden Morgen in der Kälte der Mansarde aufwachen, die Laterne vor dem Fenster, ein schwebender Fleck im Nebel. Dann das matschige Flussufer, der Ausbau des Damms. Und schließlich die Hitze der Raffinerie, wenn die neue Saison begann.

»Ich habe vor, von hier wegzugehen«, sagte er, und die Bestimmtheit, mit der er es sagte, überraschte selbst ihn. »Vielleicht ändere ich morgen meine Meinung, weil ich zur Unentschlossenheit neige, aber das ist mein Wunsch. Irgendwo einen Platz für mich finden. Würde mich freuen, wenn dieser Mann hinter mir mitkommen würde, aber ich kann nicht sagen, ob er das macht. Er scheint derzeit zufrieden zu sein, und ich kann ihm nicht vorwerfen, dass er sich nach ein bisschen Zufriedenheit sehnt. Wenn er bleibt, empfehle ich ihn für diese Aufgabe. Er ist ein zweimal so guter Arbeiter wie ich und doppelt so klug. Jetzt sollte ich mich für den Abend fertig machen. Aber ich danke Ihnen für das Angebot.«

Caleb tippte sich respektvoll an den Hut, auch wenn Whitney es nicht zur Kenntnis nahm.

»Gibt noch mehr von deiner Sorte«, sagte er. »Denke, ich komm schon zurecht.«

»Da bin ich mir sicher«, sagte Caleb. Als er sich umdrehte, löste Prentiss seine verschränkten Arme und trat neben ihn. Gemeinsam marschierten sie los, das Rauschen des Flusses in den Ohren.

Prentiss sprach erst, als sie die Raffinerie hinter sich gelassen und die Straße erreicht hatten.

»Wette, sie hat ihrem Neffen Nachtisch gemacht.«

»Woran denkst du?«, fragte Caleb.

»Schokoladenkuchen. Ich seh ihn schon vor mir.«

»Das kannst du besser. Ich sehe sechs Schichten. Schokolade und Vanille, eine über der anderen.«

»Jetzt läuft mir das Wasser im Mund zusammen. Glaubst du, sie lässt uns ein Stück übrig?«

»Ihr Neffe ist 'ne Bohnenstange. Und er wirkt wie einer, der zu stolz ist für Süßes. Der denkt, das ist was für Kinder.«

»Dann kriegen wir unseren Teil«, sagte Prentiss.

»Ich würde sagen«, erwiderte Caleb, sich die Hände reibend, »wir essen die ganze Nacht.«

»Bis wir platzen.«

Calebs Muskeln schmerzten, doch die Kälte hatte die Wirkung von Nadelstichen auf seiner Haut, die ihn von den Schmerzen ablenkten. Sie würden schon bald wieder in Convent sein und bis zum Abendessen schlafen. Sich ein wenig Büchsenfleisch im Gemischtwarenladen besorgen und in der Mansarde essen, bevor sie erneut einschliefen. Und dann, vor der Morgendämmerung, würde ihn die Glocke wecken. Die Laterne draußen vor dem Fenster.

Ein scheppferndes, metallisches Geräusch weckte Caleb mitten in der Nacht. Doch es war nicht die erwartete Glocke. Durch das Fenster sah er nichts als Dunkelheit. Hinter ihm saß, in Schatten eingehüllt, Prentiss mit freiem Oberkörper vornübergebeugt auf dem einzigen Stuhl der Mansarde, das Rasiermesser in der Hand, die Schüssel vor sich auf dem Boden.

»Prentiss?«

Prentiss langte nach unten, dann stand er auf, eine Decke in der Hand. Er faltete sie zur Größe eines Tuches zusammen und öffnete das Fenster, sodass kalte Luft hereinströmte.

»Was machst du da?«

Prentiss entfaltete die Decke, schüttelte sie aus, schloss das Fenster wieder und drehte sich zu ihm um. Sogar in der Dunkelheit konnte Caleb sein nacktes Gesicht erkennen. Dann ging er zurück zum Stuhl – der Schüssel auf dem Boden.

»Bisschen spät zum Rasieren«, bemerkte Caleb.

Prentiss trat leise auf ihn zu, und Caleb setzte sich auf. Prentiss, der vor den gewölbten Balken der niedrigen Mansardendecke ungewohnt groß erschien, hielt ihm die Hand hin.

»Was hältst du davon«, setzte er an. »Was hältst du davon, wenn wir von hier abhauen?«

Sofort war seine Müdigkeit verflogen. Prentiss kannte seine Antwort, ohne dass er etwas zu sagen brauchte. Caleb stand auf und holte seine Sachen unter dem Bett hervor. Es gab nicht viel zu packen. Sein Rasiermesser. Das zweite Hemd, das er im Gemischtwarenladen gekauft hatte, und die wenigen anderen Kleidungsstücke, die er besaß. Das letzte Glas mit den eingemachten Pfirsichen seiner Mutter, das er all die Zeit ungeöffnet und ungegessen aufbewahrt hatte, wenn auch nur, um sich an sie zu erinnern.

»Du bist nie gern im Dunkeln durch den Wald gelaufen«, sagte Caleb. »Wir können bis zum Morgen warten.«

»Ich will diese Glocke nicht hören. Nie wieder. Lass uns von hier verschwinden.«

Prentiss' Kleider lagen bereits auf seinem Bett ausgebreitet. Er war bereit, wie Caleb erkannte. Anscheinend schon seit einer ganzen Weile.

»Gibt eh keinen Grund, in den Wald zu gehen«, sagte Prentiss. »Ist keiner mehr hinter uns her. Wir bleiben auf der Straße. Sind bei Sonnenaufgang schon zwei Städte weiter.«

»Wir nehmen den Zug. Dann sind wir im Nu im Norden.«

Unter dem Bett, neben den Pfirsichen seiner Mutter, bewahrte Caleb das eingerollte Stück Pergament auf, das Mrs Benson ihm gegeben hatte. Er hatte es benutzen wollen, hatte es aber in all diesen Monaten nicht getan, weil er sich eingeredet hatte, dass sein derzeitiges Leben – die zermürbende Arbeit, die eiskalte Mansarde – nicht das war, was seine Mutter zu hören hoffte. Dennoch hatte er das Blatt unter seinem Bett liegen gelassen, in dem Wissen, dass der Tag kommen würde, an dem er Worte zu Papier bringen würde. Die Bedingungen mussten stimmen. Jetzt konnte er es sich ausmalen. Er würde den Brief an einem Schreibtisch verfassen, seinem eigenen Schreibtisch, in einem sonnigen Haus, das keinem Fremden gehörte. Einem Ort der Sicherheit, der Schönheit und des Friedens. Einem Ort, an dem er sich befreit fühlen würde. Einem Ort, von dem aus es sich lohnen würde, nach Hause zu schreiben. Bald würde er ihn finden, das wusste er. Weit weg von Convent. Weit, weit weg von Old Ox.

KAPITEL 30

Der Boden war beinahe gefroren, und ein trüber Nebel hüllte Isabelle ein, als sie die Stage Road entlangging. Sie hatte Elliot am Morgen den Esel geliehen. Im tiefen Winter wurde sie auf der Farm kaum noch gebraucht, und sie hatte keine Lust, den anderen auf ihrem Land zu helfen. Heute nicht.

Selbst so viele Monate nach dem Feuer waren die Bäume noch immer kahl, und bis in die Ferne herrschte eine erstaunlich klare Sicht, weil die Pracht und das Mysteriöse des Waldes von dieser neuen Nacktheit verraten worden waren. Nicht einmal ein Hase oder ein Fuchs waren zu sehen. Nichts als unendliche Reglosigkeit. So würde es in einem großen Teil der Gegend bleiben, dachte sie, ohne dass man etwas dagegen tun konnte, außer auf den nächsten Frühling zu warten.

Ted Mortons Land war es nicht besser ergangen, und sie zögerte am Tor zu seinem Grundstück. Der Brunnen war dort, wo er immer gestanden hatte, direkt an der Straße. Die Putten im oberen Teil verharrten noch immer mit kitschig bewundernden Mienen in ihren Posen, verschossen ihre Pfeile und zeigten aufeinander. Über ihnen stand eine Göttin, schlank und doch muskulös, eine Vase in der Hand, aus der normalerweise das Wasser floss, und blickte mit erstaunter Miene nach oben; jetzt gab es dort nur noch den Himmel, und die Göttin wirkte bekümmert, als bete sie verzweifelt darum, das Wasser möge wieder zu strömen beginnen.

Das Feuer hatte auf Mortons Land so sehr gewütet, dass dort kaum noch ein Busch zu finden war. Vom großen Haus war nur noch das Skelett übrig. Nicht einmal die Steinsäulen hatten standgehalten – die Hitze hatte sie brüchig werden lassen, und als eine einstürzte, folgte die Veranda im Obergeschoss, sodass ein Berg aus Schutt und Stein den Vordereingang versperrte. Irgendwie war es der Familie gelungen, mit dem Leben davonzukommen, doch all ihre Möbel, vom Land ganz zu schweigen, fielen den Flammen zum Opfer. Alles, was von ihrem Anwesen übrig blieb, war das Fundament – die Abwesenheit des Gebäudes hatte eine so unheimliche Wirkung, dass Isabelle schauderte, als sie vor Monaten zum ersten Mal hergekommen war. Zahlreiche Schwarze arbeiteten dort, und das Erdgeschoss war wiederaufgebaut worden, in der Absicht, den ursprünglichen Entwurf nachzuempfinden. Riesige Holzbalkenstapel lagen herum, und ein paar Männer gingen mit Schubkarren voller Steine an ihr vorbei. Eine Gruppe staubiger, barfüßiger Frauen brachte kleine Pakete Backsteine zu einem Haufen vor dem Haus.

Endlich entdeckte Isabelle Ted neben dem Pfad, der zum hinteren Teil seines Gartens führte. Er stand mit seinem jungen Sohn da, sah sich eine Reihe von Unterlagen an und rauchte eine Pfeife. Als sie sich näherte, nahm er den Stapel Papier ganz langsam herunter, und als sie vor ihm stand, drückte er ihn seinem Sohn in die Hand.

»Geh zu Gail und erklär ihm, was wir besprochen haben«, sagte Ted. »Wenn er noch mal zum Sägewerk muss, dann ist das eben so.«

Offenbar zufrieden mit seinem Auftrag, lief der Junge los. Ted musterte sie misstrauisch, sog an seiner Pfeife, bis seine Wangen einfielen und ihm der Rauch aus dem Mundwinkel quoll. Seine Hosenträger hingen schlaff herunter. Staub hatte sich in sämtlichen Falten seines Gesichts gesammelt – dem Grübchen am Kinn, den Furchen auf der Stirn –, als hätte man einen uralten, vor langer Zeit eingemotteten Teppich direkt vor seinem Gesicht entrollt.

»Hallo, Ted«, sagte sie.

»Wie ich sehe, haben Sie den Weg auf mein Grundstück gefunden«, sagte Ted.

»Ich möchte nicht stören.«

»Wenn Sie mich wissen lassen, warum Sie da sind, bilde ich mir darüber selbst ein Urteil.«

Am Oberschenkel von Teds Hose war ein kleiner Knick, wo sein Sohn sich an ihn geklammert hatte. Sie sah dem Jungen nach, dann wieder zu Ted.

»Ich komme ohne böse Absichten«, sagte sie. »Nur mit einem Vorschlag. Ob Sie einen kleinen Spaziergang mit mir unternehmen würden? Es dauert nicht lange.«

»Ich weiß nicht, was meine Frau davon halten würde, wenn ich mit einer anderen Frau spazieren gehe.«

»Ist sie hier?« Isabelle blickte sich um. »Oder fürchten Sie ihre Aufsicht auch aus der Ferne?«

Das Mundstück von Teds Pfeife bestand aus einem feinen Gänsekiel, aus dem Rauch in seinen Mund quoll, während er über ihre Worte nachdachte. Er atmete aus und sagte dann: »So wie ich zu euch Walkers stehe, macht sie sich bestimmt keine Sorgen.«

»Umso besser.«

Isabelle folgte dem Pfad zurück in Richtung Stage Road, und Ted folgte ihr mit einigen Metern Abstand.

»Es geht ihr gut, hoffe ich?«

»Sie ist bei meiner Schwester in Savannah, solange wir das Haus wieder aufbauen.«

»Das muss schwer für sie sein.«

»Sie ist niemand, der sich beklagt. Außerdem sind einige Leute nach dem Feuer dahin. Die haben dort eine richtige kleine Gesellschaft gegründet, treffen sich regelmäßig. Weblers Junge besitzt da drüben ein paar Grundstücke. Hab gehört, er verpachtet sie den anderen zu einem fairen Preis.«

Isabelle entschied, dass Schweigen die beste Antwort darauf war.

»Wie's klingt«, fuhr Ted fort, »lebt er dieser Tage wie eine Art Einsiedler. Zieht den Kopf ein, kassiert das Geld und hält sich aus allem raus. Gibt kaum einen Pieps von sich. Ich würde sagen, er war einer der beliebtesten jungen Burschen der Stadt. Kein schlechtes Wort hat man über ihn gehört. Und dann nimmt seine Frau ein solches Ende. Und das nach allem, was Ihr Junge ihm angetan hat. Na, ich hoffe, Gott lässt ihn ein bisschen Frieden finden.«

Kommentare wie dieser hatten sie früher schwer getroffen, doch sie hatte gelernt, solche Angriffe auszuhalten; die feindseligen Blicke in der Stadt, das Gerede hinter ihrem Rücken. Es gab einen geheimen Ort in ihrem Inneren, in dem sie solche Bösartigkeiten verstaute, sie verdorren ließ, um sie anschließend loszulassen, sodass sie davonschwebten. Sie legte die Hand auf die Stelle, irgendwo neben ihrem Herzen – ließ sie einen Moment dort ruhen, bevor ihre Wut sich legte und sie die Grausamkeit hinter seinen Worten in sich einschloss.

»Ich hätte Sie nicht für ein Klatschmaul gehalten, Ted. Das ist doch eher was für die Damen, die in ihren Salons vor sich hin plappern, meinen Sie nicht? Bleiben wir bei den wichtigen Dingen.«

Ted hob eine Augenbraue und ließ ihre Ermahnung unkommentiert stehen.

»Und welche wichtige Angelegenheit wollen Sie mir antragen?«

Sie hatten den Brunnen erreicht, und sie blieb stehen und legte eine Hand auf das Becken.

»Ihr Brunnen«, sagte sie. »Den würde ich Ihnen gern abkaufen.«

Er schien ihren Wunsch nicht merkwürdig zu finden, doch er zögerte.

»Den habe ich für meine Frau anfertigen lassen.«

»Ich bin sicher, das Geld käme in so harten Zeiten wie diesen durchaus gelegen.«

»Der geht schon seit 'ner Weile nicht mehr.«

»Na, wenn er mir gehört, braucht Sie das nicht mehr zu kümmern.«

»Was wollen Sie überhaupt mit dem verdammten Ding?« Er warf verärgert die Arme in die Luft, und die Riemen seiner Hosenträger klirrten, als er gestikulierte. »Die Leute sagen, Sie sind seit dem Feuer noch verrückter, als George es war, und bei Gott, das passt genau dazu. Kommen den ganzen Weg hierher wegen 'nem kaputten Brunnen. Der ist nicht zu verkaufen. Und wenn er's wäre, würd ich mich nicht an Sie wenden.«

Sie sah Ted an, dann an ihm vorbei. Sie fragte sich, wie Landry den Brunnen vom Feld aus hatte sehen können. Sie wusste ja, wo das Haus stand – wusste, wo die Baumwollreihen waren, in denen er gepflückt hatte. Doch sie konnte nicht erkennen, wie man den Brunnen aus einer solchen Entfernung ausmachen konnte, denn selbst die Reihen, die am nächsten an Majesty's Palace lagen, waren recht weit weg, die hinteren noch viel weiter. Und selbst wenn er ihn hatte sehen können, war vielleicht der Brunnen, den er sich vorstellte, der Brunnen, der ihn so beschäftigt hatte, einer, den er sich an den langen Arbeitstagen selbst ausgemalt, in seinem Gedächtnis aufbewahrt hatte, etwas, das ihm allein gehörte. Ja, vielleicht war Teds Brunnen nur ein Ersatz. Und zwar ein protziger, ein billiger Ersatz.

»Darf ich fragen, wer ihn gebaut hat?«, sagte Isabelle.

Teds Zorn verflog.

»Ah!«, sagte er. »Na, das ist mal 'ne Geschichte. Hab einen Nigger in die Stadt geschickt, damit er lernt, wie man mit Steinen umgeht, und was macht der? Haut ab und lässt mich bei der ersten Gelegenheit sitzen. Und jetzt hab ich 'nen Steinmetz aus der Stadt angeheuert, der nicht halb so viel kann wie der Junge, aber den doppelten Lohn verlangt, für ein Viertel der Arbeit.

Was sagt man dazu? Ich weiß, ich sollte mit 'ner Frau nicht übers Geschäft reden, aber ich kann nicht fassen, wie der Junge –«

»Ist ja gut, Ted.«

Die Glut in Teds Pfeife war erloschen. Er drehte sie um, klopfte den Tabak heraus und schlug noch einmal mit der Hand dagegen. Anscheinend dachte er über irgendetwas nach. Es dauerte einen Moment, bis er die richtigen Worte gefunden hatte.

»Wissen Sie«, sagte er leise. »Ich hatte mit dem Feuer nichts zu tun. Gail auch nicht. Wade hat dazu aufgerufen, aber wir sind dem Aufruf nicht gefolgt. Nein, sind wir nicht.«

Sie hatte diese Nacht einmal durchlebt. Es gab nicht einen Teil von ihr, der es noch einmal tun wollte.

»Das ist aus und vorbei, denke ich.«

»Kann sein. Ich wusste einfach, dass es nichts ändern würde. Fand es albern, irgendwie. Es bleibt alles, wie es ist. Die Yankees mit ihren kleinen Uniformen und ihren Säbeln werden nicht für immer hier sein. Die gehen dahin zurück, wo sie hingehören. Die Schwarzen werden weiter arbeiten, wie wir es wollen. Und was auch immer Sie da für einen Zirkus auf Ihrem Grundstück veranstalten, tja, die Leute werden auch dem ein Ende setzen. So, wie es immer schon gemacht wurde. Wir haben unsere eigene Art zu leben. Eine Art, an der man nichts verbessern muss.«

Sie betrachtete sein Gesicht noch einmal, von der Zeit verwüstet, von den Elementen gezeichnet und zerstört.

»Ted«, sagte sie und kratzte ein wenig Erde unter ihrem Fingernagel hervor. »Wir beenden das hier.«

Er zog die Nase hoch und nickte, auch wenn es eher ein Halsrecken war – um das zu beäugen, was dort vor ihm stand. Dieses Wesen. Diese Frau.

»Ich mach weiter«, sagte er.

»Und ich genauso. Beste Grüße an Ihre Frau.«

Als sie nach Hause ging, war die Straße immer noch leer. Sie dachte an Ezra, ausgerechnet, an das letzte Mal, als sie ihn gesehen hatte, bevor er aufgebrochen war, um seine Söhne zu besuchen.

Verschwendung. Komplette Vergeudung. So hatte er ihren Plan genannt: die Landnutzung, ihr Anliegen, so wie sie es sich vorstellte, und sie konnte ihm nur in die Augen sehen und einräumen, dass er womöglich recht hatte, doch wenn ihr Leben von nun an stagnieren oder der Abstieg zum unausweichlichen letzten Akt beginnen würde, dann konnte sie mit Stolz sagen, dass Georges Land, nun ihres, auch dann noch florieren würde, wenn sie nicht mehr war. Andere würden an ihrer Stelle weitermachen. Und sie war sich recht sicher, dass nicht einmal jemand wie Ted Morton – trotz seiner Dummheit und seiner großen Reden – etwas dagegen unternehmen würde.

Als sie über den Pfad zur Blockhütte ging, lag sie im schattigen Nebel des Winternachmittags vor ihr: das umgedrehte V des Daches war wie eine Flagge, die ihre sichere Ankunft verkündete. Mildreds Kutsche stand vor dem Haus. Der Rauch aus dem Schornstein verlor sich im Nebel, verschwand, sobald er aufstieg. Ein gebeugter Mann, den Hut schief auf dem Kopf, trat aus dem Stall, einen Stiefel sanft vor den anderen setzend – Elliot, der Ridley zurückgebracht hatte. Vielleicht hatte er geklopft, und Mildred hatte ihm gesagt, dass sie nicht da war. Vielleicht hatte er auch nicht stören wollen. Sein Körper schwankte bei jedem Schritt, und Isabelle überlegte, wie sehr er George ähnelte; Gelenke, die sich an Knochen, Knochen, die sich an Gelenken rieben. Die Art, wie er seine Müdigkeit versteckte, hatte etwas Feierliches, Würdevolles. Jemand wie Elliot war in seinem Leben Abertausende Schritte mehr gelaufen, als sie es je tun würde. Falls jedem Menschen nur eine bestimmte Anzahl zur Verfügung stand, bevor er sich der Zeit ergeben musste, dann würde er diesen Punkt sehr viel schneller erreichen als sie. Nichts daran war gerecht. Aber so war es einfach. Kurz darauf war er im Nebel verschwunden wie der Rauch, zurück bei seiner Familie, seiner Ernte, seinem Tag.

Sie dachte an Caleb – die Grausamkeit seiner Abwesenheit. Wie sie sich in seiner Kindheit an Tagen wie diesem, Tagen voller Stille, auf die Couch gekuschelt hatten, alles aufschoben, was für den Tag vorgesehen war, um Zeit miteinander zu verbringen. Dann wurde Kaffee aufgebrüht, und das Haus heizte sich auf, als sorgten schon allein ihre Worte, das gemeinsame Lachen für Wärme, und der Tag verging, ohne dass sie es merkten. Dass ihr eigener Sohn sich an einem ihr unbekannten Ort dieser Welt befand, irgendwo, wo sie ihn nicht erreichen konnte, erschien ihr wie die größte Niederlage. Eine Niederlage, über die keine Mutter hinwegkam. Ganz egal, wie viel Sinn, wie viel Bedeutung das Leben ihr auf andere Weise schenken mochte.

Das einzig versöhnlich Stimmende war sein Brief, der endlich eingetroffen war. Mit monatelanger Verspätung, wie sie vermutete, und natürlich viel kürzer, als sie es sich gewünscht hätte, doch er hatte Wort gehalten. Er hatte sich hingesetzt, um seiner Mutter zu schreiben, und hatte ihr damit das größte Geschenk gemacht, das sie sich hätte wünschen können. Sie hatte den Brief so oft gelesen, ihn so genau studiert, dass sie befürchtete, das Pergament könnte in Stücke zerfallen. Doch auch beim genauesten Lesen jedes einzelnen Satzes, jedes Wortes, verriet er ihr nie die Information, die sie sich am meisten wünschte. Sie waren in einer Stadt im Norden angekommen, deren Namen er nicht nannte, damit die Behörden keinen Wind davon bekamen, wo er und Prentiss sich aufhielten (das sah Caleb ähnlich, sich vorzustellen, dass der Sheriff noch immer begierig darauf wartete, seine Briefe abzufangen, um ihn für ein Verbrechen zu bestrafen, das längst vergessen war). Seine Gefühle erwähnte er mit keinem Wort, nicht einmal, ob er dort glücklich war. Doch seine Tage hatten einen festen Ablauf, so schrieb er, waren erfüllend. Sie hatten genug Geld, um sich etwas zu essen und zum Anziehen zu kaufen.

Die wenigen Einzelheiten, die er anklingen ließ, weckten bloß ihre Neugier auf mehr. Prentiss roch jeden Abend nach Fisch, weil er am Hafen Waren verlud (Welcher Hafen? Welche Waren?), und an mehreren Abenden in der Woche lernte er Lesen und Schreiben in einer örtlichen Kirche, die viele Freigelassene unterstützte, die sich begierig Bildung aneigneten, nachdem diese ihnen ihr Leben lang vorenthalten worden war. Caleb blieb unterdessen für sich und fand eine Anstellung, die perfekt zu ihm passte. Er wusch sich jeden Abend erstaunlich lang, weil er die Tintenflecken aus der Werkstatt nicht mehr loswurde. (Was für eine Werkstatt? War er gut in dem, was er dort tat?) In Ermangelung weiterer Informationen dachte sie an George, an die Flecken auf seinen Händen von den Walnussbäumen, die ihr Kleid beschmutzten, wenn er von einem Ausflug nach Hause kam. Was würde sie nicht für eine Umarmung ihres Sohnes geben, dafür, ihn an sich zu drücken, Gelegenheit zu haben, ihm von der Tapferkeit seines Vaters zu berichten und davon, dass er nun nicht mehr bei ihnen war. So viele Fragen blieben unbeantwortet, so vieles ungesagt. Doch sie lebten. Bis er erneut schrieb, würde sie sich die üblichen Sorgen einer Mutter machen, doch zumindest würde sie es in dem Wissen tun, dass er irgendwo dort draußen war, sicher und wohlbehalten; dass er zurechtkam.

Letztlich konnte sie nur Ablenkung retten, und auch das nur vorübergehend. Sie strich mit der Hand über die splitterige Scheunenwand, dann schlenderte sie zurück zur Blockhütte. Hier könnte man ihn errichten, überlegte sie. Vor der Scheune. Sie konnte jemanden aus der Stadt engagieren. Einen Freigelassenen. Einen echten Steinmetz, der ihren Brunnen bauen konnte. Er würde zugleich größer und weniger extravagant sein als Teds. Keine Putten oder Göttinnen. Mit einer Tafel daran, um das Andenken eines Mannes zu bewahren, der zu Lebzeiten einen eigenen Brunnen verdient gehabt hätte. Jetzt würde er ihn endlich bekommen.

»Und wo bist du gewesen?«, fragte Mildred, die in der Tür stand, die Wangen rot vom Feuer.

Isabelle wollte es ihr nicht verraten, denn sie wusste, dass sie dann die ganze Geschichte erzählen würde und ihre Vorfreude auf den Brunnen nicht für sich behalten könnte, woraufhin Mildred sie kritisieren würde, hauptsächlich, weil sie den Kopf voller Ideen habe, es jedoch an der Ausführung hapere. Im Moment wünschte sie sich einfach nur den Frieden, der ihrer Vorstellung entsprang – dem Gedanken an das, was entstehen könnte.

»Mildred«, sagte sie mit unsicherer Stimme, »das ist doch ein Leben, oder?«

Mildred sah sie verwirrt an und umklammerte die Tür, als könnte diese, wenn sie sie nur fest genug drückte, die Antwort liefern, die Isabelle sich wünschte.

»Ich denke schon«, sagte sie schließlich. »Wenn dir das hilft.«

»Ja. Ja, das tut es.«

»Kommst du rein?«

»Ich bin gleich da«, sagte Isabelle. »Lass mir noch einen Moment Zeit.«

Mildred schien kurz davor, ihre Freundin eigenhändig ins Haus tragen zu wollen. Doch sie lenkte ein.

»Mach nicht zu lang«, sagte sie und schloss die Tür.

Isabelle kehrte zu ihren Gedanken zurück. Der Brunnen würde ins Zentrum des Vorplatzes kommen, entschied sie, wo er allen, die kamen, als Allererstes ins Auge fallen würde, noch vor der Blockhütte, vor der Scheune. Er würde nie stillstehen. Das war wichtig. Dass er ohne Unterlass lief, bei jedem Wetter, zu allen Jahreszeiten, und dass er überdauerte. Der Traum beschäftigte sie so lange, dass sie überrascht feststellte, wie das Tageslicht schwand, und die Gedanken folgten ihr bis in die Nacht, nachdem Mildred gefahren war, überkamen sie, als sie im Esszimmer saß und durch das Fenster in die Dunkelheit blickte, in Richtung Wald, sich in der Fantasie weiter vorwagte als je zuvor.

Ihr kam die Idee, ein Glas Brandy zu trinken, ein Genuss, den sie sich selten gönnte. Während sie daran nippte, dachte sie an George, denn hatte er nicht immer gesagt, der Wald stecke voller Magie, unbekannter Tiere, großer Rätsel? Sie dachte an nie gesehene Dinge, an Schatten, die durch die Landschaft huschten – sich zu etwas Größerem verdichteten: George selbst und Landry, die zu einem Teil der Umgebung geworden waren, einem Bestandteil der geriffelten Blätter der Walnussbäume, und ihr flüsternder Atem wehte mit dem Wind dahin, der in langen Nächten an der Blockhütte rüttelte.

Oder vielleicht würden Caleb und Prentiss aus den verborgenen Tiefen des Waldes kommen, zwei Gestalten, die zwischen den Bäumen hervortraten, als wären sie aus dem Nichts erwachsen, von einer Reise zurückgekehrt, die sie beizeiten zurück nach Hause geführt hatte. Sie genoss die Vorstellung, dass sie die Farm mit ganz neuen Augen betrachteten, jede Parzelle des Landes voller Leben – und dann würden sie vor dem Brunnen stehen bleiben und darüber staunen, wie viel Schönheit in ihrer Abwesenheit entstanden war, während das Wasser gen Himmel sprudelte, für immer und ewig, ins Unbekannte hinein.

Das war natürlich nur Einbildung, und sie wusste genau, dass ihr niemand so etwas versprochen hatte. Sie durfte hoffen, auch wenn sie vor langer Zeit gelernt hatte, mit dem zu leben, was sich ergab. Doch manchmal – nur manchmal – war die Hoffnung genug.

DANKSAGUNG

All denen, die an meiner Seite zu haben ich ewig dankbar sein werde:

Emily, Ben, Lena, Bret, Elizabeth, Jason, Mason, Jony, Stevie, Sara, Sarah B.C., Jane, Billy & Holly, The Michael Center, Evan und Michael, alle bei Little, Brown, Susan, Aaron, Adam und Jacob.

Mom & Dad. Für alles.

»Eines der besten Bücher, die ich je gelesen habe.« Jeanine Cummins

Elizabeth Wetmore
WIR SIND DIESER STAUB
Roman
Aus dem amerikanischen Englisch von Eva Bonné
320 Seiten
ISBN 978-3-8479-0092-4

Texas, 1976: Odessa steht kurz vor dem nächsten Ölboom. Während die Männer der Stadt den kommenden Wohlstand feiern, kennen und fürchten ihre Frauen die Gewalt, die immer zu folgen scheint.
Als die vierzehnjährige Gloria Ramírez mehr tot als lebendig auf der Veranda von Mary Whiteheads Ranch gefunden wird, wissen Mary und die anderen Frauen von Odessa, was jetzt passieren wird. Aber sie wissen auch, dass sie dieses Mal zusammenhalten werden.
Eine eindringliche Erkundung der Schnittstellen von Gewalt, Herkunft und Klasse.